FP

प्रिय भाइ बुद्धिसागर,

तपाईंको दोस्रो उपन्यास *फिरफिरे* आज पढिसिध्याएँ । उपन्यासका हरेक चरित्रले मेरो मानसमा गहिरो छाप छाडेर गएका छन् । कुनै यस्तो पात्र छैन, जो पाठकले छिट्टै बिर्सन सकोस् । जुठीआमै, पवन, वसन्त, चिलगाडी, सर्वजित जस्ता मुख्य पात्रबाहेक अन्य सामान्य र अल्प समयका लागि देखापर्ने पात्र पनि सहजै बिर्सन नसकिने किसिमका छन् ।

उपन्यासको बुनोटले पाठकको ध्यानलाई यस्तरी बुनेर लैजान्छ कि अन्तिम पाताको अन्तिम हरफमा नपुगिन्जेल उसको मनभरि *फिरफिरे* घुमिबस्छ ।

वसन्त र रमाको आँसुले मेरा पनि आँखा भरिए । वसन्तको आँसुसितै मेरो पनि आँसु तप्कियो ।

समसामयिक नेपाली आख्यान साहित्यमा यस्तो सुन्दर उपन्यास दिनुभएकोमा तपाईं हाम्रा धन्यवाद र बधाईका पात्र हुनुहुन्छ ।

तपाईंको प्रभावकारी उपन्यासकारितालाई मेरो सलाम ।

शुभकामना !

– मनप्रसाद सुब्बा
दार्जीलिङ
साहित्य अकादमी पुरस्कारबाट सम्मानित कवि

फिरफिरे

बुद्धिसागर

FP

FP

फाइनप्रिन्ट बुक्स

फाइनप्रिन्ट प्रा. लि.

कर्पोरेट तथा सम्पादकीय कार्यालय

विशाल बस्ती 'क', विशालनगर, काठमाडौं

पोस्ट बक्स : १९०४१

फोन : +९७७-१-४५४३२६३, ४४२१६४१

इमेल : fineprintbooks@fineprint.com.np

वेबसाइट : www.fineprint.com.np

फाइनप्रिन्टद्वारा प्रथम पटक प्रकाशित, असोज २०७२

81 80 79 5 4 3

ISBN: 978-9937-746-79-3

PHIRPHIRE BY BUDDHISAGAR

दीप्तिलाई

लोककथा

फोन

काठमान्डू आएको १८ वर्ष हुँदा पनि मैले बाँसबारीलाई बिर्सन सकेको थिइनँ । १८ वर्षको उमेरमा काठमान्डू आएपछि म जम्मा एकपल्ट बाँसबारी गएको थिएँ । दुई दिन बसेर फर्केको थिएँ । त्यति बेला मैले सोचेको थिएँ– हरेक वर्ष दसैंमा आमैको हातबाट टीका थाप्न त आइहालिन्छ नि !

तर समयले मलाई फिरफिरे बनायो । फनफनी घुमायो । म फेरि फर्केर गइनँ ।

आँखामा जालो लागेकी, कान सुन्न छाडेकी, दमले थलिएकी, रातभरि ढाड दुखेर सुस्केरा हालिरहने, निद्रामा ऐंठन परेर बर्बराइरहने आमै आफैं काठमान्डू आएकी थिइन्, केटाकेटीले बालुवा थुपारेर बनाए जस्तो सानो घर, आरूको रूख भएको आँगन र बिस्कुटका पत्ता जस्ता खेत बेचेर । छातीमा स्याँस्याँ, लहरेखोकी र थोत्रो झोलामा छ लाख १४ हजार चार सय १३ रूपियाँ पोको पारेर आएकी थिइन् । झ्यालनिर उभिएको मलाई हेर्दै रोइन् । अनि आस्थाको अलिकति उक्सिएको पेट हेरिन् । ढोगिरहेकी आस्थाको शिर सुमसुम्याउँदै अवरूद्ध गलामा भनिन्, "भाग्यमानी भए, ब्वारी । मेरो आशीर्वाद छ । आमा भपछि सबथोक सहने आँट आउँछ । नौनौ मैना एउटै ज्यानमा दुइटा मुटु हुन्छन्, त्यै भर ।"

आमै तीन महिना काठमान्डू बसिन् । हरेक रात रोइरहिन् । पशुपतिमा चितामाथि पनि उनको अनुहार रोई नै रहे जस्तो थियो ।

मेरी आमैले आफूले बाँच्न खोजे जस्तो जिन्दगी बाँच्न त पाइनन् पाइनन्, मर्दा पनि आफूले खोजे जस्तो मृत्यु पाइनन् ।

मेरी आमैको चाह धेरै ठूलो थिएन । उनी त केवल घरको आँगनको आरूको रूखमुन्तिर देह त्याग्न चाहन्थिन्, जहाँ मेरा बाले देहत्याग गरेका थिए । मेरी आमैलाई लाग्थ्यो– जहाँबाट मेरा बा स्वर्गलोकतिरको बाटो हिँडेका थिए, त्यहीँबाट हिँड्यो भने उनलाई भेट्टाउन सकिन्छ । अन्तैबाट हिँड्यो भने बाटोले अलमल्याउँछ, भेट हुन्न ।

स्वर्गलोक पुगेको सात वर्ष भइसक्दा बासित आमैको पक्कै भेट भएको होला । बाले हप्काए पनि होलान्, "तैँले त चुरोट पो खान थालिछस् त, जसोदे !"

म काठमान्डू हिँड्ने बेलासम्म आमै चुरोट खान्नथिन् । दुई वर्षपछि दसैंमा घर जाँदा जब मैले ढोगेको थिएँ, उनले बाँधेको पटुकानिरबाट चुरोटको गन्ध आएको थियो । म दुई दिन घरमा हुँदा आमैले घरपछाडि लुकीलुकी चुरोट खाएकी थिन् । मैले थाहा नपाए जस्तो गरेको थिएँ ।

सानैमा आमैले मलाई "चुरोट खाने आइमाईका जुँगा आउँछन् । जुँगा आएको केही दिनमै मर्छन्" भनेको सम्झँदै खिस्स हाँसेको थिएँ । अलि सानै भएको भए सोधी पनि हाल्थें हुँला, "आमै तिम्रा जुँगा त आएनन् । खै त ?"

तर म हुर्किसकेको थिएँ । म आमैको एक्लोपन, उदासी, मध्यरातको ऐँठनसितको घम्साघम्सी महसुस गर्न सक्थें । पिँढीमा बसेर कपडा बुन्ने मेसिनको सियोमा धागो पसालिदिने मान्छे पर्खिंदाको छटपटी महसुस गर्न सक्थें । हात काँप्दा सिलाइरहेको ब्लाउज तन्केर सियोले बाटो बिराउँदा मुखबाट निस्केको सुस्केरा महसुस गर्न सक्थें । गाउँमा थपिँदै गएका अनेक घर, ओइरिरहेका अनेक नयाँ मानिस, नयाँ लबज देखेर अचम्म मान्दै बिस्तारै बजार बन्दै गएको गाउँलाई गोडा कँपाउँदै फन्का लगाइरहेकी आमैको अतीत यात्राको ऐँठन महसुस गर्न सक्थें ।

आमै कहिलेकाहीँ फोनमा खोला झैं सुसाउँथिन्, "बन्ते, हाम्रो गाम त अर्कै भैगो । जीवारामको घरनिर एउटो लाउरेले तीन मालाको

बिल्डिङ ठड्या छ । अनि त्यो शान्तिरामले सप्पै बगैंचा नास्यो । ऐले त त्याँ तिन्टा नयाँ घर थप्या छन् । हाम्रो घरछेउबाट मोटरसाइकल बत्याबत्यै गर्छन् । मुर्दारहरूले रामरी निदाम्न पनि दिन्नन् । त्यो पवनको घरमा के जाति फनिचरको कम्पनी खोल्या छ । बन्ते, अब त आफ्नै गाम बिरानो हुँदै गयो । आफ्नै घरको बाटो बिर्सिन्छु कि जस्तो हुन्छ कैलेकाईं ।"

के आमैले भने जस्तो अर्कै भइसक्यो त बाँसबारी ?

आस्था पनि बेलाबेला सोधिरहन्थी, "खै त, मलाई आफ्नो गाउँ नै लैजानुहुन्न ?"

"अब के छ र गाउँमा !" म भन्थें ।

"नाइँ, मलाई हेर्न मन छ के !" ऊ लाडे पल्टिन्थी, "मेरो पोइ कस्तो गाउँमा जन्म्यो, कहाँकहाँ खेल्यो, सप्पै हेर्न मन छ ।"

"के हेर्ने होला के !" म रिसाए जस्तो गर्थें, "अब बाँसबारी गाउँ रहेन । बजार भैसक्यो । सप्पै चेन्ज भइसक्यो । हेर्नलाई क्यै बाँकी छैन ।"

"अलिअलि अवशेष त बाँकी होला नि !" आस्था हाँस्दै भन्थी, "त्यो डिस्कभरी च्यानलमा वैज्ञानिकले सानो ब्रसले अस्थिपञ्जर कोट्याए जसरी कोट्याईकोट्याई हेरौंला नि ।"

कहिलेकाहीँ हामीले गाउँको कुरा गरेको सुन्यो भने जुना पनि पलङमा उफ्रिन्थी । अनि भन्थी, "गाउँ जाने, गाउँ जाने । हामी बाँसबारी जाने ।"

जुना छ वर्षकी भइसकी । उसका कपाल कैला छन्, जसलाई मैले थाइकट स्टाइल दिएको छु । ऊ कापीको पाना भेट्यो कि चित्र बनाउन थालिहाल्छे । कहिले हात्तीको चित्र बनाउँछे त कहिले सूर्यमुखी फूलको । ओछ्यानमा घोप्टो परेर, ओठको दाहिने कुनामा जिब्रोको चुच्चो निकालेर जब ऊ चित्र बनाउन थाल्छे, मलाई अरू कसैको सम्झना आउँछ । मन हुँडलिन्छ । बाँसबारीमा ऊ यसैगरी चित्र बनाउँथी । उसलाई चित्रकार बन्ने ठूलो सोख थियो । ऊ घरको भित्ता जत्रो कापीको पन्नामा चित्र बनाउन चाहन्थी ।

छ वर्षअघि उसले फोनमा भनेकी थिई, "दाइ, म रमा बोलेकी ।"

उसको आवाज कत्ति मोटो भएको !

उसले भनेकी थिई, "दाइ, यै मङ्सिर ७ गते मेरो बिहे छ । जसरी भए पनि आउनुस् है ।"

"कहाँ गर्दै छौ बिहे ?" म तरङ्गित भएको थिएँ ।

"यै नेपालगन्जमा हो, दाइ !" उसले अलिकति लजाउँदै भनेकी थिई, "उहाँ पनि टिचर नै हो ।"

"टिचर"मा उसले जोड दिएकी थिई । ऊ पनि शिक्षक थिई । उसका बा पनि शिक्षक थिए, हेडमास्टर । मलाई अहिले पनि उसका बा सर्वजित मास्टर सापको रवाफिलो चाल, तेजिला आँखा, कहिलेकाहीँ ओठको कुनामा देखापर्ने मुस्कान सम्झना छ । बाँसबारीमा उनको ठूलो नाम थियो ।

"बा भएको भए कत्ति खुसी हुनुहुन्थ्यो होला है, दाइ !" उसको आवाज अलिक मसिनो भएको थियो ।

एकछिन फोन जङ्गलको बतास झैं सुसाइरह्यो । सायद, ऊ आँसु पुछिरहेकी थिई ।

"अचेल चित्र बनाउँछ्यौ कि छाड्यौ ?" मैले उसलाई सहज पार्न भनें ।

"छाडें, दाइ," उसले अवरूद्ध गलाले भनी, "यस्सो धर्को तान्यो कि दाइको सम्झना आउँछ । मुटुलाई ब्लेडले चिरे जस्तो हुन्छ, दाइ । हातखुट्टा फतक्क गल्छन् । अस्ति क्लासमा विद्यार्थीले फूलको चित्र बनाउन भनेका थे । यस्सो चकले धर्को के तानेथें, थचक्कै बसें । चित्र बनाउन थाल्यो कि पवन दाइले 'यो चित्र मलाई दे है, रमा' भने जस्तो लाग्छ । अब सक्दिनँ, दाइ ।"

मेरा आँखाभरि उसले बनाएको चित्र सर्टको गोजीमा हालेर मुस्कुराइरहेको पवनको मुस्कान छाएको थियो । मैले आँखाका कुनो रसिलो महसुस गरेको थिएँ ।

"मलाई था छ, दाइ, तपैंको मनमा अझै पनि ग्लानिको ढुङ्गो छ । त्यो ढुङ्गो फालिदिनुहोला," उसले हिक्क गर्दै भनी, "तपैंको कुनै दोष थेन ।"

मैले आँसु पुछेको थिएँ ।

"ल दाइ, फोन राख्दिन्छु," उसले भनेकी थिई, "जसरी हुन्छ बिहेमा आउनुहोला ।"

म उसको बिहेमा गइनँ । सायद जन्ती झैं लस्कर बनेर आउने विगत सम्झेर म काँतर भएको थिएँ । आस्थालाई त थाहा पनि थिएन, उसले फोन गरेकी थिई भनेर । मैले जीवनका हरेक क्षण, हरेक पल उसका सामु एल्बमका पानासरि पल्टाइसकेको थिएँ । एउटै कुरा भनेको थिइनँ, जसभित्र सयौं कुरा लुकेर बसेका थिए । जुन कुरा हृदयमा धमिराको गोलो जसरी बसेको थियो । भित्रभित्र खाइरहन्थ्यो । म त्यसबाट मुक्ति चाहन्थें ।

आस्था ठान्थी– मैले गाउँ बिर्सिसकेको छु । किनभने म उसका अगाडि गाउँलाई बिर्सिसकेको अभिनय गर्थें । तर एकान्तमा गीत सुन्दा, कम्प्युटरमा अलिकति कुप्रिएर काम गर्दा, गर्धन दुखेर कुर्सीमा पसारिँदा, साथीहरूसँग रक्सीको चुस्की लिँदा, छतमा उभिएर मौन चन्द्रमालाई हेर्दै सिगरेट पिउँदा मलाई पवनको सम्झना आउँथ्यो, जो फिरफिरे घुमाउँदै बाँसबारीका जङ्गलभरि दगुर्थ्यो ।

कहिलेकाहीँ पत्रकारहरूले हाँस्दै "तपैं कथा लेख्ने प्रेरणा कहाँबाट पाउनुहुन्छ ?" भनेर सोध्दा, म अलिकति आँखा चिम्सा पारेर, ओठको एककुना हाँस्दै, बसिरहेको कुर्सीबाट अलिकति अगाडि झुकेर, गम्भीर भए जसरी भन्थें, "कतै देखेका, कतै हृदय छोएका, यिनै समाजमा घट्ने घटनाबाट प्रेरणा पाउँछु ।"

तर लेख्नलाई ल्यापटपको दैलो उघार्दा, कहाँबाट सुरू गरूँ भनेर सोच्दै सिगरेट पिउँदा, शब्दहरू उनेर हरफको माला बनाइरहँदा मेरा आँखाभरि जुठीआमैको अनुहार आउँथ्यो, जसको काखमा शिर राखेर मैले कैयौं कथा सुनेको थिएँ ।

जब म लेख्न थाल्थें, मेरा आँखाभरि तिनै गाउँलेका अनुहार नाच्न थाल्थे, जो आफैंमा अधुरा थिए । कोही पनि पूर्ण थिएनन् । मेरो गाउँ अधुरा मानिसले भरिएको थियो । तिनका अधुरा कथालाई कथामै भए पनि पूर्ण बनाइदिऊँ जस्तो लाग्थ्यो । तर शब्दहरूले साथ दिन्नथे ।

कहिलेकाहीँ भावुकताले न्याकिरहँदा मलाई फुत्त घरबाट निस्केर सुत्त गाउँ जाऊँ जस्तो लाग्थ्यो । तर गाडिएका किला झैं मेरा गोडा उचालिँदै उचालिन्नथे ।

म काठमान्डूका ती लाखौं मानिस जस्तो थिएँ, जो हृदयको झोलामा अटेसमटेस गाउँका स्मृतिहरू कोचेर हिँड्थे । भट्टीहरूमा गिलास बजार्दै, सानो कुचुक्क परेको कोठाको भित्तामा ढेसिँदै आफ्नो गाउँ सम्झेर आँसु झार्थे ।

गाउँ मेरो हृदयमा बलियो गाँठो बनेर बसेको थियो । म त्यसलाई फुकाउन चाहन्थें ।

संयोगवश, २०७१ साल वैशाख १३ गते बिहान सवा नौ बजे गाउँले नै बोलायो ।

"चाँडै आम्नुस् है गाममा । एकपालि आफ्नो घर हेर्छु भन्नुभाको होइन ?" फोनमा महिलाको आवाज आइरह्यो, "सप्पैले पक्की घर हालिसके । हाम्रै घर मात्र पुरानो भो । छोराले पनि पक्की घर हाल आमै भन्दै विदेशबाट पैसा पठायो । घर फिरेका बेला पक्की घरमा बस्ने इच्छा देखाको छ छोराले ।"

"हजुर, हजुर," मैले भनें ।

"अब तपैंले एकपल्ट मेरो घर भत्काउने बेला खबर गर्नू है भन्नुभाथ्यो । त्यै भर खबर गरेको । तपैंको घर ऐलेसम्म त बेसै राख्देछम् । अब कुर्न सक्दैनम् । बूढाले पनि चाँडै भत्काम्ने भन्या छन् ।"

"कैले भत्काउनुहुन्छ ?" मैले सोधें ।

"यै हप्ता भत्काम्ने कुरो छ । लौ त, फोन राख्दें । घर हेर्ने भए चाँडै आम्नुहोला ।"

म मोबाइल खेलाउँदै घट्टेकुलोको तीनतले घरको दोस्रो तलाबाट धोबीखोलामा घाइते सर्प झैं घस्रिरहेको पानी हेरिरहें । सम्झिरहें, सौतेनी नदीलाई, जुन नदीको पानी छोएर भाकल गऱ्यो भने पूरा हुन्छ भनेर पिच्कु माझी भन्थ्यो ।

म भान्सामा आएँ । आस्था लसुनका पातमाथि छुरा चलाइरहेकी थिई । म उसको घुच्चुकनिर उभिएँ । लामो सास तानें र भनें, "हामी पर्सि गाउँ जाऊँ है ?"

ऊ फरक्क पछाडि फर्की । उसको आँखामा हँसिया जत्रो प्रश्नचिह्न झुन्डिएको थियो ।

"यै हप्ता हाम्रो घर भत्काउँदै छन् रे ।"

"यसरी अचानक ?" आस्थाले गम्भीर हुँदै भनी, "अफिसमा बिदा मिलाउनपर्छ । तपैंको पनि, मेरो पनि । फेरि जुनाको इक्जाम आउँदै छ ।"

"जसरी हुन्छ मिलाऊँ," मैले भनें, "यसपालि गइएन भने कहिल्यै गइन्न ।"

बाँसबारी

नेपालगन्जबाट चढेको लोकल बस थोत्रो थियो । पान थुकिरहेको ड्राइभरको पिठ्युँतिरको सिसामा झोक्राएर, घुँडामा निधार टेकाएकी एउटी युवतीको फोटो थियो । जसमुन्तिर लेखिएको थियो–

तुम कब आओगे ?

बसमा पुरानो हिन्दी सिनेमाको गीत बजिरहेको थियो–

प्यार की कागज पे दिल की कलम से...

गीतको तालमा गोडा हल्लाइरहेको खलासी १४ वर्ष जतिको थियो । ऊ हरेक यात्रुसित डराए डराए जस्तो देखिन्थ्यो । बाटोमा ससाना खाल्डाखुल्डी आउँथे, बस घ्याच्च गर्थ्यो । अनि सडकमा जमेको धूलोले बसलाई छोप्थ्यो । झ्यालझ्यालबाट धूलोका मुस्ला बसभित्र पस्थे ।

माछापुच्छ्रेको छायामुन्तिर हुर्केकी आस्थाले तराईको बेपर्बाह धूलो सम्हाल्न सकेकी थिइन । उसलाई धूलोको एलर्जी थियो । अलिकति धूलोले भेट्यो कि घाँटी घ्यारघ्यार गर्न थालिहाल्थ्यो । मैले ऊतिर मायालु नजर लाएँ । ऊ फिस्स हाँसी ।

मलाई थाहा थियो, यो उसको बनावटी हाँसो हो ।

अघिसम्म फराकिला खेत देखेर रमाइरहेकी जुना उसको काखमा निदाइरहेकी थिई । सपनामा काठमान्डूमै पुगिहोली । साथी प्रीतिसँग अङ्ग्रेजी गीतमा कम्मर मर्काइरहेकी होली । मैले उसको कैलो कपाल सुमसुम्याएँ । आस्थाले शिर ढल्काएर मेरो काँधमा राखी ।

मैले सिसा नभएको झ्यालबाट बाहिर हेरिरहें । १६ वर्षमा कत्ति फरक भएछ, अम्बरपुरको बाटो ! पहिला यही बाटोमा लडियाका लस्कर

धूलो उडाउँदै हिँड्थे । तर अहिले लडिया बाटोमा देखिएकै थिएनन् । बस, ट्र्याक्टर र बाइक बत्तिँदै कुदिरहेका थिए ।

बीचबीचमा बाख्रा, गाईगोरू र भैंसीका बथानलाई सडक पार गराइरहेका गोठालाहरू चाहिँ देखिए । मैले त्यो बेला देखेका गोठाला र अहिलेका गोठाला उस्तै थिए । जाँगे लगाएका र कम्मरमा डोरी बाँधेर हँसिया झुन्ड्याएका । उनीहरू आफ्नै नाकअगाडिबाट हुत्तिँदै गएको बसका यात्रुलाई हाँस्दै हात हल्लाउँथे ।

जनावर भने फरक भएछन् । पहिला कहिलेकाहीँ गाउँतिर बत्तिँदै आउने बाइक देखेर तर्सिंदै, सिङ हावामा हुत्याउँदै, पुच्छर ठाड्ठाडो पारेर दगुर्ने जनावर अहिले त बीचसडकमा उभिएर आनन्दले उग्राउँदै गाडीतिर हेर्दा रैछन् । तिनलाई सडकको किनारतिर धपाउन गोठालालाई हम्मेहम्मे पर्थ्यो ।

सडकको छेउछेउ लस्करै ठुल्ठूला बिजुलीका पोल मौन उभिरहेका थिए । म काठमान्डू हिँड्ने बेला पोल ठड्याउन रूख ढालिइरहेका थिए । बाँसबारीमा पहिलोपल्ट बत्ती आउँदा ठूलै उत्सव भएको थियो रे । आमैले फोनमा भनेकी थिइन्, "आज त ठूलै चाड आ जस्तो भाछ । हिजो मात्रै घराँ गुलुप लाइदेका थे । आज सवा छ बजे झलझली बल्यो । म त अबेरसम्म चकित खार त्यसै आँगनगा उभिरहें ।"

मैले फोनमा "ए ए" मात्र भनिरहें ।

मैले काठमान्डूमा बिजुलीका लहराहरू देखिसकेको थिएँ । र काठमान्डूका चहकिला बत्ती देखेर झुम्मिन आइपुगेका कीराहरूलाई देखिसकेको थिएँ । एकदुई कथाका पात्रलाई बत्तीको झिलमिल देखेर त्यसमा ठोक्किन आइपुगेको कीराको बिम्ब बनाइसकेको थिएँ । काठमान्डू पुगेको दुईतीन वर्षमा म धेरै फेरिइसकेको थिएँ । मेरी आमै जेजे कुरामा खुसी हुन्थिन्, ती मलाई खुसी हुनुपर्ने कुरा जस्ता लाग्दैनथे । सहर त्यस्तै हुँदो रहेछ, खुसी हुन पनि सोचिँदो रहेछ । "यो कुरामा खुसी होऊँ कि नहोऊँ" भनेर गम्भीर भइँदो रहेछ । खुसी हुनलाई ठूलै कुरा खोजिँदो रहेछ । पछिपछि त खुसी हुनै बिर्सिइँदो रहेछ ।

कहिलेकाहीँ थकथकी लाग्थ्यो, त्यस बेला आमैकाससाना खुसीमा आफू पनि रमाउनुपर्ने रहेछ । तर मैले आमैका खुसीहरूलाई नकारेको

थिएँ । कहिलेकाहीँ त्यसैत्यसै भावुक हुन्थेँ । त्यसैले एउटा कथा लेखेको थिएँ ।

त्यो कथा म अर्को दिन अम्बर माविका विद्यार्थीलाई सुनाउँदै थिएँ ।

अम्बर माध्यमिक विद्यालयमा रामशरण पौडेल हेडसर रहेछन् । नकुल तिमिल्सेना सरपछि उनी स्कुलको हेडमास्टर भएका रहेछन् । उनले कसोकसो म बाँसबारी आउँदै छु भन्ने थाहा पाएका रहेछन् । अस्ति बिहान फोन गरेका थिए । उनको भनाइमा म अम्बर माध्यमिक विद्यालयमा पढेर राष्ट्रभरि नाम कमाउने पहिलो लेखक हुँ । मेरा कहानीमा बाँसबारी र अम्बरपुरको माटोको बास्ना आउँछ । त्यसैले हिलोमा फुलेको कमल जस्तो मैले आफ्नो पुरानो स्कुल बिर्सन मिल्दैन । एकपल्ट पाइला टेक्नैपर्छ र भर्खरै सपनाको गलैंचा बुन्न तान कसिरहेका विद्यार्थीलाई केही अनुपम नुस्खा दिनुपर्छ । स्कुलले मलाई धेरै माया दिनेछ र सर्बत पिलाउनेछ । र मैले स्कुलको छतमा उभिएर परपर फैलिएका बाँसघारीहरूमा अस्ताएको सूर्य हेर्न पाउनेछु, जुन दृश्य पूरै अम्बरपुर र बाँसबारीबाट हराउँदै गएको छ ।

मैले नाइँ भनिनँ ।

रामशरण सर चाहन्थे– म उनलाई फोनमा सुझाव दिऊँ, स्कुलका विद्यार्थीले कस्ता कहानी लेखेर मलाई सुनाऊन् भनेर । उनी बुझ्न चाहन्थे– म जस्तो राष्ट्रको गहना हुन सक्ने अर्को विद्यार्थी छ कि छैन ! म एकछिन अलमलिएको थिएँ । म कथा पढेर राम्रो र नराम्रो भन्न अलिकति सक्छु । तर यस्तै लेख्नुपर्छ भनेर कसरी भन्ने होला ? हुन त म *जनता दैनिक*को शनिवासरीय साहित्यिक पृष्ठ *शब्द शनिबार*को संयोजक पनि थिएँ । म छापिने मात्र होइन, नछापिने कथा पनि पढेर समय बिताउँथेँ ।

मैले रामशरण सरलाई यत्ति भन्न सकेँ, "यस्तो कथा लेख्न लाउनुस्, जुन आफ्नै गाउँघरको होस्, सके आफैँले भोगेको, नभए बूढाबूढीले सुनाएका ।"

अम्बरपुरमा घ्याच्च बस रोकिँदा दिउँसोको सवा तीन भइसकेको थियो ।

बसपार्क पनि फरक भइसकेको रहेछ । भीड थियो । होहल्ला थियो । पहिला एउटा मात्र सानो काउन्टर हुन्थ्यो । अहिले तीनचार ओटा थिए । होटलहरूको लहरो थियो । हरेक होटलमा फरक गीत बजिरहेको थियो । गायकले पनि झुक्किएर अर्को गायकको गीतमा लय मिलाउलान् भन्ने डर । त्यसमा पनि अनवरत बस, ट्रक र बाइकका हर्न बजिरहेका । पहिला लुडो र बाघचाल खेलिरहेका मानिस देखिन्थे, छेउछाउमा । अहिले त सबैलाई हतार भइसकेको रहेछ, कोही कता कुदेको छ, कोही कता ।

आँखा मिच्दै जुना छक्क परेर चारैतिर हेरिरहेकी थिई । आस्था काँधमा लागेको धूलो टकटक्याउँदै कपाल मिलाइरहेकी थिई । उसका आँखा छतमा चढेको खलासी केटोमा थियो । ब्याग साटिएलान् भन्ने डर उसलाई थियो ।

मेरा आँखाले भने केही खोजिरहेका थिए, बसपार्कका कुनाकुना चहारिरहेका थिए । मैले जुनाको कलिलो पात जस्तो हात समातें र बसपार्क यसै फन्का लाए झैं घुमिरहें । टिकट काउन्टरमा ठूलो भीड थियो । सायद नाइट बसको टिकट काट्दै होलान् । मैले भीडबाट यसो भित्र चियाएँ । भित्र दुई युवक थिए । ऊ थिएन ।

धेरै वर्ष भयो, सायद छोड्यो कि काउन्टरमा बस्न ।

म फर्किनै लागेको थिएँ, उसलाई देखिहालें । ऊ भर्खरै "स्टाफ होटल"बाट खैनी थुक्दै बाहिर निस्किएको थियो । चप्पल लगाएको थियो । कुर्कुच्चा पटपटी फुटेका थिए । उसले लगाएको पाइन्ट छोटो थियो । एकातिरको मोडी माथिसम्म उध्रिएको थियो । कालो तर मक्किइसकेको कोट उसको शरीरमा लत्रिए जस्तो लाग्थ्यो । तालुनिर अलिकति खुइलिएको कपाल जिङ्ग्रिङ्ग परेको थियो ।

ऊ धेरै बूढो भइसकेको थियो ।

मलाई के थाहा ! भोलि अम्बर माध्यमिक विद्यालयको चौरमा विद्यार्थीहरूका कथा, कविता सुन्दै म आफ्नै अतीतको यात्रामा निस्कनेछु ।

र पहिलो जम्काभेट यही बूढो राजबहादुरसित हुनेछ ।

***

बिहान मन्दिरको घण्टीसँगै ब्यूँझिएँ ।

"अप्सरा होटल"को हरियो पर्दा हटाएर हेर्दा सडकमा दूधका भाँडा झुन्ड्याएर दूधवाला कुदिरहेका थिए । होटलको ठ्याक्कै अगाडिको मिठाई पसलमा सेतो हाफ बन्डी र फिक्का नीलो टाटेपाटे लुङ्गी लगाएको ठूलो पेटवाला साहुजी लक्ष्मीको फोटोमुन्तिर राखेको लुगाधुने हरियो साबुनमा अगरबत्ती गाडिरहेको थियो ।

अम्बरपुरको काखमा म धेरै वर्षपछि सपनाविहीन निद्राबाट ब्यूँझिएको थिएँ । थकानले होला, आस्था र जुना पनि गहिरो निद्रामा थिए । जुना आस्थाको छातीमा घुस्रिएकी थिई । गर्मीले कोठा हप्प थियो । म ज्यान तन्काउँदै तल झरें ।

होटलको साहुजी पुत्ताइरहेको अगरबत्ती काउन्टरको चारैतिर घुमाइरहेको थियो । ऊ पनि हाफ बन्डीमै थियो । उसको काँधमुन्तिरको पछिल्लो पातामा बटारिएका रौं देखिइरहेका थिए । उसको कालो गर्धनमा पहेंलो सिक्री टल्किरहेको थियो ।

२० वर्षअघि साहुजी दुब्लो थियो । उसको गर्धनमा सुनको सिक्री पनि थिएन । फतफताउँदै होटलका चारै कुनामा त्यसै फन्का लगाइरहन्थ्यो । चौकीबाट ल्याएर सर्वजित माड्सापले पवन र मलाई यही होटलमा राखेका थिए । घरबाट भागेको थाहा पाएर साहुजीले पनि गाली गरेको थियो । २० वर्षअघि हामी बसेको होटल कर्कटपाताले छाएको थियो । त्यसका भित्ता माटोले लिपिएका थिए । होटलको नाम र साहुजीको अनुहारमा मात्र पुरानो होटलको अवशेष थियो, नत्र सबै अर्कै भइसकेको थियो ।

जयदेव होटलको बाहिरपट्टि चुरोट तान्दै उभिइरहेको रहेछ । उसले पत्रिकाको मुठो पछिल्लो गोजीमा कोचेको थियो । ऊ पातलो ज्यानको थियो । कलेजी रङ्को सर्ट र इँटा रङ्को पाइन्ट लगाएको थियो । गोडामा कपडाका नीला जुत्ता थिए । कपाल दायाँतिर छड्के पारेर कोरेको थियो । उसले मलाई देख्यो र खिस्स हाँस्यो । ऊ *जनता दैनिक*को जिल्ला रिपोर्टर थियो । कथाकार बन्न चाहन्थ्यो । कैयौंपल्ट मलाई आफ्नो रूचिबारे इमेल लेखेको थियो । मैले *शब्द शनिबार*मा उसको कथा *प्रेमको उपहार* छापेको पनि थिएँ ।

"म त ठ्याक्कै अघ्घि नै आको, दाइ," जयदेवले हाँस्दै भन्यो, "हजुर ठ्याक्कै सुतेकै हुनुहोला भनेर बाहिरै बसेको ।"

म हाँसें ।

"दाइ, मैले ठ्याक्कै एउटा बाइकको व्यवस्था गरिसकेको छु," जयदेवले अलि पर ठड्याएको पल्सर बाइक देखायो, "हुन्छ दाइ त्यो ? दाइले भनेको भए जिपको पनि व्यवस्था गर्न सक्थें । दाइले बाइक नै भन्नुभो ।"

"ठीक छ ठीक छ," मैले चुरोट ओठमा टाँस्दै भनें, "मैले बाइक नै खोजेको हो ।"

जयदेवले सलाई कोरेर चुरोटको मुखमा आगो लगाइदियो । मैले लामो सर्को तानें । भनें, "बाइक खोज्देकोमा धन्यवाद है ! मलाई त नपाइएला भन्ने डर थियो ।"

"जाबो बाइक किन नपाइनु दाइ ह्याँ !" जयदेवले आफ्नो चुरोटको ठुटो जुत्ताले किचिमिची पा¥यो, "ऐले त ठ्याक्कै अम्बरपुरमा बाइक नभाका घरै छैनन् । बाइक त ठ्याक्कै फेसन भाछ । नसक्नेहरूले पनि जग्गा धितो राखेर बाइक किनेका छन् ।"

म खिस्स हाँसें ।

"अनि दाइ, हजुरको ठ्याक्कै प्रोगाम केके छ ?"

"एकछिन बाँसबारी जान्छु । अनि अम्बर माविका हेडसरले बोलाछन् । स्कुल पनि जान्छु । आफ्नो पुरानो गाउँ एकपल्ट घुमौं भनेर आको हो । त्यस्तो विशेष केही छैन ।"

"दाइ, म पनि आऊँ ?" ऊ अलिकति लजायो ।

"होइन होइन, पर्दैन । तपैंको कत्ति काम होला !"

"काम त छैन, दाइ," जयदेव फेरि हाँस्यो, "यसो दाइसित घुम्दा रमाइलै होला भनेर भनेको नि, दाइ । अहिले त बाँसबारी पनि ठ्याक्कै पैले जस्तो छैन । दाइको पुरानो अनुभव पनि सुन्न पाइएला भनेर ।"

अब उसलाई नाइँ पनि कसरी भन्नु ! मैले मुन्टो हल्लाएँ ।

उसले उत्साही हुँदै भन्यो, "ल दाइ, तपैं तयारी गर्दै गर्नुस् । म ठ्याक्कै आधा घण्टामा आउँछु ।"

ऊ दगुरिहाल्यो ।

र ठीक आधा घण्टामा बाइक हुर्राउँदै आयो ।

त्यतिन्जेल आस्था र जुना तल झरिसकेका थिए । म बाइक स्टार्ट गरिरहेको थिएँ । होटल साहुजी दैलोमा बसेर मुसुमुसु हाँसिरहेको थियो । उसले मलाई काठमान्डूबाट आएको ठूलै मानिस ठानिरहेको थियो । जयदेवले अनेकथरी कुरा सुनायो होला ।

जुना बाइकको अगाडि बसी । आस्था पछाडि । जयदेवले जुनालाई आफूसित बस्न भनेको थियो, उसले अप्ठ्यारो मानी । एउटा मोटो धूवाँको मुस्लो छर्दै जयदेवले बाइक कुदायो । मैले पछ्याएँ । बाइक कुदाउँदै मैले अम्बरपुरलाई हेरिरहें । धेरै नै फेरिइसकेको रहेछ । बजार पस्ने र निस्कने दुइटा मात्र बाटा थिए । अहिले त कैयौं बाटा थपिएछन् । सोचें– एक्लै आएको भए त अलमलमा पर्ने रहेछु । जयदेव आएर ठीकै भो । ऊ अघिअघि बाटो देखाउँदै दगुरिरहेको थियो ।

म आफ्नै गाउँ पुग्न उसलाई पछ्याइरहेको थिएँ ।

अम्बरपुरबाट १० किलोमिटर कुदेपछि आइपुग्यो, सौतेनी नदी । नदीमा ठूलै पक्की पुल बनिसकेको रहेछ । पुलमाथि थोत्रा ट्रकहरू कालो धूवाँ फाल्दै कुदिरहेका थिए । मैले पुलमा बाइक रोकें । जयदेव बाइक पछाडि घुमाएर घ्यार्रघ्यार्र पार्दै मसम्म आयो ।

"ह्याँ पैला पुल थिएन । डुङ्गा चढेर नदी तर्नुपर्थ्यो," मैले आस्थालाई भनें, "नदी पनि सुनसान हुन्थ्यो । यतै कतै पिच्कु माझीको सानो झुपडी थियो ।"

मैले औंलाले देखाएको ठाउँतिर आस्थाले हेरी । त्यहाँ झुपडपट्टी थियो । बर्सादीले छाएका झुपडी सुनसान थिए । नदी घाइते सर्प झैं बिस्तारै हिंडिरहेको थियो । नदी किनारमा आइमाईहरू लुगा धोइरहेका थिए । नदी वरिपरिको घना जङ्गल पनि थिएन । नदीमाथि उडिरहने सेता बकुल्ला पनि थिएनन् । नदी किनारमा रोडाढुङ्गा झिकेर होला, ठुल्ठूला भ्वाङ परेका थिए ।

आस्थाले क्यामेरा झिकी । जयदेवले हाम्रो पारिवारिक फोटो खिचिदियो ।

खाल्डाखुल्डी परेको बाटोमा हामी दगुऱ्यौं । बाटो बाँसबारीतिर सोझियो । बाटो पहिला साँघुरो थियो । धूलैधूलोले भरिएको । धूलो उडाउँदै लडिया हिँड्थे । बाटो दायाँबायाँ घना जङ्गल थियो । मयूर, लोखर्के, खरायो, गोहोरो केके हुन्थे केके । दिउँसै अँध्यारो भए जस्तो हुन्थ्यो ।

अहिले ती साल, जमुना, साज, बेल केहीका रूख पनि थिएनन् । सायद बाढीले सप्पै बगाएर लगेको थियो । मन भरङ्ग भयो । यही जङ्गलमा लुकेर बस्ने बाघले खैरे गोरूलाई चिथोरेको थियो । अब त कसले विश्वास गर्ला र !

जङ्गल त फराकिलो फाँट भइसकेको रैछ । परपरसम्म रूखका ठुटा र भर्खरै पलाएका पोथ्रापोथ्री मात्र देखिन्थे । पवन र मैले नाम खोपेका रूख पनि कतै थिएनन् । हेन्डिल बेस्मारी समाउँदै मैले बाइक कुदाइरहें । बेलाबेला बोलिरहें, "ह्याँ ठूलो सालको रूख थियो । ह्याँनिर जमुनाको रूख थियो ।"

आस्था र जुनाले मुन्टो हल्लाइरहे । उनीहरू उजाड वन देखेर खिस्रिक्क परेका थिए ।

"दाइ, तस्करहरूले ठ्याक्कै यो वन सकेका हुन्," जयदेवले भन्यो, "मैले वन सखाप भएको रिपोर्टिङ गरेको पनि थिएँ । सायद दाइले पढ्नुभन होला । मलाई धम्की पनि आएको थियो ।"

मैले मुन्टो हल्लाएँ ।

सबै फेरिए पनि आँपको बूढो रूख भने उस्तै थियो । पहिला जङ्गलबीच निदाइरहे जस्तो देखिन्थ्यो । रूख गाउँतिर सऱ्यो कि गाउँ रूखतिर आयो ? रूख अहिले धूले बाटोको छेउमै थियो । बाइकले उडाएको धूलोले अताल्लिइरहेको । मान्छेको तालुबाट कपाल हराए झैं उसका हाँगाबाट पात हराइसकेका रहेछन् । हाँगामा केही कौवा र प्लास्टिकका टुक्रा अल्झिरहेका थिए ।

मैले बाइक रोकें ।

यसो नजर उठाएँ, दाउरे झुन्डिएको हाँगो थिएन । सायद भाँचिएर फेरि पलाएन होला । मैले आस्थालाई भनें, "पहिलापहिला पानी पर्दा होस्

या घाम चर्किंदा गोठाला यै रूखमा ओत लाग्थे । यो रूख जङ्गलको बीचमा थियो । साँझपख त मानिस यो रूखछेउ आउन पनि डराउँथे ।"

अहिले त यही रूखबाट घना बस्ती सुरू भएको थियो । हाम्रो आँखाअगाडि दुईतले पक्की घर थियो, जसको छानामा ठूलो साइनबोर्ड थियो– तारा होटल, बाँसबारी ।

मेरो कुरा सुनेर सबै चकित भए ।

पवन र म यही आँपको पातको फिरफिरे बनाएर बाँसबारीतिर दगुर्थ्यौं । बाँसबारी पुग्न एक घण्टा लाग्थ्यो । अहिले त दगुर्ने ठामै रहेनछ, बाँसबारी वरैसम्म पो आइसकेको रहेछ ।

आमैले ठीक भन्थिन्– बाँसबारी त बिरानो भइसकेको रहेछ ।

फराकिलो बाटो समातेर अलि भित्र पुगेपछि देखें, सानो चोक । बदाम बेचिरहेका ठेलावाल, अमलेट बनाइरहेका ठेलावाल, कुल्फी चुस्दै कुदिरहेका केटाकेटी, गुजुप्प भीड लागेको पान पसल, समोसा तारिरहेका मिठाई पसल, होहल्ला, हतार । सिनेमा हल पनि आइसकेछ– घरका भित्ताभित्तामा टाँसिएका थिए, हिन्दी सिनेमाका पोस्टर । अनि घरघरका छानाछानामा डिस एन्टेना ।

के यो त्यही बाँसबारी हो, जहाँ पवन र म खेतका कान्लैकान्ला दगुर्थ्यौं ?

बीच बजारमा पुगेपछि म अलमलिएँ । दुइटा बाटा थिए । कता जाने होला ?

मेरो समस्या जयदेवले बुझ्यो र भन्यो, "दाइ, यता ।"

मैले उसलाई पछ्याएँ ।

अलि पर पुगेपछि आयो, झुपडपट्टी । चटाईले बारेका र बर्सादीले छाएका । तुरी देखाउँदै बालकहरू यताउता कुदिरहेका थिए । सुँगुरहरू बाटोमा लमतन्न पसारिएका थिए । लुते कुकुरहरूले हाम्रा बाइकलाई पछ्याए । झुपडपट्टी परैसम्म फैलिएको थियो । झुपडपट्टीबाट अलि पर पुगेपछि मैले बाइक रोकें । किनभने बाइक कुदाउँदै गर्दा म झस्किएको थिएँ । के यो त्यही ठाउँ हो ?

"ह्याँ पहिला ठूलै बाँसघारी थियो," मैले कक्रक्क परेका ओठमा जिब्रो घसारें ।

आस्थाले चारैतिर हेरी । जुनालाई रमाइलो लागिरहेको रहेछ, मतिर पुलुक्क हेरी । हो, ह्याँ ठूलो बाँसघारी थियो, जहाँ पवन र म बाँसका रूखमा नाम लेख्न आउँथ्यौं । सर्पहरू खोज्दै चिलगाडी पनि बाँसघारीभित्र पस्थ्यो । पवन र मलाई बाँसघारीभित्र पस्दा सुरक्षित भए जस्तो लाग्थ्यो । हामी बाँसघारीभित्र पसेर अबेरसम्म खेल्थ्यौं । बाँसका पातहरूमा ठोक्किएर भुइँमा टुक्राटुक्रा भई खसेको घामका किरण हेर्थ्यौं ।

कहाँ गएँ ती बाँसहरू ?

"दाइ, यो सुकुमवासी बस्ती हो । कमैया प्रथा उन्मूलन भएपछि यो बस्ती बसेको हो," जयदेवले भन्यो, "एकदुई पटक यो बस्ती हटाउने निर्णय पनि भएको थियो । ठ्याक्कै कसैको बल लागेन ।"

मैले बाइकको हेन्डिल निमोठें ।

घाम मेरा पछिपछि दगुर्दै आइरहेको थियो । त्यसका मसिना धार गर्धनमा बिझाउन थालिसकेका थिए । घामका धार मलाई किन यति कडा लागेका ? काठमान्डूको चिसो मौसममा बसेकाले यस्तो भएको हो कि बाँसबारीको घाम फेरिएको हो ?

बाइकको गतिसँगै घरहरू पछाडितिर दगुरिरहेका थिए । दगुरिरहेका घरहरूको छानामाथिको आकाशमा चिम्नीको धूवाँ देखियो । बाइक रोकें । चिम्नीबाट निस्केको कालो सर्प जस्तो धूवाँको मुस्लो आकाशमा खेलिरहेका खरायो जस्ता बादललाई डस्न बत्तिइरहेको थियो ।

"यो इँटाभट्टा अझै चलिरहेको रैछ है ?" मैले आस्थाको हातमा झुन्डेको क्यामेरा लिएँ र धूवाँको मुस्लोको फोटो खिचें ।

"यो इँटाभट्टा लामो समय बन्द थियो," जयदेवले भन्यो, "ठ्याक्कै पाँच वर्षअघि गजमेर साउले किनेर चलाका हुन् । अहिले फाइदामा छ क्यारे ! यो बजारमा धेरै पक्की घर बन्नुमा ठ्याक्कै यो इँटाभट्टाको ठूलो योगदान छ, दाइ ।"

मैले घरहरूले आधा छेलिएको इँटाभट्टाको चिम्नी हेरिरहें । पहिला त यो इँटाभट्टा परैबाट देखिन्थ्यो । सयौं मिटर वरिपरि कुनै घर

थिएनन् । खेत मात्रै थिए, हेर्दा आँखै तिर्मिराउने गरी फराकिला । यिनै खेतका बीचमा कल्लुरामले बुख्याचा बनाएर ठड्याउँथ्यो ।

यही इँटाभट्टाको सोझै उत्तरपट्टि थियो, शान्तिरामको बगैंचा । पवन र म भोगटे चोर्थ्यौं । एकपल्ट शान्तिरामले भोगटे चोरेको फेला पारेर हाम्रा हात बाबियोको डोरीले बाँधेको थियो । अहिले बगैंचा थिएन । बगैंचा भएकै ठाउँमा दुइटा पक्की र तीन ओटा कच्ची घर थिए । मैले अझै उत्तरपट्टि हेरें । त्यहीँ त थियो, सर्वजित मास्टर सापको आँगन, जहाँ मैले उनको चड्कन खाएको थिएँ । रमालाई काँधमा बोकेर दगुरेको थिएँ । अहिले फर्निचर फ्याक्ट्री थियो । काठ चिरेको आवाज चारैतिर फैलिरहेको थियो । पवन आफ्ना सारा स्मृति हराएर टोलाएर बस्थ्यो, आँगनमा । मैले उसको उदास अनुहार, चमकबिनाका आँखा, कक्रक्क सुकेका ओठ सम्झिएँ । मलाई उसकै स्मृतिका डोरीले हातगोडा बाँधेर ह्याँसम्म ल्याइपुऱ्याएकै त हुन् । तर यहाँ त ऊ पनि थियो भन्ने कुनै चिह्न बाँकी रहेनछन् ।

उसकै आँगनभन्दा अलि पर त थियो, ठूलो डुम्रीको रूख । जहाँ म एकपल्ट रातको अँध्यारोमा एक्लैएक्लै रोएको थिएँ । मेरो रूवाइमा साथ दिंदै झ्याउँकीरीहरू पनि रोएका थिए । खै कहाँ गयो, त्यो डुम्रीको रूख ? डुम्रीको रूख भएकै ठाउँमा फोहोरको थुप्रो थियो । काठका टुक्रा, चाउचाउका खोस्टा, रक्सीका बोतल, प्लास्टिकका पोका, जसमाथि मरेको भुस्याहा कुकुरले आकाशतिर गोडा तन्काएको थियो । हरिया माखा भन्किरहेका थिए ।

गन्धदेखि जोगिन आस्थाले रूमालले नाक छोपेकी थिई । जुना नाकमा पाखुरा दलिरहेकी थिई ।

यही फोहोरको थुप्रोबाट हिँडेर पश्चिमतिर लाग्यो भने १० मिनेटमा पुगिन्थ्यो, मेरो घर । अहिले त बाइकमा छु, फुत्त पुगिहाल्छु कि ?

चार मिनेट लाग्यो ।

१६ वर्ष तीन महिना चार दिनका दिन मैले आफ्नो घरको आँगनमा बाइक रोकें ।

आँगन उस्तै थियो र थियो आरूको बोट पनि । आँगनछेउमै फलामे रड, सिमेन्टका बोरा, इँटाका चाङ र काठका कडीको धुम थियो । घरको छाना र दैलो फेरिएको थियो ।

१६ वर्षपछि घर देख्दा छातीको जोर्नीमा रातो कमिलाले चिले जस्तो भयो । मैले आस्थालाई भनें, "यै पिँढीमा बसेर आमैले मेसिन चलाउँथिन् । मेसिनको खटखट आवाज आँगनभरि नाचिरहन्थ्यो । त्यै आरूको रूखमुन्तिर मेरा बाले देहत्याग गरेका थिए । यही आँगनमा म पहिलोपल्ट आफ्नै गोडामा उभ्भेको थिएँ । आँगनको चारैतिर फुलेका सयपत्री र सुपारी फूलका थुँगा छोएको थिएँ ।"

आमैले मेरो साल यही घरको करेसामा गाडेकी थिइन् । जहाँ अहिले नयाँ बन्ने घरका काठमा झ्याल राखिएका थिए ।

गोठमा बाख्रा र कुखुरा थिए । ती पालैपालो कराइरहेका थिए । आमैले खैरे गोरू मरेपछि कुनै पनि पशु पाल्ने मन गरिनन् । गोठ मौन र उदास रहन्थ्यो । म सुटुक्क गोठमा आएर बालाई सम्झेर रून्थें । अहिले भने गोठ आवाजले भरिएको थियो । बाख्रा र कुखुराका लागि दुइटा कोठा छुट्याइएको थियो । गोठमा न शून्यता थियो, न त मेरा सुस्केराहरू ।

म जहिले पनि बाहिरबाट आउँदा "आमै आमै" भन्दै घरभित्र पस्थें । तर यसपालि बाहिरै उभिइरहें । म अतीतका ती दिन खोजिरहेको थिएँ । तिनै दिनको दैलो उघारेर कसैले "एई बन्ते" भनेर बोलाइहाल्छ कि जस्तो लागिरहेको थियो ।

हामी पिँढीमा ओछ्याइएको राडीमा लहरै बस्यौं । घर मालिक्नीले दूधचिया दिइन् । आमै घरभित्रबाट जुम्लुङ्ग निस्किहाल्छिन् कि झैं म पटकपटक दैलोबाट भित्र चियाइरहेको थिएँ । तर दैलोभित्र आमैको आवाज होइन, टिभीको चर्को आवाज आइरह्यो । शिरमा गम्छा बाँधेकी घर मालिक्नी भित्रबाहिर गरिरहेकी थिइन् ।

"आफ्नो घर भनेको आफ्नै घर हुँदो रहेछ," उनले हाँस्दै भनिन्, "मेरो सपनामा आँख्खैभरि त्यै पहाड घर आम्छ । मन हुरूक्कै हुन्छ । तपैंलाई पनि त्यस्तै त हुँदो होला !"

मन हुरूक्कै भएर त फेरि फर्केर आएको हुँ । सायद नआएको भए पनि हुन्थ्यो । हृदयमा पुरानो गाउँ त भइरहन्थ्यो । म उही अतीतमा रमाइरहन त सक्थें नि । मेरो गाउँ र घरको पुरानो चित्र मसँगै हुन्थ्यो । तर अहिले त पुरानो फोटोमा साइन पेनले रङ थपे जस्तो भएको थियो । जताततै लतपतिएको ।

म त्यस्तो पन्छी जस्तो भएको थिएँ, जो मिलौंमिल आकाशैआकाश उडेर उही गुँडको सम्झनाले आउँछ । म चियाको घुट्को निल्दै टोलाइरहें । आँगनको डिलमा उभिएर जयदेवले बगरका ढुङ्गा झैं चारैतिर छरिएका घर हेरिरह्यो । आस्थाले चारैतिर घुमेर घरका फोटा खिचिरही । जुनाले तर्सिएतर्सिए जस्तो गरेर मेरो हात समाइरही ।

मैले आरूको रूख हेरिरहें । मेरी आमैलाई लाग्थ्यो– मेरा बाको आत्मा यही आरूको रूखमा बस्छ । आरूको रूख मौन थियो । सायद, आमैले घर बेचेर हिंडेपछि बाको आत्मा पनि उदास हुँदै बाँसबारी छाडेर गयो कि ?

१६ वर्षअघि आमै र म यही पिंढीमा बसेर आरूको रूख हेर्दै टोलाएका थियौं । दसैंको मौसम भएर होला, आकाश पनि उराठ थियो । सूर्य पनि बादलका भेडा खोज्दै हिंडिरहेको थियो । मनतातो बतासले हाम्रा गाला सुमसुम्याइरहेको थियो । आमैका हात बेलाबेला काँप्थे । उनका हातका नसा सुन्निइसकेका थिए । आमैले कान कम सुन्न थालेकी थिइन् ।

"आमै, तिमी अब एक्लै हुन्छ्यौ," मैले भनेको थिएँ ।

"मलाई हेर्ने तेरा बा छँदै छन् त !" आमैले भनेकी थिइन्, "सहर मलाई हुन्न, बा । अब म त काल कुरेर बसेकी न हुँ । यतै मर्छु ।"

मेरो मुटु चिरिएर आएको थियो ।

"आमै, अब हामी यता गाउँमा आएर बस्न सक्दैनौं । हाम्रो जागिर पनि उतै छ । नातिनातिना जन्मे भने पनि उतै पढ्छन् । जान्ने हुन्छन् ।"

"तिमेरूको जिन्दगी छ । उमेर छ । उतै बस । म आउन्नँ," आमैले मेरो कपाल सुमसुम्याउँदै भनेकी थिइन्, "सन्तान बुढेसकालमा

पनि साथमा भएनन् भन्ने पीर गर्दिनँ । मलाई हेर्ने त सारा गाउँ छ । तिमेरूलाई पो त्यो सहराँ कसले हेर्ला ?"

"हिँड के आमै, सहरमा सुखसयलले बसौली," मैले फकाएको थिएँ, "पशुपतिनाथको दर्शन गरौली ।"

"सुखसयल मनमा हुन्छ, मनमा चैन छ भने सबथोक राम्रो लाग्छ," आमैले भनेकी थिइन्, "मेरो चैन यैं छ । मैले छाडेर गएँ भने तेरा बाको आत्मा रून्छ । उनको आत्मा एक्लो हुन्छ । सहराँ सुखसयलसित तिमेरू बस्यौ भने मलाई पुग्यो ।"

म शिर निहुराएर बसेको थिएँ ।

"म उता सहराँ बस्नै सक्दिनँ । वनमा उडिहिँड्ने मैनालाई सुनको पिँजडामा थुने जस्तो हुन्छ !"

"हिँड के, आमै !" मैले अन्तिमपल्ट भनेको थिएँ ।

"उखु बढेर काट्ने भइसके । फूल फुल्ने बेला भो । सबै छाडेर जान्नँ म त ।"

"यी सबै बेचेर जाने हो, आमै । चिन्ता नगर ।"

"के भनेको ! यो जमिनमा तेरा पुर्खाको हंस बसेको छ ।" आमैले आँखीभौंमाथि हत्केला राखेर गाउँलाई हेरेकी थिइन्, "मेरो काल मलाई लिन यै गाउँमा आउँछ । म सहराँ गएँ भने त्यल्ले बाटो बिर्सिन्छ ।"

मैले जति गर्दा पनि नमानेकी आमै एक दिन आफैँ काठमान्डू आइपुगेकी थिइन् । त्यस बेला, आमैको मन किन त्यसरी फेरियो, मैले बुझ्न सकेको थिइनँ । अहिले लाग्दै छ– आमै, जे चीजको मोहले बस्न खोजेकी थिइन्, ती सबै थोकले बिस्तारै बाँसबारी छाडेर गएका थिए ।

आमै आफ्नै गाउँमा बिरानो हुँदै गएकी थिइन् । उनी बिरानो बन्दै गएको आफ्नो गाउँ छाडेर बिरानो काठमान्डू आइपुगेकी थिइन् ।

आफ्नै घरको बिरानो आँगनमा एक घण्टा बस्यौं । मैले जुनाको हात समाएर घरलाई फन्को लगाएँ । उसलाई सुनाइरहें– म कहाँ खेल्थें, आमैसित झगडा गरेर कहाँ लुक्थें । ऊ मेरो कुरा सुनेर हाँसिरही । आस्थाले हाम्रो फोटो खिचिरही ।

र आखिर हिँड्नु त छँदै थियो । हिँड्ने बेला जयदेवले हामीलाई आँगनमा उभ्याएर घरसित हाम्रो फोटो खिचिदियो । बाइक स्टार्ट गर्ने बेला मैले घर र आरूको रूखलाई अन्तिमपल्ट हेरें । म हिँडेपछि अब यी पनि रहनेछैनन् ।

अनि बाइक कुदाएँ ।

अलि पर पुगेपछि आइपुग्यो, सानो चोक । बीचमा थियो– वरपीपलको चौतारी । चौतारीमा बसेर मानिसहरू बदाम खाँदै कुरा गरिरहेका थिए । चौतारी छेउमै साइनबोर्ड ठड्याइएको थियो–

वरपीपल चोक

साइनबोर्ड कुनै इनामेल कम्पनीले प्रायोजन गरेको थियो । यी वरपीपल पहिला गाउँको पुछारमा थिए । यिनका पात बतासमा सर्सराउँदै हल्लिन्थे । अहिले त घरहरूले बतास छेकेर हो कि पात हल्लिएकै थिएनन् । मैले बाइक रोकेर वरपीपलको फोटो खिचें । असारे बा टेपरिकर्डरमा गीत घन्काउँदै यिनै रूखको छायामा बस्थे । जुठीआमै असारे परदेशबाट फर्के कि भनेर यिनै रूखमुन्तिर आएर बाटो हेरिरहन्थिन् ।

यिनै वरपीपलको रूखभन्दा अलि पर त थियो, जुठीआमैको घर । अहिले त्यहाँ घरहरूको लहरो थियो । बीचमा चौडा बाटो थियो । बाटोछेउको बिजुलीको पोलमा टाँसिएको चाक्लो र लाम्चो साइनबोर्डमा राता अक्षरमा लेखिएको थियो–

जीवाराम मार्ग

पहिला त्यहाँ एउटा मात्र झुपडी थियो भनेर कसले पत्याउने ?

मेरा आँखामा त्यही अतीतको झुपडी घुमिरहेको थियो । आँगनको कुनोमा तुलसीको मठ थियो । तुलसीको मठमा पानी छर्किंदै पूजा गरिरहेकी जुठीआमैलाई हेर्दै, पिँढीमा अडेस लागेर मुसुमुसु हाँसिरहेका असारे बा ।

म काठमान्डूका गल्लीहरूमा यिनै जुठीआमैको थोते मुस्कानबाट भागिरहन्थें । जुठीआमैले मलाई बाइक चढेर हेरिरहेको देखिन् र खित्त हाँस्दै पछ्यौराको फेरले थोते मुस्कान छोपिन् । असारे बाले पनि यसो मुन्टो उठाएर हेरे । मलाई चिटचिट पसिना आयो । गोडा लगलगी काँपे ।

मैले बेस्मारी बाइक कुदाएँ । म सकेसम्म चाँडो यो बाँसबारीभन्दा पर पुग्न चाहन्थें ।

म मौन हुँदै बाइक कुदाइरहेको थिएँ । आस्था मेरो पिठ्युँमा लपक्कै टाँसिएकी थिई । उसले मेरो काननिर मुख ल्याएर भनी, "मेरो बूढो जन्मेहुर्केको ठाउँ बल्ल देखें ।"

"ठीक भन्यौ," मैले बाटोको बीचमा आएको बाखाको पाठोलाई हर्न बजाएँ, "ठाउँ त यै हो । तर गाउँ यो होइन ।"

कथा

अम्बर मावि पुग्दा सवा एक बजिसकेको थियो ।

विद्यार्थीहरू फूलको गुच्छा बोकेर गेटमा उभिएका थिए । साना उमेरका, आँखाभरि कौतूहल भरिएका, एकअर्कालाई कुइनाले धकेल्दै सबैभन्दा अगाडि उभिन खोजेका साना नानीहरू देखेर मलाई पवनको सम्झना आएको थियो ।

ऊ र म पनि यसरी फूलका गुच्छा बोकेर उभिन्थ्यौं । सदरमुकामबाट आउने जिशिअको स्वागत गर्थ्यौं । स्कुलमा कहिल्यै पनि हामीले पहिले नाम सुनेका र चिनेका मान्छे आउँदैनथे । सरहरू भन्थे, "ठूला मान्छे आउन लाग्नुभाछ । भोलि नुहाएर, सफा लुगा लाएर आउनू, हल्ला नगर्नू, उहाँको कुरा ध्यान दिएर सुन्नू ।"

हामी सरले भने जस्तै गर्थ्यौं ।

ठूला मान्छे प्रायः दौरासुरूवालमा हुन्थे । टाउकामा ढाकाटोपी । गोडामा छालाका चुच्चो परेका काला जुत्ता । उनी सर्वजित मास्टर सापलाई अघिअघि लाएर कोठाकोठा चहार्थे । कक्षाकोठामा हामी सरले पढाएको कुरा चुपचाप सुनिरहेको बहाना गर्थ्यौं । सरहरू पनि अघिपछिभन्दा आफूले बोलेका शब्दमा ध्यान दिइरहेका हुन्थे । ठूला मान्छेले मुसुमुसु हाँस्दै दैलोबाट यसो चियाइरहँदा गणित पढाउने सर्वेश्वर सरका कालोपाटीमा चक घसारिरहेका हात काँप्थे । सारा स्कुल फन्का लाएपछि ठूला मान्छे चौरभरि बकुल्ला झैं थपक्क बसेका हाम्लाई सानो हेन्डी माइकबाट भन्थे, "असल विद्यार्थी हुनू, पढ्नमा मन लाउनू, तिमेरू नै भविष्यमा गएर देशको खम्बा हुनेछौ ।"

खम्बा ? म चिलगाडीले आँगनमा गाडेको खम्बा सम्झिन्थें, जसमा ऊ मरेको सर्प झुन्ड्याइरहन्थ्यो ।

ठूला मान्छे आएका दिन हरिपुरका रेश्मा र नीरा *मै छोरी सुन्दरी* गीतमा *डानस* देखाउँथे । उनीहरू नाच्दा फूलका थुँगा उफ्रे जस्तो देखिन्थ्यो ।

एकदुई पटक पवनले पनि सर्वजित मास्टर सापले लेखिदिएको कविता सुनाएको थियो । स्कुलमा ठूला मान्छे आउँदै छन् भन्ने थाहा पायो कि सर्वजित मास्टर साप ओठ चलाउँदै, औंला नचाउँदै स्कुलबाट फर्किन्थे र पिँढीमा बसेर कापीमा कलम दगुराउँथे । र पवनको हातमा थमाउँदै भन्थे, "मैले कविता अरेको छु । कण्ठ पार । भोलि स्कुलमा सुनाउनुपर्छ ।"

र पवनले मलाई ठुल्ठूलो स्वरमा, आँखा ठुल्ठूला पारेर कविता सुनाउँथ्यो–

जिन्दगीमा कहिल्यै नगर्नू भुल
कोपिला नचुँड्नू हुनेछ फूल
नच्यात्नू किताबका पाना
तिनै हुन् ज्ञानका मूल ।

जब उसले अम्बर माविको चौरमा ठूला मान्छेका अगाडि अलिअलि गोडा कँपाउँदै, अलिअलि अकमकिँदै, मतिर हेरेर अलिअलि हाँसो रोक्दै कविता सुनाउँथ्यो, ताली बज्थे । ठूला मान्छेले मुसुमुसु हाँस्दै तेलले स्याप्प पारेको उसको कपाल सुमसुम्याउँथे । त्यस बेला सर्वजित मास्टर साप गर्वले अनुहार रातो बनाइरहेका हुन्थे ।

ऊ पनि खुसीले लामोलामो सास फेर्थ्यो र स्कुलबाट फर्किरहेका बेला भन्थ्यो, "बुझिस् बन्ते, म साँच्चिकै कविता अर्छु । बाले लेखेको सुनाउन्नँ । आफ्फैं अर्छु ।"

लेख्ने मान्छेहरू त स्वर्गबाटै भगवान्ले पठाका हुन्छन् जस्तो लाग्थ्यो मलाई । म छक्क पर्थें र ऊप्रति गर्व गर्थें । ऊ यसरी सबैका अगाडि कविता सुनाउन सक्छ भने कविता अर्न पनि सक्छ । म त आफूले कविता अरेको कल्पना पनि गर्न सक्दिनथें । सोच्थें– ऊ नै कविता अरोस्, मलाई त ताली बजाउन पाए पुग्छ । सायद, ऊ कवितै अर्न जन्मेको हो !

उसले कहिल्यै कविता लेखेन । बरू काठमान्डू पुगेपछि मैले नै लेख्न थालें । अहिले त समालोचकहरू मलाई "समकालीन नेपाली कथा क्षेत्रको नक्षत्र" भनेर समेत लेख्छन् । मलाई प्रशंसा गर्नेमध्ये कति त मैले र उसले पढेका किताब लेख्नेहरू पनि छन् । सायद, ऊ भएको भए मेरो सफलतामा ताली बजाउँदो हो । फेरि सोच्छु– ऊ भएको भए, म लेखकै बन्थिनथें कि ? किनभने मलाई उसका स्मृतिहरूले नै लेखक बनाएका हुन् ।

बाइक रोकेर गेटमा उभिएका फूल जस्ता नानीहरूबाट घण्टीफूल हातमा लिँदा मैले यताउता हेरें– कतै नानीहरूको भीडमा ऊ र म पनि छौं कि ?

एउटा फूलको गुच्छा पाएर जुना पनि रमाई । मेरो हात समाती । सायद उसलाई आफ्नो बाबा ठूलै मान्छे रहेछ भन्ने अनुभव भएको थियो । आस्था मुसुमुसु हाँसिरहेकी थिई । फूल समातेको जयदेव पनि मक्ख थियो ।

वर्षौं पहिले म हुर्केको, मैले कखरा सिकेको, हाफटाइममा भागेको, पास हुँदा घोडा झैं उफ्रेको स्कुलको चौरबाट रामशरण सरले मलाई बाटो देखाउँदै भित्र लगे ।

अघिल्लो दिन नै सरहरूबाट आदेश पाएका विद्यार्थी चुपचाप चौरतिर गए र फूलका थुँगा झैं मिलेर बसे । अफिस कोठामा पुगेपछि रामशरण सरले हामीलाई सर्बत टक्र्याए । मैले अफिस कोठाको दाहिने भित्तामा भानुभक्त आचार्य, लक्ष्मीप्रसाद देवकोटा, लेखनाथ पौड्यालका तस्बिरमुन्तिर सर्वजित मास्टर सापको फोटो देखें । फोटोमा प्लास्टिकको माला बेरिएको थियो । सर्वजित मास्टर सापका गालामा हड्डी माथि उठेका थिए । उनको अनुहारमा उदासीको तुसारो जमेको थियो । सोचें– फोटो खिच्दा उनले क्यामेरामा हेरेका होइनन् । सायद उनले आफ्नो अँध्यारो अतीत र अँध्यारो भविष्यतिर हेरेका होलान् ।

"उहाँ नकुल सरभन्दा पहिला यो स्कुलको हेडसर हुनुहुन्थ्यो," रामशरण सरले भने, "उहाँले नै स्कुललाई ह्याँसम्म ल्याइपुराउनुभएको हो ।"

रामशरण सर एउटा थोत्रो कुर्सीमा बसिरहेका थिए । वर्षौं पहिले यस्तै कुर्सीमा सर्वजित मास्टर साप बस्थे । म उनका अगाडि शिर निहुराएर उभिरहन्थें ।

"उहाँलाई मैले पछिल्लोपल्ट नेपालगन्जको हस्पिटलमा भेटेको थिएँ । फोक्सोमा क्यान्सर भएको थियो," रामशरण सरले सर्वजित मास्टर सापको फोटोतिर हेर्दै भने, "साह्रै निराश हुनुहुन्थ्यो । आफ्नो छोरोलाई बिर्सन सक्नुभएको थिएन । छोराको मृत्यु आफ्नै गल्तीले भए जस्तो कुरा गर्नुहुन्थ्यो । तर उहाँको कुराको ठेगान थिएन । सायद, भूतप्रेतको कुरा गर्नुहुन्थ्यो । मैले रामरी बुझिनँ । केके बर्बराइरहनुहुन्थ्यो ।"

मैले मुन्टो हल्लाएँ र भनें, "उहाँको छोरो मेरो असल मित्र थियो ।"

रामशरण सर खिस्स हाँसे, "त्यसो भए तपैंलाई धेरै कुरा थाहा होला ।"

आस्थाले छक्क पर्दै मतिर हेरिरहेकी थिई । मैले ऊसित पवनको कुरा गरेकै थिइनँ । मैले आँखा झ्यालतिर मोडें । झ्यालबाहिर राष्ट्रिय झन्डा फर्फराइरहेको थियो । त्यही झन्डामुन्तिर सर्वजित मास्टर सापले मलाई मुर्गा बनाएका थिए । म बेहोसै भएको थिएँ ।

"लौ जाऊँ बाहिर," रामशरण सर जुरुक्क उठे, "हजुरको कहानी सुनिहालौं ।"

चौरमा राखेको टेबलपछाडिको कुर्सीमा हामी बस्यौं । टेबललाई च्यादरले छोपिएको थियो । च्यादरमा फूलबुट्टा थिए । सानो ह्यान्ड माइक थियो । चौरमा घामले बाफिएका, दूबोको त्यान्द्रोलाई दाँतले टोकिरहेका विद्यार्थी सजग भए । झिंजोलाग्दा क्लास लिनु नपर्दा खुसी पनि थिए । अगाडि केटाकेटी थिए भने पछाडि किशोरकिशोरी ।

किशोरीहरू मेरो काखमा बसेकी जुनालाई हेर्दै हाँस्थे । आँखा झिम्क्याउँथे । जुना पनि हाँस्दै पुलुक्क मतिर हेर्थी ।

सरहरू छेउछाउमा उभिएर विद्यार्थीलाई नियालिरहेका थिए ।

हल्ला गर्नेलाई म हिंडेपछि कारबाही हुनेवाला थियो ।

रामशरण सरले विज्ञानका शिक्षक भनेर चिनाएका नौजवानले माइक समाए । माइकले एकपल्ट कानै खाने गरी टुँ गऱ्यो । विद्यार्थीहरूले

कान छोपे । ती शिक्षकले काँपिरहेको आवाजमा म जस्तो प्रसिद्ध कहानीकार स्कुलमा आएकोमा धन्यवाद ज्ञापन गरे । स्वागत नृत्य प्रस्तुत गर्न आदेश दिए ।

दुइटी फुच्ची लजाउँदै भीडबाट अगाडि आए । तिनले सिँगारपटार गरेका थिए । शिक्षकले मोबाइल झिके । मोबाइलमा गीत बज्यो । उनले मोबाइल माइकमा जोडे । माइकबाट ठूलो आवाजमा निस्केको गीत अम्बर मावि हुँदै टाढाटाढासम्म फैलियो । गीत सुनेर केही अभिभावक दगुर्दै चौरमा आए र अलिअलि लजाउँदै, मुसुमुसु हाँस्दै फुच्चीहरूको नृत्य हेर्न थाले । विद्यार्थीले पनि रमाउँदै ताली पिट्न थाले । माहोल जमिसकेको थियो । रामशरण सरले मुसुक्क हाँस्दै मतिर पुलुक्क हेरे ।

पवन पनि भीडमा बसेर ताली बजाइरहेको छ कि ? मैले सानो पाठो जस्तो नजर चौरभरि दगुराएँ ।

नृत्यपछि विज्ञान शिक्षकले कविता सुनाउन विद्यार्थीलाई बोलाए । चार कक्षाको राजुले फूल बन्ने कोपिलाको कविता निहुरीमुन्टी लाएरै सक्यो । नौ कक्षाको श्रीरामले *इतिहास रच्ने कलम*को कविता तरबारसरि हात नचाउँदै सुनायो । तीन कक्षाकी रामकलाले पुलुक्कपुलुक्क आफ्ना सरतिर हेर्दै *ज्ञानको बाटो देखाउने शिक्षक*को कविता सुनाई । सात कक्षा पढ्ने टोपेन्द्रले *गुलेली लागेर खसेको चरा*को कविता रूँलारूँला झैं गरेर सुनायो । अभिभावकहरू भावुक भए ।

लगातार ताली बजिरह्यो ।

फेरि दुइटी किशोरीले नृत्य देखाए ।

अनि विज्ञान सरले कथा सुनाउन केही विद्यार्थीलाई बोलाए । पाँच कक्षा पढ्ने सानो कदको कल्याणले *भोटो पाएपछि खुसी हुने सानी मुसीको कथा* सुनायो । छ कक्षाको अग्लो रमणले *भोकले रोइरहेका साना केटाकेटीको पीडा देखेर रोटी भएर धरतीमा आएको जून*को कथा सुनायो ।

र हाम्रो अगाडि आई, सात कक्षा पढ्ने चण्डिका । उसले अँध्यारो अनुहार बनाएर मतिर हेरी । उसले समाएको कापी बिस्तारै हल्लिरहेको थियो ।

एउटा गाउँमा एउटी बोक्सी बस्थी ।

ऊ रातिराति बिरालो बनेर गाउँभरि घुम्थी । उसले छोएका काँक्रा कुहेर झर्थे । उसले छोएको गाई र भैंसीले दूधै दिन छाड्थे । उसले टोकेका केटाकेटीहरू पेट फुलेर मर्थे ।

गाउँलेहरूलाई थाहा त थियो, गाउँमा बोक्सी छे भनेर । तर बोक्सी को हो भनेर पत्ता लगाउन सकेका थिएनन् ।

त्यही गाउँमा एउटा सानो केटो बस्थ्यो । उसले एक दिन बोक्सीलाई बिरालो बनेको देखेको थियो । तर डरले कसैलाई भन्न सकेको थिएन ।

एक दिन गाउँमा एउटा बच्चा पेट फुलेर बिरामी पऱ्यो । केटोले थाहा पाइहाल्यो, बच्चालाई बोक्सीले टोकेको भनेर । उसले बच्चाको गर्धनमा दाँतका छाप देखेको थियो ।

केटोले गाउँलेहरूलाई आफूले आफ्नै आँखाले बोक्सीलाई बिरालो बनेको देखेको कुरा सुनायो । अनि गाउँलेले बोक्सीलाई गाउँनिकाला गरे । उसको घरमा आगो लगाइदिए । बोक्सी गाउँभन्दा अलि परको खोलाको भेलमा हाम्फालेर मरी ।

गाउँ फेरि सुखी भयो ।

तर बोक्सीलाई केटोदेखि साह्रै रिस उठेको रहेछ । उसको आत्मा फर्केर आयो । उसले पहिला केटोलाई बिरामी पारी । अनि केटोको दिमागबाट सबै कुरा लुटेर लगी । केटोको दिमागमा केही कुरा पनि बाँकी रहेन । उसले बाआमा, साथी र पढेको सबै कुरा बिर्सियो ।

बोक्सीको अझै रिस मरेको रहेनछ । एक दिन बोक्सीले केटोलाई अनेक लोभ देखाएर असारे भेलसम्म पुऱ्याई । जब केटोले पानीमा हाम्फाल्न खोज्यो, केटोको साथीले रोक्यो ।

केटोले "मलाई जादु आउँछ" भन्यो । ऊ पानीमाथि नै हिँड्न थाल्यो । उसको साथी चमत्कार देखेर छक्कै पऱ्यो । केटो खोलैखोला दगुर्दैदगुर्दै गयो । फर्केर आएन ।

अनि बोक्सी पनि फर्केर गाउँमा आइन ।

चण्डिकाले कथा सुरू गरेपछि म हरेक शब्द र हरफहरूले अतालिएको थिएँ । कथा जति अगाडि बढ्यो, उतिउति मलाई कसैले

गर्धनमा समाएर पानीमा डुबाए जस्तो भइरहेको थियो । सधैं मलाई ऐंठन भएर आउने कथा आज यसरी सुनौंला भनेर त मैले कल्पना पनि गरेको थिइनँ ।

मैले चण्डिकालाई बोलाएँ । ऊ लुरूक्क मेरो नजिक आई । उसको सास बढिरहेको थियो । मैले उसको काँधमा हात राखें । उसको कान नजिकै मुख लगेर सोधें, "यो कथा तिम्ले नै लेखेको हो ?"

उसको अनुहार अँध्यारो भयो । उसले बिस्तारै मुन्टो हल्लाई ।

"यो कथा तिम्ले कल्पना गरेर लेखेको हो ?"

"नाइँ," उसले भनी ।

"अनि, कसले सुनायो ?"

"बाले," उसले गोडाको बूढीऔंलाले भुइँ कोतरी, "बाले लोककथा भनेर सुनाउनुभाको ।"

"तिम्रा बाको नाम के हो ?"

उसले पुलुक्क रामशरण सरतिर हेरी । रामशरण सर गजक्क परेर बसिरहेका थिए । उनले सोचे होलान्– उनकी छोरीले सुनाएको कहानी अब्बल ठहरियो । मैले मन पराएँ । त्यही भएर उनकी छोरीलाई आशीर्वाद दिइरहेछु ।

"जाऊ," मैले भनें ।

ऊ निहुरीमुन्टी लाएर गई । चौरमा थ्याच्च बसी । त्यसपछि पनि केही विद्यार्थीले कविता र कथा सुनाए । केके सुनाए, मैले याद राख्न सकिनँ ।

मेरो बोल्ने पालो आयो । मैले सुरूमा अम्बर माविलाई धन्यवाद दिएँ, जसका कक्षाकोठामा बसेर मैले ज्ञान आर्जन गरेर अहिले कथाकार बनेको थिएँ । मैले कहिले मुर्गा बनाउने, कहिले मायाले शिर सुमसुम्याउने शिक्षकहरूलाई धन्यवाद दिएँ । वर्षौंपछि पनि यो पुरानो विद्यार्थीलाई सम्झेर यसरी स्कुलमा निम्तो दिएकोमा विशेषगरी रामशरण सरलाई धन्यवाद भनें ।

र मैले कथा-कविता सुनाउने विद्यार्थी प्रतिभाशाली भएको र आफू धेरै प्रभावित भएको कुरा गरें । ताली बज्यो ।

मैले कथा सुनाउने पालो आएको थियो। मैले गोजीबाट कथा झिकें। एकछिन हातमा खेलाइरहें। हाँस्दै भनें, "यो कथा मैले काठमान्डूबाट सुनाउन ल्याएको हुँ। तर तिमेरूका कथा सुनेर मलाई त आँटै आएन। सबैले मेरोभन्दा राम्रो सुनायौ।"

विद्यार्थी गलल्ल हाँसे।

"कथा सुनाउनुअघि अलिकति कथाका बारेमा बोल्छु। कथा दुईखाले हुन्छन्। एउटा मानिसले तुरून्तै विश्वास गर्ने खाले। जस्तो मानिसले सुन्न चाहन्छन्, ठ्याक्कै त्यस्तो।" मेरो गला खसखसायो, मैले खकारे जस्तो गरें अनि भनें, "अर्को हुन्छ, मानिसले विश्वासै नगर्ने र सुन्न पनि नचाहने। कहिलेकाहीँ कथाकार भ्रममा पुग्छ, ऊ मानिसले जस्तो सुन्न र पढ्न चाहन्छ, त्यस्तै कथा रच्छ। त्यसैले म सोच्छु– कथाकारले कहिलेकाहीँ मानिसले विश्वासै नगर्ने र सुन्न पनि नचाहने कथा सुनाउने आँट गर्नुपर्छ। नत्र मानिसले बनावटी र खराब नियतले भरिएका कथा मात्रै सुन्छन्। उनीहरूले कथाको अर्को पाटोबारे सोच्दा पनि सोच्दैनन्। हुँदाहुँदा कथाको सत्यले भरिएको पाटो हराउँदै जान्छ र भ्रमको पाटो मात्रै बाँकी रहन्छ।"

विद्यार्थीहरू मलाई ट्वाल्ल परेर हेरिरहेका थिए।

"कथा सुनाउन डरायो र गन्थन मात्रै गऱ्यो नभन्नू नि फेरि।"

विद्यार्थीहरू गलल्ल हाँसे।

मैले कथा सुनाउन सुरू गरें। विद्यार्थीहरू गम्भीर भएर मेरो कथा सुनिरहे। तर मैले कागजमा कमिलाका लस्कर जस्ता अक्षर मात्र देखेको थिएँ। म मुखले अक्षर मात्र भट्याइरहेको थिएँ। तर मेरो दिमागमा त केवल बोक्सीको कथा घुमिरहेको थियो। मैले बल्ल थाहा पाएँ, समाजमा घटेको घटना कति रङरोगन गरेपछि लोककथा बन्दो रहेछ!

चौरभरि जम्मा भएका कसैलाई थाहा थिएन, अघि चण्डिकाले सुनाएको बोक्सीको कथाको एउटा पात्र त्यहीँ छ भनेर।

त्यो म थिएँ।

फिरफिरे

चौकी

"काठमान्डू जाने बस कुन हो ?"

काउन्टरमा बसेको ३५ वर्षे राजबहादुर झस्कियो । गुट्खाको रस घुटुक्क निल्यो । ऊ काउन्टरमा बस्न थालेको तीन वर्ष भइसकेको थियो । तर कसैले पनि काठमान्डू जाने बसबारे सोधेको थिएन । उसले आवाज आएतिर हेऱ्यो ।

११ वर्षे केटो उसका अगाडि उभिएको थियो । ऊसँगै थियो, त्यही उमेरको अर्को केटो ।

सोध्ने केटो स्कुल ड्रेसमा थियो । नीलो सर्ट, नीलो पाइन्ट । सर्टका दुवै बाउला कुइनानिर बटारिएका थिए । दायाँ कुइनानिर ददारिएको दाग थियो । उसले सर्ट पाइन्टभित्र कोचेको थियो । उसको कपाल लामो थियो । चेन बिग्रेको झोला बोकेको थियो । किताबका डिल देखिइरहेका थिए । काउन्टरतिर झुक्दा उसका टाउकामा दुइटा भुमरी देखिए ।

राजबहादुरले केटोको अनुहार गहिरिएर हेऱ्यो । अनुहार शान्त थियो । हडबडी थिएन । सुकेका ओठलाई बेलाबेला जिब्रोले रसिलो बनाउन खोजिरहेको थियो ।

राजबहादुरले अर्को केटोतिर हेऱ्यो । त्यो केटो पनि स्कुल ड्रेसमै थियो । उसको नाकबाट सिँगानको डोरी ओठतिर झर्थ्यो अनि स्यार्र पार्दै नाकभित्र तान्थ्यो । सिँगानको लत्कोमा धूलो जमिसकेको थियो, जसरी अगेनामाथिको झुन्डिएको लत्कोमा धूवाँ जम्छ ।

"को जाने काठमान्डू ?" राजबहादुरले मुस्कुराउँदै सोध्यो ।

"हामी," केटोले भन्यो ।

"कतिमा पढ्छौ ?"

"पाँच ।"

"किन जाने ?"

"फुपू भेट्न," केटोले भन्यो ।

राजबहादुर केटोको आँट देखेर अझै मुस्कुरायो ।

"घर कहाँ हो तिमेरूको ?" काउन्टरको कुनामा प्याच्च थुक्यो ।

"बाँसबारी ।"

"नाम के हो ?"

"पवन," केटाले भन्यो ।

"अनि उसको ?"

सिँगान स्यार्र माथि तान्दै अर्कोले भन्यो, "वसन्त ।"

"कस्का छोरा हौ, तिमी ?" राजबहादुरले सोध्यो, "म त्यहाँका धेरैलाई चिन्छु ।"

अब भने पवन अलिकति तर्सियो ।

"घरबाट भागेर आएका हौ ?"

पवनको अनुहार दहमा ढुङ्गा खसे झैं चलायमान भयो ।

"भागेर काठमान्डू हिरो हुन जान लाको ?" राजबहादुरले अलिकति चर्को स्वरमा हपार्‍यो ।

"भागेको होइन," पवनले काँपेको स्वरमा भन्यो, "बाले जा भनेको ।"

"तिम्रा बाको नाम भन त," राजबहादुर काउन्टरबाट उठ्यो, "म अहिल्यै तिम्रा बालाई खबर गर्छु ।"

वसन्तको सिँगान फ्यार्र भयो ।

राजबहादुर काउन्टरमाथि टेकेर बुरूक्क उफ्रियो । बाहिर आयो र ट्याप्पै पवनको पाखुरा समायो । पवन एकछिन कालोनीलो भयो । बाघको आँखाअगाडि परेको मृगको बच्चा जस्तो ।

"नडराऊ, मैले त ठट्टा पो गरेको !" राजबहादुरको स्वर नम्र भयो, "सप्पै बस काँ काठमान्डू जान्छन् र ! काठमान्डू जाने बस त नेपालगन्जबाट पो जान्छ ।"

"ह्याँबाट नेपालगन्ज जान्छ बस ?"

"जान्छ । साँझ चार बजे जान्छ," राजबहादुरले खुसुक्क भन्यो, "त्यसै भागेका हौ कि पैसा पनि बोकेका छौ ?"

"पैसा छ ।"

"खोई हेरूँ त !" राजबहादुरले आफ्नो अनुहार पवनको अनुहारनजिक ल्यायो, "पैसा बोकेका छौ भने म नेपालगन्जको बसमा बसालिदिउँला ।"

"पैसा छ के !" पवनले यताउता हेऱ्यो । मानिसहरू आआफ्नै धुनमा थिए । बसपार्क सानो थियो । एउटा बिग्रेको ट्रक उभिएको थियो, जसका टायर थिएनन् । टायर अडाउने फलामका चक्का मात्र थिए । भर्खरै गएको बसको पाङ्ग्राका छाप धूलोले मेटिसकेको थिएन । अर्को बसको प्रतीक्षामा बसेका यात्रु रूखको छायामा सुस्ताइरहेका थिए ।

काउन्टरभन्दा अलि परको चिया दोकानमा बाघचाल खेलिरहेका मानिसको होहल्ला पवनको कानसम्मै आइरहेको थियो ।

"काँ राखेका छौ पैसा ? हराउला नि फेरि !" राजबहादुरले प्याच्च थुक्यो, "बसपार्कभरि पाकेटमार छन् ।"

बिचरा पवन ! उसले गोजीबाट सयसयका नोटको बिटो झिक्यो, "पैसा छ के । हाम्लाई नेपालगन्ज जाने टिकट मिलाइदिनुस् ।"

राजबहादुरले नोटको बिटो ट्याप्प समायो । गन्यो । १५ सय रूपियाँ रैछ । उसले सयका तीन ओटा नोट छुट्याउँदै भन्यो, "पैसा हराउला । रामरी राख । यो तीन सय म टिकटका लागि राख्छु ।"

बाँकी पैसा हातमा लिँदै पवन अकमकियो । त्यो देखेर राजबहादुरले उसको कानछेउ गुट्खा गन्हाइरहेको मुख ल्याएर भन्यो, "हेर, मैले तिमेरू भागेर आको थाहा पाइसकें । त्यसैले सहयोग गरेको । अब तिमेरू बजारतिर जाऊ, घुम । गर्मी छ, बरफ खाऊ । र ठ्याक्कै साढे तीन बजे आऊ । म सुटुक्क बस चढाइदिउँला । बसपार्कमा नबस, अरूले पनि थाहा पाउँछन् ।"

पवनलाई राजबहादुर देवदूतै लाग्यो । कत्ति मीठो कुरा गरेको ! उसले दिएको सुझाव नराम्रो थिएन । बसपार्कमा त मान्छे आउँछन्, जान्छन् । कोही चिनेको मान्छेले देखिहाल्यो भने त थाहा पाइहाल्छ, बस चढेर जान लागेको भनेर । बरू बजारतिरै घुम्न ठीक । कोही चिनेको

मान्छेले देख्यो भने पनि शङ्का गर्न सक्दैन। शङ्कै लागे पनि स्कुलबाट भागेर बजार घुम्न आएको भन्ठान्ला।

उसले वसन्ततिर आँखा सन्कायो, "जाम्, बजारतिर जाम्। ठ्याक्कै साढे तीन बजे आम्ला।"

"जाऊ जाऊ, ठ्याक्कै साढे तीन बजे आउनू," राजबहादुरले पाइन्टको चोरगोजीबाट गुट्खाको प्याकेट झिक्यो। गुट्खाको मुख च्यात्यो। घाँटी ठाडो पारेर सबै गुट्का मुखमा हाल्यो। सास बाहिर फाल्दा अनुहारअगाडि गुट्काको धूलो उड्यो। तीन सय रूपियाँ दुईपल्ट पट्याउँदै चोरगोजीमा हाल्यो। गुट्खा भरिएको मुख असहज तरिकाले हल्लायो, "तिम्रो पैसा सुरक्षित राख्देको।"

पवन अगाडि बढ्यो। वसन्त उसको छाया बन्यो।

त्यो २०४५ सालको उखर्माउलो गर्मी दिन थियो। भर्खरै होलीले सारा रङ लगेर पिच्कारी मात्र छाडेर गएको मौसम थियो। उनीहरूले अम्बरपुर दुई फन्का लगाए। भोक लागेको थियो। तर काठमान्डू जाने रहरले बिर्सिरहेका थिए। गर्मी र शरीरमा पानीको मात्रा कम भएकाले होला, दुवै फतक्क गले। बीच बजारका दुइटा घरबीचको छायादार चेपमा अडेस लागेर उभिए।

"हाम्लाई देख्यो भने फुपू क्या खुसी हुनुहुन्छ होला है !" मन्दमन्द बतासले जलिरहेका कानका लोती शीतल बनाएपछि पवनले भन्यो, "खसीको मासु पकाउनुहुन्छ होला है ?"

"कुन्नि !" वसन्त चुँइकियो, "मलाई त खुब सुजी खान मन लाछ।"

"हुन्छ। म फुपूलाई सुजी पनि पकाउन भनम्ला।"

"कति ? एक पाउ ?" वसन्त खिस्स हाँस्यो, "म त आधा किलो पनि खाइदिन सक्छु।"

"ल, म आधा किलो पकाउन भनम्ला।"

"हुन्छ।"

दिनभरि कहिले भित्ताको शीतल छाया त कहिले रूखको शीतल छाया गर्दै उनीहरू घुमिरहे। सडकमा हिँडिरहेको मानिसलाई कति बज्यो भनेर सोधे। उसले "सवा तीन" भन्यो। अनि उनीहरू बसपार्कतिर लागे।

बसपार्कमा भीड थपिएको थियो । बसको छततिर मानिसहरू पोकापन्तुरा उछालिरहेका थिए। छतमा उभेको केटो ट्याप्पट्याप्प समाएर राखिरहेको थियो। काउन्टरमा गुजुप्प भीड थियो। पवनले काउन्टरतिर चियायो। राजबहादुर पैसा लिँदै टिकट दिइरहेको थियो। बसले हर्न बजाइरहेको थियो। पवनले बसतिर हेर्‍यो। एक जना बूढा मानिस बल लगाएर बसमा उक्लिए। एउटा अधबैंसे मानिस उफ्रिएर चढ्यो।

बस हिँड्ने तयारी भइसकेको रहेछ ।

वसन्त बस हेर्दै रमाइरहेको थियो । उसले कहिल्यै बस चढेको थिएन । बस चढ्न पाउने खुसी त थियो मनमा । तर पनि उसको आँखाभरि आमै जसोदाको अनुहार आइरहेको थियो। ऊ घरबाट भागेको थाहा पाएपछि रूँदै कहाँकहाँ खोज्दै हिँड्लिन् ?

बिस्तारै काउन्टरको भीड कम हुँदै गयो। पवन काउन्टरतिर सर्‍यो। बल्ल राजबहादुर र उसका आँखा जुधे । तर राजबहादुरको अनुहार सपाट रह्यो ।

पवनले बोलायो ।

राजबहादुरले ऊतिर पुलुक्क हेर्‍यो । आफ्नो अगाडि फैलिएको कागजमा डटपेनले केही लेख्न थाल्यो। उसको छेउमा उभिएको मानिसले घोरिएर त्यहाँ हेरिरहेको थियो । राजबहादुरले भर्खरै लेखेको कागजमा पैसाको मुठो बटारेर दियो ।

"ल त कन्डक्टर साप, यात्रा सफल रहोस् !" राजबहादुरले भन्यो ।

"ल ल, अनि कहिले आउने नेपालगन्ज ?" कागज र पैसा अँठ्याउँदै कन्डक्टर हाँस्यो, "धम्बोजी स्टाफ होटलकी साउनीले सोध्दै थी।"

"त्यसले सोध्ने मात्र त हो । अलिकति पैसा खन्यायो कि सोधेको सोध्यै गर्छे," राजबहादुरले हात मिलाउँदै भन्यो, "तीनचार महिना आउँदिनँ। हुन त गाडीवालाको के भर ! भोलि नै हिँड्दिन पनि सक्छु।"

हाँस्दै कन्डक्टर काउन्टरबाहिर आयो र बसतिर लम्कियो ।

बस यात्रुले भरिइसकेको थियो। एउटी महिलाले झ्यालबाट टाउको बाहिर निकालेर छादिरहेकी थिइन् । यता वसन्तको पेट मचमच भयो । राजबहादुरलाई एक्लै देखेर पवनले सोध्यो, "हाम्रो टिकट खोई ?"

"केको टिकेट ?" राजबहादुर झर्कियो ।

"अघि नै पैसा लिनुभाको होइन ?" पवनले अलि आँटिलो स्वरमा भन्यो ।

"मैले भनेको मान, खुरूक्क घर फर्क," राजबहादुरका आँखा कठोर देखिए, "यसरी घरबाट भाग्नु राम्रो होइन ।"

बस बेस्मारी थर्थराइरहेको थियो । हिंड्ने तयारीमा थियो । मानिसहरू झ्यालबाहिर टाउको निकालिरहेका यात्रुलाई केके जाती सम्झाइरहेका थिए ।

"हाम्रो टिकट दिनू," पवनले रून्चे स्वरमा भन्यो ।

"खुरूक्क घर फर्कन्छौ कि पुलिस बोलाऊँ ? पैसा चोरेर भाग्ने ?" राजबहादुर सन्कँदै उठ्यो । राजबहादुरको चर्को स्वर सुनेर मानिसहरूको ध्यान तानियो । मानिसहरूले क्वारक्वार्ती हेरेको देखेर पवन तर्सियो ।

पवनले बल्ल थाहा पायो– राजबहादुरले अघि मीठो बोलेको रहस्य । साले त ठग पो रहेछ । आफू जालभित्र परेको थाहा पाएर उसको अनुहार पिन्चे भयो ।

खलासीले ढोका ढ्याकढ्याक पाऱ्यो । बस बिस्तारै गुड्यो । लौ, बस त छुट्ने नै भयो !

उसले अन्तिमपल्ट याचना भरिएका आँखाले राजबहादुरतिर हेऱ्यो । राजबहादुरले गुट्खा मुखमा राखिसकेको थियो । मुख टम्म बन्द थियो । तातो आलु मुखमा राखे झैं उसले एकछिन हाउहाउ गऱ्यो । प्याच्च थुक्दै करायो, "खुरूक्क घर जाऊ । नत्र पुलिसलाई भन्दिन्छु ।"

त्यही बेला दुइटा पुलिस साइकिल हुइँक्याउँदै बसपार्क आइपुगे ।

पुलिस देखेपछि वसन्तका गोडा लगलगी काँपे । उसले एकपल्ट स्यार्र पार्दै सिँगान माथि तान्यो र घोडाले बुर्कुसी मारे जसरी दगुऱ्यो ।

पवनलाई के गरूँ, के गरूँ भो । ऊ भर्खरै खसेका आँसुका तात्ताता डल्ला हत्केलाले पुछ्दै बेस्मारी दगुऱ्यो । राजबहादुरको आवाजले पछ्याइरह्यो, "फेरि भाग्छौ ? मैले जान्या छु ।"

वसन्त दगुर्दै बजार छेउतिरको थोत्रो चिया दोकान पुग्यो र भित्तामा अडेस लाग्यो । चिया पसलमा माखा भुनभुनाइरहेका थिए । वसन्तको

सास फुलिसकेको थियो । मुटुले छाती उचालिरहेको थियो । उसले शिर निहुराउँदै दगुरिरहेको पवनलाई देख्यो । पवन पिठ्युँको झोला उफार्दै ऊतिर आयो । उसको अनुहार कालोनीलो भइसकेको थियो ।

ऊ स्याँस्याँ गर्दै वसन्तछेउ अडियो ।

वसन्तले मायालु अनुहार बनाएर ऊतिर हेऱ्यो । उसले शिर निहुऱ्यायो । उसका गोडा पसिनाले भरिएका थिए । दगुर्दा चप्पल चिप्लिन्थे । उसले गोडामा माटो दल्यो र चप्पल लगायो ।

"त्यल्ले मेरो पैसा लग्यो," उसको आवाज काँप्यो, "म फुपूलाई भन्दिन्छु ।"

दुवै एकछिन मौन भए ।

"मलाई साह्रै भोक लाछ," मलिन स्वरमा वसन्तले भन्यो ।

पवन केही बोलेन, चिया पसलअगाडि आयो । उनीहरूले पानी पिए । बेलाबेला आफू दगुरेर आएको बाटोतिर हेर्थे । पुलिस आउँछन् कि भनेर होला । यहाँ बसिरहनु पनि खतरा छ, उनीहरूलाई थाहा थियो । थाहा थियो, यहाँभन्दा अगाडि गयो भने कतै दोकान छैनन्, भोकै परिन्छ । उनीहरूले भोकका अगाडि हार खाए । चना र चिया मागे । साहुजीले चना दियो र चिया उमाल्न थाल्यो । चना खाँदा उनीहरूका हात काँपिरहेका थिए । हरेक गाँसमा चनाका एकदुई दाना भुइँमा खस्थे ।

त्यही बेला चैते हावा झैं राकेश र शिवे चिया दोकानमा आइपुगे ।

"दाइ, पानी दिनुस् न" भन्दै छेउमा उभिए ।

साहुजीले झिंजो मान्दै पानीको जग दियो । राकेश र शिवे कर्के आँखाले कहिले वसन्त त कहिले पवनतिर हेर्न थाले । पानी पिएर उनीहरू त्यहीँ उभिइरहे । खोला किनारमा माछा कुर्दै एक खुट्टामा उभिरहेका दुई बकुल्ला झैं । स्वात्त माछा उफ्रेला र ट्याप्प चुच्चोले समाउँला भनेर ।

साहुजीले मधुरो स्वरमा गीत गुनगुनाउँदै चिया गिलासमा खन्याएर दियो ।

"पाउरोटी पनि खाम् है ?" वसन्तले भन्यो ।

"तँ एउटा खा, म एउटा खान्छु ।"

साहुजीले दुइटा पाउरोटी दियो ।

"बाबुहरूको घर काँ ? खुबै भोका छौ !" साउजीले मायालु पाराले सोध्यो ।

पाउरोटीको अन्तिम टुक्रा निल्दै पवनले भन्यो, "बाँसबारी ।"

"ए टाढै छ त । के कामले आएका हौ ? रात पर्न थालिसक्यो त ।"

पवनले एकछिन सोच्दै भन्यो, "बजारमा चिठी पुऱ्याउन आको ।"

पवनले कत्ति छिटो कथा बनाउन सकेको ! वसन्तले ऊतिर पुलुक्क हेऱ्यो । तर केही बोलन । उनीहरूले चिया सके । सर्टको बाउलाले ओठको कापकापमा अल्झेको पाउरोटीको छेत्रा पुछे ।

"कति भो ?" पवनले सोध्यो ।

"१८ ।"

पवनले गोजीमा हात छिरायो । रूपियाँको मुठो निकाल्यो । त्यो देखेर साहुजी झस्कियो । किनभने अहिलेसम्म ११ वर्षे केटोको गोजीमा यत्ति पैसा देखेको थिएन । साहुजी झस्केको देखेर पवन पनि हच्कियो । राकेश र शिवेका आँखा ठूला भए ।

पवनले सयको नोट साहुजीतिर बढायो । साउजीले सयको नोट समात्न त समात्यो । तर उसको मुखबाट फुस्किहाल्यो, "काँबाट ल्यायौ यत्रो पैसा ?"

"बाले देको ।"

"यत्रो पैसा बाले दिन्छन् ?" साहुजीको अनुहार रातो भो, "चोरेको त होइन ?"

पवन डरले पिलपिल भयो ।

"कति पैसा चोरेका छौ ?" साहुजीले पवनको पाखुरा ट्याप्प समायो । पवनका आँखाबाट आँसु बगिहाले । ऊ पाखुरा छुटाउने कोसिस गर्न थाल्यो ।

"बाले देको हो, पैसा ।" पवनले बल गरेर पाखुरा खुस्कायो र बेस्मारी दगुऱ्यो । जीवनमा त्यति जोडले पवन अहिलेसम्म दगुरेको थिएन ।

शिर निहुराएर उभिइरहेको वसन्तले यताउता हेऱ्यो । सबैका आँखा ऊतिरै थिए । ती आँखा उसलाई सर्पका आँखाभन्दा पनि डरलाग्दा लागे ।

ऊ पनि बेस्मारी दगुऱ्यो ।

साहुजीले केटाहरू दगुरेतिर हेरिरह्यो । उनीहरू एकैछिनमा अलि परको मोडबाट छेलिए ।

"काँका हुन् ?" साहुजीले खुइय सुस्केरा हाल्यो, "कस्का बच्चा हुन् खै ?"

राकेश र शिवेले आँखा सन्काए । चिया पसलबाट हिँड्दै मोडसम्म आए । जब मोड छेलियो, उनीहरू पनि दगुरे ।

अबेरसम्म दगुरेपछि पवनले पछाडि फर्केर हेऱ्यो । वसन्त पनि पछिपछि बर्त्तिंदै आइरहेको थियो । ऊ स्याँस्याँ गर्दै उभिरह्यो । निधारमा निस्केको पसिनाको सानो गिर्खा नाकबाट डल्लिँदै ओठमा खस्यो ।

वसन्त छेउमा आएर उभियो । उसको ओठ र नाकको बीचमा पसिना जमेको थियो । नाकबाट सिँगानको मसिनो धार तल चुहिरहेको थियो । उसले स्यार्र तान्यो ।

पवनले आँसु पुछ्यो, "मलाई बाले मार्छन् ।"

"मैले त नभागम् भनेकै थें," वसन्तले रून्चे स्वर निकाल्यो, "मलाई आमैले भकुर्छिन् ।"

"हिँड् घर फर्किम्," पवनले आँसु पुछ्दै भन्यो ।

"जाम्, आमैको माया लाग्यो ।"

अँध्यारो हुनै थालेछ । बूढी आइमाईको टिकुली जस्तो रातो सूर्य हतारिँदै बाँसबारीतिर हिँडिरहेको थियो ।

अगाडि घना सालघारी थियो । बाँसबारी पुग्न करिब चौध किलोमिटर जङ्गल हिँड्नुपर्थ्यो । पिच्कु माझी पनि सुतिसक्छ होला, कसले तारिदेला सौतेनी नदी !

बाटो डरलाग्दो थियो ।

पवनले केही महिनाअघि सुनेको कुरा सम्झियो– यही जङ्गलमा घाँस काटिरहेकी एउटी महिलालाई चितुवाले हमला गरेको थियो । उनले घामबाट जोगिन शिरमा सल बाँधेकी रहिछन् । चितुवाले सल लगेर त बाँचेकी थिइन् । उसको मुख प्याक्क सुक्यो ।

वसन्तले भने यही जङ्गलको भूतको कथा पनि सुनेको थियो । एकपल्ट एउटा मान्छे साइकल चढेर दूध बेच्न बिहानै हिँडेको रहेछ । भर्खरै चन्द्रमा हराएको थियो, घाम उदाउनै बाँकी थियो । साइकल घना जङ्गलभित्र के पसेको थियो, अचानक साइकलको पछिल्लो भाग गह्रुँगो भो रे ! मान्छेले पछाडि फर्केर हेरेछ । आम्मै ! साइकलको क्यारिअरमा त सेतो लुगा लगाएकी एउटी आइमाई बसेकी । उसको लामो कपाल अनुहारतिर खसेको ।

मान्छे त बेहोसै भएछ ।

"हामी हात समाएर दगुरम् है !" पवनले भन्यो ।

दुवैले हात समाएका मात्र के थिए, भुइँमा खसेका पात बजे । उनीहरूले आवाज आएतिर हेरे । दुइटा केटा दगुर्दै नजिकै आइरहेका थिए, अघि चिया पसलमा देखेका ।

उनीहरूले केही सोच्नै पाएनन् ।

राकेशले पवनको कठालो समायो भने शिवेले वसन्तको । उनीहरू आत्तिए । बढ्दै गइरहेको अँध्यारो अनि त्यसमा आफूभन्दा दोब्बरतेब्बर उमेरका बदमास केटा । केटाहरूले साइकलको चेन कम्मरमा बाँधेका थिए । अनुहारभरि कोतराकोतर गरेको दाग थियो ।

"दाइ, हाम्लाई छाडिदिनुस्," पवन आत्तियो ।

"पैसा निकाल्," राकेशले पवनको पाइन्टतिर हात बढायो ।

"पैसा छैन, दाइ ।"

"खुरूक्क दे, नत्र तिमेरूलाई ह्यौं मारेर फाल्दिन्छौं," राकेशले पवनको रूद्रघण्टीनिर अँठ्यायो, "ह्यौं गाडिम् भने पनि कसैले था पाउन्नन् ।"

पवनले किक्लिककिक्लिक गऱ्यो ।

"तँ तेल्लाई मार्, म यस्लाई मार्छु," राकेशले शिवेलाई आदेश दियो ।

"मरें नि आमै !" पवनको चीत्कार निस्कियो ।

राकेशको यस्तो राक्षसरूप त शिवेले पनि देखेको रहेनछ । शिवे पनि तर्सियो । उसले आत्तिँदै वसन्तको गर्धनतिर हात के बढाएको थियो, वसन्तलाई ज्यानमा देउता चढे झैं भयो । ऊ हावाको गतिमा शिवेको

हातबाट फुस्कियो । कति बेला भुइँको ढुङ्गो समायो र शिवेको निधारमा बजाऱ्यो । न त शिवेले थाहा पायो, न त वसन्त आफैंले ।

शिवे भुइँमा घोप्टियो ।

शिवे भुइँमा घुप्लुक्क ढलेको राकेशले देख्यो । उसका हात खुकुला भए । पवन उसको पन्जाबाट फुस्कियो । त्यही बेला वसन्तको हातको ढुङ्गो राकेशतिर बत्तियो । राकेशले निधार छक्काउन सकेन । चोट थाम्न सकेन । भुइँमा पछारियो ।

"राँडीका बान !" राकेश चिच्यायो ।

वसन्त अझै लगलग काँपिरहेको थियो । राकेश र शिवे घोप्टो परिरहेका थिए । वसन्तले एकमुठी माटो समायो र दुवैको अनुहारतिर झम्टियो । दुवैका आँखीभौं धूलोको बीचबाट शिर उठाइरहेका दूबो जस्ता देखिए ।

"माऱ्यो, राँडीका बानले माऱ्यो !" शिवेको चीत्कार जङ्गलको परपरसम्म गयो र बिस्तारै फर्कियो ।

वसन्तले पवनको हात समायो र दगुऱ्यो ।

उनीहरू दगुरिरहे । जङ्गलले उनीहरूलाई निल्दैनिल्दै गयो । पवन वसन्तको रफ्तारमा दगुर्न सकेको थिएन । हात फुस्किन्थ्यो । वसन्त फेरि उसको हात समात्थ्यो र दगुर्थ्यो ।

उनीहरू पसिनाले सारा शरीर लुछुप्प रूझ्दासम्म दगुरिरहे । बाटो छेउछाउका वनकुरो जुम्रा झैं उनीहरूका पाइन्टभरि चप्किरहे ।

उनीहरू बेलाबेला आकाशतिर हेर्थे । भर्खरै घाम अस्ताएको आकाश कलेजी मखमलको टुक्रा जस्तै थियो । घामलाई लखेटिरहेको जून आकाशको डिलैडिलै हिँडिरहेको थियो ।

जङ्गलमा एकनास झ्याउँकीरी कराइरहेका थिए । चराका झुन्ड कपालको चुल्ठो जस्तो झुप्प परेको रूखतिर उडिरहेका थिए । जङ्गलमा मानिसको कुनै गन्ध थिएन । बरू जङ्गली जनावर र किंवदन्तीका राक्षसहरू मानिसको गन्ध खोजिरहेका थिए ।

"मरें नि आमै !" वसन्त करायो, "मेरा पिँडौला फर्के ।"

पवन रोकियो । वसन्त त थ्याच्चै भुइँमा बसिसकेको थियो । उसले आफ्ना दुवै हातले कहिले दायाँ त कहिले बायाँ पिँडौला समाइरहेको थियो ।

"बिस्तारै हिँडम् के !" पवनले भन्यो । ऊ सकेसम्म चाँडो जङ्गलबाहिर निस्कन चाहन्थ्यो । उसलाई कति बेला झुस्स कि चितुवा आउँछ, कि प्रेत आउँछ भन्ने लागिरहेको थियो । वसन्त बसेको ठाउँभन्दा अलि पर शिर निहुराएर बसिरहेको जोगी जस्तो रूख थियो । हेर्दै डरलाग्दो ।

"म हिँड्नै सक्दिनँ," वसन्तले सुँक्क गर्‍यो, "म अब घरबाट भाग्दिनँ । ऐया आमै !"

पवन पनि थाकेको थियो । उसले दुवै हत्केला आफ्ना घुँडामा टेकाएर वसन्तलाई हेरिरह्यो । र ऊ पनि टुक्रुक्क बस्यो । अगाडि हिँड्नुपर्ने बाटो लमतन्न पसारिएको थियो, मुर्दालाई घाट लैजाँदा बाटो बनाएको सेतो कपडा झैं । पवनका ओठ काँप्न थाले । उसले सम्झियो– यति बेला त ऊ घरमा टुकीको उज्यालोमा घोप्टिएर पढिरहेको हुन्थ्यो । उसकी बहिनी रमा कापीमा हात्ती बनाइरहेकी हुन्थी । उसका बा पलङमा उत्तानो परेर उपरखुट्टी लाएर सोचिरहेका हुन्थे ।

खत्र्याक्क जङ्गलमा केही चलमलायो । पवन घरको उज्यालोबाट हुत्तिएर घना अँध्यारो वनमा आइपुग्यो । उसले वसन्ततिर हेर्‍यो, वसन्तले त ऊतिर पहिल्यै हेरिरहेको रहेछ । उनीहरू दुवैले आवाज आएतिर हेर्न सकेनन् । चितुवा नै आको पो हो कि ?

तर फेरि चालचुल केही भएन ।

"गाउँ पुग्न सकिन्न आज," पवनले काँपेको आवाजमा भन्यो, "बजार फर्किम् ।"

फेरि बजार ? वसन्तका ओठमुख सुके । भर्खरै ढुङ्गा बजारेका केटाहरू त्यतै पो छन् कि ? तिनले कुटीकुटी मार्छन् । वसन्तको पनि आवाज काँप्यो, "बजार नजाम् ।"

बिहानै घरबाट स्कुल हिँडेका यिनीहरू मध्य जङ्गलमा दिशा हराए जस्ता भएका थिए । कलिला ओठ कलेटी परिसकेका थिए ।

लुगा मैलिएका थिए । बिहान उदाएको कलिलो सूर्य दिनभरमा डढेर उनीहरूको अनुहारमा अस्ताएको थियो ।

"अब म उठ्नै सक्दिनँ," वसन्तले मसिनो स्वरमा भन्यो, "मलाई त्यो रूखमुन्तिर लैजा ।"

पवनले सहारा दियो । वसन्त खोच्याउँदै हिँड्यो । त्यो जमुनाको रूख थियो । उनीहरू रूखमुन्तिर बसिरहे । एकअर्काको हात समाएका थिए । भोकले पेट हुँडुलिइरहेको थियो । तिर्खाले ओठमुख प्याक्क सुकेका थिए । भोक, त्रास र गल्ती गर्नुको पीडाले दुवैको हृदयलाई बिस्तारैबिस्तारै चपाइरहेको थियो ।

"फुपू यति बेला मसला पिस्दै हुनुहोला है ?" पवनले मसलाको बास्ना कल्पना गऱ्यो ।

वसन्तले मुख मिठ्यायो, "म त ऐले दुई किलो मासु खाइदिन सक्छु ।"

दुवैले आँखा चिम्लेका थिए । भोकले होला, उनीहरूको कल्पनामा खानाबाहेक अरू केही कुरा थिएन । पवनले तात्तातो रसगुल्ला खायो, वसन्तले जेरी । पवनले पाउरोटी खायो, वसन्तले सेल । पवनले पोलेको मासु खायो, वसन्तले झोलवाला ।

वसन्तका आँखा लोलाउँदै गए । उसले सपनामा हो कि कल्पनामा, आकाशबाट तात्तातो जेरी खसिरहेको देख्यो । जेरी उसको नजिकनजिक आउँदै गयो । उसले जेरी समात्न खोज्यो । तर जेरी त भ्यागुतो झैं उफ्रिन पो थाल्यो । भ्यागुतो झैं उफ्रिएर पर पुगेको जेरी फेरि उसको आँखामा ठोक्किन उफ्रियो । वसन्तले झ्वाट्ट आँखा खोल्यो । जेरी जरतै बटारिएको प्रकाशको धार उसको निधारमा ठोक्किइरहेको थियो । उसलाई हाच्छ्युँ आउला जस्तो भयो । आएन । उसले नियालेर हेऱ्यो । आँखाअघि छ ओटा बुट थिए ।

उसले गह्रौं आवाज सुन्यो, "बल्ल फेला परे जाँठाहरू ।"

तीन जना पुलिस थिए । बुट लगाएका । फिक्का हरियो कपडा लगाएका । पछाडि हिँड्नेको हातमा लौरो थियो । बीचमा हिँड्नेको हातमा ठूलो

टर्च । टर्चको उज्यालोअगाडिका रूख, झाङ र स्वात्तस्वात्त झाङभित्र पस्ने लोखर्केहरूमा ठोक्किइरहेको थियो । अघिअघि हिँड्नेको हातमा भरूवा बन्दुक । बीचमा थिए, पवन र वसन्त । मधुरो चन्द्रमाले रूखका पातला छाया बनाइरहेको थियो । वसन्त खोच्याइरहेको थियो । उसको लङ्गडो छाया सडकछेउका पातहरूमाथि बेआवाज हिँडिरहेको थियो ।

पुलिसले पवनको झोला खोतलखातल पारेका थिए । फेला पारेका थिए– गाता मैलिएका किताब र पाना फुलेका कापी । दुई जोर कपडा । मसी वाकिरहेको एउटा कलम ।

पुलिसले पवनको गोजीबाट एकमुठो पैसा फेला पारेका थिए । बन्दुक बोक्नेले आफ्नो गोजीमा हालेको थियो । उसले भन्यो, "साले ठेट्नाहरू, घरबाट भाग्ने ? कहाँकहाँ खोजेनौं ? हिरो हुन काठमान्डू जान लाका हौ ? कसो ह्याँ जङ्गलमा चितुवाले चिथोरेनछ ।"

"फुपूलाई भेट्न जान लाका हौं," डराउँदै पवनले भन्यो ।

"काँ छ काठमान्डू ? थाह छ ?" लौरो समाएको पुलिस करायो, "अब फुपूको घर होइन, मामाको घर पुग्छौ ।"

पुलिस जङ्गलमा भेटिने चितुवा, सर्प, दुम्सी र मयूरको कुरा गर्दै हिँडिरहे । एउटा बिदा नपाएकोमा मुर्मुरिरह्यो । उनीहरूले घरबाट भागेका धेरै मानिसको कुरा गरे । कसैलाई पुलिसले छोपेको, कसैको लास जङ्गल र खोलाकिनारमा भेटिएको कुरा गरिरहे ।

बन्दुक समाएको पुलिस भने काठमान्डू गएर राजा वीरेन्द्रको पञ्चायती व्यवस्था बचाउनु सट्टा ठेट्नाहरूलाई खोज्दै हिँड्नुपरेकोमा आक्रोशित थियो । बेलाबेला सालको रूखलाई नै गोली दाग्न खोज्थ्यो ।

अबेरसम्म हिँडेपछि पर मधुरो बत्ती बलिरहेको अम्बरपुर देखियो ।

पुलिसचौकीमा लालटिन बलिरहेको थियो । काँडेतारले घेरिएको चौकीभित्रबाट होहल्ला बाहिर आइरहेको थियो । एउटा सानो पक्की घर । छेउमै प्लेट जस्तो गोलो छाना भएको अर्को घर पनि थियो । त्यहाँ केही काठका डुग्गी थिए । केही मानिस बसिरहेका थिए । बीचमा लालटिनको उज्यालो फैलिरहेको थियो ।

मूलगेटमा काठको गारो लगाइएको थियो । गेटमा बन्दुक बोकेर पुलिस उभिइरहेको थियो । उसले आफूतिर आइरहेका पुलिसलाई सोध्यो, "ठेट्नाहरूलाई भेट्टायौ ?"

एउटाले भन्यो, "जङ्गलमा लुकेर बसेका थे ।"

"कस्ता सुरा रैछन् !" पुलिसले हाँस्दै गेट खोलिदियो, "असई सापले कुरिरहनु भाछ ।"

गेटभित्र पस्ने बेला पवन अलिकति तर्सियो । पुलिसले भित्र धकेल्यो र पाखुरा समाएर लग्यो । डुग्गीमा बसिरहेको मानिस उठ्यो । उसले तल पाइन्ट, माथि सेतो हाफ बन्डी लगाएको थियो । बत्तीको मधुरो उज्यालोमा उसको अनुहार कालो देखिन्थ्यो । कालै होला । गर्धनमा झुन्डिएको सुनको सिक्री भने मज्जाले टल्किरहेको थियो । त्यो मानिस उभिनेबित्तिकै सप्पै पुलिसले स्यालुट गरे । उसले मुन्टो हल्लायो ।

"यिनै हुन् ?" उसले सोध्यो ।

"हजुर असई साप, जङ्गलमा लुकेर बसेका थे" भन्दै पुलिसले पवन र वसन्तलाई भित्र तान्यो । सँगसँगै उभ्यायो । उनीहरू आफ्नै मुटुको ढुकढुकी सुनिरहेका थिए । उनीहरूलाई लागिरहेको थियो, अरूले पनि सुनिरहेका होलान्– ढ्याक... ढ्याक... ढ्याक... ।

"घरबाट किन भागेको ?" असई सापले पवनतिर झुकेर सोध्यो ।

"फुपूलाई भेट्न," पवनले मरेको आवाजमा भन्यो ।

"अनि यो को हो ?" असईले वसन्ततिर इसारा गऱ्यो ।

"साथी ।"

"ए, भनेपछि दोस्ती गजबको छ । मान्नैपर्छ ।" असई वसन्ततिर झुक्यो, "अनि यो त फुपू भेट्न भाग्यो । तँ नि ? तँ किन भागिस् ?"

"त्यत्तिकै ।"

"हेर, तिमेरूले गल्ती त गरेकै छौ । घरबाट भाग्यौ । पैसा चोऱ्यौ," असईले डुग्गीमा बस्दै भन्यो, "अब तिमेरूलाई के सजाय दिऊँ ?"

"मैले बाको पैसा चोरेको हो," पवनले रून्चे स्वरमा भन्यो ।

"आखिरमा जस्को भए पनि चोर्न त चोरेकै हौ । होइन ? यत्ति सानै छौ । चोर्ने र भाग्ने त भइसक्यौ । पछि अलि ठूलो भएपछि झन् धेरै चोरौला । झन् ठूलो भएपछि झन् धेरै । तिमेरूलाई त छाड्नै मिल्दैन ।"

"पैसा उसले चोरेको हो, मैले चोरेको छैन," वसन्तले पवनतिर इसारा गऱ्यो ।

"उसलाई साथ त दिइस् नि । दोषी त तँ पनि छस्," असईले आफ्नो देब्रे नाङ्गो पाखुरा कन्यायो, "आफ्नै घरभित्र चोर्ने चोर सबैभन्दा खराब हो । बाहिरी चोरलाई त पर्खाल र गजबार लाएर रोक्न सकिन्छ । तर भित्री चोरलाई क्यै गर्न सकिन्न । त्यसैले सबैभन्दा डेन्जर त घरभित्रकै चोर हुन्छ ? बुझेको हो ?"

दुवैले मुन्टो हल्लाए ।

"यदि फुपूलाई भेट्न मन लागेको भए बालाई भने हुन्थ्यो । यसरी भाग्न हुन्थ्यो ? यदि तिमेरूलाई केही भइहालेको भए दोषी त तिम्रै बाआमा हुन्थे ।"

"मैले बालाई भनेको । बाले मान्नुभएन," पवनले सुँक्क गऱ्यो ।

"भन्दाबित्तिकै सबथोक पाइन्छ त ?" असईको पाखुरा कन्याइरहेको हात चिउँडोतिर पुग्यो, "आखिर तिमेरू पुग्यौ त काठमान्डू ? लौ मानें, काठमान्डू पुगिहाल्यौ । के गर्थ्यौ त्यहाँ ? आन्दोलन चर्किन लाछ । गोलीको आँखा हुन्न । कहाँ भाग्थ्यौ ?"

दुवै चुप ।

अघि दगुर्दै गएको पुलिस गेटभित्र पस्यो । उसको पछिपछि सर्वजित मास्टर साप आइरहेका थिए । उनलाई देख्नासाथ पवनका आँखाबाट आँसुका तात्ताता डल्ला गालातिर दगुर्न थाले ।

सर्वजित मास्टर सापले पवनतिर यसो नियाले । असईले उनलाई गुनगुन गर्दै केही भन्यो । उनी पवनछेउ आए । उनको सास बढेको थियो । आँसु भरिएका आँखाले पवनले उनको बतासमा लहराइरहेको पात जस्तो हात देख्यो । हात उसको गालामा बजारियो । पवनलाई आफ्नो गाला अलि भित्र भास्सिए जस्तो लाग्यो । उसले हृदयको गहिरो इनारभित्रबाट हुत्तिएर बाहिर आएको धोद्रो आवाज सुन्यो, "मुर्दार, के मैले तँलाई माया गरेको थिइनँ ?"

उनले पवनलाई ग्वाम्लाङ्ग अँगालो मारे ।

दिनभरि पवनको मुटुलाई थिचेर बसेको गह्रौं ढुङ्गो जस्तो केही चीज स्वाट्ट हट्यो । पवनको हिक्का उफानिएर आयो । ठूलो हिक्कासँगै उसको आवाज बाहिर आयो, "बा, अब म कहिल्यै भाग्दिनँ ।"

उसको हिक्का र सर्वजित मास्टर सापको थमथमाइ देखेर केही पुलिसका आँखा रसाए ।

सबैको ध्यान सर्वजित मास्टर साप र पवनतिर थियो ।

तर त्यही छेउको एकपाटो अँध्यारोमा उभिइरहेको वसन्ततिर थिएन । उसलाई पनि मन थियो, पवन झैं मन खोलेर रून्ने । तर उसको अगाडि शिर अड्याउने कुनै काँध थिएन । उसलाई आमैको माया यत्ति धेरै कहिल्यै लागेको थिएन ।

एउटा हिक्का हुत्तिएर उसको घाँटीसम्म आयो । तर उसले बङ्गाराहरूले चेपेर राख्यो ।

सर्वजित मास्टर सापले होटलमै लगेर खाना खुवाउने कुरा गरे । असई पनि सकेसम्म चाँडो जिम्मा लाउन चाहन्थ्यो । पुलिसले पैसाको बिटो सर्वजित मास्टर सापका हातमा राखिदियो । जम्मा छ सय । बाँकी पैसा उसले हिंड्दाहिंड्दै गोजीभित्र हात लगेर अर्को गोजीमा पारिसकेको थियो ।

सर्वजित मास्टर सापले पवनको झोला बोकिदिए । र उसको पाखुरा समाउँदै चौकीको गेटतिर लागे । वसन्त पछिपछि हिंड्यो । यस्तो लाग्थ्यो, ऊ घरबाट भागेकै थिएन । पुलिसले उसलाई खोजेकै थिएनन् ।

र ऊ त्यहाँ छँदै थिएन ।

चिलगाडी

"बुझिस्, बन्ते, अब हामी मर्दासम्मका साथी भयौं," पवनले भन्यो ।

वसन्त हाँस्यो, "मरेपछि पनि । सात जुनीसम्म ।"

पवनले आफ्नो चहऱ्याइरहेको घाउ हेऱ्यो । रगत निस्किरहेको थियो । उसले ब्लेड चलाउन जानेन, च्यास्स मात्र भएको थियो, ब्लेडले उसको नरम छाला भेटिहालेछ । पित्रिक्क आँसु पनि निस्किएको थियो ।

पवनले यिनै बाँसहरूमा आफ्नो नाम लेख्न सर्वजित मास्टर सापको दाह्री काट्ने ब्लेड चोरेर ल्याएको थियो । दुवैले बाँसमा लेखिएका आफ्ना नाम हेरे । वसन्तले याद गरेन, गरेको भए थाहा पाउँथ्यो, पवनले पहिलो नाम वसन्तको लेखेको थियो । त्यसको मुन्तिर आफ्नो । आफ्नो नाम लेख्दा उसका औंला दुखे होलान् । त्यसैले वसन्तको नाम जस्तो गहिरो थिएन, उसको नाम ।

"अब हामी कहिल्यै झगडा नगर्ने है !" वसन्तले भन्यो ।

पवनले मुन्टो हल्लायो । दुखिरहेको औंलालाई चकलेट झैं चुस्न थाल्यो । वसन्तले रगतका छिटाहरूले लतपतिएको ब्लेड समायो र बाँसको हाँगामा झुन्डाइदियो ।

त्यो ०४३ सालको उराठलाग्दो मौसम थियो । चैते बतास भुमरी बनेर दगुरिरहेको थियो । बाँसका टुप्पाहरूमा कौवाहरू हुत्ती खेलिरहेका थिए । पवन र वसन्त उत्तानो पल्टिएर बाँसका झाङभित्र पसिरहेका घामका धार हेर्न थाले । वसन्त सोचिरहेको थियो, नौ वर्षको उमेरमै

पवनले कति कुरा जानेको है ! हुन त ऊ पवनभन्दा १३ दिन जेठो हो तैपनि पवनको जति बुद्धि उसलाई आएको होइन । पवनले नै हो, उसलाई बाँसघारीभित्र पस्न सिकाएको । उत्तानो परेर बाँसका पात हेर्न सिकाएको ।

उत्तानो परेका बेला कहिलेकाहीँ वसन्त भन्थ्यो, "तँ त साह्रै भाग्यमानी । तेरा बा छन् । तैंले कसैसित डराउनै पर्दैन ।"

उसको कुरा सुनेर पवन टोलाउँथ्यो र भन्थ्यो, "तँ पो भाग्यमानी । तेरी आमा छन् । सधैं मीठोमीठो पकाएर ख्वाउँछिन् ।"

दुवै एकअर्कालाई ढाडस दिन्थे र मौनताको गहिरो नदीमा डुबुल्की लगाइरहन्थे ।

"काँ ग होलान् है, मेरा बा ?" वसन्त भन्थ्यो, "अब त आउन्नन् रे ! मरेका मान्छे फेरि आउन्नन् रे है !"

"अँ, आउन्नन् । आउने भए तेरा बा र मेरी आमै सँगै आउँथे नि !"

"मरेका मान्छे काँ जान्छन् होला है ?" वसन्त उदास हुन्थ्यो ।

"ऊ त्यो बादलपारि जान्छन् रे," बादलको टुक्रा देखाउँदै पवन भन्थ्यो, "त्याँभन्दा उता त गाउँ नै हुन्छ रे, मरेका मान्छेको ।"

वसन्त टोलाउँथ्यो ।

"दूरबिनले देखिन्छ होला है !" पवन भन्थ्यो, "म एक दिन बालाई दूरबिन किन्दिन भन्छु । अनि मिलेर हेरम्ला है ?"

वसन्त खिस्स हाँस्थ्यो ।

"तँलाई एउटा कुरा भनुम् ?" एक दिन पवनले भनेको थियो, "नरिसा है !"

"के कुरा ?"

पवनले एकछिन अनकनाउँदै भनेको थियो, "तेरी आमै र मेरा बाको ब्या भको भए कत्ति मज्जा हुन्थ्यो होला है !"

"हो, तँ आमै पाउँथिस् । म बा । म आमैलाई ब्या गर भनेर भन्छु ।"

पवनले उत्साही हुँदै भनेको थियो, "म बालाई भन्छु ।"

तर दुवैले दुई दिनपछि त्यो कुरा बिर्सिएका थिए ।

यस्ता कुरा गरेर बस्न बाँसघारी ठीक ठाउँ थियो । उनीहरूलाई यहीँ रमाइलो लाग्थ्यो । मौका पायो कि फुत्त पसिहाल्थे । बाँसघारीका चरा, घामको धार, मन्दमन्द चल्ने बतास पनि प्रिय थिए ।

गाउँलेहरू बच्चाहरूलाई बाँसघारीमा पस्न दिँदैनथे । आफूहरू पनि घरको भित्ता लगाउन, पिङ हाल्न, मरेको मान्छेलाई बाँध्न बाँस चाहियो भने मात्र बाँसघारीभित्र पस्थे । बर्खाका बेला आइमाईहरू तामाको तरकारी खान मन लाग्यो भने बाँसघारी पस्थे । तर एक्लाएक्लै कोही पनि पस्दैनथे । किनभने गाउँलेहरूको भनाइ थियो– बाँसघारीभित्र ठूलो अजिङ्गर बस्छ । तर अजिङ्गरलाई देख्नेहरू गाउँमा कोही थिएनन् । हरिशङ्कर बाजेले देखेका थिए रे ! तर उनी बितिसकेका थिए ।

चिलगाडी आफूले देखेको कुरा गर्थ्यो । तर उसको कुरा कसले पत्याउने ?

पवन र वसन्तलाई अजिङ्गरको कुरा सुन्दा डर त लाग्थ्यो । तर बाँसघारीभित्र पस्दाको आनन्द कतै पाउँथेनन् । त्यसैले आइरहन्थे । उनीहरू बाँसघारीमा आउन थालेको दुई वर्ष भइसकेको थियो । र वर्षौं भइसकेको थियो, अजिङ्गर कसैले नदेखेको । त्यसैले उनीहरूलाई लाग्थ्यो, अजिङ्गर मरिसकेको होला । या त अन्तै गइसकेको होला ।

बाँसघारीमा खरायोहरू पनि भेटिन्थे, कहिलेकाहीँ । कहिले लोखर्के । पवन र वसन्तले उनीहरूलाई तर्साउँदैनथे र तिनीहरू पनि तर्सिंदैनथे । बाँसघारीभित्र आफ्नैखाले अनुशासन बनेको थियो ।

तर आज सऱ्याकसऱ्याक आवाज आयो ।

उनीहरूको ध्यान भङ्ग भयो । उनीहरूले मुखामुख गरे ।

बाँसका रूख हल्लिन थाले । चराहरू भुर्र उडे ।

के आयो ? लोखर्के र खरायो त यसरी रूख हल्लाउँदै आउँदैनथे । उनीहरू छेउकै बाँसका रूख पनि हल्लिए । दुवैको मुटु ढुकढुक गऱ्यो । जनावर आइरहेको हो कि गाउँलेहरू ? कि अजिङ्गर नै आएको हो ? किनभने उनीहरू बाँसघारीभित्र हुँदा यसरी बाँसका रूख हल्लिएका थिएनन् । उनीहरूले दगुर्ने उछार पनि पाएनन् । फेरि बाँसघारीभित्र रफ्तारले दगुर्न पनि पाइन्नथ्यो । बाँसका छेस्काछेस्की बिझ्ने डर हुन्थ्यो ।

ए, चिलगाडी पो रहेछ ।

चिलगाडी लर्खराइरहेको थियो । हातमा लौरो थियो । कहिले लौरोले बाँसका रूखमा हिर्काइरहेको थियो त कहिले लात्तीले धकेलिरहेको थियो ।

"मुर्दारहरू, हग्न पनि बाँसकै झाङ चाहिने !" ऊ करायो, "अजिङ्गरले भेट्ला र चाकतिरबाट निल्ला ।"

"हग्न लाको होइन," पवनले भन्यो ।

"हग्न नभए के खेलाएर बसिराछौ, मुर्दार हो ? यसरी भूत जस्तो लुकेर बस्ने हो ?" ऊ छेउमा आयो ।

उनीहरूको नाकमा रक्सीको गन्ध ह्वास्स पस्यो ।

चिलगाडी जाँडको तालमा दायाँ गोडा लतार्दै बाँसघारीभित्र पसिरहन्थ्यो ।

ऊ रक्सीको मातमा किन कराउँदै बाँसघारीभित्र पस्छ, सुरूसुरूमा कसैलाई अनुमान थिएन । पछि सबैले थाहा पाए– ऊ त अजिङ्गरसित लड्न पो जाँदो रहेछ । ऊ अजिङ्गरसित लड्न बाँसघारीभित्र पस्थ्यो र फर्किंदा ददारिएका कुइना र गाला बोकेर बाहिर आउँथ्यो । कतिपल्ट त ददारिएको गालाबाट बगेको रगतले उसको कपडा नै राताम्मे बनाएको हुन्थ्यो ।

चिलगाडीको सानो छोरो थियो, जीवन । एक दिन आँगनमा खेलिरहेको जीवन बेस्मारी रोयो । उसलाई समात्न दगुरेको चिलगाडीले स्वात्त घण्टीफूलको झाङमा सर्प पसेको देखिहाल्यो । सर्पले जीवनको दायाँ कुइनामा डसेको थियो । रातभरि चिलगाडी जीवनलाई अँगालो मारेर रोइरह्यो । बिहानपख जीवन यो संसारबाट बिदा भयो । बिहानै चिलगाडी जीवनलाई छातीमा टाँसेर जङ्गलतिर गयो । गाउँलेहरू पछि लागे । जीवनलाई खाल्डोमा राख्ने बेला चिलगाडी सारा वन थर्किने गरी रोएको थियो ।

जीवन मरेपछि चिलगाडीलाई रक्सी खाने बानी लागेको थियो । ऊ रक्सीको मातमा फरूवा बोकेर जङ्गलतिर गइरहन्थ्यो । रूँदै भन्थ्यो, "मेरो छोरो जिम्दै छ । मलाई बोला छ ।"

गाउँलेहरू उसलाई समातेर घर ल्याउँथे ।

चिलगाडी फरूवा बोकेर जङ्गल जान त छोड्यो । तर रक्सी खान छाडेन । जीवन बितेपछि उसका अरू कुनै सन्तान पनि भएनन् । उसलाई वर्षौं पहिले बितेको छोरो अझै आँगनमा खेलिरहे जस्तो लाग्छ रे ! छोरोलाई सर्पले डसेकाले होला, ऊ सर्पको ठूलो दुस्मन भएको थियो । गाउँमा सर्प देखियो कि मार्न ऊ नै अघि सर्थ्यो । एकपल्ट झक्कुलालले आफ्नो आँगनमा आएको सर्प मार्दा चिलगाडीले झन्नै उसैलाई मारेको ! त्यसै दिन चिलगाडीले सारा गाउँलेका अगाडि घोषणा गरेको थियो, "यो गाममा सर्प मेरो मात्र दुस्मन हो । मै मार्छु । बुझ्यौ ? सर्प देख्यो भने मलाई बोलाउनू । जाँठा सर्पलाई म खेलाईखेलाई मार्छु । आजदेखि मैले कानुन लगाएँ, यो गाउँमा मैले बाहेक अरू कसैले सर्प मार्न पाउन्न ।"

गाउँलेलाई पनि आनन्दै भो । सर्प देख्यो कि चिलगाडीलाई बोलाउँथे । चिलगाडी मच्चिँदै जान्थ्यो । कहिले सर्पको पुच्छर समाएर टाउको भुइँमा पछार्थ्यो । कहिले हँसियाले टाउको छिनाल्थ्यो । सर्प मारिसकेपछि अबेरसम्म रम्थ्यो र मरेको सर्पलाई आँगनको खाँबोमा दिनभरि झुन्ड्याइरहन्थ्यो ।

अचेल बाँसबारीमा त्यति सर्प देखिँदैनथे । त्यसैले रक्सीको मातमा चिलगाडी आफैं सर्प खोज्न हिँड्थ्यो । ऊ नाम झैं आकाशमा उड्ने चिल थियो, लुकेर बसेका सर्प देखिहाल्थ्यो र ठुँगिहाल्थ्यो । कहिले झाङमा लट्ठी हान्थ्यो त कहिले खेतका दुलामा हात घुसारेर सर्प खोज्थ्यो । उसलाई ससाना सर्प मारेर चित्त पनि बुझेको थिएन । ऊ बाँसघारीमा लुकेर बसेको अजिङ्गरसित लड्न चाहन्थ्यो । त्यसैले बाँसघारी पसिरहन्थ्यो ।

कहिलेकाहीँ पवन र वसन्त बाँसघारीमा उत्तानो परिरहेका बेला ऊ पनि आइपुग्थ्यो । उनीहरू चिलगाडीले नदेख्ने गरी दुम्सी झैं लुक्थे र बाहिर आउँथे । चिलगाडी आज अर्कै बाटो आयो । फेला परिहाले ।

उनीहरूमा चिलगाडी जति आँटिलो मान्छे कोही पनि लाग्दैनथ्यो । एउटा खुट्टो पो भाँचिएको हो, अरू ज्यान त ढुङ्गा झैं कडा पो थियो ।

"बाँसमा नाम लेख्न आका हुम्," पवनले भन्यो ।

"जाँठा मसानहरू, जिम्दो मान्छेको नाम कापीमा पो लेख्छन् !" चिलगाडीले हातको लौरोले बाँसको झाङ्मा हिर्कायो, "मरेकाको नाम पो बाँसमा लेख्ने हो !"

वसन्त चिलगाडीको कुरा सुनेर हिस्स हाँस्यो । चिलगाडीले निहुरेर बाँसमा लेखेका नाम पढ्यो । हाँस्यो, "बडो दोस्ती छ, मसानहरूको । आफू मर्दा चाहिने बाँस पनि छानिसकेछन् ।"

पवन हाँस्यो ।

चिलगाडी मान्छे नै त्यस्तो थियो । ऊ मुख फोरेर गाउँभरिका मान्छेलाई गाली गर्न सक्थ्यो । उसको गाली सुनेर कोही रिसाउँदैनथे । रमाइलो मान्थे । उसको खास नाम त गाउँलेहरूले नै बिर्सिसकेका थिए । ऊ गाउँभरिका लागि चिलगाडी थियो । बूढापुरानादेखि नयाँसम्म ।

त्यसताका पवन र वसन्त जन्मिएका पनि थिएनन् ।

१८ वर्षको हुँदासम्म पनि चिलगाडीको नाम टीकाराम थियो । सानैदेखि उसको बानी चकचके । कहिले उभिइरहेका साथीहरूको जाँगे स्वात्त तल तानिदिने, कहिले खटियामा बसिरहेको मान्छेको जाँगेमा खटियाको डोरी बाँधिदिने गर्थ्यो । जब मान्छे हिँड्थ्यो, खटिया लतारिन्थ्यो । उसको चकचकको सिकार बन्नेहरू रिसाउँथे भने दर्शक बन्नेहरू रमाइलो मान्थे ।

सारा गाउँले कि त टीकारामको चकचकलाई रमाइलो मानेर हेर्थे, कि आकाशमा उडिरहेको हवाईजहाजलाई । हवाईजहाजलाई गाउँलेहरू "चिलगाडी" भन्थे । चिल झैं आकाशमा उड्ने भएर होला । तर हवाईजहाज वर्षमा एकदुईपल्ट मात्र गाउँमाथिको आकाशमा उड्थ्यो । जब हवाईजहाज आउँथ्यो, आकाशमा सयौं मौरी एकैपल्ट भुनभुनाए जस्तो हुन्थ्यो । गाउँलेहरू घरको आँगनमा हुन् या रूखको कापमा, गोठाला हिँडेका हुन् या बजार, आँखीभौंमाथि हत्केला राखेर हेरिरहन्थे । हवाईजहाज कत्ले माछा झैं आकाशमा तैरिरहन्थ्यो; परपर हुँदै आकाशको किनारमा पुग्थ्यो र आगोको फिलिङ्गो झैं हराउँथ्यो ।

गाउँलेलाई जादु जस्तै लाग्थ्यो । उनीहरूले हवाईजहाजमा मान्छे पनि बसेका हुन्छन् भन्ने पनि सुनेका थिए । उनीहरू ठान्थे– मानिसहरू लहरै खुट्टा फारेर हवाईजहाजमाथि बसेका होलान्, घोडामा बसे झैं । कति त मान्छे देखिन्छन् कि भनेर रूख चढेर पनि हेर्थे ।

गाउँलेहरू त हवाईजहाज आएको दिन मज्जाले हेर्थे । साँझसम्म त्यसको कुरा गर्थे र भोलिपल्ट बिहान बिर्सी पनि सक्थे । तर टीकारामको दिमागमा भने महिनौं हवाईजहाज उडिरहन्थ्यो । मौरी झैं कराउँदै । ऊ सोचिरहन्थ्यो– ह्वाईजहाज कसरी उड्छ ? उसलाई लाग्थ्यो, चराका झैं त्यसका पनि पखेटा हुन्छन्, तिनै पखेटाले उडाउँछन् ।

एक दिन टीकारामको दिमागमा बिजुली चम्कियो । साँच्चै, पखेटा भयो भने त मान्छे पनि उड्न सक्छ । ऊ सोचिरहेको थियो– के चीज मान्छेको पखेटा बन्न सक्छ ? एक दिन आँगनमा मूलाका चाना सुकाइरहेको नाङ्लो देख्यो ।

उसले पखेटा पनि भेट्यो ।

हल्का चट्याङ भयो र गाउँको बीचमा बज्रियो । सारा गाउँलेहरू दगुर्दै गाउँ छेउको अग्लो सिमलको रूखमुन्तिर आइपुगे । हाँगामा बसेर टीकाराम खैनी मलिरहेको थियो । छेउमा दुइटा नाङ्ला झुन्ड्याएका थिए । ऊ एकसुरले गीत गाइरहेको थियो–

आकाशैमा चिल उड्यो फनन

गाउँलेहरूले उसको गीत सुनेनन्, मन्त्र बर्बराइरहे जस्तो माने ।

उसकी आमा फूलमती खेतैखेत दगुर्दै आइपुगिन् । गाउँकै एउटा केटो जङ्गलतिर टीकारामका बालाई खबर गर्न दगुरिसकेको थियो ।

"एई टीके, तुरून्त तल मर् !" फूलमती कराइन् ।

उसको गीत बन्द भयो । उसले बिस्तारै आँखा उघार्‍यो । उसले फूलमतीको अनुहारको त्रास देख्यो । सोच्यो, अहिले डराएकी आमै एकैछिनमा ऊ उडेको देखेर खुसी भइहाल्छिन् । सायद, भरे उसलाई मनपर्ने कटहरको तरकारी पकाउलिन् ।

"झर्छु आमै, उड्दै झर्छु, चिलगाडी बनेर झर्छु," उसले हिस्स हाँस्दै भन्यो ।

"हे भगुमान, यो असत्तीलाई किन जन्माइछु ! अकालैमा मर्ने भो !" फूलमती रून्चे स्वरमा कराइन्, "तल मर् भनेको । गाउँभरि रमिता नदेखा भनेको, मुर्दार !"

"आमै यी सारा गाउँलेको काम रमिता हेर्ने त हो । मलाई उड्न देऊ," उसले खैनी मुखमा हाल्यो । मुख चलायो र प्याच्च थुक्यो ।

"पख्, तेरा बाले हातखुट्टा बानेर गोठमा लडाए भने मलाई नपुकारेस् ।"

"के लडाउँथे ?" ऊ हाँगामा ठिङ्ग उभियो, "ऐले जङ्गलमा गएर तिन्कै टाउकामा तीनफन्का लार आउँछु ।"

फूलमतीको केही जोर नचल्ने भयो । उनी आँखा बन्द गर्दै, आकाशलाई नमस्ते गर्न थालिन् ।

"एई टीके, चाँडो उड् । फेरि चिलगाडी आयो भने ठोक्केलास् !" भीडबाट कोही केटी कराएको आवाज आयो । टीकारामले थाहा पाइहाल्यो, कराउने शान्तिरामकी जेठी छोरी हो ।

"तँलाई खुप हतार छ है ?" ऊ हाँस्यो, "किन ? पोइल जानु छ ?"

सारा गाउँले हाँसे ।

उसले नाङ्ला समायो । नाङ्लामा बाँधेको डोरी काँधमा छिरायो । दुवै नाङ्ला काखीमा च्याप्यो । अड्लिो बनाउन उसले नाङ्लालाई छेडेर काँधदेखि नाडीसम्म डोरीले कसेको थियो । उसले दुवै हत्केलाले नाङ्लाका बिट कसेर समायो र चमेराले पखेटा हल्लाए झैं एकपल्ट नाङ्ला हल्लायो ।

गाउँलेहरू सजग भए । भुइँमा टुक्रुक्क बसेकाहरू जऱ्याकजुरूक उठे । भुइँको गाइँगुइँ हल्ला सुनेर ऊ मन्द मुस्कुरायो । तर उसको मुटु ढक्क नगरेको त होइन । फूलमतीले बन्द आँखा अलिकति उघारेर हेरिन् । रूखबाट हाम फाल्न तम्तयार छोरो देखेर सारा ज्यान लगलगी काँप्यो ।

हाम फाल्नलाई टीकारामले अलिकति ज्यान झुकायो । भुइँमा सन्नाटा छायो । उसले आँखा चिम्म गऱ्यो । उडेपछि मात्रै खोल्छु भन्ने सोचेको थियो ।

ऊ हावामा तैरियो । उसले छाडेको हाँगो थररर हल्लिरहेको थियो । ऊ उडिरहेको चराको प्वाँख झैं हावामा तैरिरहेको थियो । नाङ्ला र ऊ एकै ठाउँ डल्लो परेका थिए । भुइँले यति रफ्तारमा तानिरहेको थियो कि उसले केही सोच्न पाएन । एउटा अँध्यारो डल्लो नाकतिरबाट माथि आयो र उसका आँखामा ठोक्कियो । गाढा अँध्यारो ।

र उसको मुखबाट एउटा आर्तनाद निस्कियो, "मरें नि आमोई ।"

धड्याम्मऽऽ

गाउँलेले एकै निमेषमा उसलाई भुइँमा पछारिएको देखे । धूलो उडिरहेको थियो । ऊ मट्याङ्ग्रा लागेर खसेको ढुकुर झैं भुइँमा छटपटाइरहेको थियो । दुवै नाङ्ला घाइते पखेटा झैं हल्लिरहेका थिए ।

ऊ छ घण्टासम्म बेहोस भयो । उसको दायाँ गोडा भाँचिएछ । भाँचिएको हड्डीले घुँडामुन्तिर यसो मुख देखाएको थियो । छसात महिना काम्रो लाएर बल्लबल्ल उसको गोडा ठीक भो । तर उसले जीवनकालभरि खोच्याइरहनुपर्ने भो । रूख चढ्न पनि नपाउने भो ।

गाउँमा उसलाई जिस्क्याउनेहरू धेरै थिए । तर एकदुई बूढाको भनाइ थियो– टीके उडेकै हो । त्यति माथिबाट खसेको भए मरिहाल्थ्यो नि । एउटा खुट्टो त भाँचिएको हो । ऊ उड्न त उड्यो । तर पखेटा चलाउन जानेन । चराहरूलाई त सुरूमा उड्दा गाह्रो हुन्छ भने ऊ त मान्छे थियो ।

तैपनि ऊ आफैंलाई भने आफू उडेको हुँ भन्नेमा रत्ति विश्वास थिएन । त्यसैले फेरि कहिल्यै उड्ने कुरा गरेन । तर उसको न्वारान भइसकेको थियो–

चिलगाडी

"हजुरको नाम चिलगाडी कस्ले राख्देको ?" वसन्तले फ्याट्ट सोधिहाल्यो ।

"यी यस्ले !" उसले गुप्ताङ्गतिर इसारा गऱ्यो, "तेरो नाम पनि न्वारान गर्न भन्दिम् ?"

वसन्तका कान राता भए । पवन मुख छोपेर हाँस्यो ।

चिलगाडीलाई चिलगाडी भन्दा रिस उठ्दैनथ्यो । दसौं वर्ष भइसकेको थियो सुन्दै आएको । रिस त्यति बेला उठ्थ्यो, जति बेला कसैले नामको कारण सोध्थ्यो ।

"केटी जस्तो पो हाँस्छ यो !" चिलगाडीले पवनतिर हेऱ्यो ।

चिलगाडीसित आज जिस्किनु ठीक थिएन । उनीहरूले बुझे । उनीहरू हिँड्नै लागेका थिए, चिलगाडी करायो, "आज अजिङ्गर मारेरै छाड्छु । भाग, तिमेरूको काम छैन । म आज अजिङ्गरलाई ज्यान गए छाड्दिनँ । भेटें भने त्यसको मुख बाँस च्याते जसरी च्यात्छु ।"

"अब कता जानी ?" दगुर्दै पवनले सोध्यो ।

वसन्तले हात नचायो, "जुठीआमैकोमा ।"

बुख्याचा

उनीहरू दगुर्दै जीवारामको घरनिर पुगे । पसिना पुछे र बिस्तारै हिंडे ।

उनीहरूलाई जीवारामको आँगन हुँदै हिंड्न मन पर्दैनथ्यो । तर बाटो उनकै आँगन हुँदै जान्थ्यो । भेट भो कि केही न केही कुरामा हप्काइहाल्थे ।

उनलाई सबै गाउँलेले सम्मान गर्थे । उनी ६६ वर्षका भइसकेका थिए । सारा गाउँलेलाई "तिमी" भनेर बोलाउने उनी मात्रै थिए । रवाफिला । सधैं दौरासुरूवाल र इस्टकोटमा चिरिच्याट्ट परेर ठमठम हिंड्थे । तालुको कपाल सरेर घुच्चुकमा थुप्रिएको थियो ।

उनको घर गाउँको बीचमा थियो । दुईतले । झ्याल पनि बुट्टावाल । आँगन एकदमै फराकिलो थियो । लहरे फूलले घेरिएको । आँगनमा काठका ससाना डुग्गी हुन्थे । डुग्गीमा लहरे फूलको छाया पर्थ्यो । गाउँका ससाना भेला उनकै आँगनमा हुन्थे । भेलामा टक्र्याइने सर्बतको चर्चा गाउँलेहरू गरिरहन्थे । वसुन्धरा बज्यैको सर्बत बनाउने तरिका अरू कसैलाई थाहा थिएन । के हाल्थिन् कुन्नि !

बेलाबेला ठट्टा गर्नुपर्दा जीवाराम भन्थे पनि, "वसुन्धराको सर्बत पिएरै म बुढेसकालमा पनि जवान छु ।"

हुन त बाँसबारीमै सबैभन्दा चिसो र मीठो पानी आउने नल उनकै घरमा थियो । कतिले सर्बतमा त्यही पानीले मिठास भरेको अनुमान गर्थे ।

घुइयाराम कहिलेकाहीँ उनको चाकरी गर्न भन्थ्यो, "काकाको के कुरा गर्नु, काकाले खाने पानी पनि अमृत जस्तो ।"

घुइयारामले चाकरी नगरेर पनि के गरोस् ! उसका जग्गाका काँध जीवारामका जग्गाका काँधसित गाँसिएका थिए । पानी लाउने कुलो एउटै थियो । जीवारामको कृपाले श्रीमती गङ्गा र एकवर्षे छोरो तुलारामसित ऊ सुखी नै थियो । सारा बाँसबारीमा सबैको भन्दा बढी घुइया उब्जाउने ऊ नै थियो । त्यसैले नामै भयो, घुइयाराम । उसको खेतमा हाल्ने मल जीवारामकै गोठबाट जान्थ्यो ।

जीवारामको गोठ घरपछाडि थियो । गोठमा ६० खसीबाख्रा र १४ गाई थिए । छ हलगोरू थिए । उनको घर आउनुभन्दा अघि नै गोबरको गन्ध आइपुग्थ्यो । गोठसँगै गाँसिएर उभिएका छ ओटा साजका रूखमा गोबरका टाटा देखिन्थे । माघमा जब शीतलहर चल्थ्यो, गोबरका टाटा बेचेरै उनलाई आम्दानी हुन्थ्यो ।

गोठको हेरचाह उखानेले गर्थ्यो । उखानेको खास नाम कि त जीवारामलाई थाहा थियो कि त सर्वजित मास्टर सापलाई । ऊ सर्वजित मास्टर सापसितै एकै दिन बाँसबारी आइपुगेको थियो ।

दुब्लो कायाको उखानेको पिठ्युँमा ठूलो मासुको डल्लो थियो । अलिकति कुप्रो थियो, त्यसैले डल्लो प्रस्ट देखिन्थ्यो । पुड्को थियो । तल कछाड लगाउँथ्यो भने माथि इस्टकोट मात्र । उसले चप्पल लगाएको कसैले देखेको थिएन । ऊ साह्रै कम बोल्थ्यो । बोल्दा उखान भनिहाल्थ्यो । कहिलेकाहीँ त उखानैले काम चलाउँथ्यो । ऊ कहिलेकाहीँ झोक चल्दा जीवारामलाई उखानैबाट गाली गर्थ्यो, "आँखाको कानो, नाउँ नैनसुख ।" तर ऊ प्रायः हँसिलो नै देखिन्थ्यो । भन्थ्यो, "काम गर्नु रसिलो, कुरा गर्नु हँसिलो ।"

उसकी जहान रूपमती बाहिरी रूपमा नाम जति सुन्दर लाग्दिनथी । तर उखानेलाई गर्ने प्रेम भने साँच्चिकै सुन्दर थियो । उनीहरूको नौवर्षे सन्तान हिस्से नेपालगन्जमै बस्थ्यो । बसको खलासी थियो । "अब ड्राइभर भर बस हाँक्दै आउँछु" भन्थ्यो । रूपमती घरसफाइ, लुगाफाटो धुनेदेखि जीवारामका गोडा मालिससम्मका काम गर्थी । उखाने भने बिहान गोठभरिका जनावर बोकेर वन जान्थ्यो र साँझपख गाउँ फर्कन्थ्यो । गाईगोरू धूलोको भुमरी नै बोकेर आउँथे । जीवाराम सधैं आँगनको

डिलमा उभिएर गोठ फर्किरहेका गाईगोरू हेर्दै मुस्कुराउँथे । उनलाई गाईगोरू, बाख्राबाख्री स्कुलबाट फर्किरहेका सन्तान जस्तै लाग्थे ।

किनभने उनी निःसन्तान थिए ।

उनी बेलाबेला गाउँलेलाई भन्थे, "मेरा सन्तान छैनन् । मयाँ पोख्ने ठाउँ पनि छैन । बाँसबारीको धरती नै मेरो मयाँ पोख्ने ठाउँ हो ।"

बाँसबारीमा उनको पाँच बिघा जमिन थियो । रोपाइँमा त मेला नै लागे जस्तो हुन्थ्यो ।

गाउँमा कोही नयाँ मान्छे देखापर्‍यो भने उनैलाई भेट्न आएको हुन्थ्यो । डुग्गीमा बसेर सर्बत पिउँदै अनेक कुरा गर्थे । सारा गाउँ घुम्थे । नयाँ मान्छेहरू बाँसबारीलाई सुन्दर गाउँ भनेर प्रशंसा पनि गर्थे ।

जाडोमा टाढाटाढा फैलिएका तोरीले गाउँमा पहेंलो सुन्दरता थप्थे भने झरीमा मकै र धानले हरियो । गर्मीमा मुसुरोले भने उराठलाग्दो सुन्दरता । वरिपरिका गाउँमा भन्दा बढी सूर्यमुखी फूल बाँसबारीमै फुल्थे ।

बाँसबारीमा चार टोल थिए । पश्चिम कुनोमा टमटा टोल थियो । टमटाका २५ घर भए पनि चाडबाडमा सबैभन्दा बढी हल्ला त्यतै हुन्थ्यो । पूर्वी कुनोमा कैलाशा टोल । कैलाशा टोलमा ३५ घर थिए । बाँसबारीको सबैभन्दा पुरानो टोल यही थियो । सबैभन्दा पुराना तराईवासी यहीँ बस्थे । दक्षिण कुनोमा ठूलो बाँसघारी थियो । उत्तरी कुनोमा भने ठूलो सालघारी थियो । सालघारी परपर पुगेर चुरे डाँडोमा गाँसिन्थ्यो ।

र सबैको बीचमा थियो, पहाडी टोल । ३६ घर थिए । र यही पहाडी टोलको शासन र कानुन सबै टोलमा लागू हुन्थ्यो । बाँसबारीको एकचौथाइ जमिनका मालिक नेत्रविक्रम शाह सपरिवार काठमान्डूमै बस्थे । चारपाँच वर्षमा एकदुईपल्ट मात्र अधियाँ उठाउन गाउँ आउँथे । त्यसैले गाउँको सम्पूर्ण कानुन बनाउने जिम्मा जीवारामलाई थियो ।

गाउँमा सबैका घरघरमा नल थिए । त्यसैले पीपलबोट छेउको इनार जुठीआमैको भएको थियो । पहाडी बस्तीमा उनी मात्रै त थिइन्, अरूसित पानी नचल्ने ।

गाउँमा प्रायः सबथोक थियो । तर अत्यावश्यक दुई चीज थिएनन्– स्कुल र हेल्थ पोस्ट । यी दुई कुरा छेउछाउका अरू गाउँमा पनि

थिएनन् । त्यसैले बाँसबारी, सौतनपुर र मैनापुरका केटाकेटी अम्बर बस्तीको अम्बर माविमा पढ्न जान्थे । बाँसबारीबाट अम्बर मावि पुग्न डेढ घण्टा लाग्थ्यो । गर्मी महिनामा बिहानी कक्षा सुरू हुँदा त झिसमिसेमै दगुर्न परिहाल्थ्यो ।

सानोतिनो बिरामी हुँदा भने मैनापुरको "हंसराज मेडिकल हल"ले ख्याल राख्थ्यो । अलिकति ठूलो बिमार लाग्यो भने अम्बरपुरतिर दगुर्न परिहाल्थ्यो । त्यहाँ ठीक भएन भने सोझै नेपालगन्ज ।

तर गाउँलेलाई रोगले त्यति धेरै दुःख दिँदैनथ्यो, जति भूतप्रेत, बोक्सी, मुर्कट्टा र मसानले दिन्थे । त्यसैले मेडिकलभन्दा बढी भीड सौतनपुरको कोहिनुर झाँक्रीको झुपडीमा हुन्थ्यो । कोहिनुर नै सारा गाउँका भूतप्रेतसित लड्थ्यो ।

तैपनि बाँसबारी निराश थिएन । आशाहरूमा बाँच्न सिकिसकेको गाउँ थियो ।

"गाउँमा अब नयाँ बाटो बन्छ, बजार आउँछ । हेल्थ पोस्ट आउँछ । मावि आउँछ । बाँसबारी त स्वर्ग हुन्छ" भनेर जीवाराम गाउँलेहरूलाई गफ दिन्थे । उनको कुरा सुनेर गाउँलेको अनुहार उज्यालो हुन्थ्यो । कलेटी परेका ओठमा अलिकति नरमपन झल्कन्थ्यो । तोरी, मुसुरो, मकै, आइरेट चामल र आलु मात्रै आम्दानीको स्रोत थियो । बाटो आएपछि जग्गाको भाउ बढ्छ । नयाँ मान्छेहरू जग्गा किन्न आउँछन् । "जग्गालाई सुन झैं टुक्राटुक्रा पारेर बेच्न पाइन्छ । बिस्तारै गाउँमा दोकान खुल्छन्, किनमेल गर्न अम्बरपुर पुग्नुपर्दैन," गाउँलेहरू सोच्थे ।

तोरी, धान, घुइया, मकै, आलु बेच्न कष्ट गरेर अम्बरपुर पुग्नुपर्दैन । सानातिना सामान किन्न चुरेटाको बाटो पनि हेर्नुपर्दैन । चुरेटाहरू १०-१५ दिनमा मात्र आइपुग्थे । "हरमाल २० आना" उनीहरूको नारा थियो । चियापत्ती, नेलकटर, कान कोट्याउने, प्लास्टिकका मग, रिबन, चुरा सेटदेखि चिनी र गुँड बोकेर आइपुग्थे । कसैले टोकरीमा बोकेर आउँथे भने कसैले साइकलमा । एकडेढ महिनाको अन्तरमा भने सटहीवालाहरू आउँथे, लडियामा । तिनले केटाकेटीलाई थोत्रा प्लास्टिक चप्पलका बदला लट्टेका भुजा दिन्थे । ठूलाबडालाई दुइटा आल्मुनियमका थोत्रा भाँडाको

बदला स्टिलका भाँडा दिन्थे । गाउँमा स्टिलका भाँडाको मोह जागिसकेको थियो । टलक्क टल्केका आफ्नै अनुहार देखिने थालमा भात खान कसलाई मज्जा नलाग्दो होला र ! सटहीवालाहरू नै धानसित प्याज र खुर्सानी साट्थे । उनीहरू आएका बेला गाउँमा पर्वै आए जस्तो हुन्थ्यो ।

गाउँले अनुहार फेऱ्यो भने त हरेक दिन नै पर्व हुन्छ भनेर गाउँलेहरू आशा गर्थे ।

र आशाका बिन्दु जीवाराम नै थिए ।

तर गाउँलेलाई बाटोभन्दा पहिला बाँदर भगाउने उपाय चाहिएको थियो । उनीहरू जीवारामलाई भनी पनि रहन्थे । उनीहरूको कुरा सुन्दै जीवाराम सुल्पाबाट धूवाँ उडाउँदै भन्थे, "मैले सरकारलाई कुरा लाइसकें । बाँदरका विषयमा सोच्छु भन्या छन् ।"

तर शान्तिरामको रेडियोमा कराइरहने सरकार कुनै उपाय सोच्दैनथ्यो ।

र मकैको सिजनमा गाउँलेहरूको निद्रा हराउँथ्यो ।

मकैमा दूधे दाना लाएका मात्र के हुन्थे, बाँदरले आतङ्क मच्चाउँथे । मकैबारी उजाड पार्थे । भाँचिएका, लत्रिएका मकैका बोटमा घोगै हुँदैनथे । बाँदरहरू मकैमा जुँगा ओठमाथि टाँसेर सालघारी पस्थे ।

हजार दाना फल्ने मकैमा घोगा पछिल्लो समय थोते हुन थालेका थिए । गाउँलेहरू ठट्टा पनि गर्थे, "बाँदरको डरले मकैका दाना उम्रिनै मान्दैनन् ।"

बाँदरका हुल एकदुई जना कराएर डराउँदैनथे । थाल ठटाएर पनि नभाग्ने भइसकेका थिए । एकपल्ट झक्कुलाल बूढालाई बाँदरले घेरेर पुच्छर गाँठो पारेर पालैपालो हिर्काएका थिए । उसको दाहिने पाखुरामा अझै पनि कोपरेको दाग देखिन्थ्यो ।

बाँदरहरू बाँसबारीका सङ्कट भएका थिए । बित्नुअघि कैली बज्यैले भनेकी पनि थिइन्, "बाँदरले लङ्कै सखाप पारेका हुन् । बाँदरलाई कम्ता नठान्नू ।"

जीवारामलाई एकातिर बाँदरले तनाव दिएका थिए भने अर्कातिर जुठीआमैका छ कट्ठा खेतले ।

जुठीआमैका श्रीमान् असारे भारत गएपछि नफर्केको सात वर्ष भइसकेको थियो । गाउँलेले मरिसकेको ठान्थे । त्यसैले खेत बाँझै रहन्थे । एक कट्टामा भने जुठीआमै सागपात लगाउँथिन् । पूर्वपश्चिम र दक्षिणतिर जीवारामका जग्गा थिए । उत्तरतिरका जुठीआमैका जग्गाले उनका खेत खोडे बनाएका थिए । उनलाई आफ्नो जग्गाको नक्सा खोडे भएको मनै परेको थिएन । उनले असारेसित जग्गा किन्न पनि खोजेका थिए । तर असारेले भनिदिए, "मैले निधारबाट रगत बगार किनेको जमिन हो । बेच्दिनँ । यो जमिन माटो मात्रै होइन ।"

उनले जुठीआमैलाई भनेका पनि थिए, "हेर जुठी ! खानै पुगेन भने गहना बेचेस् । जमिनको एक टुक्रा पनि नबेचेस् । पासमा जमिनै नभाको मान्छे यो दुनियाँ कै हुँदैन ।"

जीवाराम जुठीआमैलाई फकाउन खोजिरहेका थिए । तर जुठीआमै डेग चलेकी थिइनन् । त्यसैले जुठीआमै उनलाई घाँटीको बीचमै अल्झेको माछीकाँडा जस्तै भएकी थिइन् । न निल्न सक्थे, न त फ्याँक्न नै ।

उनी भित्रभित्र घुरको आगो झैं भुतभुताइरहन्थे ।

बाहिरबाहिर त उनी जस्तो हँसिलो मान्छे कोही थिएन । सधैं ओठमा मुस्कानको जुरेली उफ्रिरहन्थ्यो । ड्रग्गीमा बसेर, गोडामाथि गोडा चढाएर, सुल्पाको धूवाँ तानिरहेका उनी आकर्षक देखिन्थे । घरमा तीनचार जना कामदार भए पनि काम आफैं गर्न तम्सिन्थे । जङ्गलबाट थाँक्रा ल्याउने, गाई दुहुने, फरूवाले खेतका आली सम्याउने काम आफैं गर्थे । भन्थे, "कामको थकान अमृत हो, आरामको थकान विष । काम गर्नु भनेको ढुङ्गोलाई खोप्नु जस्तै हो । ढुङ्गोलाई नखोपी मूर्ति बन्छ काईं ?"

दिनमा दुईपल्ट गाउँ फन्को लगाएकै हुन्थे । बिहानबिहान दूबोमाथि रित्ता गोडा हिँडेकै हुन्थे । खाली पेटमा चार पोटी लसुन, अघिल्लो रात तुलसीका पात राखेर शीतमा चिस्याएको पित्तलको लोटाको पानी सबै पिउँथे । काँचो दूध आधा लिटर र ३५ गेडा भिजाएका चनाले उनको बिहान सुरू हुन्थ्यो । अनि, दिनभर उनको मुखबाट धूवाँको मुस्लो उडिरहन्थ्यो ।

अहिले पनि उडिरहेकै थियो । उनी डुग्गीमा बसेर धूवाँका गुच्छा हेर्दै टोलाइरहेका थिए । पवन र वसन्तलाई देखिहाले ।

"एई, लखरलखर कता हिँड्या छौ ?"

"जुठीआमैकोमा," वसन्तले भन्यो ।

उनले हातको सुल्पाले हानुँला जस्ता गरे, "त्यस्कोमा नजाऊ भनेको मान्दैनौ, मुर्दार हो !"

"के हुन्छ ग र ?" उसले निधार खुम्चायो, "तपैं पनि त जानुहुन्छ, त्यता ।"

"धेरै बाठो बन्न नखोज्, वसन्ते," उनले आँखा तरे, "केटाकेटीले धेरै कुरामा चासो देको स्वाउन्न ।"

"स्वाउँछ," उसले दाँत देखायो ।

"बढ्ता नबोल," उनले लौरो ताके, "एई पवन ! यो वसन्ते त चन्डालै छ । तँ किन पछि लाग्छस् यस्को ? त्यो जुठीकोमा जाने होइन । नत्र मास्टरलाई भन्दिन्छु ।"

पवनको अनुहार अँध्यारो भो ।

"बिचरा बाबुहरूलाई कत्ति देखिनसहेको हो," वसुन्धरा बज्यै हातमा गिलास लिएर बाहिर आइन्, "आऊ, सर्बत खाऊ ।"

पवनले पुलुक्क वसन्ततिर हेऱ्यो । वसन्तले "नखाम्" भनेर इसारा गऱ्यो । दुवै अघि बढे ।

"लौ, सर्बत खाऊ भनेको," वसुन्धरा बज्यैले फेरि भनिन् ।

"तपैंको सर्बतभन्दा जुठीआमैको च्या नै मीठो," वसन्तले प्वाक्क भन्यो र दगुऱ्यो । पवनले पछ्यायो ।

उनीहरू दगुर्दै नेत्रविक्रम शाहीका फराकिला खेतसम्म आइपुगे ।

सुक्खाले पटपटी फुटेका, टाढाटाढासम्म फैलिएका खेतको बीचमा सात ओटा बुख्याचा ठडिएका थिए । सौतनपुरेलाई बुख्याचा मुसुरो, तोरी र मकै खान आउने चरा र जनावरलाई तर्साउन राखे जस्ता लाग्थे । तर कल्लुरामले यी बुख्याचा संसार हेर्न बनाएको थियो ।

आफ्ना चाचा बितेपछि कल्लुराम कैयौं महिना उदास रह्यो । उसका काकाले उसलाई जतनसाथ हुर्काएका थिए । काकाको संसार ऊ र

उसको संसार काका थिए । काका बितेपछि ऊ एक्लो भयो । उसलाई निद्रा लाग्न छाड्यो । काका इँटाभट्टाका मिस्त्री थिए । उसले काकाको काम सम्हाल्यो । दिनभर चिम्नीमा आगो लगाउने, काँचा इँटालाई पकाउने गर्थ्यो । उसलाई लाग्थ्यो– ऊ पनि त काँचै थियो, काकाले यसैगरी उसलाई पकाएर बलियो बनाएका हुन् ।

दिनभर कठोर श्रम र रातको अनिद्रा । उसका आँखा चिम्नीमा जलिरहेका इँटा झैं राता हुँदै गएका थिए । ऊ आफू दिनभर जागा छु कि निदमा, थाहा पाउँदैनथ्यो ।

एक मध्यरात उसले झुपडीबाहिर पदचाप सुन्यो । बाहिर निस्केर हेऱ्यो, केही देखेन । न मानिस, न सुँगुर, न त कुकुर । त्यस दिन उसले दिमागको बहम होला भनेर खासै वास्ता गरेन । जब भोलिपल्ट पनि पदचाप सुन्यो, उसको दिलले भन्यो– उसलाई भेट्न काका आएका हुन् । काकाको दिल इँटाभट्टातिर घुमिरहेको छ ।

बिहानै उसले झुपडीको कुनामा झुन्डिरहेको काकाको बुसर्ट झिक्यो र मुसुरोले भरिएको खेततिर लाग्यो । लामो लट्ठीमा पराल बेऱ्यो । काकाको सर्ट लगाइदियो । लट्ठीको टुप्पोमा माटोको घैला राखिदियो । त्यस दिन उसले काकाको भट्किरहेको दिललाई बास बस्ने ठाउँ बनाइदिएको थियो । उसले सोच्यो– अब काकाको दिल यसैमा बस्छ । उनी यहीँ बरोर संसार हेरिरहनेछन् ।

उसले काकाको बुख्याचा बनाएको एक महिनामै गाउँका रामशरण बाजे बिते । उसले तिनको पनि बुख्याचा बनायो । त्यसपछि भैरे पण्डित बिते, तिनको पनि बनायो । कैली बज्यै बितिन्, तिनको पनि बनायो । बाँसबारीका सबैलाई थाहा थियो, कुन बुख्याचा कसको भनेर । तर एउटा बुख्याचाबारे कसैलाई थाहा थिएन । कल्लुरामले पनि कसैलाई भनेन । तर प्रायः त्यही बुख्याचाको रेखदेख गरिरहेको देखिन्थ्यो । खेतका मालिक नेत्रविक्रम शाहलाई कल्लुरामको हर्कतबारे कसैले चिठी पनि लेखिदिएको थियो । उनले व्यावहारिक बनेर सोच्दा यसमा फाइदा नै देखे । पहिलो त बुख्याचा देखेर चरा र जनावर खेततिर आउने भएनन् ।

अर्को बुख्याचाहरूको रेखदेख गर्ने निहुँमा कल्लुरामले खेतहरूको पनि रेखदेख गर्ने भो । उनी चुप रहे ।

बुख्याचा देख्दा पवन र वसन्तको मुटु ढुक्क फुल्थ्यो, त्यसैले बुख्याचातिर हेर्दै नहेरी दगुरे ।

उनीहरू हिँडिरहेको आलीको बाटो पर ईँटाभट्टामा गाँसिन्थ्यो । वैद्यराजले प्रेमले ईँटाभट्टा सुरू गरेका थिए । उनका ईँटा अम्बरपुरसम्म पुग्थे । उनी बितेपछि छोराहरूको कलहको सिकार ईँटाभट्टा भएको थियो । पहिला जस्तो रौनक थिएन त्यहाँ । तैपनि अन्तिम सास लिइरहेको रोगी जस्तो ईँटाभट्टा पुत्ताइरहन्थ्यो । चिम्नीबाट निस्केको कालो धूवाँ आकाशका सेता बादलसित निहुँ खोज्न उफ्रिरहन्थ्यो । ईँटाभट्टा प्रायः सुनसान रहन्थ्यो । कल्लुराम एक्लै भुतभुताउँदै चिम्नी वरिपरि घुम्दै ईँटा पाके, नपाकेको हेरिरहन्थ्यो ।

कल्लुरामलाई आकाशको घामले सेक्थ्यो, धरतीको तापले पोल्थ्यो र चिम्नीको रापले डढाउँथ्यो । ऊ हाँडी जस्तै कालो थियो । जाँगे मात्रै लगाउँथ्यो । जाँगे पनि बाबियोको डोरीले कसेर बाँध्थ्यो । उसले आकाशतिर दुवै हात उठाउँदा करङ गन्नै मिल्ने गरी देखिन्थे । घोप्टो पर्दा डडाल्नोका गाँठागुठी देखिन्थे । उसको गर्धन मसिनो र लामो थियो । टाउको चेप्टोचेप्टो देखिन्थ्यो । ऊ नाङ्गा गोडा हिँड्थ्यो भने चप्पल झुपडीको दैलोनिर झुन्डिरहेका देखिन्थे । ईँटाको भित्ता, टायलले छाएको छानो र दैलोमा झुन्डिरहेको बोरा, उसको झुपडी यस्तो थियो । ऊ झुपडीभित्र कहिल्यै भेटिँदैनथ्यो । कि त चिम्नीमा काठका टुक्रा हालिरहेको भेटिन्थ्यो, कि त ईँटाका चाङमाथि पल्टेर, नाडीको सिरानी हालेर, आकाशतिर हेरिरहेको भेटिन्थ्यो । कि त सबैभन्दा अग्लो ईँटाको चाङमा उभिएर बुख्याचालाई एकटक हेर्दै गीत गाइरहेको देखिन्थ्यो ।

कल्लुराम कहिलेकाहीँ आफ्नो गीत सुनेर बुख्याचाहरू हल्लिन्छन् भन्थ्यो । पवन र वसन्त तर्साउन यस्तो भनेको होला भन्ठान्थे । तर कल्लुरामले अरू विषयमा कहिल्यै ठट्टा गरेको थिएन । त्यसैले उनीहरू दोधारमै थिए । पत्याउनु कि नपत्याउनु ?

"तिमीहरू पत्याउँदैन बे । मेरो गीत सुनेर काकाको पुतलाले शिर हिलाको थियो," कल्लुरामले भनेको थियो, "म निँदमा थिइनँ । माँ कसम, होसोहवासमा देखेको ।"

उनीहरू तर्सिएका थिए ।

कल्लुरामले हाँस्दै भनेको थियो, "पुतला भूत हुन्न बे । किन डराउन्छ ? पुतलामा दिल आयो भने पो शिर हिलाउन्छ । यी खेतका एकदुई पुतलामा दिल छ बे ।"

उनीहरू वाल्ल परेका थे ।

"तर ऊ त्यो पुतलामा अहिलेसम्म दिल आको छैन," कल्लुरामले त्यही नाम नखुलेको बुख्याचातिर देखाएको थियो, "त्यसले शिर नहिलाएसम्म म गाइरहन्छु ।"

"त्यो कस्को पुतला हो ?" वसन्तले प्वाक्क सोधेको थियो ।

"कसैको हो," कल्लुराम उदास भएको थियो, "एक दिन त्यसले पक्कै शिर हिलाउनेछ ।"

उनीहरूले इँटाभट्टातिर चियाए । कल्लुराम कतै देखिएन । ऊ मुसुरोबारीतिर खलखली पसिना निकाल्दै कब्जियतसित लडिरहेको थियो ।

इँटाभट्टा कटेपछि उनीहरू बिस्तारै हिँडे ।

"तँलाई साँच्चै, सर्बतभन्दा च्या मीठो लाग्छ ?" पवनले बल्ल मुख खोल्यो ।

"मीठो त सर्बतै लाग्छ," वसन्तले लात्ती नचायो, "तर जुठीआमैको माया बढी लाग्छ । उनले जस्तो कथा कसले सुनाउँछ, भन् त !"

जुठीआमै

सानै छँदा वसन्तले जुठीआमैको काखमा बसेर सोधेको थियो, "जुठीआमै, चरा कसरी उड्छन् ? म किन उड्न सक्दिनँ ?"

उसको कपाल सुमसुम्याउँदै उनले भनेकी थिइन्, "बाबै, चराका त पखेटा हुन्छन् ।"

"मसित पनि छन्... पखेटा," उसले दुवै पाखुरा पखेटा जस्तो बनाएर तलमाथि भ्याटभ्याट गर्दै देखाएको थियो ।

"बाबै, चराहरू बतासका साथी हुन् । बतासले पखेटा समाएर माथि लैजान्छ । तिमी बतासको साथी होइनौ नि !"

"म पनि साथी बन्ने," ऊ गोडा तन्काउँदै उभिएको थियो, "म पनि उड्ने । काँ छ, बतास ?"

जुठीआमैले उसलाई फेरि काखमा राखेकी थिइन्, "बतास त मान्छेले देख्दैन, बाबै । चराले मात्र देख्छ ।"

"मान्छेले किन देख्दैन त, जुठीआमै ?"

धेरै वर्षपहिले बतास र मान्छे साथी थिए । मीत लाएका थिए । मीत लाउँदा दुवैले कसम खाका थिए– जे आइपरोस्, मीतको साथ छाड्नेछैन । मीतले मेरो साथ छाडे पनि म सधैं सुखको, दुःखको साथी हुनेछु ।

बतास र मान्छेको मित्रता देखेर सबै छक्क पर्थे ।

एक दिन बतासले भन्यो, "मीत, म तिमीलाई आकाशमा पुऱ्याइदिन्छु, त्यहाँ बादलभित्र मोती हुन्छन् । लिएर आऊ । माला बनाएर लाउँला ।"

मान्छेलाई उडाएर बतासले बादलभित्र पठाइदियो । त्यहाँ मोती नै मोती थिए । ऊ भएभरको मोती गोजीमा हालेर फर्कियो । धरती पुग्ने बेला मान्छेको मनमा पाप पलायो ।

बतासले सोध्यो, "खोइ मीत, मोती ल्याएनौ ?"

"मीत, तिम्ले मसित झुटो बोल्यौ, त्यहाँ त केही रैनछ," मान्छेले रिसाए जसरी भन्यो, "अब म तिमीसित बोल्दिनँ । कट्टी ।"

मान्छे घर फर्कियो । छानामा मोती लुकायो ।

बतासको मनमा पीर पऱ्यो । उसले यो कुरा बादललाई सुनायो । बादल पनि रिसायो । ऊ पानी बनेर भुइँमा खस्यो । उसका मोती पनि भुइँमा खसे ।

मोती खसेको देखेर मान्छे खुसी भयो । टिप्न खोज्यो । तर मोती एकैछिनमा पग्लिन्थ्यो । मान्छेले हतारहतार छानामा लुकाएको मोती हेऱ्यो । ती पनि बिस्तारै पग्लेर गए ।

मान्छेको चेत खुल्यो ।

ऊ बतासंसित माफी माग्न चाहन्थ्यो । तर बतास कहीँ देखिएन । बतास मान्छेले नदेख्ने गरी लुकिसकेको थियो । बतासलाई थाहा थियो, मबिना मेरो मीत बाँच्न सक्दैन भनेर । त्यसैले नदेखिने भए पनि मान्छेको वरिपरि घुमिरह्यो ।

बादल पनि माान्छेसित रिसाएको रिसायै भयो ।

अचेल पनि ऊ कहिलेकाहीँ मान्छेको बदमासी सम्झिन्छ र रिसाउँदै गड्गडाउँछ । उसका मोतीहरू खस्छन्, जसलाई अचेल हामीहरू असिना भन्छौं ।

छलका मोती जति सबै असिना नै हुन् ।

कथा सुनेर वसन्त टोलाएको थियो । उसले भनेको थियो, "म बतासंसित मीत लाउँछु । म उसलाई ढाँट्दिनँ ।"

जुठीआमैले सुनाएको कथाले उसलाई लामो समय प्रभाव पारेको थियो । कहिलेकाहीँ पवनसित झगडा पर्दा ऊ आफूलाई बतास सम्झिन्थ्यो, पवनलाई लोभी मानिस ।

ऊ जुठीआमैका यस्तै कथा सुनेर हुर्किएको थियो । जुठीआमै जस्तो कथा भन्न जान्ने अरू कोही थिएन बाँसबारीमा । कोहिनुर झाँक्रीले उनले भन्दा राम्ररी कथा भन्छ भनेर गाउँलेहरू भन्थे । तर उसलाई पत्यार लाग्दैनथ्यो ।

जुठीआमै आफूले सुनाउने कथा जस्तै मिठासले भरिएकी थिइन् । पवन र वसन्त जुठीआमैको आँगनमा खेल्दै हुर्केका थिए । जुठीआमैका आफ्ना सन्तान थिएनन् । त्यसैले पनि खुबै माया गर्थिन् । हुन त जुठीआमैले माया नगर्ने मान्छे को थियो र ?

कसैको घरमा बच्चा जन्मियो, तेल लगाइदिन उनै पुग्थिन् । कसैलाई ज्वरो आयो, उनै अनेक औषधि बनाइदिन्थिन्, के-केका जरा ल्याएर । कसैलाई त्यसैत्यसै विरक्त लाग्यो भने उनैकोमा आउँथ्यो । उनी अनेक कथा सुनाएर उसको ओठमा मुस्कान ल्याइदिन्थिन् ।

उनका श्रीमान् असारे पनि गाउँमा सधैं खोजिने मानिस थिए । कोही बिरामी भयो, बोक्ने उनै । गाउँमा चोर पस्यो, लेखेट्ने उनै ।

उनी भारतमा चौकीदारी गर्थे । दुई वर्ष उता बस्थे । पैसा कमाउँथे । कालो चस्मा लगाएर टेपरिकर्डरमा गीत घन्काउँदै बाँसबारी फर्किन्थे । बाँसबारी आएकै हप्ता सौतनपुरतिरबाट दुधालु भैंसी किनेर ल्याउँथे । भैंसी लिएर दिनभरि जङ्गल घुम्थे । भैंसी चरिरहन्थ्यो । उनी रूखमुन्तिर ढल्केर, आँखाका ढकनी हल्लाउँदै, स्मृतिको संसारमा हराएर गीत सुन्थे ।

असारे बा आएपछि गोठालालाई पनि रमाइलो हुन्थ्यो । उनीहरू एकलास वनमा मज्जाका हिन्दी गीत सुन्न पाउँथे । कहिलेकाहीँ असारे बा नाचेर पनि देखाउँथे । उता बम्बईमा हेरेका फिल्मका कथा उफ्रीउफ्री सुनाउँथे । कथा सुन्दा गोठालाहरूको मुख आँको आँ नै हुन्थ्यो । कहिलेकाहीँ त मुखभित्र स्वात्त हरियो झिँगा पनि पसिदिन्थ्यो ।

असारे बासितै हिरोइनहरूको लस्कर पनि बाँसबारी आइपुग्थ्यो ।

काखीका रौं खुर्केका, पेटमा अलिकति बोसो भरिएका, गहिरो नाइटो र उचालिएका स्तन भएका हिरोइनहरूका फोटा हेर्न गोठालाहरूको तँछाडमछाड नै हुन्थ्यो । दिनभर जङ्गलमा गाई, गोरू, भैंसी र

बाख्राबाख्रीका पछाडिपछाडि भौंतारिने गोठालाहरू हिरोइनका फोटा हेर्दा घाँटी किक्लिक्क पार्थे । कसैकसैले रहरलाग्दा स्तन हेर्दै मुखको अमला दाह्राका बीचमा राखेर किट्थे र घटघटी पानी पिउँथे ।

चिसो बतासले निधार सुमसुम्याउन थालेपछि असारे बा जब रूखमा अडेस लागेर निदाउँथे, उनको इस्टकोटको भित्री जेबबाट पोस्टकार्ड हराउन थाल्थ्यो ।

महिनौं बित्दा असारे बाका सप्पै पोस्टकार्ड पालैपालो हराएर सकिन्थे ।

असारे बा ककसले पोस्टकार्ड चोरेका छन्, पत्तो त पाउँथे । तर केही भन्दैनथे ।

बिस्तारै कालो चस्माको सिसा पनि कोतरिन्थ्यो । बाफ पसे जसरी सिसा पनि धमिला हुन्थे । र उनी चस्मा आफूलाई घाँस काट्न सघाइदिने गोठालोलाई उपहार दिन्थे ।

छसात महिना फनफनी घुम्दा गीतको चक्का बिग्रन्थ्यो । टेपरिकर्डर पनि तालुमा कसैले ढुङ्गा बजारे झैं बेहोसबेहोस हुन लाए जसरी मोटो र धोद्रो स्वरमा गीत गाउँथ्यो । असारे बा प्याट्टप्याट्ट उसको गालामा थप्पड हानिरहन्थे । टेपरिकर्डर गह्रौं भारी बोके झैं स्याँस्याँ गर्दै गाउने कोसिस गर्थ्यो ।

असारे बा पावर सकिएका ब्याट्री पिँढीमा सुकाउन थाल्थे । ब्याट्री थपिँदै गएपछि आँगनमा सार्थे । पछिपछि त पुराना ब्याट्रीहरू कमिलाका लस्कर झैं आँगनको डिलडिलै छरिएका हुन्थे । आँगनले ब्याट्रीको माला लाए जस्तो हुन्थ्यो । असारे बा घाममा सुकेर पावर भरिएका ब्याट्री छानीछानी टेपरिकर्डरमा हालेर गीत सुन्ने कोसिस गर्थे । तर टेपरिकर्डर त दमका रोगी भैरे पण्डित झैं स्याँस्याँ र च्याँच्याँ मात्रै गर्थ्यो । सुकाएर पनि नभएपछि उनी ब्याट्रीलाई टोक्थे । टोकेको ब्याट्रीमा फेरि पावर भरिए जस्तो हुन्थ्यो । तर एकैछिनमा दमले समाइहाल्थ्यो । उनी हप्तौं लगाएर आँगनभरिका ब्याट्री टोकिसक्थे । बिचरा ब्याट्रीले पनि कति सहून्, ती बिस्तारै आउँको रोगी जस्ता हुन्थे । ब्याट्रीको चाकमा ठ्याक्कै आउँ निस्के जस्तो सेतो र लेदो पदार्थ निस्कन्थ्यो ।

र उनी थोत्रा ब्याट्रीहरूलाई फोरेर बाल्टीमा राख्थे । ब्याट्रीको कालो रङले घरका खाँबा रङ्ग्याउँथे । कमेरो ल्याएर भित्ता रङ्ग्याउँथे । जब घर सुकेर चिटिक्कको देखिन्थ्यो । उनी भन्थे, "हेर् जुठी, घर चिटिक्क भो । यसपालि टलक्क टल्किने कर्कटपाता कमाएर ल्याउँछु ।"

उनी दुधालु भैंसी डोऱ्याउँदै सौतनपुरतिर जान्थे । र "देश" जाने बाटोखर्च बोकेर आउँथे ।

दुई वर्ष बम्बईमा बसेपछि फेरि कालो चस्मा लगाएर टेपरिकर्डर घन्काउँदै आउँथे । आएकै हप्ता सौतनपुरबाट भैंसी किनेर ल्याउँथे । उनको जीवनको चक्र यसरी नै घुमिरहेको थियो ।

गाउँलेहरू जुठीआमै र असारे बालाई खुसी नै देख्थे । तर उनीहरू हरेक रात पिँढीमा बसेर तारा हेर्दै टोलाएको देख्दैनथे ।

"म बाँझी भएँ," जुठीआमै भन्थिन्, "अर्की ल्याऊ, म कत्ति रिसाम्नँ । म त्यल्लाई माया गरेरै राख्छु ।"

"हेर् जुठी, यस्तो बात नगर्," असारे बा रिसाउँथे, "तँ त आधा माया पाएर खुसी नै होलिस् । म तँलाई आधा माया दिनै सक्दिनँ । मेरो माया सप्पै तँलाई हो । अब भगवान्ले त्यै सोचेर त हाम्लाई सन्तान नदेका होलान् ।"

जुठीआमै सुँक्क गर्थिन् ।

असारे बा जुठीआमैको शिर सुमसुम्याउँदै मुस्कुराउँथे, "तँ मलाई हेरेर बाँच्, म तँलाई हेरेर बाँच्छु । जिन्नगी मज्जैले कट्छ ।"

"म मरेपछि तिमी एक्लै हुन्छौ ।"

"तँ मरेपछि म पनि मर्छु," असारे बा खिस्स हाँस्थे, "तँ लाटी छस् । स्वर्ग जाने बाटो बिराएर अलमलमा पर्लिस् भन्ने डर लाग्छ । तँलाई बाटो देखाउन भए पनि दगुर्दै आउँछु ।"

अचेल असारे बाको बाटो हेर्दै जुठीआमै रून्छिन् । सोच्छिन्, "मबिना यो धरतीमा कोई छैन भन्थे बाबै, अहिले धरतीको कुन कुनामा होलान् ? उनले पो म नभएपछिको कुरा सोचेका थे । मै बूढीले पो उनी नभएपछिका कुरा सोचिनछु ।"

सारा बाँसबारीलाई लागिसकेको थियो, असारे बा कतै अकालमा मरिसके । नत्र सातसात वर्षसम्म पनि किन आउन्नन् ! कतिले जुठीआमैलाई कुरा पनि चुहाउँछन् । तर उनलाई पटक्कै विश्वास लाग्दैन, असारे मरिसकेका होलान् भनेर । उनी भन्छिन्, "मेरो असारे आम्छ । मरेपछि स्वर्गको बाटो बिराउली भनेर चिन्ता गर्ने मान्छेले मलाई यो धरतीमा त्यत्तिकै एक्लै छाड्दैन । जसरी पनि आम्छ, त्यल्लाई नआई सुख्ख छैन ।"

पवन र वसन्त वरपीपल छेउ पुगे ।

यी रूख कसले रोपेको थियो, थाहा थिएन । वर्षौं पुराना थिए । वर आफ्ना कपाल फिँजारिरहन्थ्यो भने पीपल ठिङ्ग उभिइरहन्थ्यो । वरपीपल फोटा खिच्न उभिएका बूढाबूढी जस्ता लाग्थे । सौतनपुरेहरू यी रूखमुन्तिर एकछिन थकाइ नमारी हिँड्दै हिँड्दैनथे । सारा बाँसबारी र सौतनपुरमा यस्ता शीतल रूख कतै छैनन् रे !

उनीहरू वरपीपललाई एक फन्को लगाएर देब्रेतिर मोडिए । करिब दुई सय मिटरअगाडि पुगेर रोकिए ।

अगाडि मक्किइसकेको झुपडी थियो । माटोको भित्ता, फुसको छानो । छानाको खर पनि पुरानो भएर खरानी रङको भइसकेको थियो । सानो आँगन । आँगनको बीचमा तुलसीको मठ ।

झुपडीमा कुनै आवाज थिएन । सधैं रुनरान नै हुन्थ्यो । असारे बाले आफूसँगै आवाज लिएर गएका थिए । उनी भएका बेला गाउँभरिमा सबैभन्दा बढी आवाज यही झुपडीमा हुन्थ्यो । टेपरिकर्डरको आवाज यहीँबाट निस्केर वरपीपल हुँदै पवनको घरसम्म पुग्थ्यो र मधुरो हुँदै वसन्तको घरसम्म । असारे बा जाडोमा दैलोनिरको भित्तामा अडेस लागेर आँखाका ढकनी चिमचिम पार्दै गीत सुनिरहन्थे । वर्षौं भयो, यो झुपडीमा न असारे बा थिए, न टेपरिकर्डर, न त ब्याट्री ।

"जुठीआमै !" वसन्तले बोलायो ।

"बाबै हो, भित्रै आऊ ।"

उनीहरू भित्र पसे ।

अगेनाको छेउमा टुक्रुक्क बसेकी जुठीआमै हाँसिन् । अगाडिका दुइटा दाँत नभएको ठाउँ अँध्यारो देखियो । दायाँ हत्केलाले मुख छोपिन् । उनका आँखाछेउ बेस्मारी चाउरी परे । चाउरी सरेर नाकको डाँडीतिर गयो । कानका ढुङ्ग्री हल्लिए । निधारका चाउरी छाल झैं आए र रातो टिकुलीलाई डुङ्गा झैं हल्लाउन थाले ।

जुठीआमैले कराहीमा मकै राखिन् ।

कराहीमा पटपट गर्दै मकै पड्किन थाले । मकै उछिट्टिएर भुइँमा खस्लान् भनेर उनले केराको पातले कराही छोपिन् ।

उनीहरूको भोक जाग्यो । कराहीतिर घोरिए ।

जुठीआमै उनीहरूलाई हेर्दै मुस्कुराइरहिन् । उनीहरू आएको दिन जुठीआमै गौंथली झैं रमाउँथिन् । उनको घरमा आवातजावत गर्ने अरू कोई पनि थिएन । त्यसैले पवन र वसन्त आएको दिन गाला मुजा पर्ने गरी हाँस्थिन् । मकै भुट्थिन् । गुडको चिया पकाउँथिन् । पवनलाई जुठीआमैले पकाएको चिया र भुटेको मकै जति मीठो केही लाग्दैनथ्यो । त्यसैले ऊ यता आउने मौका कुरिरहन्थ्यो ।

जुठीआमै सधैं कलेजी रङको चोलो लगाउँथिन् । गर्धनमा मुगाको माला हुन्थ्यो । हरबखत कपालमा गम्छा बाँधेकी हुन्थिन् । उनका हातमा मोटा र नीला नसा देखिन्थे ।

"बाबै, यसरी गाम डुलेर हुन्न । पढ्नुपर्छ," जुठीआमैले आल्मुनियमको थालमा मकै राखेर दिइन्, "अबको दुनियाँ पढेका मान्छेका लागि हो, बाबै । पढ्नेहरूले चिलगाडी बनाउँछन् । चिलगाडी चढ्छन् । अनपढहरू आकाशको चिलगाडी हेरेर जिब्रो टोक्छन् ।"

"हामी त ब्यानभरि पढेर यता आको," मकै चपाउँदै वसन्तले भन्यो ।

जुठीआमैले चुलोमा फ्राइबिन राखिन् । पानी राखिन् । र पानीमा गुँडको सानो डल्लो खसालिन् । उनी चिया पकाउन थालेपछि बोल्दिनथिन् । चिया उम्लिरहेको भाँडोतिर एक टक हेरिरहन्थिन् । चिया पकाउँदा उनलाई श्रीमान् असारेको सम्झना आउँथ्यो । असारे बा उनको जस्तो चियाको स्वाद सारा भारतमा छैन भन्थे । उनी दिनमा पाँचछ पटक चिया पिउँथे ।

"एई जुठी, तेरो जस्तो हातमा जादु अरू कसैसँग छैन," उनी भन्थे ।

जुठीआमै हाँस्थिन् ।

"उता देशमा चिया पिउने बेला सधैं तेरो याद आउँछ ।"

जुठीआमैले उम्लिएको चिया स्टिलका पिंध कुच्चिसकेका गिलासमा राखेर दिइन् ।

"अब विष्टहरू मैले छोएको खाँदैनन् । तिमेरू खान्छौ, बाबै । पैलापैला कसैले आफूले छोएको खायो भने म डराउँथें, भगुमानले सरापै दिने हुन् कि भनेर । एक दिन यस्सो सोचें, साँच्चै मैले छोएको अरूले खान नमिल्ने भए, अरूले खानै नसक्ने गरी खेल रच्ता हुन् नि भगवान्ले," जुठीआमै हाँसिन्, "भोको मान्छेलाई खुवाउँदा भगवान् रिसाम्ने हुन् भने तीसँग मै कुरा गरम्ला नि भनेर सोचें । अब धेरै बाँच्दिनँ, भगवान्सित चाँडै जम्काभेट भइजाला । डर यत्ति लाग्दो छ, असारेलाई नभेटी बाइजाने हुँ कि ?"

"जुठीआमै, असारे बा आइहाल्नुहुन्छ नि !" पवनले भन्यो ।

"मेरो मन पनि त्यै भन्छ, बाबै । तर किन आएनन्, कुन्नि ?" उनको अनुहार मुजा पर्‍यो । उनले सुस्तरी काँपिरहेका औंला भाँचिन्, "सात वर्ष भइगए । दुई वर्षभन्दा बढी बस्तैनथे । बिरामी पो छन् कि ? अस्ति सपनामा त्यै तुलसीको मठनेर उभेर मलाई टुलुटुलु हेरेका थे । बोलेनन् । विचित्रका सपना धेरै देख्छु, बाबै ।"

उनका आँखाका चेप रसाए । आँसु खसे । तर गालाका चाउरीहरूमा हराए । मौनता छायो । वसन्तको मुखबाट मकैको दाना चपाएको आवाज सुस्तरी मुन्तिर झर्‍यो र हरायो ।

"कैलेकाहीँ त तिन्को झझल्कोले हिक्कै हुन्छु, बाबै," उनले गम्छाको फेरले आँसु पुछिन्, "ज्या है, म त रोइछु । रून्नँ भन्थें । बुढेसकालमा त आँसु नि थोरै आउँछन् । मेरा भन्दा त माखाका बढ्ता आउलान् ।"

उनले हत्केलाले आफ्ना दाँत छोप्दै हाँसे जस्तो गरिन् । र अबेरसम्म असारे बाकै कुरा गरिरहिन् ।

"जुठीआमै, अब हामी जान्छम्," पवनले भन्यो, "फेरि आउँछौं ।"

"ल जाऊ बाबै, फेरि आउनू," उनले पहिला घुँडामा हत्केला राखिन् र बल गर्दै उठिन्, "म कि त असारेको बाटो हेर्छु, कि त तिमेरूको । तिमेरू आउँछौ, असारे आउन्नन् ।"

पवनले एकमुठी मकै गोजीमा राख्यो र उठ्यो ।

उनीहरू बाहिर निस्किए र दगुरे ।

जुठीआमैले आँखीभौंमाथि हत्केला राखेर उनीहरू गएको बाटो हेरिरहिन् ।

असारे बा पनि त्यही बाटो गएका थिए ।

सानो झोला, एक जोर लुगा, आँपको अचारको सिसी, भुटेको मकै र भटमासको पोको, नागरिकता र आफूले काम गर्ने कम्पनीको आइडी कार्ड बोकेर असारे बा हिँड्ने तयारी गर्दै थिए ।

उनी रोएकी थिइन्, "आफ्नो खेत बाँझो राखेर किन जानुपर्‍यो, भन त ।"

"हेर् जुठी, खेत भर मात्रै हुन्न । यी खेतमा उब्जेको अन्नले खानै मात्र पुग्छ," उनले भनेका थिए, "अब म बूढो भइसकें । दुईचार वर्षमा हातखुट्टा नचल्लान् भन्ने डर छ । अब अन्तिम पालि भारत पस्छु । अलिकति नगद लेर आउँछु । यसपालि जान दे, नरो ।"

उनले आँगनमा उभिएर एकपल्ट झुपडीलाई प्रेमले हेरेका थिए ।

जुठीआमैले वरपीपलसम्म जान्छु भनेकी थिइन् । तर उनले मानेनन् । भनेका थिए, "हेर जुठी ! पीपल मुन्तिरबाट बिदा गर्नुहुन्न । पीपलको रूख झैं बाटो कुर्दै बस्नुपर्छ ।"

जुठीआमैले ढोगिसकेपछि उनले भनेका थिए, "जुठी, चाँडै आउँछु । तर म नआउँदासम्म नमरेस्, म पनि ह्याँ नआईकिन मर्दिनँ ।"

जुठीआमैलाई लागेको थियो– ज्या, मेरो असारे त साँच्चिकै बूढो पो भएछ ।

असारे बाका शब्दहरू अझै पनि उनका कमजोर हुँदै गएका कानमा गुन्जिन्छन् । र असारे बाकै शब्दले उनलाई आँट पनि दिएको छ । अस्ति भर्खरै आँगनमा हिँडिरहेको कालो सर्पलाई झन्डै कुल्चेकी

थिइन् । तर डराइनन् । सर्पलाई मारिनन् । लामो लट्ठीले आँगनमुन्तिर फालिदिइन् ।

उनलाई लाग्थ्यो– असारे नआउँदासम्म उनलाई लिन आएको काल पीपलको रूखमुन्तिर थकाइ मारेर बसिरहनेछ ।

उनले असारे बा जुम्लुङ्ग आइपुग्छन् कि भनेर एकछिन बाटो हेरिरहिन् । असारे बा आएनन् । इँटाभट्टामा कल्लुरामले गाएको गीत भने उनको कानसम्म आइपुग्यो ।

ए, घाम अस्ताउनै लागेछ !

उनी हतारिँदै झुपडीभित्र पसिन् । गाग्री लिएर निस्किइन् र इनारतिर लागिन् ।

घाम इँटाभट्टाको चिम्नीभन्दा उतै पुगिसकेको थियो । सौतनपुरेको आकाश अबिरै अबिरले पोतिए जस्तो भएको थियो । बादलका टुक्राटाक्री लिचीको झुप्पा जस्ता भएका थिए । चराका बथान जुठीआमैको रातो टिकुली जस्तो सूर्य चुच्चाले टिप्न उडिरहेका थिए ।

कल्लुराम इँटाको थुप्रोमाथि उभिएर चर्को स्वरमा गीत गाइरहेको थियो । उसले पवन र वसन्तलाई देख्यो । तर बोलाएन । उनीहरूलाई आँखाबाट ओझेल नहुँदासम्म हेरिरह्यो । उनीहरू छेलिएपछि उसका आँखा बुख्याचातिर सोझिए । अनि एकोहोरो हेर्न थाल्यो । कल्लुराम तिनलाई अँध्यारोले नछोप्दासम्म हेरिरहनेवाला थियो ।

बुख्याचा र कल्लुरामको गीतबाट जोगिँदै मूलबाटोमा आएका पवन र वसन्त धूलोको भुमरी देखेर रोकिए । र बाटोछेउको बेसर्मको झाङमा छेलिए । गाईगोरू र बाख्राबाख्री खुरले धरती टपरटपर बजाउँदै गए । पछिपछि लट्ठी नचाउँदै धूलोले फुस्रो भएको उखाने आइरहेको थियो । उसलाई देखेर उनीहरू झाङबाट बाहिर निस्किए ।

"सन्चै हुनुहुन्छ ?" वसन्त हाँस्यो ।

उखानेले घुमेर हेर्‍यो । उसको पिठ्युँको डल्लो पृथ्वी झैं फनक्क घुम्यो, "सन्चो, बिसन्चो त्यस्तै हो, किन चाउरिस् मरिच ? आफ्नै पीरले । पढ्न छाडेर कता डुल्या छौ ?"

"अब गर पढ्ने हो," पवन हाँस्यो ।

"पढ है, नत्र म जस्तै अर्काको गोठालो हौला । अरूलाई पोस्दै जिन्दगी बित्छ । काँक्रालाई थाँक्रो दियो, थाँक्रै धनी," ऊ खेततिर दगुरेको बाख्रोलाई लट्ठी घुमाउँदै लखेट्न गयो ।

उनीहरू हाँस्दै हिँडे । शान्तिरामको बगैंचानिर पुगे । पवन यताउता पल्याकपुलुक हेर्दै बारमा चढ्यो । र स्वाट्ट एउटा बेलौती टिपेर गोजीमा लुकायो ।

"नचोर्ने भनेको होइन ?" वसन्तले भन्यो ।

"फुच्चीलाई हो" भन्दै उसले बारबाट फाल हाल्यो ।

र उनीहरू बेतोडले दुई दिशातिर दगुरे ।

पवन

"फुच्ची ?" पवनले झ्यालको खापाबाट भित्र चियायो ।

रमा ओछ्यानमा घोप्टो पर्दै लेखिरहेकी थिई । उसले पसिनाले नुहाएको पवनको अनुहार देखी ।

"अम्बा खान्छेस् ?"

ऊ झ्यालमा पुगी । पवनले दिंदै सोध्यो, "बा खै ?"

"खै खै !" उसले अम्बा समातेको हात नचाई ।

"बाहिर हुनुहुन्छ ?"

"म त बाहिर गाकै छैन ।"

"एक चोटि हेर् त, बाहिर हुनुहुन्छ कि ?" पवनले आँखा नचायो ।

"नाइँ, म त पढेर बसेको," रमाले अम्बा टोकी, "तँ आफैं हेर् ।"

"झन् अम्बा ल्याइदेको । हेर् न बाहिर गएर ।"

"यसरी डराउने मान्छे किन घुम्न गाको त ?" रमाले भनी, "म त कतै जान्नँ, पिटाइ पनि खान्नँ ।"

"पाँच वर्षकी भइस् बल्ल । घुम्ने उमेर भए पो घुम्छेस् त !" पवनले रिस देखायो, "मेरो पो घुम्ने उमेर भइसक्यो ।"

"मेरो उमेर पाँच वर्ष भए पनि बुद्धि तेरो भन्दा धेरै छ रे ! अस्तिना बाले भनेको बिर्सिस् ?" रमा हाँसी, "यो पालि कक्षा एकमा पुग्छु । हेर् न, तँलाई पढ्नमा पनि जित्छु ।"

"इस् जितिस् !" पवनले ओठ लेप्प्रायो, "म चार कक्षामा पुगिसकें । मेरो अङ्ग्रेजी किताब कति मोटो छ, देखिछस् ? तँ चारमा पुग्दा म आठमा पुगिसक्छु । जितिस् खुब !"

रमा ठुस्स परी ।

"ल के ल । तैंले मभन्दा बढी पढ्छेस्," पवनले हात जोड्यो, "एक चोटि बाहिर गएर हेर्दे न । म तँलाई भोलि पनि अम्बा ल्यादिन्छु ।"

"अस्तिना अब अम्बा चोर्दिनँ भनेको होइन ?" दाँतमा अम्बाको बियाँ अड्केछ, उसले औंलाले दाँतका चेप खोतलखातल पार्न थाली ।

"मैले आफूले खान चोर्ने हो त ? तैंले खान्छेस् भनेर पो चोरेको त !"

"म अम्बा त खान्छु, चोरेको खान्नँ," रमाले झ्यालमा कुइनाले टेकी, "बाले भनेको चोरेको अम्बा खायो भने पेटमा रूख उम्रिन्छ रे !"

"इस् उम्रिन्छ !" पवनले ओठ लेप्र्यायो, "चोरेको अम्बा खाको खायै छस् त !"

पवन र वसन्तले शान्तिरामको बगैंचाबाट सयौंपल्ट अम्बा, सलिफा चोरेर खाएका थिए । पेटमा रूख उम्रिने भए उनीहरूको पेट बगैंचा नै भइसक्थ्यो । तर उसले फेरि नचोर्ने कसम खाएको भने पक्कै हो । त्यो पनि सारा गाउँलेका अगाडि ।

शान्तिरामको बगैंचामा सलिफा, नासपाती, कटहर, उखु, बेलौती फल्थे । बगैंचाका फल देखेर गाउँले थुक निल्थे । शान्तिरामलाई गाउँलेको लोभिएको मनबारे थाहा थियो । राति चोर्न आउलान् भनेर चनाखो हुन्थ्यो । राति भरूवा बन्दुक बोकेर बगैंचालाई एकफन्का लगाउँथ्यो । खासमा ऊ बगैंचामा आउने कालिज मार्न घुम्थ्यो । तर गाउँलेहरू फलचोरलाई खोजे जस्तो ठान्थे । शान्तिराम बिहानबिहान आँगनमा उभिएर बन्दुकको नाल पुछिरहन्थ्यो । ऊ सकेसम्म गाउँलेले बन्दुक देखून् र तर्सिऊन् भन्ने ठान्थ्यो । उसले सोचे जस्तै गाउँलेहरू उसको बगैंचामा आँखा पनि लाउँदैनथे ।

एक रात त्रैलोक र बिजु शान्तिरामको बगैंचामा पसे ।

२२ वर्षको त्रैलोक र १४ वर्षको बिजु बदनाम चोर थिए । सौतनपुरको शिवशङ्करले देउतालाई भाकल गरेको कुखुरो काखी च्यापेर भागेका थिए । मैनापुरको देवदत्त टमटाको गाईलाई रामबस्ती पुऱ्याएर तीन सय रूपियाँमा बेचेका थिए । सौतनपुरकै हजारी थारूको बङ्गुरलाई काटेर जङ्गली बँदेलको मासु भन्दै सौतनपुरमै बेचेका

थिए । एक किलो मासु हजारीले पनि किनेको थियो । पछि पो थाहा पायो, आफ्नै बङ्गुरको मासु रहेछ ।

उनीहरू जे देख्थे, चोरिहाल्थे । बाँसबारीमा चोरेपछि सौतनपुर गएर लुक्थे । सौतनपुरमा चोरेपछि बाँसबारी आएर लुक्थे । मैनापुर, सौतनपुर र बाँसबारीका सबैलाई थाहा थियो– उनीहरू चोर हुन् । तर कसैले पनि चोर्दै गरेको फेला पारेको थिएन । त्यसैले उनीहरू कुममा कुम जोडेर गाउँगाउँ डुलिरहन्थे ।

त्यस दिन सौतनपुरमा कोहिनुर झाँक्री कैयालालकी स्वास्नी रतिदेवीको प्रेममा परेको वनभूतसित लडिरहेको थियो । वनभूत जङ्गलमा घाँस काटिरहेकी रतिदेवीलाई पछ्याउँदै गाउँसम्मै आएको रहेछ । गोठमा लुकेर बस्दो रहेछ । एक्लै पायो कि प्रेम गर्न थालिहाल्दो रहेछ । वनभूतको प्रेमले रतिदेवी दुब्लाउँदै गएकी थिई । वनभूतसित लडिरहेको कोहिनुरले आफ्नो छेउ पङ्क्तिबद्ध भएर उभिएका पाँचछ केटालाई बाँदर देवता लगाइदिएको थियो । र बाँदर देवताहरू होहल्ला गर्दै गाउँका बगैंचातिर दगुरेका थिए । बाँदर देवता बन्नेमा त्रैलोक र बिजु पनि थिए । उनीहरू भने दगुर्दै शान्तिरामको बगैंचा आइपुगेका थिए ।

भोकको देवता जागेको थियो ।

बेलौतीको रूख चढे । छेटौं दाना कोपरिरहेका थिए, शान्तिराम बगैंचामा पस्यो । जुनेली रात थियो । चन्द्रमाको उज्यालोमा बन्दुकको नाल टल्किरहेको थियो । उनीहरूको सातो गयो । ढुकुरका जोडी झैं पातपछाडि लुके ।

शान्तिरामले उनीहरूलाई देखेकै थिएन । ऊ त कालिजलाई पछ्याउँदै आएको थियो । कालिज उनीहरू लुकेको बेलौतीको रूखअगाडिको सलिफाको हाँगामा बसेको थियो । शान्तिरामले कालिजतिर राइफल सोझ्यायो । उनीहरू आतङ्कित भए । उनीहरूले त शान्तिरामले आफूतिरै बन्दुक ताके जस्तो माने । बिजुले थररर काँप्दै त्रैलोकको पाखुरा समायो । त्रैलोक त अघिदेखि नै मनमनै *हनुमान चालिसा* बर्बराइरहेको थियो । उनीहरूले आफूतिर सोझिएको शान्तिरामको कुइनालाई बन्दुकको नाल सम्झिए । शान्तिरामको घुच्चुकलाई अनुहार ।

बन्दुक ताकेको शान्तिराम ढुङ्गाको मूर्ति झैं उभिइरह्यो । एकदम शान्त र मौन ।

बन्दुक पड्कियो– ड्याम्मऽऽ ।

उता कालिज भुइँमा खस्नै पाएको थिएन, यता बिजु गोली लागे झैं भुइँमा खस्यो– भ्यात्त । अनि त्रैलोक खस्यो– भ्यात्त ।

शान्तिरामले तीन चोटि भ्यात्त... भ्यात्त... भ्यात्त... सुन्यो ।

बिहान गाउँलेले कटहरको रूखमा बाँधेर राखेका त्रैलोक र बिजुलाई देखे । शान्तिरामले कालोमोसो दलिसकेको थियो । कालोमोसोबीच उनीहरूका आँखा अँध्यारो रातमा टल्किरहेका तारा जस्ता देखिइरहेका थिए ।

छेउको बेलौतीको रूखमा कालिज चमेरा झैं उल्टो झुन्डिइरहेको थियो ।

शान्तिरामले गर्वसहित सुनायो, "सत्को धन कतै जान्न भनेको यै हो । यी चोर बगैंचामा पसेको त मैले थाहै पाको थिनँ । गोली अगाडि हानें । लौ बा, खसेको आवाज त पछाडिबाट पो आउँछ ।"

चोर रङ्गेहात समातिएका थिए । दसीस्वरूप शान्तिरामले आधा कोपरेका बेलौतीका दाना राखेको थियो ।

त्रैलोकले हात जोड्यो, "साउजी, हामी त आफ्नै मनले कहाँ रूख चढेको हो र ? बाँदर देवताले यस्तो गरेका हुन् । हाम्लाई केही थाहा छैन ।"

"बाँदर देवता बीचमा ल्याउँछस् ?" शान्तिरामले मुड्की ताकेको थियो, "बाँदर देवता बन्दुकदेखि डराउँछन् ? तिमेरूमा बाँदर देवता चढेकै थेन ।"

गाउँलेहरू हाँसे ।

"अब यिन्लाई के सजाय दिने त, दाइ ?" उसले जीवाराममलाई सोध्यो ।

जीवारामले डोरी खोल्न लगाए । र उनीहरूलाई घोप्टो पर्ने आदेश दिए ।

"एई मुर्दार हो, चोरका पनि आफ्ना नियम हुन्छन् भन्ने थाहा छैन । आफ्नै गामघरमा चोर्ने हो ?" उनले सुम्ला उठ्ने गरी लठी हिर्काए, "अब गाममा चोर्दैनम् भनेर कसम खाओ ।"

दुवैले हात जोडेर कसम खाए ।

"यत्रा पहलमान भर चोर्दै हिँड्ने हो ? पहलमानले चोर्ने होइन, आफ्नो गामको रक्षा गर्ने हो । बुझेको हो ?"

दुवैले मुन्टो हल्लाए ।

"लौ, आजदेखि बाँसबारीको रक्षा गर्छम् भनेर कसम खाओ," जीवारामको आवाज उँचो भो, "क्रान्तिकारी जस्तै मुठी उचालेर ।"

दुवै उठे । मुठी आकाशतिर उचाले, "हामी कसम खान्छौं । आजदेखि हामी बाँसबारीको रक्षा गर्नेछौं ।"

गाउँलेहरू मरीमरी हाँसे ।

त्यसपछि, शान्तिरामको बगैंचामा पस्ने आँट कसको !

तीन महिनापछि पवन र वसन्तले आँट देखाए ।

पवनले निहुरिएको हाँगाबाट भोगटेको दाना टिप्यो । दानालाई पेटनिर च्याप्यो र सर्टले छोप्यो । दगुऱ्यो । यसो हेर्दा गर्भवती आइमाई दगुरे जस्तो देखिन्थ्यो ।

उनीहरू नेत्रविक्रम शाहको मुसुरोबारीको पुछारमा पुगे । वसन्तले भोगटेका बोक्रा खोल्स्यायो । भोगटेका बोक्रा बाक्ला र गोल टोपी जस्ता थिए । वसन्तले एउटा बोक्राको टोपी लायो र अर्को पवनलाई दियो । भोगटेका बोक्राको टोपीले चरक्क चर्किएको घामलाई तालुमा ठोक्किनबाट जोगायो ।

दुवै एकअर्काको टोपी हेर्दै हिस्स हाँसे ।

भोगटेको दाना हेर्दा भकुन्डो थियो, बोक्रा झिकिसकेपछि त बेलको दाना जत्रो मात्र रह्यो । वसन्तले भोगटे दुई चिरा बनायो ।

गर्मी र तिर्खाले कक्रक्क परेका दुवैका ओठलाई भोगटेको अमिलो रसले नरम बनायो । रस अङ्नारीलाई भिजाउँदै पेटतिर खस्यो । कस्तो मज्जा !

"भोलि पनि खान पर्च," पवनले भन्यो ।

"हुन्च," वसन्त हाँस्यो ।

भोगटेको दाना खोल्स्याउँदा अमिलो रस वसन्तको चोरऔंलाको नङको चेपमा पसेछ । चहऱ्याउन थाल्यो । औंलालाई फुफु गरिरहेको वसन्त बेस्मारी झस्कियो ।

अगाडि शान्तिराम उभिएको थियो, हातमा लौरो समाएर । शान्तिरामले दुवैका टोपीतिर हेऱ्यो र हेऱ्यो भुइँमा खसेका भोगटेका बियाँतिर ।

वसन्तले लौरो हावामा उठेको देख्यो । केही उछार पाएन । एक्कासि उसको ढाडमा रातो मसी छर्किए जस्ता दुइटा सुम्ला उठे ।

"काका, म अब चोर्दिनँ," पवनले रूँदै नमस्ते गऱ्यो, "मलाई नहान्नू, काका ।"

उसको दायाँ पाखुरामा सुम्ला उठ्यो ।

शान्तिरामले बाबियोका डोरीले दुवैका हात बाँध्यो । उनीहरूलाई अघि लाएर आफू पछिपछि हिँड्यो । उनीहरू जागाको अघिअघि हिँडिरहेका बूढो गोरू जस्ता भएका थिए । शिरमा भोगटे टोपी थियो । भोगटेका बियाँ मुठी पारेका थिए ।

शान्तिरामले दुवैलाई सर्वजित मास्टर सापको आँगनतिर धकेलिरहेको थियो । आँगनमा टेक्नुअघि, एकपल्ट पवनले याचना भरिएका आँखाले हेर्दै शान्तिरामलाई नमस्ते गऱ्यो, "काका, भगवान् कसम, अब म चोर्दिनँ । बालाई नभन्नू, काका ।"

शान्तिराम बहिरो भइसकेको थियो ।

सर्वजित मास्टर सापले हात बाँधेका, भोगटे बोक्राको टोपी लाएका उनीहरूलाई देखे । शान्तिरामले कथा हाल्न थाल्यो । एकदुई गाउँले आँगनको डिलमा बसेर रमिता हेर्न थाले । शान्तिरामले कथा सकेपछि सर्वजित मास्टर साप अकमकिए ।

"मास्टर साप, अब मेरो कुरा झुटो लाग्छ भने यिनका हातका बियाँ हेर्नुस्," शान्तिरामले भन्यो, "टोपी त देख्नुभएकै छ ।"

सर्वजित मास्टर साप पवनको छेउमा आए । उसको काँध छोए, "तैँले भोगटे चारेको होस् ?"

उसले मुन्टो के हल्लाएको थियो, घुच्चुकमा मुड्की बजारे । ऊ थुचुक्क बस्यो ।

"किन चोरिस्, भन् ?" उनी कड्किए ।

"भोक लाग्यो," उसले हिक्का छाड्यो ।

"भोक लागे मलाई भन्नू नि !" उनका आँखा राता भए, "सकेको जति खान दिन्थें । नसके आफ्नै मासु काटेर दिन्थें । तँलाई भोकै राख्थें ? चोर्दै खान्छस् ? म मरिसकें ?"

पवन रोइरह्यो । पिँढीमा उभिएकी रमा पनि रून थाली । खासमा सर्वजित मास्टर सापलाई शान्तिरामले आफ्नो छोरालाई ठूलै अपराधी झैं घिच्याउँदै ल्याएको मन परेको थिएन । बच्चा हुन् फलफूल खाए, के भो त ?

तर तराजुमा शान्तिराम नै गह्रौं थियो ।

"अब तिमी नै भन शान्तिराम, म के सजाय दिऊँ ?"

शान्तिरामले आँगनको डिलमा उभिएका गाउँलेहरूतिर हेऱ्यो । त्रैलोक र बिजुलाई समात्दा गाउँलेको अनुहारमा आए जस्तो चमक खोज्यो । तर भेटेन । अलिकति हच्कियो । भन्यो, "अब तपैं नै जान्नेबुझ्ने हुनुहुन्छ । तपैंको जो विचार ।"

"जा, माफी माग्," सर्वजित मास्टर सापले पवनलाई धकेले, "अब आइन्दा चोर्दिनँ भनेर कसम खा ।"

"माफी पाऊँ, काका !" उसले नमस्ते गऱ्यो, "अब आइन्दा भोगटे चोर्दिनँ ।"

"भोगटे मात्रै ?" शान्तिराम खिस्स हाँस्यो ।

"नाइँ," उसले भन्यो, "आइन्दा क्यै चोर्दिनँ ।"

शान्तिरामले दुवैको हात फुकाइदियो । नाडीमा रातो तागो बाँधे जस्तो दाग बसेको थियो ।

शान्तिरामको यो व्यवहार गाउँमा कसैले मन पराएनन् । जसोदा त शान्तिरामको आँगनमै पुगेर उफ्रेकी थिइन् । उसको आँगनमा पाँच रूपियाँको नोट पनि फालिदिएकी थिइन् ।

गाउँमा यस्ता कुरा भइरहन्छन् । खाटा बस्छन्, उप्किन्छन् । सबैले बिर्संदै पनि गए । तर पवनको मनमा गहिरो शूल गढेकै थियो । ऊ वसन्तका अगाडि कसम खान्थ्यो । "बुझिस् बन्ते । एक दिन त्यो शान्तिराम बूढोऽऽ हुन्छ । हामी तन्नेरी हुन्छम् अनि त्यल्लाई पहिला म चाकमा भुक्क लात्ती हान्छु । अनि तँ हान्नू । हुन्छ ?"

कसम सम्झेर अहिले पनि खिस्स हाँस्यो ।

"किन हाँसिस् ?" रमाले सोधी ।

"त्यत्तिकै," उसले हाँसो रोक्दै भन्यो, "भन् त, बा काँ हुनुहुन्छ ?"

"जीवाराम बाजेकोमा जानुभाको छ । एकडेढ घण्टामा आउने रे !"

"अघि नै भन्नुपर्दैन त ?" ऊ रिस देखाउँदै आँगनतिर गयो ।

आँगनको उत्तरी कुनापट्टि नल ठडिएको थियो । उसले नल चलाउँदै गोडा धोयो । चप्पल कुर्कुच्चातिर खिइसकेको रहेछ । चप्पल पनि धोयो । अनुहारको पसिना पखाल्यो ।

नलसँगै उभिएको मेवाको रूखबाट चोप खसिरहेको थियो । उसले शिर जोगायो ।

यी मेवाका रूख उसकी आमा सुनिताले रोपेकी थिइन्, जो बेलाबेला चोप निकालिरहन्थे । पवन र रमा पनि त मेवाका रूख जस्तै थिए, हुर्किइरहेका । उनीहरू पनि आमाको सम्झना आयो कि मेवाको चोप जस्तै आँसु निकाल्थे । उनीहरू दिनभर स्कुल र गाउँ डुल्दै रमाउँथे, खेल्थे र हाँस्थे । जब रात पर्थ्यो, जुनकीरी झैं उनीहरूको पीडा चहकिलो हुन्थ्यो । उनीहरूको मन झ्याउँकीरी हुन्थ्यो ।

सुनिता हुँदा त उनीहरूको घरमा तिहारै आए जस्तो झिलिमिली हुन्थ्यो रे ! रौनक हुन्थ्यो रे ! बाँसबारीको सबैभन्दा सुखी घर यही थियो रे– जीवाराम भन्थे ।

सर्वजित मास्टर सापलाई बाँसबारी ल्याउनुमा जीवारामकै हात रहेछ । उनले सर्वजित मास्टर सापलाई नेपालगन्जमा भेटेका थिए रे ! भर्खरै बिहे गरेका सर्वजित मास्टर साप कामको खोजीमा सुनितालाई पछि लाएर मधेस झरेका थिए । उनी बिए पास भएर पनि बेरोजगार छन् भन्ने थाहा पाएपछि जीवारामले बाँसबारी लिएर आएका थिए । जीवाराम अम्बर माविको सञ्चालक समितिका अध्यक्ष थिए । उनको बोली कसले काट्ने ! सर्वजित मास्टर साप हेडसर भए ।

जीवारामकै कृपाले सर्वजित मास्टर साप छ कट्ठा जमिनका मालिक पनि भए । उनको जीवनको गतिले लय समातेको थियो । उनी सुखी

जीवन बिताइरहेका थिए । पवन जन्मिएका बेला त दुइटा खसी ढालेका थिए रे !

रमा एक वर्षकी हुँदा सुनिता पेट फुलेर बितेकी थिइन् । त्यसैले रमालाई आमाको अनुहार पनि सम्झना थिएन । पवनको दिमागमा धमिलो तस्बिर थियो । तर ऊ वर्णन गर्न सक्दैनथ्यो । उसको कानमा अझै पनि कताकता "मास्टर्नी, एई मास्टर्नी" भनेर गाउँलेले बोलाएको आवाज गुन्जिन्थ्यो । ऊ कहिलेकाहीँ गाउँलेबाट सुन्थ्यो– उसकी आमा साह्रै राम्री थिइन् रे ! दाहिने गालामा कोठी थियो रे ! सारा बाँसबारीमा गुन्युचोली उनलाई जति त कसैलाई पनि सुहाउँदैनथ्यो रे ! गाउँलेले दुईतीन वर्षअघिसम्म पनि उसकी आमाको गुणगान गर्थे । तर अचेल कुरै गर्न छाडिसकेका थिए । उसलाई आमाका बारेमा सुन्न मनपर्थ्यो । तर कोसित सोध्ने, ऊ पत्तो पाउँदैनथ्यो ।

कहिलेकाहीँ कसैलाई उसले सोधिहाल्यो भने पनि उत्तर यत्ति पाउँथ्यो– साह्रै जाती थिइन्, जाँदा सारा गाउँलाई रूवाएर गइन् ।

"कस्ती थिन् आमै ?" ऊ सोध्थ्यो ।

"तिम्ले त आमाकै अनुहार पाछौ । ठ्याक्कै तिम्रै जस्तै थियो तिन्को अनुहार । क्याछौं त, तिम्री आमाका फोटा जति च्यातेर मास्टरले खोलामा बगाइदे ।"

पवन सर्वजित मास्टर सापलाई "फोटा किन फालेको ?" भनेर सोध्न सक्दैनथ्यो । सोध्यो भने उनी पहिला झर्किन्थे र अबेरसम्म उदास भइरहन्थे । पवनले एकदुई पटक उनले आँसु पुछेको पनि देखेको थियो ।

ऊ भान्सामा गयो । टुकी बाल्यो । अगेनो मौन थियो । छुचुन्द्रोले अगेनाको खरानीमा डाइफ हानेर गएछ । भाँडाहरू यताउता छरिएका थिए । ऊ भोको थियो । त्यसैले अगेनाको यताउता हेऱ्यो, केही भेटिन्छ कि भनेर । तर केही भेटिएन । खानेकुरा केही छैन भन्ने थाहा पाएपछि उसको भोक झन् बढ्यो । उसले एकछिन कम्मरमा हात राखेर जुठीआमैकोमा खाएको मकै र गुडको चिया सम्झियो ।

यस्तै भोकाएको एक दिन ऊ आफैं खाना पकाउन तम्सिएको थियो । गाउँलेहरू पनि भन्थे, "हेर, पवन ! मास्टर्नी बितेपछि मास्टरको

होस छैन । तिनको भर नपर । अब तिम्रो खाना पकाउने उमेर भइसक्यो । आफैं बनाऊ, खाऊ । बैनीलाई भोको नराख ।"

उसले आगो बालेर आलु भुट्न कराही चुलोमा राखिरहेका बेला सर्वजित मास्टर साप भान्सामा आइपुगेका थिए । उनले उसलाई घिसार्दै भान्साबाहिर ल्याएका थिए र भनेका थिए, "एक दिन भोको बस्दैमा तँ मर्दैनस् । ढिलोचाँडो तँलाई घिचाको त छु । भान्से बन्न नखोज् । ल भन्, तँ पढ्छस् कि भान्से हुन्छस् ? एउटा चीज छान ।"

"पढ्छु ।"

"आइन्दा भान्से हुन नखोजेस् । म जिउँदो हुँदासम्म तैंले भान्से हुन पाउन्नस् ।"

त्यसपछि पवनले खाना पकाउने कोसिस गरेन । तर भोको भने धेरैपल्ट भयो । जसरी अहिले भइरहेको थियो । उसले कुनामा झुन्डिइरहेको कालो पोलिथिन देख्यो । उसले पोलिथिनबाट एक मुठी चिनी झिक्यो । एक फाँको मुखमा हाल्यो र एक मुठी समायो । पोलिथिन ब्याग जस्ताको तस्तै झुन्ड्यायो । र हल्लिरहेको पोलिथिन ब्याग शान्त हुँदासम्म उभिइरह्यो ।

बाहिर आएर दैलोछेउ टुसुक्क बस्यो । मुठीको चिनी जिब्रोको टुप्पोले टिप्न थाल्यो ।

झमक्क साँझ परिसकेको थियो । अरूका भान्साबाट निस्केको मधुरो धूवाँ आकाशतिर हिँडिरहेको थियो । घुइयारामको घरबाट तरकारीमा हालेको मसलाको बास्ना उसको नाकमा ठोक्किन आइपुग्यो । उसको पेट हुँडुलियो ।

"बा, किन नआको होला !" ऊ बर्बरायो र सोच्यो– उनी अझै जीवारामको डुग्गीमा बसेर शिर निहुराउँदै जीवारामका गफ सुनिरहेका होलान् ।

पवनलाई सर्वजित मास्टर साप जीवारामका अगाडि लत्रुक्क परेको पनि मन पर्दैनथ्यो । जीवारामले गाउँलेका अगाडि पटकपटक भनिरहन्थे, "मास्टरलाई मैले नेपालगन्जको जाडोमा एउटै सर्टमा लगलगी कामेको देखेर ह्याँ ल्याको हुँ ।"

सर्वजित मास्टर साप शिर निहुराएर बसिरहन्थे ।

पवनलाई आफ्ना बा लुते भएको मन पर्दैनथ्यो । ऊ सोच्थ्यो– कहिलेकाहीँ त जीवाराममलाई जवाफ फर्काए हुने नि ! तर उनी जीवारामसित कहिल्यै ठूलो स्वरमा कुरा गर्दैनथे ।

एकपल्ट वसन्तले भनेको पनि थियो, "तेरा बा एकदमै डरछेरूवा छन् ।"

उसले नाकका पोरा फुलाएको थियो, "किन ?"

"हेडमास्टर भर पनि जीवारामसित डराउँछन्," वसन्तले नाक खुम्चाएको थियो, "त्यत्रो बिए पास गरेका मान्छे, तीन कक्षा फेल भाकासित डराउँछन् ।"

उसको मन बटारिएको थियो । उसले सोचेको थियो– के बा साँच्चिकै डरछेरूवा हुन् त ?

तर उसलाई आफ्ना बा वसन्तले भने जस्तो डरछेरूवा लाग्दैनथे । पालिसले टल्काएका काला जुत्ता, कतै दाग नलागेको सेतो बन्डी, सेतो सर्ट, नीलो पाइन्ट र चुच्चे ढाकाटोपी लगाएका सर्वजित मास्टर साप कतैबाट पनि डरछेरूवा लाग्दैनथे । सधैं सर्टको गोजीमा रातो, नीलो र कालो पाइलट पेन उनेर हिँड्ने उनी बलिया लाग्थे ।

डरछेरूवा भएको भए रातिराति यसरी हिँड्न सक्थे ?

उसले आँगनबाट सर्प झैं बटारिँदै परपरसम्म फैलिएको बाटो हेऱ्यो । तर सर्वजित मास्टर साप देखिएनन् । खेतका बीचबीचका रूखहरू भूत झैं ठिङ्ग उभिएका थिए । उसलाई डरडर लाग्यो । भित्र पस्यो ।

भान्साबाट टुकी लिएर कोठामा आयो । रमा लेखिरहेको कापीमा दायाँ गालाको अडेस लगाएर निदाएकी थिई । कैलो कपाल गालाभरि छरिएको थियो । उसले टुकी अलि नजिक लगेर हेऱ्यो । रमाका नाकका पोरा बिस्तारै बजिरहेका थिए । आरू फूल जस्ता कलिला ओठको दाहिने कुनाबाट अलिकति ऱ्याल निस्केको थियो । तन्नाको फेरले पुछिदियो ।

टुकीलाई झ्यालको कुनामा राख्यो । टुकीको सानो लप्कालाई मन्दमन्द चलिरहेको बतासले पछ्यौराको फेर झैं हल्लाउन थाल्यो ।

ऊ रमाको छेउमै ढल्कियो । टुकीमा हल्लिरहेको मसिनो आगोको धारअगाडि आफ्ना औंला ठड्यायो । भित्तामा छाया देखियो । उसले छाया खेलाइरह्यो ।

"एई पवन, उठ् ।"

उसका आँखाका कुना हल्लिए । आँखामा टर्चको चहकिलो प्रकाश ठोक्किइरहेको थियो । उसले आँखा चिम्सा पा-यो ।

"तँ पनि उठ् । बैनीलाई पनि उठाएर भात खान आइज ।"

यति भनेर सर्वजित मास्टर साप गए । पवनले आफ्नो ज्यान तन्कायो । झ्यालको खापामा राखेको टुकी धिपधिप गरिरहेको थियो ।

रमा निद्रामै थिई । उसको गहिरो निद्रा देख्दा पवनलाई उठाउन मन लागेन । तर ऊ भोकै थिई । सके सपनामा खीर खाइरहेकी होली ।

उसले रमाको कुम झकझक्यायो । उसले झ्वाट्टै आँखा खोली । रमा यति चाँडै उठ्ली भनेर उसले सोचेको पनि थिएन । अघिपछि त जब ऊ रमालाई जगाउन खोजिरहन्थ्यो, रमा कोल्टे मात्रै फेरिरहन्थी । तर यसपालि ऊ पवनको पहिलो झकझकाइमा उठी । एकछिन आँखा मिची र सोधी, "भात पाक्यो ?"

पवनको मन कटक्क भयो ।

यसरी उसको मन धेरैपल्ट कटक्क भएको थियो । उसलाई सर्वजित मास्टर सापदेखि साह्रै रिस उठ्थ्यो । उनी छोराछोरी भोकै छन् भन्ने पनि बिर्सन्थे । कहिलेकाहीँ त सारा गाउँ सपनामा रमाइरहेका बेला खाना पाक्थ्यो । जब उनीहरू भोकै पर्थे, तब पवनलाई आमाको साह्रै सम्झना आउँथ्यो । ऊ अँध्यारो कुनामा बसेर आँसु निल्थ्यो । आँसुको नुनिलो स्वादले अलिअति भोक मरे जस्तै हुन्थ्यो । बेलाबेला ऊ मुठीका मुठी चामल पनि खान्थ्यो । तर रमा न त रून्थी, न त चामल खान्थी । ऊ कहिल्यै भोक लाग्यो पनि भन्दिनथी । सायद, भोक लाग्दा रून्नुपर्छ भन्ने उसलाई थाहै थिएन ।

पवन र रमाको भोक गाउँलेलाई थाहा थियो । कतिले त सर्वजित मास्टर सापलाई बिहे गर्ने सुझाव पनि दिन्थे । तर उनी हाँस्थे मात्र ।

पवनलाई पनि बाले अर्को बिहे गरून् झैं लाग्थ्यो । सौतेनी आमाले पिटे पिट्लिन्, खाना त पकाउलिन् नि– ऊ यस्तै सोच्थ्यो ।

सर्वजित मास्टर साप कहिलेकाहीँ काम परेर एकदुई दिनलाई कतै जाने भए भने उनी शकुन्तला दिदीलाई खाना पकाउने जिम्मा दिन्थे । सकुन्तला दिदीले खाना मीठो बनाउँथिन् । र समयमा बनाउँथिन् । अचेल त धेरै भएको थियो, उनी कतै नगएको ।

सर्वजित मास्टर साप ढिलोचाँडो खाना पकाउन त पकाउँथे । तर मीठो बनाउन जान्दैनथे । कहिले नुन बढी, कहिले कम । कहिले भात गिलो, कहिले सुक्खा । कहिले आलुको तरकारी पनि काँचै हुन्थ्यो ।

खाना पकाउँदा पनि उनमा छटपटी हुन्थ्यो । उनी डाडुले दाल चलाउँदा पनि ठसठस कनिरहन्थे । एक क्विन्टल भारी बोकिरहे जस्तो । उनले खाना पकाएको दृश्य असाध्यै दिक्दारलाग्दो हुन्थ्यो । उनका निधारमा गाँठा परेका हुन्थे । एकपल्ट त दाउरा राम्ररी नबलेर धूवैंधूवाँ निस्कँदा उनले अगेनामा पानी खन्याइदिएका थिए । त्यसैले पवनलाई भात पकाइरहेका उनलाई हेर्नै नपरोस् जस्तो लाग्थ्यो ।

उसलाई जसोदा र जुठीआमैले खाना पकाएको भने हेरिरहूँ जस्तो लाग्थ्यो । उनीहरू कत्ति प्रेमले खाना पकाउँथे ! उनीहरूले काउली टुक्र्याएको, आलुलाई मसिनो गरी काटेको, तोरीको सागलाई कपालको केस्रा झैं केलाएको, मसला पिन्दा चुरा बजेर आवाज आएको, तोरीको तेलमा प्याज र खुर्सानीका टुक्रा झ्वाइँय पारेको साह्रै मज्जा लाग्थ्यो । पकाएको हेरिरहूँ लाग्ने, पस्केको खाइरहूँ लाग्ने ।

ऊ सोच्थ्यो– मेरी आमा पनि यसरी नै खाना पकाउँदी हुन् । ऊ कहिलेकाहीँ भोक लाग्दा ओछ्यानमा पल्टिएर आमाले खाना पकाइरहेको कल्पना गर्न खोज्थ्यो । तर ऊ कुनै दृश्य बनाउन सक्दैनथ्यो । उसको कल्पनाको संसार रित्तो हुन्थ्यो । सपाट । क्यामेराले मध्याह्नको सूर्यको फोटो खिच्न खोजे जस्तो ।

उसले कल्पनामा पनि आमाले पकाएको मीठो खाना खान पाएको थिएन ।

वसन्त

त्यस बेला जसोदाको ज्यानमा दुइटा मुटु धड्किन थालिसकेका थिए ।

वसन्तका बा काँधमा नाम्लो राख्दै हँसिया समाएर हाँसेका थिए । उनी हाँस्दा निधार अलिकति खुम्चिएको थियो । आँखीभौँ अलि माथि सरेका थिए । आँखा चिम्सा भएका थिए । माथिल्लो ओठ नाकतिर तन्किएको थियो । दाँतको माथिल्लो पङ्क्ति टल्किएको थियो । तल्लो ओठले दाँतको पङ्क्ति छोपेको थियो । धुम्म परेको दिन बादलका चेपबाट एकधार घाम सोझै अनुहारमा परे जस्तो, अनुहार उज्यालो थियो ।

त्यो हाँसो नै उनको अन्तिम हाँसो थियो ।

बिहान हाँस्दै गएका उनलाई साँझ गाउँलेले बोकेर ल्याएका थिए, घाँसको ठूलो भारी झैं । गाउँलेले आँगनमा थपक्क राखेका थिए । अचानक एउटा हुरी जसोदाको घरमा आएको थियो । उनलाई चक्कर आएको थियो । उनले घरको खाँबो समाएकी थिइन् । खुसी त भर्खरै धोएर सुकाएको लुगाको पानी जस्तो रहेछ, बिस्तारै तप्किएर सकिने । जसोदाको खुसी तप्किरहेको थियो । अन्तिम थोपा पनि तनक्क तन्किएर तप्कियो ।

"भाउजू, अनुहार नहेर्नुस्," सर्वजित मास्टर सापले भने ।

उनी अगाडि बढ्न खोजिन् । तर गाउँका महिलाले उनको काँध समाएर तानिरहे । सर्वजित मास्टर सापले घाइते अनुहार बाटामै हेरेका थिए । अनुहार विक्षिप्त थियो । नाकको डाँडी र दाँत भाँच्चिएका थिए । वसन्तका बा केही भन्न खोजिरहेका थिए । तर उनको मुखभित्रबाट रगतको चोक्टा बाहिर निस्कन्थ्यो । सबैभन्दा ठूलो चोट उनको छातीमा

लागेको थियो । रूखको छेउमै ठुटो रहेछ । त्यहीँ छातीले टेक्न पुगेका रैछन् । उनी कति बेला रूखबाट खसे, कति बेलासम्म पानीपानी भन्दै कराइरहे, अनुमान गर्न कसैले सकेन । सायद, उनी रूखबाट खसेको तीन घण्टासम्म कराइरहेको हुनुपर्छ । जब गोठालाले उनको मसिनो आवाज सुने, त्यतातिर दगुरे । ढिला भइसकेको रहेछ । पानी उनको मुखबाट भित्र पस्दै पसेन । उनी मधुरो र नबुझिने आवाजमा केही भनिरहेका थिए । उनले "जसोदा जसोदा" भनिरहेका थिए भन्ने अनुमान धेरै पछि गाउँलेले गरे ।

वसन्तका बा राति सवा आठ बजे आफ्नो भत्किएको शरीरबाट बाहिर निस्किए । रोइरहेकी जसोदातिर हेरे । जसोदाको फुलेको पेटतिर हेरे । सर्वजित मास्टरतिर हेरे । चिलगाडीतिर हेरे । जुठीआमैतिर हेरे । मुख छोपेर रोइरहेका आइमाईहरूतिर हेरे । वाल्ल परिरहेका केटाकेटीतिर हेरे । आँगनको आरूको रूखतिर हेरे ।

र गए ।

जब जसोदाले अन्तिमपल्ट उनको अनुहार हेरिन्, बालकले काँचो माटोको टाउको बनाउँदा बनाउँदै त्यत्तिकै छाडे जस्तो थियो । अनुहार ढुङ्गामा खोपिए जस्तो कठोर थियो । कसैले उनका आँखाका ढकनी बन्द गरिदिइसकेको थियो ।

उता वसन्तका बाका आँखाका ढकनीहरू बन्द भए, यता जसोदाले रङ्गीन संसार देख्न छाडिन् । केही समय त गाउँलेले घरमा आएर साथ दिइरहे । बिस्तारै उनीहरू पनि व्यस्त हुँदै गए । जसोदाको संसार निष्पट्ट भयो । आवाजहीन भयो । त्यही ताकादेखि पो हो, उनलाई ऐँठन पर्न थालेको । उनी राति उइउइ गर्दै चिच्याउँछिन् । उनलाई थाहा हुन्छ, ऐँठन परिरहेको छ भनेर । तर ऐँठनबाट जाग्न सक्दिनन् । वसन्तले उनको कुम हल्लाएर जगाइदिन्छ । पहिला त ऊ तर्सेर रून्थ्यो, अचेल उसलाई बानी नै परिसकेको छ । सुत्ने बेला जब जसोदाले टुकीमा फु गर्छिन्, एकछिन छटपटिन्छिन्, छसात पटक कोल्टे पर्छिन् । त्यसको केही क्षणपछि उनलाई ऐँठन पर्छ ।

जसोदाको जीवनबाट रङ हराएको नौ वर्ष भइसकेको थियो । कहिलेकाहीँ हिसाब गर्नुपर्‍यो भने उनी वसन्त जन्मेको साल सम्झन्छिन् । उनी बितेको चार महिनापछि त जन्मिएको हो नि ! उनी प्रायः सेतो लुगा लगाउँथिन् । रातो कहिल्यै लगाउँदिनथिन् । अरूका आमाहरू तीजमा रातो लुगा लाएर छमछमी नाच्दा वसन्तलाई लाग्थ्यो, मेरी आमैले रातो लुगा किन नलगाएकी होलिन् !

"आमै, रातो लुगा किन नलाको ?" ऊ सोध्थ्यो ।

"मलाई सेतो मनपर्छ, बन्ते," उनी भन्थिन् ।

"सेतो लुगामा राम्री देखिन्नौ ।"

"सेतैमा त राम्री देखिन्छु नि !" उनी हाँस्थिन्, "ऊ हेर् त, जून राम्री छैन र ?"

ऊ मुन्टो हल्लाउँथ्यो ।

जसोदा उसलाई अँगालोमा तानेर भन्थिन्, "जूनले पनि त सेतो साडी लाउँछे ।"

ऊ खिस्स हाँस्थ्यो ।

वसन्त जसोदाको कुरामा एकछिन भुले पनि ऊभित्र शूल थियो नै । जसोदाको उदासी, उनको सीमित संसार र उनको लुगा सिउने मेसिनको खटखट वसन्तलाई रमाइलो लाग्दैनथे ।

गाउँमा एउटा मेसिन हस्तेको घरमा थियो, अर्को जसोदाकोमा । गाउँमा लुगा सिलाउने काम तल्लो जातले मात्र गर्छन् भन्थे । तर तल्लो जातकी नभएर पनि जसोदाले लुगा सिलाउने आँटको बाहिरबाहिर प्रशंसा गरे पनि जीवाराम भित्रभित्र विरोध गरिरहन्थे । गाउँको एक मात्र टेलर मास्टर हस्ते बूढो भइसकेको थियो । त्यसमा पनि टिबी रोग लागेको थियो । ऊ दिनभर घरको पिँढीमा बसेर खोकिरहन्थ्यो । उसका हात काँपिरहन्थे । ऊ बिस्तारै लुगा सिलाउन नसक्ने भइरहेको थियो ।

सारा बाँसबारीमा मात्र होइन, सौतनपुरमा मात्र होइन, छेउछाउका सात गाउँमा लुगा सिलाउने महिला कोही थिएन ।

मेसिन ल्याएको एक महिना हुँदा पनि एक जना गाउँले लुगा बोकेर जसोदाकोमा आएन ।

उनले ससाना टाला सिलाइन् । आफ्नै सिरकको छेउलो सिलाइन् । वसन्तको जाँगे र आफ्नो ब्लाउजमा फेरि धागो थपिन् । पछिपछि त घरमा सिलाउन मिल्ने टाला पनि बाँकी रहेनन् ।

उनी यसो गाउँ डुल्दा गाउँलेका काखी र गोजी उध्रिएका सर्ट, मोडी उध्रिएका पाइन्ट, पाखुरानिर च्यातिएका ब्लाउज देख्थिन् । उनी सोच्थिन्– मलाई दिएको भए कत्ति मज्जाले सिलाइदिन्थें । मिल्दोजुल्दो धागो राखिदिन्थें । तर उनी प्वाक्क भन्न सक्दिनथिन् । घरमा मेसिन ल्याएपछि जसोदाको ध्यान सुनारले सुन खारेको तेजाबको धूवाँ जस्तो बिहानको घाममा गएन । धूलो उडाउँदै जङ्गलबाट फर्किरहेका गाईगोरूमा गएन । आँगनमा आएर चुलबुल चुलबुल चारा खोजिरहेका भँगेराका जोडीतिर गएन । उनको ध्यान त केवल मानिसले लगाएका कपडातिर गयो । त्यसको सिलाइको बनोटतिर गयो ।

उनी हरेक बिहान गोबरले पिँढी लिप्थिन् । त्यसमाथि सुकुल ओछ्याउँथिन् । सुकुलमाथि तन्ना । त्यसमाथि मेसिन राख्थिन् । मेसिनको गर्धन र पुछारतिर पुछपाछ पार्थिन् । कपडाको टुक्रालाई तलदेखि माथि, माथिदेखि तल सिलाइरहन्थिन् ।

चिलगाडी नै पहिलो मान्छे निस्कियो, जसले जसोदालाई पत्यायो । उसले सर्टको कपडा ल्याएर दिँदै भन्यो, "भाउजू, अबदेखि म हजुरले नै सिलाएको लुगा लाउँछु ।"

जसोदाको जीवनमा धेरै पछि खुसीको क्षण आएको थियो ।

त्यस दिन चिलगाडी रक्सीकै मातमा थियो । ऊ रक्सीको मातमा गरेको कुरा रक्सीले छोड्दा बिर्सन्थ्यो । जसोदालाई डर पनि थियो, मातले छाड्दा उसको कुरा अर्कै हुने हो कि ?

उनले कपडा त राखिन् । तर काटिहालिनन् । पहिला चिलगाडीको मात त उत्रियोस्– उनले प्रतीक्षा गरिरहिन् । भोलिपल्ट चिलगाडी कतै भेटिन्छ कि भनेर सोधिन्, ऊ कतै थिएन । जसोदालाई लाग्यो, चिलगाडीले कपडा दिएको बिर्सियो ।

तर नौ दिनपछि दिउँसो तीन बजेतिर चिलगाडी खोच्याउँदै उनको आँगनमा आइपुग्यो । ऊ मातमा थिएन । उसले जसोदालाई देख्नेबित्तिकै सोध्यो, "खोइ भाउजू, मेरो सर्ट ?"

जसोदा हाँसिन् । उनको मनको डर छुचुन्द्रो झैं सुत्त भाग्यो ।

"बाबु, नापो कता परेछ, कता ! तपैंलाई खोजेकी थें, भेट्टिनुभएन," जसोदाले भनिन्, "फेरि नापो दिनुस् । म भोलि नै सिलाइदिन्छु ।"

"त्यै त भाउजू, नेपालगन्ज गाथें । लौ, फेरि नापो लिनुस्," चिलगाडी उभिएर तनक्क तन्कियो, "तपैंले सिलाको सर्ट लाएर म सारा गाउँ डुल्छु ।"

नापो दिएर चिलगाडी गएपछि जसोदा खिस्स हाँसिन् । आफ्नै टाउकोमा प्याट्ट हानिन् । सर्टको कपडा फैलाइन् । चिलगाडीले मधुरो हरियो धर्का भएको नीलो कपडा ल्याएको रहेछ । कपडा नरम थियो । उनले कपडाको छेउमा कैंचीको मुख राखिन् । एकपल्ट उनका हात काँपे, बिग्रने पो हो कि !

उनका हात चले । कुटुरकुटुर आवाज उनको कानसम्म पुग्यो । उनले पहिला बाहुला काटिन्, त्यसपछि पिठ्युँ, त्यसपछि छाती, त्यसपछि गर्धन । अनि गोजी बनाउन एक टुक्रा कपडा जोगाइन् ।

उनले धागोको बट्टाबाट नीलो धागो छानिन् ।

मेसिन खटखट चल्यो । उनी दायाँ हातले मेसिनको पाङ्ग्रा घुमाउँथिन् भने बायाँ हातले सियोमुनिको कपडा सार्थिन् । उनले लगनसहित तीन घण्टामा कपडा सिलाइन् । टाँकघर बुनिन् । टाँक टालिदिइन् । कलरमा बक्रम राखिदिइन् । खाना पकाइसकेपछि अगेनाको गोल ठूलो स्टिलको कटौरामा राखिन् । पानी लगाउँदै कटौराले डाम्दै सर्टका धार बनाइन् ।

राति सुत्नुअघि उनले एकपल्ट कुनामा जतनसाथ झुन्डिएको सर्टतिर हेरिन् । उनको सपना, श्रम र सीपको सुरूवात भइसकेको थियो । त्यो उनका लागि सर्ट मात्र थिएन, त्यो त उनका तर्फबाट युद्ध लडिदिने पहिलो सिपाही थियो ।

सर्ट लगाएर चिलगाडीले सारा बाँसबारी फन्का लगायो । चिलगाडीको शरीरमा चिटिक्क परेको सर्ट जसोदाले नै सिएकी हुन् भनेर धेरैले पत्याउनै सकेनन् । कतिले त चिलगाडीले नेपालगन्जमा सिलाएर ल्याएको होला भन्ठाने ।

त्यसपछि जुठीआमैले मखमलको कपडा ल्याएर दिइन् । भनिन्, "लौ त नानी, मलाई एकखेप मखमली चोलो लाउन मन थ्यो । सिलाइदेऊ । मनमा इच्छा राख्दाराख्दै कहिले मरिने हो, बाबै ।"

बिस्तारै कँडेल बाले आफ्नो इस्टकोटको च्यातिएको गोजी सिलाउन दिए । शान्तिरामले हाफ पाइन्ट । रनमायाले ब्लाउज । त्यसपछि त जसोदाको घरमा मेसिनको खटखट कहिल्यै बन्द भएन । जसोदा सधैं मेसिनमा घोप्टो परिरहेकी देखिन्थिन् । कपडाको चाप पनि बढ्दै गयो । कहिलेकाहीँ त गर्धन र काँध पिलो झैं दुख्थे । दसैं, तिहार र तीजमा लुगाको चाप यस्तरी बढ्थ्यो कि बिहान तीनचार बजेसम्म खटखट आवाज आइरहन्थ्यो । त्यति बेला वसन्त एक निद्रा सुतेर उठिसकेको हुन्थ्यो । फेरि ऊ पनि निदाउँदैनथ्यो, टुकी अलि माथि उठाएर जसोदालाई उज्यालो दिइरहन्थ्यो । इन्द्रजाल झैं कताकता पसिरहेका धागोका धार र मेसिनको पिठ्युँमा नाच्दानाच्दै दुब्लाउने धागोको डल्लो हेरिरहन्थ्यो ।

"आमै, सुत !" कहिलेकाहीँ ऊ भावुक हुन्थ्यो, "धेरै दुक्ख नगर के !"

"क्यै दुक्ख भाछैन, बन्ते," उनी दाँत देखाउँथिन् ।

"तिम्रा आँखा राता भैसके," ऊ भन्थ्यो, "अघि आँसु पनि निस्केको थ्यो ।"

"हुन्दे, बन्ते, आउन दे आँसु," उनी हाँस्थिन्, "यिनलाई पत्यायो भने गलाउँछन् । वास्तै गर्न हुन्न । चुप लाग्छन् ।"

ऊ सानै थियो । त्यसैले जसोदा भन्न सक्दिनथिन्, "एई बन्ते, मैले आफ्ना लागि यत्ति दुक्ख गरेको हो र ? तेरा लागि पो हो । मैले ऐले जत्ति दुक्ख गरेकी छु, तैंले पछि त्यति नै सुख पाउनेछस् । मैले अैले बिरूवा रोपें भने पो पछि तैंले झरी र घाममा रूखमुन्तिर ओत लाउन पाउँछस् ।"

विधवा आमाका रङ्गीन सपनाहरू जम्मै सन्तानतिर सर्ने रहेछन्, सँगै भिजाएका कपडाको रङ अर्कोमा सरे झैं । त्यसरी नै जसोदाका

सपना वसन्ततिर सरेका थिए। छोरोले हिँड्दा ठेस नलागोस्, जसोदालाई लाग्थ्यो। त्यसैले मेसिनको रफ्तार झन् बढ्थ्यो। जसोदाले दैलोबाहिर टाँगेको डोरीमा नयाँ लुगाहरू एकमाथि अर्को थपिँदै जान्थे।

एक दिन सर्वजित मास्टर सापले पाइन्टको कपडा छाडेर गए। पवन सधैं ठुल्ठूलो जाँगे लगाउँथ्यो। तीन कक्षा पास भएपछि सर्वजित मास्टर सापले उपहारस्वरूप पाइन्ट सिलाइदिने भएछन्।

उनले स्कुल ड्रेसमै मिलोस् भनेर नीलो रङको कपडा ल्याएका थिए। पवनले पाइन्ट लगाउने भएपछि वसन्तलाई पनि पाइन्ट नभई भएन। पवनको जस्तै, दुरूस्तै। उनीहरूले एकै दिन, एकैपल्ट, एकैखाले पाइन्ट लगाउने सल्लाह गरिसकेका थिए।

"हामी सँगै बेलबटम पाइन्ट लाउने है ?" पवनले भनेको थियो।

"ल, रने दाइको जस्तै है !"

गङ्गारामको सालो रने नेपालगन्ज बस्थ्यो। बेलाबेला बाँसबारी आउँथ्यो, दिदी गङ्गालाई भेट्न। उसलाई हेर्न फुच्चेहरूको भीड नै लाग्थ्यो। उसले नै बाँसबारीमा पहिलोपल्ट बेलबटम पाइन्ट भित्र्याएको थियो। चाकतिर सुकेको र गोडातिर फुकेको पाइन्ट गाउँलेहरू रमाइलो मानेर हेर्थे। रने पुट्ठोनिर छाला झैं टाँसिएको बेलबटम पाइन्ट हल्लाउँदै हिँडिरहन्थ्यो। पवन र वसन्तको दिलमा पनि त्यस्तै पाइन्ट बसिसकेको थियो। उनीहरू आफ्ना काँडाले कोतरेका, ठुटामा ठोक्किएका गोडाहरूमाथि ख्याप्प बसेको जाँगेतिर हेर्थे। सोच्थे– कहिले होला, हामीले पनि त्यस्तो पाइन्ट लाउन पाउने ?

पवनले पाइन्ट सिलाउने भएपछि वसन्त पुक्क गाला बनाएर पिलपिल गर्दै बसिरह्यो। जसोदाले पनि छोरोको इच्छालाई मार्न सकिनन्। चिलगाडी नेपालगन्ज जाँदै थियो। उनले पवनको पाइन्टको एक टुक्रा कपडा काटेर चिलगाडीलाई दिँदै भनिन्, "बाबु, दुरूस्तै यस्तै कपडा ल्यादिनुस् है।"

चिलगाडीले हाँस्दै कपडाको टुक्रा गोजीमा हाल्यो।

पाइन्ट तयार भयो। स्कुल जाने दिन जसोदाले वसन्तलाई पाइन्ट लगाइदिइन्। वसन्त पहिलोपल्ट पाइन्ट लगाउन पाउँदा खुसी त थियो।

तर अलिकति अप्ठ्यारो मानिरहेको थियो । ह्वाङ्ग परेको जाँगे लाउँदा सिरसिर बतास उसका दुई तिघ्राका कापमा पस्थे । उसका घुँडा स्वतन्त्र थिए । तर पाइन्ट लाउँदा हावा पस्ने सबै ढोका बन्द भइसकेका थिए । उसलाई हप्प गर्मी भएर आयो । पुट्ठालाई कसैले पछाडिबाट ट्याप्प समाए झैं भयो । घुँडामा कपडाले छुँदा काउकुती लाग्यो । तिघ्राका काप सकसकाए । उसले अमिलो अनुहार लायो ।

"के भो, बन्ते ?" जसोदाले सोधिन् ।

"च्याप्पै समायो के !"

"हुन्दे, पछि सजिलो हुँदै जान्छ ।"

वसन्त खिस्स हाँस्यो । तर हाँसो एकैछिनलाई रैछ । सर्वजित मास्टर साप पवनको हात समातेर आइरहेका थिए । दसैंको बोकोले खुर गाडेर अडिने कोसिस गरिरहे झैं पवनले अडिने कोसिस गरिरहेको थियो । सर्वजित मास्टर सापले हुत्याउँदै तानिरहेका थिए । पवनले नयाँ पाइन्ट लगाएको थियो । सर्ट पुरानै थियो । तेल लगाएर कपाल स्याप्प पारेको थियो ।

"भाउजू, यो के सिलाउनुभएको ?" सर्वजित मास्टर सापले नमस्ते पनि गरेनन् । उनका नाकका पोरा फुलिरहेका थिए ।

"हजुर ?" जसोदा एकछिन अकमक्क परिन् ।

सर्वजित मास्टर सापले नयाँ पाइन्ट लगाएर उभिएको वसन्तलाई देखे । उनका तिखा आँखा एकछिन वसन्तको पाइन्टतिर घुमिरहे । उनको अनुहार रातो हुँदै आयो, चिम्नीमा जल्दै गएको इँटा झैं ।

"पाइन्ट त बिगारिदिनुभएछ," उनको अनुहार अँध्यारो भयो, "तेत्रो पैसा हालेर ल्याएको कपड्ा ।"

"पाइन्ट त पवन बाबुलाई सुहाएकै छ ।"

"यसलाई मिलेको भन्नुहुन्छ ?" उनले भने, "चाकतिर सुक्या छ, पैतालातिर फुक्या छ । यस्तो पनि हुन्छ ?"

जसोदाले बल्ल बुझिन् ! उनले हाँस्दै भनिन्, "मास्टर साप, यसलाई बेलबटम पाइन्ट भन्छन् । यस्तै पाइन्ट चल्या छ, अचेल ।"

"यस्तै पाइन्ट चल्या छ रे !" सर्वजित मास्टर साप रन्किए, "आफैं रामरी सिलाउन जान्दिनँ भन । बरू नेपालगन्जतिरै सिलाएर ल्याउनुपर्ने, त्यत्रो कपडा खेर गयो ।"

जसोदा वाल्ल परिन् । उनले चित्त लगाएरै सिलाएकी थिइन् । पवनलाई त्यति नसुहाएको पनि थिएन । फेरि उसले यस्तै पाइन्ट लाउने रहर गरेको थियो ।

सर्वजित मास्टर सापले एकपल्ट फेरि वसन्तको पाइन्टतिर हेरे ।

"हँ भाउजू, तपैंले मैले दिए जति कपडा सिलाउनुभएकै हो ?"

जसोदालाई भाउन्न छुट्यो । उनले पनि टेलर मास्टरलाई लाग्ने आरोप सुनेकै थिइन्, कपडाका टुक्रा चोरेर सिरानीको खोल, टोपी, रूमाल बनाउँछन् भन्ने ।

"बाबु, सारा कपडा सिलाएकै हो । अलिअलि टुक्रा बचेका होलान्, लैजानुस् ।"

जसोदाको कुरा सुनेर सर्वजित मास्टर सापका गोडा लगलगी काँपे ।

"म टुक्रा लिन आको होइन, तपाईंको नियतको कुरा गर्न आको हुँ । तपाईंको छोरालाई पनि पाइन्ट चाहिएको भे म नै ल्याइदिन्थें । अर्काको पाइन्ट बिगार्दिनी ?"

सर्वजित मास्टर सापको चर्को आवाज जीवारामले सुने । जैमलीले सुनी । उनीहरू दगुर्दै आए । आँगनमा मान्छेको भीड बढ्न थालेपछि जसोदालाई अप्ठ्यारो लाग्यो । उनको मुटुलाई सर्वजित मास्टर सापले भुइँमा पछारेर लातैलातले गोदिरहेका थिए । जसोदाका आँखा रसाए ।

"बाबु, त्यस्तो आरोप नलाउनुस् । बन्तेको पाइन्टको कपडा म आफैंले किनेकी हुँ ।"

"भो भाउजू, मैले त विधवा भनेर मान गरेकै थें । मेरै छोराको पाइन्ट खानुभो," भीड बढेपछि उनले पवनको गालामा चड्कन लगाए, "तैंले कर गरेर त हो नि !"

पवनका गालामा औंलाछाप बसे । ऊ चोट थाम्न नसकेर बटारियो । बिचरा, उसले पाइन्ट अलिकति मिलेन भनेर अँधेरो अनुहार लाको त हो । बा यत्ति धेरै रिसाउलान् भन्ने त उसलाई लाएकै थिएन ।

"नानीलाई नपिट्नुस् । मसित कुरा गर्नुस् !" जसोदाको आवाज ठूलो भयो, "तेत्रो स्कुलको मास्टर भएर यस्तो कुरा गर्न लाज लाग्दैन, तपैंलाई ? लौ मैले अलिकति कपडा लुकाएँ रे ! त्यसले यत्रो पाइन्ट बन्छ ?"

उनले वसन्तको पाइन्टतिर देखाइन् ।

वसन्तको हिक्का बाहिर निस्कन खोजिरहेको थियो । उसले त्यसलाई रूद्रघण्टीमुन्तिर च्यापिरहेको थियो । उसले आफ्नी आमालाई अरूले यसरी गाली गरेको देखेको थिएन । आमैको साह्रै माया लागिरहेको थियो । बा नमरेको भए पनि हुन्थ्यो । उसका बा भएका भए सर्वजित मास्टर सापले आमैलाई यसरी गाली गर्न सक्दैनथे ।

उसले लुरूक्क परेर जसोदाको पछ्यौराको फेर समायो ।

पवन सर्वजितको हात समाएर तानिरहेको थियो । आँगनमा गाउँलेको भीड जमिसकेको थियो । कोही भाँडा माझ्दामाझ्दै आएका थिए, कोही खेत खन्दाखन्दै, कोही खैनी मल्दै त कोही दुवै नाडी छातीमा जोल्ठ्याउँदै ।

"थोरै चोर्ने पनि चोर । धेरै चोर्ने पनि चोर !" रार्वजित मास्टर साप बर्बराए ।

जसोदाले सर्वजित मास्टर सापको बर्बराहट स्पष्ट सुनिन् । उनका शब्द जसोदालाई कानमै माइक जोडेर फुके जस्ता भइरहेका थिए ।

"मास्टर साप, म अहिलेसम्म तपैंको इज्जत गरिरहेकी छु । मेरो परीक्षा नलिनुस् । हिँड्नुस् जाम अड्डाअदालत । मैले कसको के चोरें ?" जसोदा फन्किँदै घरभित्र पसिन् । एकैछिनमा कपडाका टुक्राटुक्रीको मुठो ल्याइन् र सर्वजित मास्टर सापको गोडानिर पछारिन्, "लौ यिनै हुन् बचेका टुक्राटुक्री । लेर जानुस् । अहिलेसम्म कसैका अगाडि हात थाप्न परेको छैन । बरू आफ्नै हात माथि छन् । एक्ली आइमाई देखेर हेप्न पाइन्न ।"

"ए मास्टर, तिम्रो कत्ति सानो चित्त ?" जीवारामले भने, "जसोदालाई नचाहिने आरोप नलाऊ । कहीँ एउटा पाइन्टको कपडाले दुइटा पाइन्ट हुन्छ ? हामी पनि कुरा बुझ्छम् ।"

सर्वजित मास्टर साप फेरि कराउन खोज्दै थिए, त्यही बेला बत्तिएर आएको ढुङ्गो उनको पिठ्युँको देब्रे पातामा बजारियो । उनी थुचुक्क बसे ।

"मेरी आमैलाई चोर भन्छस् ?" वसन्त थुरूरू काँपिरहेको थियो, "मार्दिन्छु तँलाई ।"

जसोदाले हुर्रिंदै गएर उसको गालामा चड्कन लाइन् र रून थालिन् ।

सर्वजित मास्टर सापले पिठ्युँ सुमसुमाइरहे । बिस्तारै उठे । पवनलाई एक चड्कन लाएर घिसारे, "ल लाइस् अब बेलबटम पाइन्ट ! आइन्दा त्यो सैतानसित सङ्गत गरेको थाहा पाएँ भने मैले जानेको छु ।"

परपरसम्म पुग्दा पनि पवनको एकोहोरो रूवाइको आवाज जसोदाको घरसम्म आइरहेको थियो । झगडा सकिइसकेको थियो । त्यसैले गाउँलेहरू फर्किन थाले ।

"भो जसोदा, नरोऊ ! यो सर्वजित यस्तै हो," जीवाराममले भने, "हामी छम् । कत्ति चिन्ता नगर ।"

उनले खिस्स हाँस्दै वसन्तलाई हेरे र हिंडे ।

जसोदाको घरमा अबेरसम्म सन्नाटा छाइरह्यो । उनले पछ्यौराको फेरले आँसु पुछिरहिन् ।

सायद, चिलगाडी गाउँमा भएको भए झगडा लम्बिने थिएन । जब उसले सुन्यो, ऊ जङ्गिंदै सर्वजित मास्टर सापकोमा गएको थियो । उसले वसन्तको पाइन्टको कपडा आफूले नेपालगन्जबाट ल्याइदिएको कुरा पनि गरेको थियो । सर्वजित मास्टर सापले उसको कुरा सुनेनन् । उनले भने, "चिलगाडी, तँ जाँड नखाएको बेला कुरा गर्न आइज ।"

तर चिलगाडीले एक हप्तासम्म लगातार जाँड खायो । बिर्सियो । जब उसलाई सम्झना आयो, कुरा धेरै पुरानो भइसकेको थियो ।

सर्वजित मास्टर सापको पिठ्युँमा बनेको नीलो दाग भने सर्दैसर्दै मुटुतिर आइरहेको थियो ।

बिच्छी

"बाले जङ्गलमा आको थाहा पाउनुभो भने त चाकमा लात्ती हान्नुहुन्छ," पवनले चिटचिट पसिना निकाल्दै भन्यो ।

"मलाई त आमैले ह्याँ हान्छिन्," वसन्तले आफ्नो घुच्चुक देखायो ।

दुवै गम्भीर मुद्रामा बसिरहे, एकअर्काको अनुहार हेर्दै । मौवाका हाँगा मान्छेले दुवै हात फैलाए झैं फैलिएका थिए । पवन बायाँतिरको हाँगामा टुक्रुक्क बसेको थियो भने वसन्त दायाँतिरको । दुवैका जाँगे पिँडौलानिर थुप्रिएका थिए । उनीहरू रातो चाक भएका बाँदर जस्तै देखिएका थिए ।

शुक्रबार । स्कुल हाफ टाइममै बन्द भएको थियो । विद्यार्थी होहल्ला गर्दै हुरूरू निस्किएका थिए, हुरीमा उडेका पात झैं ।

त्यही भीडमा सर्वजित मास्टर सापले पवनको हात च्याप्पै समाएका थिए, "एई पर्खी, मसितै जालास् !"

पवन अकमकिएको थियो । सर्वजित मास्टर सापले कहिलेकाहीँ यस्तो भन्थे । अनेकथरी कुरा गर्दै उसलाई पछिपछि लाउँदै बाँसबारी आउँथे । पवन पिसाब लाग्दा पनि लाजले केही भन्न सक्दैनथ्यो । ऊ पिसाब बोकेरै बाँसबारी आइपुग्थ्यो । पिसाबले च्यापेर तुरी नै पड्किएला जस्तो हुन्थ्यो । त्यसैले सर्वजित मास्टर सापसित गाउँ फर्कन उसलाई मरे जस्तै लाग्थ्यो । फेरि बाटोमा भेटिएका मानिस सर्वजित मास्टर सापलाई नमस्ते गर्दै सोधिहाल्थे, "मास्टर साप, मेरो छोरोको पढाइ कस्तो छ ?"

बोल्न पाएपछि सर्वजित मास्टर सापलाई कसले जित्ने ? उनी अभिभावकले केटाकेटीलाई घरमा ख्याल राख्नुपर्ने, पढ्न प्रोत्साहन गरिरहनुपर्ने, पिटेरभन्दा प्रेमले प्रोत्साहन दिनुपर्ने जस्ता विषयमा लामै भाषण दिन्थे ।

पवनले उनका यस्ता भाषण सयौंपल्ट सुनेको थियो । त्यसैले उनले बोल्न थाले भने उसको हाई निस्किहाल्थ्यो । पवनलाई लाग्थ्यो– बा गफै मात्र बढी गर्छन् । "यसो गर उसो गर" भनेर अरूलाई सम्झाउँछन् । तर आफैं गर्दैनन् ।

सर्वजित मास्टर साप आफैं पनि पढाउन अल्छी गर्थे । नौ कक्षाका विद्यार्थीलाई एक पिरियड अर्थशास्त्र पढाउँथे, त्यत्ति हो । आफ्नो पिरियड जानीजानी सातौं घण्टीमा राखेका थिए । अनेक बहाना गरेर पिरियड क्यान्सिल गरिरहन्थे । शुक्रबार त पढाउनै पर्दैनथ्यो ।

गर्मीको महिना उनी दिनभर अफिस कोठाको झ्यालनेर घुच्चुक अड्याएर कुर्सीमा बसिरहन्थे । केके सोच्थे ! जाडोको महिना अफिसको बाहिरपट्टि कुर्सी राखेर घाममा ढाड सेकिरहन्थे । जाडोमा सबैभन्दा पहिले सर्दी उनैलाई लाग्थ्यो । गर्मीमा सबैभन्दा पहिले घमौरा उनैको गर्धनमा आउँथ्यो ।

दिनमा दुईपल्ट स्कुलको फन्को लगाउँथे । पढाइरहेका शिक्षक र हल्ला गरिरहेका विद्यार्थीलाई झ्यालबाट नजर लाउँथे । दिनमा एकपल्ट एउटा न एउटा विद्यार्थीलाई मुर्गा बनाउँथे । ठ्याक्कै राष्ट्रिय झन्डामुन्तिर । हातमा लट्ठी लिएर छेउमा उभिइरहन्थे । कहिलेकाहीँ त कल्पनामा यति धेरै हराउँथे कि मुर्गा बनेको विद्यार्थी बिरालोको चालमा भागेको पनि थाहा पाउँदैनथे । झ्यालझ्यालबाट हेरिरहेका विद्यार्थी स्कुलै थर्किने गरी हाँसेपछि मात्र झस्किन्थे ।

पवनलाई उनी ठाउँकुठाउँ कल्पनामा हराएको मन पर्दैनथ्यो । किनभने उनी कल्पनामा डुब्दा विद्यार्थीहरू गिल्ला गर्दै हाँस्थे । एक दिन त सर्वजित मास्टर सापको सबैभन्दा ठूलो गिल्ला भएको थियो ।

सारा विद्यार्थी झन्डामुन्तिर उभिएर राष्ट्रिय गान गाइरहेका थिए । एकाएक सबै विद्यार्थीको टाउको पूर्वतिर घुम्यो । सबै गाउन छाडेर

खितखिताउन थाले । पवनले गर्धन बटारेर हेर्दा देख्यो– सर्वजित मास्टर साप खेतखेत डानस गर्दै आइरहेका थिए । कहिले आफ्नो टाउकोमाथि दुवै हात घुमाउँथे कहिले मारुनी झैं अलिकति झुकेर फन्का लगाउँथे । कहिले बसीबसी गोडा उफार्दै अघि बढ्थे । खुर्र दगुर्थे, टक्क अडिन्थे र फनक्क घुम्थे ।

सर्वजित मास्टर सापको यस्तो ताल देखेर शिक्षक पनि पेट समाउँदै हाँसिरहेका थिए । भैरवपुरकी शर्मिला त हाँस्दाहाँस्दै भुइँमा डल्लिएकी थिई ।

पवन नाक रातो भएको जोकर झैं चुपचाप उभिइरह्यो । हाँसो त उसलाई पनि नलागेको कहाँ हो र !

अलि नजिक आएपछि सर्वजित मास्टर सापले आफूलाई हेरिरहेका विद्यार्थीलाई देखे र दुवै हात फैलाएर केके इसारा गरे ! केके कराए ! कसैले बुझेन । उनी फेरि टाउको समातेर फनफनी घुमे ।

शिक्षक पनि ट्वाँ परे । के सर्वजित मास्टर सापको मगज उड्यो ?

सर्वजित मास्टर साप इसारा गर्दै, कराउँदै, दगुर्दै स्कुलतिर आइरहे । जब सर्वजित मास्टर साप गेटभित्र पसे, सारा विद्यार्थी र शिक्षकले एकैपल्ट सर्वजित मास्टर सापले भनेका कुरा बुझे ।

"मौरी मौरीऽऽ भाग भागऽऽ !" सर्वजित मास्टर साप कराइरहेका थिए । उनलाई मौरीले लखेटिरहेका थिए । उनी कहाँ नाचेका रहेछन् र ! मौरीले जहाँ चिल्यो, त्यहीँ ज्यान बङ्ग्याउँदा रहेछन् ।

विद्यार्थीहरूले कक्षाकोठामा पसेर ढोका बन्द गरे । उनले अफिस कोठामा पसेर ढोका बन्द गरे । एकछिनसम्म चौरमा भुनभुनाएर मौरीहरू भैरवपुरतिर उडे ।

मौरीले सर्वजित मास्टर सापको घुच्चुक, ओठ, कुइना र तिघ्रामा चिलेका रहेछन् । अरूतिर त सानातिना फोका उठे । ओठ त सुन्निएर भयावह भएका थिए । उनको मुख घोडाको थुतुनो जस्तो देखिएको थियो । रमा उनका ओठ हेर्दै कहिले रून्थी, कहिले खित्त हाँस्थी । ऊ रातभरि रोइरही, हाँसिरही ।

मौरीकाण्ड लामो समय हाँसोको विषय बन्यो । बाटोमा हिँड्दा मान्छेहरू सर्वजित मास्टर सापलाई देखेर खित्त हाँसिहाल्थे ।

आज सर्वजित मास्टर सापले "सँगै जानुपर्छ" भनेपछि पवन गेटमा एकछिन उभिइरह्यो । अलि पर वसन्तले कुरिरहेको थियो । सर्वजित मास्टर साप अफिस कोठामा शिक्षकहरूलाई केही सम्झाइरहेका थिए ।

ऊ लुसुक्क भागिहाल्यो । उसलाई थाहा थियो– साँझसम्म कि त सर्वजित मास्टर सापले उसलाई "पर्खिनू" भनेको बिर्सिसक्छन्, कि त "फेरि सुत्त हिँडिछस् हैन ?" भन्छन् । त्यत्ति त हो ।

त्यसैले ऊ वसन्तसित मौवाको हाँगामा आइपुगेको थियो ।

जङ्गलमा हावा सकिए झैं हप्प भएको थियो । उखर्माउलो गर्मी थियो । वनको कुनै कुनामा लागेको डढेलोको मन्द गन्ध उनीहरूका नाकसम्म आइरहेको थियो । तर पनि सालका फूल फुल्ने मौसम रमाइलो हुन्थ्यो । यही बेलै सालका पात पनि झर्थे । गाई, गोरू र गोठालाहरू सऱ्याकसऱ्याक सालका पात बजाउँदै हिँड्थे ।

रूखको हाँगामा बसेर दिसा गर्न पवनले कहाँबाट सिक्यो थाहा छैन । यसरी दिसा गर्ने लत वसन्तलाई पनि लागिहाल्यो । दिसा लाग्दा सुटुक्क जङ्गल पस्न, रूखको हाँगामा टुक्रुक्क बस्न, पातपातमा ठोक्किएर भुइँमा खस्ने दिसा हेर्न उनीहरूलाई रमाइलो लाग्थ्यो ।

काखी कन्याउँदै, अलिअलि तर्सिंदै बाँदरहरू उनीहरूको चर्तिकला हेर्थे । रूखका पातमा सुस्ताइहेका कमिलाहरू खुर्रखुर्र फेदतिर दगुर्थे । चराहरूले चिर्बिराउँदै गाली गर्थे । काठ फोड्वा चरा चुच्चाले सुकेको रूख खोप्ताखोप्तै चुप लागेर उनीहरूका कुरा सुनिरहन्थ्यो ।

उनीहरू एकपल्ट बिटुलिइसकेको रूख फेरि चढ्दैनथे । र कहिल्यै पनि बेलका रूख चढ्दैनथे । एक त बेलको रूखमा काँडैकाँडा हुन्थ्यो । अर्को, उनीहरूले पूजा गर्दा बेलका दाना र पात चढाएको देखेका थिए । त्यसैले बेलका रूखबाट टाढै बस्थे । के थाहा, भगवान्ले सराप दिने पो हुन् कि !

पवनले मौवाका पातले चाक पुछ्यो । जाँगे लगायो ।

वसन्त कब्जियतको रोगी झैं पेटसित लडिरह्यो ।

"चाँडो जाम्, बा पुग्नुभन्दा अगाडि नै घर पुग्नुपर्छ," पवनले रूखलाई अँगालो मार्दै भन्यो र बाँदर झैं खुर्रखुर्र भुइँतिर झऱ्यो । भुँइबाट यसो टाउको उठाएर रूखतिर हेऱ्यो । रूखका पातहरूबाट घामका मसिना लहरा भुइँतिर झरिरहेका थिए । वसन्तले पनि रूखलाई अँगालो माऱ्यो र पैताला चलाउँदै भुइँ झऱ्यो ।

दुवैले भर्खरै बिटुलाएको मौवाको रूखतिर हेरे । एकअर्कालाई हेर्दै खिस्स हाँसे र अघि बढे ।

"मलाई त कस्तो ठन्डा बरफ खान मन लाग्यो !" हपहप भएको गर्मीले अतालिँदै वसन्तले मुख मिठ्यायो । हग्न बस्दा किन यति धेरै गर्मी हुन्छ ? ऊ सोची पनि रहेको थियो ।

"पख् ! म काठमान्डूबाट ल्याइदिम्ला," पवनले खिस्स हाँस्दै भन्यो ।

"काठमान्डू ?" वसन्त छक्क पऱ्यो ।

"पर्सि काठमान्डूबाट फुपू आउनुहुन्छ । म त फुपूसितै जान्छु । आउँदा ठन्डा बरफ ल्याइदिम्ला ।"

"इस् ल्याउँछस् ? बाटैमा पग्लिन्न के रे !"

पवन सोचमग्न भयो । कसरी ल्याउने होला ठन्डा बरफ ?

"मलाई पनि लैजा है !" वसन्तले मसिनो स्वरमा भन्यो, "म उतै खान्छु के ठन्डा बरफ । म त पाँच ओटा ठन्डा बरफ खाइदिन सक्छु ।"

"हुन्छ । फुपूलाई भन्छु," वसन्त हाँस्यो ।

"तर काठमान्डूमा रूख होलान् कि नहोलान् ?" पवनले सोध्यो ।

"घरैघर हुन्छन् रे ।"

"रूख भएन भने त टेन्सन हुन्छ," पवनले दुवै हत्केला कन्चटमा लायो ।

"किन ?"

"हग्न परेन ?" पवन खित्त हाँस्यो । र फन्का लगाउँदै भुइँमा खसिरहेको सालको फूल समात्न दगुऱ्यो । सालको फूल भुइँमा झर्नुअघि नै ट्याप्प समात्न सक्नु बाँसबारीमा लच्छिन मानिन्थ्यो । प्रायः जङ्गलको

बाटो हिँडिरहेका गाउँले सालको फूल झरेको देख्यो कि ट्याप्प समात्न दगुरिहाल्थे ।

लच्छिनको दिन रहेछ । पवन भुइँमा पछारिएला पछारिएला झैं भयो । तर फूल ट्याप्प समाइहाल्यो । फूल समाएर एक गोडामा उभिएर हेहेहे गर्दै नाच्यो, "आज बाले गाली गर्नुहुन्न ।"

वसन्त ऊ नजिक गयो । ऊ निराश थियो, सालको फूल झरेको उसले पहिला किन देखेन ? सालको फूल समात्न पाएको भए त्यो लच्छिन उसको हुन्थ्यो । उसले सोच्यो– पवनभन्दा छिटो दगुरेर समाए पनि हुने ।

पवनले सालको फूल हत्केलामा राखेर खेलाइरह्यो । वसन्तको अनुहारतिर हेऱ्यो । कुरा बुझ्यो ।

"ला, तँ पनि समात्," ऊ खिस्स हाँस्यो, "आधा लच्छिन तँलाई पनि सर्छ ।"

वसन्त ट्वाँ पऱ्यो । उसले सालको फूल समाएको भए पक्कै पनि पवनलाई दिँदैनथ्यो । ऊ फूल समाउँदै हाँस्यो, "मलाई पनि आमाले पिट्नुहुन्न ।"

पवनले वसन्तको गर्धनलाई आफ्नो दायाँ पाखुराले बेऱ्यो । वसन्तले उसको गर्धनलाई । दुवै शान्तिरामले नारेका गोरू जस्ता भए ।

"चिलगाडी बनम् है ?" पवनले भन्यो ।

दुवै अलिअलि खोच्याउँदै जाँडले फिट्टु भए जसरी ढलपलाउँदै हिँड्न थाले, दुई जँड्याहा एकअर्काको सहारा बनेर हिँडे झैं ।

दुवै हाँसिरहेका थिए । खितखिताइरहेका थिए । उनीहरूको हाँसो वनभरि घुमिरहेको थियो । मन्द बतास चल्यो । सालका पात र फूलहरू एकले अर्कोलाई लखेट्दै भुइँतिर दगुरे । सुगाहरूले हरिया प्वाँख फिँजारेर उड्दै घाम छेलिदिए । लज्जावती झार उनीहरूको स्पर्शले लजाउँदै मन्दमन्द काँपिरह्यो । सालका पातले भरिएको नरम बाटो टेक्दै उनीहरू हिँडिरहे ।

बाटोछेउ ससाना पोखरीमा फूलेका कमलका फूलले मुन्टो हल्लाइरहे । बाँदरहरूले एक हातले हाँगा समाएर झुन्डिँदै सर्कस देखाइरहे । तोरीका

गेडा जस्ता प्वालबाट धमिराहरू उनीहरूलाई हेर्दै हाँसिरहे । मन्द हल्लिइरहेको गुँडमा सुस्ताइरहेको तोप चरा उनीहरूको हाँसो सुनेर मुस्कुराइरह्यो । गोबरको डल्लो लतारिरहेको गोब्रे कीरोले उनीहरूका लर्खराइरहेका पाइलाबाट जोगिँदै पसिना पुछ्यो । उदास उदास एक्लै घिस्रिरहेको डेरी सर्पले उनीहरूको बाटो छाडिदियो । सारी झैं आफ्ना प्वाँख समेटेर लजाउँदै मयूर रूखपछाडि छेलियो । गोहोरो आफ्नो धारिलो पुच्छरबाट आफैं जोगिँदै झाङैझाङ दगुऱ्यो ।

उनीहरू जुठीआमैले सुनाउने लोककथाका नायक जस्ता थिए । सारा जङ्गल लोककथाको देश जस्तो ।

"नाम खोपौं है ?" पवन पानको रूखतिर दगुऱ्यो ।

वसन्त पछि लाग्यो ।

पवनले भुइँबाट धारिलो ढुङ्गो समायो । रूखमा लेपिएको धमिराको एकपत्र माटो पुछ्यो । र अलिकति मुख खोलेर, जिब्रोले माथिल्लो ओठ चलाउँदै ध्यानपूर्वक नाम लेख्न थाल्यो । उसले पहिला वसन्तको नाम लेख्यो । त्यसका मुन्तिर आफ्नो । नामहरूको बीचमा प्लस चिह्न दियो, एकदम गहिरो ।

वसन्तले नाम वरिपरि उप्किएका ससाना बोक्रा समायो र मुखमा राखेर चपाउन थाल्यो । चोपले ओठ राता भए । ऊ राता ओठ हाँस्यो । रातो थुक प्याच्च थुक्यो ।

पवनले पनि बोक्राका टुक्रा मुखमा हाल्यो । पान चपाए झैं चपाउन थाल्यो । बाँसबारीमा जीवाराम मात्र थिए पान खाने । कहिलेकाहीँ नेपालगन्ज गएका बेला पान लिएर आउँथे र पान चपाउँदै गाउँभरि थुक्दै हिँड्थे । कुखुराको रगत र पानको थुक उस्तै लाग्थ्यो ।

गाउँमा खान मन भएर पनि पान किनेर खान नसक्नेहरूले नै बुद्धि लाएर पानको रूखका बोक्रा चपाउन थालेको हुनुपर्छ । पानको रूखका बोक्राले पानकै स्वाद त के दिँदो हो ! तैपनि हेर्नेलाई पान नै चपाए जस्तो हुन्थ्यो । थुक पनि त्यस्तै निस्किन्थ्यो । थुकेको दाग पनि त्यस्तै ।

पवन र वसन्तले जे देखे, त्यही सिके ।

बोक्रा चपाउँदै उनीहरूले भर्खरै लेखेको नाम हेरे । हत्केलाले छोए ।

"काठमान्डूमा पान पनि पाइन्छ होला है ?" चपाइरहेकाले वसन्तको आवाज बटारियो ।

"फुपूलाई सोधौंला," पवनले प्याच्च थुक्यो ।

"काठमान्डू गएपछि एक दिन ठन्डा बरफ, एक दिन पान पालैपालो खानुपर्ला," वसन्त खिस्स हाँस्यो ।

"खाम्ला, खाम्ला ।"

अल्लि अगाडि धरतीतिर झुकेको आँपको ठूलो र बूढो रूख थियो । हाँगाहरू थकित मानिसका हात झैं भुइँतिर लत्रिरहेका थिए । रूख वर्षौं पहिले नै थाकिसके जस्तो लाग्थ्यो । तर पनि त्यसका पात मन्द बतासमा हल्लिरहेका थिए । रूखमुन्तिर कमेरोका धब्बा जस्ता घामका टुक्रा छरिएका थिए । पातहरू हल्लिँदा घामका टुक्रा पनि हल्लिन्थे । जङ्गलबाट फर्कंदा गोठालाहरू यही रूखमुन्तिर थकाइ मार्न बस्थे । गर्मीमा रूखको फेदमा अडेस लागेर निदाउँथे ।

रूख वनको हजुरबा जस्तो थियो । पानीमा ओत दिन्थ्यो, गर्मीमा छाया ।

रूखमा पहिलापहिला फल पनि लाग्थे । तर गाउँलेले पाक्न नपाई टिपिहाल्थे । काँचो आँपसँगै खुर्सानी र नुन पिनेर चटनी बनाउँथे । गाउँलाई चटनी खुवाउने यही एउटा रूख थियो । तर एक दिन सौतनपुरको दाउरेले सारा गाउँको मुखबाट चटनी खोसेर लगेको थियो । ओत र छाया खोसेर लगेको थियो । सधैं आँपका हरिया दाना झुन्डिरहने हाँगामा दाउरे झुन्डिएको थियो । ऊ दिनभरि हाँगामा बसेर रूँदै डोरी बाटिरहेको गोठालाले देखेका थिए । राति त्यही डोरीमा झुन्डिएर पैताला तन्काएछ । दाउरे झुन्डिएकै महिना ठूलो हुरी चलेर आँपका सबै चिचिला झारेको थियो । त्यसपछि त्यो आँपको बूढो रूखमा कहिल्यै फल लागेन ।

गाउँलेहरू भन्थे– रूखमा अझै दाउरेको आत्मा छ । मध्यरातमा दाउरे रूख चढ्छ र हाँगा काट्छ ।

गाउँलेहरू रूख भएको बाटो हिँड्नै छाडेका थिए । रूख गोठालातिर टुलुटुलु हेर्थ्यो । तर गोठाला निष्ठुरी भइसकेका थिए, देखे पनि नदेखे जस्तो गर्थे । बूढो रूख ज्यानमारा अपराधी झैं एक्लैएक्लै झोक्राइरहन्थ्यो ।

पवन र वसन्त मात्र थिए, जो रूखको छायामुनि अहिले पनि आउँथे ।

पवनले फेदमा खसेको पात समायो । उसले पातका दुवैतिरका अलिकति भाग च्यातेर फिरफिरे बनायो । काठको छेस्कोले बीचबाट छेड्यो । दक्षिणतिरबाट आइरहेको बतासतिर सोझ्यायो । फिरफिरे फननन घुम्न थाल्यो ।

"ल दगुरम्," उसले फिरफिरेतिर हेर्दै भन्यो, "जित्ने राजा, हार्ने दाउरे ।"

वसन्तलाई थाहा थियो, हातमा फिरफिरे हुनेबित्तिकै उसले यस्तो भन्छ । उसको बोली सकिइसकेको थिएन, वसन्त दौडिसकेको थियो ।

अलिकति अगाडि निहुरिँदै फुच्चे घोडा झैं दौडिरहेको वसन्तलाई देखेर पवनले मुख अमिलो बनायो । लामो सास तान्यो र बुरूक्क उफ्रियो ।

अलि अगाडि थियो, सालको ठुटो । जहाँ पुगेपछि दौड जितिन्थ्यो र राजा भइन्थ्यो । वसन्तले पछाडि फर्केर हेऱ्यो– पवन निहुरीमुन्टो लाएर गोडा फट्कार्दै दौडिरहेको थियो । सायद पवनलाई पनि दाउरे हुने डर थियो ।

वसन्तले जानीजानी रफ्तार कम गऱ्यो ।

हुत्तिँदै आएको पवनले उसलाई उछिन्यो र सालको ठुटोतिर हुत्तियो । पवनलाई फिरफिरेले तानिरहे जस्तो लाग्थ्यो । एकैछिनमा पवन सालको ठुटोगाथि थियो । हातमा फिरफिरे फननन घुमिरहेको थियो । ओठमा विजेताको मुस्कान थियो ।

"म राजा भएँ !" ऊ करायो, "तँ दाउरे भइस् ।"

वसन्त मुस्कुरायो ।

आफू राजा भएको खुसीमा पवन उफ्रिँदै हिँडिरहेको थियो । अलि पर पुगेपछि उसले खिस्स हाँस्दै भन्यो, "धमिराको माटो खाम् ।"

उसको छेउमै सानो सालको रूख थियो । त्यसको शरीरभरि धमिराले पातलो माटो लिपेका थिए । उनीहरूलाई रूखमा चप्टिएको धमिराको माटो सुर्ती झैं मलेर खाने बानी लागेको थियो । मुलायम र एकदम फरक स्वादको माटो ।

वसन्तले सालको रूखमा टाँसिएको माटोको एक पत्र उक्कायो । हत्केलामा राखेर मिच्यो र सुर्ती झैं मुखमा राख्यो । पवनले पनि एक पत्र उक्कायो । हत्केलामा राखेर मल्दै थियो, एक्कासि चिच्यायो, "मरें नि, आमै !"

उसले दायाँ हत्केला झट्कार्‍यो । माटोसितै अर्को चीज पनि भुइँमा खस्यो । ए बा ! बिच्छी पो रहेछ, मकैको दाना रङ्को । घाइते बिच्छी स्वात्त सालका पातभित्र पस्यो ।

बिच्छीले टोकिभ्याएछ ।

पवनको हत्केलामा बिच्छीले टोकेको दाग थियो । सियोले घोपे जस्तो । कमिलाका टाउका जस्ता रगतका थोपा पनि निस्किएछन् ।

ऊ चिर्र चिच्यायो, "बिच्छीले टोक्यो, म मर्ने भएँ ।"

उसले कालोकालो हुँदै बिच्छीले टोकेको हत्केलाको नाडी अर्को हातले जोडले समाएको थियो । उसका आँखाअघिका रूख फनफनी घुमिरहेका थिए ।

वसन्तले यताउता हेर्‍यो, सहयोग गर्ने कोही थिएन ।

"आमोई, बिच्छीले टोक्यो !" पवन आगोमा पैताला परे झैं उफ्रिन थाल्यो । उसका आँखाबाट बर्बरी आँसु झरिरहेका थिए । बादलै बर्सिए झैं ।

"दगुर् !" वसन्त करायो, "पवन, बेस्मारी दगुर् !"

पवन दगुरेन । गोडा लल्याकलुलुक भएका होलान् ।

वसन्तले उसको दायाँ पाखुरा ट्याप्प समात्यो र पैतालाको जोड तालुसम्म पुर्‍याएर दगुरायो । वसन्तलाई लागिरहेको थियो, ऊ हावाभन्दा छिटो दगुरिरहेको छ । उनीहरूका छाया अघि लागेका थिए । उनीभन्दा छिटो दगुरिरहेका थिए । छाया पनि त आत्तिएका थिए होलान् ।

पवनले आफ्ना आँखा मधुरो हुँदै गएको, कान कम सुन्न थालेको, छातीमा ह्वारह्वार्ती आगो बलिरहेको, जिब्रो बाक्लो हुँदै गएको महसुस गरिरहेको थियो । उसले आफ्नै चिच्याहट पनि मधुरो सुनिरहेको थियो ।

वसन्त सकेसम्म चाँडै गाउँ पुग्न चाहन्थ्यो । बेलाबेला असिनपसिन भइरहेको पवनतिर हेर्थ्यो । के पवन मर्छ ? आँखामा आँसु भरिएर होला, उसले अगाडि मिलको पट्टा झैं बेस्मारी घुमिरहेको बाटो पनि धमिलो देखिरहेको थियो । उसलाई पहिलोपल्ट चरा नभएर मान्छे भएकोमा पछुतो लाग्यो । चरा भएको भए उडाएरै लग्न हुन्थ्यो नि !

गाउँ पस्ने बेला पवनले धूलोको भुमरी पछिपछि हिँडिरहेको उखानेलाई देख्यो र चिच्यायो, "मलाई बिच्छीले टोक्यो ।"

उखाने दगुर्दै आयो । उसलाई पिठ्युँमा बोक्यो र बेस्मारी दगुर्‍यो । गाउँभित्र हुरी पसे जस्तो भयो । धूलो उडाउँदै दगुरिरहेका उनीहरूलाई जसले देख्यो, ऊ पनि पछिपछि दगुर्‍यो ।

नलमा हातगोडा धोइरहेका सर्वजित मास्टर सापले होहल्ला सुने । यसो हेरे, गाउँ लुट्न आएको डाँकाको लस्कर झैं गाउँलेहरू दगुर्दै घरतिर आइरहेका थिए । उनले आँखा चिम्सा पारेर हेरे । उखानेको पिठ्युँमा पवनलाई देखे । लौ, रूखबाट खसेछ कि के हो ? उनका हातगोडा लगलगी काँपे । सुनिता मर्दा पहिलोपल्ट यसरी काँपेका थिए ।

उखानेले पवनलाई पिँढीको गुन्द्रीमाथि सुताइदियो । पवनले बिस्तारै हिक्कहिक्क गरिरहेको थियो । घरभित्रबाट आत्तिँदै निस्केकी रमाले पहिला गाउँलेहरूतिर हेरी । अनि पवनतिर । चिर्र चिच्याई ।

"के भो यस्लाई ?" सर्वजित मास्टर सापले थरर्र काँप्दै सोधे ।

"बिच्छीले टोकेछ ।" उखानेले पसिना पुछ्यो, "दगुर्दै आइरहेका थिए । मैले बोकेपछि होस गुमाए ।"

"कस्तो आपत् आइलागेको हो !" सर्वजित मास्टर सापले गाउँलेतिर हेरे, "कस्तो बिच्छीले टोकेको हो ?"

कोई बोलेन ।

उनले पवनको निधार छामे, "एई, पवन !"

पवनले स्याँस्याँ गरिरह्यो ।

जीवाराममले आँगनछेउ उभिइरहेको वसन्तलाई आँखा तरे, "एई वसन्ते, तँ साथमा थिइस् । कस्तो थ्यो बिच्छी, भन् ?"

वसन्तले पसिना पुछ्यो । बोल्न खोज्यो, आवाजै अड्किए जस्तो भो ।

"चाँडो भन्," जीवाराममले पिटुँला झैं हात ताके ।

गाउँलेले पनि रिसाउँदै ऊतिर हेरे । एक बथान बाघको बीचमा पसेको मृगको बच्चा झैं वसन्त छटपटायो । त्यहाँबाट हुरी झैं भाग्न पनि सकेन । अघि नै गालाभरि बसेका आँसुका धर्सामा फेरि आँसु बगे । मायाले सोधे पनि हुने नि ।

पवनको तालु सुमसुमाइरहेका सर्वजित मास्टर साप जुरूक्क उठे । हुत्तिँदै वसन्तछेउ आए । ट्याप्प पाखुरा समाए । घिसार्दै आँगनको बीचमा पछारे । उसले पहिला पुट्ठाले भुइँ टेक्यो अनि ढाडले । ढाडमा तातेको फलाम डामे जस्तो भयो । उसलाई हिक्का छाडेर रून मन लाग्यो । तर हिक्का बाहिर निस्केन ।

"भन्, बिच्छी कस्तो थ्यो ?" सर्वजित मास्टर सापले प्रहार गर्न गोडा उचाले ।

जीवाराममले उनका पाखुरा समाए ।

वसन्तले अवरूद्ध गलामा "मकैको दाना रङ"को बिच्छीबारे बतायो । धमिराको माटो खाँदा दुई घण्टाअगाडि हत्केलामा टोकेको पनि बतायो ।

"बिच्छी त विषालु रैनछ," जीवाराममले लामो सास फेरे ।

"अनि यसले किन यसरी सास छोडुँला झैं गरेको छ त ?"

"केटाकेटी हो, हंसले ठाउँ छोडेछ," जीवाराममले भने, "मकैका दाना चपाउन दिऊँ । ठीक हुन्छ । बिस्तारै हंस पनि फर्किन्छ ।"

रमाले भान्साबाट कटौराभरि मकैका दाना लिएर आई । सर्वजित मास्टर सापले दुईतीन दाना पवनको मुखतिर लैजाँदै भने, "एई पवन, चपाईचपाई खा । ठीक हुन्छ ।"

बचेराले झैं पवनले सुक्खा मुख खोल्यो । मकैका दाना उसको मुखमा खसे । उसले बिस्तारैबिस्तारै चपाउन थाल्यो ।

"राति टन्नै पानी ख्वाउनू," जीवारामले घरतिर हिँड्ने बेला भने, "क्यै परिहाल्यो भने हामी छँदै छम् ।"

जीवाराम आँगनबाट बाहिरिए । चिलगाडी लर्खराउँदै भित्र पस्यो । ऊ आफ्ना गोडामा पनि राम्ररी उभिन सकेको थिएन । बाटोमा दुईतीन ठाउँ पछारिएको थियो क्यारे ! ढाड र पुट्ठामा धूलैधूलो लागेको थियो । उसले आँगनको बीचमा गाडेको मियो समाउँदै आफूलाई धान्यो । भुइँमा पछारिएको वसन्ततिर हेऱ्यो । भीडतिर हेऱ्यो । एकछिन उग्राइरहेको गाईले झैं मुख बाइरह्यो ।

र लर्बरिएको आवाजमा करायो, "को मऱ्यो ह्याँ ?"

उसको चर्को आवाज सुनेर गाउँलेहरू तर्सिए । उखानेले हतारिँदै उसका पाखुरा समायो, "तित्राको मुखै बैरी । नचाइने कुरा नगर । कोई मरेको छैन ।"

र उसले चिलगाडीको कान फुक्न थाल्यो । चिलगाडीले सेठमहाजनले गरिबका कुरा सुनिरहे झैं मुन्टो हल्लाइरह्यो ।

पवनले बिस्तारै आँखा उघाऱ्यो । उसको मुखबाट एकदमै मसिनो आवाज निस्क्यो, "बन्ते ।"

गाउँलेहरूले अब मर्दैन भन्ने ठाने । चिलगाडीलाई हेर्दै आआफ्ना घरतिर फर्किन थाले ।

वसन्त अझै झोक्राइरहेको थियो । सर्वजित मास्टर साप उसको छेउ आए । उसलाई एकपल्ट घृणाले हेरे । उनको हात हावामा लहरायो । वसन्तको गालामा तातो पन्यु डामे जस्तो भो ।

"मरैं नि आमा !" ऊ चिच्यायो ।

सर्वजित मास्टर सापले उसको ह्याकुलोमा समाएर उठाए ।

"अबदेखि यता देखा परिस् भने जिम्दै गाड्छु," उनले घिच्याउँदै भने, "मेरो छोराले भात खान्छ । तँ जस्तो माटो खान्नँ, बुझिस् ? तैंले त मेरो छोरालाई अकालैमा मार्छस् ।"

ऊ फेरि पछारिएन, जसोतसो अडियो । उसलाई एकपल्ट पवनको अनुहार हेर्न मन थियो । मौका पाएन ।

ऊ बिस्तारै अघि बढ्यो । एकछिन हिँडेपछि ठूलो डुम्रीको रूखपछाडि छेलियो । बल्ल घुँक्क गर्दै रोयो, एक्लो मसान झैं । ऊसित सँगसँगै रून्ने कोही थिएन । एउटा झ्याउँकीरीले सबै देखिरहेको थियो । उसले साथीहरूलाई भन्यो । र डुम्रीको हाँगामा लहरै बसेका झ्याउँकीरीहरू रून्न थाले ।

मान्छेहरू झ्याउँकीरी त्यत्तिकै कराएको ठान्छन् । झ्याउँकीरी त एक्लैएक्लै रोइरहेका दुःखीलाई साथ दिँदै रून्छन् । झ्याउँकीरी रोइरहेका बेला खोज्नू– कहीँ न कहीँ, कतै न कतै एक्लो मानिस रोइरहेकै हुनेछ ।

वसन्तलाई लागिरहेको थियो– सर्वजित मास्टर सापले हेपेर पिटेका हुन् । बा भएको भए ऊ खेतका आलीआली दगुर्दै उनीकहाँ पुग्थ्यो । सबै भन्थ्यो । उसका बा पनि खेतका आलीआली दगुर्दै आउँथे र सर्वजित मास्टर सापलाई चड्कन लगाउँथे ।

के उसका बा भएको भए यसरी पिट्न सक्थे ?

फोटो

आँगनमा पुग्ने बेला वसन्तले सर्टको बाहुलाले आँसु पुछ्यो । थप्पड खाएको गाला सुमसुम्यायो । कपाल मिलायो । दैलोमा पुग्ने बेला मेसिनको खटखट आवाज सुन्यो । फेरि रून मन लाग्यो र आफूलाई थाम्यो । सोच्यो– अब म पवनसित सङ्गत गर्दिनँ । कतै घुम्न पनि जान्नँ । घरै बस्छु । असल छोरो हुन्छु । अब कसैको पिटाइ खान्नँ ।

उसले मुठी कस्यो र दैलोनिर उभिएर सुस्त बोलायो, "आमै ।"

मेसिनको आवाज बन्द भयो ।

"यति बेलासम्म काँ गाथिस्, मुर्दार ? स्कुलबाट फर्किन यत्ति टाइम लाग्छ ?" जसोदाको आवाज आयो, "हुरूक्कै पारिस् तैंले त ।"

उसलाई जसोदाको गाली पनि प्रिय लाग्यो । भन्यो, "आमै, पानी ल्याइदेऊ त । म हातखुट्टा धुन्चु ।"

जसोदा छक्क परिन् । जहिले पनि "हातगोडा धो" भनेर कराइरहनुपर्थ्यो । उनी जगमा पानी लिएर बाहिर आइन् । वसन्तले अनुहार लुकायो । जग समायो र आँगनको किनारमा गयो । उसको हात गालामा के पुगेको थियो, पिलो छोए जसरी दुख्यो । उसले जसोदाले थाहा पाउलिन् भनेर केही नभए जसरी अनुहार पखाल्यो । हातगोडा धोयो । मुख कुल्ला गऱ्यो ।

जसोदालाई मुख कुल्ला गरिरहेको ऊ बूढो मानिस जस्तो लाग्यो ।

ऊ चुपचाप जग बोकेर भित्र पस्यो । दैलोमा उभिएकी जसोदालाई रामरी हेर्दा पनि हेरेन । उसले अगेनाछेउको पिर्का समायो । बिस्तारै भुइँमा राख्यो र टुसुक्क बस्यो ।

जसोदालाई अचम्म लागिरहेको थियो । उसले अहिलेसम्म आफैं पिर्का ओछ्याएको थिएन ।

"आमै, भात हाल्देऊ ।"

सधैं "भात खा" भनेर कराएपछि झर्किंदै आउने ऊ आफैं भात मागिरहेको थियो । जसोदाले भात पस्किदिइन् । उसले इस्कुसको तरकारी देख्यो र पनि केही भनेन । अघिपछि भएको भए "यस्ता जैरे तरकारी" भनेर ठस्स पर्थ्यो ।

ऊ खुब भोकाएको थियो । भात थालमै बिलाउँछ कि जसरी कपाकप खायो । मुख चलाउँदा गाला दुखिरहेको थियो । तर जसोदाले थाहा पाउलिन् भनेर अनुहार बिगारेन । सुस्तसुस्त चपाउन थाल्यो । शिर निहुराएर सुस्त आवाज निकाल्दै खाना खाइरहेको उसलाई जसोदाले गहिरिएर हेरिन् । देखिहालिन् सुन्निएको गाला ।

"लौ, गाला त सुन्नाएर आछस् त !" उनले हात तन्काएर गाला छामिन्, "कोसित लडिस् आज, भन् !"

उसका गाला बेस्मारी दुखे ।

"भन्, कोसित लडिस् आज ? मुर्दार्, तैंले त साह्रै दुःख दिने भइस् । यसरी गाला सुन्नाएर आउने हो ?"

उसका आँखा रसाए । आँसुको एउटा धर्को गाला हुँदै ओठमा खस्यो । उसलाई भर्खरै निलेको अन्तिम गाँस हुत्तिएर बाहिर आउँछ कि जस्तो भयो ।

ऊ थाल समाएर बाहिर आयो । जुठेल्नाछेउ टुक्रुक्क बसेर थाल माझ्यो । भिजेका हात कपालमा पुछ्यो । दैलोमा उभिएर जसोदाले हेरिरहिन् । चन्द्रमा मधुरो उज्यालोमा ठिङ्ग उभिएको थकित र पिन्चे उसलाई हेरिरहँदा उनको मन रसाएर आयो ।

ऊ जसोदासित तर्केर भित्र पस्यो । भान्सामा थाल राख्यो । अँध्यारो कोठाभित्र पस्यो र ओछ्यानमा डङ्रङ्ग पछारियो । आँसु छल्किएर सिरानीमा खसे । उसले सिरानीमा मुख जोतेर हिक्का रोक्यो ।

टुकी लिएर जसोदा आइन् । उसको छेउमा टुसुक्क बसिन् र सुस्केरा हालिन् । सुस्केराले टुकी धिपधिप भयो ।

"तँ यसरी लड्दै हिन्छस् । मेरो चित्त दुख्छ नि !" जसोदाले उसको घुच्चुक सुमसुम्याइन्, "मैले त मायाले पो गाली गरेको हो । यसरी चित्त दुखाएर नरो ।"

उसको ढाड थर्थरायो । उसले भन्न सकेन– आमै म तिम्ले गाली गरेर रोएको होइन ।

"अब तँ कुरा बुझ्ने भइसकिस् । आमाले गाली गरिन् भनेर मनमा कुरा नराखेस्," जसोदाले मधुरो स्वरमा भनिन्, "मेरो भन्नु तँ मात्रै त होस् नि ! गाला सुन्नाएर आउँदा पीर लाग्छ नि !"

उसले सुँक्क गर्‍यो, "म कसैसित लडेको होइन ।"

"अनि कसरी सुन्नियो त गाला ? नढाँटी भन् त !"

यसन्तलाई सबै कुरा सुनाउन मन थियो– सर्वजित मास्टर सापले आँगनमा पछारेको, चड्कन लाएको । तर जसोदा रून्छिन् र सर्वजित मास्टर सापसित झगडा गर्न जान्छिन् भन्ने उसलाई थाहा थियो ।

"म हिँड्दा चिप्लेर लडेको हो," उसले अवरूद्ध गलामा भन्यो ।

"काँ लडिस् ?" जसोदालाई पत्यार लागेन ।

"पवनलाई बिच्छीले टोक्यो । उसलाई दगुराउँदा चिप्लेर लडें ।"

"आम्मै, कत्रो थ्यो बिच्छी । अघि नै भन्नुपर्दैन ?" जसोदा थरर्र काँपिन्, "पवनलाई ऐले कस्तो छ, हेर्न जानुपर्‍यो ।"

जसोदा पवनको घर गइन् भने त बर्बादै हुन्थ्यो । ऊ डरायो । उसले जसोदाको हात ट्याप्प समायो । जसोदाले उसका याचनाले भरिएका आँखा देखिन् ।

"नजाऊ के आमै, पवनलाई ठीक भइसक्यो !" उसले आत्तिँदै नमस्ते गर्‍यो, "अब म कहिल्यै वन डुल्न जान्नँ । घरमै पढेर बस्छु । चकचक गर्दिनँ । आफूले भात खाको थाल आफैं माझ्छु । दिनकै न्वाउँछु ।"

जसोदा ऊछेउ बसिन् ।

"ल भैगो, नरो," उनको आवाज मलिन भयो, "यसरी ल्याङफ्याङ नडुल भनेकै हो । देखिस्, आज पवनलाई बिच्छीले टोक्यो । बिच्छी विषालु भको भए के हुन्थ्यो ?"

उसले सुँक्क गऱ्यो ।

जसोदा उठिन् । टुकीको उज्यालो अघि लाग्यो । उसले गाढा अँध्यारोमा जसोदाले अगेनाको गोलमा पानी छर्केको, चुलो पोतेको आवाज सुनिरह्यो ।

अबेरपछि जसोदा आइन् । उसले निदाइसकेको बहाना गऱ्यो । जसोदाले तताएर ल्याएको तोरीको तेल उसको गालामा लाइदिइन् । उनका हातबाट गोबरको गन्ध आइरहेको थियो ।

दिनभरि मेसिनमा घोप्टो पर्दा उनको ढाड दुखिरहेको थियो । सुस्केरा हालिन् र छेउको ओछ्यानमा पल्टिइन् । र ज्यान तन्काएर सिरानछेउको टुकी फुकिन् ।

वसन्तलाई बाका बारेमा धेरै कुरा जसोदासित सोध्न मन थियो । दुईपल्ट सोध्ने कोसिस गऱ्यो । तर उसको आवाज रूद्रघण्टीभन्दा माथि आएन ।

जसोदा निदाइहालिन् । तर ऊ निदाउन सकेन । उसले कोल्टे फेऱ्यो । बिस्तारै बोलायो, "आमै ।"

"हई ।"

"बा कस्ता थे, भन न । असल थे ?"

"अँ एकदमै असल थे । कसैसित झगडा गर्दैनथे," जसोदाले सुस्केरा हालिन्, "मैले त तिन्को अन्हार बिर्सिन लाइसकें । अन्हार सम्झाउने एउटै फोटा थ्यो । त्यो फोटा नि हरायो । अब मरेर स्वर्गमा भेट भए पनि चिन्दिनँ कि भन्ने डर लाग्छ ।"

ऊ बोलेन ।

"फोटो तैंले लर फालेको त होइनस् है ?"

"नाइँ, मैले लको होइन," उसले सुँक्क गऱ्यो ।

"नरो, रन दे । मैले त त्यत्तिकै सोधेको ।"

उसका बाको एउटा मात्र फोटो थियो, घरमा ।

उसका जवान बाका दुवै हात लट्ठी झैं तलतिर तन्काएका थिए । निधार ठूलो थियो । कपाल दायाँतिर छड्के पारेर कोरेका थिए । झुस्स दाह्री पलाएको थियो । गालाका हड्डी उक्सिएका थिए । आँखा सकेसम्म ठूलो पारेर हेरिरहेका थिए । नाक लाम्चो थियो । हाँस्न खोजेर पनि राम्ररी हाँस्न नसके जस्तो मुस्कान । सायद, फोटो खिच्दा डराएका होलान् । पछाडि भित्तामा मुजा परेको कालो पर्दा टाँगिएको थियो ।

बुसर्ट लगाएका थिए । त्यसको माथिल्लो टाँक रूद्रघण्टीनिर थियो । तल इस्त्री गरिएको धारिलो पाइन्ट लगाएका थिए । उनले बटुकोमा आगोका गोल राखेर इस्त्री गरेका थिए ।

र गोडामा चप्पल ।

"तेरा बाको यै यौटा फोटो हो," जसोदाले फोटोलाई प्रेमले छोएकी थिइन्, "यै फोटो छ र त अनुहार सम्झेकी छु । यो नभको भए त उहिल्यै अनुहार बिर्सिसक्थें ।"

फोटोबाट कपूरको बास्ना आइरहेको थियो । उसले बोलिहाल्छन् कि जस्ता बालाई अबेरसम्म हेरेको थियो । सकेसम्म उनको अनुहार सम्झनामा राख्ने कोसिस पनि गरिरहेको थियो ।

उसलाई थाहा थियो– जसोदाले एकछिनपछि फोटोलाई गाता उप्किइसकेको *श्रीस्वस्थानी* व्रतकथाको किताबभित्र चेपेर, किताबलाई रातो तुलले बेरेर बाकसमा राख्नेछिन् । त्यसमाथि कपूरका दुईतीन ओटा गेडा राख्नेछिन् । र ताला लगाएर बाकसलाई आफ्नो ओछ्यानमाथिको खोपीमा राख्नेछिन् ।

"मेरा बा त तेरा बाभन्दा पनि राम्रा !" उसले पवनलाई सुनाएको थियो, "तेरा बाभन्दा पनि अग्ला । मैले फोटोमा देखेको ।"

पवन हाँसेको थियो । उसलाई त आफ्नै बा राम्रा लाग्थे । ऊसँगै थिए । वसन्तका बा थिएनन् । त्यसैले पत्याइदिए जस्तो गऱ्यो ।

"मलाई पनि देखा है फोटो !" पवनले भन्यो ।

"हुन्छ ।"

तर वसन्तले कहिल्यै मौका पाएन ।

एक दिन उसले कुनामा बसेर रोइरहेकी जसोदालाई देख्यो । उनी श्रीमान्‌को फोटो हेर्दै सुँक्कसुँक्क गरिरहेकी थिइन् । आमा रोएको देखेर उसको मन चरक्क भयो । उसले ढोकाको चेपबाट हेर्दै मुठी कस्यो– म मेरी आमालाई कहिल्यै रूवाउन्नँ ।

जसोदाले थाहा पाइहालिन्– उसले दैलोको चेपबाट लुकीलुकी हेरिरहेको छ भनेर । उनले हतारहतार फोटो बाकसमा राखिन् । आँसु पुछेर बाहिर आइन् ।

उसले जसोदाले बाकसमा ताला मार्न बिर्सेको देखिहाल्यो ।

जसोदा दाउरा लिन करेसातिर के गएकी थिइन्, ऊ बिरालो चालमा बाकसतिर बढ्यो । काँपिरहेका हातले बाकस उघार्‍यो । चिटचिट पसिना निकाल्दै तुलको गाँठो फुकायो । *श्रीस्वस्थानी*को पाना पल्टायो । महादेव र सतीदेवीको प्रेमकथाका बीचमा उसका बा ठिङ्ग उभिइरहेका थिए । उसले फोटो तान्यो । किताब बन्द गर्‍यो र तुलको जस्तो गाँठो खोलेको थियो, त्यस्तै गाँठो पारिदियो ।

फोटो समाएर गोठतिर दगुर्‍यो ।

गोठ शान्त थियो । भुइँ सुक्खा थियो । खैरे थिएन । तर पनि कहीँकतैबाट गोबरको मसिनो गन्ध आइरहेको थियो । माखा भन्किरहेका थिए । डुँड सुक्खा थियो । जसोदाले पानी नराखेको वर्षौं भइसकेको थियो ।

ऊ डुँडमाथि बस्यो । तिघ्रामाथि फोटो राख्यो । हेर्‍यो र टोलायो । बाका गाला, नाक र ओठ कान्छीऔंलाले सुमसुम्यायो ।

हेर्दाहेर्दा आँखा टट्टाउन थालेपछि, बाको अनुहार पनि हल्लिन थालेपछि, उसले गोठको चारैतिर हेर्‍यो । फोटो कहाँ राख्ने होला भनेर खुब सोच्यो । उसलाई छानाभन्दा सुरक्षित ठाउँ कुनै लागेन । छानाका खर झरी र घाम झेल्दाझेल्दै खरानी रङका भइसकेका थिए । ऊ डुँडमा टेकेर उभियो । छानाको खरलाई बीचबाट पन्छायो । बाको फोटो राख्यो र खरले छोपिदियो । फोटो राखेको ठाउँ नबिर्सियोस् भनेर एउटा काठको छेस्को त्यही छेउमै घुसारिदियो ।

र ऊ त्यसरी टोलाएर बसिरह्यो, जसरी कुनै बेला खैरे गोरू बस्थ्यो ।

अबेरपछि ऊ डुँडबाट उठ्यो । आकाशमा काला बादल मडारिइरहेका थिए । घर आयो । भान्साबाट धूवाँ निस्किरहेको थियो । जसोदाले मकैको रोटी र साग पकाउने तयारी गरिरहेकी थिइन् ।

"काँ ग थिस् ?" उनले पीठो मुछ्दै सोधिन् ।

"काइँ नाइँ ।"

ऊ कुनातिर टुसुक्क बस्यो । बाकसतिर कर्के नजर लायो । जसोदाले ताला लाइसकेकी रैछन् । सोच्यो, म भोलि पवनलाई बाको फोटो देखाउँछु ।

राति बेस्मारी पानी पऱ्यो । छाना छेडुँला झैं गरेर असिना बर्सिए ।

तीन दिन लगातार पानी परिरह्यो । दिनभरि अँध्यारो भइरह्यो । मैनापुरमा बाढी पस्यो । चट्याङले सालका रूखका काप च्याते । खोला बढेर कतै जान नसकिने भो ।

तेस्रो दिन साँझपख पानी थामियो ।

चौथो दिन बिहानै आँखा तिर्मिराउने गरी घाम लाग्यो ।

जसोदा भिजेका लुगा र सामान सुकाउन थालिन् । काठको बाकसको चेपचेपबाट पानी पसेछ । *श्रीस्वस्थानी* व्रतकथालाई बाँधेको तुल रूझेछ । किताब पनि रूझेछ । पन्नाहरू झरीमा रूझेको पात झैं लुत्रुक्क परेछन् । पन्नाबाट नमीठो गन्ध आइरहेको थियो ।

जसोदाले हतारहतार पन्ना पल्टाइन् । लौ जा, फोटो त छैन । उनले फेरि एकएक गर्दै पन्ना पल्टाइन् । उनको सास बढ्यो । चिटचिट पसिना निस्कियो । दिमाग धुम्म भए जस्तो भो ।

"एई बन्ते !" उनी जोडले कराइन् ।

ऊ आँगनको डिलमा बसेर कर्कटपाता झैं टलक्क टल्किरहेको गाउँ हेरिरहेको थियो । ऊ घरभित्र दगुऱ्यो ।

बाकस लथालिङ्ग देख्नेबित्तिकै उसको सातो गयो ।

"फोटो देखिथिस् ?" जसोदाको आवाज काँप्यो, "बाकसमा छैन त !"

"मैले देख्या छैन के !"

"यैं त थ्यो, काँ गो ?" टुत्रुक्क बसेकी जसोदाले आफ्नो कन्चट समाइन्, "यो घरमा तँ छस् कि म । कल्ले लग्यो त ? फोटो आफैं हिँडेर त कतै गएन होला ।"

उसको मुटु मुखैमा आउला जस्तो भयो । तर उसले आफैंलाई सम्हाल्यो ।

"मैले ल छैन के !"

जसोदालाई के गरूँ के गरूँ भो । उनले सोचिन्– उसले पनि के लग्यो होला र ! बाकसमा सधैं ताला लगाएको हुन्थ्यो र चाबी मेरै कम्मरमा झुन्डिएकै हुन्थ्यो । कतै आफैंले झिकेर राख्न त बिर्सिनन् ! उनले ओछ्यान उल्टाइन् । त्यहाँ पनि थिएन ।

"के ट्वाल्ल परेर बस्या छस् !" उनी झर्किइन्, "आइज खोज त, कता गो !"

उसले घरको कुना, खोपातिर हेरे जस्तो गऱ्यो । उसलाई थाहै थियो– जति खोजे पनि फोटो घरमा भेटिनेवाला छैन । उसले फोटो खोजे जस्तो गर्दै, कर्के नजरले जसोदातिर हेऱ्यो । उनी बौलाहा मान्छेले सालघारीमा लट्ठी नचाउँदै हिँडे जस्तो घरका सामान यताउता फालिरहेकी थिइन् । ऊ जसोदाको बौलाहापन देखेर डराइरह्यो ।

उनले आँसु पुछिन्, "त्यै एउटा फोटो थ्यो । हे भगवान् !"

वसन्तको हृदयमा ग्लानिको आगो सल्कियो । चर्रचर्र गर्दै हृदय पोल्न थाल्यो । उसले सोच्यो, "पवनलाई फोटो देखाउँछु र फोटो कुनामा कतै भेटे जसरी आमैलाई फिर्ता दिन्छु ।"

फोटो देखेर आमै कति खुसी होलिन् !

ऊ बाहिर निस्कियो । पवनको घरतिर दगुऱ्यो । उसले पवनलाई बाटोमै भेट्यो । पवन जाँघेका दुवै गोजीमा हात राखेर ढल्किँदै आइरहेको थियो ।

पवन खिस्स हाँस्दै दगुरेर ऊतिर आयो । नजिक आएपछि भन्यो, "हिजो चिलगाडीले सर्प माऱ्यो रे । घरमा झुन्ड्याएर राखेको छ रे ! हेर्न जाम् ।"

वसन्तलाई सर्प हेर्न जाऊँजाऊँ लाग्यो । तर आफूलाई थाम्यो । भन्यो, "आइज, पैला मेरा बाको फोटो हेरम् अनि जाम्ला ।"

पवनलाई वसन्तका बाको फोटोभन्दा चिलगाडीले मारेको कालो सर्प हेर्न मन थियो । ऊ अनकनायो । उसलाई अनकनाएको देखेर वसन्तको मन खिस्रिक्क भो । कत्ति दुःख गरेर, उसैलाई देखाउन भनेर लुकाएको, उसैलाई पो मतलब छैन ए !

"मेरा बा तेरा बाभन्दा धेरै राम्रा छन्," वसन्तले मन अमिलो बनायो, "नहेर्ने भए नहेर् ।"

"मेरा बाभन्दा राम्रा छन् ?"

"हो के, ढाँटेको भए विद्यानाश ।"

"ल त, पैला तेरा बाको फोटो हेरम्," पवनले भन्यो, "अनि सर्प हेर्न जाम्ला ।"

दुवै दगुरे । दगुर्दै गर्दा पवनले सुनायो, "थाहा छ, हिजो राति चिलगाडी त सर्पसित लडेको हो रे । सर्प पनि बलियो थ्यो रे ! सर्पले चिलगाडीलाई दुईपल्ट पछाऱ्यो रे ।"

ऊ पवनले बाको फोटोबारे सोधोस् भन्ने सोचिरहेको थियो । तर पवन त चिलगाडी र सर्पमै थियो । ऊ झन् दुःखी भयो । यो संसारमा उसको बाको फोटोबारे सोच्ने र सोध्ने ऊ र जसोदा मात्र रहेछन्– उसले थाहा पायो ।

उनीहरू घरको करेसातिरबाट गोठमा पुगे ।

वसन्त डुँडमाथि चढ्यो । उसले चिह्न बनाएर राखेको काठको छेस्को जस्ताको तस्तै थियो । उसले खर पन्छाएर फोटो समायो । लौजा, फोटो त रूझिसकेछ । फुली पनि सकेछ ।

उसको सासै अड्केला जस्तो भयो । उसले ओल्टाईपल्टाई हेऱ्यो । फोटोका दुवैतिर उसका बा थिएनन् । फोटोको एकापट्टि अँगारको दाग बसे जस्ता धब्बा थिए ।

उसका बालाई त असारले बगाएर लगेछ ।

"खै, मलाई पनि देखा न !" पवनले उसको हातको कागज खोस्यो । ओल्टाईपल्टाई हेऱ्यो । केही देखेन, "खै यसमा त क्यै छैन ।"

वसन्तलाई रिँगटा चलिरहेको थियो । डुँडबाट खस्ने डरले थरर्र काँप्दै भुइँमा झऱ्यो । डुँडको डिलमा चाक अड्याएर बस्यो र घुँडातिर झुक्यो ।

घुँक्क गऱ्यो ।

कागज समाएर पवन वाल्ल पऱ्यो । उसले कागज बिस्तारै उसको घुँडामाथि राखिदियो । पवनलाई नरमाइलो लागिरहेको थियो ।

"बन्ते, फोटो नभर के भो ? तेरा बा मेरा बाभन्दा राम्रा छन् के !" उसले मलिन स्वरमा भन्यो, "नरो के ।"

ऊ रोइरह्यो । पवन उसको छेउमा ठिङ्ग उभिरह्यो ।

"म सर्प हेर्न जान्नँ," उसले हिक्क गऱ्यो, "तँ जा है !"

"हुन्च," पवनको आवाज चिसो भयो, "म हेर्न जान्छु । पछि सर्प कस्तो थ्यो भनेर तँलाई भन्छु है ?"

वसन्तका आँसुले भिजेका घुँडामा फेरि तात्ताता आँसुका ढिक्का खसे । पवन कति बेला गयो, उसले थाहै पाएन । अबेरसम्म गोठमा झोक्राएर बसिरह्यो ।

वास्तवमा त्यस दिन उसका लागि बल्ल बा मरेका थिए । उनी यो धरतीमा हुनुको केही चिनो बाँकी थिएन ।

फुपू

काँधमा खैरो ब्याग बोकेकी फुपूको अनुहार पसिनाले भरिएको थियो । कपाल पिठ्युँतिर लत्रिरहेको थियो । सिउँदोमा सिन्दूर भरिएको थियो । गलामा कालो रङको पोते झुन्डिरहेको थियो । कालो रङको ब्लाउज र कलेजी रङको साडी लगाएकी थिइन् ।

ओठ पातला तर लाम्चा थिए । आँखीभौं मिलेका थिए । आँखा पातमाथिको शीतको थोपा झैं उज्याला थिए । अनुहारमा तेज थियो, फोटाका देवीमाताका अनुहारमा जस्तो । नाक अलिकति चुच्चो थियो । अग्ली थिइन् ।

उनको ठूलो झोला सर्वजित मास्टर सापले बोकिरहेका थिए । उनको थकित अनुहारले बताउँथ्यो, झोला गह्रौं थियो ।

बिच्छीले टोक्दा पवनका च्यापु सुन्निएका थिए । र अहिले पनि अलिकति उक्सिएकै देखिन्थे । उसले पहिले फुपूतिर हेऱ्यो । र झोलातिर । लाजले फुपूसित आँखा जुधाउन पनि सकेन । ऊ चञ्चल खरायो झैं यताउता हेर्न थाल्यो । अलि पर उभिएकी रमा कहिले फुपू, कहिले सर्वजित मास्टर साप त कहिले पवनतिर हेरिरहेकी थिई ।

"फुपूलाई ढोग गर्," सर्वजित मास्टर सापले अह्राए ।

पवन दगुर्दै फुपूको छेउमा गयो । टाउको निहुरायो । फुपूले हत्केला राखिन्, "भाग्यमानी भए ।"

कति शीतल थियो फुपूको हात ! फूलका पत्रले छोए जस्तो ।

रमाले पनि ढोग गरी ।

"यी पवनले भाउजूका काखमा बसेर पुलुक्कपुलुक्क हेरेको अस्ति जस्तो लाग्छ," फुपू खिस्स हाँसिन्, "ऐले त ठूलै भइसकेछन् ।"

ऊ लजायो ।

"अनि बिच्छीलाई टोकाएछौ त ! चकचके गोरूको चाकैमा डाम भने जस्तो भएछ त !"

उसले शिर निहुरायो ।

"यी रमा त भर्खरै अन्डाबाट निस्केको चल्ला जस्तै थिइन्," फुपूले रमाका गाला सुमसुम्याइन् ।

रमा हाँसी ।

"जा रमा, पानी लेर आ," सर्वजित मास्टर सापले झोला पिँढीमा बिसाउँदै भने ।

ऊ दगुरी ।

"अनि तँ के ट्वाल्ल परेर बसेको छस् ! जा गुन्द्री ओच्छा !" सर्वजित मास्टर सापले आदेश दिए ।

पवनले दैलोछेउ बटारेर राखेको गुन्द्री पिँढीमा फिँजायो ।

"बस् वृन्दे," सर्वजित मास्टर सापले गुन्द्रीको कुनामा बस्दै पसिना पुछे, "मधेसमा यस्तै गर्मी हुन्छ । कसरी टिक्लिस् र खै !"

फुपू गुन्द्रीमाथि बसिन् र साडीको सप्कोले अनुहार हम्किन थालिन् । पवन उनको छेउमा टुसुक्क बस्यो । फुपूको शरीरबाट अचम्मको बास्ना आइरहेको थियो । त्यस्तो बास्ना त बाँसबारीभरिका कसैको ज्यानबाट आउँदैनथ्यो ।

फुपूको शरीरबाट आएको नौलो बास्नासँगै घरमा नयाँ खुसी आएको थियो । सर्वजित मास्टर सापको अनुहार उज्यालो थियो । उनी तिघ्रामाथि तिघ्रा खापेर गोडा हल्लाइरहेका थिए ।

बाँसबारीमा नयाँ खबर, नयाँ पकवान, नयाँ दुःख र नयाँ सुख बोकेर कमै पाहुना आउँथे । पवनको घरमा त झन् कोही पनि आउँदैनथ्यो । कसैको घरमा पाहुना आयो कि गाउँभरि हल्ला फैलिन्थ्यो । पाहुनाले केके कुरा बोकेर ल्याएका छन्, सबैलाई चासो हुन्थ्यो । मौकाको बेला परियो भने त अलिअलि मीठो कुरा खान पनि पाइन्थ्यो ।

फुपू आएको कुरा गाउँभरि फैलिइसकेछ ।

फुपूले स्याउका दाना काटिरहेका बेला शान्तिराम काँधमा रेडियो झुन्ड्याएर आइपुग्यो ।

"ओहो शान्तिराम दाइ !" फुपूले चक्कुसितै नमस्ते गरिन्, "सन्चै हुनुहुन्छ ?"

"सन्चै छु, नानी," ऊ खिस्स हाँस्यो, "अहिले त तपाईं मोटाउनुभएछ । काठमान्डूको पानी राम्रै लाएछ ।"

"उमेरमा मोटाउनैपऱ्यो नि, दाइ ।"

स्याउको मन्द बास्ना आँगनभरि फैलिएको थियो । थालभरि च्याप्प समाएर क्वाप्प खाऊँ जस्ता थिए स्याउका दाना । शान्तिरामले घुटुक्क थुक निल्यो । आँगनछेउको डुग्गीमा तिघ्रा खापेर बस्दै रेडियो काखमा राख्यो ।

पवनलाई शान्तिराम यसरी बसेको मनै परेन ।

"अनि नानी, यसपालि राजा वीरेन्द्रले सिंहासन छाड्छन् त ?" शान्तिराम गोडा हल्लाउँदै ङिच्च हाँस्यो, "काठमान्डूतिर हल्ला के छ ?"

"खोइ दाइ, नाराजुलुस त हुन्छ," फुपूले स्याउका दाना काटिरहिन्, "हाम्ले त मेसो नै पाउन्नम् । हाम्ले पनि रेडियो नै सुन्ने हो ।"

"त्यै त बैनी, कलिजुग लाग्यो । अब राजाको शासन नभै देश हुन्छ त ? अब सिंहलाई जङ्गलको शासन छाड् भनेर हुन्छ त ?"

पवनलाई थाहा थियो, शान्तिरामले जानीजानी कुरा तन्काइरहेको छ । जसरी ऊ र वसन्त चकलेटको खोललाई दुवैतिरका टुप्पाबाट तानेर तन्काउँथे ।

"खोइ दाइ, म त केई था पाउन्नँ," फुपूले हाँस्दै भनिन्, "अब लाखौं मान्छे बौलाएर त सडकमा आएनन् होला । छाड्नुस् यी कुरा... ल स्याउ खानुस् । तपैंको बारीमा नपाउने यै एउटा स्याउ त होला नि !"

शान्तिरामले हात थाप्यो । पवनलाई रनक्क रिस उठ्यो । जसलाई फुपूले स्याउ नदिऊन् भनेर उसले सोचेको थियो, उसैले सुरुमै पायो । उता शान्तिरामले स्याउका दाना कऱ्याम्म पाऱ्यो, यता पवनको हृदय चस्कियो ।

शान्तिरामले ओठमा लागेको स्याउको रस पुछ्यो ।

फुपूलाई शान्तिरामले भोगटे चोर्दा पिटेको कुरा पहिल्यै भन्नुपर्ने रहेछ । थाहा पाएको भए शान्तिरामलाई यत्रै पनि स्याउ दिन्नथिन् । गल्ती भो । ऊ छटपटायो ।

बूढो भएर उसको लात्ती खानुअघि नै शान्तिरामले स्याउ खाइरहेको थियो । पवनले हेर्न सकेन र आँखा फुपूका कानका हल्लिरहेका रिङमा अड्यायो । रिङ अर्ध गोलो थियो । तर हेर्दा कानमा अर्धचन्द्रमा झुन्डिए जस्तो देखिन्थ्यो । शान्तिरामले स्याउ खाउन्जेल उसले फुपूका अर्धचन्द्रमा हेरिरह्यो ।

"लौ, तिमी पनि खाऊ," फुपूले स्याउका चाना उसको हातमा राखिदिइन् ।

स्याउको दाना मुखमा राख्ने बेला उसले शान्तिरामतिर पुलुक्क हेर्‍यो । शान्तिराम काखको रेडियो सुमसुम्याउँदै मुस्कुराइरहेको थियो ।

उसले चपाउँदै सोच्यो– वसन्त कहाँ होला ? बाटोमा फुपू आएको देख्यो कि देखेन ?

"लौ त मास्टर साप, यस्सो गाम घुम्न हिँडें," शान्तिराम उठ्यो, "आजकल त तपैंलाई गाममा डुलेको पनि देख्दिनँ ।"

सर्वजित मास्टर साप हाँसे, बोलेनन् ।

"लौ दाइ, आउँदै गर्नुहोला," फुपूले भनिन् ।

"आम्ला नि बैनी, जानु कहाँ छ र !" शान्तिरामले रेडियो काँधमा भिर्‍यो, "सारा जिन्दगी वल्लो घर, पल्लो घर गर्दै बित्ने भो । बैनीले जस्तो संसार देख्न पाको होइन ।"

"संसार गोडाले होइन दाइ, मनले घुमिन्छ । आफ्नो मनलाई एकपल्ट संसार घुमा भनेर भन्नुस् । घुमाइहाल्छ ।"

ओहो, फुपूले कति मीठो कुरा गर्न जानेको ! पवन मक्ख पर्‍यो । उसले त मनलाई भनिसकेको छ– काठमान्डू घुमा भनेर ।

घुमाउला कि नघुमाउला ?

पवनलाई फुपूसित कति धेरै कुरा गर्न मन थियो । तर रात बेस्मारी झाँगिंदासम्म पनि आइनन् । उनी सर्वजित मास्टर सापकै कोठामा थिइन् । फुपू रमासित सुत्नेवाला थिइन् । रमाले पनि निद्राले बन्द हुँदै गएका आँखाका ढकनी जोडजोडले माथि ठेल्दै फुपूलाई कुरिरही । उनी आइनन् । पलङ्मा कोल्टे परेर निदाई ।

तर पवन निदाउन सकेन । छटपटी भइरह्यो ।

चन्द्रमाको मधुरो प्रकाश झ्यालबाट भित्र पसिरहेको थियो । उसले मधुरो एकधार उज्यालो हेरिरह्यो ।

डुम्रीको रूखको हाँगामा झोक्राएर बसिरहेको एक्लो, उदास र बूढो ढुकुरले चन्द्रमा हेर्दै मट्याङ्ग्रा छातीमा लागेर मरेको आफ्नो साथीलाई बोलाइरह्यो । शान्तिराम *अलइन्डिया रेडियो*मा बजिरहेको गीत सुन्दै बगैंचालाई एकफन्का लगाउन निस्कियो । तर फुपू आइनन् ।

केवल फुपू र सर्वजित मास्टर सापको मधुरो गुनगुन आवाज पवनका कानसम्म आइरह्यो । ऊ बिस्तारै पलङ्बाट झऱ्यो र सर्वजित मास्टर सापको कोठानिर आयो । दैलोमा बुट्टेदार पर्दा झुन्डिएको थियो । त्यसमा टाउकाको छाया हल्लिरहेको थियो । टाउको फुपूको हो कि सर्वजित मास्टर सापको, उसले छुट्याउन सकेन ।

फुपूको मधुरो आवाज आयो, "फोटो यै हो, दाइ । उनलाई सप्पै कुरा भनिसकेकी छु । उनी पनि राजी भइसकेकी छन् । अब तपैंको स्वीकृतिको कुरा मात्र हो ।"

पवनको मुटु बेतमासले हल्लियो ।

उसले पर्दाको फेर अलिकति उघारेर भित्र चियायो । सर्वजित मास्टर साप भित्तामा अडेस लागेर बसेका थिए । उनको अनुहार सपाट थियो । फुपूले फोटो समाएको दायाँ हात सर्वजित मास्टर सापतिर बढाइरहेकी थिइन् ।

कसको फोटो हो ? पवन चनाखो भयो ।

सर्वजित मास्टर सापले फोटो लिए । फोटो टुकीको उज्यालोतिर फर्काए र अलिकति निहुरेर हेरे । ओठ टोके । अलिकति हाँसे जस्तो गरे । धप्प गर्दै माथि उठेको टुकीको लप्काले निधारमाथिको कपालका

केस्रा जलायो । उनले टाउको झट्कार्दै माथि उठाए । जलेको कपालको मसिनो गन्ध पवनको नाकसम्म पनि आयो । यसरी कपालै डढ्ने गरी उनले कसको फोटो हेरेका होलान् ?

"मैले त्यल्लाई अझै पनि बिर्सन सकेको छैन, वृन्दे," सर्वजित मास्टर सापले उदास हुँदै फोटो फिर्ता दिए, "कैले मध्यरात नल चलाए जस्तो मान्छु, झस्किन्छु । कैले निद्रामै कपाल सुमसुम्याए जस्तो मान्छु, झस्किन्छु । कैले मध्यरात पिँढीमा खुइय सुस्केरा हाले जस्तो मान्छु, झस्किन्छु । कैले चुरा बजाउँदै करेसातिर गए जस्तो मान्छु, झस्किन्छु ।"

फोटो समाएकी फुपूले ट्वाल्ल पर्दै उनलाई हेरिरहिन् ।

उनले खुइय सुस्केरा हाले, "म अब सक्दिनँ, वृन्दे । यस्तै ठीक छु । त्यो अझै मेरो वरिपरि नै छ जस्तो लाग्छ । तैंले भनेको मानें भने त्यो रून्छे ।"

"अब जाने त गइहाल्यो, दाइ । सारा जिन्दगी उसैको यादमा बिताएर पनि त भएन," फुपूले भनिन्, "पवन र रमा सानै छन् । बिचरा तिनले आमाको माया कस्तो हुन्छ, थाहै पाका छैनन् । तपैं अझै देख्नुहुन्न ? कसरी हंसले ठाउँ छाडे जस्ता भका छन् । अघि कसरी मुख मिठ्याउँदै मासु खाका थे, देख्नुभन ? मेरो त छाती चिरियो ।"

उनले शिर निहुराए ।

फुपूले खुइय सुस्केरा हालिन्, "केटाकेटी हुन्, नयाँ मान्छे देख्दा एकदुई दिन मेसो नपाउलान् । तर पछि माया पाउँदै गए भने झ्याम्मिँदै जान्छन् । केटाकेटी त फूल हुन्, दाइ । हुर्काउन मलजल गर्ने माली चाहिन्छ । दाइले ख्याल त राख्नु नै भएको छ तैपनि घरमा आइमाई हुनुको छुट्टै महत्त्व छ । तपैंको ख्याल राख्ने मान्छे पनि त चाहिन्छ । बुढेसकालमा साथी पनि त चाहिन्छ तपैंलाई ।"

"वृन्दे, यिनै केटाकेटीसित रमाको छु । बुढेसकालमा यिनैले ख्याल राख्छन्," सर्वजित मास्टर सापको आवाज मसिनो भो, "अब म पनि अरूसित रम्न सक्दिनँ । उसैको सम्झना मुटुमा गाँठो परेको छ । फुकाउनै सक्दिनँ । ठूलो भएपछि बाले सधैं नमीठो ख्वाए भन्लान्, त्यति हो ।"

फुपूको गहिरो सुस्केरा कोठाभरि फैलियो ।

"जा सुत्, वृन्दे," सर्वजित मास्टर सापले लामो हाई काढे, "तँ पनि थाकिहोलिस् ।"

फुपू उठिन् । फोटो उनको सिराननिर राखिन्, "सोच्नुहोला, दाइ । म त यसमा सबैको भलाइ देख्छु । खुब सोच्नुस् । बुढेसकालमा पछुतो नलागोस् । सन्तानहरू गुँडमा बस्ने पखेटा नलाग्दासम्म त हो, पखेटा लागेपछि अर्कै संसारतिर उड्छन् ।"

पवन सुटुक्क आफ्नो कोठामा आयो र पलङमा पल्टियो । एकछिनमा टर्च बाल्दै फुपू आइन् । उसले निदाए जस्तो गर्‍यो । टर्चको उज्यालो उसको अनुहारमा छरियो ।

फुपूले लामो हाई काढिन् ।

र बाहिर निस्किइन् । पिसाब फेर्न गएकी होलिन्, उसले सोच्यो । तर एकछिनपछि अलिकति खुला झ्यालबाट केही जलेको गन्ध मधुरो गरी भित्र पस्यो । उसले झ्यालतिर हेर्‍यो । झ्यालबाहिर धूवाँका गुच्छाहरू उडिरहेका थिए । ऊ सुटुक्क झ्यालनिर आयो । झ्यालबाहिर अचम्मैलाग्दो कुरा देख्यो । उसको टाउको पृथ्वी झैं घुम्यो ।

फुपूले त चुरोट पो खाँदी रहिछन् ।

चन्द्रमाको मधुरो उज्यालोमा ठिङ्ग उभिएर फुपू हतारहतार चुरोटको सर्को तानिरहेकी थिइन् । चुरोटको टुप्पो जुनकीरीको चाक झैं चिमिकचिमिक बलिरहेको थियो । उसले अहिलेसम्म सारा बाँसबारीमा चुरोट खाने महिला देखेको थिएन ।

फुपू त खत्रै रहिछन् ।

ऊ सुटुक्क पलङ चढ्यो र घोप्टो पर्‍यो । एकैछिनमा फुपू आइन् । उसलाई जलेको सुर्तीको गन्ध कोठाभरि फैलिए जस्तो लाग्यो ।

फुपू रमाछेउ पल्टिइन् । उसले चन्द्रमाको मधुरो उज्यालोमा फुपूलाई हेरिरह्यो । सोचिरह्यो– फुपूले चुरोट किन खाएकी होलिन् ? फुपूले बासित के कुरा गरेकी होलिन् ? कसको फोटो देखाएकी होलिन् ?

उसले आफ्ना बालाई यति गम्भीर त कहिल्यै देखेको थिएन । ऊ छटपटिँदै कोल्टे फेर्‍यो । खासमा कुरा के रहेछ ?

चुरोट

बादलका टुक्रा सूर्यको अनुहारमा लतपतिएका थिए ।

वसन्त आँगनको डिलमा टुक्रुक्क बसेको थियो । उदास हुँदै गाउँतिर हेरिरहेको थियो । रेडियोले चाँडै पानी पर्छ भनेको थियो । त्यसैले गाउँलेहरू धान रोप्न र मकै छर्न खेत जोतिरहेका थिए । खेतखेतबाट धूलो उडिरहेको थियो । खेतहरूबाट आएको होहल्लाको मसिनो आवाजलाई जित्दै मेसिनको खटखट माखा झैं आँगनभरि घुमिरहेको थियो ।

"एई, बन्ते !" दगुर्दै आइरहेको पवनको आवाजले उसको तन्द्रा भङ्ग भयो ।

वसन्तले आफ्नो दाहिने गाला सुमसुम्यायो ।

"बन्ते, ह्यॉं आइज !" पवनले लेघ्रो तानेर बोलायो ।

"नाइँ, आमैले पिट्छिन् ।"

पवनले नाच्दै भन्यो, "ह्यॉं आइज न, एउटा कुरा दिन्छु के !"

वसन्त उसको नजिक गयो । उसले पवनको कन्चटमा भरिएको पसिना देख्यो । देख्यो– पवनको ओठमा पुतली झैं फिरफिर नाचिरहेको मुस्कान ।

"म अब तँसित सङ्गत गर्दिनँ । तेरा बाले पिट्छन्," उसले भन्यो, "अब म घरैमा बस्छु । वनतिर डुल्न पनि जान्नँ । रूखमा चढेर हग्दा पनि हग्दिनँ । तँ मेरो घरमा नआ ।"

पवनको मुस्कानको पुतली भुर्र उड्यो । ऊ समात्न दगुरेन । चुपचाप भुइँमा आँखा गाडेर उभिइरह्यो । गोडाको बूढीऔंलाले धरतीको पाप्रा उप्काउन थाल्यो ।

उसलाई पवन यति धेरै निराश होला जस्तो लागेको थिएन । उसको छातीको जोर्नीमा चिसो स्याँठ चले जस्तो भयो । के गरोस् ? बोली त फुत्किसकेको थियो ।

पवनका हात थरर्र काँपे ।

"तँ पनि मेरो घरमा नआएस् !" यत्ति भनेर ऊ बेस्मारी दगुर्‍यो । अलि पर पुगेर आफ्ना दुवै पाखुरा आँखामा घसार्‍यो । जोडले करायो, "फुपूले देको बबलगम म आफैं खान्छु । तँलाई यत्रै पनि दिन्नँ ।"

वसन्त लुरूक्क परेर आँगनमा फर्कियो । टुक्रुक्क बसेर टोलायो ।

वसन्तले लगाएको वचनको तीर पवनको छातीमा गढेको थियो । दगुर्दै उसले तीर निकाल्न खोज्यो । तर सकेन । तीर छातीमा हल्लिइरह्यो । फुपूका कति कुरा सुनाउन मन थियो ! झन् वसन्तले खुसी हुँदै बबलगम चपाएको हेर्ने कत्रो रहर थियो ! सब बेकार भयो ।

ऊ दगुर्दै रातीगेडीका झाङमा पुग्यो । आँसु पुछ्यो । रातीगेडीका कोसा चुँड्यो । कोसा च्यात्यो । रातीगेडीका नरम र पानी भरिए जस्ता दानाले उसलाई हेरे ।

उसले रातीगेडीका दानालाई चोरऔंलाले गुच्चालाई झैं प्रहार गर्‍यो ।

रातीगेडीको झाङछेउको अग्लो कुसुमको रूखको हाँगामा बूढो ढुकुर चुच्चाले ज्यान कन्याउँदै बसिरहेको थियो । उसलाई ढुङ्गाले हानूँ जस्तो लाग्यो । उसले ढुङ्गा समात्यो । तर झटारो हान्ने बेला उसका हात काँपे ।

ऊ कुसुमको रूखको फेदमा बस्यो । टाउको ढल्काएर पातहरूमा ठोक्किएर तल झरिरहेका घामका मसिना धर्का हेर्‍यो । पातहरू मन्द बतासमा हल्लिइरहेका थिए । हल्लिइरहेका थिए, ढुकुरका प्वाँख ।

ऊ ढुकुरलाई हेर्दै टोलाइरह्यो ।

"के हेरेको ?" वसन्तको आवाज आयो ।

वसन्त उसको छेउमै आइसकेको रहेछ । दगुर्दै आएकाले उसको सास फुलिसकेको थियो । ऊ पवनछेउ उभिएर आफ्ना घुँडातिर झुक्यो । पवनले रूखको हाँगातिर हेर्‍यो, ढुकुर थिएन । ढुकुरको एउटा सानो प्वाँख बिस्तारै उसका आँखीभौं अगाडिबाट भुइँमा खस्यो ।

"क्यै होइन ।"

वसन्तले भन्यो, "मेरो घरमा आइज है, तँ !"

पवन खिस्स हाँस्यो ।

"खै, बबलगम ले !" वसन्तले हात तेर्स्यायो ।

पवनले हाफ पाइन्टको मुखैनिर मयल जमेको दाहिने गोजीबाट बबलगम झिक्यो । बबलगम हातमा पर्नेबित्तिकै वसन्तका दाँतका जरा सकसकाए । उसले बबलगमलाई बेरेको कागज हटायो । उसको हातमा थियो, तरभुजाको सानो टुक्रा जस्तो रातो बबलगम । अलिअलि रस पग्लिएको । उसले मुख के खोलेको थियो, बबलगम उफ्रिएर उसको मुखभित्र पस्यो ।

वसन्तको कन्चटनिर चिसो बतास चल्यो । हपहप भइरहेको छाती ठन्डा भयो । जिब्रो दाँतका लस्करहरूमा ठोक्किँदै लडिबुडी खेल्न थाल्यो । ओठका चेपबाट निस्किएको बबलगमको रातो रस सर्टको बाहुलाले पुछ्दै ऊ खिस्स हाँस्यो ।

"फुपूले मलाई छालाको जुत्ता ल्याइदिनुभाछ," पवन फनक्क नाच्यो, "अनि पाइन्ट र टिसर्ट पनि ।"

बबलगम चपाइरहेको वसन्तको मुख एकछिन टक्क अडियो । फेरि चल्यो ।

"अनि के, हिजो त जेरी, बर्फी, स्याउ केके खाइम् केके !"

वसन्तको मुख फेरि अडियो र चल्यो ।

"अनि फुपूले मलाई काठमान्डू लैजान्छु भन्नुभाको छ ।"

वसन्तको मुख एकछिन अडियो । उसले चुइङ्गमलाई जिब्रोले दायाँ गालाको कुनोमा पुर्‍यायो, "म पनि जान्छु है तँसित ?"

"म फुपूलाई भनम्ला ।"

वसन्तले गालाको कुनोबाट चुइङ्गम मुखको बीचमा तान्यो र चपाउन थाल्यो ।

"आइज, फुपूलाई भेट्न जाम् । फुपूले तँलाई पनि बर्फी दिनुहुन्छ ।"

"नाइँ तेरा बाले पिट्छन्," वसन्तको अनुहार अँध्यारो भयो ।

"बा घरमा भए पो पिट्नुहुन्छ," यति भनेर पवन दगुर्‍यो ।

फुपू अलिकति निहुरेर रमाले बनाइरहेको चित्र हेरिरहेकी थिइन्, मुसुमुसु हाँस्दै । रमा कापीमाथि घोप्टो परेर, जिब्रो बाहिर निकालेर, एकाग्रताले चित्र बनाइरहेकी थिई ।

"यो को लाउरे हो ?" फुपूले वसन्तलाई देखाउँदै सोधिन् ।

वसन्त लजाउँदै पिँढीछेउ उभियो ।

"बन्ते हो," पवनले भन्यो, "यस्लाई पनि बर्फी दिनू न ।"

"कसका छोरा हौ तिमी ?" फुपूले सोधिन् ।

गाउँमा "कस्का छोरा हौ ?" भन्दा सबैले बाको नाम भन्थे । उसका त बा नै थिएनन् । कसको नाम भन्ने ? उसले लजाउँदै भन्यो, "मेरा बा छैनन् ।"

"लौ, बा नभए पनि आमा त होलिन् नि ! आमाको नाम के हो ?"

"जसोदा भाउजू ।"

फुपू खित्त हाँसिन्, "लौ, आमालाई पनि भाउजू भन्छन् त !"

बिचरा के भनोस् ! उसले गाउँलेले आमालाई "जसोदा भाउजू" भनेको सुन्दै आएको थियो । उसको मुखबाट पनि फुस्कियो ।

"ए, जसोदा भाउजूका छोरा हौ ?" फुपूले हाँसो रोक्दै भनिन्, "सन्चै हुनुहुन्छ उहाँ ?"

उसले मुन्टो हल्लायो ।

फुपू भित्र गइन् । पवनले चित्र हेर्न खोज्यो, रमाले कुइनाले हानी । वसन्त भने आमैलाई भाउजू भनेको सम्झेर खिस्स हाँस्यो ।

फुपू बाहिर आइन् ।

"भेट्न जाम्ला भनेको फुर्सदै पाको होइन । लौ यो मिठाई घरमा लैजाऊ," कालो पोलिथिनको पोको दिइन्, "तिम्री आमालाई सम्झेको छ भन्दिनू । फुर्सद भए यतै आउन भन्नू ।"

वसन्तले पोको समायो र पवनको छेउमा आयो । ओठले पवनका कानका लोती छुँदै सासले भन्यो, "मलाई पनि काठमान्डू लैजान भन् न !"

तातो सासले पवनको कान चिलायो । उसले चोरऔंला कानमा पसाएर कन्याउँदै फुपूतिर हेऱ्यो । बोली निस्के त मरिजानु ! फुपूले पवनतिर हेरिन्, आँखा जुधे ।

"फुपू !" पवनले कन्दै भन्यो, "एउटा कुरा भनूँ ?"

"भन, के कुरा ?"

"फुपू... !" उसले ठसठस कन्यो ।

"भन न, के कुरा भन्न खोजेको ?"

उसलाई चक्कर आए जस्तो भो । उसले फेरि मुख खोल्नै थालेको थियो, त्यही बेला रमा कराई, "उः बा आउनुभयो ।"

उसले देख्यो, सर्वजित मास्टर साप खेतका आलीआली हिँड्दै आइरहेका थिए । सर्वजित मास्टर सापलाई देखेर वसन्तले खरायोले झैं कान ठाडा बनायो । कुकुरले झैं टाङमुन्तिर पुच्छर लुकायो । पवनतिर हेर्दै चुइँकियो र बछेडो झैं बुरूक्क उफ्रेर दगुऱ्यो ।

ऊ दगुरिरह्यो । कुसुमको रूख, रातीगेडीका झाङ हुँदै दगुरिरहेको उसले धेरै पर पुगेपछि पवनको आवाज सुन्यो, "एई बन्ते, पर्खी भनेको !"

ऊ स्याँस्याँ गर्दै उभियो ।

पृथ्वीबाहिरै पुगुँला झैं गरी दगुरिरहेको पवन उसको छेउ आइपुग्यो । र भन्यो, "एउटा कुरा थाहा छ ?"

"के ?"

"मेरी फुपू त खत्रा हुनुहुन्छ," पवनले एकपल्ट आँखा ठुल्ठूला बनाएर चारैतिर हेर्दै सासले भन्यो, "थाहा छ, मेरी फुपूले चुरोट खानुहुन्छ !"

ऊ छक्कै पऱ्यो ।

"हिजो राति मैले देखेको । चुरोट पनि एक हात लामो थियो । फुपूले त एकैछिनमा खाएर सक्नुभो । जीवाराम्ले जस्तो खोक्दा पनि खोक्नुभएन ।"

"हो र ?" उसका आँखा ठूला भए ।

"हो," पवन हाँस्यो, "म तँलाई यही कुरा सुनाउन आएको । ऐले घर फर्किन्छु, नत्र बाले मार्नुहुन्छ ।"

यति भनेर पवन अलिकति अगाडि निहुरेर दुम्सीलाई लखेटे जसरी दगुऱ्यो ।

वसन्तले मुखको बबलगम ढोकाको चेपमा टाँस्यो र जसोदाको छेउमा पुग्यो । सर्टको कलरमा बक्रम टाँसिरहेकी जसोदाले पोको देखेर सोधिन्, "के ल्याइस् ?"

"पवनेकी फुपूले दिनुभको," उसले हाँस्दै भन्यो ।

"म पनि भेट्न जाम्ला भन्दै थें । दुइटा पाइन्ट र दुइटा सर्ट आजै सक्नु छ । कस्तो फुर्सदै नभाको !" जसोदाले मिठाईको पोको समाइन्, "अनि कस्ती भैछन् ? मोटाकी छन् ?"

"अँ मोटाउनुभाको छ । अनि खुब राम्री हुनुभाको छ," उसले हात नचायो, "थाहा छ ? फुपू त खत्रा हुनुहुन्छ । पवनले भनेको ह्वाँ त एक हात लामो चुरोट खानुहुन्छ रे !"

"ए हो र ?" पोको खोलिरहेका जसोदाका हात टक्क अडिए, "तर चुरोट खाने त कोई खत्रा हुन्न, बुझिस् ? चुरोट खाने त चाँडै मर्छन् ।"

"अँ होला, खोइ त फुपू मरेको ?"

"एकदुई वर्षमा मर्छिन्, बुझिस् ?" जसोदाले गोप्य रहस्य खोले झैं सुरत भनिन्, "आइमाईले त चुरोट खानै हुन्न । पहिला तिनका दाह्रीजुँगा पलाउँछन् अनि मर्छन् ।"

"दाह्रीजुँगा ?" ऊ खित्त हाँस्यो, "फुपूका गाला चिल्ला छन् । दाह्रीजुँगा आकै छैनन् ।"

"चुरोट खाको खायै गरिन् भने चाँडै आउँछन्," जसोदाले भनिन्, "चुरोट खान छाडिन् भने बाँच्छिन्, नत्र मर्छिन् । बुझिस् ?"

ऊ एकछिन टोलायो । काठमान्डू जाने कुरा सम्झियो र मायालु स्वरमा भन्यो, "त्यसो भए तपैंले चुरोट नखानुस् भनेर भन्नुस् है !"

जसोदाले उसका गाला सुमसुम्याइन्, "हुन्छ । म भोलि नै गएर भन्छु ।"

पिच्कु

फुपूले झोला बोकिन् ।

सुँक्कसुँक्क गरिरहेको पवनतिर हेरिन् । पवन पिँढीमा घोसेमुन्टो लाएर रोइरहेको थियो । उसका आँखा भतभती जलिरहेका थिए । रमाको आँसुको झरी थामिइसकेको थियो । फुपूले दिएको बीसको नोट समातेर दैलानिर उभिएर पवनलाई हेरिरहेकी थिई ।

"पछि लैजाम्ला," फुपूले पवनको कपाल सुमसुम्याउँदै भनिन् ।

"नाइँ, म आजै जान्छु," उसले निन्याउरो अनुहार लगायो ।

"मुर्दार् ! त्यस्सै पछि लागेर हुन्छ ?" ठूलो झोला बोकेर आँगनमा उभिएका सर्वजित मास्टर साप कड्किए, "काठमान्डू कहाँ छ, थाहा छ तँलाई ? तँ आज गइस् भने तँलाई फिर्ता ल्याउन को जान्छ ?"

"म आफ्फैं आउँछु ।"

"धेरै कर नगर् त फुपूलाई," उनले भर्खरै आकाशमा भकुन्डो झैं उफ्रिएर आएको रातो सूर्य हेर्दै भने, "अनि यसरी नरो त । फुपूको साइत बिग्रिन्छ ।"

"नाइँ बा, म जान्छु के !" उसले याचना गऱ्यो, "म चकचक पनि गर्दिनँ । पढेर बस्छु ।"

उसको एकोहोरो रोदनले फुपूलाई पाइला सार्न पनि गाह्रो भइरहेको थियो । उनलाई थाहा थियो, यसरी अलमलिएर बस्यो भने बस छुट्छ । उनी बेलाबेला घडी हेर्दै च्याँट्ठिइरहेका सर्वजित मास्टर सापतिर हेर्थिन् ।

"वृन्दे, हिंड् जाम् । यसरी नअलमलिई," सर्वजित मास्टर सापले पाइला चाले ।

फुपूले आफ्नो सानो ब्यागबाट ५० रूपियाँ झिकिन् । पवनका काँपिरहेका हातमा राखिदिइन् । उसले समाएन, नोट भुइँमा झर्‍यो । फुपूले झुकेर उसको कानमा भनिन्, "ऐले तिम्रा बाले जान दिन्नन् । मलाई के लैजान मन छैन र ! मेरो माया लाग्छ भने धेरैधेरै पढ । एसएलसी पास गर । अनि म क्याम्पस पढ्न काठमान्डू बोलाउँला ।"

"नाइँ, म आजै जान्छु ।"

"आज होइन," फुपूले मधुरो स्वरमा भनिन्, "म फेरि आउँछु, त्यस बेला तिम्लाई लैजाम्ला । बाचा भो । ऐले नरोऊ ।"

"कहिले आउनुहुन्छ ?"

"एक महिनापछि आउँछु ।"

"तपैं आउनुभएन भने म भागेरै भए पनि आउँछु," उसले नोट टिप्यो ।

"ल ल, अहिले म जाने बेला नरोऊ है त !" फुपूले मुस्कुराउँदै भनिन्, "तिम्लाई रूवाएर म जान कहाँ सक्छु र ! फुपूले भन्थी भनेर याद राख, आफ्नो प्यारो मान्छे हिंड्ने बेला कहिल्यै नरूनू, उसका पाइलालाई आँसुले गलाउँछ ।"

"दाइ, नरो के !" रमाले उसको हात समाउँदै भनी, "तँ र म पछि जाम्ला के !"

उसले आँसु पुछ्यो ।

"ल अब एकपल्ट हाँस त !" फुपूले उसको गाला सुमसुम्याइन्, "म काठमान्डूमा तिमी हाँसेको सम्झेर बस्छु नि !"

उसको ओठमा हाँसोको धर्को देखियो र मेटियो ।

"वृन्दे, चाँडो गर भनेको !" सर्वजित मास्टर सापको चर्को आवाज आयो ।

"ल म जान्छु," फुपूले रमाको गाला सुमसुम्याइन्, "चित्र बनाउन नछोड्नू है । तिमी त बलियी छौ, दाइको ख्याल राख्नू है । अर्कोपालि आउँदा रङ ल्याइदिन्छु ।"

"हुन्छ," ऊ हाँसी ।

"यसरी नै हाँसेर बस है !" फुपूले रमाको गालमा म्वाइँ खाइन्, "बासित कहिल्यै नरिसाउनू । बाहिरबाट हेर्दा पो कडा हो ह्वाँ । भित्रभित्र तिमेरूलाई कत्ति माया गर्नुहुन्छ कत्ति !"

"वृन्दे !" सर्वजित मास्टर साप फेरि कराए ।

"ल म गएँ । यो फुपूलाई यसरी नै माया गरिराख है !" फुपू आँगनको बीचमा आइन् । एकपल्ट घरलाई हेरिन् । अनि पवन र रमातिर । अनि पाइला चालिन् ।

पवन र रमा आँगनको डिलमा आए ।

"एई पवने, बैनीको ख्याल राखेस् । फेरि फुत्त नभागेस् । अगेनामा भात छ, भोक लागे तताएर खानू । म आउन अल्लि ढिला हुन्छ । घरबाट कतै हिँडेको थाहा पाएँ भने मुड्क्याउँछु ।" यत्ति भनेर सर्वजित मास्टर साप अघिअघि हिँडे । उनीहरूले सर्वजित मास्टर सापका पछिपछि हिँडिरहेकी फुपूलाई हेरिरहे । डुम्रीको रूखबाट मोडिने बेला फुपूले एकपल्ट पछाडि फर्केर हेरिन् र "बाई" गरिन् । आँगनमा लडीबुडी खेलिरहेको बालक जस्तो हाँसो फुपूले चोरऔंला समाउँदै डोऱ्याएर लगेकी थिइन् ।

आँगनमा रह्यो केवल गहिरो सन्नाटा । भर्खरै बाढीले आमालाई बगाएर लगेका टुहुरा झैं पवन र रमा आँगनको डिलमा उभिइरहे, एकदम मौन ।

"भो अब घर फर्किम्," वसन्तले भन्यो ।

"अल्लि परसम्म जाम् न है !" पवनले उसको हात समायो ।

जङ्गलमा सन्नाटा भरिएको थियो । झ्याम्म परेका रूखबाट मसिना घामका किरण तल झरिरहेका थिए । धूलोले भरिएका बाटा लमतन्न पसारिएका थिए । उनीहरू चुपचाप हिँडिरहे ।

"फुपू थाकेर कतै बसेकी छन् कि ?" पवनले मसिनो स्वरमा भन्यो ।

"ऐले त बस चढिसकेकी होलिन्," वसन्तले भन्यो । फुपू गएकोमा वसन्तलाई पनि पीर परेको थियो । उसलाई पनि त सँगै जान

मन थियो । भित्री मनमा त उसलाई पनि लागिरहेको थियो, फुपू कतै बाटोमा भेट्टिइहाल्छिन् कि !

धुलाम्मे बाटोमा मानिस, बाख्रा, गाईगोरू र साइकलका पाइलाछाप थिए । पवन पाइलाका छाप हेर्दै हिँडिरहेको थियो । एक ठाउँमा उसले सेन्डिलका छाप देख्यो । भावुक हुँदै भन्यो, "बन्ते, यी फुपूका पाइलाका छाप हुन् ।"

वसन्तले पाइलाका छाप हेर्‍यो । मन्द बतासले उडाएको धूलाले पाइलाको छाप मेट्दै गइरहेको थियो ।

अलि पर पुगेपछि पवनले बाटोछेउ चुरोटको ठुटो देख्यो । सुनकै डल्लो भेटे झैं ऊ दगुर्‍यो र ट्याप्प समायो । चुरोट जलेर फिल्टरसम्मै आइपुगेको थियो । उसले चुरोटको ठुटो सुँघ्यो, "बन्ते, यो फुपूले खाएको चुरोटको ठुटो हो । बा अघिअघि हिँडिरहेका बेला फुपूले पछिपछि लुक्दै चुरोट खाएकी होलिन् ।"

पवनले चुरोटको ठुटो गोजीमा राख्यो र गोजी थपथपायो । अँध्यारो जङ्गलभित्र सर्प झैं बटारिएको बाटो हेर्दै भन्यो, "फुपूले एक महिनापछि लिन आउँछु भनेकी छन् ।"

वसन्त चुप रह्यो । उसलाई अँध्यारो जङ्गलभित्र पसेको बाटो देखेर डर लाग्यो । एकछिनपछि उसले मधुरो स्वरमा भन्यो, "घर फर्किम् के ! नत्र, आमैले पिट्छिन् ।"

"अल्लि परसम्म जाम् अनि फर्किम्ला है ?"

वसन्त अनकनाउँदै हिँड्यो ।

उनीहरू दिउँसै अँध्यारो भएको जङ्गलमा एकअर्काको हात समाएर हिँडिरहे । धूलोको गद्दा ओछ्याएको बाटोमा मानिसका पाइलाछाप पनि कम हुँदै गएका थिए । लडियाका पाङ्ग्राका लमतन्न परेका छाप भने कतैकतै देखिन्थे, सर्पका काँचुली जस्ता ।

हिँड्दाहिँड्दै अँध्यारो जङ्गल सकिँदै गयो । सालका पोथ्रापोथ्री सकिएर बयरका झाङ देखापरे । बयरका झाङमा मगमग बास्ना आउने दाना थिएनन् । थिए त केवल बिस्कुट, चकलेट र चाउचाउका खोस्टा ।

पर सौतेनी खोलाको पानी टल्कियो । किनारमा सेता बकुल्ला उडिरहेका थिए ।

उनीहरूले सौतेनी नदीबारे धेरै कुरा सुनेका थिए । तर देखेका थिएनन् । उहिलेउहिले त यसको नाम "जमुना" थियो रे ! एउटी सौतेनी आमाले सौतेनी छोरोलाई गर्धनमा ढुङ्गा बाँधेर खोलामा बगाएकाले नदीको नाम सौतेनी नदी रहन गएको हो भनेर जीवाराम सुनाउँथे । अहिले पनि सौतेनी नदीमा मध्यरात सानो बालक रोएको आवाज आउँछ भन्नेहरू थिए ।

सौतेनी नदी आँखाअगाडि लमतन्न पसारिएको थियो । नीर राखे जस्तो नीलो पानी देख्नेबित्तिकै पवन हुर्रियो । नदी किनारमा उभिएर आँखीभौंमाथि हत्केला राखेर नदीको पारिपारि हेऱ्यो । पारि घना जङ्गल थियो । खयर र सिसौका रूखले भरिएको, जहाँ बयर, दहीचिउरे, जमुना, कुसुम पाइन्थे । नदी फराकिलो थियो । नदी तार्ने डुङ्गा सानो थियो । लडियाहरू भने तलतल मैनापुरको पुलबाट नदी तर्थे । १६ वर्षदेखि पिच्कु माझीले बटुवालाई नदी तार्ने काम गर्थ्यो । उसको डुङ्गा खोला किनारमा पानीको मन्द लहरसँगै हल्लिइरहेको थियो ।

नदीछेउमै पिच्कुको सानो झुपडी थियो । बेसरमले बारेको । दैलोमा बोराको पर्दा झुन्ड्याएको । फर्सीका लहराले भित्ता र छानोलाई छोपेका थिए । झुपडीसँगै टाँसिएको थाँक्रोमा पित्तल रङको काँक्रो झुन्डिरहेको थियो ।

काँक्रोकै छेउमा चार ओटा लट्ठीमाथि थोत्रो बोरा राखेर पिच्कुले घाम छल्ने ठाउँ बनाएको थियो । बटुवाहरू नआउँदा ऊ त्यसमुन्तिर उपरखुट्टी लाएर उँघिरहन्थ्यो ।

पिच्कुका हजुरबाका पालामा सौतेनी नदीको किनारमा पाँच घर माझी बस्थे । पाँच ओटा डुङ्गा थिए । उनीहरू डुङ्गा चलाउँथे । माछा मार्थे । जिरेखुर्सानी राखेर बयरको अचार बनाउँथे । माछाको सुकुटी र बयरको अचार बिस्तारै उनीहरूको आम्दानीको स्रोत भएको थियो । टाढाटाढा गाउँबाट मानिस माछा र बयरको अचार लिन सौतेनी नदीको

किनारसम्म आइपुग्थे । माछा त जहाँ पनि पाइन्थ्यो । तर अवतारी स्वाद भएको बयरको अचार अन्त कहीँ पाइँदैनथ्यो । धेरै पछि थाहा भयो, उनीहरूले अचारमा अलिकति चरेस पो मिसाउने रहेछन् !

एक दिन साँझपख सौतेनी नदीमा आएको बाढीले माझी गाउँका घर, जनावर, बूढाबूढी र बच्चा बगाएको थियो । भर्खरै उम्रेका धनियाँ, लसुन र प्याजका पात लगेर बाढीले केही बालुवाका थुप्रा छाडेको थियो ।

ठाउँ फापेन जस्तो लागेर बचेका माझीहरूले सौतेनी नदीको किनार छाडेका थिए । छाडेर जानेहरूको लस्करमा अनाथ भएको फुच्चे पिच्कु पनि थियो ।

समयचक्रले फनफनी घुमाउँदै एक्लो पिच्कुलाई सौतेनी नदीको किनारमा ल्याइपुऱ्याएको थियो ।

वर्षौं पछि एक्लो पिच्कु सौतेनी नदीको किनारमा किन आयो, कसैलाई थाहा थिएन । उसले कसैलाई केही भनेन । तर बूढापाकाहरूले अनुमान गरेका थिए, पिच्कु आफ्ना बाआमा फर्केर आउँछन् कि भनेर आएको हो ।

पवनको नाकमा भुटेको चिउराको बास्ना पऱ्यो । उसको भोकको देउता जाग्यो । नदीमाथि उडिरहेका बकुल्ला हेर्दै, रमाइरहेको वसन्ततिर हेर्दै उसले बास्नाका लहरा निस्किरहेको झुपडीको दैलोतिर इसारा गऱ्यो । उनीहरू दैलोनिर आए ।

वसन्तले भित्र चियायो ।

पिच्कु टुक्रुक्क बसेर चिउरा भुटिरहेको थियो । उसले पुरानो सेतो रङको बुसर्ट लगाएको थियो भने पाइन्टको रङ नीलो थियो । बुसर्टको माथिल्लो लहरका तीन ओटा टाँक थिएनन् भने पाइन्टको चेन बिग्रिएको थियो । ऊ प्रायः सर्टको फेरले चेन छोप्थ्यो । कपाल हेर्दा चराले गुँड लगाए जस्तो देखिन्थ्यो । लामालामा दाह्री थिए । खासमा उसको गालामा सानो मासुको डल्लो थियो, गुच्चा जत्रो ।

केटी हेर्न जाँदा केटीका बाआमाले सोधिहाल्थे, "के डल्लो हो ?"

ऊ मुसुक्क हाँस्दै भन्थ्यो, "डल्लो होइन, दिमागको पुरिया हो ।"

तर केटीका बाआमाले त "यस्तो डल्लो सुरूमा सड्छ अनि बिस्तारै त्यसले सारा शरीर सडाउँछ" भन्ने सुनेका हुन्थे । भविष्यमा "पूरै ज्यान सड्ने" केटालाई आफ्नी छोरी कहाँ दिन्थे र ? त्यसैले पिच्कुले डल्लोलाई छोप्न दाह्री पाल्न सुरू गरेको थियो । कपाल र दाह्रीको बीचमा दुवै कान बेपत्ता भएका थिए । गोडा खाली थिए । पैतालाका छाला गोरूको जुरो झैं बाक्ला भएका थिए ।

उसको नाम त खासमा अर्कै थियो रे । सुर्ती खाएर पिच्चपिच्च थुकिरहने उसलाई देखेर जिस्काउँदै "पिच्कु" भन्दाभन्दै उसको नाम नै "पिच्कु" भएछ । उसले सुर्ती छाड्यो । तर नामले उसलाई छाडेन ।

वसन्तले जोल्ठिरहेका नाग झैं छानातिर सोझिएका धूवाँका मुस्ला हेरिरह्यो । दैलोमा उभिइरहेका उनीहरूको छाया तन्किएर अगेनाको डिलमा ठोक्कियो । पिच्कु पछाडि फर्कियो । उसका आँखामा अनौठो चमक थियो । वर्षौंदेखि देखिरहे जस्ता परिचित लाग्ने ।

"नाव १५ मिनेटमा चलिहाल्छ," उसले मधुरो स्वरमा भन्यो ।

"मेरी फुपू कति बेला डुङ्गा चढेर जानुभो ?" पवनले सोध्यो ।

"म त तेरो फुपू चिन्दिनँ," उसले भुटेको चिउरा आल्मुनियमको थालमा खन्यायो, "नाव चढेर उऽऽ पार जान कति आइमाई आउँछ आउँछ । तेरो फुपू को हो, म कसरी जानूँ ? कस्को लड्का होस् ?"

"सर्वजित मास्टर साप ।"

"अच्छा ! मास्टर साहेब ?" ऊ हाँस्यो, "उनीहरू त भेनै गइसके । बहुतै दूर पुगे होलान् ।"

पवनले खोला किनारमा पानीको छालसँगै हल्लिइरहेको डुङ्गातिर हेर्‍यो । उसको मन भरङ्ग भयो ।

पिच्कुले कराहीमा अलिकति तेल राख्यो । तेल चड्किएपछि प्याजका टुक्रा राख्यो । प्याजको बास्ना उनीहरूको नाकभित्र पस्यो । पवनको मुख रसायो । प्याजका टुक्रा सानो काठको पन्युले चलाउँदै पिच्कुले सुकेको खुर्सानी चुँडाल्दै कराहीमा खसाल्यो ।

"कौन जगहबाट आको हो तेरो फुपू ?" पिच्कुले थालको चिउरा फेरि कराहीमा खसाल्यो । चिउरा, प्याज र खुर्सानी एकआपसमा घम्साघम्सी गर्न थाले ।

"काठमान्डूबाट," ऊ दैलोनिर टुसुक्क बस्यो ।

"बहुत दूर छ काठमान्डू । मलाई पनि एकबार जान मन थियो । यै नदी किनारमा बुढवा भइहालें," पिच्कु हाँस्यो, "काठमान्डूमा दूधले नहाएको हिरोनी हुन्छन् रे । बहुतै हेर्ने मन थियो ।"

"फुपूले एक महिनापछि मलाई लिन आउनुहुन्छ," पवनले गर्वसहित भन्यो, "म पनि काठमान्डू जान्छु ।"

उसको छेउमा टुसुक्क बसेको वसन्तले कुइनाले घोच्यो ।

पवनले हाँस्दै भन्यो, "यो पनि जान्छ ।"

"तिमेरू काठमान्डू गएर के गर्छ ?" पिच्कुले चिउरा थालमा खन्यायो ।

पवन अकमकियो । एकछिन सोच्यो र भन्यो, "फिलिम हेर्छम् । बबलगमको फ्याक्ट्री हेर्छम् । जेरी, बर्फी खान्छम् ।"

"अच्छा," पिच्कु हाँस्यो, "चिउरा खान्छ ?"

उनीहरूले एकैपल्ट मुन्टो हल्लाए ।

"अच्छा, चिउरा त दिन्छ," पिच्कुले दाह्री कन्याउँदै भन्यो, "मलाई काठमान्डूबाट हिरोनीको फोटो ल्याइदिन्छ भने मात्र दिन्छ ।"

"अच्छा, ल्याइदिन्छ," वसन्त खित्त हाँस्यो ।

"भ्यान्चोद ! जिस्काउँछ ?"

पिच्कुले केराको पातको टुक्रामाथि चिउरा राखेर दियो । उनीहरूले चिउरा खाएका थिए । तर यति मीठो अहिलेसम्म खाएका थिएनन् ।

उनीहरूले खुर्सानीका टुक्रा टोक्दै चिउरा चपाइरहे । अम्खोराबाट सौतेनी नदीको ताजा पानी पिइरहे । एकैछिनमा उनीहरूको भोक छुमन्तर भइसकेको थियो । नदीलाई सुमसुम्याउँदै बगिरहेको मुलायम बतास उनीहरूलाई झन् मुलायम लाग्यो ।

पिच्कुले चिउरा खाएर के सकेको थियो, नदी किनारमा बटुवाहरू आइपुगे । उसले दगुर्दै गएर डुङ्गाको डोरी खोल्यो । बटुवा डुङ्गा चढे ।

पवन र वसन्तले किनारमा उभिएर रमाउँदै डुङ्गातिर हेरे । पिच्कुले बहना समाउँदै उनीहरूतिर हे-यो, "लड्का लोग, नाव चढ्छ ?"

उनीहरू डुङ्गातिर दगुरिहाले ।

डुङ्गा पुरानो थियो । तीन ओटा प्वाल परेका थिए । पिच्कुले मकैको खोयाले प्वाल भरेको थियो । बटुवाहरू डुङ्गाको अघिल्तिर बसेका थिए । उनीहरू पछाडि बसे । ठ्याक्कै, पिच्कुको गोडानिर । पिच्कुले बहना खियायो । डुङ्गा बिस्तारै हल्लियो । पवन तर्सियो र डुङ्गाको बिटलाई ट्याप्प समायो । डुङ्गा पानीमाथि सरर्र बग्यो । वसन्तले पानीमा दगुरिरहेका कत्ले माछा देख्यो । महादेवका जटा जस्ता हल्लिइरहेका लेउ देख्यो । उसले एउटा हत्केला पानीमा डुबायो । पानीको शीतलता आत्मामै पुग्यो ।

पारि पुगेपछि बटुवाले १५ रूपियाँ दिएर गए । पिच्कुले डुङ्गा घुमायो । पवनले वसन्तको सिको गर्दै पानीमा हत्केला डुबायो । पिच्कुले भन्यो, "तेरो फुपूले पनि अघि यसरी नै पानीमा हात राखेकी थिइन् ।"

पवन फिस्स हाँस्यो ।

"लड्का लोग, यो पानीमा हाथ राखेर आशीर्वाद माग्," पिच्कुले बहना खियाउँदै भन्यो, "पूरा भइहाल्छ ।"

पवनले पत्याएन ।

"मेरो बात ज्यादाले पत्याउँदैन," पिच्कुले भन्यो, "पानीमा छुएर आशीर्वाद माग्यो भने पानी बग्दै समुन्दरमा पुग्छ । अनि समुन्दरको पानी बाफ बनेर आसमानमा पुग्छ । अनि बादल हुन्छ । भगवान्ले बादल छुएर आशीर्वाद दिन्छन् । अनि बादलले तिमेरूलाई खोज्दैखोज्दै आउँछ, बर्सिन्छ । जब पानीले छुन्छ, मनोकामना पूरा हुन्छ । बुझ्यौ लड्काहरू ?"

"के आशीर्वाद माग्ने ?" पवनले सोध्यो ।

"नयननक्सावाली स्वास्नी माग," पिच्कु हाँस्यो ।

पवनले पानीमा हात त राख्यो । तर स्वास्नीको कुरा सम्झेर खुब लजायो । उसले स्वास्नी माग्नै सकेन । उसले "हे भगवान् मलाई जसरी हुन्छ, काठमान्डू पठाइदेऊ" भनेर आशीर्वाद माग्यो ।

ट्वाल्ल परिरहेको वसन्तले पानी छोयो र मनमनै भन्यो, "हे भगवान्, मलाई राम्री स्वास्नी देऊ ।" आशीर्वाद माग्दा उसका कानका लोती ताता भएका थिए ।

"अनि तपैंले स्वास्नी किन नमागेको त ?" पवनले सोध्यो ।

"मागेको थिएँ," पिच्कु हाँस्यो, "म घरमा हुँदा आशीर्वाद नआउने, आशीर्वाद आउँदा म घरमा नहुने । एकबार कसरी जम्काभेट नहोला, हैन लड्का हो ?"

पवन वसन्ततिर हेर्दै खित्त हाँस्यो ।

डुङ्गा किनारमा आइपुग्यो । पिच्कुले डुङ्गाको डोरी किनारमा गाडेको किलामा बाँध्यो । उनीहरूको हात समातेर भुइँमा झाऱ्यो । भन्यो, "लड्का हो, घर जानुपर्दैन ? सन्झा हुन थाल्यो । ऊ हेर्, चिरैयाहरू पनि फर्किसके ।"

कऱ्याङकुरूङको एउटा बथान एकअर्काको पखेटा समाएर उनीहरूको तालुमाथिबाट उडेर दक्षिणतिर गयो, जता थकित सूर्य लौरोले बादल पन्छाउँदै आकाशको पल्लो किनारमा पुगिसकेको थियो ।

उनीहरू दगुरे ।

जङ्गलमा झ्याउँकीरी दोहोरी खेलिरहेका थिए । जुनकीरीहरू नाचिरहेका थिए । बाँदरहरूले ताली बजाइरहेका थिए । जङ्गलमा रौनक आइसकेको थियो ।

"अहिले त फुपू बस चढेर गइरहेकी होलिन् है ?" पवनले भन्यो ।

वसन्तले मुन्टो हल्लायो ।

"तेरी आमाले त भात पकाइसकेकी होलिन् है ?" यति भनेर पवनले रफ्तार बढायो । ऊ झल्याँस्स भएको थियो । उसले त रमालाई "फुच्ची, एक्कैछिनमा आउँछु" भनेर पो आएको थियो ।

गाउँ पुग्दा शान्तिरामको रेडियोमा अङ्ग्रेजी समाचार आइरहेको थियो । वसन्त बीचबाटोबाट छुट्टिएर आफ्नो घरतिर दगुऱ्यो, पवन आफ्नो घरतिर ।

आँगनमा एकछिन स्याँस्याँ गर्दै उभिएर पवनले जटा फिँजाएको झाँक्री जस्तो घरतिर हेर्‍यो । घरको कुनै पनि कुनामा उज्यालोको टुक्रा थिएन ।

"फुच्ची !" उसले बोलायो ।

घरभित्र रमा रोई । ऊ घरभित्र पस्यो । भान्सामा गएर टुकी सल्कायो । टुकी लिएर कोठामा गयो । टुकीको मलिन उज्यालोमा आँसु पुछिरहेकी रमा देखिई । उसलाई देख्नेबित्तिकै रमाले भक्कानिँदै अँगालो मारी । हिक्कहिक्क गर्दै भनी, "पख्, मलाई एक्लै छाडेर गइस् । बालाई भन्दिन्छु ।"

उसले आफ्नो छातीमा तात्तातो आँसु महसुस गर्‍यो ।

"अघि कत्रो ढाडे बिरालो आको थ्यो । मलाई आँखा तरेर हेर्‍यो," रमाको रूवाइ झन् बढ्यो, "म डराएर कुनामा लुकें । पख्, बालाई भन्दिन्छु ।"

"फुच्ची, अब म तँलाई छाडेर कतै जान्नँ," रमालाई डरबाट मुक्त पार्न जोडले अँगालोमा कस्यो ।

रमा रोइरही ।

"फुच्ची, भोक लागेको छ ?" उसले उसको कपाल सुमसुम्याउँदै भन्यो, "केही खाइस् ?"

"क्यै खा छैन । भोक लागेर दुईपल्ट पानी खाएँ ।"

उसको मन दाम्लो झैं बटारियो । हिजोसम्म फुपू थिइन् । घर कति उज्यालो थियो ! भोक लागेको त थाहै हुँदैनथ्यो ।

आमा भएको भए रमाले यसरी अँध्यारोमा डराउँदै बस्न पर्दैनथ्यो । आमाले ढाडेलाई लखेटिदिन्थिन् ।

ऊ भान्सामा गयो । चुलो बाल्यो । फुपूले बिहान पकाएर छाडेको खाना ततायो र रमालाई दियो । आफूले पनि खायो । हतारहतार खाना खाएर रमा ढ्याउ गर्दै खिस्स हाँसी ।

"फुच्ची, म ढिला आको कुरा बालाई नभनेस् है !" उसले मलिन स्वरमा भन्यो, "म त फुपू काँसम्म पुगिन् भनेर हेर्न गा थें ।"

"कहाँ पुग्नुभएको रैछ त ?"

"भेट त भएन । तर डुङ्गा चढेर खोला तर्नुभएको रैछ । हाम्ले पनि डुङ्गा चढिम् । म ढिला आएको कुरा बालाई भनिनस् भने एक दिन तँलाई पनि डुङ्गा चढाउन लैजान्छु, बुझिस् ?"

"हुन्च ।"

पवनले आफ्नो दिउँसोको सप्पै यात्रा रमालाई सुनायो । सौतेनी नदी, डुङ्गा, पिच्कु र आशीर्वादको कुरा सुनेर रमा खित्त हाँसी । उसले जानीजानी चिउरा खाएको कुरा चाहिँ भन्दै भनेन ।

"म पनि पानी छोएर आशीर्वाद माग्छु," रमाले भनी ।

"आशीर्वादमा के माग्छेस् ?"

"आमा ।"

थुक्क ! पवनलाई आफैंदेखि रिस उठेर आयो । उसले पनि आमा मागेको भए हुने नि ! बेकारमा काठमान्डू जाने आशीर्वाद माग्यो । जाबो त्यति कुरा त माग्नैपदैनथ्यो । एक महिनापछि फुपू आइहाल्थिन्, ऊ गइहाल्थ्यो ।

आमा मागेको भए असारको पहिलो झरीमै आइपुग्थिन् कि !

उसले रमातिर हेर्‍यो । ऊ निदाइसकेकी थिई । दगुर्दादगुर्दै थाकेको ऊ पनि ओछ्यानमा घोप्टो पर्‍यो र एकैछिनमा बादलतिर घुम्न निस्कियो ।

ऊ बादलको संसारमा घुम्दै थियो । सर्वजित मास्टर सापले उसको खुट्टा स्वाट्ट समाए र झ्वाट्ट तल ताने । उसले आँखा मिच्दै हेर्‍यो । सर्वजित मास्टर साप उसको छेउमा उभिएका थिए । भने, "बैनीलाई पनि उठा । मैले सुजी ल्याछु ।"

बिहान उठ्दा पवनलाई सुजी सपनामा खाएको हो कि बिपनामा, दोधार भइरह्‍यो । भान्सामा सुजी खाएको थाल देखेपछि भने ऊ सन्तुष्ट भयो, सुजी साँच्चिकै खाएको रहेछ । सुजीको मिठास उसको मुखमा रसायो । तर मिठास धेरै बेर रहन पाएन । कपडा धुन नलमा गएका सर्वजित मास्टर साप रन्किँदै आए । उसको घुच्चुकमा मुड्की बजारियो ।

"काँबाट ल्याइस् यो चुरोटको ठुटो ?" सर्वजित मास्टर साप रिसाहा महादेव भएका थिए ।

ऊ झल्याँस्स भयो । हिजो उसले फुपूले खाएको चुरोटको ठुटो भन्दै प्रेमले गोजीमा राखेको थियो । भुसुक्कै बिर्सिएछ । बालाई पनि आजै जाँघे धुन पर्ने ।

ऊ बोल्न खोज्दै थियो, अर्को मुड्की बजारियो ।

"तैंले त मेरो ज्यान खाने भइस् । चुरोटको ठुटो बोकेर हिँड्ने हो ? कस्तो साइत पारेर जन्मेछ, थुक्क !"

शान्तिराम पनि साइतै मिलाएर आउने के ! आँगनमा टुप्लुक्कियो । उसले भुइँमा लडेको पवनलाई देख्यो, "के भो मास्टर साप, ब्यानब्यान जङ्गिनुभा छ त !"

"मान्छेका छोराका गोजीमा कलम हुन्छ," सर्वजित मास्टर सापको आवाज उदास खोला झैं सुसायो, "मेरो छोराको गोजीमा चुरोटको ठुटो भेटिन्छ ।"

"केटाकेटी त असलै हुन्छन्, मास्टर साप," शान्तिराम अघि बढ्यो, "सँगाती गतिला परे गतिला हुन्छन्, अगतिला परे अगतिला हुन्छन् । लौ त ।"

शान्तिराम गएपछि उनले शिर निहुराएर थुचुक्क बसेको पवनलाई हेरिरहे । खुइय सुस्केरा हाले । चुरोटको ठुटोलाई चप्पलले किचिमिची पारेर भने, "यो गाउँमा बसेर तँ बिग्रिनी भइस् । अब सोच्नैपर्ने भो ।"

पाकेटमार

मकैका पातमा बर्सेर झरी पनि गयो । धानका बाला सुनौला भएर आए । आँखै तिर्मिराउने मुसुरोका खेतमा कल्लुरामका बुख्याचा झोक्राए । पहेंलै भएर फुलेका तोरीबारीमा मौरीका लस्करहरूले गीत गुनगुनाए । र फेरि खेत सुक्खा भए ।

प्रतीक्षाका ११ महिना बिते ।

तर फुपू आइनन् ।

पवन आँगनसम्म आएको खुर्सानीको खारको टोरो समाउँदै भान्सामा पस्यो । सर्वजित मास्टर साप धूवाँको जङ्गलमा हराएका थिए । काँचा दाउरा परेछन् । उनी बेलाबेला मुखमा मुड्की राखेर खोकिरहेका थिए ।

"बा ।"

"अल्लि पछि आइज," उनले हतारिँदै भने, "ऐले खाना पाक्या छैन ।"

पवनले आँखामा मडारिन आएको धूवाँ हत्केलाले पन्छायो, "म भात खान आको होइन । एउटा कुरा सोध्न आको ।"

"के, भन् !" उनले खोके ।

"फुपू किन आउनुभएन ?"

"फुपू फर्केर आउनै गकी होइन । किन आउँदी हो ?" उनले भने, "काठमान्डूमा उसका कत्ति काम छन् ! सधैं बाँसबारीमा आएर हुन्छ ?"

ऊ घोसेमुन्टो लाएर उभिइरह्यो ।

सर्वजित मास्टर सापले कराहीमा टुसा पलाएका चना र आलु झ्वाइँय पार्दै राखे । डाडुले चलाउन थाले ।

"बा, म काठमान्डू जान्छु," पवनले हप्तौंदेखि अङनारीमा चप्किएर बसेका शब्द बाहिर तान्यो ।

"के रे ?" उनी झन्डै बुरूक्क उफ्रिएका ! "अझै त्यै घिडघिडो राखेर बसेको छस् ? पढ्नुलेख्नु छैन, काठमान्डू जाने ?"

उसले सुँक्क गऱ्यो ।

"अब पिन्चे भएर ह्याँ रो त !" टुक्रुक्क बस्दा टनटनी दुखिरहेका साँप्राले वाक्क भएका सर्वजित मास्टर साप कड्किए, "फेरि काठमान्डूका कुरा गर् त, ऐले यै अगुल्टो तेरो मुखमा झोसिनँ भने म तेरो बाउ होइन, लौ जा ।"

उसले हिक्क गऱ्यो, "आमै भको भए मलाई पठाउनुहुन्थ्यो ।"

सर्वजित मास्टर सापको छातीको बीचमा पीडाको सुम्लो उठ्यो । उनले डाडु कराहीमा पछारे । अगेनामा हुरूरू आगो बल्यो । धूवाँ छाँटियो । उसले टुकीको उज्यालोमा बिस्तारै काँपिरहेका सर्वजित मास्टर सापका गाला देख्यो । खुम्चिएको निधार देख्यो ।

"जा, तेरी आमैसित जा । ह्याँ बस्नैपर्दैन । तँ गएकै राम्रो, मुर्दार् । तँ ह्याँ बसिस् भने मेरो सारा मासु खान्छस् ।"

उनले हुत्तिएर पवनको कठालो समाए र दैलोसम्म घिच्याए ।

पवनका गोडा लर्बराए । ऊ भुसको बोरा झैं भुइँमा पछारियो । उसको दायाँ कुइनो भित्तामा दर्खरियो । भतभती पोल्न थाल्यो । उसले दर्खरिएको कुइनो समायो । हत्केलाको पसिना लतपतिँदा कुइनो चहऱ्याउन थाल्यो । घद्र्याङघुद्रुङ आवाज सुनेर पट्टुको चुच्चो बनाइरहेकी रमा दगुर्दै आई । भुइँमा पछारिएको पवन र मुड्की उचालिरहेका सर्वजित मास्टर सापलाई देखी । पवनलाई ग्वाम्लाङ्ग अँगालो मार्दै रोई, "बा, नपिट्नुस् के !"

सर्वजित मास्टर सापको उचालिएको मुड्की कम्मरको छेउमै झुन्डियो ।

बूढो सूर्यलाई खोज्दै आएकी उदास चन्द्रमाको उच्छ्वासलाई जित्दै पवन र रमा रोइरहे ।

सर्वजित मास्टर साप फन्किँदै भान्सा पसे ।

पवन हुर्रिंदै आफ्नो कोठामा गयो । घोप्टो पर्‍यो । हिक्कहिक्क गर्न थाल्यो । रमा उसको छेउमा आई । एकछिन अनकनाई । बिचरा, ऊसित पवनलाई सान्त्वना दिने शब्द पनि थिएनन् ।

ऊ पवनको सिराननिर बसी । भनी, "नरो दाइ, फुपू आउनुहुन्छ के !"

"आउनुहुन्न ।"

"आउनुहुन्छ के !" उसले एकएक शब्दलाई दबाब दिई, "फुपू आउनुभएन भने पनि केही वर्षपछि तँ ठूलो हुन्छस् अनि जानू के !"

"यसरी पिट्नेको घरमा म बस्दै बस्दिनँ," उसले आँसु पुछ्यो, "म भागेरै जान्छु ।"

भाग्ने कुरा सुनेर रमाको मन भरङ्ग भयो । पवन भागेपछि ऊ कोसित खेल्छे ? कोसित झगडा गर्छे ? उसले भनी, "म पनि जान्छु ।"

"नाइँ, तँ घरमै बस्नू । म पैला जान्छु । अनि पछि तँलाई लिन आउँछु ।"

"नाइँ म पनि जान्छु । मलाई लगिनस् भने बालाई भन्दिन्छु ।"

रमाले बालाई भन्दिई भने त बर्बादै हुन्छ, पवन सजग भयो । उसले गालामा लागेका आँसु बाहुलाले पुछ्यो । अलिकति हाँसे जस्तो गरेर भन्यो, "म राधैँलाई भाग्न ला हो र ? १९/१२ दिन बसेर फर्किन्छु नि । अनि तँलाई काठमान्डूबाट मिठाई ल्याइदिन्छु ।"

"नाइँ, म मिठाई खान्नँ । दाँतमा कीरा लाग्छ ।"

पवनले रमाका नरम हत्केला समाउँदै भन्यो, "तँ आफैं भन् न त, के ल्याइदिम् ? जे भन्, ल्याइदिन्छु ।"

"नाइँ, म आफैं जान्छु । आफैं ल्याउँछु ।"

"तँ बारितै बस् के ! म तँलाई ठुल्ठूला पाना भाको कापी ल्याइदिन्छु । अनि त्यसमा ठुल्ठूला चित्र बनाएस् है ।"

"कति ठूलो कापी ?"

पवनले दुवै हात फैलायो । "ठूऽऽलो स्कुलको कालोपाटी जत्रो, हुन्छ ?"

रमाले कालोपाटी जत्रो पाना भित्तामा अड्याएर हात्तीको चित्र बनाएको कल्पना गरी । गाउँभरिका मान्छे छक्कै परेको, सर्वजित

मास्टर सापले मुसुमुसु हाँस्दै हेरेको कल्पनाले उसको ज्यान सिरिङ्ग भयो ।

"साँच्चै ?" ऊ एकछिन खुसी भई । अनि टोलाई र भनी, "नाइँ, तैंले भनेको मात्र होस्, ल्याइदिन्नस् ।"

"कसम भो फुच्ची," पवनले रूद्रघण्टी समायो, "म ल्याइदिन्छु के ! तर म भाग्न लाको कुरा बालाई नभनेस् है !"

रमाले मुन्टो हल्लाई । उसलाई कालोपाटी जत्रो कापीप्रति मोह जाग्यो । तर पवन घरबाट भाग्ने कुराले उसको मन हुँडलिरह्यो । उसले आफ्ना दुवै हातका औंला आपसमा जेली । छटपटाइरही ।

"अनि कहिले भाग्छस् ?" उसले सोधी ।

पवनले रूद्रघण्टी समाएका औंलामा फु गऱ्यो । चनाखो हुँदै चारैतिर हेऱ्यो, "एकदुई दिनमा भाग्छु । मैले बाले पैसा राख्ने ठाउँ पनि पत्ता लगाइसकेको छु ।"

यति भनेर ऊ ओछ्यानमा घोप्टो पऱ्यो ।

घरबाट भाग्ने कुरा मुखबाट त्यत्तिकै निस्किएको थियो । तर ऊ आफैं प्रभावित भयो । अँध्यारो गुफामा अलमलिइरहेका बेला पर अलिकति उज्यालोको धर्सो देखे जस्तो पो भयो ।

राति सर्वजित मास्टर साप कोठामा पसे । पवन घोप्टो परेर निदाएको बहाना गरिरहेको थियो । रमा टुकीको उज्यालोमा सुगाका पखेटामा प्वाँख उमारिरहेकी थिई । उनलाई देख्नेबित्तिकै कापीको दैलो बन्द गरी र पेन्सिलको आग्लो लगाई ।

"एई पवने, निदाइस् ?" सर्वजित मास्टर सापले बोलाए ।

पवनले निदाएको बहाना गरिरह्यो ।

"मलाई थाहा छ, तँ निदाएको छैनस्," सर्वजित मास्टर सापले उसको घुच्चुक सुमसुम्याए, "सानो छँदा मलाई पनि बाले पिट्नुहुन्थ्यो र म यसैगरी निदाएको बहाना गर्थें । सुन्, तेरी आमा मरेपछि म एक्लो भएको छु । मेरो मन कतै पनि रम्दैन । आजकल त त्यत्तिकै रिसाउने भाछु । आफूलाई सम्हाल्न खोज्छु, सक्दिनँ ।"

रमाले उनलाई यति नरम भएको अहिलेसम्म देखेकी थिइन ।

"मैले तँलाई काठमान्डू जान रोक्न पनि सक्दिनँ । अहिले पो रोकुँला, पछि तँ ठूलो भइस् भने आफैं गइहाल्छस् । अहिले तँ सानै छस्, पछि जालास् पो भनेको । अहिले त तेरो पढ्ने बेला हो, पढ् । राम्ररी पढ् । एसएलसी फस्ट डिभिजनमा पास गर्, अनि पढ्न काठमान्डू नै जालास् । मलाई पनि त छोरोले सहरमा पढेको, ठूलो मान्छे भएको हेर्ने मन छ । तैंले पढ्छस् भने म जहाँ पनि पढाउन तैयार छु । तँ पढाइमा कमजोर छस् । सङ्गत पनि गतिलो गर्दैनस् । अबदेखि सङ्गत गतिलो गर्, पढाइमा ध्यान दे ।"

उनको उदास स्वर सुनेर पवनलाई निद्राबाट ब्युँझिए जस्तो गरौं भन्ने लाग्यो । तर सकेन ।

"पखेटा फैलन थालेपछि सन्तानहरू उड्दैउड्दै अर्कै आकाशमा जान्छन् । बाआमाले सानैमा त हो माया गर्ने, धम्क्याउने । बाले पिटे भनेर मनमा इख नराखेस् ।"

पवन चलमलायो र कोल्टे फेर्‍यो ।

सर्वजित मास्टर साप उठे । उनलाई अझै धेरै कुरा भन्न मन थियो । तर उनले खोजे जस्ता शब्द नै भेटेनन् । रमाको कपाल सुमसुम्याए र दैलोतिर बढे । बाहिर निस्किए ।

रमाले उनी निस्किएर गएको दैलोतिर हेरिरही र पवनको छेउमा आई । उसको कानमा मुख जोडेर भनी, "दाइ, तँ नभाग् के !"

बिहानै सर्वजित मास्टर सापले साँचोको झुप्पो दैलो छेउको किलामा झुन्ड्याए ।

पवन दैलोनिर सास थामेर उभिएको थियो । उसले शिरमाथि झुन्डिएको साँचोको झुप्पो र आफूतिर पिठ्युँ फर्काएर लोटाले तालुमा पानी खन्याइरहेका सर्वजित मास्टर सापतिर हेर्‍यो । उनले कति बेला अनुहारमा साबुन लाउलान् भनेर कुरिरह्यो । उसको मुटु रत्ने दमाईको दमाहा झैं डमडम बजिरहेको थियो ।

उसले कुरिरह्यो । तर सर्वजित मास्टर साप अनुहारमा साबुन लगाउने छाँटै देखाइरहेका थिएनन् । झिंजो लाग्ने गरी मुखमा पानी राखेर घाँटी ठाडो बनाउँदै कुल्ला गरिरहेका थिए । एकछिनपछि उनले साबुन समाए । चिप्लो साबुन घुँगरिएको कपालभित्र पस्यो, झाङभित्र पसेको लोखर्के झैं । साबुनको फिँज अनुहारभरि फैलियो ।

पवनले मौका पाइहाल्यो ।

उसले कुर्सी दैलोछेउ राख्यो । त्यसमा उभिएर किलाबाट साँचो झिक्यो । सर्वजित मास्टर सापले अनुहार पखाल्नुअघि नै साँचोको झुप्पो दैलोमा झुन्डिएकै हुनुपर्ने थियो ।

ऊ दगुर्दै सर्वजित मास्टर सापको कोठामा पस्यो । सिराननिरको कालो ठूलो बाकस उघार्‍यो । पट्याएर राखेका सर्वजित मास्टर सापका सर्ट, पाइन्ट, बन्डी र कट्टु सुरूक्क समायो र पलङमाथि राख्यो । बल्ल उसको आँखाअगाडि थियो, फुच्चे बाकस । ढक्कनमा हरियो इनामेलले शुभलाभ लेखिएको थियो । फुच्चे बाकसको फुच्चे तालामा फुच्चे चाबी पसाउने बेला हात काँप्यो । चाबी प्वालमा पस्दै पसेन । सियोमा धागोको टुप्पो पसाउँदा जस्तो आपत् पर्छ, त्यस्तै आपत् उसलाई परिरहेको थियो ।

सर्वजित मास्टर साप एक्कासि कोठामा पसे भने के होला ?

चाबी पस्यो, ताला प्याट्ट खुल्यो । उसले बाकस उघार्‍यो । बाकसभित्रका रमा र उसका चिना पन्छायो । सर्वजित मास्टर सापका शैक्षिक प्रमाणपत्र र नागरिकता पन्छायो । र उसका अगाडि आयो, रबरले बेरेर राखेको पैसाको मुठो । पैसाको मुठोबाट १५ ओटा सयका नोट तान्यो । गोजीमा हाल्यो । पैसाको मुठोलाई जस्ताको तस्तै त्यही ठाउँमा राख्यो । बाकसबाट निकालेका सबै कागजपत्र र कपडा राख्यो । ताला लगायो ।

सर्वजित मास्टर सापले आँखाबाट साबुनको फिँज पन्छाए । कसोकसो उनका आँखा दैलोतिर गए । साँचो झुन्डिइरहेकै थियो । साँचोमुन्तिरबाट पवन हतारिँदै करेसातिर लाग्यो । र दिउँसो तीतेपातीका झाङमा पिसाब फेरिरहेको वसन्तलाई भन्यो, "भोलि काठमान्डू भाग्नपर्च ।"

पिसाबको धार वसन्तका औंलाहरूमा लतपतियो, "साँच्चै हो ?"

"हो, भोलि ब्यानै भाग्नपर्छ ।"

"पैसा नै छैन, कसरी भाग्ने ?"

पवनले एकपल्ट चारैतिर हेऱ्यो । कहीँकतै कोही लुकेर बसेको छ कि जसरी । वसन्तलाई इसारा गऱ्यो । वसन्तले कान उसको मुखनजिक लग्यो । उसले वसन्तको कानमा तातो सास फाल्यो, "चिन्ता नगर् । मैले पैसाको जुगाड गरिसकेँ ।"

वसन्तको मुख प्याक्क सुक्यो । उसले मरेको आवाजमा सोध्यो, "अनि खै त पैसा ?"

पवनले फेरि वसन्तका कानमा तातो सास फाल्यो, "गोठमा । गोठमा लुकाएर आछु ।"

वसन्तले छटपटिँदै कोल्टे फेरिरह्यो । मरिगए निद्रा लागेको होइन ।

"एई, ननिदाएर किन छटपटा छस् ?" जसोदाले पल्लो ओछ्यानबाट सोधिन् ।

"त्यस्सै ।"

"निद्रा लागेन भने सयलाई उल्टो गन्," जसोदाले भनिन्, "निद्रा लाग्छ ।"

ऊ सय, उनान्सय, अन्ठानब्बे गर्दै चालीससम्म झऱ्यो । सतासी र बाउन्नमा पुग्दा भने निद्रा लाग्लालाग्ला भएको थियो । तर ऊ निदाएन ।

"किन छटपट्या छस् यसरी, भन् त !" जसोदाले फेरि सोधिन् ।

"आमै, मबिना कति दिनसम्म एक्लै बस्न सक्छ्यौ ?"

"लौ, के भन्छ यो ? काँ जान्छस् र तँ ?"

"कैं जान लाको होइन के ! सोधेको नि । पछि म ठूलो भएर कतै गएँ भने कति दिन एक्लै बस्न सक्छ्यौ भनेर सोधेको !"

"तँबिना त एक क्षण पनि एक्लै बस्न सक्दिनँ," जसोदाले मायालु आवाजमा भनिन्, "पछि तँ ठूलो भएर कतै जानुपऱ्यो भने तेरा पछिपछि आउँछु । पाल्लास् नि हैन, मलाई ?"

"पालिहाल्छु नि !" उसले भन्यो, "मैले त एकदुई हप्ता बाहिर जानुपऱ्यो भने एक्लै बस्न सक्छ्यौ कि सक्दैनौ भनेर सोधेको के !"

"जिन्दगीमा कस्ताकस्ता परिस्थिति आउँछन् ! जिन्दगीले नै सम्हाल्न सिकाउँछ, बन्ते ।" जसोदाले लामो हाई काढिन्, "भो सुत्, नचाहिने-नचाहिने कुरा नगर ।"

उसले अबेरसम्म जसोदाको मधुरो सासको रफ्तार सुनिरह्यो ।

भोलि त ऊ कहाँकहाँ पुगिसकेको हुनेछ !

बिहान स्कुल जाने बेला उसले खैरो पाइन्ट लगायो । सेतो सर्ट लगायो । नीलो पाइन्ट खैरो पाइन्टमाथि लगायो । सेतो सर्टमाथि नीलो सर्ट लगायो । दुईदुई जोर लुगा लगाउँदा उसको ज्यान भुक्क देखियो । ज्यान तातेर आयो । उसले एकपल्ट फनक्क घुमेर हेऱ्यो, झट्ट हेर्दा कसैले पनि दुई जोर लुगा लगाएको थाहा पाउँदैनथे । गर्धनमा भने सर्टका दुइटा कलर प्रस्टै देखिएका थिए । उसले भित्रको सर्टको सेतो कलर तलतिर बटाऱ्यो र बाहिरको कलर अलि माथि साऱ्यो ।

एकपल्ट नाकबाट तल झरिरहेको सिँगानको डोरी स्यार्र माथि तान्यो।

दैलोबाहिर चियाएर हेऱ्यो । जसोदा रछ्यानमा बसेर भड्डुको चाक खरानीले धस्काउँदै थिइन् । ऊ जसोदाको घुच्चुक हेर्दै बाहिर निस्कियो । बिरालोको चालमा आँगनछेउ पुग्यो । अलिकति कुप्रिँदै अलि पर पुग्यो र जोडले करायो, "आमै, म स्कुल गएँ है !"

दगुऱ्यो ।

जसोदाले उसको पिठ्युँ मात्र देखिन् ।

पवनले झोलामा एक जोर पाइन्ट र सर्ट राख्यो । त्यसमाथि कापीकिताब राख्यो । झोला भिऱ्यो । बाहिर निस्कनै लाग्दा दैलोनिर रमासित जम्काभेट भो । रमाको अनुहार अँध्यारो भो । रमाले केही भन्नुअघि नै उसले तान्दै करेसामा ल्यायो ।

"फुच्ची, म जान लाको," उसले मलिन स्वरमा भन्यो, "बालाई नभनेस् है । राति बाले आफैं थाहा पाउनुहुन्छ । त्यतिन्जेल म बस चढिसकेको हुनेछु ।"

रमाले हिक्क गरी ।

"नरो के फुच्ची । म आइहाल्छु नि !" उसले रमाका पोक्चे गाला सुमसुम्यायो, "आउँदा तँलाई धेरैधेरै रङ ल्याइदिन्छु । रङ लाइस् भने तेरा चित्र अझ राम्रा हुन्छन् ।"

"दाइ, नभाग् के । बाले हाम्लाई माया गर्नुहुन्छ के ! अब पिट्नुहुन्न ।"

उसले रमाका आँसु पुछिदिँदै भन्यो, "मलाई काठमान्डू हेर्न मन लाएर जान लाको हो के ! बाले पिटेर जान लाको होइन ।"

"हातमा घाउ भाछ, नजा के दाइ ।"

"यस्ता जाबो," उसले कुइनाका तीनचार ओटा मधुरा धर्कालाई सुमसुम्यायो, "यो त भोलि नै ठीक हुन्छ फुच्ची । म तँलाई नयाँ फ्रक ल्याइदिन्छु, बुझिस् !"

"अस्ति फुपूले ल्याइदेको छ मसित ।"

"अस्ति फुपूले ल्याइदेको तीजमा लाएस् । मैले ल्याएको दसैंमा ।"

रमाले हाँसे जस्तो गरी ।

"ल त फुच्ची म गएँ है !" उसले भन्यो, "नरोई बसेस्, म आइहाल्छु । अनि काठमान्डूमा केके रैछन्, आएर सप्पै सुनाउँछु ।"

ऊ अघि बढ्यो ।

गोठभित्र पसेर खरको छानामा लुकाएर राखेको पैसाको मुठो झिक्यो । पैसा गोजीमा पर्नेबित्तिकै ठूलै आँट आयो र दगुर्‍यो । करिब आधा घण्टा दगुरिसकेपछि उसले सालको रूखमा छेलिएर बसेको, एकै रातमा हप्पै मोटाएको वसन्तलाई देख्यो ।

"छिटो आइज, म गर्मीले मर्नै लागें !" वसन्त करायो ।

ऊ वसन्तछेउ पुग्यो र निधारमा चिटचिट निस्केका पसिना हत्केलाले सोरेर फाल्यो ।

वसन्तले हतारहतार कपडा खोल्यो । दुवै जोर लुगा खोल्दा नाङ्गै भयो । उसले भित्र लगाएका लुगा काठमान्डूमा लगाउने विचार गरेको थियो । नयाँ थिए नि । लुगालाई पट्याएर पवनको झोलामा हाल्यो । पुराना लुगा लगायो ।

"छिटो हिँडम्, नत्र बस छुट्छ," पवनले भन्यो ।

वसन्त दगुरिहाल्यो ।

सौतेनी नदी पुग्दा सूर्य आकाशको बीचमा ठिङ्ग थियो । बादलका भेडाहरू सुस्ताइरहेका थिए । पिच्कु चार ओटा लट्ठीमा टाँगेको बोरामुन्तिर उपरखुट्टी लाएर, ढुङ्गाको सिरान लाएर, आँखाका बन्द ढकनी बिस्तारै हल्लाउँदै सोचमग्न थियो । सौतेनी नदीको पानी सुस्त हल्लाउँदै बतास दगुरिरहेको थियो । किनारका बालुवाका कण झिलझिले कागज झैं टल्किइरहेका थिए ।

वसन्तले गर्मीले हप्प भएको छाती नदीमा रूझेर आएको चिसो बतासले सेक्यो । बतास छातीतिरबाट सर्टभित्र पस्यो । सर्ट फुल्यो । पाइन्टका मोडी बतासको तालमा नाच्न थाले ।

पवन पिच्कुको नजिक पुग्यो । पैतालाको आवाज सुनेर पिच्कुले मुन्टो उठाएर हेऱ्यो ।

"अरे ! लड्काहरू, फेरि आयौ त !" पिच्कु उठ्यो । ज्यान झट्कारेर ढाडमा लागेको धूलो र दूबोका टुक्राटाक्री खसाल्यो ।

"हामी त काठमान्डू जान लाको," पवनले हाँस्दै भन्यो, "खोला तार्दिनू न ।"

"कोको जान लागेको ?" पिच्कुले खोला किनारमा उभिएको वसन्ततिर हेर्दै सोध्यो ।

"हामी दुई जना ।"

"हट्, के भन्छ ?" पिच्कु चकित पऱ्यो, "यस्तो बच्चाहरू कसरी काठमान्डू पुग्छ ? घरबाट भागेवागे त होइन ?"

"होइन के ! बाले जा भनेर पठाउनुभएको हो," पवनले गोजीको चेप अलिकति उघारेर पैसाको मुठो देखायो, "यी गाडीभाडा पनि दिनुभएको छ ।"

"किन जाने काठमान्डू ?"

"चिठी पुऱ्याउन जान लाको," पवनले बहाना बनायो, "फुपू बिरामी पनि हुनुहुन्छ । बाले भेटेर आ भन्नुभएको छ । ...खोला तार्दिनू न । म पैसा दिन्छु के !"

"बाप रे, पैसा पो दिने ?" पिच्कु हाँस्यो, "कति दिन्छ रे ?"

पवनले यस्सो सोचेर भन्यो, "१० रूपियाँ दिन्छु ।"

पिच्कुले मुन्टो हल्लायो । आफ्नो तिघ्रामा प्याट्ट हान्यो । अघि बढ्दै भन्यो, "म त सबैलाई नदीको ऊ पार लगिदिने हो । को कहाँ जान्छ, जान्छ ? यो थोडै न मेरो वशमा छ ! मैले नदी तार्दैन भने पनि तँ पौडी मारेर पारि गइहाल्छ । ...आइज चल् !"

पवन पछि लाग्यो ।

पिच्कुले उनीहरूलाई डुङ्गामा राख्यो । अनि डुङ्गालाई हुत्ताउँदै खोलामा हेल्यो र उफ्रिँदै डुङ्गा चढ्यो । डुङ्गा पानी टेक्दै सुलुलुलु अघि बढ्यो ।

वसन्त चुपचाप डुङ्गाले चिर्दै अघि बढेको पानीको धार हेरिरहेको थियो । ऊ सोचिरहेको थियो– डुङ्गा चढ्नुअघि घरतिर दगुरेको भए पनि हुने ! उसको आँखाभरि उसलाई खोज्दै आत्तिएर घरघर चहार्दै हिँडिरहेकी जसोदाको अनुहार आइरहेको थियो ।

"काठमान्डूमा कति दिन बस्छ ?" पिच्कुले शून्यता तोड्यो ।

"दसबाह्र दिन," पवनले भन्यो ।

"सहरमा पाकेटमार हुन्छ, पैसा उडाइहाल्छ । पैसाको खयाल राख्नू," पिच्कुले भन्यो, "पैसा सबै दाबेर लैजाला र देख्दै रहिजान्छौ फेरि ।"

पाकेटमार ? उनीहरूले पहिलोपल्ट पाकेटमारबारे सुनेका थिए । पवनले गोजीको पैसा अँठ्यायो । सोध्यो, "कसरी चोर्छ ?"

"औंलाको बीचमा ब्लेड राखेको हुन्छ । कसैले पता नपाउने गरी जेब काट्छ । पैसा झिक्छ । राम कसम, कसैले पता पाउँदैन ।"

"कस्तो हुन्छ, पाकेटमार ?" पवनले रातो अनुहार बनाएको वसन्ततिर हेर्‍यो ।

"सिङ निस्किएको, लामोलामो दाह्रा भएको, नङ पनि लामोलामो भएको हुन्छ ।"

दुवैको अनुहार अँध्यारो भयो ।

"डरायो के ? हाहाहा, मैले त मजाक मारेको," पिच्कु सौतेनी नदी थर्किने गरी हाँस्यो, "पाकेटमार हामी जस्तै हुन्छ । बढिया कपडा लगाएको । सहरमा दुसरा थरी मान्छे पनि हुन्छ । तिमीहरू जस्तो केटाकेटी देख्यो भने बकाइवकाईकन लुटिहाल्छ । सहरमा कसैको विश्वास नगर्नू, लड्का हो ।"

डुङ्गा किनारमा पुग्यो ।

पिच्कुले किनारमा हाम फाल्दै डुङ्गाको डोरी किलामा बाँध्यो । उनीहरू किनारमा आए । पवनले सयको नोट झिक्यो र पिच्कुलाई दियो ।

"पैसा दिन्छ ? तेरो पैसा लिएर मेरो घर बन्दैन । बिहा हुँदैन," ऊ हाँस्यो, "आफैंसित राख्, सहरमा पुगेपछि चचाले किन्देको भनेर ठन्डा बरफ खा ।"

"हामी गइम् चचा," पवनले पैसा राखेको जेबमा मुड्की बजाऱ्यो, "काठमान्डूबाट के ल्याइदिम् ?"

"राम्री चाची ल्याइदे," पिच्कु हाँस्यो ।

पवन लजायो ।

"अरे भाइ मजाक गरेको," पिच्कुले उसको काँध थपथपाउँदै भन्यो, "एक हिरोइनको बडाभारी फोटु ल्याइदे । हाहाहा । हिरोइनको फोटु ल्यादिस् भने जिन्दगीभर फिरीमा नाव चढाउँला ।"

पवन हाँस्यो, "माँ कसम चचा, फोटो ल्याइदिन्छु ।"

"ठीक छ ।"

पिच्कु डुङ्गातिर बढ्यो । डुङ्गाको डोरी खोल्यो र डुङ्गामा हुत्तिनुअघि अलि ठूलो स्वरमा भन्यो, "लड्का, चाहे जेको कसम खाए पनि खा, माँको कसम नखा । …मान्छेहरू कसम तोड्छ । अनि माँ बिरामी हुन्छ ।"

"मेरी त आमै नै छैनन्, चचा ।"

"यस्तो किन भन्छस् रे," पिच्कुले डुङ्गातिर हुत्तिँदै भन्यो, "तेरो माँको आत्मा त हुन्छ नि । हो, त्यै आत्मा बिरामी पर्छ । खोक्दै हिँड्छ । अनि मान्छे भूत भनेर डराउन्छ ।"

"म जसरी हुन्छ फोटो ल्याउँछु, चचा ।"

अलि पर पुगेपछि, पवन र वसन्तले अगाडि तेर्सिएको बाटोतिर हेरे । बाटो धूलो भरिएको, छेउछाउमा बयरको झाङले भरिएको थियो । अलि पर गाढा छाया पारेको सुनसान जङ्गलले उनीहरूलाई कुरिरहेको थियो । नौलो बाटोमा पहिलो पाइला टेक्नुअघि उनीहरूले मुखामुख गरे । दुवैको ढुकढुकी बढिरहेको थियो । तिघ्राका काप सल्याङबल्याङ भइरहेका थिए ।

उनीहरूले एकअर्काको हात च्याप्प समाते र सँगै पाइला टेके ।

ढुङ्गामाथि टोलाएर बसिरहेको पिच्कुले भर्खरै जङ्गलभित्र पसेर छेलिएका उनीहरूलाई हेरिरह्यो । एकपल्ट बेस्मारी खोक्यो ।

उसले धेरैलाई नदी तारेको थियो । तर कसैको अनुहार सम्झिँदैनथ्यो । तर उनीहरूको अनुहार उसका आँखाका पर्दाभरि आइरहेका थिए । ऊ साना केटाकेटी देख्दा आफ्नो बाल्यकाल सम्झिन्थ्यो । तर यसपालि त अचम्मै भयो । उसको दिमागमा अर्कै कुरा आयो– उमेरमै बिहे गरेको भए उसका पनि यस्तै छोराहरू हुन्थे । सायद सहर जान्थे ।

तर उसले हिरोइनको फोटो माग्दैनथ्यो ।

आफ्नो तर्कनाले पिच्कुलाई लाज लाग्यो । उसले नदीको पानी छोयो । सोच्यो– के यो लड्काले साँच्चिकै हिरोइनको फोटो ल्याइदेला ? ल्याउँछ ल्याउँछ, कसम तोड्दैन ।

उसले मन बलियो बनायो ।

तर उसलाई के थाहा ? भोलि सवा बाह्र बजे कसम तोडेर केटो सौतेनी नदीको किनारमा आइपुग्नेछ । आफ्ना बाको पछिपछि लाएर एकदम थकित र एकदम भयभीत ।

उराले सहर नपुगी पाकेटमार भेटिसकेको हुनेछ । राजबहादुर र पुलिसको वेशमा ।

गल्ती त पिच्कुकै थियो– उसले सहरका पाकेटमारको कुरा त गरेको थियो । तर सहर कहाँनिरबाट सुरू हुन्छ भन्नै बिर्सिएको थियो ।

चोट

चौकीबाट फर्किएको साँझ । टुकीको मधुरो उज्यालोमा दायाँ खुट्टाको बूढीऔंलाले भुइँ कोतर्दै उभिएको पवनलाई सर्वजित मास्टर सापले सोधेका थिए, "नढाँटी भन् त, तँ आफैं भागेको होस् कि वसन्तेले भागम् भन्यो ?"

ऊ चुपचाप उभिइरह्यो ।

"नडरा । साँचो भन् !" सर्वजित मास्टर सापले मायालु स्वरमा सोधे, "म तँलाई क्यै गर्दिनँ ।"

"बन्तेले भागम् भनेको हो ।"

सर्वजित मास्टर सापले यही सुन्न चाहेका थिए । उनले पवनको शिर मायाले सुमसुम्याए, "एकपल्टलाई माफ दिएँ । मलाई थाहा थियो, तँ आफैं भाग्ने मान्छे होइनस् ।"

उसले लामो सास फेऱ्यो ।

"मेरो तेत्रो पैसा खोलामै बगाए जस्तो भो," सर्वजित मास्टर साप गम्भीर भए, "झिकेको त तैंले होस् । पछि कमाउने भइस् भने फिर्ता दिनुपर्छ तैंले, बुझिस् ?"

उसले मुन्टो हल्लायो ।

"अब कसैले भागम् भनेर भन्यो भने भाग्छस् ?"

उसले मुन्टो यताउता हल्लायो ।

"अब त्यो वसन्तेको सङ्गत गर्छस् ?"

"नाइँ," ऊ चुइँकियो ।

"ल मेरो कसम खाएर भन्," सर्वजित मास्टर सापले उसका आँसुले भरिएका आँखामा हेरे ।

उसले रूद्रघण्टी समाएर मधुरो स्वरमा भन्यो, "कसम भो बा, अब म बन्तेको सङ्गत गर्दै गर्दिनँ ।"

सर्वजित मास्टर सापको अनुहारमा धेरै पछि सन्तुष्ट मुस्कान टुसायो । उनले हर्षित हुँदै उसलाई अँगालो मारे । सर्वजित मास्टर सापको धुकधुकी सुनिरहँदा उसलाई ग्लानि भयो । भागेको त ऊ थियो । वसन्त त पछि लागेको मात्रै हो ।

भोलिपल्ट सर्वजित मास्टर सापले वसन्तलाई मुर्गा बनाए । वसन्त राष्ट्रिय झन्डाको मुन्तिर घण्टौं मुर्गा बनेर बसिरह्यो । उनले घोप्टो परेको उसको पिठ्युँमा इँटा पनि राखिदिए । ऊ बेलाबेला थाकेर ढलपलाउँथ्यो । उसका पिँडौला बाउँडिए । पिँडौलाका नसा बाहिरै निस्किउँला झैं गरेर सुन्निए । तर उनलाई कुनै दया जागेन ।

सर्वेश्वर सरले नरम आवाजमा भने, "हेर्नुस् सरजी, बच्चाले गल्ती गर्छन् । भो, अब माफ गर्दिनुस् । हेर्नुस्, बिचरा मूर्च्छै परूँला जस्तो गरेको छ, सरजी ।"

"मूर्च्छै पर्ला, मर्न त मर्दैन नि !" उनी कड्किए, "मरेछ भने पनि मै जेल जाउँला । तपाईं आफ्नो क्लास लिनुस् ।"

"हजुरको जो विचार, सरजी ।"

आखिर नसा बटारिएर वसन्त, बत्तिएको ढुङ्गा कोखामा लागेको कुखुरा झैं भुइँमा पछारियो । अबेरपछि होसमा आयो । तर रोएन ।

खोच्याउँदै घरमा आयो । तर जसोदालाई पनि मुर्गा बनेको कुरा भनेन । "चिप्लिएर लडें" भन्यो । जसोदाले रातभर उसको गोडा तोरीको तेलले मालिस गरिन् ।

त्यसपछि उसलाई टोलाइरहने रोग लाग्यो ।

ऊ हाफटाइममा स्कुलको चौरको पल्लो कुनामा एक्लै बसिरहन्थ्यो । दूबो टोक्दै टोलाइरहन्थ्यो । सर्वजित मास्टर सापलाई देख्दा तर्सिन्थ्यो । अरूसित बोल्दै बोल्दैनथ्यो । रोइहाल्छ कि जस्तो हुन्थ्यो अनुहार । तर रूँदैनथ्यो । सायद उसका हिक्काहरू रूद्रघण्टीमा अल्झिएका थिए ।

पवनले उसको साथ छाडेको थियो । पवन लुरूलुरू सर्वजित मास्टर सापका पछि लागेर घर फर्किरहेको देखिन्थ्यो । अघिअघि हिँडिरहेका सर्वजित मास्टर साप बोलिरहेका हुन्थे । ऊ ध्यान दिएर सुने जस्तो त गर्थ्यो । तर दिमागमा वसन्तको अनुहार नाचिरहन्थ्यो । स्कुलमा राष्ट्रगीत गाउने बेला वसन्त लाइनको सबैभन्दा पछिल्तिर झोक्राएर उभिन्थ्यो । सर्वजित मास्टर सापले उसलाई कक्षा पाँचको सेक्सन बीमा पठाइदिएका थिए । उनीहरूको कक्षाकोठा नै फरक भएको थियो । त्यसैले उनीहरूको हाफटाइममा नलमा पानी खाने बेला झल्याकझुलुक देखादेख हुन्थ्यो, त्यत्ति हो ।

नत्र वसन्त कति बेला स्कुल आयो, कति बेला फर्कियो, पवनले थाहै पाउँदैनथ्यो । पवन स्कुलबाट फर्किएपछि प्रायः घरमै बसिरहन्थ्यो । सायद वसन्त पनि घरमै बस्दो हो । त्यसैले गाउँमा त देखादेख नै हुँदैनथ्यो ।

कहिलेकाहीँ पवनले सौतनपुरका टङ्के र पुन्नेले वसन्तलाई जिस्क्याएको देख्थ्यो । वसन्त शिर निहुराएर नसुने जस्तै गर्थ्यो । ऊ साथमा भएको भए वसन्त पक्कै लड्थ्यो होला । टङ्के र पुन्नेलाई थाहा थियो, पवनसित उसको मित्रता छैन । त्यसैले कहिले उसको पाइन्ट तानिदिने, कहिले कपडामा मसी छर्किने गरिरहन्थे । एकपल्ट त वसन्तले खाइरहेको रोटीमा टङ्केले थुकिदिएको पनि पवनले देखेको थियो । वसन्तले थुक परेको भाग फाल्यो, अरू खायो । केही बोलेन ।

पवनलाई थाहा थियो, यो सबै आफ्ना कारण भएको हो । त्यसैले उसको आत्मा अगेना झैं भतभताइरहन्थ्यो ।

सर्वजित मास्टर सापका पछिपछि लागेर घर फर्किंदा ऊ बाटामा कतै वसन्त देखिइहाल्छ कि भन्ने आस गर्थ्यो । तर कतै देखिँदैनथ्यो ।

सर्वजित मास्टर साप अघिअघि हिँड्दै कहिले रूखका बारेमा, कहिले चराका बारेमा कुरा गरिरहन्थे । एक दिन कन्याङकुरूङको बथान उड्दै गएको थियो । सर्वजित मास्टर सापले टक्क अडिँदै एकअर्काको पखेटा समाएर उडिरहेका कन्याङकुरूङतिर हेरेका थिए ।

"एई, तँलाई एउटा कुरा थाहा छ ?" उनले मुस्कुराउँदै पवनको हात समाएका थिए ।

ऊ वाल्ल परेको थियो ।

"सगरमाथा छ नि ! त्यसलाई कुनै चराले पनि नाघ्न सक्दैन," उनी भर्खरै अग्लो सालको रूख नाघेर गएका कऱ्याङकुरूङलाई हेर्दै मुस्कुराएका थिए, "तर यी कऱ्याङकुरूङले नाघ्न सक्छन् । वर्षमा एकपल्ट आउँछन् र सगरमाथालाई नाघ्छन् । अरू चरालाई त सगरमाथा नाघ्नै सकिन्न भन्ने लाग्छ । तर कऱ्याङकुरूङले आँट गर्छन् । र पो सगरमाथा नाघ्छन् । मैले भनेको कुरा बुझिस् ? मान्छे पनि कऱ्याङकुरूङ जस्तै आँटिलो हुनुपर्छ ।"

उसले मुन्टो हल्लायो ।

"अर्को कुरा थाहा छ ? कऱ्याङकुरूङ जहिले पनि सँगसँगै उड्छन् । किनभने उनीहरू आफ्नो बल एकअर्कालाई दिँदै उड्छन् । बीचमा कुनै कऱ्याङकुरूङ थाकेर पछाडि पऱ्यो भने दुईतीन ओटा कऱ्याङकुरूङले फर्केर बल दिँदै फेरि समूहमा पुऱ्याउँछन् । असल मित्रता त कऱ्याङकुरूङले निभाउँछन्, बुझिस् ?"

"कऱ्याङकुरूङले पखेटा समाको कसरी देखिन्छ त ?" उसले सोध्यो ।

सर्वजित मास्टर साप हाँसे, "दूरबिनले हेऱ्यो भने देखिन्छ ।"

उसले मौका पाइहाल्यो । भन्यो, "बा ! मलाई दूरबिन किन्दिनू ।"

"अहिले होइन, पछि ।"

सर्वजित मास्टर सापले यस्ता कुरा नझिकेको भए पनि हुने ! पवनका गोडा अनायास गलेका थिए । वसन्त पनि त समूहबाट छुट्टिएको कऱ्याङकुरूङ भएको थियो । वसन्तलाई बल दिन ऊ गएको खै त ?

यसरी अघिअघि हिँड्दै सर्वजित मास्टर साप नयाँनयाँ कुरा सुनाइरहन्थे । पवन पछिपछि हिँड्दै सुनिरहन्थ्यो । बेलाबेला सर्वजित मास्टर साप पछाडि फर्केर हेर्थे । सुत्त भागिहाल्छ कि भन्ने उनलाई डर थियो । तर त्यो डर उसलाई महसुस गराएका थिएनन् ।

बिस्तारै पवनलाई सर्वजित मास्टर सापको साथ मनपर्न थालेको थियो । उसले सर्वजित मास्टर सापसित हिँड्दा पो थाहा पायो, उनलाई कत्ति कुराको ज्ञान छ भन्ने । उनी कहिलेकाहीँ गीत पनि सुसेल्दा रहेछन् । उनलाई बाटामा भेटिएका सबै मानिसले नमस्ते पनि गर्दा रहेछन् ।

कुनैकुनै मानिसले त भनी पनि हाल्थे, "मास्टर सापका छोरा त ज्ञानी रैछन् । निधार कत्ति ठूलो छ, सरस्वतीले बास गरे जस्तो ।"

सर्वजित मास्टर साप मुसुमुसु हाँस्थे ।

कहिलेकाहीँ उनी भन्थे, "हेर् पवने, म त चाँडै बूढो हुन्छु । चाँडै मर्छु पनि । तैँले रमाको ख्याल राख्नुपर्छ । तँ त पढाइमा लद्दु छस् । म्याथ र अङ्ग्रेजी त आउँदै आउँदैन । कसरी धेरै पढ्लास् ? तँ त भारी पनि बोक्न सक्दैनस् । तेरो जिन्दगी कसरी बित्ला ? म छँदा त जसोतसो पालुँला । भोकै नराखुँला । तर म नभएपछि तँ के गर्छस् ?"

ऊ घोसेमुन्टो लाउँथ्यो ।

"त्यसैले पढाइमा ध्यान दे । नजानेको कुरा सोध् । तेरो बाउ हेडमास्टर भाको कुरा सबैलाई थाहै छ । पढाइ सुधारिएन भने तँ एसएलसीमा फेल हुन्छस् । फेल भइस् भने उता तँ काठमान्डू जान पनि पाउन्नस्, यता मेरो गाउँभरि बदनाम हुन्छ । हेडसरको छोरो फेल भयो भने गाउँलेले के भन्लान् ?"

ऊ मुन्टो हल्लाउँथ्यो र सोच्थ्यो, "अब म खुरूखुरू पढ्छु । बाको इज्जत राख्छु ।"

साँच्चिकै पवनको पढाइ सुधारिँदै गयो । सर्वजित मास्टर सापले उसलाई राति पढ्दै गरेको किताबमै घोप्टो परेर निदाएको धेरैपल्ट देखेका थिए । कहिलेकाहीँ उसको कक्षाकोठामा चियाउँथे । ऊ अघिल्लो बेन्चमा बसेर ध्यान दिएर सरका कुरा सुनिरहेको देखिन्थ्यो ।

पवन सरहरूको प्रिय विद्यार्थी हुँदै गएको थियो । सरहरू कक्षाकोठामा होस् या सर्वजित मास्टर सापको समीपमा, पवनको प्रशंसा गर्थे । प्रशंसाले पवनको छाती नाङ्लोभन्दा ठूलो भएर फैलिन्थ्यो । नाक त तितेकरेला जत्रो !

कहिलेकाहीँ स्कुलमा सर होस् या विद्यार्थी या गाउँले, कसैले घरबाट भागेको कुरा उप्कायो कि उसले वसन्तलाई दोष दिन थालेको थियो। "बन्तेले फकाएर भागम् भन्यो अनि भागें," ऊ पश्चात्ताप गरे जसरी भन्थ्यो। सुरूसुरूमा यसरी वसन्तलाई दोष लाउँदा उसको पेट हुँडुलिए जस्तो, गुदद्वार तातो भए जस्तो हुन्थ्यो। बिस्तारै ऊ सहज हुँदै गयो। उसलाई लाग्न थालिसकेको थियो– ऊ त असल नै थियो, बिगार्ने त वसन्त पो हो !

उसले पहिला झुटो बोल्यो र पछि त्यही झुटलाई सत्य मान्न थाल्यो।

वसन्तलाई सुरूमा त लाग्थ्यो– पवनले केही दिन ऊसित नबोलेको बहाना गर्ने त हो नि। एक न एक दिन हात समाउन आइहाल्छ नि। तर त्यस्तो भएन। पवन उसको नजिक आउँदै आएन। बरू हाफटाइममा पुन्ने र टङ्केसित देखिन थाल्यो। पवन कहिले पुन्ने र टङ्केसित काँक्रो खाइरहेको, कहिले नलमा पानी पिइरहेको, कहिले मुत्न बारीतिर दगुरिरहेको देखिन्थ्यो।

वसन्तको मन कुँडिन्थ्यो। किनभने पवनले उसका दुस्मनसित हात मिलाएको थियो। दुस्मनसित उभिएर वसन्ततिर हेर्दै मुसुमुसु हाँस्थ्यो। वसन्त नदेखे जस्तो गर्थ्यो। सोच्थ्यो– सर्वजित मास्टर सापले देखेको भए पनि त हुने। उनी पवनलाई गाली गर्दा हुन् !

वसन्त कहिलेकाहीँ स्कुलबाट घर फर्किंदा अघिअघि लमकलमक हिँडिरहेका सर्वजित मास्टर साप र पछिपछि दगुरे जसरी हिँडिरहेको पवनलाई देख्थ्यो। रूखहरूमा छेलिँदै पछ्याइरहन्थ्यो। एकपल्ट उसले आकाशमा उडेका कन्याङकुरूङ हेर्दै सर्वजित मास्टरले पवनलाई केके कुरा भनेको देखेको थियो। ऊ दुई सय मिटर पछाडिको ठूलो सालको रूखमा छेलिएर हेरिरहेको थियो। सर्वजित मास्टर सापको कुरामा मुन्टो हल्लाइरहेको पवनलाई देख्दा उसलाई क्या आनन्द लाग्थ्यो !

ऊ सोच्थ्यो– पवन बरू सर्वजित मास्टर सापसितै कुरा गरोस्, हिँडोस्। पुन्ने र टङ्केको त अनुहारै नहेरोस्। तर उसले सोचे जस्तो कहाँ हुन्थ्यो र !

पवन पुग्ने र टङ्केको जालमा अल्झिसकेको थियो । भन्छन्– सम्बन्ध लहरा जस्तै हुन्छ, जो नजिक आयो, त्यसैमा लहराउँछ ।

वसन्त एक्लै गाउँ डुल्थ्यो । जुठीआमैलाई भेट्न जान्थ्यो । अचेल पवन र उसको मित्रता छैन भन्ने जुठीआमैलाई थाहा थियो । एक दिन उनले भनेकी थिइन्, "बाबै, त्यस्तो साथीसित रिसार हुन्छ ? जाऊ, बोल । नत्र पछि यही कुरा जिन्दगीकालका लागि मुटुमा गाँठो भएर बस्छ । जति ट्याम बित्दै गो, उति गाँठोले मुटुलाई कस्दै जान्छ ।"

"म त बोल्न खोजेको हो," उसले भन्यो, "त्यै बोल्दैन । अब म पनि बोल्दिनँ, यत्रैसिति । अब त्योसित सङ्गत पनि गर्दिनँ । घरबाट भागेर पनि जान्नँ ।"

"घरबाट भाग्नु त राम्रो होइन बाबै," जुठीआमैले मलिन स्वरमा भनिन्, "अस्तिका पाला तिमी घराट भाग्दा जसोदा रूँदै मेरामा आकी थिन् । फर्कैरै आउन्नौ कि भन्ठानेकी थिन् । अब घरको मान्छे गर नफर्केपछि कस्तो ऐंठन पर्छ, त्यो त मलाई थाहै छ, बाबै । तिमी फर्क्यौ, राम्रै भो !"

"मैले कसम खाछु जुठीआमै, अब म मेरी आमैलाई छाडेर कतै जान्नँ ।"

जुठीआमै खिस्स हाँसिन्, "कसम तिम्ले मनमनै खाको कि आमालाई पनि भन्यौ ?"

"मनमनै खाको," ऊ लजायो ।

"यस्तो कसम पनि मनमनै खार हुन्छ त ?" जुठीआमैले गुडको चिया दिइन्, "आमैलाई भन । आमै कत्ति खुसी हुन्छिन्, तिम्लाई के थाहा ! कसैलाई मयाँ पनि मनमनै गरेर हुन्छ ? भन्नुपर्छ बाबै । असारे पनि मलाई धेरै माया गर्थे । तर भन्थेनन् । ...होइन होइन, अलिअलि त भन्थे । ऐले घराँ एक्लै हुँदा उनले भनेको आवाज कुनाकुनाबाट निस्केर आम्छ । यस्सो सोच्छु, असारेले कत्ति थोरै भनेर गरैछन् । अल्लि धेरै भनेको भे ऐले मलाई सम्झिन कत्ति काम लाग्दो हो !"

"म आमैलाई आजै भन्छु," उसले चिया सुरूप्प पाऱ्यो ।

"मनको कुरा भनिहाल्नुपर्छ । कैलेकाईं त भनुँला भन्दाभन्दै आँखैअगाडिको मान्छे कहिल्यै नदेखिने गरी हराको थाहै हुन्न । मै लाटीले

पनि असारेलाई पछि भनुँला भनेर कत्ति कुरा मनमै राखें । भनेको भे हुनी रैछ । ऐले असारे जाँ भ पनि मैले भनेको कुरा सम्झेर बस्ता हुन् ।"

"म त आमैलाई छाडेर कतै जान्नँ," उसले भन्यो, "त्यसैले आमैले मैले भनेको कुरा सम्झनै पर्दैन ।"

"जिन्नगी त रूखाँ झुन्डेको पात हो बाबै, यस्सो हुरी चल्यो कि हुत्तिएर कुन दिशा पुग्छ, के था !" जुठीआमैले सुस्केरा हालिन्, "तिमीले जत्ति गरे नि एक न एक दिन त आमैभन्दा टाढा हुनैपर्छ । सधैं साथाँ बस्छु भनेर हुन्न ।"

"म भागेर जान्नँ के !"

"भाग्ने भनेको होइन, बाबै । ऐले त सानै छौ, पछि ठूलो हुन्छौ," उनले चिया सुरूप्प पारिन्, "पछि केम्पस पढ्न जाउला । व्यापार गर्न जाउला । जान त पर्छ केरे । तिमी ठूलो भएपछि त तिम्री आमैले पनि रोक्दिनन् । तिम्ले नमान्दानमान्दै पनि पठाउँछिन् । यो बाँसबारीमा तिम्लाई राख्दै राख्दिनन् । हो, त्यो बेला तिन्ले राति ओछ्यानमा ढल्केर तिम्ले ऐले भनेका कुरा सम्झिन्छिन् ।"

"मलाई आमैले कतै पठाउन्नन् ।"

"पठाउँछिन्, नपठाई हुन्न । किन पठाउँछिन्, थाहा छ ? एउटा कथा सुनाम् ?"

उसका कान खरायोका झैं ठाडा भए ।

"लौ, सुन ।"

धेरै वर्ष पैले तिम्री आमा जस्तै आमा थिइन् । उनी श्रीमान्लाई खुब मयाँ गर्थिन् । भनुम्, दुवै एकअर्कालाई असाध्यै माया गर्थे । तर एक दिन तिनीहरूलाई लाग्यो, खै किनकिन जिन्नकी रित्तोरित्तो भयो ! हृदय खालीखाली भयो ।

दुवैको मुटु पनि पहिला जस्तो चञ्चल थेन । त्यसै झोक्राएर बस्थ्यो ।

दुवैले एकअर्काका मुटु छामे । तिनेरूलाई लाग्यो– हामी जहाँ छौं, हाम्रो मुटु पनि त्यहीँ छ ।

मुटुले नयाँ कुरा नदेखेको र नयाँ अनुभव नगरेको धेरै भएछ । त्यसैले मुटु पनि अल्छी हुँदै गको रैछ । त्यै भर झोक्राएर बस्दो रछ । अब खितखिताउने, हाँस्ने मुटु नभएको मान्छे पनि के काम ?

मुटु निराश भएकाले पो उनीहरूलाई जिन्नगी रित्तोरित्तो लागेको रैछ । एक रात उनीहरूले सल्लाह गरे– पालैपालो मुटुलाई घुम्न पठाइदिऊँ ।

बाले भने, "पहिला म मेरो मुटु झिक्छु ।"

"बूढा ! मुटु नभए त तिमी मर्छौ," आमैले भनिन्, "म मेरो पठाइदिन्छु ।"

बाले भने, "बूढी, मुटु भएन भने त तँ पनि मर्छेस् ।"

बा र आमैलाई गाह्रो भयो । मुटु झिक्यो भने त दुवै मर्छौं, उनीहरूले सोचे । यस्तो उपाय निकाल्नुपर्‍यो । मुटु पनि झिक्ने, आफू पनि नमर्ने ।

कैयौं दिन सोचिरहे उनीहरूले ।

एक दिन दुवैले उपाय पत्ता लगाए । बाले आधा र आमैले आधा मुटु झिक्ने सल्लाह गरे । दुवैले आधाआधा मुटु झिके र त्यसलाई एकै ठाउँ गाँसे । मुटु चलमलायो र टुकुरटुकुर हिंड्यो ।

दुवैले मुटुलाई आशीर्वाद देर मुटुलाई संसार घुम्न पठाए ।

उसले संसार घुम्यो ।

पहाड देख्यो, नदी देख्यो । आकाश देख्यो, पाताल देख्यो । चरा देख्यो, बाघ देख्यो । गाम देख्यो, सहर देख्यो । पहाड नाघ्यो, नदी तर्‍यो ।

वर्षौंपछि फर्कियो ।

उसले आफूले देखेका रमाइला–रमाइला कुरा सुनायो । बा र आमै खुसी भए । उनीहरूको जीवनमा फेरि खुसी छायो ।

तिमी पनि बा र आमैका मुटु हौ । सधैं घराँ बसेर हुन्न । संसार घुम्नुपर्छ ।

यो संसारका सारा सन्तान बा र आमैले संसार घुम्न पठाउने मुटु हुन् । त्यै भर त सन्तानका मुटु दुख्दा बाआमैका आँसु झर्छन् । सन्तानका आँसु झर्दा बाआमैका मुटु दुख्छन् ।

बुझ्यौ ?

उसलाई जुठीआमैको कथाले प्रेरणा दिएको थियो । तर उसले जसोदालाई केही भन्न सकेन ।

एक दिन सर्वजित मास्टर साप नलमा पानी भर्दा भुइँमा जमेको लेउमा चिप्लिए । उनको दायाँ गोडा मर्कियो । दुईतीन दिन स्कुल जान नसक्ने भए । पवन त्यही बेला पुन्ने र टङ्केको झन् नजिक भयो ।

वसन्तले देख्यो, सर्वजित मास्टर साप स्कुल नगएको पहिलो दिन उनीहरूले स्कुलबाट चोरेर ल्याएको चकको ठुटोले रूखमा, बाटोछेउको ढुङ्गामा मुसा, हात्ती र चराको चित्र बनाए । वसन्तले लुक्दैलुक्दै सप्पै चित्र हेर्दै आयो । पवनले बनाएको चराको चित्र पुन्नेले बनाएको हात्ती र टङ्केले बनाएको मुसाको चित्रभन्दा राम्रो थियो ।

वसन्तले लात्तीले हात्ती र मुसालाई मेटिदियो । तर चरालाई उड्न दियो ।

भोलिपल्ट पनि वसन्तले देख्यो– उनीहरू चकले बाटो छेउछाउका ढुङ्गामा लेख्दै हिँडिरहेका थिए । चर्को स्वरमा गीत गाइरहेका थिए–

चना चटपटे
दाइ तिम्लाई थोत्रो साइकिल
मलाई भटभटे

वसन्त खिस्स हाँस्दै अघि बढ्यो । उसले देख्यो, अलि पर उनीहरू भर्खरै चाक्लो ढुङ्गामा आफैंले लेखेको कुरा पढ्दै हाँसिरहेका थिए । के लेखेका होलान्, उसलाई पनि खुलदुली भयो । उनीहरू एकछिन हाँसिरहे र पल्याकपुलुक यताउता हेर्दै दगुरे । उसले रूखपछाडि छेलिएर एकछिन कुरिरह्यो । यसो चियाएर हेऱ्यो, उनीहरू कतै देखिएनन् । सायद परै पुगेका होलान् ।

ऊ दगुर्दै ढुङ्गाछेउ आयो । खररर पढ्यो । त्यहाँ बाङ्गाटिङ्गा अक्षरमा लेखिएको थियो–

बसन्ते बोक्सीको छौंडो ।

उसले पल्याकपुलुक चारैतिर हे¥यो । बाटो शून्यताले भरिएको थियो । कुनै आवाज थिएन । उसले फेरि दोहो¥याएर पढ्यो । उसका गोडा लगलगी काँपे । चिटचिट पसिना आयो । भाउन्न भो । पवनले यस्तो कुरा लेख्न साथ दिने ? उसको हृदयको गुलाबी सतहमा कालो चुक घोप्टियो ।

उसले हतारहतार अक्षरलाई चप्पलले मेट्यो । अझै राम्ररी मेटिए जस्तो लागेन । लेखेको ठाउँमा धूलो छरिदियो । हात टकटकाउँदै अलि पर के पुगेको थियो, सुन्यो, "ए बोक्सीका छौंडा ?"

उनीहरू सालको पोथापोथ्रीबाट बाहिर निस्किए ।

उसले चारैतिर हे¥यो, सन्नाटा मात्रै थियो । वरिपरि झुप्प परेको झाडी थियो । उसलाई अलिअलि डर लाग्यो । उसले पवनतिर हे¥यो । पवनका आँखामा आफूप्रति कुनै सम्मान देखेन ।

ऊ फुत्त भाग्न पनि सक्दैनथ्यो, उनीहरूले लखेटिहाल्थे ।

"एई बोक्सीका छौंडा !" पुन्नेले खाउँला झैं गरेर मुख बायो, "लुकीलुकी पछि लाग्छस् ? हाम्लाई थाहा छैन ? हिजो हाम्ले बनाका चित्र किन मेटिस् ?"

"कसलाई भनिस् बोक्सी ?" वसन्तले तीखो ढुङ्गो उठायो ।

"तँ बोक्सीको छोरा त होस् नि । तेरी आमा सेतै लुगा लाएर रातिराति पीपलको रूखमा पानी हाल्न जान्छे रे ! आफ्ना जगल्टा फिजाउँदै मन्त्र पढ्छे रे," पुन्ने ठुल्ठूलो आवाजमा करायो, "अस्ति रामचन्द्र काकाको भैंसी तेरी आमाले के छोकी थिन्, भैंसीको त दूधै सुक्यो रे ।"

वसन्त घोसेमुन्टो लाएर अघि बढ्यो ।

टङ्केले थप्यो, "हो त, अस्ति मिलमा आउँदा यस्की आमैले हाम्रा बारीका गोलभेंडा त कत्ति राम्रा भनेकी थिई, सप्पै गोलभेडा कुहिएर झरे ।"

"मेरी आमैलाई यस्तो भन्नी ?" वसन्तका आँसु गाला तातो बनाउँदै भुइँतिर खसे । बाहुलाले आँखा पुछ्यो । धमिला आँखाले पवनतिर हे¥यो । पवन उनीहरूका पछिपछि हिँडिरहेको थियो ।

वसन्तको हृदय बटारियो । भक्कानो छुट्यो ।

"हेर हेर... बोक्सीको छोरो रोयो । यस्की आमै अब राति बिरालो बनेर हाम्लाई टोक्न आउँछे ।"

उनीहरू दगुरे । पर पुगेर पुन्नेले ठूलो स्वरमा भन्यो, "तैंले आमैलाई भनिस् भने भोलि तेरा बङ्गारा झारिदिन्छु !"

अचानक वसन्तलाई के भो, कुन्नि !

ऊ पनि दगुर्‍यो । लुक्दैलुक्दै तिनलाई पछ्याइरह्यो । अबेरपछि पुन्ने र टङ्के सौतनपुरको बाटो लागे, पवन एक्लै भयो । ऊ स्याँस्याँ गर्दै हतारहतार हिँडिरहेको थियो ।

वसन्त मुटु नै फुट्ला जसरी दगुर्‍यो । पवनले उसलाई दगुर्दै आएको त देख्यो । तर सोच्नै भ्याएन । उसले पवनको रूद्रघण्टीमा मुक्का प्रहार गर्‍यो । पवन फुर्लुङ्ग ढल्यो । वसन्तले उसको मुखमा कत्ति प्रहार गर्‍यो, थाहा छैन । पवनको मुखबाट रगत बग्न थालेपछि ऊ होसमा आयो ।

रगत देखेर वसन्तले छुलुक्कै मुत्यो र बेस्मारी दगुर्‍यो । एकछिन दगुरेपछि खरो भयो, आँत सुक्यो । तैपनि रोकिएन ।

घर पुग्दा जसोदा थिइनन् । ऊ गुम्लुङ्ग सिरक ओढेर सुत्यो । ऊ सिरकभित्र कामज्वरो आए जसरी काँपिरहेको थियो ।

एकछिनपछि निदायो ।

कल्याङकल्याङ आवाजले ब्युँझियो । घरको आँगनमा होहल्ला भइरहेको थियो ।

"एई बन्ते, के बिठ्याइँ गरिस् ? बाहिर निस्की !" जसोदा कराइन् । उनले सुतेको थाहा पाइसकेकी रहिछन् ।

ऊ बाहिर निस्कियो । आँगनमा शान्तिराम, जीवाराम, घुइयाराम थिए र थिए, थरथरी काँपिरहेका सर्वजित मास्टर साप । लट्ठीको बलमा उभिएका थिए । जसोदा पिँढीमा थुचुक्क बसेकी थिइन् ।

"ओई ज्यानमारा, मेरो छोरालाई किन त्यस्तरी पिटेको ?" सर्वजित मास्टर साप कड्किए, "यल्ले त मार्नै खोजेको रैछ ।"

उसको आवाज सुक्यो ।

"यस्ता त पछि गएर ज्यानमारा हुन्छन्," सर्वजित मास्टर सापले उसको दायाँ कान समाए । उसलाई लाग्यो, अब कान उप्किन्छ ।

गालामा थप्पड बर्सियो । ऊ भाउन्न भएर ढल्यो ।

"अब फेरि पिट्छस् मेरो छोरालाई ?" सर्वजित मास्टर सापले टेकिरहेको लट्ठी ढाडमा बजारे ।

उसले छुलुक्कै मुत्यो ।

"यस्तालाई त पुलिसको जिम्मा लाउनुपर्छ । सर्प पनि मर्ने, लट्ठी पनि नभाँचिने । अस्ति भर्खरै मेरो छोरालाई पैसा चोर्न लगायो, भगायो, आज पिट्यो । सैतानले पनि आफ्नो साथीको भलो चिताउँछ है । यसले त मार्ने भो ।"

"सानै छ, गल्ती गऱ्यो होला, यस्तरी पिट्न हुन्छ ?" जसोदा वसन्तलाई अँगालो मारेर रोइन् ।

"झन् टुहुरो भनेर माया गऱ्यो, हिल्किँदो पो रैछ ए !" सर्वजित मास्टर सापले दाह्रा किटे, "एकपल्टलाई छाडिदिन्छु, अर्कोपालि छाला काढिनँ भने म पवनेको बाउ होइन, लौ जा ।"

सबै गए ।

वसन्त र जसोदा अँगालो मारेर रोइरहे ।

जसोदाले राति अबेरसम्म वसन्तका सुम्ला उठेको ढाडमा तोरीको तेल लगाएर सुमसुम्याइरहिन् । उसले भन्नै सकेन– आमै तिनेरूले तिम्लाई बोक्सी भनेका थिए । त्यस रात ऊ जसोदालाई अँगालो मारेर पल्टिरह्यो । तैपनि निद्रै लागेन । तोरीका दाना झैं चारैतिर अँध्यारो छरिएको थियो । जब ऊ आफूलाई गोरू झैं चुटेको सम्झन्थ्यो, हिक्क गर्थ्यो ।

जसोदाले अबेरसम्म सुँक्कसुँक्क गरिरहिन् । उसका गाला सुमसुम्याइरहिन् । भनिन्, "तँ बद्मास छस् । त्यै भएर पिटेका हुन् । तैंले त मेरो आधा ज्यान खाने भइस् । कहिले घरबाट भाग्छस्, कहिले लडेर आउँछस् । मैले आफ्नै छोरालाई आफ्नै आँखाअगाडि पिटेको हेर्नुपर्छ ।"

उनले हिक्क गरिन् ।

म अब आमैलाई यसरी कहिल्यै रूवाउन्नँ, उसले मुठी कस्यो ।

भोलिपल्ट ऊ स्कुल गएन । जसोदाले पनि जा भनिनन् । किनभने उसको पिठ्युँमा सुम्लाका दाग उस्तै थिए । सर्टले छुँदा पनि चस्स दुख्थे । दिउँसो तीन बजेतिर ऊ जुठीआमैको आँगनमा देखापऱ्यो ।

जुठीआमै आँगनमा मूलाका चाना सुकाउँदै थिइन् । उनले मायालु नजरले हेरिन् । ऊ पिँढीमा थ्याच्च बस्यो ।

"हिजे सर्वजित मास्टर सापले पिटेछन्, बाबै ! मैले त ब्यान पो था पाएँ, मनै हिरिक्क भो ।"

उसका आँखा ताता भए । नजर लुकायो ।

"हिँड, म तिम्लाई गुँडको च्या ख्वाउँछु," जुठीआमैले उसको पाखुरा समाएर उठाइन् । ऊ लुरूक्क गयो । अगेनाछेउ टुसुक्क बस्यो । धूवाँलाई माथि धकेल्दै आगो जुर्मुरायो । जुठीआमैले फ्राइबिनमा चिया बसालिन् ।

"जुठीआमै, मेरा बा नभकोले मलाई पिटेका हुन् ?" उसले सोध्यो ।

जुठीआमैले उसको पिन्चे अनुहारलाई पुलुक्क हेरिन् ।

"हाम्रा बा किन मरेका हुन्, जुठीआमै ?" उसले फेरि सोध्यो, "हामीदेखि रिसाका हुन् ? हाम्लाई माया गर्थेनन् ?"

"रिसाका होइनन् बाबै, तिमेरूलाई धेरैधेरै माया गर्थे ।"

"माया गर्ने मान्छेले किन छाडेर गाको त ?"

"छाडेर गाको होइन, बाबै । जुठीआमैले लामो सास फेर्दै भनिन्, "भगवान्ले बोलाको हो ।"

"भगवान्ले किन बोलाको त ?"

धेरैधेरै वर्षपहिले भगवान्ले आकाश बनाए । आकाश एकदमै कालो थियो । जब रात पर्थ्यो, धरती र आकाश छुट्टिँदैनथ्यो । जब रात पर्थ्यो, भगवान्हरू आकाशभन्दा माथि बसेर धरतीतिर हेर्थे, केही देखिँदैनथ्यो । भगवान्ले देख्दै देख्दैनथे, धरतीमा राति मानिसलाई केके आपत् आइलाग्छ भनेर ।

एक दिन भगवान्ले विचार गरे– यस्तो कालो अँगारको डल्लो जस्तो जग राम्रो देखिएन । रात नपारौँ । धरतीमा रात पर्न छाड्यो ।

मानिसहरूले थाहै पाउन छाडे, कहिले सुत्ने, कहिले उठ्ने भनेर । कोही सुतेको सुत्यै गर्थे त कोही काम गर्दागर्दै कमजोर भएर ढल्थे । फूलहरूले पनि कहिले फुल्ने भनेर बिर्सिए । चराहरूले पनि थाहै पाएनन्, कहिले चारा लिन जाने भनेर । जुनकीरीहरू पनि बिस्तारै बल्न छाडे । गाईगोरू पनि जङ्गलमै अलमलिन थाले ।

सबैथोक भताभुङ्ग भयो । धरती असाध्यै कुरूप हुँदै गयो । धरती त्यस्तो भएको देखेर भगवान्लाई पश्चात्ताप भयो । अनि भगवान्हरूले विचार गरे– यसरी दिनै बनाउन त भएन । फेरि रात पार्नैपऱ्यो । तर सारा जग कालो बनाउने होइन ।

एउटा भगवान्ले भने, "त्यसो भए ठूलो दियो आकाशमा बालिदिऊँ ।"

"त्यसो हुँदैन," अर्का भगवान्ले भने, "हामीले तेल थप्न बिर्सियौं भने फेरि आकाश झ्याप्पै कालो हुन्छ ।"

"त्यसो भए के गर्ने त ?" भगवान्हरूलाई आपत् पऱ्यो ।

भगवानहरूले खुब विचार गरे, के छ त्यस्तो चीज, जो सधैंभरि उज्यालो भइरहन्छ ।

भगवान्ले पत्ता लगाए– राम्रो मान्छेको सुन्दर मनभन्दा उज्यालो कुरा संसारमा अर्को छैन ।

भगवान्हरूले सुन्दर मन भएका मान्छेहरू खोज्न थाले । त्यस बेला त सबैको मन राम्रो थियो । भगवान्लाई छान्न गाह्रो भएन । करोडौं मान्छेलाई भगवान्ले बोलाए । तिनका मन झिकेर "तारा" बनाए । ताराले आकाश राम्रो देखियो । धरती र आकाश पनि छुट्टियो ।

भगवान्हरूलाई पनि तारा देखेर रमाइलो लाग्यो । उनीहरूले फेरि करोडौं मन गुँथेर "जून" बनाए ।

फेरि मान्छे सुत्न थाले । फूलहरू फुले । जुनकीरी बले । चराहरू चारा खोज्न गए । धरती सुन्दर भयो । त्यसैले अचेल जब तारा खस्छ र ठाउँ खाली हुन्छ, तब भगवान्ले धरतीको सबैभन्दा सुन्दर मन भएको मान्छेलाई बोलाउँछन् र तारा बनाउँछन् ।

"तिम्रा बा मरेको अघिल्लो रात हाम्रै गाउँमा तारा खसेको थियो ।"

सर्पवर्षा

ऊ जहाँ टेक्थ्यो, त्यहाँ गहिरो पाइलाछाप बस्थ्यो । हिलोमा टेके जस्तो । तर जमिन सुक्खा थियो । मेरो दिमाग गडबड भयो, कसरी सुक्खा जमिनमा यस्तो गहिरो छाप बस्छ ?

सालघारीमा मधुरो हुस्सु लागेको थियो । घामका मधुरा किरण तल खसिरहेका थिए । दिन पूर्णिमाको रात जस्तो थियो । बाँदरहरू रूखको हाँगामा चुपचाप बसेका थिए । बडा सन्नाटा छाएको थियो । मेरो मुटु ढ्याङ्ग्रो झैं बजिरहेको थियो– ढ्याङ ढ्याङ ढ्याङ ।

त, मैले आँखामा जोड लगाएँ । ऊ अलि पर बिस्तारै हिँडिरहेको थियो । उसको शरीरबाट मयूरका प्वाँख खसिरहेका थिए । उसले म पछिपछि लागेको थाहा पायो कि के हो ?

फरक्क पछाडि फर्कियो ।

मैले उसका तेजिला आँखा देखें । ती सिसा झैं टल्किरहेका थिए । ऊ पुड्को थियो । उसको सुनौलो कपाल गोडासम्म झरेको थियो । आधा चेहरा दाह्रीले छोपिएको थियो । गर्धनमा जनावरको हड्डीका टुक्राको माला झुन्डिरहेको थियो । दायाँ हातमा ठूलो ढ्याङ्ग्रो थियो । बायाँ हातमा हड्डीको गजो थियो ।

ऊ वनझाँक्री थियो । मेरा गुरूको गुरू !

हाम्रा आँखा जुधे । तर उसले त मलाई नदेखे जस्तै गर्‍यो । फेरि हिँड्न थाल्यो । मैले पछ्याएँ । ऊ जङ्गल भित्रभित्र पस्यो । मेरो अनुहारमा माकुराको जाल आयो । तर उसकोमा आएन । हाँगामा

बटारिएर झुन्डिरहेको सर्पले उसलाई केही गरेन । मलाई भने झम्टिन खोज्यो ।

म डराएँ ।

ऊ नजिक जाँदा रूखमा उल्टो झुन्डिरहेका चमेराहरू भुरूरू उडे । उल्लु फडफडाए । दिनमा पनि उल्लुले उसलाई देखेका थिए । मैले ध्यान दिएर हेरें, कमिलाहरूले पनि उसको बाटो छाडिदिएका थिए ।

ऊ घण्टौं हिँडिरह्यो । मोहनी लागे झैं मैले पछ्याइरहें । बिस्तारै मेरो डर हराइसकेको थियो । म यति हिँड्दा पनि थाकेको थिइनँ । प्यास पनि लागेको थिएन ।

हिँड्दाहिँड्दै अगाडि गुफा आइपुग्यो । ऊ गुफाभित्र पस्यो ।

मलाई जाऊँ कि नजाऊँ भयो !

तर मलाई अदृश्य हातहरूले ताने झैं भयो । भित्र अँध्यारो थियो । ऊ धमिलो छाया जस्तो देखिइरहको थियो । मैले त्यही छाया पछ्याइरहें । मलाई थाहा थियो, बाटोमा ससाना तीखा ढुङ्गा थिए । तर कसरी हो थाहा छैन, म जोगिइरहेको थिएँ । उसको तेजले हो कि थाहा छैन ।

करिब तीन सय मिटर हिँडेपछि मेरो आँखाअगाडि उज्यालो आइपुग्यो । गुफाको माथिपट्टि ठूलो प्वाल थियो । त्यो प्वालमाथिबाट हेर्दा गुफा इनार जस्तै देखिन्थ्यो होला ।

मैले प्वालबाट आएको उज्यालोको धारमा देखें, गुफाको अन्त्य त्यहीँनिर हुने रहेछ । गुफाको पश्चिमतिर अर्को सानो गुफा थियो । १० मिटर जति लामो । त्यहाँ खरानीले भरिएको अगेनो थियो । तीन ओटा ढुङ्गाले बनाएको । छेउमा काठका छेस्काछेस्की थिए । अगेनाछेवै सुकेका भोर्लाका पात ओछ्याइएका थिए । सायद ऊ त्यहीँ सुत्दो होला ।

उसले ढ्याङ्ग्रो त्यही छेउमा राख्यो । ढ्याङ्ग्रो राखेको ठाउँको माथिपट्टि उसले अनेक चित्र बनाएको थियो । अक्षरहरू लेखेको थियो । तर ती जुलेबी झैं बटारिएका अक्षर मैले एउटा पनि बुझ्न सकिनँ ।

म चुपचाप त्यही छेउमा उभिइरहें । उसले काखीमा च्यापेर ल्याएको कालो रङको वनकुखुरो झिक्यो । मरिसकेको ।

करिब आधा घण्टाभित्रमा उसले दुइटा पत्थर ठोक्काएर आगो बाल्यो । कुखुरा पोल्यो । कुखुरा पोल्दा पातमा पोको पारेर राखेको केही मसलाको धूलो जस्तो छर्किरहेको थियो ।

एउटा खुट्टो सालको पातमाथि राखेर मलाई दियो ।

बेस्मारी भोक लागिसकेको थियो । खुरूक्क खाएँ । मासु साह्रै मीठो थियो । मैले त्यति मीठो मासु कहिल्यै खाएको थिइनँ । वाह, कस्तो ! उसले पकाउँदा के छर्केको थियो ? मैले थाहा पाउन सकिनँ । तर हल्का खैरो रङको धूलो थियो । काठ चिर्दा निस्कने धूलो जस्तो ।

म मुख मिठ्याउँदै त्यहीँ बसिरहें ।

उसले निभ्नै लागेको आगोमा फेरि छेस्काछेस्की राख्यो । आगो हुर्हुर्ती बल्यो । उसले फेरि डल्लो पारेर राखेको पात झिक्यो । त्यसमा पनि धूलो नै थियो । धूलो आगोमा हाल्यो । आगोबाट बास्ना निस्कन थाल्यो । त्यति मीठो बास्ना त मैले कुनै फूलमै सुँघेको थिइनँ ।

बास्नाले गुफा भरियो ।

उसले खरानीको टीका लगाएर ढ्याङ्ग्रो समायो र जोडजोडले बजाउन थाल्यो । आँखा चिम्लियो । उराका गोडा बेस्मारी हल्लिन थाले । उसको मुखबाट सुरिलो, असाध्यै सुरिलो मन्त्र निस्कियो । मैले त्यति मीठो आवाज कतै सुनेकै थिइनँ । मोटो, गहिरो तर चराको प्वाँख जस्तो हल्का । ठ्याक्कै दिलमै बस्ने ।

उसले मन्त्र फलाक्न थालेको १० मिनेट पनि भएको थिएन । गुफाभित्र सिमसिम पानी पर्न थाल्यो । म झन् छक्क परें, कहाँबाट आइरहेछ पानी ? आकाशमा बादलै थिएन । अझै पनि घामको मोटो धार गुफाभित्र झरी नै रहेको थियो ।

त्यही बेला गुफाको अँध्यारो चेपभित्रबाट एउटा सर्प बाहिर निस्कियो । सर्पका दुइटा टाउका थिए । मैले ध्यान दिएर हेरें, सर्प खरानी रङको थियो । पाँच मिटर जति लामो थियो । सर्पका दुइटा जिब्रा थिए । तर आँखा थिएनन् । मैले जीवनमा पहिलोपल्ट अन्धो सर्प देखें ।

उसको मन्त्रको लयमा सर्प ठडिँदै गयो । एकैछिनमा सर्प लठ्ठी झैं तन्कियो । एक्कासि कसैले लठ्ठी आकाशमा हुऱ्याए झैं उड्यो । दुइटा

सर्प भुइँमा खसे । मन्त्र भनिरहेको ऊ टक्क रोकियो । उसको मुखबाट भटाभट शब्द निस्किए । उसले यति छिटो भनेको थियो कि मैले शब्दहरू समात्नै सकिनँ ।

तर तीन ओटा शब्द भने बुझिहालें–

बाँस, सर्प र वर्षा ।

मैले यी तीन ओटा शब्द के बुझेको थिएँ, म ब्यूँझिएँ । म आफ्नै ओछ्यानमा थिएँ । तर मेरो शरीर रूझेकै थियो । पसिनाले हो या गुफाको झरीले, म थाहा पाउँदिनँ । मेरा गोडा पनि दुखिरहेका थिए ।

म फेरि निदाउन सकिनँ । म रातभर घोत्लिइरहें । यी तीन शब्दको रहस्यबारे सोचिरहें । बिहान सूर्योदय हुनुअघि मैले रहस्य पत्ता लगाइसकेको थिएँ ।

अब बाँसबारीमा सर्पवर्षा हुन्छ ।

सौतनपुरको कोहिनुर झाँक्रीको यो बयान रामआशिष र बुधेले सुने । उनीहरूले आआफ्ना श्रीमतीलाई भने । श्रीमतीहरूले इनारमा पानी भर्न आएका अरू तीन महिलालाई सुनाए । ती महिलाले घर फर्किएर पानीको घैला भुइँमा राख्न नपाउँदै आफ्ना श्रीमान्हरूलाई सुनाए । बाआमाको कुरा सुनिरहेका भुराभुरी दगुर्दै छिमेकीका दैलादैलामा पुगे र सुनाइहाले ।

नेपालगन्जबाट चोरेर ल्याएको नयाँ साइकल चढेर बाँसबारी हुँदै गइरहेका त्रैलोक र बिजुले सुने । तिनले इँटाभट्टानिर पिसाब फेर्न उभिइरहेका बेला कल्लुरामलाई देखे र सुनाए । कल्लुरामले आकाशतिर हेर्‍यो । तर केही बोलेन । गाउँभित्र पसिरहेका बेला त्रैलोक र बिजुले बाख्रा डोर्‍याइरहेको हरिनारायणलाई देखे । साइकल रोकेर सुनाए । हरिनारायणले आकाशतिर हेर्‍यो र हेर्‍यो बाख्रातिर ।

हरिनारायणले रूखमुन्तिर अडेस लागेर सोचिरहेको उखानेलाई देख्यो । सुनायो । उखानेले मुख बिगार्‍यो, "बाँसबारीमा दुख्खको के कमी थियो ? झिकिदे गाँडभन्दा थपिदे गाँड भने जस्तो पो हुन लाग्यो त ।"

उखाने छटपटिँदै बसिरह्यो । र घाँसको भारी बोकेर आइरहकी रमलादेवीलाई देख्यो, सुनायो। रमलादेवीले आकाशतिर हेरिन् र छिटोछिटो हिँडिन् । घरमा पुगेर घाँसको भारी थपक्क राखिन् । गला सुकेको थियो । एक लोटा पानी पिइन् । गला सफा गरिन् र आँगनमा उभिएर छिमेकीलाई सुनाइन् । छिमेकीले आँखीभौंनिर हत्केला राखेर आकाशतिर हेरे । बूढो झक्कुलाल गाउँमा खेलिरहेको नाति लिन दगुऱ्यो ।

झक्कुलालले घर आउन नमानिरहेको नातिलाई पिट्दै ल्याइरहेका बेला शान्तिरामलाई देख्यो, सुनायो । शान्तिरामले आकाशतिर हेऱ्यो । उसलाई पत्याऊँ कि नपत्याऊँ भइरहेको थियो । उसले डुग्गीमा बसेर तमाखुको धूवाँ उडाइरहेका जीवारामलाई सुनायो। जीवारामले यसो टाउको उचालेर आकाशतिर हेरे । तमाखु पिइरहे । तमाखु सकिएपछि त्यसको खरानी आँगनको डिलमा फाले । उनले खेतका आलीआली हिँडिरहेकी जैमलीलाई देखे, सुनाए। जैमलीले एकपल्ट आकाशतिर हेरी। र दगुरी।

जैमलीले लर्खराउँदै हिँडिरहेको चिलगाडी देखी । एकछिन सास थामी र सुनाई । चिलगाडी खिस्स हाँस्दै आकाशतिर हेऱ्यो । आकाश रातो हुँदै गएको थियो ।

जैमलीले आफ्नो नयाँ ब्लाउज काखी च्यापेर जसोदालाई पनि सुनाई ।

हल्ला चरा बने र वनतिर उडे । हल्ला गाईगोरू बने र गाउँतिर दगुरे । हल्ला मुसा बने र दुलादुलामा पसे । साँझसम्म हल्लाको भयावह अँध्यारोले बाँसबारीलाई छोपिसकेको थियो । भोलिपल्ट गाउँलेहरू वनतिर पनि गएनन् । झरी बिदा भइसकेको थियो, नत्र स्कुल पनि बन्द हुन्थ्यो ।

कोहिनुर ५७ वर्षको भइसकेको थियो । दुब्लो कायाको ऊ त्योभन्दा बूढो देखिन्थ्यो । निधारमा चाउरीका धर्सा थिए । चाउरी पनि सानो बालकले रेखा ताने जस्ता बाङ्गाटिङ्गा । आँखा नीला थिए । नागमणिलाई गरिने वर्णन उसका आँखासित दुरूस्त मिल्थ्यो । नाक अलि लामो थियो । दाह्रीजुँगाले झपक्क अनुहार छोप्थे । अग्लो थियो । पिठ्युँ अलिकति कुप्रिइसकेको थियो । हाँस्दा दाँतहरू खन्युका जरा जस्ता देखिन्थे ।

ऊ लामो र गोलो गरी किनार मोडिएको लौरो टेक्दै हिँड्थ्यो ।

आफ्नो खास नाम त उसले पनि बिर्सनै थालेको थियो । कहिलेकाहीँ अस्ताउनै थालेको सूर्यलाई हेर्दै आफ्नो सुदूर अतीतमा फर्किन्थ्यो । तर गोप्य तरिकाले । आफू अतीतमा फर्केको आफ्नै चेलोले पनि थाहा नपाओस् भन्ने ऊ चाहन्थ्यो । अतीतमा पुगेपछि अनेकौं उकालीओराली हिँड्थ्यो । मधेसका सन्नाटाले भरिएका सालघारी छिचोल्दै हिँडिरहन्थ्यो । र पुग्थ्यो, आफ्नो पहाड, जहाँ कुम जोडेर उभिएका पहाडले उसको स्वागत गर्थे । ऊ आफ्नो घर पुग्थ्यो, जहाँ सर्कसका खेलाडीले एकअर्काको हात समाएर झुन्डिए जसरी भिरालोमा झुन्डिएका खेत थिए, जहाँ पहेंलै तोरी फुलेका हुन्थे । आमा दाउराको भारी बिसाएर पसिना पुछिरहेकी हुन्थिन् । बा दुधालु भैंसी डोऱ्याउँदै गोठ पसेका हुन्थे । दिदी आँतै ठन्डा बनाउने पानी गाग्रीमा छचल्काउँदै ढुङ्गेधारातिरबाट आइरहेकी हुन्थिन् ।

कति सुन्दर थियो उसको गाउँ ! उसको परिवार !

१४ वर्ष पुगेको केही दिन पनि भएको थिएन । ऊ एकाबिहानै आफ्ना बाको लहरेखोकीबाट जोगिँदै घरबाट भागेको थियो । उसका साथीहरूले ढुकुरको आवाज निकालेर बोलाएका थिए । उसले घरलाई अन्तिमपल्ट फर्केर हेर्दा सोचेको थियो– भारतबाट आमालाई सुनको मडहरी, दिदीलाई सुनको बुलाकी र बालाई सुन मोडेको सुल्पा लेर आउँछु । सबै खुसी हुन्छन् । सोचेको थियो– भारतमा बेलको रूखमा झुन्डिएका दाना झैं सुन झुन्डिएका हुन्छन् ।

तर ऊ बिरानो देश, बिरानो सहर र बिराना मान्छेहरूबीच कैयौं दिन भोकै पऱ्यो । साथीहरू एकएक गर्दै सहरमा हराए । उसको सपनाको "डिल्ली" कतै थिएन । आँखाअगाडि फैलिएका दिल्लीका फराक सडक, गाडीको घुइँचो र हराएका आफ्नै सपना भिख मागिरहेका मानिसका लस्करहरू मात्र थिए ।

उसले सुरूमा दोकानदोकानमा पुगेर खानेकुरा माग्यो । साहुजीहरूको कुकुर र मगन्तेलाई भगाउने तरिका एउटै थियो । कसैले दिएन । अनि सडकसडक केही खानेकुरा पाइन्छ कि भनेर खोज्दै हिँड्यो । एउटा

रोटीको टुक्राका लागि कुकुरको झुन्डसित लड्यो । उसले रोटीको टुक्रा खायो । तर कुकुरले उसको पिँडौला लुछिदियो । कतै रूँदै, कतै हात जोड्दै, कतै नाकमा बक्सिङ खाँदै ऊ महिना दिनपछि रूपेडियामा देखापऱ्यो ।

त्यहीँ त हो उसले ज्वालालाई भेटेको ।

ज्वाला सयौं भूतप्रेतलाई जितिसकेको झाँक्री थियो । ऊ सानैमा वनझाँक्रीबाट शिक्षादीक्षा पाएको झाँक्री हुँ भन्थ्यो । उसको नाकको दाहिने पोरानिर लामो खत थियो । "यो खत बिदा हुने बेला गुरू वनझाँक्रीले दिएको हो" भन्थ्यो ।

ज्वालाले उसलाई आफ्नो चेलो बनाएर नेपालगन्ज छेउछाउका गाउँ डुलायो । पाँच वर्षपछि आफ्नो अचुक गुरूमन्त्र दियो । उसले गम्भीर हुँदै भनेको थियो, "हेर लड्का, अब म तँलाई नयाँ नाम दिन्छु । एकपल्ट तेरो पुरानो नाम मज्जाले दोहोरा तेहरा । मैले नयाँ नाम दिएपछि तेरो पुरानो नाम एकपल्ट पनि मुखमा आउनुहुँदैन ।"

उसले आफ्नो नाम तीनपल्ट उच्चारण गरेको थियो– नारायणप्रसाद, नारायणप्रसाद, नारायणप्रसाद ।

त्यसपछि ज्वालाले न्वारान गरिदिएको थियो, कोहिनुर । ज्वालाले भनेको थियो, "तँ मेरो दृष्टिमा कोहिनुर हीरा होस् । तँ जस्तो चेला मैले कमै पाउँछु । तँ कोहिनुर जस्तै मूल्यवान् छस् । मैले तेरो नाम कोहिनुर राख्नुको अर्को कारण पनि छ, जुन कारण तैंले धेरै पछि थाहा पाउनेछस् ।"

ज्वालाले बिदाइमा कोहिनुरको दाहिने आँखीभौंनिर चक्कुले खत दिएको थियो । र आफ्नो मुकुटबाट एउटा मयूरको प्वाँख झिकेर दिएको थियो ।

ज्वाला झाँक्रीसित छुट्टिएर हिँड्दा ऊ १९ वर्षको थियो । अहिले ५७ वर्षको हुँदा उसले राम्ररी नामको अर्थ बुझेको थियो । कागको बीचमा जाँदा काग हुनुपर्छ भने जस्तो जस्ता नामहरूको बीचमा ऊ जाँदै थियो, त्यस्तै नाम चाहिन्थ्यो । सायद, नारायणप्रसाद नाम बोकेर सौतनपुर आएको भए ऊ त्यति विश्वसनीय मानिन्थेन । ऊ जस्तो माटो, जस्तो

गाउँ त्यस्तै नाम लिएर आएको थियो । नाममा गम्भीरता र गाउँलेहरूलाई वशमा पार्ने शक्ति लुकेको थियो ।

ऊ सौतनपुर आउँदा लक्का जवान थियो । उसको शरीरमा रगत होइन, करेन्ट दगुर्थ्यो । सौतनपुर आएको दुई वर्षमै उसको नाम चारैतिर फैलिइसकेको थियो । उसले बूढा गुरूबाहरूको धन्दा चौपट पारिदिएको थियो । भूत देखेर आफैँ तर्सिएलान् जस्ता गुरूबाहरू उसको ढ्याङ्ग्रो, उसको मुकुट र उसको लयात्मक नृत्यले तर्सिए र शान्त भए । ऊ हेर्दै भूतलाई गर्धनमा समाएर भुइँमा पछार्ला जस्तो देखिन्थ्यो । ऊ आएपछि सौतनपुरेहरू बोक्सी, किचकन्नी र मुर्कट्टाको आङ्तकबाट मुक्त भएका थिए ।

उसको नाम छसात गाउँसम्म फैलिइसकेको थियो । उसलाई गाउँगाउँ चहार्दा फुर्सदै हुन्नथ्यो । तर जब फुर्सद हुन्थ्यो, आफ्नो झुपडीअगाडिको ठूलो आँपको रूखमुन्तिर खटिया राख्थ्यो । त्यसमा उत्तानो पर्थ्यो । र उपरखुट्टी लगाएर आँखाका डिलहरू कँपाउँदै केही सोचिरहन्थ्यो । कहिलेकाहीँ भने फुर्सदले भरिएका गाउँलेलाई अनेकथरी किस्सा सुनाउँथ्यो । गाउँलेहरू पनि गोलघेरा लाएर आँपको रूखको शीतल हावा खाँदै उसका किस्सा सुन्थे ।

गाउँलेलाई त उसले सुनाएका कथा रमाइला किस्सा मात्र लाग्थे । तर किस्साका माध्यमबाट उसले कस्तो पत्ता फ्याँकेको छ, पत्तै पाउँथेनन् । ऊ असल कथावाचक थियो । तर उसले आफ्ना कथा कहिल्यै असल काममा प्रयोग गरेन । उसले त कथाहरूलाई केवल आफ्नो हतियार बनायो । कथालाई हतियार बनाउन उसले गुरू ज्वालाबाटै सिकेको थियो ।

उसले बिहे गरेन र ऊ कहिल्यै पहाड फर्किएन । उसको लबज फेरियो । उसका शब्द फेरिए । उसको शरीरको रङ फेरियो । हेर्दाहेर्दै ऊभित्रको नारायणप्रसाद धरतीबाट लोप भयो, केवल रह्यो कोहिनुर झाँक्री । र उसले बनाएको तिलस्मी कथाको संसार ।

ऊ जवानीदेखि बुढेसकालसम्म एक्लै भने कहिल्यै भएन । सहारा पाई नै रह्यो । झाँक्री विद्या सिक्न कोही न कोही जवान युवा उसकोमा

आइपुग्थ्यो । चेलो बन्थ्यो । कतै जानुपऱ्यो भने उसैले ढ्याङ्ग्रो र झोला बोकिदिन्थ्यो । राति पिँडौला बटारिँदा उसैले मालिस गरिदिन्थ्यो ।

अघिपछि थकित देखिने कोहिनुर जब झाँक्री बन्थ्यो, उसमा अचम्मको शक्ति आउँथ्यो । खैरो कुर्ता र सुरूवाल लाउँथ्यो । दायाँ काँधबाट बायाँ कम्मरसम्म, बायाँ काँधबाट दायाँ कम्मरसम्म लत्रिने ससाना घण्टीहरूको माला लाउँथ्यो । गर्धनमा "ॐ" लेखेको लकेट झुन्ड्याउँथ्यो । मयूरको प्वाँख जडिएको मुकुट लाउँथ्यो ।

बायाँ हातमा गोहोरोको छालाबाट बनेको त्रिशूलको ठूलो चित्र भएको ढ्याङ्ग्रो समात्थ्यो । दायाँ हातमा अलिकति बटारिएको गजो समात्थ्यो । जब ऊ ढ्याङ्ग्रो बजाउँदै मन्त्र फलाक्थ्यो, गाउँलेहरू लठ्ठ पर्थे । ऊ लयमा गोडा चलाउँथ्यो । उसको जीउभरि झुन्डिएका ससाना घण्टीहरू लयमा बज्थे । ऊ मीठो गीत गाउँदै, प्वाँख जस्तो हलुका गरी नाचिरहे जस्तो लाग्थ्यो । सौतनपुरमा कहिलेकाहीँ रामलीला गर्ने जवान केटाहरू यही कलाको ईर्ष्या गर्थे । तैपनि उनीहरू ईर्ष्या प्रस्ट देखाउँदैनथे । ऊ मसानसित लडिरहेका बेला केटाहरू उसको छेउमै पङ्क्तिबद्ध भएर उभिन्थे । उसलाई सनक चढेको दिन उसले केटाहरूलाई बाँदर देवता लगाइदिन्थ्यो ।

उसले केटाहरूको निधारमा ढ्याङ्ग्रोको बिटले छोएर छपल्ट "हैट हैट" गर्थ्यो । केटाहरू बाँदर बनेको अभिनय गर्थे । कसैले चार हातगोडा टेक्थे, कसैले काखी कन्याउन थाल्थे र दाँत देखाउँदै "खिँ खिँ" गर्थे । अनि गाउँका फलफूल बारीतिर दगुर्थे । बाँदर देवता चढेपछि, बारीमा पसेर जे खाइदिए पनि कारबाही हुँदैनथ्यो । त्यो त उनीहरूले जानीजानी कहाँ गरेको हो र ! बाँदर देवताले पो गरेको हो ! ज्यानमा बाँदर देवता चढेपछि कसलाई के थाहा हुन्छ र ! उनीहरू मुक्ति पाइहाल्थे । त्यसैले कोहिनुर जुन गाउँमा जान्छ, त्यहाँ उपद्र्याहा केटाहरूको भीड भइहाल्थ्यो । तर उसले अचेल बाँदर देवता लाइदिन छाडेको थियो । ऊ जुन गाउँ जान्थ्यो, त्यहाँका बूढापाकाले हात जोड्दै बाँदर देवता नलाइदिन आग्रह गर्थे ।

उसले सधैं आफूले सुनाएको किस्साको प्रभाव चाँडै देख्थ्यो । यसपालि त के भयो भयो । हिजो सुनाएको किस्साको प्रभाव कतैबाट हस्याङफस्याङ गर्दै उसको झुपडीमा आएको थिएन । बिहानपख गुच्चा झैं टल्किरहेको आकाश हेर्दै उसले सोच्यो– पानी पनि पर्दैन कि के हो ? के उसको मगज फुस्किएकै हो ? के उसले सर्पवर्षा हुन्छ भनेर गल्ती गऱ्यो ?

उसलाई थकथक लाग्यो । उसलाई आकाशका डिलैडिल सिमलको भुवा झैं उडिरहेका बादल च्याप्पच्याप्प समाएर बाँसबारीको ठ्याक्कै माथिपट्टि राखिदिऊँ जस्तो लाग्यो । अलिकति पानी बर्सिएको भए पनि बाँसबारीमा कतै न कतै एउटादुइटा सर्प देखिइहाल्थे । यत्ति भए त उसले भनेको कुरा पूरै झुट कहाँ हुन्थ्यो र !

यसपालि त धरतीबाट अचानक भुइँकुहिरो हटे झैं गाउँहरूबाट उसको दबदबा हट्छ कि के हो ? ऊ फतफताउँदै खटियामा उत्तानो पऱ्यो । आँखा चिम्म गरेर गाउँलेलाई कस्तो कथा सुनाएर थामथुम पार्ने होला भनेर सोच्यो ।

अबेरसम्म केही फुरेन । आ, फुरिहाल्ला नि भनेर खटियामा उत्तानो पऱ्यो ।

रातभरिमा बाँसबारी र सौतनपुरको आकाशमा काला बादल जम्मा भइसकेका थिए । बिहानपख त बादलले कुम जुधाउन थालिहाले । बिजुली चम्किन थाल्यो । एकपल्ट त गाउँ नै उडाएर लैजाउला जसरी हुरी चल्यो । कोहिनुर हतारिँदै बाहिर निस्कियो । आँपका पात चारैतिर उडिरहेका थिए । घरको छानो स्वात्तै उड्ला जसरी काँपिरहेको थियो । उसले आकाशतिर हेऱ्यो । मडारिइरहेको कालो बादल बटारिइरहेको अजिङ्गर जस्तो देखिइरहेको थियो ।

साँच्चै, आकाशबाट सर्पहरू खस्छन् कि के हो ? उसका गोडा काँपे । ऊ हतारिँदै घरभित्र पस्यो । दैलोको आग्लो लगायो । उसको चेलो सन्तलाल भित्तातिर कोल्टे परेर अगेनाछेउ गुडुल्किएको थियो । एकपल्ट निदाइसकेको सन्तलाललाई ब्युँझाउन सजिलो पनि थिएन । ऊ बेलाबेला सोच्थ्यो– यसको त टाउकै छिनाले पनि थाहा पाउन्न कि के हो ?

ऊ खटियामा घोप्टो पर्‍यो र बुट्टावाल च्यादरले आफूलाई छोप्यो । च्यादरभित्र लुकेपछि आफूलाई अलिक सुरक्षित महसुस गर्‍यो । मनमनै कसम खायो– अब म आइन्दा सर्पवाला कथा सुनाउन्नँ ।

ऊ निदायो । सपनामा उसलाई अन्धो सर्पले लखेटिरह्यो ।

दिनभरि झिजोलाग्दो झरी बर्सिरह्यो । ऊ खटियामा च्यादर ओढेर बसिरह्यो । सन्तलालले गुँडको कालो चिया दिइरह्यो ।

"खै गुरू, बाँसबारीमा साँपवर्षा भएको खबरै आएन !" सन्तलालले एकपल्ट सोध्यो पनि ।

ऊ केही बोलेन । ऊसित बोल्नलाई कुनै शब्द बाँकी थिएन । उसले सोच्यो– सन्तलालले पनि विश्वास गर्न छाड्छ कि के हो ? उसको अनुहार बिग्रियो ।

तैपनि उसलाई आस थियो– भगवान्ले कुनै न कुनै चमत्कार गर्छन् । ऊ आफैँले आफ्नो गर्धनमा राखेको फन्दाबाट बचाउँछन् । किनभने भगवान्ले उसलाई यस्ता सङ्कटबाट कैयौंपल्ट बचाएका छन् । उसले चियासहितको हात धुरीतिर उठायो र मनमनै प्रार्थना गर्‍यो ।

साँझसम्म पनि आँगनमा कोही आएन । छटपटिँदै ऊ मासको दाल, भात र टमाटरको अचार खाएर निदायो । भोलिपल्ट बिहान पनि कुनै खबर आएन । दिउँसोपरख झरी थामियो । झरीले पखालेर आँखै तिर्मिराउने गरी टल्काएको आकाश हेर्दा उसका ओठ काँपे ।

के ऊ साँच्चिकै बूढो भएको हो त ? उसको समय सकिएको हो त ? के भर्खरै थामिएको झरीसँगै उसले टाँगा झैं हाँकेको समय थामिएको हो त ?

उसको आशा लल्याकलुलुक भएर खस्नै लागेको थियो, उसले साइकल चढेर आइरहेका दुई मानिस देख्यो ।

ती झरीले हो कि पसिनाले, लुछुप्प रूझेका थिए । घुँडासम्म हिलो फैलिएको थियो । अनुहारमा त्रासको कालो बादल उडिरहेको थियो ।

कोहिनुर खुसीले लगलगी गोडा कपाउँदै दैलोमा उभिरह्यो ।

"झाँक्री बा, तुरून्तै बाँसबारी जानुपर्‍यो," त्रैलोकले हात जोड्यो ।

"के भो ?" उसको धीमा हुनै लागेको रगत फेरि रफ्तारमा बग्न थाल्यो ।

"एक जनालाई सर्पले टोक्यो," बिजुले भन्यो ।

"सर्प ?" उसले मनमनै भगवान्लाई धन्यवाद दियो ।

त्रैलोकले आफ्नो स्याँस्याँ रोक्दै भन्यो, "तर बहुत डेन्जर सर्प जस्तो छ । सर्पको रूप धारण गरेर अरू नै केही आए जस्तो छ । नत्र ऊ पनि एक सय छ ओटा सर्प मारिसकेको डेन्जरै मान्छे हो ।"

चिठी

"मास्टर ! मास्टर ।"

पवनले झ्यालबाट चियायो, आँगनमा जीवाराम उभिएका थिए ।

सर्वजित मास्टर साप बाहिर निस्किए, "के भो ? किन आत्तिनुभाको ?"

"तुरून्त चिलगाडीकोमा हिंड् । बाँसबारीलाई दशा लाग्यो । चाँडो जाम् ।"

"के भो चिलगाडीलाई ?"

"घिटिघिटी गऱ्या छ । आजै जान्छ जस्तो छ," जीवारामका आँखामा त्रास फैलियो, "गर्धनमै डसेर मरेछ । चानचुने सर्प होइन, मास्टर ।"

सर्प ? पवनले आत्तिएर आफ्ना गोडाको चारैतिर हेऱ्यो ।

"चाँडै जाम् । झाँक्री पनि आउँदै छ । मलाई त प्रेतको कालो छाया बाँसबारीमा घुमिरहे जस्तो लाछ ।"

"कस्तो सर्पले डसेको हो ?" सर्वजित मास्टर सापले आत्तिँदै सोधे ।

"कोबरा जस्तो छ । तर त्यो सर्प मात्र होइन," जीवारामले भने, "अर्कै क्यै हो । त्यस्ता अरू सर्प पनि गाममा पसे जस्तो छ ।"

सर्वजित मास्टर साप घरभित्र पसे । पवन दगुर्दै आफ्नो कोठामा पस्यो र किताब पढे जस्तो गर्न थाल्यो । उसले पहिलोपल्ट सर्वजित मास्टर सापले दिउँसै टर्चलाइट समाएको देख्यो । उनले घरका कुनाकुना हेरे । पवन र रमाको पलङमुन्तिर हेरे ।

"एई, आज सुट्ट बाहिर ननिस्केस् !" उनले भने ।

पवनले मुन्टो हल्लायो ।

सर्वजित मास्टर सापले निदाएकी रमाको शिर सुमसुम्याए र फटाफट बाहिर निस्कँदै भने, "म एकछिन गाउँ डुलेर आउँछु ।"

पवनले झ्यालको खापाबाट देख्यो– सर्वजित मास्टर साप लमकलमक अघिअघि हिँडिरहेका थिए भने उनलाई भेट्टाउन जीवाराम दगुरे जसरी हिँडिरहेका थिए ।

पवन कुनाकुनामा गुजुप्प परेर अँध्यारो देखेर तर्सियो । पलङमुन्तिर झुन्डिएका गोडा स्वाट्ट माथि तान्यो । रमाको मसिनो स्वाँस्वाँ कोठाभरि फैलिएको थियो । उसलाई बेलाबेला सर्पले सास फेरेको हो कि जस्तो लाग्थ्यो ।

ऊ ओछ्यानमा घोप्टो पऱ्यो । खापाबाट आइरहेको पातलो बतासले उसका कन्चट सुमसुम्यायो । उसका आँखामा निद्राको गौँथली आएर थपक्क बस्यो र सपनाका पखेटाका काप चुच्चाले कन्यायो ।

होहल्लाले ब्युँझियो ।

महिला रोएको आवाज आइरहको थियो । जोडजोडले ढ्याङ्ग्रो पनि बजिरहेको थियो । उसले आत्तिँदै झ्यालबाहिर चियायो । रातले आफ्ना जगल्टा फिँजाइसकेको थियो । आँगन शून्य थियो । सर्वजित मास्टर साप अझै फर्किएका थिएनन् । उसलाई भान्सामा गएर टुकी बालेर ल्याउन पनि डर लाग्यो ।

ऊ रमाको पलङतिर सऱ्यो । रमाले बिरालो जसरी झम्टिई । उसले अँगालोमा बाँध्यो ।

"को रोको ?" रमाले काँपेको आवाजमा सोधी ।

"खोइ ?" उसले अँध्यारोलाई गढेर हेऱ्यो ।

"अनि कसले बाजा बजाको ?"

"खोइ ।"

"बा खोइ ?"

"गाउँ डुल्न जानुभाछ । एकछिनमा आउनुहुन्छ ।"

"मलाई डर लाग्यो के !"

"नडरा के फुच्ची !" उसले आधा उघ्रिएको झ्यालको खापातिर हेर्दै भन्यो, "म छु नि, किन डराउँछेस् ! म एक बक्सिङले बाघलाई ढाल्दिन सक्छु के !"

"इस् हो ?" रमाले पत्याइन, "अस्ति बिरालो देख्दा तँ कसरी तर्सेको थिस् !"

पवनलाई सर्वजित मास्टर सापसित रिस उठ्यो । यसरी चटक्कै छाडेर उतै बस्नुहुन्छ त ? उसले दाह्रा किट्यो । उसले सोच्यो– एक दिन सर्वजित मास्टर साप बूढा हुन्छन् । ऊ तन्नेरी हुन्छ । सर्वजित मास्टर सापलाई डर लागेको बेला ऊ पनि यसरी नै गाम डुलेर बस्छ, यत्रै घर आउन्न ।

खत्र्याक्क... झ्यालबाट मधुरो आवाज भित्र पस्यो ।

पवनलाई छुलुक्क पिसाब आउला जस्तो भयो । रमालाई जोडले अँठ्यायो ।

एकछिन दुवैले एकअर्काको ढुकढुकी सुनिरहे । एकछिन महिला रोएको र ढ्याङ्ग्रो ठटाएको मधुरो आवाज आइरह्यो ।

सऱ्याकसऱ्याक आँगनमा केही हिँड्यो ।

"बा आउनुभको ?" रमाले सोधी ।

"बाऽऽ !" पवनले अलि उँचो आवाजमा बोलायो । उसको आवाज आँगनभरि फनफनी घुम्यो । तर जवाफ आएन । ऊ झल्याँरा भयो, बा आएका होइनन् भने को हिँडेको आँगनमा ?

फेरि सऱ्याकसऱ्याक हिँडेको आवाज आयो ।

"भूत आयो," रमाले उसका कानमा सासले भनी, "अब हाम्लाई खान्छ ।"

"भूतसुत हुन्न के, नडरा !" पवनले सासले भन्यो । तर डराउँदै झ्यालतिर तन्कियो । झ्यालको खापा ढ्याप्प ढप्कायो ।

सऱ्याकसऱ्याक फेरि केही हिँड्यो ।

"को हो ?" पवन आँट निकाल्दै करायो, "को हो ?"

उसको आवाज अलि पर पुगेर फर्कियो । तर कुनै उत्तर आएन ।

खत्र्याक खत्र्याक... लौ जा झ्यालको खापामा पो हल्लायो त !

रमा चिर्र चिच्याई । उसले मुख थुनिदिँदै चिच्यायो, "को हो ? पख्, बालाई भन्दिन्छु !"

"म हो के म !" मधुरो आवाज आयो ।

आवाज सुन्नेबित्तिकै पवन झ्यालतिर दगुऱ्यो । स्वाट्ट खापा खोल्यो । जूनको मधुरो उज्यालोमा उभिएको थियो, वसन्त । वसन्तलाई देख्नेबित्तिकै उसको डर छुमन्तर भयो । तर पनि ज्यानमा कम्पन बाँकी नै थियो ।

रमाले झ्यालबाहिर हेरी । निडर वसन्त, जूनको उज्यालोमुन्तिर उभिएको थियो । उसले सोध्यो, "टुकी किन नबालेको ?"

"हाम्लाई डर लाग्यो," रमाको आवाज अझै काँपिरहेको थियो ।

वसन्त सऱ्याकसुरूक्क गर्दै दैलोतिर गयो । भित्र पसेर भान्सामा मुसो झैं खत्र्याकखुत्रुक गर्न थाल्यो । र हत्केलामा उज्यालो बोकेर आयो । टुकीलाई झ्यालको खापाका बतासँसित जोगाउँदै राख्यो र रमालाई सोध्यो, "फुच्ची, भोक लाछ ?"

रमाले पवनको अनुहारको घाउ देखेकी थिई । सर्वजित मास्टर सापले उसलाई घरमै गएर चड्कन लाएको पनि थाहा पाएकी थिई । उनले टुकीको मुधरो उज्यालोमा ऊसित "सङ्गत नगर्नू" भनेर पवनलाई सम्झाएको पनि देखेकी थिई । उसलाई भोक नलाएको कहाँ हो र ! तैपनि चुप रही ।

"भोक लाछैन, फुच्ची ?" पवनले पनि प्रेमले सोधेपछि उसले बिस्तारै मुन्टो हल्लाई ।

वसन्तले रूमालको पोको उसलाई दियो । उसले च्याप्प समाई । पलङमा राखेर पोको खोली । रोटी र अचार रहेछ । एउटा रोटी पवनलाई दिई । अरू कपाकप खाई । पिरो भएर सिउसिउ गरी । पवनले आफ्नो रोटी पनि उसैलाई दियो । खुरूक्क समाई ।

वसन्त टुकीको उज्यालोबाट छेलिन अँध्यारोको टुक्रातिर सऱ्यो ।

पवनले उसलाई मनमनै रोटीका लागि धन्यवाद दियो । सर्वजित मास्टर सापले नबुझेको रमा र उसको भोक उसले बुझेको थियो ।

रमाले रोटी सकेर खिस्स हाँसी । वसन्त पनि हाँस्यो होला, अँध्यारोमा राम्ररी देखिएन ।

"दाइ, कसले बाजा बजाको ?" उसले सोधी ।

"सौतनपुरको झाँक्रीले," वसन्तले भन्यो, "चिलगाडी त मर्नै लाछ । आज सर्पसित लडेको रे !"

रमाले तर्सिंदै पवनका हात समाई, "कस्तो थ्यो सर्प ?"

फिक्का खैरो रङको थियो ।

आँखा मासका गेडा जस्ता थिए । शरीरभरि टाटे बुट्टा थिए । तीतेपातीको झाङमा बटारिएर बसेको थियो । दूबो जस्तो जिब्रो हावामा नचाइरहेको थियो । उसले झम्टिएका दुइटा भ्यागुता बुरूक्क उफ्रेर भागेका थिए । उसले सजिलै आफ्नो खान्की पाउन छाडेको थियो । भ्यागुता र मुसा चलाख भइसकेका थिए । ऊ खान्की खोज्दाखोज्दा थकित भइसकेको थियो, त्यसैले सुस्ताइरहेको थियो ।

त्यही बेला उसको मुखैनिर दुइटा गोडा आइपुगेका थिए, धर्मराउँदै । अचानक आफ्ना अगाडि आइपुगेका मानव गोडाले तर्सेर उसले टाउको ठाडो पाऱ्यो । गर्धन बेस्मारी फुल्यो । पुच्छर फनफनी नाच्न थाल्यो ।

चिलगाडी बुरूक्क उफ्रेर करायो, "मुजी, ह्याँ पो लुकेर बस्या रैछ !"

चिलागाडी रक्सीको मातमा थियो । टेकिरहेको हिलाम्मे बाटो पनि उसलाई यताउता ढलपलाइरहे जस्तो लागिरहेको थियो । उसको घुँडासम्म हिलो फैलिएको थियो । चिप्लिएर भुइँमा थ्याच्च बस्दा पुट्ठाभरि हिलो लागेको थियो । उसले घुँडासम्म पुग्ने रबरका बुट लगाएको थियो । मन्द बतासमा कोट जसरी सिलाएर लाएको बर्सादी हल्लिरहेको थियो । अलिकति चल्दा पनि सऱ्याक्क आवाज आइहाल्थ्यो ।

सर्पले आवाज आएतिर टाउको हुत्याउँथ्यो ।

चिलगाडीले सोच्यो– जाँठो रक्सी कति धोकिएछ ! सर्प छेवैमा भाको पनि थाहा पाउन सकिएन ।

नत्र, उसले सर्पको गन्ध वरै थाहा पाउँथ्यो, सर्पको गन्ध ठ्याक्कै आलो माछाको जस्तो त हुन्छ । सर्पको आवाज वरै सुन्थ्यो– कुनै सर्प दमको रोगी झैं स्याँस्याँ गर्छन् त कुनै आराले काठ काटे जस्तो आवाज निकाल्छन् ।

सर्पसितको जम्काभेटले चिलगाडी आत्तियो । एक सय सातौं सर्पसित आजै लड्नुपर्ला भनेर उसले सोचेको पनि थिएन । ऊ तयारीमा पनि थिएन । ऊसित सर्पसित लड्ने लामो लट्ठी पनि थिएन । यताउता हेऱ्यो । तीतेपातीको झाङ मात्रै देख्यो । एउटा लट्ठी भेटेको

भए ऊ पहिला लट्ठीले सर्पको टाउको घोच्दै जिस्क्याउँथ्यो । सर्प लट्ठीमै अलमलिइरहेका बेला तीव्र गतिमा पुच्छर समात्थ्यो र भुइँमा टाउको पछार्थ्यो । तर उसले लट्ठी भेटेन । वरैबाट सर्पको कन्चट फुटाल्नलाई ढुङ्गा पनि थिएन । थियो त, भिजेर चिप्लो भएको रातो माटो ।

चिलगाडीलाई सर्प त्यत्तिकै छाडेर हिँड्न मन लागेन । उसले सोच्यो– यो आज बाँच्यो भने भोलि गएर आफ्नो साथीलाई चिलगाडी त कमजोर भइसकेछ भन्छ । अर्को सर्पले अर्को सर्पलाई भन्छ । अनि फेरि सर्पले हेप्न थाल्छन् । हुलका हुल बाँधेर बाँसबारी आउँछन् ।

उसको ज्यान सिरिङ्ग भो । उसले सोच्यो– मैले जसरी पनि बाँसबारीलाई सर्पहरूबाट जोगाउनुपर्छ ।

हुरूरू गर्दै सौतनपुरतिरबाट दगुर्दै बतास आइपुग्यो । तीतेपातीका झाङ हल्लाएर गयो । सर्पले उसलाई हेर्‍यो, उसले सर्पलाई ।

चिलगाडीको आँखाभरि नाबालक छोरोको अनुहार आयो । हाँसिरहेको । "ना ना" गर्दै आँगनमा ढलपलाउँदै हिँडिरहेको । याद आयो, उसको हाँगाबाट चुँडिएको पात जस्तो लत्रुक्क परेको ज्यान । उसको चिहान ।

"त्यसको केके गल्ती थ्यो, मुजी ?" ऊ बेस्मारी चिच्यायो ।

आँसु त मौका कुरेर बसेका न हुन्छन् । गुरूरू गालातिर दगुरिहाले । उसले सर्पलाई धमिलो देख्यो ।

सर्पले फ्वाँ गर्‍यो ।

"धम्की दिन्छस्, जाँठा ?" उसले बुट उचाल्यो । "म चिल हुँ चिल, बुझिस् ? तँलाई भर्खरै, ह्यै मार्छु । भर्खरै मार्छु ।"

ऊ बिजुली गतिमा सर्पको पुच्छर समात्न झुक्यो । ट्याप्पै समायो । सर्प उसको हातमा तर्लुङ्ग झुन्डियो । थकित र भोको सर्प आफूलाई जोगाउन यताउता बटारिन थाल्यो । उसले सर्पलाई डोरी झैं नचायो । झरीका मसिना दानाले भरिएको समय चिलगाडीकै पक्षमा थियो । जब सर्पको टाउको भुइँमा पछार्नै लागेको थियो, उसको कमजोर दायाँ गोडा रातो माटोमा चिप्लियो । पृथ्वीको एकातिरको पाटोबाट घाम स्वाट्ट अर्को पाटोतिर सरे झैं उसको समय सर्‍यो । ऊ भुइँमा उत्तानो पछारियो ।

देख्यो, सर्पको हावामा तैरिरहेको टाउको । सर्प आफ्नै ज्यानमा खस्ने डरले चिलगाडी हुत्तिन खोज्यो । तर जमिनका बलिष्ठ पाखुराले उसका हातगोडा च्याप्प समाए । ऊ हल्लिन पनि सकेन ।

उसले देख्यो, सर्पको टाउको ऊतिर सोझै खसिरहेको थियो । अचानक उसको दायाँ कानमुन्तिर च्यास्स भो । दुइटा सियोले घोचे जस्तो, मसिनो च्यास्स ।

"डस्यो, रन्डीको बानले !" ऊ चिच्यायो ।

सर्प उसको छातीमा बटारिइरहेको थियो । उसले सर्पको टाउको ट्याप्प समायो । सर्पको टाउको माछाको टाउको जस्तो थियो, नरम र लचिलो । उसले सर्पको टाउको भुइँमा जोत्यो । सर्पको मुख दुई फ्याक भो । हिलोमा टाउको गाडिएको सर्प उसको पाखुरामा बटारियो । डाक्टरको हावा भर्ने मेसिनले पाखुरा अँठ्याए जस्तो भो । उसले अबेरसम्म सर्पको टाउको हिलोमा गाडिरह्यो । बिस्तारै सर्प लुलो भयो । उसको पाखुराको नसामा सरर्र रगत बग्यो । सर्पको पुच्छर छिटिकछिटिक गर्दै शान्त भयो । एकैछिनमा सर्प दाम्लो भइसकेको थियो ।

ऊ धर्मराउँदै उठ्यो । ऊ दिनभर हिलोमा आहाल बसेको राँगो जस्तो भएको थियो । उसले भतभती पोलिरहेको घाउ छाम्यो । हिलोमा डुबेको सर्पलाई पुच्छरमा समाएर उठायो र गर्धनमा मफलर झैं बेऱ्यो ।

र खोच्याउँदै, धर्मराउँदै गाउँतिर दगुऱ्यो ।

झक्कुलाल हिलोमा खेलिरहेको नातिलाई घिसार्दै घरतिर लगिरहेको थियो । उसले दगुर्दै आइरहेको चिलगाडीलाई देख्यो । पहिला त चिन्नै सकेन । उसको नाति चिर्र चिच्यायो । झक्कुलालको छातीमा पनि च्यास्स भए जस्तो भएको थियो । अबेरसम्म गुम्लुङ्ग कम्बल ओढेर सुतेपछि उसको काँपिरहेको शरीर शान्त भएको थियो । पछि सुनाएको थियो– त्यस बेला चिलगाडी, चिलगाडी जस्तो थिएन । ऊ त ठ्याक्कै फोटोको महादेव जस्तो थियो । गर्धनमा सर्प बेरेको ।

जीवाराम भर्खरै खुलेको आकाश हेर्दै, सुल्पाको पहिलो कस लिँदै, पिँढीमा बसेर टोलाइरहेका थिए । एक्कासि आफ्नै आँगनअगाडिबाट दगुर्दै

गएको चिलगाडी देखेर यसरी तर्सिए कि हातको सुल्पा काखमा खस्यो । शरीरबाट आगो झार्न बुरूक्क उफ्रिए । पछि सुनाएका थिए– मलाई ह्वात्तै आँखाअगाडि मसान आए जस्तो लागेको थियो । मान्छेले त सर्प घाँटीमा बेरेर कहाँ दगुर्छ र ? सुरूमा त हिलैहिलो भएको चिलगाडीलाई चिन्न पनि सकेका थिएनन् । लगातार दुइटा सुल्पा तानेपछि उनको दिमाग ठेगानमा आएको थियो ।

चार बजेर १७ मिनेट जाँदा चिलगाडी आफ्नो आँगनमा पुगेको थियो । उसकी श्रीमती गङ्गा अचार बनाउन टमाटर पोल्दै थिई । उसले गर्धन बटारेर हेर्दा हिलैहिलो भएको चिलगाडीलाई देखी र सोची, "आज पनि जाँड धोकेर खाल्टामा खसेछ ।"

ऊ अचार पिस्न थाली ।

चिलगाडी बर्बराएको सुनेर फेरि गर्धन बटारेर बाहिर हेरी । ऊ आँगनको मियोमा सर्प झुन्ड्याइरहेको थियो । उसले सोची, "आज पनि मारेछ । छोरोलाई दैवले लगेको हो । सर्प मारेर फिर्ता आउने होइन क्यारे ।"

उसले अचारमा धनियाँका पात हाली ।

चिलगाडीले रछ्यानछेउ ग्यालेनको पानी ज्यानमा खन्यायो । सर्प हेर्दै हिलो पखाल्यो । एकपल्ट भतभती पोलिरहेको घाउ सुमसुम्यायो । उसलाई कताकता केही बिर्सिए जस्तो भइरहेको थियो । एकपल्ट त आँखा धमिला भएर उभिन्डिरहेको सर्प दुइटा भएको पनि देख्यो ।

"जति ओटा रूप धारण गर्... मारेरै छाड्छु !" ऊ करायो ।

गङ्गाले तावामा तातेको रोटीलाई अगेनाको गोलमा सेकी । रोटी भुक्क फुल्यो । दोस्रो रोटी भुक्क फुल्ने बेला ऊ भित्र आयो । बाकस खोतलखातल पार्‍यो । उसले बाकसबाट सेतो सर्ट, खैरो इस्टकोट र नीलो पाइन्ट झिक्यो । यी लुगा दसैंमा मात्र लाउँथ्यो । चिसा कपडा फुकाल्यो । गङ्गाले हेर्दा ऊ नाङ्गो थियो । उसले झर्को मान्दै पीठो हत्केलाका बीचमा राखेर प्याटप्याट पड्काई ।

उसले सर्ट, पाइन्ट लगायो र इस्टकोटको टाँक खेलाउँदै भन्यो, "भोक लाछ, चाँडो ले ।"

उसले अगेनामाथि राखेको काठको भाँडाबाट तोरीको तेल झिक्यो । कपालमा दल्यो । बाहिर निस्कियो । इस्टकोटका दुवै गोजीमा हत्केला राखेर पिँढीमा टुक्रुक्क बस्यो । एकपल्ट ह्वात्त तल खस्न लाइरहे जस्तो आकाश टोलाएर हेऱ्यो ।

गङ्गाले टमाटरको अचार र रोटी ल्याएर दिई । उसले घुँडामाथि थाल राखेर सुरूसुरू रोटी खायो । अचार पिरो भएर होला, स्युस्यु गऱ्यो । उसले लगालग पाँच ओटा रोटी खायो । अचारलाई दाहिने हातको चौरऔंला घुमाएर सिनित्तै पाऱ्यो । गङ्गाले लोटामा पानी दिई । उसले घटघट लोटा रित्यायो । ओठको चेपबाट एउटा मसिनो पानीको धार रूद्रघण्टीमा खस्यो ।

"आइज, मेरो छेउमा बस् ।" उसले गङ्गाको हात समाएर आफूतिर तान्यो ।

गङ्गा टुसुक्क उसको छेउमा बसी । उसले गङ्गाका जुटको बोरा झैं खस्रा हत्केला समात्यो । भन्यो, "तेरा हात त कत्ति साह्रा भाका एई !"

गङ्गा उसको नयाँ अवतार देखेर छक्कै परी । चिलगाडीले पहिलोपल्ट उसका हातलाई यति मायाले सुमसुम्याएको थियो ।

गङ्गाका आँखाका कुना रसाए ।

चिलगाडीले गङ्गाको बाटुलो अनुहार, काँपिरहेका बदामी ओठ, ओठको देब्रेतिर तिलको दाना जस्तो कोठी, पुक्क परेका गाला, अलिकति उविसएको निधार नियालेर हेऱ्यो । भन्यो, "एक्लै हुँदा कहिल्यै नआत्तेस् । सङ्कट पनि कमजोरकै घरमा पस्छ ।"

गङ्गाले चिलगाडीका फिक्का नीला हुँदै गएका ओठ हेरी । सोची– चिसोले होला । लगलगी काँपिरहेका गोडा हेरी । सोची– आज यस्सो मन वशमा छैन । आज किन यसरी छटपटिएको होला ?

"जीवारामलाई पाँच सय ५० रूपियाँ तिर्नु छ । शान्तिरामलाई अस्तिको पाला खाएको सलिफाको ५५ रूपियाँ तिर्नु छ । नौ हजार रूपियाँ, त्यो कालो बाकसभित्र पोको पारेर राखेको छु । जग्गाको लालपुर्जा पनि त्यै बाकसमै छ । मेरो चिना पनि त्यैं छ क्यारे ।" बोल्दाबोल्दै चिलगाडीलाई चक्कर आउला जस्तो भो । उसले च्याप्प गङ्गाको दायाँ कुम समायो ।

"के भा छ आज तिम्लाई ?" गङ्गाले रून्चे स्वरमा सोधी ।

उसले टाउको झट्काऱ्यो । उसको आँखाअघि ढलपलाइरहेको आँगन शान्त भयो । आँगनछेउको चिचिन्डोको लहरा छेउबाट स्वात्त कालो छाया गए जस्तो लाग्यो । गला खकाऱ्यो । कसैले ढुङ्गा झुन्ड्याइदिए जसरी अङनारी गह्रौं भयो ।

"बुझिस् गङ्गे । भगवान्ले तेरो जिन्दगी तँलाई देका हुन् । तेरो जिन्दगी तेरो सम्पति हो । जसरी मन लाग्छ, त्यसरी खर्च गरेस् ।" उसले गङ्गाको अनुहार धमिलो देख्यो, "हाम्रो छोरो कस्तो थ्यो रे, भन् त ! मलाई सुन्न मन लाग्यो ।"

गङ्गाको हंस ठाउँमा थिएन । उसले चिलगाडीलाई यसरी बर्बराएको कहिल्यै देखेकी थिइन । छोराको कुरा गर्न उसलाई पनि त मन हुन्छ नि !

पोक्चे गाला । भर्खरै अनार खाए जस्ता ओठ । भगवान्ले नै गाजल लाइदिए जस्ता काला आँखा, कैला र लामा कपाल । थेप्चो थेप्चो नाक । कपासले बने जस्ता नरम हातगोडा । भगवान्ले गीत गाए जस्तो हाँसो । कमिला पनि नझस्किने हिँडाइ । संसारकै सबैभन्दा मीठो भाषाले भरिएको खित्का ।

चिलगाडीले मुन्टो हल्लाउँदै सुनिरह्यो । कताकता उसको कानभित्रका अनकन्टार डाँडाहरूमा मसिना खित्का ठोक्किइरहे ।

"स्वर्गमा हाम्रो पुन्टे एक्लै पऱ्या होला," ऊ बर्बरायो, "अब म जानुपर्छ ।"

"के धोकेर आयौ आज ?" गङ्गा छटपटिँदै उठी, "केके जाती बर्बराछौ । जाऊ, भित्र गर सुत ।"

ऊ अझै बोल्न खोज्दै थियो । तर जिब्रोलाई कसैले ट्याप्प समाए जस्तो भयो । चक्कर आए जस्तो भो । ऊ छेउको भित्तामा ढेसियो । आँखा फुस्रा भए । गङ्गाले आत्तिँदै हेरी, "के भो तिम्लाई ?"

"मलाई सर्पले... ।" उसले गङ्गाको हात समाएर गर्धनको घाउमाथि राखिदियो ।

गङ्गा बाँसबारी नै थर्किने गरी कराई ।

वसन्त पुग्दा चिलगाडीको आँगनमा आधा गाउँ ओर्लिसकेको थियो । गाउँलेहरू कहिले चिलगाडीतिर हेर्थे त कहिले मियोमा उभिन्डिएको सर्पलाई । गङ्गाले रूँदै गुन्द्रीमाथि उत्तानो परेको चिलगाडीलाई पछ्यौराको किनारले हम्किरहेकी थिई ।

"कहिले डस्यो, कहाँ डस्यो ?" भन्दै गाउँलेहरू फुसफुसाइरहेका थिए । सबैले एकैपल्ट खासखुस गरिरहेकाले आँगनमा हजारौं मौरी भुनभुनाए जस्तो भइरहेको थियो ।

वसन्तले पवन पनि आएको छ कि भनेर हेऱ्यो । देखेन । सर्वजित मास्टर साप जीवारामसित कानेखुसी गर्दै आँगनछेउ टुत्रुक्क बसेका थिए ।

"हैन हो, बाँसबारीलाई के दशा लाको हो ?" शान्तिराम काखीमा रेडियो च्यापेर बर्बराइरहेको थियो, "यस्सो हेर्दा सर्प पनि सामान्य सर्प जस्तो लाग्दैन त । मसानको छौंडा जस्तो पो छ त !"

मसान ? वसन्तले गहिरिएर सर्प हेऱ्यो । चिलगाडीले अगाडि मारेका एक सय छ ओटा सर्प जस्तै त छ नि ।

त्रैलोकले हाँकेको साइकलको पछाडिको सिटमा बसेर कोहिनुर आइपुग्यो । साइकलको पछिपछि बिजु र सन्तलाल दगुरिरहेका थिए । हतार भएर होला, कोहिनुर झाँक्रीको भेषमै आएको थियो । शिरको मुकुटमा जडेको मयूरको प्वाँख फर्फराइरहेको थियो ।

कोहिनुरले आँगनमा पाइला राखेपछि सन्नाटा छायो । धपेडी भएर होला, ऊ स्याँस्याँ गरिरहेको थियो । खाँबोमा झुन्डिएको सर्पलाई तर्सिंदै हेऱ्यो । तर नतर्सिएको अभिनय गऱ्यो ।

"लौ न महाराज, मेरो पोइलाई ठीक पार्दिनुपऱ्यो," गङ्गाले दगुर्दै आएर कोहिनुरका गोडा समाई, "यीबाहेक मेरो संसारमा अरू कोई छैन ।"

उसले गङ्गाको शिर थपथपायो ।

"चिन्ता नकर, बेटी," उसले मसिनो स्वरमा भन्यो, "म आइहालें । ठीक हुन्छ । तेरो पोइको सास जसले खिचिरहेको भए पनि म तानेर फिर्ता ल्याउँछु । पानी पिलाऊ ।"

उसले एकपल्ट आँगनभरि छरिएका गाउँलेतिर हे¥यो । घाँटी खका¥यो । गङ्गाले हतारिँदै पूजाकोठामा राखेको काँसको लोटामा पानी ल्याएर दिई । उसले घाँटी ठाडो पारेर घटघट पार्दै सारा पानी सिनित्तै पा¥यो । उसले पानी यति मीठो गरी पिएको थियो कि वसन्तलाई तिर्खा लाए जस्तो भयो ।

उसले लोटा सन्तलाललाई थमायो ।

उसले खरानीको टीका लगायो । ढ्याङ्ग्रो समात्यो । गजोले ड्याम्म पा¥यो । र चर्को स्वरमा भन्यो, "मैले भनेको थिएँ, बाँसबारीमा सर्पवर्षा हुन्छ भनेर । अब सर्पवर्षा हुन्न । किनभने सन्देश बोकेर आएको पहिलो सर्प म¥यो । गाउँमा विपद् पठाउनेले दूतसित पहिला सन्देश पठाउँछ । जब दूत फर्किन्छन्, तब विपद् गडगडाएर आउँछ । यो दूत फर्किन पाएन, अब सर्पवर्षा हुन्न ।"

उसले गाउँलेहरूतिर हे¥यो । गाउँलेहरू उसलाई हात जोडिरहेका थिए । उसको गर्धनमा झुन्डिइरहेको ठूलो ढुङ्गा चुँडिएर भुइँमा खसे जस्तो भयो ।

उसले मुख च्यातिएको सर्पलाई हे¥यो र मनमनै धन्यवाद दियो ।

ढ्याङढ्याङ ढ्याङ्ग्रो बजायो र चिलगाडीतिर गयो । मन्त्र बर्बराउँदै चिलगाडीको अनुहार नियाल्यो । बन्द आँखा । खुम्चिरहेको निधार । कलेटी परेका नीला ओठ । छिटिकछिटिक गरिरहेका कन्चटका नसा । सर्पदंशले पाछेको घाउ ।

उसलाई लाग्यो, यो मान्छे अब बाँच्दैन । सायद, सुरूमै विष तान्न सकेको भए बाँच्थ्यो कि ?

उसले धुनी जगायो । असिना झैं खरानी अक्षता बर्सायो । धूवाँका गुच्छाहरूसित लड्दै नाचिरह्यो र सोचिरह्यो– यो मान्छे त मर्छ । अब गाउँलेलाई के भन्ने होला ? उसको दिमाग आरनको फलाम झैं तात्यो । उसले जिन्दगी नै आफूले कल्पिएका कथाहरू बाँचेको थियो । कथा नआउने कुरा थिएन, आइहाल्यो ।

"यसको सास कसैले तानिरहेको छ । नजिकैबाट । यसको सास तान्ने यै गाउँमा छ !" ऊ करायो, "साह्रै बलवान् छ । को हो ? मेरो

आँखामा आइरहेको छैन । त्यसले आफ्नो दूत मारेकाले यसको सास त्यत्तिकै छाड्दैन । तर मेरो बान पनि त्यति कमजोर छैन ।"

ऊ आकाशतिर बान हान्दै नाचिरह्यो । उसको शरीरमा माला झैं झुन्डिएका घण्टी बजिरहे ।

चमेराको बथान झैं उड्दै आएको रातले सारा बाँसबारीलाई छोप्यो । ढ्याङ्ग्रोको आवाज र गङ्गाको रूवाइ झन्झन् टाठो भएर आयो ।

वसन्तलाई भोक लाग्न थालेको थियो ।

ऊ अलिअलि पछाडि सर्दै भीडबाट बाहिर निस्कियो । अगाडिको गाढा अँध्यारो देखेर तर्सियो । मुठी कस्यो र बेस्मारी दगुर्‍यो ।

"चिलगाडी त आजै मर्छ," उसले रमालाई भन्यो ।

पवनलाई खुर्र दगुरेर चिलगाडीलाई हेर्न जान मन लाग्यो । तर रमाले जोडले समातेको हात छुटाउन पनि मन लागेन ।

चिलगाडी मर्‍यो भने यसपालिको होलीमा कसले बसीबसी डानस देखाउला ? चिलगाडी रहेन भने दसैंमा पिङ कसले बनाउला ? चिलगाडी रहेन भने कसले सर्प मार्ला ? चिलगाडी रहेन भने वसन्त र उसलाई गाली गर्दै कसले लखेट्ला ?

पवनका आँखा पिरा भए ।

"म त यत्ति भन्न आको, अब जान्छु," वसन्त टुकीको उज्यालोमा आयो, "नत्र आमैले भकुर्छिन् ।"

उसले पाइन्टको गोजीबाट कागजको डल्लो स्वात्त तान्यो । फ्यात्त पवनतिर फाल्यो । ह्वात्त दगुर्‍यो ।

पवनले अचम्म मान्दै पैतालाको आवाज अँध्यारोमा नहराउँदासम्म सुनिरह्यो । र घाइते चरा झैं हत्केलामा खसेको खजमजिएको कागजको टुक्रोलाई हेरिरह्यो ।

"के लेखेको ?" रमाले सोधी ।

"पख्, पढेर भन्छु ।"

उसले कागजलाई प्रेमले सुमसुम्याएर सीधा पार्‍यो । टुकी नजिक लग्यो–

पवनजी,

आराम रही, आरामको कामना गर्छु ।

खासमा लेख्नुपर्ने त केही थिएन । हजुरसित लडेपछि म रामरी निदाउन सकेको छैन । म हजुरसित फेरि साथी हुन चाहन्छु । माँ कसम अब फेरि झगडा गर्दिनँ । हजुरले मेरो मुखाँ थुके पनि क्यै भन्दिनँ । झुटो बोलेको भए, विद्यानाश ।

फेरि पनि फिरफिरे बनार दगुरम्ला । रूखाँ नाम लेखम्ला ।

मलाई दुखी सम्झी माफ गरिदिनुहोला ।

उही तपाईंको

उसले "वसन्त" लेखेर केरमेट गरेको थियो र मुन्तिर लेखेको थियो– बन्ते ।

पवनले आफ्ना आँसुका ढिक्का चिठीमा खसेको थाहै पाएन । अलिकति निहुरियो । तालुका केही कपाल टुकीमा चटचट गर्दै जले । जलेको कपालको नमीठो गन्ध कोठाभरि फैलियो ।

"के लेखेको छ, दाइ ?"

"क्यै होइन," पवनले गला खकार्दै भन्यो, "फेरि साथी बनम् भन्या छ ।"

"बाले त सङ्गत नगर्नू भनेको होइन ?"

"बालाई थाहै नदिई साथी बन्छु," पवनले अवरूद्ध गलामा भन्यो, "बालाई नभनेस् है ?"

अनिद्रा

राति साढे ११ बजे चिलगाडी कहिल्यै नफर्किने गरी बिदा भयो ।

यो धरतीको एक कुनाको एक बाँसबारी भन्ने गाउँको थोत्रो झुपडीको पिँढीमा उसको आत्माले देह बिसायो । चिलगाडीको आत्माले यो धरतीसित सापटी मागेको देह फिर्ता गरेको थियो । गङ्गा त्यही देहको छातीमा मुड्की हान्दै रोइरहेकी थिई ।

कोहिनुरले चिलगाडीतिर झुम्मिइरहेका गाउँलेतिर हेऱ्यो । उसका पिँडौला टनटनी दुखिरहेका थिए । छाती आरन झैं तातेको थियो । मुख प्याक्क सुकेको थियो । पसिना भरिएका आँखा चहराइरहेका थिए । उसले चिलगाडीलाई बचाउन सकेन, के सात गाउँसम्म फैलिएको उसको प्रभाव सकिएको हो ?

उसले चेलो सन्तलालतिर हेऱ्यो । सन्तलाल आँगनछेउ बसेर कहिले चिलगाडीतिर हेर्थ्यो त कहिले ऊतिर । सन्तलालका आँखासित आँखा ठोक्किएपछि कोहिनुरले नजर झुकायो ।

हार्नलाई त कोहिनुर आएकै थिएन । उसले जोडजोडले ढ्याङ्ग्रो ठटायो र कुर्लियो, "हुर्रहुर्र, शक्तिशाली आत्माले सास तानेरै लग्यो । मैले हानेको बानले मर्छ त्यो । तर बाँच्यो भने यत्तिले उसलाई पुग्दैन । यसले अरूलाई पनि खान्छ । यत्तिकै मान्दैन । हुर्रहुर्र, यसले यत्तिकै मान्दैन, अरूलाई पनि खान्छ ।"

गाउँलेहरूले आत्तिँदै मुखामुख गरे । डरले काँप्दै उसलाई हेरे ।

"चिन्ता नगर, म छु म । अब त आत्माले मलाई पनि दुस्मन ठानेको छ । त्यसले मलाई पनि बान हान्छ ।" कोहिनुर घोडा झैं आँगनभरि उफ्रियो, "आत्माले आफ्ना दुस्मनहरू छानिसकेको छ । हमला गर्छ, छाड्दैन ।"

कोहिनुरका शब्द आगोका गोला झैं खसिरहेका थिए । ऊ आँगनमा उफ्रिरह्यो । आकाशतिर हेर्दै आँखा चिम्लियो । ओठहरू कँपायो र अन्तिम अस्त्र फाल्यो, "मैले पत्ता लगाइसकें, आत्मा टाढाको होइन, यै गाउँको हो । हो, मैले पत्ता लगाइसकें ।"

गाउँलेहरू तर्सिए । एकअर्कालाई शङ्काले हेर्न थाले । सर्वजित मास्टर सापलाई पवन र रमाको सम्झना बल्ल आयो ।

"आत्मा शक्तिशाली छ । आफ्नो अनुहार लुकाइरहेछ," कोहिनुर कराइरह्यो, "तर कैलेसम्म लुकेर बस्दो रैछ । कब तक छुपेगा पत्ते की आड मे ? एक दिन तो आएगा खुले बजार मे ।"

कोहिनुरले चामलका दानाहरू मन्त्र फुक्दै चारैतिर हुऱ्यायो, "मैले चारै दिशा बाँधिदिएको छु । सकेसम्म आत्माले मेरो घेरा तोड्न सक्दैन । तोडेको दिन म त्यसको गर्धन समाएर भुइँमा पछार्छु ।"

कोहिनुर थाकेर आँगनछेउ थ्याच्च बस्यो । घटघटी पानी पियो । खाँबोमा उभिन्डिएको सर्पलाई नियालेर हेर्न थाल्यो । ऊ एकैछिनमा यहाँबाट जानेछ । घर पुग्नेबित्तिकै आधा बोतल अद्दा खाएर बेहोस भए झैं ओछ्यानमा पछारिनेछ । साँझ उठ्दा चेलो सन्तलालले कुखुराको मासुको पिरो झोल बनाइसकेको हुनेछ ।

बिहान कोहिनुरले आँगनमा रातभरि छर्केका चामलका दाना असिना झैं टल्किन थाले । बाँसबारीमा चिलगाडीबिनाको यो पहिलो बिहान थियो ।

सर्वजित मास्टर साप आँगनमा आइपुगे ।

"मास्टर साप, अब लैजाने होला केरे," शान्तिरामले सर्वजित मास्टर सापको कानमा भन्यो, "मरेको मान्छेलाई घरमा धेरै राख्न पनि हुँदैन ।"

सर्वजित मास्टर सापले मुन्टो हल्लाए ।

जीवारामले शङ्ख मुखमा जोडे । सासको लहरो ताने र फुके– टुँ टुँ । शङ्खको आवाज बाँसबारीभरि फैलियो र चिलगाडीले धरती छाडेको खबर घरघर पुऱ्यायो ।

शङ्खको आवाज सुनेर कल्लुराम इँटाको थुप्रोमा उभियो । रातभरि छटपटिएर होला, उसका आँखा धूलो पसे झैं बिझ्झाइरहेका थिए । तीन दिनदेखि उसको पेट पनि ठीक थिएन । हुक्का झैं गुडुडु गरिरहन्थ्यो । शङ्खको आवाज आएतिर हेरिरह्यो । र हेऱ्यो– हलक्क बढेका मकैका बीचमा शिर मात्रै देखिएका बुख्याचातिर । इँटाको थुप्रोबाट बिस्तारै झऱ्यो र मकैका बोट हल्लाउँदै कुद्यो । चिलगाडीको आँगनमा पस्ने बेला उसले बतासले उडाएको पात झैं हुर्तिंदै आइरहेको वसन्तलाई देख्यो । वसन्त मुख धुँदाधुँदै शङ्खको आवाज सुनेर दगुरेको थियो । कल्लुराम एकछिन उभियो । वसन्त छेउमा पुगेपछि उसले बर्बराउँदै भन्यो, "साँपले खायो हैन ? ओखती गराउँदैन सालेहरू !"

वसन्तले कल्लुरामले भनेको रामरी बुझेन र भन्यो, "ठूलो छ, साँप । एकदम ठूलो । झुन्ड्याएर राखेको छ ।"

वसन्त गाउँलेका रूखका लहरा जस्ता पाखुरा पन्छाउँदै भित्र पस्यो ।

चिलगाडी भर्खरै गोबरले लिपेको भुइँमाथि उत्तानो परेको थियो । सेतो कपडाले बेरेर उसलाई बाबियोको ताजा डोरीले कसिएको थियो । महिलाहरू आँगनछेउ टुक्रुक्क बसेर रोइरहेकी गङ्गाको सिउँदो पखालिरहेका थिए । गङ्गाको सिउँदोबाट सिन्दूरको धर्को मर्ने लागेको नदी झैं बिस्तारैबिस्तारै चिलगाडीतिर घस्रिरहेको थियो ।

वसन्तले मुन्टो घुमाएर चारैतिर हेऱ्यो । झक्कुलाल झोक्राइरहेको थियो । शान्तिराम बाँस काटिरहेको थियो । सर्वजित मास्टर साप र घुइयाराम सेतो कपडालाई बाँसका लट्ठीमा बाँधिरहेका थिए । जीवाराम शङ्खमा पानी हाल्दै हल्लाइरहेका थिए । कल्लुराम पेट समाएर चिलगाडीलाई नियालिरहेको थियो । महिलाहरूको छेउमा टुक्रुक्क बसेर जुठीआमै आफ्नो कन्पारो समाइरहेकी थिइन् ।

वसन्तले आँगनको पश्चिम कुनामा रमाको हात समाएर उभिइरहेको पवनलाई देख्यो । पवनको अनुहारमा त्रासको अँध्यारो थियो । ऊ कहिले सर्पतिर हेरिरहेको थियो त कहिले चिलगाडीतिर । वसन्तले पछाडि फर्केर हेर्दा दगुर्दै आइरहेकी जसोदालाई देख्यो र अलिअलि गर्दै पवनतिर सऱ्यो । जसोदा हतारिँदै भीडभित्र पसिन् र गङ्गा भएतिर दगुरिन् ।

पवनले आफूतिर सर्दै आइरहेको वसन्तलाई कर्के नजर लगायो ।

एक घण्टामा चिलगाडीलाई डोऱ्याउने सेतो कपडाको बाटो तयार भइसकेको थियो । बाटो समाउँदै गाउँलेहरू अघि लागे । शान्तिराम, जीवाराम, सर्वजित मास्टर साप र झक्कुलालले चिलगाडीलाई काँध दिए । चिलगाडीलाई हिँडाउने बेला गङ्गा घाइते बघिनी झैं कराई । महिलाहरूले काँध समाएर ताने ।

"लौ त चिलगाडी, यो धरतीको एउटा कुनाको एउटा गाउँमा तिमी फूलको बिरूवा झैं हुर्कियौ । शिशिरमा झोक्रायौ, वसन्तमा फुल्यौ । भगवान्का अगाडि लजाउनुपर्ने काम गरेनौ । जे सोच्यौ, दिलले सोच्यौ । दिलले गरेको काम सच्चा हुन्छ । दिलको कुरा भगवान्ले बुज्चन् । बिदा । मौका मिलेछ भने बादलमाथि भगवान्को दरबारमा भेटम्ला । मलाई नबिर्सनू, बाबै," जुठीआमैले आफ्ना हात आकाशतिर उचालिन् ।

चिलगाडी हिँड्यो ।

उदास गाउँलेहरूले आफ्नो छातीको देब्रे कुना छुँदै बिदा गरे । त्यही बेला हो, त्यही बेला पवनले सुटुक्क वसन्तको दाहिने हात च्याप्प समायो । वसन्तले पुलुक्क हेऱ्यो । पवनका गालाहरूमा आँसु बगिरहेका थिए । वसन्तले पनि उसको हात जोडले समायो । कहिल्यै फुत्किन नदिने गरी ।

पुरूष जति मलामी बनेर पछि लागे । महिलाहरू गङ्गातिर झुम्मिए ।

गनेसेले पछि लाइरहेका केटाकेटीलाई लठ्ठी घुमाउँदै मलामीका पछिपछि जान दिएन । बिस्तारै मलामीको लस्कर गाउँको पुछारमा पुग्यो । उनीहरूका पैतालाले धूलो उडाइरह्यो ।

कल्लुराम दगुर्दै आफ्नो झुपडीमा पुग्यो । अलिकति पराल, हँसिया, लट्ठी र माटोमो घैला बोकर निस्कियो । ऊ हतारहतार खेतको बीचमा आयो । काकाको बुख्याचानिर उभियो । खाल्डो खन्यो, लट्ठी गाड्यो । घैला लट्ठीको टुप्पामा घोप्ट्यायो । घैलामा आँखा, नाक र मुख बनायो । परालले छाती र पेट बनायो । भर्खरै तयार भएको बुख्याचाको शिर सुमसुम्याउँदै सुस्तरी काकाको छेउमा आयो । काकालाई हेरिरह्यो र भन्यो, "काका, चिलगाडी दिलको सच्चा छ । अब उसैसित कुरा गर्नू ।"

यत्ति भनेर ऊ खेतैखेत दगुऱ्यो ।

कल्लुराम दगुरिरहेका बेला पवन, वसन्त र रमा जुठीआमैको आँगनमा पुगेका थिए । जुठीआमै अगेनामा आगो फुकिरहेकी थिइन् । उनीहरूलाई देखेर खिस्स हाँसिन् ।

"चिलगाडी त हिँड्यो, बाबै," उनी उदास भइन्, "अब ऊबिना गाममा के रौनक आउला ? मर्न त मऱ्यो, तै आँगनाँ टुप्लुक्कै आम्छ कि जस्तो लाछ, बाबै ।"

उनीहरू अगेनाको छेउमा लहरै बसे ।

"तिमेरू फेरि मिलेछौ । साह्रै खुसी लाछ, बाबै," उनले भनिन्, "साथेसित झगडा गर्न हुन्न, मिल्नपर्छ ।"

उनीहरूले शिर निहुराए ।

"अनि नानी, फोटु बनाउँदै छ्यौ ?" उनी रमालाई हेर्दै हाँसिन्, "भगवान्ले सीप देछन् । त्यात्तिकै नछाड्नू । नत्र भगवान् रिसाम्छन् ।"

"मैले त हिजै मात्र नयाँ चित्र बनाको !" रमा हाँसी ।

"बनाम्नपर्छ," उनले अगेनामा फ्राइबिन बसालिन्, "भगवान्ले सृष्टि बनाइदे, सक्को । अब सृष्टि सिँगार्ने कर्म त तिमेरूले गर्ने हो । यो बाँसबारीमा भगवान्ले सीप तिम्रै हातमा सुम्पेका छन्, बाबै ।"

रमाको अनुहार उज्यालो भयो ।

"आज त मलाई असारेको साह्रै सम्झना आछ, बाबै," उनले भकभकी उम्लिरहेको पानीमा गुँडका दुइटा डल्ला हालिन्, "गाममा भका भे, मलाम जाँदा हुन् । बिदा गर्दा हुन् ।"

"अब चाँडै आउनुहुन्छ, जुठीआमै," वसन्तले भन्यो ।

"हिज राति साह्रै नराम्रो सप्ना देखें, बाबै । म त जङ्गलै जङ्गल हिँडिरकी थें । जङ्गलमा सर्पेसर्प थे," उनले लामो सास फेरिन्, "म त आत्तेर रो थें । त्यै बेला नयाँ इस्टकोट लाएर आका असारेलाई देखें । बोलाएँ, सुन्दैनन् । बोलाएँ, सुन्दैनन् । मेरो मुटु त मुख्खैमा आइगो, बाबै । मैले दगुरेर उन्को हात समातें । उन्ले त मलाई चिन्दै चिनेनन् । म रोएँ, कराएँ । चिन्दै चिनेनन् । मेरो हात छुटाएर बेस्मारी दगुरे । मेरो अन्हारमा के लाथ्यो कुन्नि, चिन्दै चिनेनन् । बिपनामा त यस्तो नहोस्, बाबै । मेरो सातो गाछ ।"

उनीहरू बोलेनन् । बोलून् पनि के !

"यस्तै हो, बाबै ।" उनले बाफ उडिरहेको रातो चिया गिलासमा हालिन्, "जिन्नगी के हो र ? ह्वात्त ढल्यो, स्वात्त गो । मुन्छे बाँच्ने त उसको कर्मले हो, बाबै ।"

जुठीआमैले के बोलेको हो, कुन्नि ? चिया पिउँदै पवन टोलायो ।

"बिचरी गङ्गे अब एक्लै क्यार्ली, बाबै !" उनी टोलाइन्, "साथमा भको मान्छेको मोह थाहा हुन्न । टाठा गपछि बल्ल था हुन्छ । यस्सो गाँस निल्ने बेला याद आम्च । ब्यान झल्यास्स ब्युँझिँदा याद आम्च । यसो कपाल कोरिरको बेला झ्वास्स याद आम्च । यस्सो खुसी हुँदा पनि याद आम्च, यसो आँसु झर्दा पनि याद आम्च । ऐंठन पर्च, बाबै ।"

भान्सामा चिया सुरूपसुरूप पारेको आवाज आइरह्यो ।

"तिमेरूले देखिहाल्यौ बाबै, मुन्छेले मर्नैपर्छ । मुन्छेलाई थाहा पनि छ, बाबै, मरिजाने हो भनेर । तैपनि अर्काको मन दुखाम्चन् । ठग्छन् । रूवाम्चन् । किन यसो गर्छन्, म त छक्कै पर्छु, बाबै ।" उनले फुसुसुसु धूवाँ निकालिरहेको दाउरालाई पल्टाइन् । "तिमेरूले जिन्नकीमा कसैको मन नदुखाम्नू, बाबै ।"

"दुखाउन्नम् जुठीआमै," वसन्तले भन्यो ।

"झगडा नगर्नू, नलड्नू ।"

"लड्दैनम्, जुठीआमै" भन्दै पवनले वसन्तलाई पुलुक्क हेऱ्यो ।

"म त कैले चार काँध चढेर जाने हुँ !" उनी दैलोतिर हेर्दै टोलाइन्, "असारेले भेटाउलान् कि नाइँ ! तिनलाई नभेटी बाइजाने हुँ कि ? तँलाई नभेटी मर्दैन भन्थे, कतै एक्लै मरिगए कि ? मन हुक्क हुन्छ ।"

उनले आँसु पुछिन् ।

आफ्ना दुवै हत्केला गालामा राखेर टुक्रुक्क बसेकी रमाले पुलुक्क पवनतिर हेरी । पवनले चियाको रित्तो गिलास भुइँमा थपक्क राख्यो । वसन्तलाई आँखा सन्कायो ।

"हामी गइम् जुठीआमै," वसन्तले कन्दै भन्यो, "फेरि आउँछौं ।"

"लौ त बाबै, आम्दै गर्नू !" उनले रित्तो गाग्री बोक्दै भनिन्, "लौ हिँड्, म पनि अलि परसम्म सँगै जान्छु । इनारबाट पानी ल्यार गङ्गेकोमा जानुपर्छ ।"

बाहिर निस्किएपछि उनी अघिअघि लागिन् । उनीहरू पछि लागे । वसन्तले जुठीआमैका काँपिरहेका गोडा र अलिकति कुप्रिएको ढाड हेरिरह्यो । उसलाई जुठीआमैको साह्रै माया लाग्यो । तर के गरोस् !

उनीहरू एकअर्काको हात समातेर दगुरे । कन्याङकुरूङ झैं हात समाउँदै दगुरिरहेका उनीहरूलाई जुठीआमैले हेरिरहिन् । अनि इनारतिर गइन् । बतासले उडाएर ल्याएका पातहरू इनार छेउछाउ कुहिरहेका थिए । झार पनि हलक्कै बढेछन् । एकछिन झार उखेलिन् । र इनारभित्र चियाइन् । इनारको पानीमा उनको अनुहार बिस्तारै हल्लियो । उनले धेरै वर्षपछि आफ्नी साथी सेतीलाई सम्झिइन् । उनीहरू यसरी नै इनारमा आफ्नो अनुहार हेर्थे । कपाल मिलाउँथे । गीत गाउँथे । इनारले पनि मोटो आवाजमा उनीहरूको गीत फर्काउँथ्यो । उनीहरू आफ्नो नाम कराउँथे, इनारले फर्काउँथ्यो ।

इनारमा हल्लिरहेका रिबन, लामो केश, यौवनले भरिएको मुस्कान हेर्न पो मज्जा हुँदोरहेछ । अहिले त इनारको सतहमा चाउरीले भरिएको अनुहार, रूखको बोक्रा झैं मुस्कान उप्किएर गएको ओठ र थोत्रो कुचो जस्तो कपाल मात्र देखिइरहेको थियो ।

उनले टोलाएर इनारको सतहमा बिस्तारै हल्लिएको अनुहार हेरिरहिन् । उनको मुख अलिकति खुल्यो । मुखबाट मधुरो आवाज बाहिर निस्कियो । इनारको सतहमा नपुगीकन आवाज बीचमै हरायो ।

उनको आवाजै सतहमा नपुगेको हो कि इनार पनि बूढो भाको हो ?

छप्लक्क... इनारको सहतमा बाल्टी खस्यो । उनको अनुहार हल्लिएर इनारको कुनाकुनामा ठोक्कियो ।

गाग्रीमा पानी छचल्काउँदै फर्किरहेकी उनले पीपलको रूखमुन्तिर थकाइ मार्दै गाउँतिर हेरिन् । मलामीहरू टाउकोमा चिसो कट्टु राखेर फर्किरहेका थिए । चिलगाडी खरानी भइसकेछ । उसको खरानीलाई सौतेनी नदीले बगाइसक्यो होला ।

उनले ओठ चुच्याउँदै च्वच्व गरिन् ।

गाग्री बोकेर लुखुरलुखुर फर्किरहेका बेला परै दुइटा धमिला छाया देखिन् । आँखा झन् कमजोर भएछन् । ती छाया जीवाराम र सर्वजित मास्टर साप थिए ।

उनीहरू सँगसँगै त हिँडिरहेका थिए । तर आआफ्नै स्मृतिको संसारमा हराएका थिए ।

जब उनीहरू चिलगाडीको आँगनमा पुगे, गाउँलेहरू मौरी झैं भुनभुनाइरहेका थिए । पल्याकपुलुक यताउता हेरिरहेका थिए । सर्वजित मास्टर साप गङ्गालाई सान्त्वनाका दुईचार शब्द भनेर घर फर्किने योजनामा थिए । तर वातावरण त अर्कै भइसकेको थियो । कतै गङ्गालाई त केही भएन ?

उनले पिँढीमा सुकसुकाइरहेकी गङ्गालाई देखे ।

उनले पल्याकपुलुक यताउता हेरिरहेको घुइयारामलाई सोध्नै आँटेका थिए । उसैले भन्यो, "बर्बाद भो मास्टर साप, बर्बाद भो ।"

घुइयारामको अनुहारको छटपटी र चिटचिट पसिना देखेर सर्वजित मास्टर साप आत्तिए । उसको हात ट्याप्प समाए र सोधे, "के भो घुइयारामजी ? किन आत्तेको ?"

"सर्प गायब भो ।"

उनका आँखा स्वाट्ट आँगनबीचको खाँबोमा गए । खाँबो बुच्चो थियो । बिहानसम्म तुर्लुङ्ग झुन्डिइरहेको सर्प थिएन ।

"कसैले फाले होला, किन आत्तेको ?" उनले भने ।

"कसैले छो छैन रे, मास्टर साप । एक घण्टा अघिसम्म त्यैं थ्यो रे," घुइयारामले भन्यो, "ऐले छैन, चमत्कार भो ।"

"लौ काँ गयो त ?" उनी छटपटिए ।

"खै के दशा लाको हो, बाँसबारीलाई !" जीवाराम बर्बराए ।

गाउँलेहरू सर्वजित मास्टर सापलाई हेरिरहेका थिए । उनीहरू डराएका थिए– के गर्ने, के नगर्ने सोच्नै सकेका थिएनन् । के सर्प आफैं घस्रेर भाग्यो ? कि प्रेतात्माले सुटुक्क लिएर गयो ?

"चिलसिलले त लेर गएन ?" सर्वजित मास्टर सापले सोधे ।

रोइरहेकी गङ्गालाई थुमथुमाइरहेकी जैमलीले अनुहार अँध्यारो बनाउँदै भनी, "म दिनभरि ह्यैं छु, मास्टर साप । चिल आको देखेकै छैन ।"

अरू महिलाले पनि "होमा हो" मिलाए ।

"अनि काँ गयो त मरेको सर्प ?" सर्वजित मास्टर साप थरर्र काँपे ।

टुक्रुक्क बसेर सबै हेरिरहेको झक्कुलालका गोडा लगलगी काँपे । ऊ ह्वात्त उठ्यो र दगुर्‍यो । अलि पर पुगेपछि करायो, "सर्पले सबलाई डस्छ । छाड्दैन । मेरो नाति घरमा एक्लै छ ।"

सबैले मकैबारी हल्लाउँदै दगुरिरहेको झक्कुलाललाई हेरिरहे । त्रासको गिद्धले सबैको अनुहार वरिपरि फन्का लगाइरहेको थियो ।

"मरेको सर्पको डर मान्नुपर्दैन," सर्वजित मास्टर सापले सान्त्वना दिए, "कसैले फाले होला । सर्प फालेको मान्छे ह्याँ नहोला ऐले । पछि थाहा भैहाल्छ । चिन्ता नगरम् । अनेक अड्कल पनि नकाटम्, गङ्गालाई झन् गाह्रो हुन्छ । ...आज त रात पर्नै लाग्यो । सर्प भोलि कहीं न कहीं भेटिन्छ ।"

यति भनेर उनी फटाफट घरतिर लागे ।

त्यो बाँसबारीको कष्टदायी रात थियो । सबैका आँखाअगाडि झुन्डिइरहेको सर्प अचानक गायब हुनु गतिलो लक्षण थिएन । धेरैले कोहिनुर झाँक्रीको भनाइ सम्झिरहे, "त्यल्ले अरूलाई खान्छ । छाड्दैन ।"

बाँसबारीको आकाशमा रातभर त्रासका चमेराहरूले फन्का लगाइरहे । कहिले यता, कहिले उता कोल्टे फर्दै बाँसबारी रातभर जागिरह्यो ।

जुठीआमै सधैंभन्दा ढिला उठिन् । घामका किरणहरू आँगनमा लडिबुडी गरिरहेका थिए । घामका किरण आँखामा ठोक्किँदा हाच्छ्युँ गरिन् ।

मै बूढीलाई कति निदाउन परेको होला, उनले सोचिन् । आँखीभौंमाथि उल्टा हत्केला राखेर लम्पसार परेको बाटोतिर हेरिन्, असारे बा देखिइहाल्छन् कि ?

"हे भगवान्, आजको सुर्जे देखायौ, धन्यवाद," उनले आकाशलाई नमस्ते गरिन् ।

मुख धोइन् । दतिवनको छेस्कोले दाँत घोटिन् र गाग्री बोकेर इनारतिर लागिन् । निद्रा खजमजिएर होला, उनलाई ज्यान सधैं जस्तो चङ्गा लागेन । सास पनि त्यत्तिकै बढे जस्तो भइरहेको थियो ।

उनले शान्त भएर बसेको इनारमा बाल्टी खसालेर आवाज दिइन् ।

कमजोरी बढेछ कि के हो ? बाल्टीमा बाँधेको डोरी तान्दा हात लगलगी काँपे । बल्लतल्ल बाल्टी इनारको बिटमा आइपुग्यो । उनले बाल्टी के समाएकी थिइन्, बाल्टी आकाशतिर हुत्तियो । उनले आफूलाई थाम्न सकिनन् । भुइँमा पछारिइन् । बाल्टीभित्र सर्प देख्दा कसको सातो जाँदैन र ?

सर्पले डस्न आउँछ कि भनेर छटपटिइन् । सर्पले स्याँस्याँ गरे जस्तो मानिन् । बाल्टीबाट उछिट्टिएर सानो किम्बुको रूखमा झुन्डिएको सर्प चलमलाएन । उनी त आफ्नै स्याँस्याँले तर्सिरहेकी रहिछन् । घुँडामा हात राख्दै उठिन् । सर्पको नजिक गइन् ।

यो त्यही सर्प थियो, जसलाई हिजो चिलगाडीको आँगनमा देखेकी थिइन् ।

र उनी सारा बाँसबारी थर्किने गरी कराइन्, "को पापीले फाल्यो मेरो इनारमा मरेको सर्प ? मैले के बिराम गर्‍या थें ?"

तिर्खा

एक खुट्टामा उभिएर किनारमा कराइरहेको बकुल्लाको आवाज मधुरो हुँदै गयो । माछाका भुराहरू सुत्तसुत्त आँखाअगाडिबाट भागे । घामका धारहरू मुलायम धागो जसरी तन्किएर बिस्तारै हल्लिइरहे । ढुङ्गाहरू लेउको दाह्रीजुँगा लाएर जोगी जसरी ध्यानमग्न भए । चेपागाँडा पुच्छर हल्लाउँदै घुमिरह्यो । मोतीका माला जस्ता पानीका फोका यताउता दगुरिरहे । गँगटोले लामो निद्राबाट उठे जसरी अगाडिका आफ्ना खुट्टा तन्कायो । र पानीमुनिको जमिनमा घोप्टिएको पातमा लुक्यो ।

वसन्तको मुखबाट अलिकति सास फुस्कियो । मुखअगाडिबाट पानीका फोकाको लस्कर माथितिर उक्लियो ।

रातो डोरीले बाँधेको ढुङ्गो भ्यागुता झैं पातहरूको बीचमा लुकेर बसेको थियो । पातहरूको निद्रा बिथोलिएका कि झैं गरेर वसन्तले ढुङ्गो सुस्तरी समायो र हुत्त बाहिर निस्कियो ।

"भेट्टाइस् ?" किनारमा छप्ल्याकछप्ल्याक गरिरहेको पवनले सोध्यो ।

लडाइँमा विजेताहरूले तरबार उठाए झैं वसन्तले हात उठाउँदै ढुङ्गो देखायो, "मैले बाजी जितें । हेहेहे ।"

पवन मुसुक्क हाँस्यो ।

"तँ ढुङ्गोमा धागो बाँधेर समुद्रमा फाल्दे । म त्याँबाट पनि खोजेर ल्याउन सक्छु," वसन्त स्याँस्याँ गर्दै किनारमा आयो, "म त खत्रा छु । आइज तँलाई पनि पौडी खेल्न सिकाउँछु । अनि तँ पनि ढुङ्गो खोजेर ल्याउनू ।"

"नाइँ," पवन डरायो ।

किन नडराओस् ! छ वर्षको हुँदा एकपल्ट ऊ झन्डै खोलामा बगेको थियो । किनारमा छप्लकछप्लक गर्दै भ्यागुता झैं खेलिरहेको थियो । पानीको छालले स्वात्त भित्रतिर तान्यो । ऊ बग्नै लागेको थियो, जीवाराममले झम्लाङ्ग हाम फालेर तानेका थिए । त्यसै दिनदेखि त हो, उसको सातो गएको ।

अहिलेसम्म फर्केको थिएन ।

वसन्त त पौडीबाज भइसकेको थियो । ऊ किनारबाट खोलामा डाइफ हान्न सक्थ्यो । पानीको भङ्गालोमा पात झैं फनफनी घुम्न सक्थ्यो । दहमा उत्तानो परेर गोडा चलाउँदै अबेरसम्म आकाश हेर्न सक्थ्यो । जतिसुकै गहिरो दहबाट पनि डोरी बाँधेर फालेको ढुङ्गो खोजेर ल्याउन सक्थ्यो ।

पवनलाई उसको ईर्ष्या लाग्थ्यो । त्यसैले ऊ कहिलेकाहीँ वसन्तलाई भन्थ्यो, "हेरिराख्, म एक दिन तँलाई पानीमाथि हिँडेरै देखाइदिन्छु ।" तर उसले पौडी सिक्ने आँट कहिल्यै गरेन । एक्लै हुँदा त खोलाको किनारमा आउन पनि डराउँथ्यो । पानीको भेलले किनारबाटै हुत्याएर तान्छ कि जस्तो लाग्थ्यो, बल्छीले माछा ताने झैं ।

कहिलेकाहीँ वसन्त साथमा भएका बेला भने आँट गरेर किनारको पानीमा खेल्थ्यो ।

पिच्कु माझीको झुपडी हुँदै बग्दै आएको सौतेनी नदी अलिकति तल झरेपछि दुईतिर बाँडिन्थ्यो । नदीको एउटा लहरो मैनापुरतिर लाग्थ्यो भने अर्को लहरो सौतनपुरतिर । नदी बाँडिएकै ठाउँमा उनीहरू पौडी खेल्न आइरहन्थे । मैनापुरतिरका तरूनीहरू पनि पौडी खेल्न आउँथे । कहिलेकाहीँ वसन्त तरूनी केटीसित पौडी खेल्ने मौका पाउँथ्यो । पानीले तरूनीका फरिया कम्मरतिर सोहोरेर लैजान्थ्यो । पानीभित्र डुबेर हेर्दा ऊ माछा झैं सलक्कसलक्क तैरिरहेका तरूनीका तिघ्रा देख्थ्यो । सलक्क परेका तिघ्रा देख्दा उसको कम्मरमुन्तिर काउकुती लागे जस्तो हुन्थ्यो । ऊ अबेरसम्म पानीमा डुबेर हेरिरहन्थ्यो ।

तरून्नीका तिघ्रा देखेका दिन ऊ दिनभर पवनसित तिनै तिघ्राका बारेमा कुरा गरिरहन्थ्यो । त्यस बेला पवनलाई झ्वाम्म खोलामा हाम फालेर पौडी सिकौं जस्तो लाग्थ्यो । त्यत्ति हो ।

"जाडो भो, बालुवा तापम्," वसन्त किनारतिर दगुर्‍यो ।

पवन पछि लाग्यो ।

नदीको किनार परैसम्म फैलिएको थियो । किनारमा परपरसम्म फैलिएका बालुवाका कण ऐनाका टुक्रा झैं टल्किइरहेका थिए ।

वसन्त एकछिन तातो बालुवामा हिँड्यो । र उभियो । अलिकति झुकेर आफ्नो दायाँ गोडाको गोलीगाँठासम्म बालुवा थुपार्‍यो । बालुवा थपथपायो । स्वात्त खुट्टा तान्यो । सौतनपुरका बुकुरा जस्तो सानो घर बन्यो ।

पवनले पनि उसको बालुवाको घरअघिल्तिर आफ्नो घर बनायो ।

घरछेउ वसन्त घोप्टो पर्‍यो र तातो बालुवा छातीतिर समेट्यो । उसको चिसो छातीभित्रसम्म बालुवाको तातो पुग्यो । आनन्दले आँखा चिम्म भए ।

पवनले वसन्तका घामले डढेका पाखुरा, पिठ्युँ र चिउँडोमा चप्किएर टल्ल टल्किरहेका बालुवाका कण हेर्‍यो । छेउमा बस्दै भन्यो, "हामी ठूलो भपछि यसरी नै नज्जिकै घर बनाम्ला है !"

वसन्त हाँस्यो ।

पवन पनि लम्पसार पर्‍यो । छातीतिर तातो बालुवा सोहोर्‍यो र बालुवाका घरलाई टोलाएर हेरिरह्यो । भन्यो, "कहिल्यै झगडा नगरम्ला ।"

"हुन्छ," वसन्तले भन्यो, "तर हाम्री स्वास्नीहरूले झगडा गरे भने नि ?"

"मिलेर पिटम्ला ।"

दुवै बेस्मारी हाँसे ।

"घामले पोल्यो, आइज फेरि पौडी खेलम्" भनेर वसन्त खोलातिर दगुर्‍यो । वसन्तको तिघ्राको बीच जुका झैं झुन्डिरहेको तुरी थररर हल्लेको देखेर पवन खिस्स हाँस्यो । वसन्तले दहमा भ्यागुता झैं झ्वाम्म हाम फाल्यो । पवन किनारमै चेपगाँडा झैं तैरिरह्यो । पानीमा लेखिरह्यो, आफ्नो नाम । वसन्तको नाम ।

पिच्कु माझीले भनेको थियो, "पानीमा लेखेको नाम मेटिन्छ भन्छन् । तर होइन लड्का हो । पानीमा लेखेको नाम त बग्दैबग्दै समुद्रमा पुग्छ । बाफ बन्छ, आकाशमा पुग्छ । बादल बन्छ । भगवान्ले बादलमा जाल फाल्छन् । अनि माछा जस्ता नाम समात्छन् । माछाको मुखमा भाग्यको डल्लो हालिदिन्छन् । अनि झरी बनेर नामहरू धरतीमा झर्छन् र मान्छेलाई भेट्न आउँछन् । तब मान्छे भाग्यमानी हुन्छ । सफल हुन्छ ।"

पिच्कुले एकछिन सोचेर थपेको थियो, "नामको बास्ना गुलाबको बास्नाभन्दा कडा हुन्छ । पृथ्वीका कुनाकुनामा फैलिन्छ । तब न नामको नाम हुन्छ । मेरो कुरो कसैले पत्याउँदैन । त्यसैले कसैले पनि पानीमा नाम लेख्दैन । एकपल्ट पानीमा नाम लेख्ने आँट गरिहेर ।"

पवनलाई विश्वासै लागेको त होइन तैपनि पानी देख्दा कसोकसो नाम लेखिहाल्थ्यो ।

उनीहरूले तीनपल्ट बालुवा तापे । एकैपल्ट चिसो र तातो भएकाले होला, पवनको पेट पोले जस्तो हुन थाल्यो । ज्यान पनि हररर ताते जस्तो भयो । पानी पसेर आँखा राता भए । रौं पसे जसरी आँखाका कुना पोल्न थाले ।

"आइज घर फर्किम्," उसले भन्यो ।

दुवै लुगा लगाएर किनारमा आए । हात समाएर दगुरे ।

उनीहरू फेरि हात समाएर स्कुलबाट सँगसँगै फर्किन थालेका थिए । पवन पुन्ने र टङ्केसित टाढिएको थियो । सर्वजित मास्टर साप रमासित कुरा गर्दै फर्किन्थे ।

तीन महिनामै बाँसबारीले चिलगाडीलाई बिर्सिन थालिसकेको थियो । कहिलेकाहीँ मध्यरातमा गङ्गा बिरालो रोए जसरी रून्थी, त्यत्ति हो ।

असोज लागिसकेको थियो ।

पवनलाई यो मौसम खुबै मनपर्थ्यो । आकाश छ्याङ्ग हुन्थ्यो । सूर्यका किरणहरूले किर्ना झैं गर्धन चुस्दैनथे । खुला आकाशमा पखेटा फैलाएर कौवाहरू उडिरहन्थे । धूवाँ झैं फैलिएको तुवाँलो हटिसकेको हुन्थ्यो । त्यसैले कल्लुरामको इँटाको थुप्रामा उभिएर हेर्‍यो भने त सौतनपुर पनि देखिन्थ्यो ।

धान पाकिसकेको हुन्थ्यो । गाउँलेहरू मुसुरो छरेर धान काट्न थालिसकेका हुन्थे । हात्तीका छावा जस्ता कुन्युका थुप्रा खेतका बीचबीचमा देखिन्थे ।

आँगनमा सयपत्री र सुपारी फूल फुल्न थालिसकेका हुन्थे । सयपत्रीका पत्रमा मोती झैं थपक्क बसेका शीतका थोपा अबेरसम्म पनि सुक्दैनथे । कित्लीमा बाफिइरहे जस्तो बाँसबारीले लामो उकुसमुकुस र छटपटीबाट छुटकारा पाउँथ्यो ।

झ्यालबाट भित्र पसेको चिसो बतासले कपाल सुमसुम्याइरहेका बेला कहिलेकाहीँ पवन गङ्गाको रूवाइ सुनेर ब्युँझिन्थ्यो । दसैं नजिक आउँदै गर्दा गङ्गाको रूवाइ झन् बढ्दै गएको थियो । अबेरसम्म गङ्गाको रूवाइ सुनेपछि उसलाई निदाउन गाह्रो पर्थ्यो । चिलगाडीको सम्झनाले ओछ्यानमा कोल्टे फेरिरहन्थ्यो । साँच्चै, मरेका मानिस कहाँ जान्छन् ? ऊ सोच्थ्यो । ऊ कहिलेकाहीँ सर्वजित मास्टर साप मरेको कल्पना गर्थ्यो र काँप्थ्यो । जति सम्झिन्नँ भने पनि आँगनको बीचमा उत्तानो परेको चिलगाडीको अनुहार झल्याँस्स आँखाभरि आउँथ्यो । त्यस बेला हुरीले हल्लाएको दैलोको पल्ला झैं हल्लिरहेको मुटुको ढकढक आवाज सुन्थ्यो ।

ऊ राति राम्ररी निदाउँदैनथ्यो । त्यसैले स्कुलको डेस्कमा निदाउँथ्यो ।

सरहरू उसको कन्चटको रौं तान्दै उठाउँथे । विद्यार्थीहरू गलल्ल हाँस्थे । त्यस बेला उसलाई लाग्थ्यो, वसन्त छेउमा भएको उसलाई निदाउनै दिँदैनथ्यो । उसको गिल्ला पनि हुँदैनथ्यो । उसलाई सर्वजित मास्टर सापलाई भन्न मन थियो, "बा, बन्तेलाई फेरि सेक्सन एमा ल्याइदिनू ।"

एकदुई पटक आँट गरेर सर्वजित मास्टर सापका छेउमा पुगेको थियो । तर बोली नै निस्किएन ।

बाँसबारीबाट हाँस्दै, रमाउँदै, दगुर्दै उनीहरू स्कुलको गेटसम्म पुग्थे । गेटबाट भित्र पसेपछि दुवै शिर निहुराएर, गह्रुँगा पाइला उचाल्दै आआफ्ना कक्षाकोठामा लाग्थे । हाफटाइममा बाच्छो झैं उफ्रिँदै बाहिर निस्कन्थे । नलको पानी अनुहारमा छ्याप्थे । तुरी घुमाउँदै स्कुलको

भित्तामा पिसाबले चित्र बनाउँथे । फेरि थाकेको गोरू झैं शिर निहुराएर आआफ्नो कक्षाकोठामा जान्थे । स्कुल बिदा भएपछि पिँजरामा कुँजिएको सुगाले अचानक खुला आकाश भेटे झैं पखेटा फैलाएर दगुर्थे ।

बेलाबेला पवन भन्थ्यो, "पख् बन्ते, म बालाई भनेर तँलाई फेरि सेक्सन एमा ल्याउँछु ।"

दगुर्दै अलि तल आएपछि उनीहरूले खोला किनारमा होहल्ला गर्दै काम गरिरहेका मजदुर देखे । त्यतै गए । त्यहीँनिर त हो नि खोला फुटेको । बर्खामा त्यहाँको पानी अजिङ्गर झैं फनफनिँदै मैनापुरतिर जान्थ्यो । खेत बगाउँथ्यो र घर भत्काउँथ्यो । अनि मैनापुरको नाम रेडियोमा आउँथ्यो ।

भत्किएको ठाउँमा ढुङ्गा भरेर ठुल्ठूला जाली लगाइएको थियो । त्यही जालीमा मजदुर सिमेन्ट लगाइरहेका थिए । आधा त लगाइसकेका थिए । उनीहरूले त्यही छेउमा उभिएर रोडा चाल्दै फनफनी घुमिरहेको मेसिन हेरिरहे । हेरिरहे– सिमेन्ट र बालुवाको धूलोले काँस फुले जस्ता कपाल भएका मजदुरहरू । हात र गोडामा प्लास्टिक बाँधेका ।

पवनले वसन्तलाई तान्यो । दुवै अलि तल गए । अगाडि सिमेन्टको पर्खाल थियो । पवनले यताउता हेऱ्यो, मजदुरहरू आफ्नै काममा व्यस्त थिए ।

उसले दाहिने हातको चोरऔंला सिमेन्टतिर बढायो । गाड्यो र औंलो फनफनी घुमायो ।

वसन्तले आत्तिँदै मजदुरतिर हेऱ्यो । थाहा पाए भने त गोद्छन् नि !

"एई लड्का हो, नचल त्यहाँ !" कोही करायो ।

पवनले चोरऔंला स्वात्त आफूतिर तान्यो र गोजीमा हुल्यो ।

वसन्तले देख्यो, उसले त नाम लेखिसकेछ । नामको बीचमा प्लसको चिह्न छँदै थियो ।

दुवै दगुरे ।

अलि पर पुगेपछि वसन्तले भन्यो, "किन लेखेको त्यहाँ ? थाहा पाको भे कुट्थे, हाम्लाई ।"

"सिमेन्टमा लेखेको नाम कहिल्यै मेटिँदैन के ! हामी मरेपछि पनि नाम जस्ताको तस्तै हुन्छ ।"

वसन्त हाँस्यो ।

पवनले घाँटी किक्लिक्क पाऱ्यो, "म मरें भने तँ क्यार्छस्, बन्ते ?"

"तँ मर्दै मर्दैनस् ।"

"मरिहालें भने क्यार्छस्, भन् त ?"

"म रून्छु," वसन्तले मधुरो स्वरमा भन्यो, "अनि तँलाई चिठी लेखिरहन्छु ।"

पवन खिस्स हाँस्यो, "कुन ठेगानामा पठाउँछस् अनि ?"

"तँ पैला मरेर देखा अनि म चिठी पठार देखाउँछु ।"

वसन्तले अरू केही भन्न पाएन । किनभने एउटा आँपको पात उड्दै आयो र पवनको छेउमा खस्यो । पवनले खिस्स हाँस्दै आँपको पात समायो । फिरफिरे बनायो र भन्यो, "जित्ने राजा, हार्ने दाउरे ।"

पवन दगुऱ्यो, हातको फिरफिरे फनन घुम्यो । यसो हेर्दा उसले फिरफिरे उडाएको हो कि फिरफिरेले उसलाई तानेको हो, थाहै हुन्नथ्यो ।

"जुठीआमै !" वसन्तले बोलायो ।

"हई," पिँढीमा टोलाएर बसिरहेकी जुठीआमैले खिस्स हाँस्दै पछ्यौराले मुख छोपिन् ।

जुठीआमै दिनभर उदास भएर भर्खरै सवा दुई बजे हाँसेकी हुन् । इनारमा कसैले सर्प फालिदिएपछि हाँसो हराएको थियो । उनले जीवारामलाई भनिन्, उनले सुल्पा तानिरहे । घुइयारामलाई भनिन्, ऊ फरूवा बोकेर खेततिर लाग्यो । सर्वजित मास्टर सापलाई भनिन्, उनी गोडा हल्लाएर बसिरहे । जैमलीलाई भनिन्, ऊ बाख्रोलाई घाँस दिन गई । उनले सारा गाउँलाई इनारमा सर्प भेटिएको कुरा भनिन् । तर कसैले कारण भन्न सकेन ।

उनी जसोदाको मेसिनको खटखटसँग ताल मिलाउँदै सुँक्कसुँक्क गरिरहिन् । जसोदाले के भनून् !

"गाउँ त्यति पापी त छैन, दिज्यै," जसोदाले यत्ति भन्न सकिन्, "कसैले हुऱ्याउँदा इनारमा खस्यो होला । क्यार्नु अब !"

जुठीआमैले इनारको पानी खान छाडिन् । टमटा टोलबाट पानी ल्याउन थालिन् । थरथर गोडा कँपाउँदै, खलखली पसिना काढ्दै, तीन ठाउँमा बिसाउँदै पानी ल्याउन उनलाई एक घण्टा लाग्थ्यो । टमटा टोलबाट पानी ल्याउन थालेको महिना दिनपछि उनको गानो दुख्न थालेको थियो । हरेक रात इँटा तताएर पेट सेक्थिन् । कहिलेकाहीँ असारेलाई सम्झिँदै, रूँदै कोल्टे फेर्दाफेर्दै शान्तिरामका कुखुरा कराउन थालिसक्थे । आँसुले रूझेको सिरानी उल्टाउँथिन् ।

उनका आँखाका कुनो सधैं रसाएका देखिन्थे । त्यत्तिकै सुस्केरा निस्किरहन्थे । ओठ कलेटी परिसकेका थिए । साँझपख त्यसैत्यसै ज्वरो आए जस्तो हुन्थ्यो ।

के साँच्चै असारे मरी नै सकेका हुन् र ? जुठीआमैको आँट धर्मराउन थालिसकेको थियो । के गाउँलेले भनेका कुरा ठीक हो ? असारे फर्किन्नन् ? उनलाई हिक्कै हुन्थ्यो । असारे बा भन्थे, "यी पीपलका रूख होइनन्, यी त कसैलाई कुर्दाकुर्दै पीपल भएका मान्छेहरू हुन् ।"

के उनी पनि पीपल हुन्छिन् ?

"आज पनि खोलामा न्वार आयौ, बाबै ?" उनले पवन र वसन्तका आँखीभौंमा टल्केका बालुवाका कण देखिन्, "बाबै, जातिबित्ति खोलामा डुब्नुहुन्न ।"

उनीहरू खिस्स हाँसे ।

"हामी त च्या खान आको," वसन्त पिँढीमा बस्यो ।

"म हुन्जेल खाऊ, बाबै," उनी भित्र पसिन्, "म त आकाशको छेउमै पुगेकी घाम हुम् केरे ।"

उनीहरू पनि भित्र पसे ।

अगेनामा चिया उम्लिँदासम्म सबै चुप रहे । जुठीआमै चुपचाप बाफ उडिरहेको कित्ली हेर्दै टोलाइरहिन् । र भनिन्, "हिज राति मापाको सपना देखें, बाबै । त्यै तुलसीको मठनेर असारेले नल गाडिराथे । एकछिन त अब पानी लिन टमटा टोल जान पर्दैन भनेर खुसी भएँ, बाबै । असारेले नल चलाए । खलललल पानी आयो । असारेले "ल त जुठी, पानी चाख" भने । उनले नल चलाइरहे, मैले पानी पिइरहें । तर

मलाई के भको थ्यो कुन्नि, जत्ति पानी खा पनि मन भरिने होइन । असारे नल चलाको चलायै छन् । म खाको खायै छु । जति पानी खान्छु, उति तिर्खा बढ्छ, बाबै । अनि त म आत्तें । तैपनि पानी खाको खायै थें । एकछिनपछि त नलबाट भुरूरू बालुवा पो खस्यो । यस्सो आत्तेर हेरेको, असारे त कतै थेनन् । नल पनि थेन । म त सुकेको खोलाको किनाराँ उभेकी रैछु, बाबै । असारेलाई बोलाउन खोजें, आवाजै निस्केन । दगुर्न खोजें, खुट्टै चलेनन् । आत्तेर बिम्झें ।"

उनीहरू ट्वाल्ल पर्दै एकअर्कालाई हेर्न थाले ।

"विपत्ति आम्ने बेला भगुमानले सन्देश पठाम्चन् भन्थे । हो कि के हो !" उनले चियाको गिलास दिँदै भनिन्, "सपनाले भन्न खोजेको के होला भनेर ब्यानभरि सोचें । क्यै मेसो पाउन सकिनँ । मन बेचैन छ । अचेल त त्यसैत्यसै डर लाग्छ । अब इनारमा मरेको सर्प फाल्दिनेले राति सुत्या बेला घाँटी अठ्याउन आम्छ कि जस्तो लाग्छ । त्यसै हातगोडा चिसा हुन्छन्, बाबै ।"

"हामी छम्, जुठीआमै । नडराउनुस्," पवनले भन्यो ।

"अब तिमेरूकै भरले त बसेकी छु नि, बाबै । अब मेरो नाति भको भे यस्तै भन्दो हो," उनका आँखाका कुना रसाए, "म पनि कत्ति पिन्चे भाकी ! अब तिमेरू मेरा नाति नै त हौ नि, बाबै । म त यो गाम्बाट तिमेरूकै काँध चढेर बिदा हुन्छु । आफ्नै नातिहरूले घाट पुऱ्याएको साम्झिम्ला के रे । रगतको नाताभन्दा मनको नाता गाहिरो हुन्छ भन्थिन् मेरी बज्यै । अब तिमेरूसित मनको नाता गाँसिगो ।"

पवन खिस्स हाँस्यो ।

"जुठीआमै कथा सुनाउनू न आज !" वसन्तले चियाको गिलासमा फुफु गर्दै भन्यो ।

"आजकाल त कथा पनि आम्दैनन्, बाबै ।" उनले सुस्केरा हालिन्, "कथा सुनाम्ने पनि हराउँदै गए । सुन्ने पनि हराए । मेरा हजुरबा खुप कथा कल्पिन्थे । हामी त यसैगरी अगेनाको छेउमा बसेर खुप कथा सुन्थिम्, बाबै । पहाड जत्रो अग्लो राक्षेसका कथा सुन्दा त ज्यानमा काँडा उम्रिन्थे । सातगामका मान्छे कथा सुन्न हाम्रै घराँ आम्थे ।

आजकाल त ती कुरा अर्कै जुनीका जस्ता लाग्छन् । म त मेरा हजुरबा जस्तो कथा सुनाम्न जान्दिनँ ।"

उनी टोलाइन् । उनले घङ्गारूको छडी टेक्दै, खुट्टा कँपाउँदै, सुल्पा ओठमा चेपेर हिँडिरहेका हजुरबालाई सम्झिन् ।

एक दिन हजुरबाले भनेका थिए, "जुठी, जिन्नकीमा दुख्ख पर्दा, एक्लै हुँदा कहिल्यै नआत्तिनू । कथा कल्पनू । मनलाई आकाशमा पुऱ्याउनू, मनमा चैन हुन्छ । म त त्यसै गर्छु, जुठी । कथा कल्पन नजानेको भए म त उहिल्यै मरिसक्थें । यस्सो छाती दुख्दा भगवान्ले छाती छोएर गको कथा कल्पन्छु, दुखाइ हराईकन जान्छ । तँ पनि कथा कल्पन सिक्, पछि काम लाग्छ ।"

हजुरबाले ठीक भनेका थिए, उनले एक्लो हुँदा कथा कल्पेरै त समय काटिन् । मनमा चैन भयो । फरक त्यत्ति त हो नि, हजुरबाले र उनले कल्पने कथा फरक थिए ।

हजुरबाले ८५ वर्षको हुँदासम्म कथा कल्पिए । जब कथा कल्पन दिमागले साथ दिएन, मरे । आजकाल जुठीआमै जब कथा कल्पिन थाल्छिन्, मन बाख्राको पाठो झैं कताकता दगुर्छ, वशमा हुँदैन । त्यसैले त हो नि, उनलाई डर लाग्न थालेको ।

हिजै राति पनि एउटा कथा कल्पन खोजेकी थिइन्, अधुरै हुँदा निदाएकी थिन् । के त्यही कथा सुनाउने हो र ?

"साँच्चै जुठीआमै, कथा सुनाउनुस् न !" वसन्तले कर गऱ्यो ।

"लौ, सुन ।"

एउटा ठूलो नदी थ्यो । त्यैभित्र सानी नदी पनि थिई । पहाडबाट बग्दै आएकी । चञ्चल थिई । उसलाई ठूलो नदीसित मिसिएर बग्दाबग्दा आफ्नो बेग थामिए जस्तो लागिरहेको थियो । उसले ठूलो नदीलाई भनी, "म संसार घुम्न चाहन्छु, म सारा फूलको जराजरा हिँडेर हज्जारौं फूल सिँच्न चाहन्छु ।"

ठूलो नदीले भन्यो, "जाऊ तर गएको बाटो याद गर्नू, नत्र फर्किन गाह्रो पर्छ ।"

"के थाहा, फर्किन्न कि ?" उसले हाँस्दै भनी ।

"तैपनि आफू हिँडेको बाटो कोर्दै जानू," ठूलो नदीले भन्यो, "कहिलेकाहीँ काम लाग्छ ।"

नदी छुट्टिएर चञ्चल हुँदै अर्को दिशा गई । जङ्गलै जङ्गल, उकालोओरालो कत्ति हिँडी कत्ति । हज्जारौं फूल फुलाई । खडेरीमा सुक्दै गएका रूखहरू उसको स्पर्शले फेरि हरिया भए । तिर्खाएका जनावर फेरि तङ्ग्रिए । सबैले उसलाई भने, "नदी नानी, तिम्ले हाम्लाई मर्नबाट जोगायौ । परेको बेला सम्झिनू, हामी सहयोग गरौंला । बाचा भो ।"

नदीको सपना पूरा भइरहेको थियो ।

कैयौं दिनपछि नदी बाटो बिराएर मरूभूमि पुगी । न त फूल थिए, न त जनावर । हिँड्दाहिँड्दै नदी थाक्दै गई । सुक्दै गई । कमजोर हुँदै गई । एक दिन अचानक उसलाई तिर्खा लाग्यो । पिउनलाई पानी कतै थिएन । मरूभूमिमा टाढाटाढा पोखरी जमे जस्तो देख्थी, जब नजिक पुग्थी, त्यहाँ बालुवाको थुप्रोबाहेक केही हुँदैनथ्यो ।

उसले ठूलो नदीले भनेको सम्झिई । आफू आएको बाटो पनि कोरेकी थिइन । फर्किन खोजी । तर फर्किन सकिन । जीवन र मरणको दोसाँधमा पुगी । सूर्यले नदीको दुख्ख हेर्न सकेन । उसले भन्यो, "नानी, म तिम्लाई सहयोग गर्छु । तर एउटा समस्या छ ।"

"के ?"

"तिमी पुरानो नदी नै रहँदिनौ । नयाँ बन्नेछौ, तिम्रो आत्मा मेटिनेछ ।"

नदीले नमानी सुख्ख थिएन ।

सूर्यले नदीलाई बाफ बनाइदियो । बादलसम्म पुऱ्याइदियो र भन्यो, "मीत, यी नानीलाई यिनको ठेगानासम्म पुऱ्याइदिने जिम्मा तिम्रो ।"

बादल हाँस्यो । सानी नदीलाई काँधमा बोकेर हिँड्न थाल्यो । बिचरीले त्यत्रो दुःख गरेर पछि सम्झिनलाई कत्ति कुराहरू आत्मामा बोकेकी थिई । ती सबै हराए ।

फूल र जनावरले उसको समस्या थाहा पाए । फूलबाट पराग उडेर आकाशतिर आए । जनावर आकाशतिर हेर्दै कराइरहे । उनीहरूले प्रार्थना गरिरहे ।

नदीको पुरानो आत्मा फर्कियो । बादलले ठूलो नदीका छेउछाउमा लगेर वर्षा छरिदियो । नदी फेरि चञ्चल पानी भएर खसिरही ।

"आयौ ?" ठूलो नदीले खुसी हुँदै सोध्यो ।

"आएँ, कहिल्यै पूरा नहुने मृगतृष्णा भोगेर आएँ । सायद म हजुरभित्रै भएकी भए, थाहै पाउन्नथें, नदीलाई पनि मृगतृष्णा हुन्छ भनेर ।"

यो कथा त वसन्तले सुन्दै आएका कथाभन्दा फरक थियो । उसले पवनतिर हेर्‍यो । उसले पनि केही बुझेनछ, ओठ लेप्प्यायो ।

"साथमा हुँदा केही कुराको महत्त्व हुन्न, बाबै," जुठीआमैले भनिन्, "जब साथमा भको मान्छे टाढा जान्छ । कहिल्यै फर्किन्न, बल्ल उसको महत्त्व था हुन्छ । सधैं साथमा भको कुरा पित्तल हुन्छ, बाबै । जब टाढा हुन्छ, था हुन्छ, सुन पो रैछ । यै सोचेर यो कथा कल्पेकी । ऐले कथा बुझेनौ होला, पछि बुझ्छौ । कैलेकाई जिन्नकीले फिरफिरे झैं फनफनी घुमाम्छ, बल्ल कथाको मेसो था हुन्छ ।"

वसन्त हाँस्दै बूढो मान्छे झैं घुँडामा हातले ठेल्दै उठ्यो । दायाँ गोडा निदाएर चिचिन्डो झैं लुलो भएछ । धर्मराउँदै भित्ता समायो ।

"बाबै, जिन्नगीले पनि कैलेकाहीँ यस्सरी नै धर्मराउँछ," जुठीआमै हाँसे जस्तो गरिन्, "त्यस्तो बेला कथा कल्पनू । आँट पाइन्छ ।"

पवनले मुन्टो हल्लायो ।

पवनले उठ्दै भन्यो, "जुठीआमै, हामी लागिम् ।"

"जाऊ जाऊ । धेरै डुल्ने पनि नगर, बाबै," जुठीआमैले मधुरो स्वरमा भनिन्, "बाँसबारीलाई दशा लाछ ।"

उनीहरू बाहिर निस्किए । आँगनको किनारतिर लागे । जुठीआमैले हतारिँदै बाहिर निस्किएर सोधिन्, "बाबै, मेराँ च्या खाको कुरा घराँ भन्छौ कि भन्दैनौ ?"

"भन्दैनम्," पवनले सोध्यो, "किन, जुठीआमै ?"

"नभन्नू नभन्नू," जुठीआमै खुइय सुस्केरा हाल्दै पिँढीमा बसिन्, "म त केटाकेटी भनेर मयाँले दिन्छु । गाम्लेले के सोच्लान् ! मलाई त हिजोआज जे कुराको पनि डर लाग्छ, बाबै । कालबेला ठीक छैन ।"

उनीहरू हिँडे ।

अलि पर आएपछि वसन्तलाई कसैले सुस्त बोलाए जस्तो लाग्यो । पछाडि फर्कियो । केही थिएन । केवल सुनसान बाटो थियो । जुठीआमै पिँढीमा आफ्नै घुँडातिर झुकेर बसेकी थिइन् । लौ, उनी त रून पो थालिछन् ! यति पिन्चे त थिइनन् पहिला । उसले एकछिन उभिएर जुठीआमैलाई हेरिरह्यो ।

पवनले उसको हात समाएर तान्यो ।

अबेरपछि जुठीआमै टमटा टोलतिर पानी लिन गइन् । पानी लिएर पीपलको रूखमुन्तिर आइपुग्दा कोहिनुर झाँक्री त्यहीँ थकाइ मारिरहेको थियो । उसले पसिनाले नुहाएको थियो । प्यासले प्याकप्याक भइसकेको थियो । आँतको किनारमा हुरहुरी आगो बलिरहेको थियो । घाँटीबाट आवाज पनि निस्किरहेको थियो, च्याँच्याँ ।

जुठीआमैले छेउमै गाग्री बिसाइन् । गाग्रीबाट पानी छचल्किरहेको थियो । कोहिनुरलाई छचल्केका पानीका मसिना धार अमृत जस्तै लागे ।

"पानी पिलाउँछौ, माई ?" उसले भन्यो, "बहुतै प्यास लागेको छ । धर्म लाग्छ ।"

"लौ पानी पनि कस्ले पिलाउँदैन, बाबै ! दैवले धर्म कमाउने सजिलो बाटो बनाछन् । तिर्खाको मान्छेलाई पानी पिलाइदेऊ, धर्म कमाइहालिन्छ ।"

जुठीआमैले गाग्रीको डिल अलिकति ढल्काइन् । कोहिनुरले अलिकति झुकेर अँजुली थापेर घटघट पानी पिउन थाल्यो । मुखबाट छल्केको पानी रूद्रघण्टी हुँदै छातीतिर खस्यो । भतभती जलिरहेको छाती पनि ठन्डा भयो ।

"क्यार्नु बाबै, पानी मीठो त मेरै इनारको थ्यो !" उनले सुस्केरा हालिन्, "मरेको सर्प भेट्यो । इनार खेर गो । टमटा टोलको पानी त्यति मीठो छैन, क्यार्नु बाबै !"

कोहिनुर सन्तलाललाई पानी खुवाइरहेकी उनलाई हेर्दै टोलायो ।

"काँ जान लागेको हौ, बाबै ?"

"माई घुइयारामको छोरो बिरामी छ । वहीँ जान लागेको ।"

जुठीआमैले अस्ति भर्खरै चुइँचुइँ चुइँकने जुत्ता लगाएर हिँडेको तुलारामलाई सम्झिइन् । भनिन्, "घुइयारामले मन्दिरै मन्दिर चहारेर भगवान्सित छोरो मागेका हुन् । साह्रै लायकको थियो, अहिले त प्याकप्याक गरिरहेको छ रे ! लौ बाबै, रामरी गह्रदशा हेर्देऊ ।"

कोहिनुर खिस्स हाँस्यो ।

"माई, तिमी पनि आऊ," उसले हिँड्ने बेला भन्यो, "मैले फलाकेको, बान हानेको रमाइलो हुन्छ भन्छन् ।"

"आउन त हुन्थ्यो । घरमा म एक्ली छु । कोई छैन बाबै मेरो," उनले गाग्री बोकिन्, "बूढा परदेश गाका, अत्तोपत्तो छैन । तैपनि साँझपख जुम्लुङ्ग आइपुग्दा मलाई घरमा नदेख्लान् कि भनेर कतै जान्नँ ।"

"ल त माई, लागेँ," कोहिनुरले हात जोड्यो ।

"जाऊ बाबै, ब्यान राम्रो खबर सुन्न पाम् । तिम्लाई देख्यो भने पनि मनोबल बढ्ला । दैवले अनेक अवतार बनाम्छन् । आज अवतारलाई पानी ख्वाउन पाएँ, म त खुसी भएँ ।"

कोहिनुर हाँस्यो ।

उसलाई यस्तो कसैले भनेको थिएन । त्यसैले उसले एकपल्ट जुठीआमैलाई गहिरिएर हेऱ्यो । थोते दाँत, अनुहारका चाउरी, शिरमा बाँधेको पछ्यौरा सप्पै याद भयो ।

दुई सय रूपियाँ

कोहिनुरले तुलारामको निधार छाम्यो । निधारको पसिना औंलाका टुप्पामा लाग्यो । कोहिनुरले बर्बराउँदै पसिना लागेका आफ्ना औंला एकअर्कोमा रगड्यो । तुलारामका बन्द आँखा च्यातेर हेऱ्यो । आँखामा धमिलो जालो लागिसकेको थियो । कम्बलभित्र पनि तुलाराम लगलगी काँपिरहेको थियो । अस्ति बिहानदेखि नै ऊ काँप्न थालेको थियो । दाँत कटकटिएका थिए । उसको ज्यान अगुल्टो जस्तो थियो । हिजोदेखि घाँटी बसेको थियो । आज बिहानदेखि घ्यारघ्यार गर्न थालेको थियो । बेलाबेला भूतै देखे जसरी तर्सिन्थ्यो ।

मसान लागेको होला भनेर तुलारामकी आमा पम्फाले सुनपानी छर्केकी थिई ।

तुलाराम धेरै नै गलिसकेको थियो । पम्फाले बोलाएको पनि सुन्न नसक्ने भएको थियो । पम्फा बेलाबेला उसका सुकेका ओठमा चम्चाले पानी राखिदिन्थी । तुलाराम पानी निले जस्तो त गर्थ्यो । तर एकैछिनमा पानी ओठका चेपबाट गुजुजु बाहिर निस्कन्थ्यो ।

कोहिनुरले सन्तलाललाई आगो बाल्न लगायो । धुनी जगायो । ढ्याङ्ग्रो ठटाउँदै काँप्न थाल्यो । मन्त्र फलाक्यो । ऊ खरानी अक्षता ढ्याङ्ग्रोमा राखेर औंलाले चलाउँदै बर्बराउँथ्यो र आँगनको चारैतिर फाल्थ्यो । बेलाबेला ढ्याङ्ग्रोको बिटले तुलारामको निधारमा छुन्थ्यो ।

सुरूसुरूमा त गाउँलेलाई कोहिनुरको लयदार मन्त्र र नाच रमाइलो लागिरहेको थियो । तर जब रात गाढा हुँदै गयो, उसको उफ्राइ र

आवाज चर्कोचर्को हुँदै गयो । गाउँलेहरूको मुटु ढुक्क फुल्दै गयो । सानोतिनो मसान हुँदै होइन, उनीहरूले सोचे ।

कोहिनुरले गाउँलेहरूको अनुहारमा डर देखिसकेको थियो । उसले मनमनै जाल बुन्यो । सोच्यो, अब मैले बुनेको जालमा यिनीहरू माछाका भुरा झैं छटपटाउँछन् ।

"चिलगाडीलाई खानेले यस्लाई पनि खान खोज्दै छ !" आकाशमा चन्द्रमा निस्केपछि ऊ करायो, "मैले भनेकै थें, त्यो फेरि फर्केर आउँछ । आयो, फेरि आयो ।"

ऊ बताससित लड्न थाल्यो ।

पम्फा तुलारामको निधार छाम्दै, चिसा पसिना पुछिदिँदै रून थाली । घुइयारामले एकछिन किलामा बाँधेको गोरू झैं छटपटिएर एकै ठाउँमा फन्का लगायो अनि घुप्लुक्क कोहिनुरका गोडामा घोप्टियो ।

"महाराज, जस्सरी हुन्छ मेरो छोरालाई लैजान नदिनुस्," उसले हिक्का छाड्यो, "मेरो एउटै छोरो हो, महाराज ।"

कोहिनुरले मुन्टो हल्लायो ।

उसले ठूलो स्वरमा मन्त्र फलाक्दै आँगनको फन्का लगायो । मुकुटमा जडेका मजुरका प्वाँख हुरी चले जसरी हल्लिन थाले । ज्यानभरि झुन्डिएका घण्टी आपसमा ठोक्किन थाले ।

"मैले त्यसको स्वरूप देखिसकें !" कोहिनुर करायो, "त्यो आइमाई हो । बोक्सी हो । म त्यस्को चुल्ठो समाएर लडाउँछु । छाड्दिनँ ।"

गाउँलेहरू मुखामुख गर्न थाले ।

अबेर भइसकेको थियो, सर्वजित मास्टर साप उठे । घुइयारामको काँध थपथपाए । र घरतिर लागे । घर पुगेर टुकीको मधुरो उज्यालोमा कोल्टे परेर निदाएको पवनलाई हेरे । रमा उत्तानो परेर सुतेकी थिई । उसको मुख खुलै थियो । उनले प्रेमले रमाको चिउँडो सुस्तरी माथि धकेलिदिए ।

खुइय्य सुस्केरा हाले र आफ्नो कोठातिर लागे । ओछ्यानमा पल्टिएर ढ्याङ्ग्रोको आवाज सुनिरहे ।

कोहिनुर उफ्रिँदाउफ्रिँदा असिनपसिन भयो । पसिना उसको चाउरीमा भरिएर भुइँमा खस्न थाले । ऊ तुलारामतिर हेर्दै सोचिरहेको थियो, "यो बच्चा पनि मर्ने भयो । बाँच्दैन । अब के गर्ने होला ? यसलाई पनि बचाउन सकिनँ भने यो गाउँमा मेरो प्रभाव बाँकी रहला ?"

उसको दिमागको चेपबाट माकुरो निस्कियो र जाल बुन्न थाल्यो ।

कोहिनुरले घुइयारामले ठिक्क पारेको कालो कुखुरो समायो । कुखुरो अघिसम्म कोहिनुरलाई नै हेर्दै छक्क परिरहेको थियो । कुखुरो हातको जालमा परेपछि छटपटायो । पखेटा एकआपसमा मोडिदिएका थिए । त्यसैले पखेटा हल्लाउन पाएन ।

एकैछिनमा कुखुराको टाउको उछिट्टिएर भुइँमा खस्यो । कुखुराका आँखा झिमझिम भए ।

कोहिनुर उफ्रिँदाउफ्रिँदा थाकिसकेको थियो । उसको स्याँस्याँ बढिसकेको थियो । निद्राले थकित बनेका गाउँलेलाई उसले राम्ररी देख्न पनि सकिरहेको थिएन । एकपल्ट त उसले चेलो सन्तलालको टाउको नै दुइटा देख्यो । सोच्यो, कमजोरी बढेछ । उसको उफ्राइ शान्त हुँदै गयो । आवाज सानो भयो ।

अब उसले रोकिनु थियो । आफैँलाई थाम्न गाह्रो भइसकेको थियो ।

"त्यल्ले खान्छे । छाड्दिन !" ऊ करायो, "त्यल्लाई गाउँबाट ननिकालेसम्म यसरी बच्चाहरू खाइरन्छे । त्यो बिरालो बनेर गाउँ डुल्छे । यो घरमा पनि आएकी थिई । त्यल्लाई गाउँबाट निकाल । नत्र त्यसले सबैलाई खान्छे ।"

पम्फा जोडले रून थाली ।

"चिन्ता नगर," उसले ढ्याङ्ग्रो जोडले ठटायो, "मैले बोक्सी पत्ता लाइसकें ।"

सबै गाउँलेका कान ठाडा भए । उनीहरूको मुटु पनि ढ्याङ्ग्रो झैं बज्न थाल्यो । को होली बोक्सी ? यत्ति सानो गाउँमा आफूहरूका बीचमा बोक्सी भएको पनि थाहै भएन त । सबै चकित थिए । घुइयाराम भने रिसाहा गोरू झैं फ्वाँफ्वाँ गरिरहेको थियो । हिजो मात्रै आइपुगेको

उसको सालो रने उसको काँध समाएर भुइँमा बसाल्न खोजिरहेको थियो ।

कोहिनुरले स्याँस्याँले भरिएको आवाजमा जाल फ्याँक्यो, "ल सुन, अब म बोक्सी को हो, भन्छु ।"

भोलिपल्ट बिहान सात बजेर १५ मिनेट जाँदा तुलारामका छिटिकछिटिक गरिरहेका नसा सामसुम भएका थिए । ढोकाछेउको पिँढीमा भर्खरै गोबरले लिपेको भुइँमा नयाँ गुन्द्री ओछ्याएर उसलाई सुताइएको थियो । आवाजहीन पम्फा ढोकानिर अडेस लागेर बसेकी थिई । उसका ओठ कक्रक्क परेका थिए । दायाँ आँखाबाट आँसुको मसिनो धार बगी नै रहेको थियो । उसको अनुहार कापीको पन्ना झैं सपाट थियो । ऊ बेलाबेला पुलुक्क तुलारामलाई ढाकेको कम्बलतिर हेर्थी । छातीमा बेस्मारी मुड्की बजार्थी ।

घुइयाराम आँगनको पल्लो कुनामा कन्चटमा दुवै हत्केला राखेर टुक्रुक्क बसेको थियो । र उसको दायाँपट्टि थियो, कोहिनुरले रेटेको कालो कुखुराको रातो रगत । रगतको छिटा आँगनछेउका सलक्क परेका उखुको झाङसम्म उछिट्टिएको थियो । कोहिनुरले बालेको आगो निभिसकेको थियो । उसको मुकुटबाट खसेको मयूरको प्वाँख कुखुराको रगतको टाटामा टाँसिएको थियो । खरानी अक्षताहरू आँगनभरि छरिएका थिए । ऊ बिहानपख सुन्निएका पिँडौला लतार्दै हिँडेको थियो ।

"भिनाजु, अब भान्जालाई लैजाऊँ," नरेले घुइयारामको काँध छुँदै अलिकति झुकेर भन्यो ।

घुइयारामले सुन्निएका आँखाहरूले एकपल्ट तुलारामको अनुहार हेऱ्यो । तुलारामलाई पिठ्युँतिरबाट उचाल्यो । र छातीमा च्याप्यो ।

उसको मधुरो हिक्का छुट्यो ।

जीवाराम अघिअघि शङ्ख बजाउँदै हिँडे । पछिपछि तुलारामलाई छातीमा च्यापेको घुइयाराम र उनीहरूलाई अनिद्राले थलिएका मलामीले पछ्याए ।

पम्फा आफ्नो छातीमा मुड्की बजार्न थाली । महिलाहरूले उसका हात समाउँदै शान्त पार्न थाले । उसले पहिला दाह्रा किटी । अनि मूर्च्छा परी ।

सर्वजित मास्टर सापले बिहानै खाना बनाइसकेका थिए । उनी चाँडै खाना खाएर स्कुल जाने तयारी गरिरहेका थिए । त्यसै बेला उनले शङ्खको आवाज सुने । पवन र रमा नलमा अनुहार धोइरहेका थिए । पवनले अनुहारमा साबुन लगाएको मात्र थियो, शङ्खको आवाज सुन्यो । झस्किँदा साबुनको पिरो आँखाभित्र पस्यो । उसले हतारहतार अनुहार धोयो ।

सर्वजित मास्टर साप बाहिर निस्किए । पवन र रमा गर्धन तन्काईतन्काई घुइयारामको घरतिर हेरिरहेका थिए । मलामीहरू कमिलाको लस्कर झैं हिँडिरहेका थिए ।

"घुइयारामको छोरो बिते जस्तो छ," सर्वजित मास्टर सापले पवनलाई भने, "म मलामी जान्छु । तँ बैनीसित घरै बस् । आज स्कुल जान पर्दैन ।"

उनी मलामीको लस्करतिर कुदे । पवन र रमाले खेतका आलीआली दगुरिरहेका सर्वजित मास्टर साप र मलामीको लस्करतिर पालैपालो हेरिरहे ।

"दाइ, हामी पनि हेर्न जाम् न !" रमाले पवनको हात समाई ।

"फुच्ची, बाले गाली गर्नुहुन्छ ।"

"जाम् के ! गाली गर्नुहुन्न ।"

मलामीहरू परै पुगिसकेका थिए । जे त पर्ला पर्ला, पवन रमाको हात समाउँदै दगुर्‍यो । अलि पर पुगेपछि उनीहरूले दगुर्दै आइरहेको वसन्तलाई देखे ।

ऊ स्याँस्याँ गर्दै नजिक आयो ।

"घुइयारामको छोरालाई बोक्सीले टोकेर मारेकी हो रे," पवनले सुस्त भन्यो, "बोक्सी बिरालो बनेर गाउँ डुल्छे अरे ।"

वसन्तले मलामीहरूतिर हेऱ्यो । ती परै पुगिसकेका थिए । एकदुई जना बूढाहरू मलामीको पछि लागेका केटाकेटी धपाइरहेका थिए ।

उनीहरू अघि बढेनन् ।

"गाउँबाट कोई नजाने रे स्कुल," पवनले भन्यो, "बाले पनि नजा भन्नुभाछ ।"

स्कुल जानु नपर्ने कुरा सुनेर वसन्तलाई एक निमेषको खुसी लाग्यो । तर "बोक्सी बिरालो बनेर टोक्न आउँछे" भन्ने सुनेकाले ऊ निराश भयो ।

उनीहरू गाउँ घुमिरहे । गाउँका पुरूष जति मलामी गएका थिए । त्यसैले गाउँ सुनसान थियो । सारा महिला पम्फाको आँसु पुछिदिन, छेउमा बसेर सुस्केरा हाल्न, कहिलेकाहीँ रोए जस्तो गर्न गएका थिए ।

बाँसघारीमा हुत्ती खेलिरहेका कागको आवाज टाठो भएर गाउँभरि फन्का लगाइरहेको थियो । रमालाई डर लागिरहेको थियो । त्यसैले पवनको हात जोडले समाएकी थिई ।

"दाइ, घर फर्किम्," उसले भनी, "बाले गाली गर्नुहुन्च ।"

पवनले वसन्ततिर हेऱ्यो । वसन्तले अनकनाउँदै भन्यो, "आमै वनबाट आउने बेला भो । म पनि घर जान्छु । भात पनि रामरी खा छैन ।"

पवन र रमा घर फर्किए ।

रमा कोठामा गई । पवन पिँढीमै ढल्कियो । अबेरपछि लामो हाई काढ्दै नलतिर लाग्यो । अनुहारमा साबुन लगायो । र उसले साबुनको फिँजबीचबाट जीवाराममलाई देख्यो ।

"मुख चाँडै पखाल," उनले मधुरो स्वरमा भने, "एउटा जरूरी कुरा गर्नु छ ।"

उनले नल चलाइदिए । पवनले हतारहतार अनुहार पखाल्यो । जीवारामले के कुरा गर्न खोजेका होलान् ?

उसले आँखीभौंमा टाँसिएका पानीको थोपा पुछ्दै जीवारामतिर हेऱ्यो । उनी भर्खरै मलामबाट फर्किएकाले होला, थकित थिए । अनिद्राले आँखा सुन्निएका थिए । ओठ सुक्खा थिए ।

"यता आऊ," जीवाराम पवनको हात समाएर करेसाबारीतिर लागे ।

पवन तीतेपातीका पात हेर्दै अकमकाइरह्यो ।

"मैले भनेको एउटा कुरा मान्छौ ?" जीवारामले इस्टकोटको भित्री जेबबाट सयका दुइटा नोट झिक्दै भने, "मान्यौ भने म यो पैसा तिम्लाई दिन्छु ।"

"के कुरा ?" पवनले मसिनो स्वरमा सोध्यो ।

जीवारामले गम्भीर हुँदै उसका आँखामा हेरे । नोट समाएको हात उसको काँधमा राखे । नोट नाक नजिकै पुगेकाले होला, पवनले नोटको अनौठो बास्ना महसुस गऱ्यो । यत्ति पैसा भयो भने त स्कुलछेउको सानो बजारमा मज्जाले खुवा, मुम्फली, तरभुजा खान पाइन्छ दुईतीन महिनासम्म– उसले सोच्यो ।

जीवारामले उसका आँखामा लोभ देखिसकेका थिए । उनले उसका कानका लोतीनेर तमाखु ठस्स गन्हाइरहेको मुख ल्याए र मन्त्र फुके झैं फुसफुसाउन थाले ।

जीवाराम जति बोल्दै गए, पवनलाई भाउन्न भयो । उल्टी आउला जसरी घाँटी कोक्कायो ।

"नाइँ !" उसले काँधबाट जीवारामको हात झट्कारिदियो ।

"आऊ, त्यति भन, पैसा लैजाऊ," उनले भने ।

"नाइँ, म भन्दिनँ !" पवनको आवाज रून्चे भयो, "मैले त्यस्तो देखेकै छैन । तपैंहरूले जुठीआमैलाई पिट्नुहुन्छ । मलाई बाले पिट्नुहुन्छ ।"

"हामी कसैलाई पिट्दैनम् । मास्टरले तिम्लाई नै कुरेर बसेका छन्, पिट्दैनन्," जीवारामले मधुरो स्वरमा भने, "देखेनौ, घुइयारामका लोग्नेस्वास्नी कति रोछन् ! तिम्ले गएर त्यही कुरा भन्यौ भने उनीहरूको मन बुझ्छ । तिमी त कुरा बुझ्ने भइसकेका छौ । गाउँका मान्छेको ख्याल राख्नुपर्छ कि पर्दैन ?"

"साँच्चै ! जुठीआमैलाई पिट्नुहुन्न ?"

"मलाई थाहा छ, तिमेरू जुठीआमैलाई खुपै माया गर्छौ । हामी क्यै गर्दैनौं ।"

"त्यत्रा मान्छेका अगाडि ? नाइँ, जुठीआमैले था पाइन् भने रिसाउँछिन् । बन्ते पनि रिसाउँछ ।"

"सप्पैका अगाडि भन्ने होइन । दुईचार जना मात्रै हुन्छन् । सुटुक्क भन्ने हो । बाहिर हल्ला पनि हुन्न । कसैले थाहा पाउन्न । वसन्तेले पनि थाहा पाउन्न । मैले देको पैसाले त्यसलाई पनि मिठाई ख्वाउनू, त्यो पनि खुसी हुन्छ ।"

पवनले गोडाले भुइँ कोट्याइरह्यो ।

"हिँड जाम् । कसैको डर नमान," जीवारामले उसको जाँगेको दाहिने गोजीमा नोट कोचारिदिए । हात समाएर ताने । ऊ मोहनी लागे झैं पछि लाग्यो ।

जीवारामले उसलाई घुइयारामको सुत्ने कोठामा लगे । दैलो बन्द थियो । कोठाको कुनामा मुडुलो टाउको गह्रुँगो गरी बोकिरहेको घुइयाराम झोक्राइरहेको थियो । रने भित्तामा ढेस्सिएर बसेको थियो । त्यही छेउ सर्वजित मास्टर साप उभिएका थिए । शान्तिराम दैलोनिर उभिएको थियो ।

पवन शिर झुकाएर सबैको बीचमा उभियो । उसका हातका औंला सुस्तरी काँपिरहे ।

"नडरा, जे देखेको थिस्, भन् !" सर्वजित मास्टर सापले उसको शिर सुमसुम्याए ।

उसले जीवारामले कानमा फुकेका शब्दहरू एकएक गरी सम्झियो । र जादुगरको मुखबाट रूमालको लहरो निस्के झैं उसको मुखबाट शब्दहरू निस्किरहे, "एक दिन म जुठीआमैकोमा गको थें । जुठीआमै त घरको कुनामा केके पूजा गरिरहेकी थिइन् । सेतो लुगा लाकी थिन् । उन्को कपाल फिँजारिएको थियो । कपडाको सानो गुडिया बनाएर सियोले घोचिरहेकी थिइन् । केके मन्त्र बर्बराइरहेकी थिइन् । उन्का आँखा पनि बिरालाका जस्ता कुइरा भाथे । म डराएँ र भागें । कसैलाई पनि भनिनँ ।"

"साँच्चै देखेको होस् ?" सर्वजित मास्टर सापले सोधे, "कि अरू कसैले भन् भनेको हो ?"

पवनको मुख प्वाक्क सुक्यो । भन्यो, "मैले आफ्फैं देखेको ।"

कोठामा एकछिन मौनता छायो । मौनतालाई चिर्दै घुइयारामले सुँक्क गऱ्यो । शान्तिरामले खुइय्य सुस्केरा हाल्यो । रनेले मुठी कस्यो ।

"देख्यौ मास्टर ?" जीवारामको आवाज चर्को भो, "सारा गाउँलेले मानेको कुरा तिम्ले नमानेर हुन्छ ? आखिर झाँक्रीले नै भनिसको, जुठी बोक्सी हो भनेर । सृष्टिका सारा रहस्य किताबमा मात्रै लेखेको हुन्न !"

"तैपनि ऐलेको जमानामा...," सर्वजित मास्टर साप पूरा बोल्न पाएनन् । जीवारामले रोके, "जमानामा कुरा छोडिदेऊ । तिम्रा सन्तान पनि बच्चै छन् । भनेको मान । तिमी चुप लाग्देऊ । अरू हामी गर्छौं । कसो, घुइयाराम ?"

घुइयारामले दाह्रा किट्यो ।

"एउटो कुरो याद राख, मास्टर ! यो गाउँको रक्षे मैले गर्दै आको हुम् । मै गर्छु," जीवारामले सर्वजित मास्टर सापको अनुहारमा टिकेका आँखा रनेतिर घुमाउँदै भने, "कसो रने ? तँ यो गामको होइनस् त के भो ? यो गाम तेरा दिदीभिनाजुको हो । बोक्सीले तेरै भान्जालाई खाकी हो ।"

रनेले नाकका पोरा फुलाएर ड्याम्म भित्तामा मुड्की बजाऱ्यो ।

"तिमी के भन्छौ, शान्तिराम ?"

शान्तिरामले मुन्टो हल्लायो ।

"लौ त, अब जे निर्णय गर्नु छ गर्नुस्," सर्वजित मास्टर सापले मसिनो स्वरमा भने, "गाउँ एकातिर, म अर्कोतिर हुन्नँ ।"

उनी पवनको छेउमा आएर भने, "अब तँ घर जा ।"

पवनले एकपल्ट सर्वजित मास्टर सापका आँखाको उदासी हेऱ्यो र घोसेमुन्टो लाउँदै बाहिर निस्कियो । र घरतिर दगुऱ्यो । उसको आँखाभरि पछ्यौराले मुख छोपेको जुठीआमैको हाँसो आइरहेको थियो । उसको मन त्यसै भरङ्ग भो । सोच्यो, उसले भनेको कुरा त्यही कोठाभित्र रहनेछ । जुठीआमैले थाहै पाउनेछैनन् ।

दुईचार दिनपछि जुठीआमैकोमा गुँडको चिया खान गइहाल्नेछ ।

घर पुगेर उसले आँगनमा उभिएर दुई सय रूपियाँ कहाँ राख्ने होला भनेर सोच्यो । जुक्ति आइहाल्यो । भान्सामा पस्यो । सर्वजित

मास्टर सापले टुकी बनाउन ल्याएको सिसी कुनामा पल्टिएको थियो । सिसी काखीमा च्यापेर ऊ करेसातिर लाग्यो ।

उसले नोटलाई बेरेर बिँडी जस्तो बनायो र सिसीको मुखबाट खसाल्यो । बिर्कोलाई बेस्मारी कस्यो । एउटा तीतेपाती उखेल्यो । मलिलो माटोलाई खोस्रियो । सानो खाल्डो बनायो । सिसीलाई खाल्डोमा राखेर माटोले पुऱ्यो र तीतेपातीको बोट जस्ताको तस्तै गाड्यो ।

हात टकटकाउँदै नलतिर आयो । हात पखालेर एकछिन आँगनमा उभियो । घरभित्र पस्न मन लागेन । खेततिर लाग्यो । इँटाको अग्लो थुप्रोमा उभिरहेको कल्लुरामले उसलाई देख्यो । तर हात हल्लाएन ।

कल्लुराम आकाशतिर हेरिरहेको थियो । बादलका टुक्राटाक्री थिए । र एउटा बादलको टुक्रा चढेर सूर्य हिँडिरहेको थियो । तर शीतलै थियो । तोरीका शिर सुमसुम्याउँदै बतास हिँडिरहेको थियो ।

वैशाख-जेठतिर भएको भए यति बेलासम्म कल्लुरामको निधारबाट पसिनाको धार निस्किएर नाकको डाँडी, छाती, नाइटो हुँदै कछाडभित्र पसिसकेको हुन्थ्यो । उसले कछाडभित्र हात लगेर तिघ्राका काप कन्याउँदै एकपल्ट गाउँतिर हेऱ्यो । शङ्खको आवाज बर्त्तिँदै इँटाभट्टातिर आइरहेको थियो ।

"बहुतै नराम्रो भो काका !" ऊ बर्बरायो ।

ऊ इँटाको थुप्रोबाट तल झऱ्यो । उसले एउटा लट्ठी, हँसिया, पराल र माटोको घैला तयार पारेर राखेको थियो । उसले हँसियालाई कछाड बाँधेको बाबियोको डोरीमा अड्कायो । परालालाई दायाँ काखीमा च्याप्यो । लट्ठी र घैला समाउँदै मुसुरोले भर्खरै शिर उठाएका फराकिला खेततिर गयो ।

मुसुरोबारीमा ठडिएका बुख्याचाहरू पनि चर्को गर्मीले मक्किइसकेका थिए । झरी र घामले बुख्याचाका कपडा टुक्राटुक्रा भइसकेका थिए । पराल पनि लत्रिन थालिसकेका थिए । काकाको नाक मेटिइसकेको थियो । भैरे पण्डितको ओठ । कैली बज्यैका त दुवै आँखा थिएनन् । टाउको त चराले बिस्ट्याएरै खत्तम । बुख्याचाहरू एकअर्कालाई हेरेर उदास भइरहे जस्ता लाग्थे ।

ऊ खेतको बीचमा पुग्यो ।

हँसियाले सानो खाल्डो बनायो । लट्ठी गाड्यो । लठीको बीचमा पराल बाँध्यो । अनि कपडाले बेऱ्यो । लट्ठीको टुप्पामा घैला घोप्ट्याएर राख्यो । इँटाको टुक्राले कोरेर आँखा, नाक, मुख बनायो ।

यो बुख्याचा अरू बुख्याचाभन्दा होचो थियो । उसले बुख्याचाको शिर सुमसुम्यायो । एकछिन ठिङ्ग उभिएर चारैतिर हेऱ्यो र काकाको बुख्याचा नजिक गयो ।

काकाको नाक बनाइदियो ।

र सुस्तरी भन्यो, "काका, घुइयारामको लड्काको खयाल राख ।"

मुडुलो टाउको

जुठीआमै बत्तिँदै भुइँमा पछारिइन् ।

उनको चिउँडोले भुइँ छोयो अनि छातीले । चिउँडोबाट रगत बग्न थाल्यो । दाँतहरूमा घनले हिर्काए जस्तै भयो । उनी भाउन्न भइन् ।

उनले केही सोच्न पाएकी थिइनन् । घुच्चुकमा फेरि लात्ती बजारियो । अर्को लात्ती पिठ्युँमा । बुढेसकालले नरम भएका हड्डीहरूभित्रबाट मसिनो आवाज आयो । उनले प्रहार थाम्न सकिनन् । ज्यानमै पिसाब फेरिन् ।

उनका आँखाअगाडिका दृश्य धमिला भइसकेका थिए । कानमा मधुरो गरी होहल्लाको आवाज आइरहेको थियो । उनले आवाज आएतिर हेरिन्, छाया जस्ता मानिस मात्र देखिन् ।

उनी अगेनामा दाउरा जोर्दै थिइन्, गुडको चिया बनाउन । पेटमा लसुनका दुई पोटी र एक अम्खोरा पानीबाहेक केही थिएन । त्यसै बेला उनले घुच्चुकतिरबाट आइरहेको रनेलाई देखिनन् । रनेले उनको घुच्चुक समाएको थियो र घिसार्दै बाहिर ल्याएको थियो ।

"मलाई किन मार्न खोजेको ?" उनले हात जोडिन् ।

"तँ बोक्सी ! मेरो भान्जालाई खाइस् हैन ?" नरेले फेरि थप्पड लगायो ।

उनी घुप्लुक्क ढलिन् ।

आधा गाउँ जुठीआमैको आँगनमा उर्लिएको थियो । गाउँले कुतूहलपूर्वक उनलाई हेरिरहेका थिए । घुइयाराम आँगनको छेउमा उभिएको थियो ।

ऊ चिलले माछालाई हेरे झैं जुठीआमैलाई हेरिरहेको थियो । उसका आँखामा आगो थियो । बेलाबेला दाह्रा किट्दा उसका गालामा दाँतका छाप देखिन्थे ।

"यो बोक्सीको कपाल मुडिदे !" ऊ करायो, "मेरो त्यति सानो छोरो, कप्लक्कै खाई राँडले !"

"म बोक्सी होइन," जुठीआमैले हात जोडिन् ।

"मुडिदे यस्को कपाल ! खोई कालो मोसो ? यस्लाई आजै गाउँनिकाला गर्नुपर्छ । नत्र यस्ले अरूका बच्चा पनि खान्छे ।"

झक्कुलाल डराइरहेको थियो । उसको नाति पनि सानै त थियो । उसले छिमेकबाट जम्मा पारेका ब्याट्री हतारहतार फुटाउन थाल्यो । ब्याट्रीको कालो धूलोलाई उसले तोरीको तेलमा मल्यो । उसका औंलाहरू काला हुँदै गए ।

रनेले कैंची र ब्लेड गोजीमा राखेको थियो । झिक्यो । उसले झोत्राएर बसिरहेकी जुठीआमैको कपाल समायो । कपाल थोत्रो कुचो जस्तो थियो, अलिकति । उनले कपालको सानो चुल्ठो बनाएकी थिइन् । त्यही चुल्ठो रनेले समायो ।

उनी छटपटाइन् । हातखुट्टा जोडजोडले यताउता पछार्न थालिन् ।

सानै छँदा उनी अमलाको रूखमुन्तिर यसरी छटपटाएकी थिइन् । अमला टिप्न चढेकी थिइन् । अमलाको रूखको कमजोर हाँगा भाँचिएको थियो । उनको ढाडमा घनले हिर्काए झैं भएको थियो । हजुरबा उनलाई ट्याप्प समाएर घरतिर दगुरेका थिए । रातभरि तोरीको तेल लगाएर ढाड मालिस गरिदिएका थिए । भोलिपल्टै एक झोला अमला टिपेर ल्याइदिएका थिए ।

तर अहिले हजुरबा थिएनन्, उनलाई ट्याप्प समाएर दगुर्न !

"म बूढीलाई दया गर । म बोक्सी होइन," उनले आँसुले भरिएका आँखा चारैतिर डुलाइन् । पम्फालाई देखिन् । एक महिनाअघि पम्फा तुलारामलाई लिएर पीपलको रूखसम्म आइपुगेकी थिई । त्यस दिन तुलारामले नयाँ जुत्ता लगाएको थियो, हिँड्दा चुइँचुइँ गर्ने । रातो रङ्को,

माछाको चित्र भएको । ऊ त्यस दिन सकेसम्म धेरै हिँड्न चाहन्थ्यो । हिँड्दा जुत्ताबाट आउने आवाज सुनेर खिततिति हाँसिरहेको थियो ।

इनारबाट फर्किंदा उनको पम्फासित भेट भएको थियो । उनले गाग्रो बिसाएर, पसिना बतासमा सुकाउँदै, पम्फासित लामै कुरा गरेकी थिइन् । अरूको आँखा नलागोस् भनेर आँखाको गाजल औंलाले छोएर तुलारामको गालामा कालो टीका लगाइदिएकी थिइन् ।

"तपैं जस्तो मनको सफा यो गाउँमा कोई छैन, जुठीआई !" पम्फाले भनेकी थिई ।

"सफा मन भाकाले नै सफा मन चिन्ने हो, बाबै ।" जुठीआमै हत्केलाले मुख छोपेर हाँसेकी थिइन् । पम्फा पनि हाँसेकी थिई । तर अहिले पम्फाका आँखाबाट तीर चलिरहेका थिए, सियो जस्ता । उनको हृदयलाई घोपिरहेका थिए ।

जुठीआमैले पम्फाको पाखुरा समाएर उभिरहेकी जैमलीलाई देखिन् । अस्ति भर्खरै त हो, जैमली उनकोमा "बिरेनुन" लिन आएकी ।

"जुठीआमै, असारे बा चाँडै आउँछन्," उसले भनेकी थिई, "चिन्ता नलेऊ, हामी छौं नि ।"

"म बूढी कहिले हिरिक्क हुने हुँ, बाबै !" उनले भनेकी थिइन्, "तिमेरू छौ र त मनोबल छ ।"

जैमली मुसुक्क हाँसेकी थिई ।

अहिले भने जैमली उनका आँखाबाट जोगिन, पम्फाको काँधपछाडि छेलिई ।

जुठीआमैले जीवारामलाई देखिन् । जीवाराम एक हप्ताअघि सुल्पा लिन आएका थिए । उनको सुल्पा फुटेको थियो । असारे कहिलेकाहीँ रहरमा तमाखु खान्थे । तर उनले दुईतीन ओटा सुल्पा घरमा राखेका थिए । उनले सम्हालेर राखेकी थिइन् । उनले खैरो रङको, टुप्पामा मसिना तर आकर्षक धर्काहरूले सिँगारिएको सुल्पा दिएकी थिइन् ।

"जुठी, दुख्ख दें है तँलाई !" जीवारामले सुल्पा समात्दै भनेका थिए ।

"केको दुख्ख, बाबै ! मसित छ, तपैंलाई दिएँ । मसित नहुँदा तपैंसित मागम्ला । के भो र ?"

उनी हाँसेका थिए ।

अहिले भने उनी कहिले झक्कुलाल त कहिले शान्तिरामको कान फुकिरहेका थिए ।

रने बर्त्तिंदै उनको घरभित्र पस्यो । गाग्री लिएर आयो । उसले जुठीआमैको तालुमा गाग्री घोप्टायो । झरीमा रूझिरहेको फूल झैं उनी काँपिरहिन् । प्रचण्ड गर्मीमा चोटले आरन झैं तातिरहेको उनको ज्यान अलिकति शीतल भयो । रन्किरहेका गाला अलिकति चिसा भए । तर पानीको मोटो धार अनुहारमा पर्दा उनलाई सासै फेर्न गाह्रो भइरहेको थियो । आत्तिएर सास माथि तानिन् । नाकभित्र पानी पस्यो । खोलामा कसैले टाउको डुबाइदिए झैं आत्तिइन् ।

उनी छटपटाउँदै जुरूक्क उठिन् । पानीले ज्यान भिजाएर होला, उनलाई अलिकति शक्ति आए जस्तो लागिरहेको थियो । उनले दगुर्दै आँगनमा एकफन्का लगाइन् । वर्षौं भइसकेको थियो, उनले गाउँ नछाडेको । कहाँ जाने, कता जाने केही थाहा थिएन ! गाउँमा धुलाम्मे बाटाहरू धेरै थिए । तर उनको बाटो कतै थिएन, जसले उनको हात समाएर दगुराउँदै असारेसम्म पुऱ्याउँथ्यो ।

उनी चितुवाको पन्जाबाट फुत्किएको बाखाको पाठो झैं आँगनमा उफ्रिरहिन् । त्यही बेला छेउमा उभिएको घुइयारामको दायाँ गोडा हावामा उचालियो र उनको कोखामा बजारियो । उनी भुइँमा पछारिइन् । उनको अनुहार खजमजियो । आँखाबाट मसिनो आँसुको धार पानीले भिजेको गालामा हरायो । आँखा पर्लक्क फर्किए । आँखाअगाडि पातलो अँध्यारो पर्दा खस्यो ।

"कसैले यो बोक्सीलाई समात भनेको !" रने करायो ।

घुइयारामले जुठीआमैका पाखुरा समायो । काँचो माटोको मूर्ति झैं लल्याकलुलुक भइरहेको ज्यानलाई अलिकति माथि उठायो ।

रनेले कैंची समायो र समायो जुठीआमैको चुल्ठो । कैंची चलायो । चुल्ठो भुइँमा खस्यो । रनेले कैंची चलाइरह्यो । हुरीमा झरेका पात झैं रौंहरू खस्न थाले ।

रनेले कैंची भुइँमा फाल्यो र ब्लेड समायो । ब्लेड उनको तालुमा घस्रिन थाल्यो, ख्यार्रख्यार्र ।

"एई जुठी, तेरा रौं त खस्नै लागेछन् !" असारेले पातला भइसकेका रौं छाम्दै भनेका थिए ।

"खस्न देऊ," उनी हाँसेकी थिइन्, "अब बुढेसकालमा हिरोनी हुन काँ जाम्ला र !"

"पैला कस्ता सलक्क परेका थे कपाल !" असारेले भनेका थिए, "तेरो चुल्ठो जस्तो त कसैको थिएन । तेरै कपाल देखेर पो मेरो दिल बसेको ।"

त्यही रात असारेले अमलाका दाना पिनेर कपालमा लगाइदिएका थिए । काइँयोले कोरिदिएका थिए ।

"तेरो कपालमा मेरो दिल अझै छ, जुठी !" उनले कानमा भनेका थिए ।

कालो बादल ठाँटिँदै गएपछि जसरी सूर्य टल्किन थाल्छ, त्यसरी जुठीआमैको मुडुलो टाउको टल्किन थाल्यो । ब्लेड राम्ररी चलाउन नजानेर होला, ठाउँठाउँमा रगतका छिटाहरू पनि टाँसिएका थिए । उनको टाउको भतभताइरहेको थियो ।

"खै कालोमोसो !" रने करायो ।

भर्खरै तयार पारेको कालोमोसो प्लास्टिकमा बेरेर झक्कुलाल आँगनमा आइपुग्यो । रनेले हडबडाउँदै कालोमोसो समायो । जुठीआमै टाउको यताउता नचाउन थालिन् ।

"ए बूढा, टाउको समात् ।"

रनेको आदेश सुन्नासाथ झक्कुलालले मुडुलो टाउको समात्यो । उसका हातमा रौंका ठुटाहरू बिझाउन थाले । तालुको रगत उसका हत्केलामा लाग्यो । उसले मुख बिगाऱ्यो ।

रनेका मोसो लतपतिएका हात जुठीआमैको अनुहारमा सलबलाउन थाले । कालोमोसो अमिलो गन्हायो । उनको अनुहारको चन्द्रमालाई बिस्तारै ग्रहणले निल्दै गए झैं भयो । आँखाभित्रको सेतो सतह मात्र बाँकी रह्यो ।

दगुर्दै आएका पवन र वसन्त पल्याकपुलुक आँगनतिर हेर्दै उभिए । दुवै असिनपसिन थिए, ह्वाम्म खोलामा हामफालेर आए झैं । पवनले मुडुलो टाउको, अँध्यारो पोखरीमा सल्याकसुलुक गरिरहेका माछा जस्ता आँखा र भिजेको बिरालो झैं काँपिरहेको ज्यान देख्यो ।

उसले एकटक हेरिरहेका गाउँलेतिर हेऱ्यो । देख्यो, आँखाबाट आगो ओकलिरहेकी पम्फा, पछ्यौराले मुख छोपिरहेकी जैमली, जुठीआमैका काँध भर्खरै हुत्याएको घुइयाराम, जुठीआमैको मुडुलो टाउको समाएर यताउता पल्याकपुलुक हेरिरहेको झक्कुलाल र हाँडी जस्ता हात झट्कारिरहेको रने ।

"गु खोई ?" रने करायो ।

झक्कुलालले सालको पातमा बेरेको दिसा घिन मान्दै रनेलाई दियो । रनेले घिन मान्दै नाक खुम्च्यायो र भन्यो, "सबै मैले नै गर्नुपर्ने हो ? कसैले यस्लाई गु कोच्याऊ भनेको ।"

जुठीआमैले आर्त्तिंदै हात जोडिन् । कराउन खोजिन्, उनको आवाज निस्केन । उनले मुख टम्म पारेर बन्द गरिन् ।

गाउँलेहरू घिन मान्दै उभिइरहे ।

"एई, झक्कुलाल यो गाम् तेरो पनि हो । तँ नै कोचा । आखिर तेरै नातिको गु त ल्याको होलास् नि !" जीवारामले आदेश दिए ।

झुक्कुलालले एकपल्ट गाउँलेहरूतिर हेऱ्यो अनि जुठीआमैतिर । उसका हात थरररर काँपे । उसले सालको पातबाट गुको डल्लो झिकेर जुठीआमैको मुखतिर बढायो । जुठीआमै फुर्लुङ्ग पछारिन् । उनको मुख सिलाए जसरी बन्द भयो ।

रनेले जुठीआमैको टाउकोलाई आफ्ना दुवै तिघ्राका बीचमा चेप्यो । र उनका गालालाई दुईतिरबाट बेस्मारी च्यापेर मुख खोल्ने कोसिस गऱ्यो । जुठीआमैले मुख बन्द गरिरहिन् । उनका गोडा छटपटाइरहे ।

"मुख खोल्दिनस्, बोक्सी ?" रनेले चड्कन लगायो ।

चोटले गाला रन्के होलान्, जुठीआमैको मुख घाइते बचेराको चुच्चो झैं अलिकति उघ्रियो । त्यही बेला झक्कुलालले उनको मुखमा गुहु ल्याप्प टाँसिदियो ।

पवनलाई उल्टी आउला जस्तो भयो ।

अबेरसम्म जुठीआमै भुइँमै लडिरहिन् । अनि बिस्तारै उठेर बसिन् । मुखमा लागेको गु पाखुराले पुछिन् र गाउँलेतिर हेर्दै थु गरिन् । पवन र उनका आँखा ठोक्किए । जुठीआमैका ओडार जस्ता आँखा तीर झैं पवनको छातीमा ठोक्किए ।

ऊ बेस्मारी दगुऱ्यो । ऊ पीपलको मोडसम्म के पुगेको थियो, वसन्तले हात समाएर तान्दै काँपेको स्वरमा भन्यो, "जुठीआमैलाई मार्न लागे । बचाउनुपऱ्यो ।"

"जाम्, मेरा बालाई बोलाएर ल्याम्," पवनले रून्चे स्वरमा भन्यो, "बाले बचाउनुहुन्छ ।"

पवनलाई झैं वसन्तलाई पनि आस लाग्यो । उनीहरू छातीले टेकुँला झैं गरेर दगुरिरहे । अलि पर के पुगेका थिए, कल्लुराम आफ्नो कछाड समाएर दगुर्दै आइरहेको थियो ।

पसिनाले भरिएको कल्लुरामको अनुहार रातो भएको थियो ।

"गु कोचाइसके । अब मार्छन्," पवनले भन्यो । तर उसको आवाज कानमा ठोक्किनुभन्दा अघि नै कल्लुराम परै पुगिसकेको थियो ।

पवनले शान्तिरामको खेतका आलीका सूर्यमुखी फूलसित ठोक्किँदै दगुरिरहेका सर्वजित मास्टर सापलाई देख्यो । पहिलोपल्ट बालाई देख्दा उसको मन हररर भयो । आँट पनि आयो । उसलाई लागिरहेको थियो, उसका बाले भने गाउँलेहरूले मानिहाल्छन् । वसन्तलाई लाग्यो, उसका बा भएका भए जुठीआमैलाई बचाउन यसरी नै दगुर्दा हुन् ।

ऊ बोक्सी भनेर जुठीआमैलाई पिटेको थाहा पाएर घरमा गएको थियो। तर जसोदा घरमा थिइनन्। डोको, नाम्लो र आँसी पनि थिएन।

"कता दगुऱ्या छस्, एई ?" सर्वजित मास्टर सापले सोधे।

"जुठीआ...," पवनको घाँटी किक्लिक्क भयो। उसले सर्वजित मास्टर सापको दायाँ हात ट्याप्प समायो, "बा ! जुठीआमैलाई गु कोचाए। अब मार्छन्।"

उनले पवनका आँखामा आँसुका धार देखे। अनुहारमा डर देखे, जुन अहिलेसम्म देखेका थिएनन्। पवनको हातको तापले उनको हात तातो भयो। उनले पवनको हतारहतार तलमाथि भइरहेको छाती देखे र देखे, छातीभरि पसिनाका धब्बा।

"बा, मैले ढाँटेको हुँ," उसले हिक्क गऱ्यो, "जुठीआमै बोक्सी होइनन्। बा गएर बचाउनू। म अब कहिल्यै ढाँट्दिनँ।"

"तँ घर जा," उनले भने, "म जान्छु।"

र उनी दगुरे।

पवनलाई उनको दगुराइ ढिला लाग्यो। उसको मनले त चरा झैं उडेको हेर्न चाहिरहेको थियो। उनी पखेटा फैलाएर जुठीआमैकोमा पुगून्। जुठीआमैलाई ट्याप्प समाऊन्, पिठ्युँमा राखून्, भुर्र उडून्।

पवन र वसन्तले परपर हुँदै गइरहेका सर्वजित मास्टर सापलाई हेरिरहे। दुवैका मलिन आँखा एकआपसमा जुधे। त्यही बेला वसन्तले पवनको हात ट्याप्प समायो र दगुऱ्यो।

कल्लुरामको नाकबाट रगत बगिरहेको थियो। माथिल्लो ओठ सुन्निएको थियो। नाकबाट खसेको रगतले सर्ट उध्रिएको छातीमा धमिलो धब्बा बनाइसकेको थियो। उसलाई गाउँलेले अँठ्याएका थिए। समात्नेहरू चार जना थिए।

"हेर् कल्लुराम, गाममा बस्ने भए यस्तो बितन्डा नमच्चा !" जीवाराम सम्झाइरहेका थिए, "मर्दापर्दा चाहिने यी गाउँलेहरू नै हुन्। भनेको मान्।"

"मेरो नाकमा मुक्का मार्‍यो !" कल्लुरामका घाँटीका नसा गड्यौला झैं चलमलाए, "कि मरिहाल्छ कि छोड्दिनँ । छोड मलाई । ककसले मलाई मुक्का मारेको, मलाई थाहा छ ।"

रनेले उसलाई पहिलो मुक्का हानेको थियो । ऊ रन्थनिएको थियो । उसको आँखाअघि अँध्यारो भएको थियो । त्यही अँध्यारामा कसले उसको पानीपेटमा लात्ती हान्यो, कसले घुच्चुकमा मुड्की बजार्‍यो, उसलाई थाहा थिएन ।

ऊ आँगनमा झोक्राएर बसिरहेकी जुठीआमैतिर जति हेर्थ्यो, त्यति उसको मुटु फुत्त बाहिर निस्किएला जस्तो हुन्थ्यो । जुठीआमैले आँसु र आशा भरिएका आँखाले उसलाई हेरिन् ।

"यो माई चुडैल होइन," उसको आर्तनाद आँगनभरि फनफनी घुम्यो । उसको कतै ठोक्किएर फर्किरहेको आवाजसँगै पवन र वसन्त आइपुगे ।

उनीहरूले कल्लुरामतिर हेरे । जुठीआमैतिर हेरे ।

पवनले आँखा घुमाएर सर्वजित मास्टर सापतिर हेर्‍यो । उनी तीनचार जना गाउँलेसित गुनगुन कुरा गरिरहेका थिए । बाले पक्कै सम्झाइरहेका होलान्, उसले ठान्यो ।

"म माईलाई कुछ हुन दिन्नँ । म छाती थाप्छु !" कल्लुराम चिच्यायो ।

जीवारामले मुड्की ताके, "मदिसे, सारा गाउँलेले भनेको कुरा मान्दैनस् ?"

"तिमीहरू सब मिलेका छौ !" कल्लुराम आत्तियो, "म मास्टर साहेबसित कुरा गर्छु ।"

सर्वजित मास्टर साप झस्किए । जीवाराम उनको नजिक आए, "लौ मास्टर, तिमी नै सम्झाइदेऊ । तिमी पनि याद राख, मर्दापर्दा चाहिने हामी नै हौं ।"

सर्वजित मास्टर सापको अनुहार अमिलो भयो । उनी कल्लुरामको नजिक आए । ऊ दाम्लोमा जेलिएको गोरू झैं फुफु गरिरहेको थियो । उसले आस मानेर हेर्‍यो । उसले सोच्यो– जे भए पनि स्कुलका मास्टर हुन्, संसार बुझेका छन् ।

"हेर कल्लुराम, सारा गाउँको विरोधी भएर हुँदैन । मर्दाका मलामी र बिहेका जन्ती यिनै हुन् । गाउँलेसित झगडा गरेर के गर्छस् ?" उनले भने, "घरमा आगो लाग्दा पानी हालिदिने पनि यिनै हुन् । भनेको मान् । तँ एक्लै छस् । बिरामी भइस् भने यिनै काम लाग्ने हुन् । चुप लाग् ।"

पवनलाई टाउकोमा मसानले ठ्वाङठ्वाङ किला ठोके जस्तो भयो । आँखाबाट बर्र आँसु खसे । बाले यस्तो कुरा गर्लान् जस्तो त उसलाई लागेको थिएन । उसले सर्वजित मास्टर सापका काँपिरहेका हात, ओठको कम्पन, रातो अनुहार र जुठीआमैसित बचाइरहेका आँखा हेऱ्यो ।

"मलाई बुखार हुँदा यै माईले बचाको हो," कल्लुरामले हिक्का छाड्यो, "मलाई बेटा पनि बुलाको हो ।"

ऊ गलिसकेको थियो । उसलाई अँठ्याइरहेका गाउँलेले उसलाई छाडिसकेका थिए । आँसु पुछ्यो । खोच्याउँदै जुठीआमैतिर गयो । अब उसले के गर्छ ? सन्नाटा छायो । ऊ जुठीआमैको नजिकै पुग्यो । उसले जुठीआमैका कक्रक्क सुकेका ओठ देख्यो, काला भइसकेका । देख्यो, डढेलोमा जलेको सालको ठुटो जस्तो मुडुलो टाउको । देख्यो, बाघले चिथोरेको गाईको अन्तिम कम्पन झैं थर्थराइरहेको ज्यान । उसले हात जोड्यो ।

"माई, माफ गर मलाई," उसको गला अवरूद्ध भयो ।

जुठीआमैको अन्तिम आशाको मसिनो धागो च्वाट्ट चुँडिएको थियो । उनका आँखाबाट मसिनो आँसुको धर्को खस्यो, जसलाई अनुहारको कालोमोसोले निलिदियो ।

"मेरो असारे आउन्जेल मलाई यहीँ बस्न देऊ । असारे आएपछि गाम् छाडेर जाम्ला, बाबै," उनी बर्बराइन्, "मेरो असारेलाई आउन देऊ ।"

कल्लुरामको हृदयभित्रबाट एउटा हिक्का बाहिर निस्कियो । ऊ बिस्तारै आँगनको किनारसम्म आयो । एकपल्ट गाउँलेहरूलाई हेऱ्यो अनि आकाशतिर अनुहार फर्कायो । जोडले धरती नै चिरा पर्ने गरी थुक्यो– थुक्क । त्यसपछि ऊ फटाफट हिँड्यो ।

अलि पर पुगेपछि उसले जीवारामको चर्को आवाज सुन्यो, "बाह्र बजेअघि नै बोक्सीलाई गाउँनिकाला गर्नू भन्या छ झाँक्रीले ।"

जुठीआमैले कपडाको सानो पोको बनाइन् । कपडाहरूको बीचमा असारेको फोटो, एउटा सुल्पा, एउटा गुँडको डल्लो राखिन् । रनेले ठूलो पोको बनाउन पनि दिएन । साढे ११ भइसकेको थियो । ऊ सकेसम्म चाँडो लखेटेर एक निद्रा निदाउन चाहन्थ्यो । ऊ थाकिसकेको थियो ।

उसले जुठीआमैको पाखुरा समाउँदै बाहिर ल्यायो ।

"म बूढी कहाँ जाऊँ ?" उनका लाचार आँखाहरू रनेका आँखासित ठोक्किए ।

रने अलिकति हच्कियो । के देख्यो उसले ती आँखामा ?

जीवाराम अघि सरे, "हेर् जुठी ! गइहाल् । तँ यै गाममा बूढी भकी होस् । तेरो ज्यान तैंलाई बिर्ता भो । जान्छेस् कि फेरि गामभरिको गुँ कोचाम् ?"

जुठीआमैले गाउँलेहरूतिर हेरिन् । सबैका आँखा उनैमाथि थिए । उनी उभिएकी त थिइन् । तर उनका गोडा ज्यान थाम्न नसक्लान् झैं लगलगी काँपिरहेका थिए । खाली पेट बटारिइरहेको थियो । रिँगटा चले जस्तो भइरहेको थियो ।

उनले एकपल्ट घरको ढोका हेरिन् । ह्वाङ्गै थियो । तुलसीको मठतिर हेरिन्, उदास थियो । अचार बनाउन सुकाएका मूलाका चानाहरू छरिएका थिए । आँगनको बीचमा कपालको थुप्रो थियो, हावाले बिस्तारै हल्लाइरहेको ।

यही घर त हो, जहाँ उनका ३५ वर्ष बिते । जहाँ, बस्दाबस्दै अनुहारमा बुढ्यौली पलायो । यौवनको दलिनमा ध्वाँसो भरियो । जहाँ, अँध्यारो रातमा असारेको यादमा छटपटिँदै उनले ओछ्यानमा कोल्टे फेरिरहिन् । जहाँ, सिरानीमा उनका आँसुको टाटो बसिरह्‍यो । जहाँ, उनी मध्यरात नमीठो सपनाबाट झस्किँदै उठिन् । जहाँ, हुरीले कब्जा हल्लाउँदा पनि असारे आए कि भनेर उनले दैलो उघारिन् ।

उनले एकपल्ट अगाडि सर्प झैं लमतन्न परेको बाटो हेरिन् । कतै झुप्लुक्क असारे आइहाल्छन् कि ? गुम्लुङ्ग अँगालोमा लुकाउँछन् कि ?

तर मसिनो हावाको झोक्का आयो, असारे आएनन् ।

"एई बोक्सी, छिटो जा !" घुइयारामले उनको काँधमा धक्का दियो, "फेरि फर्केर नआएस् । नत्र ज्यान एकातिर टाउको एकातिर होला । बुझिस् ?"

जुठीआमैको मुटुभित्रबाट एउटा भक्कानो निस्कियो । पेट बटारियो । गोडा लल्याकलुकुक भए । आकाशमा टाठो सूर्य थियो । उसले सबथोक देखिरहेको थियो ।

उनी सुस्त अघि बढिन् ।

गाउँलेहरूले उनको बाटो छाडिदिए । उनी मुडुलो टाउको निहुराउँदै भीडबाट बाहिर निस्किन् । पवन भक्कानियो । उसले माथिल्ला दाँतले तल्लो ओठ चेप्यो । सर्वजित मास्टर सापले हात समाए । तर उसले हात झट्कार्‍यो । ऊ वसन्तको छेउतिर सर्‍यो । वसन्तलाई अनुहारको छाला तन्किए जस्तो लागिरहेको थियो । उसका कानका लोती रनक्क भएका थिए ।

जुठीआमैले एकपल्ट घरतिर हेरिन् । जुठेल्नामा माझ्न राखेका भाँडाकुँडा त्यत्तिकै थिए । उनका आँखा धमिला भए । उनी अघि बढिन् ।

केही गाउँले हुरूरू पछि लागे ।

उनी पीपलको फेदमा पुगिन् । त्यहाँ अझै उस्तै बतास चलिरहेको थियो । पातहरू मधुरो सङ्गीत निकालेर हल्लिरहेका थिए । घामका टुक्रिएका किरण भुइँमा पोखिइरहेका थिए । यही पीपलमुन्तिर असारे टेपरिकर्डरमा गीत घन्काउँदै बस्थे । टोलाइरहन्थे ।

उनी सधैं पीपलको रूखलाई एक फन्का लाएर मात्र अघि बढ्थिन् । यसपालि उनले पीपलको रूखलाई हेरिरहिन् ।

अघि बढिन् ।

"एई रने, यस्लाई गाउँ कटाएर मात्र आइज !" घुइयारामले आदेश दियो ।

थकित रने पछि लाग्यो । उसको पछि झक्कुलाल । झक्कुलालको पछि जीवाराम । जुठीआमैका पछिपछि सानो झुन्ड हिँड्यो ।

सर्वजित मास्टर सापले हिँड्नै लागेको पवनको हात च्याप्प समाउँदै भने, "तँ कतै नजा ।"

उसले आफ्नो हात छुटाउने कोसिस त गऱ्यो । तर सकेन । ऊ झोक्राएर उभिइरह्यो । वसन्तले ऊतिर हेऱ्यो । सर्वजित मास्टर सापतिर हेऱ्यो र खुर्र दगुऱ्यो ।

अलि पर पुगेपछि वसन्तले देख्यो– जीवाराम बाटोको बीचमा लौरो समाएर पछि लागिरहेका केटाकेटीलाई फर्काइरहेका थिए । ऊ हच्कियो ।

उसलाई कता जाऊँ कता जाऊँ भो । ऊ घरतिर दगुऱ्यो ।

जसोदा आँगनमा दाउराको भारी बिसाएर अनुहारमा पानी छम्कँदै थिइन् । उनले हुत्तिँदै आइरहेको वसन्तलाई देखिन् ।

"एई, किन बत्याछस् यसरी ?" उनी कराइन् ।

"आमै, जुठीआमै त बोक्सी रे ! गु कोचाए," ऊ परैबाट करायो, "सप्पै मिलेर गाउँबाट धपाए ।"

उनी जिल्ल परिन् ।

उसले आँगनमा उभिएर, आफ्ना घुँडातिर झुक्दै, स्याँस्याँ गर्दै सुनायो । जसोदा उफ्रेर आँगनको डिलमा आइन् । आँखीभौंमाथि हत्केला राखेर सकेसम्म टाढा हेर्ने कोसिस गरिन् । तर उनले जङ्गलको छेउमै अलिकति माथि उठिरहेको धूलोको भुमरी मात्र देखिन् ।

उनी अघि त्यही बाटो हुँदै आएकी थिइन् । अलि छिटो भएछ ।

वसन्तले उनको कम्मर दुवै पाखुराले अँठ्यायो । जसोदाले उसको पसिनाले भिजेको कपाल सुमसुम्याइन् । उनका हातगोडा लगलगी काँपिरहेका थिए । उनको मुखबाट मसिनो सुस्केरासँगै निस्कियो– त्यति सोझीलाई त्यस्तो गरेछन् !

उनी एकछिन मौन भइन् । जङ्गलछेउको धूलो बिस्तारै छाँटिँदै गइरहेको थियो ।

उनले तुरून्क्क झरेका आँसु पुछिन्, "बाँसबारीलाई तिन्को आँसुको सराप लाग्नेछ ।"

जसोदाले आँसु पुछिरहेका बेला जुठीआमै अन्तिमपल्ट गाउँलाई हेरिरहेकी थिइन् । गाउँ उस्तै थियो । तर गाउँलेको हृदयबाट उनी बाहिर हुत्तिएकी थिइन् । उनले पछिपछि आएका गाउँलेहरूतिर हेरिन् । केही बोलिनन् । बरू गाउँलेहरू नै उनको नजरबाट बच्न यताउता टाउको फर्काउन थाले । सराप पाइने हो कि, उनीहरू सोचिरहेका थिए । उनीहरूले जुठीआमैको तिर्खाले कक्रक्क परेका ओठ, भोकले बटारिएको पेट, भब्बाइरहेको टाउको, अनुहारको छाला चुसिरहेको कालोमोसो, उनले छातीमा टाँसेको सानो पोको केही देखेनन् । उनीहरूका आँखामा त केवल आआफ्ना सन्तानका अनुहार नाचिरहेका थिए । उनीहरू चाँडै बोक्सीको गहिरो भयबाट मुक्त हुँदै थिए ।

रनेले "जा" भन्ने इसारा गर्‍यो ।

जुठीआमैको दायाँ गोडा अलिकति माथि उठ्यो । जब उनले भुइँमा टेक्नेछिन्, धरतीले उनलाई फनफनी घुमाउनेछ । उनी फेरि कहिल्यै फर्केर बाँसबारी आउनेछैनन् ।

र उनले पहिलो पाइला टेकिन् ।

अन्तिम गीत

कल्लुरामले रातभरि छटपटिएर ओछ्यानमा कोल्टे फेरिरह्यो । ठाउँठाउँबाट रूई निस्किएको डसनामाथि निद्रा कुरिरह्यो । तर निद्रा आउँदै आएन ।

उसले जुठीआमैको स्मृतिबाट मुक्त हुन सानैमा काकासित हेरेको सिनेमाका दृश्य सम्झियो । आफ्नी माताको अनुहार सम्झियो । तर उसको सम्झनाको नदीको लहरमा अचानक बाढी पसे जसरी जुठीआमैको सम्झना आइपुग्थ्यो ।

र ऊ भुइँमा बेस्मारी मुड्की बजार्थ्यो ।

चन्द्रमाका दूध जस्ता किरण सँघारनिर पोखिएका थिए । सायद, त्यही चन्द्रमालाई हेर्दै ढुकुर कराइरहेको होला । अबेरसम्म ढुकुरकुर ढुकुरकुर आइरह्यो ।

उसको आँत खरो भयो । उसले थोत्रो ग्यालेन अनुहारतिर उचाल्यो । पानीको धार मुख र छातीमा पोखियो । जति नै पानी खन्याए पनि उसको हुरहुर्ती जलिरहेको हृदयको आगो निभेन ।

ऊ ओछ्यानमा घोप्टो पऱ्यो ।

इँटाभट्टामा इँटा ओसार्न आउने सुगियालाई सम्झियो ।

१६ वर्षकी सुगिया माथि कलेजी ब्लाउज र तल हरिया फूल फुलिरहेको रातो धोती लाउँथी । एकचुल्ठो कपालमा रिबन बाँध्थी । घामले डढाएर छाला तोरीको तेल रङको भइसकेको थियो । उसको फुस्रो छालामा एक प्रकारको सौन्दर्य थियो । उसका ओठ मुम्फलीका दाना जस्ता थिए । उसका हातहरू खस्रा थिए र कल्लुरामलाई त्यही

खस्रोपन मन पर्थ्यो । बेलाबेला इँटा दिँदा कल्लुरामले उसका खस्रा हात छुन्थ्यो । तर उसलाई गुलाबको फूलका पत्र छोए जस्तो लाग्थ्यो ।

सुगियाको आवाज बैंस नभरिसकेको टर्रो थियो । तर उसलाई खयरको जङ्गलमा "को हो को हो" भनेर सोध्ने पन्छीको आवाज जस्तो लाग्थ्यो ।

सुगिया आफ्नी आमासित इँटाभट्टामा आउन थालेपछि कल्लुरामको मरूभूमि जस्तो संसारमा अचानक हजारथरी फूल फुलेका थिए । खयर र सिसौका रूख हलक्क बढेका थिए । एकअर्काका पखेटा समाएर उड्ने पन्छीहरू आएका थिए । बादल लाग्थ्यो, पानी पर्थ्यो, इन्द्रेणीले बाँसका अग्ला खुट्टा टेकेर सर्कस देखाउँथ्यो ।

उसले बिहानबिहान नुहाएर, तोरीको तेलले कपाल सपक्क पारेर, सर्टमा बटनहरू गाँसेर, सुगियाको बाटो हेरिरहन्थ्यो । सुगिया पनि इँटाभट्टामा आउन बिहानैदेखि तयारी गर्थी । ऊ मकैका रोटी पकाउँथी, टमाटर, खुर्सानी र धनियाँको अचार बनाउँथी । खुर्सानी र प्याजका टुक्रा पछ्यौरामा पोको पारेर आउँथी । उसले आमा र आफ्ना लागि छ ओटा रोटी बनाउँथी । कल्लुरामको मुस्कान मन पर्न थालेपछि दुई ओटा रोटी थप्न थालेकी थिई ।

"तेरो हाथमा त जादु छ रे," कल्लुराम अचारमा चोपेको रोटीको टुक्रा चपाउँदै भन्थ्यो, "तेरो रोटी पेटमा होइन, दिलमा पुग्छ ।"

सुगिया हाँस्थी ।

मुस्कानको डोरीले उनीहरूको दिल पनि एकैठाउँ बाँधिसकेको थियो । प्रचण्ड गर्मीको हपहपी चलिरहेको हावामा पिरतीको फूलले पत्रहरू फुकाइसकेको थियो । र संयोगवश, सुगिया इँटाभट्टामा आउन थालेको एक महिनापछि बाँसबारीमा वर्षा हुन थालिसकेको थियो ।

उनीहरू प्रेमको झरीमा निथ्रुक्क भिजिरहे ।

उनीहरूलाई थाहा थियो, सुगियाको परिवारले उनीहरूको प्रेम स्विकार्नेवाला थिएन । किनभने इँटाको थुप्रा जस्ता जातहरूमा कल्लुरामको जात सबैभन्दा मुन्तिर थियो । दबिएको । तैपनि उनीहरूको दिल बाँध्ने

डोरी झन् कसिलो हुँदै गयो । भन्छन् नि, अनकन्टार गुफाभित्र सबैभन्दा सुन्दर फूल फुलेको हुन्छ ।

राति आँखा चिम्म गर्दा पनि उसको आँखाभरि सुगियाको अनुहार झलझली आउँथ्यो । सुगिया पनि राति सपनामा देखें भन्थी । उनीहरू फूल, चरा र इँटाको कुरा गर्थे । सुगिया आफूले अघिल्लो वर्ष हेरेको फिल्मको कुरा गर्थी । हिरोले बाघको पन्जाबाट हिरोइनलाई बचाएको कथा सुनाउँथी र सोध्थी, "कलुवा, तैंले सनेमा हेरेको छस् ?"

उसले जीवनमा एउटा मात्र फिल्म हेरेको थियो, काकासित । नागिनको । उसलाई फिल्मको पूरा कथा याद पनि थिएन । केवल एउटा दृश्य याद थियो, दुई अग्ला घरहरूको बीचमा डोरी बाँधिएको । हिरो बच्चालाई पिठ्युँमा बाँधेर त्यही डोरीमा झुन्डिएको र त्यही डोरीमा घसँदै नागिन आइरहेको ।

"नागिनको हेरेको छु । तर नागिन तँ जति राम्री थिइन ।"

सुगा कराए जस्तो सुगियाको आवाज इँटाभट्टाभरि फैलिन्थ्यो । सुगियाको हाँसो देखेर उसकी आमा जल्साका इँटा समाइरहेका हात टक्क अडिन्थे ।

सुगिया भन्थी, "सनेमाका हिरोहिरोइन चाँद जस्तो उजेर हुन्छन् है । आँखा नै तिर्मिराउने ।"

"दूधले नहाउन्छन् ।"

उसको कुरा पत्याए झैं सुगिया शिर हल्लाउँथी । एकछिन गहिरो सोचमा पुग्थी र भन्थी, "मसित हिरोहिरोइनको फोटु थियो । खुब हेर्थें । बापले फेकिदियो ।"

"चिन्ता नगर, म लिएर आउँछु एक दिन," कल्लुराम हात नचाउँदै भन्थ्यो । सुगिया मक्ख पर्थी ।

र हरेक हप्ता सोध्थी, "खै फोटु ?"

"मगाएको छु । आउँछ ।"

तर उसले हिरोहिरोइनका फोटा मगाउने अवसर नै पाएको थिएन । तैपनि सुगिया निराश नहोस् भनेर ढाँटिरहन्थ्यो ।

कल्लुरामसित सुगियाले हिरोहिरोइनको फोटो मागेको, सुटुक्क रोटी दिएको, कर्के नजरले हेरेर मुसुमुसु हाँसेको देख्न थालेपछि जल्साको ओठबाट हाँसो हरायो ।

जल्साको हाँसो हराएको भोलिपल्टदेखि सुगिया पनि हराई ।

एकदुई दिन त काम नपरेर सुगिया नआएकी होली भनेर कल्लुरामले आफ्नो दिलको शिर थपथपाइरह्यो । उसले जल्सालाई सोध्न पनि सकेन । र हप्ता दिनपछि जल्सा पनि आउन छाडी ।

उसले एक महिनासम्म सुगियाको बाटो हेऱ्यो । तर ऊ आइन ।

सुगियाको गाउँ बरेवाबाट ईँटाभट्टामा अरू कोई आउँथेन । त्यसैले कल्लुरामले कसैसित सोधखोज पनि गर्न सकेन । दसैं आयो, गयो । दीपावली आयो, गयो । माघी आयो, गयो । तर सुगिया आइन ।

एक दिन ऊ आफैं सुगियाको गाउँ पुग्यो । सुगियाको घर खोज्यो । तर घरमा जान डर लाग्यो । उसले दुईतीन दिन लगातार घरको वरिपरि फन्का लगाइरह्यो । तर उसलाई कतै देखेन ।

नवौं दिन उसलाई देख्यो । ऊ एउटा मानिसको पछिपछि हिँडिरहेकी थिई । उसले गाढा हरियो साडी, ब्लाउज र चुरा लगाएकी थिई । सिउँदोमा सिन्दूरको लहरो थियो । कपडाको सानो पोको छातीमा च्यापिरहेकी थिई । ऊ छटपटियो । सुगिया उसलाई देखेर टक्क अडिई । ऊसित हिँडिरहेको मान्छे खुरूखुरू हिँड्दै गयो ।

ऊ बोल्नै सकेन ।

सुगिया उसको छेउमा आई । र भनी, "अब मलाई हिरोहिरूनीको फोटु चाहिन्न ।"

ऊ गई ।

ऊ त्यहीँ उभिइरह्यो । रूँदै घर फर्कियो । कैयौं दिन एकान्तमा भक्कानिइरह्यो । उही ईँटाभट्टाको चिम्नी, उही फराक खेत, उही बुख्याचा, उही भतभती जलिरहेका ईँटाको संसारमा फर्कियो । पाँच महिनापछि उसले सुन्यो, सुगिया त बेस्मारी बिरामी भएकी छ रे ! जीउ त पूरै सुन

जस्तो भएको छ । सुनेपछि ऊ फेरि सुगियाको सम्झनाले छटपटियो । उसलाई कबुतर झैं उडेर बरेवा पुगौं जस्तो लाग्यो । तर सकेन ।

त्यसको २२ दिनपछि साइकल हाँक्दै आएको मानिसले एउटा सन्देश सुनाएर गयो । ऊ भर्खरै भट्टाबाहिर उछिट्टिएको इँटा भयो ।

त्यसपछि उसले सुगियाको बुख्याचा बनायो । गीत गाइरह्यो । र प्रतीक्षा गरिरह्यो– एक न एक दिन उसको गीत सुनेर सुगियाको बुख्याचाले शिर हिलाउनेछ ।

र उसले मुक्ति पाउनेछ ।

स्मृतिमा आइरहेको सुगियाको अनुहार अचानक हरायो र जुठीआमैको अनुहार झ्वाट्टै आयो । ऊ झस्कियो । आँसुको नुनिलोपन ओठमा लतपतियो । उसले छटपटिँदै सोच्यो– साथमा सुगिया भएको भए उसको कपाल सुमसुम्याउँदै सम्झाउँदी हो । ऊ सँगसँगै रूँदी हो ।

बिहान शान्तिरामका कुखुरा नबास्दासम्म कल्लुराम छटपटिरह्यो । उसको झुपडीको छानामा शीतका थोपा खसे । सानो झ्यालबाट बिहानीपखको चिसचिसो बतास पस्यो । उसको पसिनाले भिजेको देह चिस्यायो र ऊ निदायो ।

दिउँसो सवा एक बजे ब्युँझिँदा कल्लुरामको देब्रे करङको पातो दुखिरहेको थियो । टाउको गह्रौं भएको थियो । दिमाग धूवाँ भरिए झैं धुम्म भएको थियो ।

ऊ आगोको गोल जस्ता राता आँखा लिएर बाहिर निस्कियो । सूर्यको तेजिलो प्रकाशले आँखा तिर्मिराए । नाक सकसकायो । मुख आँ गरेर हाच्छ्युँ गऱ्यो । खकारको सानो डल्लो फुत्त भुइँमा खस्यो । नाकबाट बगेको पातलो सिँगान पाखुराले पुछ्यो । आँखीभौंमाथि हत्केला राखेर धानका ठुटामाथि शिर उठाइरहेका मुसुरोले भरिएका खेततिर हेऱ्यो । बुख्याचाहरू शिर निहुराएर उभिइरहेका थिए । उसले एकछिन टोलाएर हेऱ्यो ।

पेट कटक्क भएपछि ऊ मुसुरोबारीको किनारतिर दगुऱ्यो । एकैछिनमा खेतको ठूलो आलीपछाडि उसको टाउको चलमलाइरहेको देखियो । यस्सो लुकेर बसेको कछुवाको ढाड जस्तो ।

फर्किएर आउँदा उसका दुवै कन्चटबाट पसिनाका धारा बगिरहेका थिए । पसिनाले भिजेको कपालबाट अमिलो गन्ध आइरहेको थियो । झुपडीको सँघारनिर एकछिन उभियो । उसलाई भित्र जाऊँ कि नजाऊँ भइरहेको थियो । गएन ।

इँटाको ठूलो चाङनिर गयो । चाङको डल्लिएको छायानिर टुक्रुक्क बस्यो । उसका आँखा बुख्याचातिरै थिए । उसका कन्चटका नसा छिटिकछिटिक गरिरहेका थिए ।

के उसले लिएको निर्णय सही हो ?

उसको सास बढ्यो । कत्रक्क सुकेका ओठमा सुक्खा जिब्रो घुमायो । औंलाहरू कमिलाले हल्लाएको दूबो झैं काँपे । पैताला आगोका गोलमाथि हिँडे झैं भतभती जल्न थाले । जुरुक्क उठ्यो, मुसुरोको खेततिर दगुर्‍यो । काकाको बुख्याचानिर उभियो ।

एकपल्ट होलीमा उसलाई पिच्कारी किन्न मन लागेको थियो । बन्दुक जस्तो पिच्कारी । पैसा माग्न ऊ काकाको अगाडि शिर निहुराएर उभिएको थियो । तर उसका ओठ खुल्दै खुलेनन् । त्यसपछि उसले काकासित कहिल्यै केही मागेन । उसको दिलको कुरा बुझेर काकाले नै दिइरहे ।

दोस्रोपल्ट फेरि केही माग्न ऊ काकाको अगाडि त्यसरी नै उभियो । तर यसपालि काका शिर निहुराएर उभिइरहेका थिए । ऊ बर्बरायो, "काका, अब यो गाउँ बस्न लायक रहेन । जुतीमाईलाई हिजो खदेडिदियो । देखेकै हौला ।"

उसले काकाको टाउको उखेल्यो र भन्यो, "अब यहाँ नबस, काका । अब यो गाउँ हेर्न लायक रहेन ।"

उसको ज्यानमा वनदेउता चढे झैं भएको थियो । उसले काकाको हात उखेल्यो । सर्ट च्यातिदियो । र उनलाई जरैदेखि उखेलेर पर हुत्याइदियो । त्यसपछि उसले रामशरण बाजेलाई उखेल्यो । भैरे पण्डितलाई उखेल्यो । कैली बज्यैलाई उखेल्यो । चिलगाडीलाई उखेल्यो । तुलारामलाई उखेल्यो ।

र ऊ सुगियानिर पुग्यो ।

सुगिया ट्वाल्ल परेर उसैलाई हेरिरहेकी थिई । सुगियातिर बढिरहेका उसका हात टक्क अडिए । उसले सुगियाको शिर सुमसुम्यायो ।

"देख् सुगिया तँ यहीँ छेस्, मलाई थाहा छ," उसले भन्यो, "मैले गीत गाउँदा कहिल्यै शिर हिलाइनस् । तँ मसित गुस्सा गरेको गऱ्यै भइस् । तँ जति गुस्सा गर्, म तँलाई प्यार नै गरिरहनेछु । तँ यहाँ छस्, यहाँ ।"

उसले मुटुनिर मुक्का हिर्कायो । र आँसु पुछ्दै भन्यो, "तँलाई पठाउने त मन थिएन । तर हेर्, यो गाउँ तेरो दिल बस्न लायक रहेन । तँ जा । मलाई माफ गर्दे । मलाई मुक्ति दे ।"

त्यसपछि उसले सुगियालाई जुरूक्क उचाल्यो । मानौं, मज्जाले खटियामा कोल्टे परेर सुतेकी उसलाई जुरूक्कै उचालेको थियो ।

सुगियाको देह हावामा उफारिदियो ।

अनि बरबरी झरिरहेका आँसु पुछ्दै झुपडीतिर दगुऱ्यो ।

कल्लुराम फेरि नितान्त एक्लो भएको थियो । उसको संसारमा चर्को घाम, फराक खेत, इँटाभट्टाको चिम्नी, माखाको भुनभुन मात्र रहे ।

बाँसबारीमा एक फन्का लगाएर सूर्य सौतनपुरतिर जाने बेला ऊ इँटाको थुप्रोमाथि उभियो । उसले पश्चिमतिरको आकाश हेऱ्यो । बादलको एउटा धर्को मात्र थियो । उसले त्यो धर्कोलाई स्वर्ग जाने बाटो जस्तै मान्यो । र सोच्यो– सुगिया, काका, भैरे पण्डित, रामशरण बाजे, कैली बज्यै, चिलगाडी र तुलाराम त्यही बाटो हिँड्दै अहिले त माथिसम्मै पुगे होलान् । उसले चिम्सा आँखा बनाएर बादलको धर्कोलाई हेरिरह्यो ।

र सबैलाई बिदा गर्न, सधैंभन्दा चर्को स्वरमा, लामोलामो स्वर तानेर गीत गाइरह्यो । धरतीले कालो कम्बल ओढेपछि लर्खराउँदै तल झऱ्यो ।

फेरि, बाँसबारीमा उसको गीत कहिल्यै सुनिएन ।

पोस्टकार्ड

दूरबिन

दूरबिन कालो रङ्को थियो । सिसाहरू गोरूका काला आँखा जस्ता थिए । लामो फित्ता झुन्डिएको थियो । सपनाको संसारबाट ट्याप्प समाएर स्वात्त बाहिर ताने जस्तो लाग्थ्यो । तर सर्वजित मास्टर सापले दूरबिन सपनाको संसारबाट होइन, नेपालगन्जबाट ल्याएका थिए । उनले नलमा पसिना पखालेर, भतभती पोलिरहेका पैतालामा पानी खन्याएर, पिँढीमा टुसुक्क बसेर मुसुमुसु हाँस्दै आँखामा दूरबिन टाँसे । उनले आँखैका डिलमा आए जस्ता झक्कुलालको झुपडी, घुइयारामको खेतलाई अबेरसम्म हेरे ।

"लौ बा ! दूरबिन पो ल्याछौ त !" जीवाराम आँगनको डिलमा उभेर सुल्पा तानिरहे र लजाउँदै आएर दूरबिन समाएर आँखामा टाँसे । बादल ह्वात्तै आँखाकै डिलमा आइपुग्यो ।

"बादल त आँखैमा ठोक्किन आयो बा !" उनी जोडले हाँसे ।

उनको हाँसो सुनेर रमा ब्युँझिई । दगुर्दै बाहिर आई । एकछिन दैलोमा उभिएर दूरबिनलाई हेरी । अनि दगुर्दै सर्वजित मास्टर सापको छेउमा पुगी ।

"बा, म पनि हेर्छु के !"

उनले दूरबिनलाई रमाको आँखामा टाँसिदिए । मुसुरोबारीको अग्लो सिमलको रूख रमाकै छेउमा आएर उभियो । उसले हाँस्दै जिब्रो टोकी । उसलाई हेर्दै सर्वजित मास्टर साप खिस्स हाँसे । रमाले धेरै

कालपछि सर्वजित मास्टर सापको अनुहार उज्यालो देखी । दूरबिन उनको अनुहारतिर घुमाई, आँखीभौंको कुनोमा बसेका मसिना चाउरी पनि देखी ।

"तिम्लाई पनि के सनक चढेको हो, मास्टर !" जीवारामले ठट्टा गरे, "अब दूरबिनले काँकाँ हेर्ने विचार गरेका हौ ?"

"मैले आफूलाई भनेर ल्याको होइन दाइ, पवनलाई ल्याइदेको हो ।"

रमाको टाउको फनननन घुम्यो । ए, पवनलाई पो ल्याइदेको ! उसले अनुहार अँधेरो बनाई । "मलाई के ल्याइदिनुभो त ?"

उनले रमाको शिर सुमसुम्याए, "बेटालाई पनि एक चीज ल्याइदेछु ।"

उनले झोला खोतलखातल पारे । एउटा कागजको डब्बा झिके, "ल बेटा ! तिम्रा चित्रमा रङ लगाऊ ।"

रमाले डब्बा ट्याप्प समाती । डब्बा खोली । ओहो, भित्र त पेन्सिल जस्ता अनेक रङ रहेछन् । राता, काला, हरिया, पहेंला । लहरै मिलाएर राखेका । रङबाट कस्तो मीठो बास्ना आइरहेको थियो ।

ऊ भित्र दगुरी । चित्र बनाएको कापी लिएर बाहिर आई । पिँढीमा घोप्टो परी । कापीमा सुगा झोक्राएर बसेको थियो । उसले हरियो रङ समाई । कसरी पो लाउने होला रङ ?

सर्वजित मास्टर साप ऊतिर झुके, "जोडले नदाब्नू, नत्र रङ भाँचिन्छ । खइ लेऊ, म सिकाउँछु ।"

उनले रङ समाए । सुगाको पखेटाको बीचमा रङको चुच्चोले छोए र बिस्तारै हात चलाए । पखेटाको एक किनार हरियो भयो । रमाले मुन्टो हल्लाई । उनले रङ रमाको हातमा थमाइदिए । ऊ ओठको चेपबाट जिब्रोको टुप्पो बाहिर निकालेर पखेटालाई रङ दिन थाली ।

सर्वजित मास्टर सापले खिस्स हाँस्दै जीवारामलाई हेरे ।

जीवारामको मुख खुलै थियो । मुखभित्रबाट फुसुसु भुइँकुहिरो झैं तमाखुको धूवाँ निस्किरह्यो । उनलाई आफ्ना सन्तान नहुनुको पीडाले चिमोट्यो ।

उनी जुरूक्क उठे र फटाफट हिँडे ।

घर पुगे । आँगनको कुनामा लहरेफूलको लहराछेउ राखेको डुग्गीमा बसे । वसुन्धरा बज्यै खोकिरहेकी थिइन् । उनको खोकी कानमा के ठोक्किएको थियो, उनलाई आफ्नै घाँटी खसखसाए जस्तै लाग्यो । उनले पनि खोके । एकछिन त दुवैले खोकीमै बात मारे जस्तो भयो । उनले अनुहार रातो बनाएर खकार फाले र धूवाँको मधुरो धर्सो निस्किरहेको दैलोतिर हेरिरहे । रूपमती निस्किई । घर बढार्दै थिई क्यारे ! गुन्यु अलिकति माथि सारेकी थिई । ऊ गोठतिर गई । उनले उसका पुष्ट पिँडौला र कमलको फूल झैं फर्कका पुट्ठा हेरिरहे । गाला छुन आएको लहरे फूलको पात पन्छाए र सुल्पामा सुर्ती भरे । धूवाँको मुस्लो उडाउँदै थिए, फरूवा काँधमा राखेर खेततिर गइरहेको घुइयारामलाई देखे । जुरूक्क उठेर कराए, "एई घुइयाराम, यता आऊ ।"

घुइयाराम हाँस्दै आयो र डुग्गीमा बस्यो ।

"एउटा कुरा थाहा पायौ ?"

"के कुरा, काका ?"

"मास्टर सापले अचम्मै गरे नि !" उनले भने, "पवनलाई दूरबिन ल्याइदेछन् ।"

"दूरबिन ?" उसले फरूवाले भुइँमा ढ्याकढ्याक हान्यो । "हो र ? काँ हेर्ने रैछ र त्यसैले ?"

"लौ बा, मैले त्यै पो सोधिनँ !"

घुइयाराम एकछिन हाँस्यो र उदास भयो । तुलाराम जिम्दै भएको भए एक दिन उसले पनि दूरबिन ल्याइदिँदो हो । उसको मन भतभती जल्यो । उसले दाह्रा किट्यो, "त्यो बोक्सीले त मेरा सारा खुसी लेर गई ।"

"छोड्देऊ यो कुरा, त्यल्ले सजाय पाइसकी । दुई बर्ख भो घटना घटेको । ऐले हृदय बटारेर क्यै हुन्न । अब त पम्फा पनि दुईजीउकी भइसकी । फेरि खुसी आउँछ तिम्रो घराँ ।"

घुइयारामका आँखाका कुनो रसाए, "क्यार्नु काका, हिजै जस्तो लाग्छ । त्यो तुले हाँसेको, खेलेको हिजै जस्तो लाग्छ ।"

"यसरी सम्झनामै बाँच्ने हो भने त हिजो जन्मेको मान्छे पर्सि मरे जस्तो हुन्छ । मान्छेले धेरै सम्झनामा बाँच्न हुन्न ।"

"नसम्झ भनेर पनि नहुने रैछ, काका," घुइयाराम उठ्यो र घोसेमुन्टो लाएर हिँड्यो ।

जीवारामले आँगनको डिलमा उभिएर उसलाई खेतमा पस्दासम्म हेरिरहे । उसले धरती नै दुई टुक्रा पारूँला झैं गरेर फरूवा गाड्यो ।

सर्वजित मास्टर सापले दूरबिन ल्याएको कुरा गाउँभरि फैलिँदै गयो ।

साइकिल हुइँकाउँदै सुसेली हालिरहेका त्रैलोक र क्यारियरमा बसेको बिजुले फिरफिरे घुमाउँदै दगुरिरहेको पवनलाई देखे । त्रैलोकले साइकल त्यता मोड्यो ।

"एई पवन, सुन् बे !" त्रैलोकले बोलायो, "एउटा कुरा सुनाउनु छ ।"

पवन टक्क अडियो । उसको कन्चटछेउबाट पसिनाको थोपा गालातिर खस्यो । फिरफिरे फ्याटफ्याट गर्दै शान्त भो ।

"के कुरा ?"

"तेरो बाबुले दूरबिन ल्याइदेछ रे । चाँदमा त आँखैमा ठोक्के जस्तो हुन्छ । स्वर्गनगरीको घरहरू नै देखिन्छ बे ।"

उसको कुरा सुन्नासाथ पवनको हातको फिरफिरे स्वात्त भुइँमा खस्यो । उसले हाँस्दै एकपल्ट वसन्ततिर हेऱ्यो र बेस्मारी दगुऱ्यो ।

वसन्तले पछ्यायो ।

गाउँ पसेपछि पवन आफ्नो घरतिर मोडियो । वसन्त टक्क रोकियो । उसले उत्साहमा दगुर्दा सर्वजित मास्टर सापलाई बिर्सिएको रहेछ । उसका पाइला अगाडि बढेनन् ।

"दूरबिन लेर यतै आ है !" उसले भन्यो, "म ह्यैं कुरेर बस्छु ।"

पवन आँगनमा पुग्यो र पिँढीमा राखेको दूरबिनलाई हेरिरह्यो । खुसीले ओठ थरररर काँपे ।

ऊ लजाउँदै सर्वजित मास्टर सापछेउ पुग्यो । र उनका गोडा छोयो । सर्वजित मास्टर सापले हात उसको तालुमा राखे । "भाग्यमानी भएस्" भन्न खोजेका थिए । तर आवाज निस्किएन ।

उसले बिस्तारै दूरबिन समायो ।

सर्वजित मास्टर साप उसको छेउ आए । दूरबिनको फित्ता उसको गर्धनमा छिराइदिए । दूरबिनलाई आँखा टाँसिदिए, "ल हेर् त ! के देखिस्, भन् !"

पवनले ओठ टोक्दै दूरबिन यताउता घुमाइरह्यो । उडिरहेको चरा धन्नै निधारमा ठोक्किएको । सर्वजित मास्टर सापले उसको दाहिने हत्केला दूरबिनको बीचमा राखिदिए, "अलिअलि धमिलो भो भने यी पाङ्ग्रा घुमाउनू । सफा देखिन्छ ।"

खेत, रूख, घर, आकाश, बादल सप्पै पवनको आँखानजिकै घुमिरहे । ऊ खितखिताउँदै हाँस्यो । उसको हाँसो मधुरो हुँदै वसन्तका कानमा ठोक्कियो । वसन्त दगुर्दै आयो र भित्तामा छेलिँदै हेऱ्यो । उसले आँखामा दूरबिन जोडेर आँगनमा उभिएको पवनलाई देख्यो । पवनको गर्धनतिर टाउको झुकाएर बोलिरहेका सर्वजित मास्टर सापलाई देख्यो । उनीहरू कति धेरै खुसी देखिएका ! वसन्तले सोच्यो– अब पवन आउँदैन । दूरबिन पाएपछि उसलाई बिर्सियो ।

उसको मन गह्रौं भयो ।

लुरूक्क फर्कियो । अलि पर पुगेपछि तीतेपातीको झाङमा लट्ठीले हान्यो । झन् पर पुगेपछि मेवाको रूखमा झुत्ती खेलिरहेका चरालाई ढुङ्गा हान्यो । परै पुगेपछि रातीगेडीका झाङमा पिसाब फेऱ्यो । एकछिन टोलाएर उभिरह्यो । अनि आफूले पनि दूरबिन समाएको कल्पना गऱ्यो । दुवै हत्केलालाई गोलो बनाएर आँखामा टाँस्यो । र कल्पनाको दूरबिनले संसार हेर्दै दगुऱ्यो ।

घर पुग्दा असिनपसिन भइसकेको थियो ।

फागुन पहिलो साता भएर होला, आरूका फूल फुलेका थिए । प्याजी रङका । एकदम नरम । बतास चल्दा फुरूरू भुइँमा खस्थे । आरूको फूल फुलेको हो कि बा हाँसेका हुन् ? उसले एकछिन स्याँस्याँ गर्दै हेरिरह्यो । पिँढीबाट मेसिनको खटखट आवाज आइरह्यो ।

"किन छाती फुट्ने गरी दगुऱ्या छस् ?" जसोदाले पुलुक्क हेरिन्, "ह्याँ आइज । सियोमा धागो हाल्दे ।"

ऊ जसोदाको छेउमा गयो । उनी पाइन्ट सिलाउँदै थिइन् । पाइन्टको दायाँ बाउलो बटारिएको थियो भने बायाँ बाउलो मसिनको सियोमुन्तिर थियो ।

उसले सियो समायो । धागोको टुप्पोमा थुक लगायो । तीनपल्ट कोसिस गरेपछि धागो पस्यो । उसले सियो झुन्डिएको धागोको लहरो दिँदै भन्यो, "आमै, एउटा कुरा भनम् ?"

सियो र धागो डब्बामा जतनसँग राख्दै जसोदा हाँसिन्, "के कुरा ?"

"नरिसाऊ है त ।"

उनले मुन्टो हल्लाइन् ।

"आमै, मलाई दूरबिन किन्देऊ ।"

"लौ ! दूरबिन रे ?"

"अँ के, दूरबिन किन्देऊ !" उसले रून्चे स्वरमा भन्यो, "म खुब पढ्छु । फस्ट हुन्छु ।"

जसोदाले उसको कपाल सुमसुम्याइन् । लामो सुस्केरा हालिन् । के भनेर सम्झाउने होला ?

"ऐले किन चाइयो ?" उनले भनिन्, "ठूलो भएपछि किन्दिम्ला है ।"

"नाइँ !" उसले गोडा बजार्‍यो, "तुरून्त किन्देऊ । मास्टर सापले त किन्देछन् ।"

ए, कुरा त्यसो रैछ ! भनिन्, "स्कुलमा चाहिए होला । ल्याए, मास्टरले ।"

"होइन, पवनेलाई ल्याइदेका हुन् ।"

"हेर् बन्ते, कुरो बुझ्," उनले मसिनो स्वरमा भनिन्, "अरूले घोडा चढे भनेर आफूले धुरी चढ्न हुन्न । ल भन् त, मैले दूरबिन किन्दे भने काँ हेर्छस् ? यो गाममा दूरबिनले हेर्नुपर्ने के छ ? आकाश त तैंले देखेकै छस् ।"

"म... म दूरबिनले चन्द्रमा हेर्छु ।"

"चन्द्रमा त दूरबिन आँखामा नटाँसे पनि देखिन्छ," उनले भनिन्, "मलाई थाहा छ, तैंले मनदेखि भनेको होइनस् । पवनको इख मानेर

भनेको होस् । यसरी इख मान्नु हुन्न । पवनले तँलाई पनि दूरबिनले हेर्न दिइहाल्छ नि ।"

"त्यल्ले आफ्फैं हेर्छ । मलाई दिन्न । त्यो मेरो साथी पनि होइन । त्यसले दूरबिन मलाई देखाउन पनि ल्याएन ।"

"तँ पनि त पवनको साथी होइन रैछस्," उनले भनिन्, "साथी भको भए यसरी इख मानेर रूँदै बस्थिस् ? साथीको खुसीमा खुसी हुन जान्नुपर्छ, बन्ते । अब तँसित नभको कुरा साथीसित हुन्छ । साथीसित नभाको कुरा तँसित हुन्छ । मिलिजुली खुसी हुनुपर्छ । पवन आज पो घरमै बस्यो होला, भोलि त आइहाल्छ नि ।"

"नाइँ, म त्यस्को दूरबिनले हेर्दै हेर्दिनँ !"

"यसरी प्रतिज्ञा गर्न हुन्न, बन्ते । एउटा प्रतिज्ञाले त्यत्रो महाभारत भको हो । जीवनमा के पर्छ के ! नरो, रोटी बनाइदेछु, भित्र गएर खा ।"

"नाइँ, म खान्नँ । मलाई दूरबिन किन्देऊ ।"

"हेर, ढिपी नगर् भनेको !" उनको आवाज चर्को भयो, "चाहिने कुरा पो माग्नुपर्छ !"

उसलाई लाग्यो, आमैले हातको सियो घ्वाप्प उसको मुटुमै रोपिदिइन् । ऊ जुरूक्क उठ्यो, गोडा बजार्‍यो र चिच्यायो, "बा भका भए मलाई दूरबिन किन्दिन्थे । तिमी मेरी आमै हुँदै होइनौ ।"

ऊ हुत्तिँदै भित्र पस्यो । ओछ्यानमा पछारियो ।

राति जसोदाले टुकीको उज्यालोमा हेरिन् । ऊ भित्तापट्टि कोल्टे परेर निदाएको बहाना गरिरहेको थियो । उनले प्रेमले उसको कन्चट सुमसुम्याइन् । उनको गन भारी भएर आयो । खुइय्य सुस्केरा हालिन् । सासले टुकी धिपधिपायो ।

"बन्ते, उठ् !" उनले मधुरो स्वरमा भनिन्, "उठ्, भात खा ।"

ऊ चलमलायो । यसो आँखा उघारेर हेर्‍यो । देख्यो, उनका जिङ्रिङ्ग परेका कपाल । आँखाका कुनामा जम्मा भएको चाउरी । त्यसैत्यसै पानी बगिरहने कमजोर आँखा । अनुहार वरिपरि घुमिरहेको उदासीको भुइँकुहिरो ।

उसले निद्रामै चलमलाए जस्तो गर्‍यो र फेरि भित्तातिर कोल्टे पर्‍यो ।

"मैले रातरातभरि दुख्ख गरीगरी मेसिन चलाको तेरै लागि हो," जसोदाले भनिन्, "मलाई त के नै चाहिएको छ र ?"

उसका कान ठाडा भए ।

जसोदा उठिन् । टुकीको उज्यालो उनीसितै गयो । घरका कुनामा मुसा कुदे झैं खद्राङखुद्रुङ आवाज आइरह्यो । टुकीको उज्यालो अघि लाएर फर्किन् ।

"यता फर्की त !" उनले वसन्तको कुम समाएर तानिन् ।

उसले देख्यो, जसोदाको हातमा कपडाको सानो पोको थियो । उनले पोको फुकालिन् । पट्याएर राखेका नोटहरू थिए । उनले औंलामा थुक लगाउँदै, ओठ चलाउँदै, मसिनो आवाज निकाल्दै नोट गनिन् । अनि नोटलाई कपडामा पोको पारिन् । पोको उसको हातमा थपक्क राखिदिइन् । ऊ अक्क न बक्क भयो ।

"उन्निस हजार सात सय रूपियाँ तेरै हुन्, छोरा । जे मन लाग्छ, गर !" उनले भनिन्, "आफ्नो सप्पै रहर पूरा गर् । पछि गएर आमैले क्यै गर्न दिइनन् नभनेस् । अब क्यार्छस् त, तेरी आमा यस्तै भई । मलाई पनि तेरो रहर मारेर बस्न कहाँ मन छ र ! तँलाई केम्पस पठाम्ला भनेर राखेकी थें । अब सप्पै तेरो भो ।"

उसको मन चिमोटियो ।

"मसित तँलाई दिन धेरै त क्यै छैन," उनले मलिन स्वरमा भनिन्, "तँ रहरको बाटो हिंड् । सके चप्पल दिम्ला, नसके तेरो पैतालामुन्तिर आफ्ना हत्केला ओछ्याइदिम्ला ।"

वसन्तले पैसाको पोको स्वात्त जसोदाको काखमा फाल्यो र बर्बरी आँसु झारेर रोयो । जसोदाले उसलाई अँगालोमा बेरिन् । ऊ अबेरसम्म रोयो । अनि अवरूद्ध गलामा भन्यो, "आमै भात हाल्देऊ । म भात खान्छु ।"

रोएर होला, उसको भोक बढेको थियो । बेलाबेला आँसुका ढिक्का थालमा खस्थे । उसले आँसुले भिजेका भातका डल्ला खाइरह्यो ।

"कस्तो थ्यो दूरबिन ?" जसोदाले मौनतालाई आवाज दिइन् ।

"नयाँ थ्यो," उसले मसिनो स्वरमा भन्यो, "टलक्क टल्केको ।"

"किन ल्याइदेका रैछन्, दूरबिन ?"

बिचरो वसन्त ! ऊसित यसको उत्तर के हुनु !

"अब धेरै खेलेर हुँदैन," सर्वजित मास्टर सापले भने, "अब पढाइमा ध्यान दे । आठ कक्षा त पुगिसकिस् । दुई वर्षमा एसएलसी आउँछ । अहिल्यैदेखि कोसिस गर्नुपर्छ । बुझिस् ?"

पवनले मुन्टो हल्लायो । ऊ बेलाबेला आफ्नो काखको दूरबिनलाई सुमसुम्याइरहेको थियो । रमा अबेरसम्म दूरबिनले तारा र चन्द्रमा हेरेर निदाइसकेकी थिई । बाबु र छोरा मात्रै थिए अगेनाको छेउमा । अगेनामा बेलाबेला आगोमा गोल चड्किन्थे । सर्वजित मास्टर साप आफ्ना पिँडौलामा तोरीको तेल लगाउँदै बोलिरहेका थिए । पवनलाई आज सर्वजित मास्टर सापप्रति माया बढेर आएको थियो । बेलाबेला सोच्थ्यो– आमै भएको भए कति मज्जाले पिँडौलामा तेल लगाइदिँदी हुन् !

"मैले देवीलाल सरसित कुरा गरिसकेको छु । तँ गणित र अङ्ग्रेजीमा कमजोर छस्, तिन्ले रामरी पढाउँछन् । उनीसित ट्युसन पढ्न पाउनु भाग्य नै हो । नेपालगन्जबाट हरेक बर्खामा ट्युसन पढाउन अम्बरपुर आउँछन् । तिन्ले पढाए भने कुकुरले पनि अङ्ग्रेजी भट्याउन सक्छ भन्ने आहानै छ," उनी हाँसे, "अरू विषयमा त तँ राम्रै छस् । अक्षर पनि राम्रा छन् । स्कुलमा सबैभन्दा राम्रा अक्षर हुने तैं त होस् ।"

पवन लजायो । हुन त हो, उसका अक्षर बाटुला र चिटिक्क मिलेका हुन्छन् । डिको पनि सोझो हुन्छ । उसले राजा वीरेन्द्रको जन्मोत्सवमा सरहरूले प्लेकार्डमा नारा लेख्न लगाएको पनि सम्झियो । उसले दिनभरिमा २४ ओटा प्लेकार्डमा "श्री ५ महाराजाधिराज वीरेन्द्र वीरविक्रम शाहकी जय" लेखेको थियो । इनाममा १० रूपियाँ पाएको थियो ।

"यो झरीमा तँ पनि उतै बस्छस् । तीन महिना," सर्वजित मास्टर सापले भने, "पढाइमा ध्यान देलास् भनेर दूरबिन किन्देको हो । दूरबिनले

आँखाले नदेख्ने कुरा पनि आँखानजिकै ल्याइदिन्छ । अब तैंले आफ्नो दिमाग पनि दूरबिन जस्तै बनाउनुपर्छ । भविष्यलाई देख्नुपर्छ ।"

"अनि म काँ बस्ने त ?" पवनको मुटु ढक्क फुल्यो ।

"चिन्ता नगर्, मैले व्यवस्था गरिसकेको छु । यसो दुईचार महिना बजाराँ बसिस् भने अलि बाठो पनि होलास् भन्ने ठान्या छु मैले । यो बाँसबारीले त तँलाई बिगार्छ । तँलाई आफूभन्दा टाढा राख्न सक्छु कि सक्दिनँ भनेर विचार पनि गर्नु छ ।"

पवन छटपटायो । साँच्चै बाले अम्बरपुर पठाउने नै भए त ? असार लाग्न अब केवल चार महिना त बाँकी छ नि ।

सर्वजित मास्टर सापले अगेनामा दाउरा कोचे । ढुङ्ग्रो फुके । एकैछिनमा हुरूरू आगो बल्यो । अगेनामाथि फ्राइबिन राखे । पानी राखे । र चिनीको भाँडो समात्दै प्रेमले सोधे, "च्या खान्छस् ?"

कति वर्षपछि उनले त्यसरी प्रेमले सोधेका थिए, पवनले हिसाबै गर्न सकेन ।

उसले खिस्स हाँस्दै भन्यो, "खान्छु ।"

एकछिनपछि, सर्वजित मास्टर सापले उसलाई चिया दिंदै भने, "बुझिराख् ! तीन महिना तेरो जिन्दगीका महत्त्वपूर्ण महिना हुनेछन् । के थाहा, ती तीन महिनाले तेरो जिन्दगी नै फेरबदल गरिदिन्छन् कि !"

बसिर अपरेटर

भूल काकाको घर अम्बरपुरको दक्षिण पुछारमा थियो ।

भूल काका नाम जस्तै कहींकतै केही भुलेर आए जस्ता देखिन्थे । अलिकति कुप्रिएको ढाड । झाडी जस्ता आँखीभौं । पाकेको फर्सी जस्तो रौं झरेको टाउको । सुगाको जस्तो चुच्चिएको नाक । होचो कद । उमेर ५० वर्ष जति थियो । तर देखिन्थे ६०/६५ । लहरेखोकीले न्याकिरहन्थ्यो । आँखाबाट तुरूक्क आँसु आउने गरी खोक्थे । कफ निस्किरहन्थ्यो । उनको लहरेखोकीले पवनको निद्रा बिथोलिन्थ्यो । आँगनमा जतातत‍ै टाँसिएका कफका टाटा देखेर दिगमिग लाग्थ्यो । सुरूमा त उसलाई भूल काकाले पकाएको खाना खान पनि दिगमिग लागेको थियो । तर उनी खाना असाध्यै मीठो पकाउँथे । पवन अबेरसम्म औंला चाटिरहन्थ्यो । उसले जीवनमा यति मीठो खाना खाएकै थिएन । भूल काका हप्तामा दुईपल्ट कुखुराको मासु पनि पकाउँथे । जिरेखुर्सानी हालेको, पिरो । मासु खाँदाखाँदै पवनको नाकको डाँडीमा पसिना निरिकन्थे ।

"पिरो खानुपर्छ भन्छु म," भूल काका पिरोले सिउसिउ गरिरहेको उसलाई हेर्दै भन्थे, "पिरोले दिमागको बन्द दैलो घ्याक्क खोल्दिन्छ ।"

भूल काकाले एक बथान बाख्रा र एउटा भैंसी पालेका थिए । त्यसैबाट उनको खर्चपानी चल्थ्यो ।

१० वर्षअघि उनकी श्रीमती बितेकी थिइन् । त्यही कालदेखि नै हो, उनलाई भुल्ने बानी लागेको । कहिले के बिर्सिन्थे, कहिले के । एकपल्ट

त कम्मरमा बाँधेको खुर्पेटोमा आँसी झुन्डिरहेको छ भन्ने नि बिर्सेछन्, धुइँपाताल खोजेका थिए ।

उनको छोरो हाकिम भारत हिँडेको आठ वर्ष भइसकेको थियो । कहिलेकाहीँ चिठी पठाउँथ्यो, चिठीभित्र लुकाएर पैसा । उनले छोरो पढेलेखेर "हाकिम" बनोस् भनेर नाम राखेका थिए । तर भयो, चौकीदार ।

घर खरले छाएको थियो । दैलो होचो थियो । निहुरिएर भित्र पस्नुपर्थ्यो । कहिलेकाहीँ निहुरिन झुकिन्थ्यो, त्यसैले ढोकाको माथिल्लो चेपमा कपालका केस्राहरू अल्झिरहेका देखिन्थे । ढोकाबाट भित्र चियाउँदा अगेनो देखिन्थ्यो । अगेनोमाथि प्रायः भैँसीको कुँडो छट्किइरहेको भेटिन्थ्यो । अगेनाकै दायाँपट्टिको भित्तासित टँसाएर भऱ्याङ राखिएको थियो । टाउको जोगाउँदै भऱ्याङ चढ्यो भने आँटीमा पुगिन्थ्यो । आँटीमा पुराना बाकस, लत्ताकपडा, चामलका बोरा राखिन्थ्यो । कुनातिर आलु फिँजारेर राखिएका हुन्थे । आँटीको डेढ मिटर उचाइमा छानो थियो । पवन मज्जाले बस्न त सक्थ्यो, उभिन सक्दैनथ्यो ।

त्यहीँ थियो उसको ओछ्यान ।

ऊ त्यहाँ सुत्न मात्र जान्थ्यो । टुकी बाल्न निषेध थियो । त्यसैले साँझपख छामछुम गर्दै जान्थ्यो । ओछ्यानमा उत्तानो पर्थ्यो । आफ्नै हत्केला नदेखिने अँध्यारोमा टोलाउँथ्यो । झरीको आवाज सुन्थ्यो । बत्तीमा मट्टीतेल थप्न बिर्सेर अँध्यारोमा टोलाइरहेका भूल काकाको लहरेखोकीले हैरान भएर ऊ छानाका चेपचेपबाट भित्र पस्ने रूझेको बतास महसुस गर्थ्यो । बाँसबारी सम्झिएर हुरूक्क हुन्थ्यो ।

तर पनि भूल काकासितको बसाइ उसलाई रमाइलो लाग्न थालेको थियो ।

भूल काकाको घरमा उसलाई रमाइलो लाग्ने अर्को कुरा थियो, साइकल । तिल्लीहरू त भर्खरै माझेका दाँत जस्ता थिए । गद्दी सिमलका राता फूलको बाक्लो पत्र झैं नरम थियो । घण्टी हेन्डिलमाथि भ्यागुतो झैं थपक्क बसेको थियो । टिङटिङ आवाज कानभित्रै पस्थ्यो र अबेरसम्म झनझनाइरहन्थ्यो ।

कति सुन्दर थियो, साइकल ! हाकिमले भारतबाट ल्याएको रहेछ । भूल काकाले पुछपाछ पारेर टल्काएरै राखेका थिए । उनी आफूलाई साइकल चलाउन त आउँदैनथ्यो । तर पवनलाई नचढ पनि भन्न सकेनन् । उसले हप्ता दिनमै पिँडौलामा दुइटा घाउ बनाएर साइकल हाँक्न सिकिसकेको थियो ।

त्यसैले ऊ खुसी थियो । फेरि भूल काका पढ भनेर कचकच गर्दैनथे । सबेरै खाना खाएर भैंसी र बाख्रा डोऱ्याउँदै वनतिर लाग्थे । साँझपख फर्किन्थे । ऊ दिनभरि आफ्नै मनको राजा हुन्थ्यो । बिहान नौ बजे देवीलाल सरको डेरामा ट्युसन पढ्न जान्थ्यो । ११ बजे फर्किन्थ्यो । एक बजेसम्म होमवर्क गर्थ्यो र डेढ बजेतिर साइकल लिएर बजार घुम्न निस्किन्थ्यो । साढे चार बजे घर फर्किन्थ्यो । हातमुख धोएर, कालो चिया खाएर पाँच बजे फेरि देवीलाल सरकहाँ पुग्थ्यो । सात बजे घर फर्किन्थ्यो । ऊ आउँदा भूल काकाले खाना पकाइसकेका हुन्थे ।

सर्वजित मास्टर सापले उसलाई जिन्सको पाइन्ट किनिदिएका थिए । अलि ठूलो थियो । कम्मरमा टिमिक्क पर्दैनथ्यो । पेटीले कसेर बाँध्थ्यो । त्यसैले जहिले पनि पाइन्ट कम्मरनिर मुजा परेको हुन्थ्यो । सर्ट लगाउँथ्यो । तर उसका सर्टमा बटन कहिल्यै अडिँदैनथे । सर्ट प्रायः काखीनिरबाट उध्रिन्थ्यो । जुल्फी कपाल पाल्न थालिसकेको थियो । कपाल खस्रो थियो । त्यसैले कहिल्यै कोरे जस्तो हुँदैनथ्यो ।

गर्धनमा दूरबिन झुन्ड्याएर, साइकिल हाँक्दै हिँड्दा अम्बरपुर आएको दोस्रो हप्तामै उसलाई बजारको केटो भइसकेको अनुभव भएको थियो । तेस्रो हप्ता त ऊ अम्बरपुरका केटाहरूको सपनामा पनि गाँसिइसकेको थियो ।

छ महिनाअघि बजारछेउ एउटा घरको जग बनेको थियो । त्यहाँ फिल्म हल बन्नेवाला थियो । ठूलो पर्दा आउने खबरले बजारभरि नयाँ ऊर्जा दिएको थियो । के थिएन अम्बरपुरमा ? बैङ्क, बसपार्क, पुलिसचौकी, चौरहा सप्पै थियो । यी सबै कुराले अम्बरपुरलाई बजार बनाउन खोजिरहेको थियो । तर कमी त एउटै कुराको थियो, फिलिम हल ।

त्यही भएर अम्बरपुर अलिकति निन्याउरो अनुहार लाएर बसिरहन्थ्यो । हलो भएको तर गोरू नभएको किसान जस्तो ।

जतिजति फिल्म हलका भित्ता ठडिँदै गए, उतिउति अम्बरपुर चनाखो हुँदै गएको थियो । पवन अम्बरपुर आएको २१ दिनपछि फिल्म हल तयार भयो । ठुल्ठूला भित्ता । बाल्कोनी । स्पेसल सिट । चार भित्तामाथि टोपी झैं ख्याप्प राखेको छाना । फिल्म हलको ठूलो भित्तामा ठूलाठूला अक्षरमा लेखियो–

शान्तिबुद्ध चलचित्र मन्दिर, अम्बरपुर ।

"म आज भगवान् हेर्न जान्छु," झरी उघ्रेको एक दिन भूल काकाले भने, "तिमी पनि जाने हो ? भन्छु म ।"

ऊ किन नजाओस् ! उसले त अघिल्लै दिन बजारका केटाहरूबाट खबर पाइसकेको थियो, हलको उद्घाटन हुँदै छ भन्ने । गोडा उचालिसकेको थियो ।

भूल काका खोक्दै अघि लागे । उसले पछ्यायो ।

फिल्म हलमा मेला लागे जस्तै भएको थियो । १२ बजे *जय सन्तोषी माता* फिल्म देखाएर हलको उद्घाटन भयो । बजारका सारा मान्छेले फिरीमा, असिनपसिन हुँदै, सन्तोषी मातालाई नमस्कार गर्दै फिल्म हेरे । ताली बजाए, सिठी बजाए । सिरकको छेउलो टाँगे जस्तो पर्दामा ठुल्ठूला मान्छेहरू हिँड्थे, गाउँथे । देवीमाता पनि आउँथिन् । वाह, क्या गज्जब !

रमाइलो हुँदै थियो, फिल्म त सकियो । उसलाई बाहिर आउनै मन लागेन । तर के गरोस् ? भूल काकाले बाहिर ताने । बाहिर निस्केपछि उसले देख्यो, फिल्म त फेरिइसकेछ । हातमा बन्दुक समाएको हिरोको ठूलो पोस्टर देखेपछि उसले भूल काकातिर हेऱ्यो ।

"म त घर जान्छु । बाख्रा भोकै पर्छन्," भूल काका एकछिन खोकिरहे, "तिमी अर्को पनि हेर, भन्छु म ।"

उनले उसको हातमा पाँच रूपियाँ राखिदिए । उसलाई भूल काका अघि भर्खरै ठूलो पर्दामा देखाएका भगवान् जस्तै लागे । ऊ हुत्तिएर टिकट काउन्टरमा मुक्कामुक्की गरिरहेका मानिसहरूतिर बढ्यो ।

फिल्मको हिरो साह्रै बलवान् थियो । जति गोली हाने पनि मर्दैनथ्यो । फिल्म हिन्दी भाषामा थियो, उसले बोलेको त खासै बुझेन । तर गुन्डा र हिरो छुट्याइहाल्यो । हिरो झुपडीमा बस्थ्यो, गुन्डा ठूलो घरमा । किन लडेका हुन्, थाहा पनि पाएन । तर लडेको हेर्न खुब मज्जा मान्यो ।

फिल्म सकिएर बाहिर आउँदा अँध्यारो भइसकेको थियो । उसलाई साइकल कुदाउँदै बाँसबारी पुगेर वसन्त र रमालाई फिल्मको किस्सा सुनाउन मन लाग्यो । कत्ति रमाइलो मान्लान् तिन्ले है ! तर लुरुक्क फर्कियो ।

फिल्म हलले अम्बरपुरमा ठूलो परिवर्तन ल्याएको थियो । दिनभरि चौरहातिर घुमेर दिन बिताउने केटाहरू फिल्म हलतिरै भेटिन थाले । उनीहरूलाई दिनदिनै फिल्म फेरियोस् जस्तो लाग्थ्यो । तर तीनचार दिन नभई फिल्म फेरिन्नथ्यो । उनीहरू दिनमा तीनपल्ट *आगामी परिवर्तन*वाला पोस्टर हेर्न जान्थे । फिल्मको कथा कल्पन्थे । कहिलेकाहीँ घुस्रेर फिल्म हेर्न पनि खोज्थे । तर अग्लो, ठुल्ठूला आँखा भएको, मोटो जुँगा भएको, हात्तीका जस्ता पैताला भएको टिकट चेकर जङ्गेले चाक्ला हातले कठालोमा समाएर हुत्याइदिन्थ्यो । उसका आँखा टर्चभन्दा तेजिला थिए । त्यसैले लुकेर भित्र पस्ने आँट कसैले गर्दैनथे । तर जङ्गे शरीरले जति कडा देखिन्थ्यो, हृदयले त्यति नै नरम थियो । हिरोको दुःख देखेर, ढोकाको चेपमा अडेस लागेर सुकसुकाउँथ्यो । एकपल्ट त हिरोलाई पिटिरहेको गुन्डातिर टर्च फालेर रूँदै भनेको थियो, "हान्दिन्छु ऐले, अनि ।"

फिल्म चलाउने अपरेटर बसिर ५५ वर्ष जतिको थियो । ठूलो भुँडी थियो । त्यसैले सर्टको नाइटोनिरको बटन अड्दिँदैनथ्यो । खैरो रङको सर्टमुन्तिर जहिले पनि लुँगी लगाउँथ्यो । पान चपाइरहन्थ्यो । प्याच्चप्याच्च थुकिरहन्थ्यो । टिनको सानो बट्टा सधैं उसको हातमा हुन्थ्यो । पानको पात, जर्दा, सुपारी र चुना राखेको हुन्थ्यो । गफ गर्दै पान बनाउँथ्यो । बजारतिर पनि त्यति घुम्न आउँदैनथ्यो । ऊ फिल्म चल्नुअघि रिलका ठुल्ठूला डल्लालाई चर्खा चलाए झैं घुमाइरहन्थ्यो । च्यातिएका रिल टेपले टाल्थ्यो । काम नलाग्ने रिल एकदुई मिटर त स्वाट्टै काटिदिन्थ्यो ।

तर फिलिम हेर्दा कहाँनिरको काटेर फालेको हो, थाहै हुँदैनथ्यो । ऊ प्रोजेक्टर रूममै सुत्थ्यो । रिलका ठुल्ठूला चाङका बीचमा ।

बसिर १३ वर्षको उमेरदेखि नै प्रोजेक्टर कोठामा पसेको रहेछ, चाचासित । पछि आफैं अपरेटर भयो । उसले बिहे पनि गरेको रहेनछ । तर बिहेको बारेमा कहिल्यै कुरा गर्दैनथ्यो । तर ऊ कहिलेकाहीँ फिल्मका पोस्टर हेर्न आएका केटाहरूलाई भूतका कथा सुनाउँथ्यो । एकपल्ट तिकुनियामा फिल्मबाटै चुडैल निस्केर अपरेटरलाई मारिदिई भन्ने कथा त तीनपल्ट सुनाएको थियो । भूतको कथा सुनाइरहँदा बसिर आफैं भूत जस्तो लाग्थ्यो । एकपल्ट त आफैंले पनि भूत भोगेको सुनाएको थियो । कुन्नि कुन फिलिम चलाउँदा हो, बीचमै रोकियो रे ! जति गरे पनि चल्दै नचल्ने । धूप बालेर पूजा गरेपछि चलेको थियो रे !

पवनलाई नयाँ फिल्म चल्दा, टिकट काट्ने पैसा नहुँदा बसिरको ईर्ष्या लाग्थ्यो । क्या भाग्यमानी, जत्ति फिलिम हेरे पनि हुने ! तर बसिर कहिलेकाहीँ प्याट्टप्याट्ट खैनी मल्दै भन्थ्यो, "यो बसिरले फिलिम नहेरेको १० वर्ष भो । अचेल मलाई मनपर्ने फिलिम बन्दैनन् ।"

केटाहरू प्रोजेक्टर रूमको प्वालबाट फिल्म हेर्न दिइहाल्छ कि भनेर "चाचा चाचा" भन्दै उसका कुरा सुन्थे । कहिलेकाहीँ जिस्क्याउँथे पनि, "चाचा, बूढो भयौ । अब बिहे नगर्ने ? हिरोनी हेरेर मात्रै हुन्छ ?"

"लड्का हो," बसिर भन्थ्यो, "मेरो जिन्दगी अठार रिल । सोह्र त सक्किसक्यो । अब दुई रिलमा सिरिदेवी होइन, अमरिस पुरी र प्रेम चोपडा मात्र बाँकी छन् ।"

"रिबाइन्ड गर न त, चाचा ।"

"जिन्दगी फिलिम होइन, लड्का हो । सिनेमा भएको भए त म काटकुट गरेर गजबको बनाइहाल्थें नि !"

पवन बसिरको नजिक हुन चाहन्थ्यो । तर मौका मिलिरहेको थिएन । ऊ बसिरले पान चपाउँदै गफ दिइरहेका बेला छेउमा साइकल अडाएर सुनिरहन्थ्यो । बूढाले बम्बईका फराकिला सडक, आकाशे पुल, छक्काहरूका बारेमा सुनाइरहन्थ्यो । मिथुनलाई त आफ्नै आँखाले

देखेको रोमाञ्चक कथा सुनाउँथ्यो । तर बसिरले अहिलेसम्म पवनलाई चिने जस्तो गरेको थिएन । नाम पनि सोधेको थिएन । ऊ सोच्थ्यो, बसिरले आफ्नो नाम र ठाम सोधोस् ।

तर बूढालाई केही मतलब थिएन ।

साउनको दोस्रो हप्ता । बुधबार । पवनलाई फिल्म नहेरी भएन । तर ऊसित पैसा थिएन । रातभरि छटपटिएर ऊ बिहानपख निदाएको थियो । देवीलाल सरले पढाएको कुरा उसको कानभित्र पसेकै थिएन । उसका आँखामा झुन्डिएर पाँच रूपियाँ नोट र निद्रा पिङ खेलिरहेका थिए ।

अचानक उसको दिमागमा झिल्का उठ्यो ।

बजारको तल्लो पुछारनिर एउटा रक्सी दोकान थियो । ठूलो भुँडी भएको साहुजी थियो । सबैले "लाला" भन्थे । ऊ रक्सी त बेच्थ्यो बेच्थ्यो, रक्सीका खाली सिसी पनि किन्थ्यो । उसले धेरैपल्ट बजारछेउको टुहुरे खोलाको पुलमुन्तिर रक्सीका खाली सिसी देखेको थियो । ती पानी भित्रभित्रै माछा झैं तैरिरन्थे ।

ऊ ट्युसन सकिएपछि बर्तिंदै पुलमुन्तिर पस्यो । रक्सीका चार ओटा ठूला र दुइटा साना सिसी पखाल्यो । लालाको अगाडि जान धक मान्यो । उसका कान राता भए । आँट गरेर लालाका अगाडि सिसी फिँजाऱ्यो । लालाले ठूलो बोतलको एक रूपियाँ र सानो बोतलको आठ आना दियो । उसको हातमा पाँच रूपियाँ थियो ।

उसले साइकल दगुरायो ।

उसले सङ्कटमा बोतल बेचेको थियो । तर उसलाई त फिल्म हेर्ने सजिलो बाटो भेटे जस्तो पो लाग्यो ।

सिसी बेचेरै उसले तीन ओटा फिल्म हेऱ्यो । ऊ हरेकपल्ट खाली सिसी लिएर जाँदा लाला अचम्म मान्दै हेर्थ्यो । तर केही भन्दैनथ्यो । एकपल्ट रक्सी किन्न आएको बसिरले उसले सिसी बेचेको देख्यो । तर केही भनेन । यसरी बोतल बेच्ने ऊ मात्रै थिएन । धेरै फुच्चाफुच्ची थिए । तिनीहरू गरिबीले बेच्थे, ऊ केवल फिल्म हेर्न । बिस्तारै खोलामा खाली बोतल भेटिनै छाडे ।

एकपल्ट ऊ बोतल खोज्दै अलि तलैसम्म पुग्यो । बेसरम झाडीको बीचमा । एउटा ठूलो बोतल भेट्यो, धुँदै थियो, अचानक पछाडि मोटो आवाज आयो, "क्या कर रहे हो ?"

उसले पछाडि फर्केर हेऱ्यो, बसिर थियो । उसको हातमा लोटा थियो । दिसा गर्न आएको रहेछ । बोतल पवनको हातमै थियो । लजाउँदै बोतल पुट्ठापछाडि लुकायो ।

"बोतल फेको," बसिरको आवाज अलि चर्को भयो ।

उसले तर्सिंदै बोतल फालिदियो । भुक्क पानीमा भुल्का उठाउँदै बोतल माछा झैं हरायो ।

बसिरले आफ्नै छोरालाई धम्क्याए जस्तो पो गऱ्यो, "क्यो करते हो ऐसा ?"

"फिलिम हेर्न," उसले भन्यो ।

बसिरले हिन्दीमा लामो संवाद बोल्यो । सार थियो– तँ त स्कुल जाने बच्चा होस् । हेर्दा साइकल चढ्छस्, तँ राम्रै परिवारको होस् । गरिब होइनस् । साले, बाबुआमाको इज्जत फाल्छस् ?

उसको शिर निहुरियो ।

"कहाँ हो तेरो घर ?" उसले सोध्यो ।

"बाँसबारी ।"

"के गर्छन् तेरा बा ?"

"स्कुलको हेडमास्टर ।"

बसिरको निधार खुम्चियो, "साले, बापका नाम मिट्टीमा मिलाउँछस् ?"

पवनले शिर निहुरायो ।

"तँलाई फिलिम हेर्न मन लाग्यो भने मकहाँ आइज । बसिरले तँलाई फिलिम हेराउन्छ । यसरी बोतल नबेच् ।"

पवन ग्लानिको अग्निमा भतभती जल्यो ।

बसिरले एकछिन मुन्टो निहुराएको ऊतिर हेरिरह्यो । र सोध्यो, "आज भी देखना है ?

यसरी पवनको बसिरसित मित्रता भयो । ऊ बसिरलाई चाचा भन्थ्यो । तर एक दिन बसिरले उदास स्वरमा भन्यो, "आजदेखि मलाई चाचा होइन, दादा भन् ।"

फिल्म हेर्न मन लागेका बेला पवन अपरेटर कोठाको झ्यालबाट चियाउँथ्यो, र बोलाउँथ्यो, "दादा ।"

बसिरले ढोका खोलिदिन्थ्यो । ऊ प्रोजेक्टरको प्वालबाट फिल्म हेर्थ्यो । कहिलेकाहीँ हेरिसकेको फिल्मको फाइट मात्र पनि हेर्न जान्थ्यो । फिल्म हेर्न दिक्क लाग्यो भने ऊ प्रोजेक्टर हेरिरहन्थ्यो । प्रोजेक्टरको शिरमा फनफनी घुमिरहेको डल्लो, डल्लोबाट तलतिर झरिरहेको रिलको लहरो, रिल तल तान्दै फनफनी घुमिरहने ससाना दाँते । दाँते सललल होइन, घडीको सुई झैं ख्याटख्याट चल्थ्यो, छिटोछिटो । उसले नजिकैबाट हेर्दा रिलमै मान्छे नाचेको देखेको थियो । तर मान्छे उल्टा देखिएका थिए । तिनै उल्टा मान्छेलाई पावरदार लेन्सले सुल्टाएर पर्दाभरि छरिदिंदो रहेछ ।

उसलाई यी सबै कुरा जादुगरले देखाएको जादु जस्तो लाग्थ्यो ।

उसले अम्बरपुरमा आएर धेरै कुरा देखिसकेको थियो । वसन्तलाई हात हल्लाईहल्लाई सुनाउन मन थियो । कहिले भेट होला ?

साउन अन्तिम हप्ता वसन्त आइपुग्यो । बिहानपख झरी थामिएर आकाश खुलेको थियो । एकले अर्कालाई लखेट्दै बादलका टुक्रा दगुरिरहेका थिए । पानीले धोएका रूखका पात टल्किरहेका थिए । आँखा तिर्मिराउने गरी घाम लागेको थियो ।

नीलो सर्ट र नीलो पाइन्ट लगाएको वसन्तले पवनलाई परैबाट देख्यो । साइकल देखेपछि त उसको ज्यानै काँप्यो । पिठ्युँको झोला उफार्दै दगुर्दै आयो ।

पवनले दूरबिन आँखामा टाँसेर वसन्तको पसिना भरिएको अनुहार हेर्‍यो । ओठमाथि छरिएका मसिना कैला रौं हेर्‍यो । जिङ्रिङ्ग बढेको कपाल, हिलोमा लतपतिएका जुत्ता हेर्‍यो ।

एकैछिनमा दुवै आमनेसामने थिए ।

वसन्त नजिक आएर डन्डीमा बसेर दायाँ गोडा तनक्क तन्काएर साइकल अड्याइरहेको पवनलाई हेऱ्यो । हेऱ्यो, उसको दाहिने गालामा निस्केको मुसुरोको दाना जस्तो डन्डिफोर । चनाखा आँखा ।

वसन्तले लजाउँदै साइकलको हेन्डिल समायो, "कस्को हो साइकिल ?"

"भूल काकाको । म त दुवै हात छोडेर पनि चलाइदिन सक्छु ।"

"मलाई पनि सिका न, है ।"

"ल, हुन्छ ! अनि मैले अस्ति नै आ भनेको होइन ? बल्ल आज आइस् ?"

"आमैले बल्ल आज जा भनिन्," वसन्तले एकगोडामा नाच्दै भन्यो, "फिलिम हेर्ने पैसा पनि देछिन् ।"

"चाँडो जाम् । फिलिम सुरू हुनै लाछ," पवनले हाँस्दै भन्यो, "गोविन्दाको खत्रा फिलिम चल्या छ ।"

"म त मिथुनको हेर्ने," वसन्तलाई एक हप्ताअघि त हो नि, त्रैलोकले मिथुनको फिलिमको कथा सुनाएको । उसैले हो, "पवनले बोला छ" भनेर खबर पनि देको ।

"मिथुनको फेरि चल्छ, आज गोविन्दाको हेरम् । क्या खत्रा डानस गर्छ ।"

वसन्त हुत्तिँदै आयो र क्यारियरमा बस्यो । पवनले खुर्र साइकिल दगुरायो र पाइडलमा टेकेर हुत्तियो र गद्दीमा थ्याच्च बस्यो ।

"घण्टी बजा न," वसन्तले रमाइलो मान्दै भन्यो ।

"बिग्र्या छ के ! भूल काकाले पछि बनाउने भन्या छन्" भन्दै पवनले सोध्यो, "कति पैसा ल्याछस् ?"

"पचास रूप्याँ ।"

वाह, पचास रूपियाँ ! फिलिम हेरेको दस रूपियाँ, ठन्डा बरफ खाको दस रूपियाँ । च्या र पाउरोटी खाको अठार रूपियाँ । पवनले अरू हिसाब गर्न सकेन ।

फिल्म हल पुगेपछि वसन्त साइकिलबाट झऱ्यो । पवनले साइकिल टिकट काउन्टरको ठ्याक्कै अगाडिपट्टिको पान दोकानतिर लग्यो । पान खानेहरूको भीड थियो । दोकान अगाडिको भुइँमा टाउको छिनालिएको कुखुरो दगुरे जस्ता राता टाटाहरू छरिएका थिए । साहुजी पानका पातमा चुना दलिरहेको थियो । दोकानको थोत्रो टेपरिकर्डरमा गायकले रूद्रघण्टी फुट्ने गरी हिन्दी गीत गाइरहेको थियो । उसले दोकानछेउ गाडेको किलामा गोरूलाई दाम्लोले बाँधे झैं साइकललाई चेनले बाँध्यो र साहुजीलाई भन्यो, "दादा, मेरो साइकिल हेर्देऊ है !"

बसिरले नै साहुजीलाई लिएर आएको थियो । त्यसैले साहुजी आफूलाई ऋणी मान्थ्यो । र बसिरले यो साइकलवाला फुच्चेलाई खुबै माया गर्छ भन्ने थाहा पनि पाएको थियो । त्यसैले मुन्टो हल्लायो । बसिरकै कारण पवनले फिरीमा साइकल बाँध्न पाएको हो, नत्र साहुजीले एक रूपियाँ नलिई साइकल राख्न दिँदैन ।

वसन्त पवनलाई देखेर छक्क परिरहेको थियो । डेढ महिना त भयो नि, ऊसित छुट्टिएको । तर पवन कति परिवर्तन भइसकेछ । साइकल हाँक्न पनि सिकिसकेको रहेछ । उसका आँखा र आवाजमा कतै डर थिएन । ऊ गर्वले शिर ठाडो पारेर, छाती फुलाएर हिँडिरहेको थियो । मान्छेहरूसित निर्धक्क कुरा गरिरहेको थियो । उसलाई फिल्म हलको भित्ताभरि टाँसिएका पोस्टरका हिरोहिरोइन र गुन्डाहरू मज्जाले चिनाइरहेको थियो । उसले सात ओटा फिल्म हेरिसकेको थियो । वसन्त गर्वले उसको छेउमा उभिइरहेको थियो । आफ्नो साथी खत्रा भएको कसलाई मन पर्दैन र !

"ला, टिकेट काट्," वसन्तले नोट दियो ।

पवन टिकट काउन्टरमा झुत्ती खेलिरहेका मानिसतिर बढ्यो । अलि पर पुगेपछि टक्क उभियो । कन्चट कन्यायो । वसन्ततिर हेर्दै खिस्स हाँस्यो र फेरि पान पसलतिर गयो ।

"दादा, कलम देऊ न एकपल्ट ।"

"आफू आठ किलासमा पढ्छ," साहुजीले झर्को मान्दै डटपेन दियो, "कलम बोक्दैन । मेरो मसी मात्रै सक्काउँछ ।"

"फिल्म हेर्न नाम पनि लेख्नुपर्छ र ?" वसन्त छक्क पऱ्यो ।

पवनले पान पसलको भित्तामा नोट टाँस्यो । नोटको जुम्लुङ्ग रौंले भरिएको चौंरीको पुच्छरतिर खाली ठाउँ थियो । उसले पहिला वसन्त अनि आफ्नो नाम लेख्यो । बाँसबारी भनेर ठेगाना पनि लेख्यो ।

"किन लेखेको नाम ?" वसन्तलाई नोट नचल्ला भन्ने चिन्ता लाग्यो ।

"यो नोट काँकाँ पुग्छ ! देशै घुम्छ । देशभरिका मान्छेले हाम्रो नाम पढ्छन् । यस्ता नाम भका साथी पनि रैछन् भनेर थाहा पाउँछन्, बुझिस् ? अनि मैले सुनेको– नोटमा नाम लेख्यो भने एक दिन नोट नामवालालाई खोज्दैखोज्दै फर्केर आउँछ रे !"

वसन्त खिस्स हाँस्यो ।

पवन टिकट काउन्टरतिर दगुऱ्यो । काउन्टरअगाडिको भीड देखेर अडियो । अलिकति झुकेर कुखुरो झैं मानिसका टाङभित्र पस्यो र भीडमा हरायो । एकैछिनमा भीडले दोब्राउँदै, कुइनाले ठेल्दै उसलाई बाहिर फालिदियो । तर उसको हातमा टिकट थियो ।

ऊ वसन्तको छेउमा आयो । उसका कान त मानिसका कुममा ददारिएर राता भइसकेका रहेछन् । टिकेट देखेर वसन्त एकछिन त खुसी भयो । तर नरमाइलो मान्यो । त्रैलोकले जसरी भए पनि मिथुनको फिल्म हेर्नू भनेको थियो ।

"मिथुनको फिलिम कैले चल्छ अब ?" उसले सोध्यो ।

"खइ, थाहा छैन । यसपछि त अमिता बच्चनको चल्छ ।"

पवनले वसन्तको हात तान्यो र बसिरको झ्यालमा पुऱ्यायो । अनि बोलायो, "दादा, दादा ।"

बसिरले चियायो ।

"दादा, यो मेरो साथी । गाउँबाट आको ।"

वसन्तलाई के गरूँ, के गरूँ भो । उसले नमस्ते गऱ्यो । नमस्ते पाएपछि बसिर हाँस्यो । र दैलो खोलिदियो । भित्र पसेपछि अगाडि ठडिएको भीमकाय मेसिन देखेर वसन्त चकित भयो ।

"हिरोहिरोइन यिनै रिलभित्र हुन्छन्," पवनले रिलका डल्ला देखाउँदै भन्यो ।

वसन्तले अलिकति टाउको झुकाएर, आँखा तीखा पारेर रिलमा हेऱ्यो । ए आमै, हो रैछ । केराउका दाना जत्रा मानिस उभिएका थिए ।

"ऊ त्यो फोकसले ठूलो बनाएर पर्दामा फाल्छ," पवनले प्रोजेक्टरमा जडिएको लौका जस्तो पावरदार लेन्स देखायो । वसन्तले एकछिन लेन्सलाई हेरिरह्यो । र हेऱ्यो, बसिरतिर ।

बसिर रिलका डल्लालाई चर्खा झैं घुमाइरहेको थियो । रिलका बिटमा दायाँ हातको बूढी र चोरऔंलाले छोएको थियो । उसले रिल बिग्रेको थाहा पाएछ । चर्खा रोक्यो । रिलको बिटको एउटा प्वाल चुँडिएको रहेछ । उसले सुसेली हाल्दै रिलको बिटमा टेप टाँस्यो । र चक्कुले सानो प्वाल बनाइदियो । फेरि चर्खा चलायो ।

"दादा, अब मिथुनको फिल्म कैले आउँछ ?" पवनले सोध्यो ।

"आउँछ, अमिता बच्चनको फिलिमपछि ।"

"यो बन्ते त मिथुनको फिलिम हेर्न आको ।"

बसिरले वसन्तलाई हेर्दै भन्यो, "मेरो आसिफले पनि मिथुन मन पराउन्छ ।"

"को आसिफ ?" पवनले बसिरको मुखबाट "आसिफ"को नाम सुनेको थिएन ।

"मेरो भतिज । तिमेरूको उमेरकै छ । रूपेडियामा बस्छ । ऊ पनि आठ किलासमा पढ्छ," बसिरले रिलको डल्लो प्रोजेक्टरको तालुमा राख्दै भन्यो, "मेरो भाइ, लिबर खत्तम भएर मऱ्यो । त्यसकी स्वास्नी पोइल गई । आफिसलाई अहिले म पढाउन्छु । मेरो बेटा जस्तै छ । बेटै हो । उसले मिथुनको जस्तै कपाल पालेको छ । तिमेरूलाई देख्दा उसकै याद आउन्छ ।"

पवनले आसिफको दुवै कान छोप्ने कपालको कल्पना गऱ्यो । हाँस्यो ।

"आसिफले पनि मलाई आफ्नो बापु मान्छ । बापु भन्दै बोलाउन्छ," बसिरले रिलको लहरो दाँतेहरूमा अल्झाउँदै भन्यो, "बापु म तिमी जस्तो

अपरेटर बन्दिनँ, म त फिलिमको हिरो बन्छु भन्छ । एकपल्ट रामलीलामा भरतको रोल पनि गरेको थियो । कहिलेकाहीँ फिल्मी डाइलग पनि मार्छ, मिथुनले जस्तो । भन्छ, बापु तिमी जस्तो मान्छे त यो पूरा कायनातमै छैन । म यता आउनुअघि पनि भनेको थियो, बापु आफ्नो ख्याल गर्नू, तिमी त गौमाता झैं सोझो छौ, दुनियाँ त पूरै कमिना छ । मेरो आसिफ मलाई खुब मान्छ । मलाई उसको खुब याद आउन्छ ।"

बसिरका आँखा त रसाएछन् । उसले आँखा लुकायो ।

पवन र वसन्तले अहिलेसम्म यसरी बूढो मान्छे रोएको देखेकै थिएनन् । मुखामुख गरे । बसिरले प्रोजेक्टरमा छेलिएर आँसु पुछ्यो । त्यही बेला फिलिम हलको मूलढोकामा टाँसिएको ठूलो घण्टी बज्यो । पहिलो घण्टीमा लाइन लाग्ने, दोस्रो घण्टी बज्दासम्म सिटमा बसिसक्ने नियम थियो । तेस्रो घण्टीमा फिल्म चलिहाल्थ्यो ।

"हामी गयौं, दादा । आज त टिकट काटेका छौं," पवनले भन्यो ।

बसिरले रसिला आँखाले उनीहरूलाई हेऱ्यो । हाँसे जस्तो गऱ्यो, "आज तिमेरूलाई देखेर मलाई मेरो आसिफको बहुत याद आयो ।"

पवनले पनि हाँसे जस्तो गऱ्यो ।

"तिम्लाई मिथुन हेर्नुपऱ्यो होइन ?" बसिरले वसन्तलाई आँखा झिम्क्यायो, "आज तिम्रो दादाले तिम्लाई मिथुन देखाउन्छ । जाऊ ।"

वसन्तले कुरा बुझेन, त्यै पनि मुन्टो हल्लायो । र पवनको पछि लाग्यो । दैलोनिर पुगेपछि पवनले सोध्यो, "दादा, यो फिलिमको रिल प्लास्टिक हो कि पोलिस्टर ?"

"पोलिस्टर ।"

पवन हाँस्यो । किनभने आज रिल चुँडिनेवाला थिएन । उसले रिलका बारेमा बसिरबाटै थाहा पाएको थियो । पोलिस्टर रिल हातमा लिएर डोरी झैं झट्कारेर तान्दा पनि चुँडिदैनथे, प्लास्टिक त स्वाट्टै चुँडिन्थे । पोलिस्टर रिल भएको फिल्म एकपल्ट पनि नरोकिई मज्जाले चल्थ्यो । प्लास्टिक रिल बीचबीचमा चुँडिन्थ्यो । रिल गाँस्न कम्तीमा १० मिनेट लाग्थ्यो । दर्शकहरूले खुबै हल्ला गर्थे, त्यही भएर बसिरले अर्कै

फिलिमको गीत देखाउँथ्यो । दर्शकहरू फिरीमा अर्कै फिलिमको गीत हेर्न पाएर मक्ख परिरहेका बेला उसले हतारहतार रिल गाँस्थ्यो ।

हलभित्र पसेपछि वसन्तले देख्यो– चुइङ्गम टालिएका सिटहरू । इनामेलले बाङ्गाटिङ्गा अक्षरमा लेखिएका सिट नम्बर । भित्तामा ठूलो आवाज निकाल्दै घुमिरहेको पङ्खा । मोटा पाखुरा भएको टिकट चेकर जङ्गे । अनुहार अनुहारमा दगुरिहेको टर्चको तीखो प्रकाश । आँखाअगाडि टाँसिएको आकाश जत्रो सेतो पर्दा । उसले महसुस गऱ्यो, पसिनाको अमिलो गन्ध । ट्वाइलेटबाट भित्रैसम्म आइरहेको पिसाबको गन्ध । कताकताबाट बत्तिएर आएको खैनीको गन्ध ।

तेस्रो घण्टी बज्यो । झ्याप्प अँध्यारो भयो । वसन्तले अँध्यारो र शून्यता एकैपल्ट महसुस गऱ्यो । त्यही बेला कसैले कुनामा खैनी प्याट्ट पड्काउँदै भनिहाल्यो, "अवे भ्यान्चोद, फिलिम सुरू कर् ।"

प्रोजेक्टरले क्यार्रक्यार्र गऱ्यो । मोटो प्रकाशपुञ्ज पर्दामा ठोक्कियो ।

अहो, कति ठूला अक्षर आका हुन् ! अहो, कति ठूलो गाडी ? अहो, कति ठूलो जुत्ता ? वसन्त जुठीआमैले सुनाए जस्ता कथाको संसारमा आएको थियो । वसन्त एकटक पर्दामा हेरिरहेको थियो । झ्याप्प आँखा बन्द भो भने सबै हराउँछ कि झैं गरिरहेको थियो । पवनले कुइनाले ठेल्दै "ल हेर गोविन्दाको डानस आयो" भनेपछि ऊ झस्किएको थियो । गोविन्दा "बम्बम, बम्बम, बम्बई" भन्दै डान्स गरिरहेको थियो । कत्ति राम्रो डान्स गरेको ?

"मलाई पनि आउँछ यस्तो ब्रेक डान्स," पवनले खुसुक्क भन्यो ।

"साँच्चि ?"

गीत सकियो र भावुक दृश्य आयो । लौ, कुनाबाट "सुँक्क" गरेको आवाज आयो । वसन्तले ढोकातिर हेऱ्यो । जङ्गे आँसु पुछिरहेको थियो । लौ, त्यत्रो बूढो मान्छे पनि रोएको ? वसन्त खित्त हाँस्यो ।

त्यही बेला रिल चुँडियो । पर्दा हिउँ परे झैं सेतो भयो ।

"रिल नकाट, मादरचोध !" कोही करायो ।

होहल्ला भयो । सिठी बज्यो । जङ्गेले हल्ला नगर्ने चेतावनी दिँदै टर्चको प्रकाश चारैतिर घुमायो । त्यही मौकामा कसैले खैनी मल्दै हत्केला

प्याट्ट पारेछ, नमीठो खार वसन्तको नाकमा पस्यो । उसले हाच्छ्युँ गऱ्यो ।

फेरि पर्दामा रङ्गीन प्रकाशपुञ्ज ठोक्कियो ।

"ए आमै, मिथुन !" पवन करायो, "लौ हेर, मिथुनको गीत आयो ।"

पर्दामा मिथुन नाच्न थालेपछि ताली बज्यो । वसन्तले पहिलोचोटि मिथुनलाई देख्यो । ठ्याक्कै त्रैलोकले वर्णन गरे जस्तो थियो । अग्लोअग्लो, लामो कपाल पालेको । ऊ खिस्स हाँस्यो । उसको रहर पूरा भएको थियो ।

"पोलिस्टर रिल त नचुँडिनुपर्ने !" पवन भने गम्भीर भयो, "किन चुँडिएछ ?"

फिल्म हेरेर निस्किँदा वसन्त असिनपसिन भएको थियो । उसको ज्यानबाट पसिनाको अमिलो गन्ध आएको थियो । तर बाख्राको पाठो झैं चञ्चल भएको थियो । उसले बोकोले झैं ढाड झट्कारेर पसिनाका छिटा फाल्यो । पवनतिर हेर्दै मुसुक्क हाँस्यो, "आइज, ठन्डा बरफ खान जाम् ।"

पवन साइकलतिर दगुऱ्यो ।

चिसो ठन्डा बरफ चुसिसक्दा जिब्रो बाक्लो भइसकेको थियो । वसन्तले जिब्रोको टुप्पो एकछिन बाहिर निकाल्यो । अनि भन्यो, "बजार घुमम् ।"

पवन त उसका सबै रहर पूरा गर्न बसेको थियो । वसन्तलाई क्यारियरमा राखेर उसले साइकिल अम्बरपुरका गल्लीहरूमा दगुरायो । वसन्तले दूरबिन भिरेको थियो । ऊ बेलाबेला त्यसैबाट बजार हेर्थ्यो । दुइटा कुकुर साइकलको पछि लागे । बजारमा भीडभाड थियो । टेपरिकर्डरमा अनेक गीत घन्किरहेका थिए । बसपार्क पुग्ने बेला पवनले साइकल रोक्यो । भन्यो, "आज तँलाई म एक चीज देखाउँछु ।"

छेउमा दुईतले पक्की घर थियो, जहाँ पहिलोपल्ट टेलिफोन आएको थियो । फोन नम्बर लेखेको पर्चा हातमा समाएर मानिसहरू लाइन लागेका थिए । एक जना अधबैंसे मानिस कानमा घिरौंला जस्तो रातो चीज टाँसेर जोडजोडले कराइरहेका थिए, अलिकति अगाडि झुकेर ।

"एक दिन ह्याँबाट म फुपूलाई फोन गर्छु," पवनले भन्यो, "ऐले त पैसा छैन ।"

"कति रूप्याँ लाग्छ ?" वसन्तले चञ्चल हुँदै सोध्यो ।

"एक मिनेटको बाह्र रूप्याँ लाग्छ ।"

"म दिन्छु । जाम्, फोन गरम्," वसन्तले ३० रूपियाँ गोजीभित्रै अँठ्यायो ।

उसले पुलुक्क वसन्ततिर हेर्दै भन्यो, "ऐले त फुपूको नम्बर छैन । बाले नीलो डायरीमा टिपेर राख्नुभा छ । सुटुक्क टिपेर ल्याउँछु अनि फोन गर्छु ।"

"फोन गरेर के भन्छस् नि फुपूलाई ?"

"म... म फुपूलाई धेरै पढेर एमए पास गर्छु भन्छु ।"

एमए पास ? वसन्त एकछिन छक्क पऱ्यो । अनि फेरि फोनलाई रमाइलो मान्दै हेरिरह्यो ।

त्यही बेला पसलमा एउटी १४ वर्ष जतिकी केटी आई ।

"त्यो केटीलाई हेर् त," पवनले कान राता पार्दै भन्यो ।

वसन्तले दूरबिनबाटै हेऱ्यो, केटीको कपाल लामो थियो । सेतो रङ्को बुट्टेदार फ्रक लाएकी थिई । हाँस्दा दायाँ गालामा खोपिल्टा पर्थ्यो । आँखा ठूला थिए । आँखालाई गाजलको गाढा डिकोले घेरेको थियो । कस्ती राम्री !

केटीले उनीहरूतिर के हेरेकी थिई, पवनले आत्तिँदै भन्यो, "धेरै नहेर्, आइज जाम् ।"

वसन्तले अचम्म मान्यो । पवनले अनुहार रातो किन बनाएको होला ?

पवनले साइकल हुत्याउँदै परै पुऱ्यायो । असिनपसिन भइसकेको थियो । उसले बजारबाट बाहिर निस्केर साइकल अग्लो सालको रूखको छायामा रोक्यो । साइकल रूखमा अडेस लगायो । पाखुराले आँखीभौंमा लतपतिएको पसिना पुछ्यो । बोल्न खोज्यो । तर सुक्खा घाँटी र जिब्रोबाट आवाजै निस्केन ।

के हो ? पवन त मसानले समाए जस्तो पो गरिरहेछ । उसले टुक्रुक्क बसेर पिठ्युँ रूखमा अड्यायो ।

"किन आत्तेको यसरी ?" वसन्त छक्कै परिरहेको थियो ।

"तँलाई एउटा कुरा भन्नु छ । कसैलाई नभनेस् है !"

"के कुरा ?"

"कसैलाई भन्दिनँ भनेर कसम खा ।"

"विद्यानाश, कसैलाई भन्दिनँ," वसन्तले रूद्रघण्टी समायो ।

पवनले एकपल्ट आँखा चारैतिर घुमायो । वसन्तको गर्धनबाट दूरबिन झिकेर आफ्ना आँखामा टाँस्यो । टाढाटाढासम्म मानिसको गन्ध थिएन । अलि पर दुइटा बाख्रा चरिरहेका थिए । हुर्हुर गर्दै बतास दगुरिरहेको थियो ।

उसले कनेर भन्यो, "मेरो लभ पऱ्या छ ।"

"लभ ?" वसन्त झन्डै फुटबल झैं उफ्रेको ! "कोसित ?"

"अघि देखा थें नि ! त्योसित," उसले काँपेको आवाजमा भन्यो, "बुझिस् ? म त्यैसित ब्या गर्छु ।"

नाम

रकी दादा २५ वर्षको थियो ।

गालाभरि डन्डीफोरका दाग । चुच्चो नाक । पछाडिको गर्धन छोप्ने कपाल घोडाको जस्तो । प्रायः जिन्स पाइन्ट, टिसर्ट र पिठ्युँमा सिंहको टाउकोको स्टिकर टाँसेको जिन्सकै ज्याकेट लगाउँथ्यो । अनेक सायरी लेखिएका कागजका टुक्राले भरिएको मोटो पर्स राख्ने भएकाले होला, दायाँतिरको नितम्ब अलिकति उक्सिएको देखिन्थ्यो । फलामको खप्पर जडेको बेल्ट देखाउन टिसर्टको अघिल्लो भाग सारीको मुजा झैं भित्र कोचेको हुन्थ्यो । गर्मी होस् या जाडो, लेदरको हाफ पन्जा लगाउँथ्यो ।

नौ कक्षामा गणितमा फेल भएपछि उसले जङ्गलमा ढुकेर हरिशरण सरको एउटा दाँत झारिदिएको थियो । सरले चौकीमा उजुरी हाल्छन् कि भनेर नेपालगन्जतिर महिना दिन बेपत्ता भएको पनि थियो । तर सर अम्बरपुरमा डेरा लिएर एक्लै बस्थे । त्यसैले रकी दादाका विरूद्ध चुइँक्क बोलेनन् । बरू गणितमा पास गराइदिए । तर ऊ स्कुल गएन । भन्थ्यो, "किताबले क्यै सिकाउन्न । जिन्दगीले सिकाउँछ । म पढाइमा फेल हुँला । तर जिन्दगीको परीक्षामा सधैं पास हुन्छु ।"

अम्बरपुरका रेसम, डोके, नसे, भन्दे, पङ्खे र शिवे उसको ज्ञान देखेर कायल हुन्थे । ऊ उनीहरूले कहिल्यै नसुनेका, नबोलेका र कल्पना नगरेका कुरा सुनाइरहन्थ्यो । रकी दादाको एउटा रमाइलो बानी पनि थियो । ऊ कतै पढेका र कतै सुनेका रमाइला कुरा कागजमा टिपेर पट्याउँदै पर्समा हालिहाल्थ्यो । चाहिएका बेला पर्स खोतल्दै कागजको टुक्रा खोजिहाल्थ्यो ।

"केटा हो, यो ठाउँ रकी दादालाई सुहाउँदैन," कहिलेकाहीँ ऊ गफ दिन्थ्यो, "नेपालगन्ज ठीक छ रकी दादालाई ।"

केटाहरू पनि "होमा हो" मिलाउँथे । तर रकी दादाले अम्बरपुर छाडेर गइहाल्छ कि भनेर डराउँथे ।

ऊ नभए पुलिससित निहुँ कसले खोज्ने ? ऊ नभए बसका ड्राइभरलाई कसले पिट्ने ? ऊ नभए एकअर्काको कपाल लुछ्दै लडिरहेका होटलवालीलाई छुटाउन को जाने ? ऊ नभए ठुल्ठूला साउन्ड बक्समा गीत घन्काउँदै कसले ब्रेक डान्स गर्ने ? ऊ नभए केटाहरूलाई बिहान-दिउँसोको नास्ता कसले गराउने ? ऊ नभए फुटबल म्याच हार्दा विरोधी टिमलाई कसले मुक्का हान्ने ?

उनीहरूलाई लाग्थ्यो, रकी दादा नभए त अम्बरपुर विधवा जस्तो गहनाविहीन भइजान्छ । फिक्का भइजान्छ, रङ्गहीन ।

तर रकी दादा अम्बरपुर छाडेर गएन । ऊ झन् अम्बरपुरमा गढेर बस्यो । ऊ दिनभरि बाको कपडा पसलमा बस्थ्यो । साँझपख दुईचार मिटर कपडाको हिसाब गोलमाल पारेर घुम्न निस्किन्थ्यो । ऊ पसलमा बस्न थालेपछि उसका बा तेजप्रकाश खुसी थिए । जेहोस् छोरो अलिकति लाइनमा आयो भन्ने ठान्थे । तेजप्रकाशले उसको नाम गजेन्द्र राखिदिएका थिए । तर छोरो "गजेन्द्रे" रकी दादा भएको कुरा भने चौकीबाट थाहा पाए ।

बजारमा एक्कासि रकी दादाको उदय भएको थियो । बजारका रित्ता भित्ताहरू एकाएक रातभरिमा राता अक्षरले भरिएका थिए । त्यस्तो त चुनावताका मात्र हुन्थ्यो । तर चुनावको समय थिएन । भित्ताहरूमा ठुल्ठूला अक्षरमा लेखिएको थियो– रकी दादा जिन्दावाद ! रकी दादा अमर रहून् !

अम्बरपुरभरि आतङ्क फैलिएको थियो । कसले लेख्यो ? को हो रकी दादा ?

असई चिन्तामणिको चिन्ता थपिएको थियो । उनले पुलिस खटाए । दिउँसो सवा एक बजे साइकल चढेर आएका पुलिसले तेजप्रकाशलाई चौकीमा बोलाए । चौकीमा रेशम, डोके, नसे, भन्दे र पङ्खेको बीचमा

रकी दादा टुक्रुक्क बसेको थियो । तेजप्रकाश उनीहरूले फेरि कसैलाई हातपात गरे कि भनेर तर्सिए । तर असईले घाँटीको सुनको सिक्री हल्लाउँदै सुनाए– बजारमा रातो इनामेलले ठुल्ठूला अक्षरमा लेखिएको रकी दादा त उनकै गजेन्द्र पो रहेछन् । केटाहरूले रकी दादाको नारा लेख्न पाँच सय रूपियाँको ठेक्का पाएका रहेछन् ।

आखिर गजेन्द्रले रकी दादा नाम कहाँबाट पायो ?

रकी दादाले टुक्रुक्क बसेर, निहुरमुन्टी लाएर काँपेको स्वरमा बक्यो । खासमा उसले अघिल्लो हप्ता नेपालगन्जमा फिल्म हेरेको रहेछ । फिलिममा गुन्डाको नाम "रकी" रहेछ । उसलाई हिरोभन्दा गुन्डा नै मन परेछ । फिल्म हलबाट बाहिर निस्कँदा ऊ "रकी" भइसकेको रहेछ । फिल्म हलको छेउमा उभिएका दादा केटाहरू देखेर आफ्नो नामको पछाडि "दादा" थप्ने निर्णय गरेछ ।

आफ्नो नाम रकी दादा सोच्नेबित्तिकै उसलाई भित्रैदेखि अनौठो शक्ति आएको रहेछ । उसले घरको भित्तामा तुर्क्याइरहेको लुते कुकुरलाई एक लात्ती पनि हिर्काएछ ।

उसले ठन्डा बरफ खाँदै सोचेछ– अब अम्बरपुर पुगेपछि म रकी दादा भएँ भनेर ककसलाई भन्दै हिँड्नु ? कहिलेसम्म भन्नु ? ठन्डा बरफ चुसेर बाँकी रहेको बाँसको छेस्कोलाई चिसोले बाक्लो भएको जिब्रोमा प्याटप्याट हान्दै गर्दा उसको दिमागमा झिल्का उठेछ । उसले एकलैनीबाट पाँच लिटर रातो इनामेल किनेछ । साइकलको डन्डीमा झुन्ड्याएछ र अम्बरपुरतिर बत्तिएछ । राति सवा नौ बजे नै केटाहरू जम्मा पारेछ । र आफू रकी दादा भएको घोषणा गरेछ ।

केटाहरू खिस्स हाँसेछन् ।

"एकपल्ट रकी दादा जिन्दावाद भन केटा हो !"

केटाहरूले अलिअलि लजाउँदै, अलिअलि धकाउँदै जोडले भनेछन्, "रकी दादा, जिन्दावाद !"

त्यसपछि उसले केटाहरूलाई भित्ताभरि नाम लेख्ने ठेक्का दिएछ ।

उसको बयान सुनेर तेजप्रकाश खिस्स हाँसे । उनले सबैका हाततिर हेरे– उनीहरूका हात भर्खरै होरी खेले झैं राता थिए ।

असई चिन्तामणिले तेजप्रकाशसितको सल्लाहमा सबैलाई सयपल्ट उठबस गर्न लगाए । आइन्दा यसरी नलेख्ने कसम खान लगाए ।

"लेख्दा के हुन्छ ?" रकी दादाले आँटै गरेर सोध्यो ।

"बेवकुफ !" चिन्तामणि कुर्लिए, "लेख्नै मन लाग्यो भने श्री ५ महाराजाधिराज वीरेन्द्र वीरविक्रम शाहदेव जिन्दावाद लेख् । तँ राजा होस् ? तँ जिन्दावाद होस्, मुजी ?"

तेजप्रकाशको अनुहार कक्रक्क सुकेको कागतीको दाना जस्तो भो । रकी दादाले शिर निहुरायो । चिन्तामणिले भित्ताहरूबाट सप्पै अक्षर मेट्ने आदेश दिए । र मायाको चिनोस्वरूप हवल्दार चन्दननाथलाई उल्टो हातमा दुईदुई लट्ठी हिर्काउन लगाए ।

अनि पो रकी दादा पुलिसको कट्टर दुस्मन भएको थियो । उसले त्यही वर्षको होरीमा हवल्दार चन्दननाथको आँखामा भिक्स मोलेको रङ लगाएको थियो, पछाडिबाट बिरालोको चालमा आएर । चन्दननाथ केही समयलाई अन्धो भयो । केटाहरूले पिठ्युँ, च्यापु, तिघ्रा र कन्चटमा मुक्का र फ्लाइङ किक हिर्काएका थिए ।

भित्ताबाट नाम मेटे पनि ऊ अम्बरपुरभरि "रकी दादा" नामले प्रख्यात भइसकेको थियो । कसैले जिस्क्याउँदै त कसैले डराउँदै उसलाई "रकी दादा" भन्न थालिसकेका थिए ।

पवनलाई उसको कथा जावेदले सुनाएको थियो ।

जावेद पवनको दूरबिन देखेर नजिक भएको थियो । पवन पनि बेलाबेला उसलाई दूरबिन हेर्न दिन्थ्यो । जावेदका बा बजारका एक मात्र सुनार थिए । र ऊ एक मात्र छोरो । ऊ होचो कदको थियो । नीलो जाँघे र बैजनी रङको सर्ट लगाउँथ्यो । सर्टमा एउटै पनि बटन थिएनन् । त्यसैले सर्टका मुन्तिरका दुईफेर नाइटोनिर गाँठो पारेर बाँध्थ्यो । उसको छाती सधैं खुला हुन्थ्यो । अलिकति अगाडि उक्सेको छातीका सबै करङ गन्न मिल्थे । त्यस्तो छातीलाई ढुकुरे छाती भन्थे । त्यसैले होला, रकी दादा उसलाई "ढुकुरे" भन्दै बोलाउँथ्यो ।

"एई ढुकुरे, यो को हो ?" पवन बजारमा आएको दोस्रो हप्ता रकी दादाले देखिहाल्यो । ऊ वरिपरि केटाहरू राखेर कुनै फिल्मको कथा सुनाइरहेको थियो ।

पवनले भन्यो, "म पवन हुम् ।"

"घर कहाँ हो ?" उसले सोध्यो ।

"बाँसबारी ।"

"ए, गाउँले होस् ? अनि बजारमा के गर्छस् ?" रकी दादा ओठको दाहिने कुना हाँस्यो, "तीनचार दिनदेखि यतै देख्छु ।"

"ट्यु...," पवन आँटिलो भयो, "ट्युसन पढ्न आको ।"

"ल भन्, नेपालको महाकवि को हो ?"

"ल... लक्ष्मीप्रसाद देवकोटा ।"

"ल, नेपालका चार सहिदको नाम भन् ।"

"धर्मभक्त, शुक्रराज, गङ्गालाल अनि दशरथ चन्द ।"

"गुड, ल भएभरका सप्पै रङ मिसायो भने कस्तो रङ बन्छ ?"

"क... कालो । होइन होइन, सेतो ।"

रकी दादा उठ्यो । साइकलमा अडेस लागेको उसको पिठ्युँमा धाप दियो । साइकिलको घण्टी टिङटिङ बजायो । र भन्यो, "हाम्रो ग्याङमा आउँछस् ?"

पवनले ग्याङ भनेको बुझेन । तैपनि मुन्टो हल्लायो ।

"लौ त गाउँले, आजदेखि तँ हाम्रो ग्याङको सदस्य भइस् ?" रकी दादाले हात मिलायो, "यो बजारमा अब कसैदेखि नडराउनू । केही पऱ्यो भने मलाई आएर भन्नू, बुझिस् ?"

पवनले मुन्टो हल्लायो ।

"अनि यो दूरबिनले के हेर्छस् ?" रकी दादा हाँस्यो, "सधैं घाँटीमा झुन्ड्याएर हिँड्छस् ।"

"तारा हेर्छु ।"

"हो, आकाशका तारा मात्रै हेर्नू," रकी दादाले धाप दिँदै भन्यो, "खोलामा न्वाइरहेकी ताराकुमारीलाई नहेर्नू । बुझिस् ?"

पवन लजायो ।

"देख्यौ केटा हो ? अब हाम्रो ग्याङमा पढेलेखेको केटो पनि आयो," हाँस्दै रकी दादा केटाहरूतिर बढ्यो, "एई शिवे भन् त, सगरमाथाको उचाइ कति छ ?"

"खोइ, म गाको छैन," शिवेले कन्चट कन्यायो ।

"कसैले टुप्पामा गाग्रो राखेको भए त चोर्न पुगिहाल्थिस् नि !" रकी दादा हाँस्यो । शिवेले अमिलो मुख लगायो । पवनको भतभती बलिरहेको मनमा कसैले ठन्डा बरफ राखिदिए झैं भयो । अरू जे भने पनि रकी दादा "इन्साफको देवता" नै रहेछ ।

रकी दादाका रमाइला कुरा र आँटिलो स्वभावले पवन तानिँदै गयो । ट्युसन पढेर फुर्सद भएपछि दिनमा एकपल्ट भए पनि ऊ रकी दादाको ग्याङमा हाजिर हुन पुगिहाल्थ्यो ।

एक दिन केटाहरूले बीस रूपियाँको नोटमा रकी दादा र उसकी प्रेमिकाको नाम लेखिदिए । र टुहुरे खोलाको किनारमा रकी दादालाई देखाउँदै भने, "अब यो नोट बजारमा पठाइन्छ ।"

त्यस बेला नोटमा आफ्नो नाम र ठेगाना लेख्ने चलन थियो । पवनले पनि कैयौंपल्ट नोटमा लेखिएका नाम पढेको थियो । ती नेपालको कुनाकाप्चाबाट आएका हुन्थे । उसलाई यस्ता नाम र ठेगाना पढ्न रमाइलो लाग्थ्यो । बजारमा नोटमा लेखिएका नाम नपढ्नेहरू कमै थिए । किनभने बल्लबल्ल हातमा आएको नोटलाई उनीहरू निहारिरहन्थे ।

रकी दादा पहिलोपल्ट डरायो । नोट बजारमा गयो भने त सारा बजारले थाहा पाउँछ । केटीका बाले पनि थाहा पाउलान् । उसले नोट फिर्ता दिन धम्क्यायो । केटाहरू डराएनन् ।

"त्यसो भए के गरूँ त ?" उसले दाह्रा किट्यो ।

नसेले भन्यो, "सय रूपियाँ दिनुस्, रकी दादा ।"

"बीस रूप्याँको नोटलाई पनि कसैले सय तिर्छ ?" रकी दादा करायो ।

"यो बीसको नोट मात्रै हैन," भन्देले भन्यो ।

"पचासमा दे न त !"

"सयबाट उनान्सय पनि हुन्न," रेशमले अडान लियो ।

रकी दादाले जिन्सको सानो गोजीमा औंला छिरायो र चारपल्ट दोबारेर राखेको सयको नोट बाहिर तान्यो ।

उसले सयको नोट दियो र २० को नोट लियो । मुसुमुसु हाँस्दै नोटमा लेखिएका नाम पढ्यो । अनि नोट ध्यार्रध्यार्र च्यात्यो र खोलामा हुऱ्याइदियो ।

नोटसँगै च्यातिएका नाम खोलामा बग्दैबग्दै गए ।

पवन त छक्कै पऱ्यो । वाह, २० को नोट च्यात्यो यार रकी दादाले ! रकी दादालाई २० को नोट केही रहेनछ । उसले रकी दादालाई सम्मानले हेऱ्यो ।

"जेहोस्, भाउजूको बिहे त रकी दादासितै हुन्छ," पङ्खेले भन्यो ।

"कस्की भाउजू ? कस्की भाउजू हेऱ्या छस्, भन्," रकी दादाले आँखा तऱ्यो ।

"हत्तेरी !" पङ्खे लजायो, "मैले त हजुर्की भाउजूको कुरा गरेको !"

"मेरी भाउजू नै छैनन्, हेहे ।"

"ह्या रकी दादा, कुरो नघुमाउनुस् न !" पङ्खे हाँस्यो, "मैले त हजुर्की प्रेमिका पो भनेको !"

"यसरी भन् न गधा !" रकी दादाले उसलाई धाप दियो, "जेहोस्, ठीक भनिस् । त्यो तिमेर्की भाउजू हो । आँखा लाउने होइन । नत्र आँखा निकालेर खोपी खेल्छु ।"

"गुच्चा पो खेल्ने हो !" डोके जाग्यो ।

"हुस्सु हो, अरूले पो आँखा निकालेर गुच्चा खेल्छ !" रकी दादाले पाखुरा तन्कायो, "रकी दादाले त आँखा झिकेको खोपिल्टोमा खोपी खेल्छ । बुझेको हो ?"

पवन हाँस्यो ।

"जेहोस्," भन्देले थप्यो, "रकी दादा हजुरहरूको जोडी त भगवान्ले नै बनाको ।"

"बूढोले सपनामा आएर भन्यो तँलाई ?"

"यसो बुद्धि लाको नि !" भन्देले दाँत देखायो, "नत्र, ज्वाइँ र ससुराको नाम किन उस्तै हुन्छ त ? ज्वाइँ गजेन्द्र, ससुरा गेहेन्द्र । हिँहिँ ।"

"झ्याक्नी ! पुरानो नाम भन्छस् ?" रकी दादाले उसको चाकमा भ्वाक्क लात्ती हान्यो, "अनि तेरो नाम "भन्दे" किन भाको रे ?"

भन्देले अनुहार रातो बनायो ।

एक दिन ऊ सालको पोथ्रामा लुकेर हस्तमैथुन गरिरहेको रहेछ । नसेले देखिहालेछ । उसले जिस्क्याउँदै भनेछ, "पख्, म सबैलाई भन्दिन्छु ।"

ऊ अन्तिम क्षणमा पुगिसकेको रहेछ । रिदम मिलाउँदै कराएछ– भन्दे, भन्दे, भन्दे, भन्दे, भन्दे, भन्ऽऽऽ देऽऽऽ ऽऽऽ । त्यसपछि पो उसको नाम "भन्दे" न्वारान भएको रहेछ ।

पवनले त्यस दिन सबै केटाहरूको नामको अर्थ थाहा पाएको थियो । पङ्खे, सानोमा गर्मीले अतालिएर "पङ्खा पङ्खा" भन्दै रोएको रहेछ भने डोके, सधैं आपत् पर्दा डोकोमा लुक्दो रहेछ । नसे त नसा जस्तै मसिनो थियो ।

"जेहोस् ज्वाइँ र ससुराको नाम चैं मिल्ने हो के !" भन्देले पर उभिएर भन्यो ।

केटाहरू हाँस्न थाले । चर्कोचर्को स्वरमा कराउन थाले– ज्वाइँ गजेन्द्र, ससुरा गेहेन्द्र । रिसाए जस्तो गरिरहेको रकी दादा पनि हाँस्न थाल्यो । तर पवन गम्भीर भयो । उसको मनमा चिसो स्याँठ चलिरहेको थियो ।

मनमा स्याँठ चलेको हप्ता दिनपछि ऊ साइकल दगुराइरहेको थियो । उसको पेट कटक्क दुखिरहेको थियो । उसले एउटा झाङ देख्यो र साइकल रोक्यो । जब ऊ टुक्रुक्क बस्न खोजेको थियो, देख्यो– एउटा अग्लो सालको रूखपछाडि एक जोडी । उसले दूरबिन लाइहाल्यो– लौ रकी दादा नै रहेछ एउटा । अर्की रहिछ, सन्ध्या ।

दुवै रूखको फेदमा हात समाएर उभिएका थिए । रकी दादा बेलाबेला सन्ध्याको अनुहारतिर खसेको कपाल पन्छाइरहेको थियो ।

पवनको दिसा पच्यो । अम्बरपुरमा कहिलेकाहीँ मात्र यस्तो कुरा देख्न पाइन्थ्यो । उसलाई रकी दादा अझै आदरणीय लाग्यो र अलिअलि ईर्ष्या पनि । क्या स्वाद पाएको होला, उसले हात समात्दा !

पवनको मनको उराठ मरूभूमिमा अचानक फूलहरू फुले । चराहरू चिरबिराए । झरना बग्यो । उसले साइकल जोडले कुदायो र आफैं लजाउँदै जङ्गलै जङ्गल कुदिरह्यो ।

रकी दादाकी प्रेमिका को हो भनेर उसले आफ्नै आँखाले देखेको थियो । त्यसैले उसलाई डरडर पनि लाग्न थालेको थियो ।

रकी दादा र ऊ एउटै मालामा गाँसिन आइपुगेका थिए । किनभने पवन मनमनै जसलाई मन पराउँथ्यो, ऊ सन्ध्याकै बहिनी थिई ।

***

सन्ध्याकी बहिनी १४ वर्ष जतिकी थिई । जुठीआमैले वर्णन गर्ने लोककथाकी सुनकेस्रा रानी र उसको कपाल उस्तै थियो, लामो र घाममा नम्बरी सुन झैं टल्किने । ऊ कपाललाई बाँधेर राख्दिनथी । कपालका लहरा कान र आधा गाला छोप्दै छातीतिर खसिरहन्थे । उसको छाला र गहुँको गेडाका रङ उस्तै लाग्थ्यो । आँखाको सेतो सतहमा कुनै दाग थिएन । आँखा सधैं प्रफुल्ल र ताजापनले भरिएका लाग्थे । आँखीभौं काला र धारिला थिए । नाक लाम्चो थियो र अलिकति बढी नै चुच्चिए जस्तो लाग्थ्यो । ओठ लाम्चा थिए, बदामी रङ्का । बेलाबेला जिब्रोलाई ओठमा लडिबुडी गराइरहन्थी । जिब्रो अगाडितिर चुच्चिएको थियो । सायद जिब्रोको टुप्पोले सजिलै नाकको टुप्पो छुन सक्थी । चिउँडो सुलुत्त परेको थियो । जब हाँस्थी, दाहिने गालाको बीचमा भुमरी परे जस्तो हुन्थ्यो ।

पाखुरा मसिना थिए भने तिघ्रा भरिला । ऊ प्रायः फिक्का नीलो जिन्स पाइन्ट र सेतो टिसर्ट लगाउँथी । कहिलेकाहीँ घुँडासम्मको बुट्टेदार फ्रक लगाउँथी, मान्छेहरू फर्कीफर्की हेर्थे ।

पवन त झन् हेरेको हेर्‍यै हुन्थ्यो । तैपनि पवनले उसलाई त्यति देख्न पाउँदैनथ्यो । बजारको बीचमा थियो, केटीको घर । घरमा ठूलो दोकान । र दोकानमा अम्बरपुरभरिको एउटै टेलिफोन । त्यसैले पवन उसलाई देख्न पाइन्छ कि भनेर उसको घर छेउछावै घुमिरहन्थ्यो ।

ऊ नेपालगन्जमा पढ्थी, बोर्डिङ । उसका बाले त्यतै बोडर्स गरिदिएका थिए । झरी बिदामा अम्बरपुर आएकी थिई ।

पवनले उसलाई पहिलोपल्ट कार्की भाँडा पसलको बार्दलीमा देखेको थियो । कार्की साहुजीले लगातार तीन छोरीपछि छोरो पाएका थिए । रमाइलो गर्न रकी दादालाई पुकारे । रकी दादाले ठुल्ठूला साउन्ड

बक्सको इन्तजाम गरेर ब्रेकडान्स पार्टी आयोजना गरेको थियो । मान्छेको भीड थियो । साउन्ड बक्समा जोडजोडले हिन्दी गीत बजिरहेको थियो । बजारका केटाहरू नाच्नमा प्रतिस्पर्धा गरिरहेका थिए । पालैपालो नाच्दै प्रतिभा देखाइरहेका थिए । केटीहरू भने बार्दलीमा बसेर रमाइलो हेरिरहेका थिए । ऊ दिदीहरूसित बार्दलीमै थिई ।

ऊ डान्स हेर्दै हाँसिरहेकी थिई । बार्दली समाएका उसका हात र काँध पनि गीतको लयमा तलमाथि भइरहेका थिए । पवनले बाँसबारीमा यस्ती केटी देखेको थिएन । लोककथाकी राजकुमारी जस्ती ! ऊ त केको राजकुमार हुनु ! ऊ आफूलाई लोकथाको दाउरे जस्तै ठान्थ्यो । तैपनि लोककथामा दाउरेले राजकुमारीलाई मन पराउनुहुँदैन भनेर कहाँ लेखेको छ र !

पवनले अहिलेसम्म ब्रेकडान्स गरेको थिएन । तैपनि त्यस दिन उसलाई नाच्न मन लाग्यो । तर ठूला केटाहरू नाचिरहेकाले पालो पाउन सकिरहेको थिएन । अम्बरपुरमा नियम थियो, एउटा नाचिरहेको छ भने त्यसलाई पूर्ण रूपमा प्रतिभा देखाउन दिने । जब ऊ थाकेर बस्छ, अर्को नाच्ने ।

पवनलाई लागिरहेको थियो, कसो न कसो पालो नआउला र ! रातभरि त को नै नाच्ला र ! अँध्यारो भइसकेको थियो, त्यसैले चारै दिशामा ठुल्ठूला मइन्टोल बालिएका थिए । ऊ पालो कुर्दै माथितिर हेर्थ्यो, ऊ रमाई नै रहेकी थिई । उसलाई एउटै डर थियो, उसको पालो आउँदासम्म ऊ गइहाल्छे कि !

उसले टुक्रुक्क बसेर आफ्नो पालो कुरिरह्यो । केटाहरू थाक्दै गए ।

बिस्तारै मैदान रित्तो भयो । रकी दादाले नाच्ने मान्छे खोज्यो, कोही भेटिएन । पवनका कान ठाडा भए, पालो आए जस्तो ।

"अब को नाच्ने ?" रकी दादाले सोध्यो ।

पवन जुरूक्क उठ्यो ।

"ओई गाउँले, तँ नाच्ने ?" ऊ हाँस्यो, "ल नाच् ।"

अब के चाहियो ! पवनको रगत तात्यो । जिम्न्यास्टिक गरे झैं ऊ दुवै हात टेकेर फनक्क घुम्यो । खासमा ऊ मुढो झैं डल्लिएको थियो । उसको

घुच्चुकमा झट्का पऱ्यो । केटाहरू हाँसे, जोकर देखे झैं । उसलाई के मतलब ! ऊ दुवै आँखा चिम्म गरेर उफ्रिन थाल्यो । उफ्रिरह्यो । उसलाई जब लाग्थ्यो, उसले हेरिरहेकी होली, ऊ झन् जोडले उफ्रिन्थ्यो । उसका कोखा चस्किन थालिसकेका थिए । छाती बेस्मारी फुलिरहेको थियो । ज्यानका कापकापबाट खलखली पसिना निस्किरहेको थियो ।

जब गीत सकियो । ऊ थाकेर थ्याच्च भुइँमा बस्यो । पसिना भरिएर उसका आँखा चहराइरहेका थिए । उसले मुसुक्क हाँस्दै बार्दलीतिर हेऱ्यो, ऊ थिइन ।

उसको मुटु चिसो भयो । कति बेला गइछ, पत्तै पो पाएनछ । यत्रो डान्स खेरै गयो । तैपनि उसलाई लागिरह्यो, पक्कै पनि उसले मेरो डान्स हेरेकै हुनुपर्छ ।

त्यसको भोलिपल्ट पवनले उसलाई गेहेन्द्र इम्पोरियममा देख्यो । टेलिफोनमा कुरा गरिरहेको । अलिकति हाँस्दै, अलिकति कपाल हल्लाउँदै, अलिकति चिच्याउँदै ऊ फोनमा बोलिरहेकी थिई । त्यसै बेला गेहेन्द्र साहुजीले अलि चर्को स्वरमा भने, "मुनमुन बेटा, भो फोन राख । पछि कुरा गर्नू ।"

ए, नाम त मुनमुन पो रैछ ।

नाम होलीको रङ झैं हुर्रिंदै आयो र छ्याप्प पवनको हृदयमा बस्यो ।

"अनि त्यसपछि के भो ?" वसन्तले अम्बरपुरको किनारमा पुगेको घाम हेर्दै सोध्यो, "रकी दादा त खत्रा रैछ है !"

"अँ, खत्रा नै छ । तर अचेल मसित रिसा छ," पवनले मलिन अनुहार लायो ।

"किन नि ?"

"पछि भनम्ला," पवनले उठ्दै भन्यो, "जाम्, भूल काकाले खोजिरहेका होलान् ।"

उसले पुट्ठाको धूलो झाऱ्यो । साइकलको डन्डी समायो । आकाशमा काला बादल मडारिइसकेका थिए । बतास पनि अलि बेस्मारी चलिरहेको थियो । उसले आकाशतिर हेर्दै सोच्यो– आज राति पनि पानी पर्ने भयो । मज्जाको निद्रा लाग्ने भयो ।

वसन्त भने उसलाई हेर्दै हाँसी नै रहेको थियो । कस्तो थियो पवने कस्तो भइसकेछ, उसले सोच्यो । जेहोस्, पवनले राम्री केटी छानेछ । लभ गरेछ । आफूले पो कोसित लभ गर्ने होला ? वसन्तले बसिरले फिल्मका रिल घुमाए झैं आफ्नो दिमागको रिल घुमायो । बाँसबारी, सौतनपुर र मैनापुरभरि लभ गर्न लायक केटी भेटिएनन् । ङिच्च हाँस्यो ।

"किन हाँसिस् ?" पवनले सोध्यो ।

"त्यसै ।"

वसन्तले पिठ्युँमा बोकेको झोला भुइँमा राख्यो र खोतलखातल पाऱ्यो । गणितको किताबबीचबाट कागजको टुक्रा झिक्यो ।

बिहान रमा उसको घरमा आएकी थिई । पवन अम्बरपुर गएपछि उसलाई कहिलेकाहीँ सर्वजित मास्टर सापले हात समाएर डोऱ्याउँदै गाउँ डुलाएको देखिन्थ्यो । नत्र, ऊ एक्लै कतै निस्कन्थी । स्कुल बिदा भएकाले सर्वजित मास्टर साप कतै निस्किन्थे । के जाँगर चलेर हो कुन्नि, आँगनको छेउछाउमा काँक्रा, लौका र फर्सी रोपेका थिए । बिहानबिहान तिनका कलिला पात समाउँदै मुस्कुराउँथे ।

रमाले कागज दिँदै भनेकी थिई, "यो दाइलाई दिनुहोला है, दाइ ।"

चित्र रहेछ । वसन्तलाई चित्र कहाँ राखूँ भएको थियो । उसले गणितको किताबमा भेटेको थियो र त्यसैका पन्नाका बीचमा जतनसाथ मयूरप्वाँख झैं राखेको थियो ।

"फुच्ची, बजारबाट के ल्याइदिम् ?" उसले रमाको उदास अनुहार हेर्दै सोधेको थियो ।

"क्यै पर्दैन । दाइको धेरै माया लाछ, भन्दिनू ।"

उसले मुन्टो हल्लाएको थियो ।

रमाले अनकनाउँदै दायाँ हातमा मुठी पारेर ल्याएको १० रूपियाँको नोट दिँदै भनेकी थिई, "अस्ति म खुब रूँदा बाले दिनुभाको थियो । यो रूप्याँ दाइलाई दिनू है !"

खै किन हो, वसन्तलाई आँखा पिरा भए जस्तो लागेको थियो । उसले रमाको निन्याउरो तर हाँसो ल्याउन खोजे जस्तो अनुहार हेर्दै सोचेको थियो– कति भाग्यमानी छ, पवने । यस्तो माया गर्ने बहिनी छे ।

उसले दगुर्दै, बिसाउँदै, दगुर्दै अम्बरपुर आइरहेका बेला रमाकै अनुहार सम्झेको थियो । ऊ सानी छे । तर बूढी आइमाईका जस्ता कुरा गर्छे । ऊ जुरेली जस्तै सानी छे । तर हृदय आकाशभन्दा फराकिलो छ ।

"लौ, मैले त झन्नै बिर्सेको !" उसले चित्र पवनलाई दिँदै भन्यो, "आज ब्यान फुच्चीले देकी हो ।"

पवनले ट्याप्प चित्र समायो । हेऱ्यो, सानी केटी एउटा केटोको हात समाएर उभिएकी थिई । केटोको हातमा फिरफिरे नाचिरहेको थियो ।

ऊ पिलपिल भयो । रमा सानै त थिई । जब रून्थी, उसले फिरफिरे बनाएर नचाउँदै हसाउँथ्यो ।

"यो कस्ले घुमाको, दाइ ?" ऊ सोध्थी ।

"बतासले घुमाको ।"

"अँ होला, होइन," ऊ ओठ लेप्र्याउँथी ।

"किन होइन, फुच्ची ?"

"बतासका त हातै हुन्नन् ।"

बिचरीले पुराना कुरा सम्झेर नै यो चित्र बनाएकी होली । उसले चित्र पट्याएर सर्टको गोजीमा राख्यो, ठ्याक्कै दायाँ छातीनिर ।

वसन्तले चोर गोजीमा चारपल्ट पट्याएर राखेको दसको नोट दिँदै भन्यो, "अनि यो दस रूप्याँ पनि देकी छ फुच्चीले ।"

पवनले छक्क पर्दै नोट समायो । यो नोट मात्र थिएन, रमाले आफ्नो हृदय कुटिरो पारेर पट्याएकी थिई । उसका आँखाका कुनो रसाए ।

"म ठूलो भपछि जागिर खान्छु," उसले अवरूद्ध गलामा भन्यो, "अनि फुच्चीलाई एकदमै खुसी बनाएर राख्छु । एकदमै माया गर्छु । कहिल्यै रूवाउन्नँ । मलाई मेरी फुच्चीले जति कसैले माया गर्दैन ।"

लौ, पिन्चे आकाश पनि दर्किहाल्यो ।

वसन्त ओत लाग्न रूखतिर सऱ्यो । उसलाई मुख बङ्ग्याउँदै रूवाइ थामिरहेको पवनलाई अँगालो मार्न मन थियो । तर सकेन । भुइँतिर हेऱ्यो ।

"ब्या गरेपछि मुनमुनले फुच्चीलाई गाली गरी भने त त्यसलाई पनि पिट्छु," पवनले साइकलको हेन्डिल जोडले अँठ्यायो, "तर मुनमुन त्यस्ती छैन । त्यो पनि राम्री छे । त्यसले फुच्चीलाई खुब माया गर्छे । मलाई थाहा छ । दुवैले मिलेर हाँसीहाँसी गोट्टा खेल्छन् । मलाई थाहा छ ।"

वसन्तलाई यस्तो बेला सोध्न त मन थिएन । तर जिब्रोमा साङ्लो बाँध्नै सकेन । सोधिहाल्यो, "अनि साँच्चै मुनमुनले तँसित ब्या गर्छे ?"

"गर्छे," पवनले काँपेको स्वरमा भन्यो, "त्यसले नमाने पनि त्यसका बाले ब्या मैसित गराइदिन्छन् । कुरा मिलिसकेको छ ।"

"कहिले गर्छस् बिहे ?"

"मैले एमए पास गरेपछि । त्यति बेलासम्म त्यो पनि ठूली भैसक्छे ।"

साइकल चढेपछि वसन्तले हाँस्दै भन्यो, "दुइटा भुमरी भाकाले त दुइटा स्वास्नी ल्याउँछन् रे ! तेरा स्वास्नीहरू झगडा गरे भने क्यार्छस् ?"

"मुनमुन एउटा भुमरी भइहाली । अर्को भुमरीको माया पनि उईतिरै सार्छु ।"

लभ लेटर

मुनमुनलाई देखेको भोलिपल्टै पवनले सैलुनमा गएर कपाल काटेको थियो । कपडा धोएको थियो । नङ काटेको थियो । नुहाएको थियो । कुर्कुच्चाको मयल ढुङ्गाले घोटीघोटी फालेको थियो । भूल काकाले उसलाई छक्क पर्दै हेरिरहे । खोकिरहे । साँझपख सफा लुगा लाएर मुनमुनको दोकानअगाडिबाट यताउति गरिरह्यो । मुनमुन दोकानमा थिई कि थिइन, थाहा थिएन । तैपनि उसलाई दोकानअगाडिबाट हिँडिरहन मन लाग्यो ।

एकपल्ट त कार्की भाँडा पसलनिर मुनमुनसित जम्काभेट पनि भएको थियो । न त फुत्त भाग्न सक्यो, न त मुनमुनलाई रामरी हेर्न सक्यो । शिर निहुरायो । कानका लोती भतभती जले । कान पनि शून्य भए । ओठमुख प्याक्क सुके । मुटु काननिर झुन्डिएर धड्किए जस्तो भयो ।

जब मुनमुन उसको दाहिने पाखुराछेउबाट गई, ऊ सन्न भयो । आँखामा माकुराले जालो लागे जस्तै भयो ।

मुनमुन परै गइसकेकी थिई । उसले बल्ल फर्केर हेऱ्यो । सोच्यो– मुनमुन नजिक हुँदा त यसरी सातो जान्छ । रकी दादाले झैं कहिले पो हात समात्न सकिने होला ?

भन्छन्– प्रेम गरेको मान्छेले हिँड्ने बाटो, पढ्ने स्कुलको भवन, उसले खाएको चियाको जुठो गिलाससम्मको माया लाग्छ रे । उसलाई पनि त्यस्तै भएको थियो ।

मुनमुनको घरको पछिल्लो झ्याल पनि उसलाई मन पर्न थालेको थियो ।

मुनमुनको घरपछाडि जङ्गल थियो । घरको पछिल्लो भाग काँडेतारले बारेको थियो । केटाहरू भन्थे– रकी दादा कहिलेकाहीँ काँडेतार नाघेर घरभित्र पस्छ रे !

एकपल्ट पवनले घरपछाडिको झ्यालमा मुनमुनलाई देख्यो । उसले ठूलो सालको रूखमा साइकल अड्यायो । रूखपछाडि छेलिएर दूरबिनले हेरिरह्यो ।

मुनमुन गई । तर फर्केर आउँछे कि भनेर पवनले कुरिरह्यो । तर आइन ।

तर ऊ भोलिपल्ट पनि आयो । आई नै रह्यो ।

ऊ ठूलो सालको रूखको फेदमा अडेस लागेर मुनमुनको झ्यालतिर हेरिरहन्थ्यो । कहिलेकाहीँ त रूखमुन्तिरै निदाउँथ्यो ।

साउनको दोस्रो हप्ता हलमा मिथुनको फिल्म *प्यार का मन्दिर* चलेपछि रकी दादाले तल्लो चोकलाई नयाँ नाम दिएको थियो । ठूलो फलेकमा रातो इनामेलले लेखेको थियो–

प्यारका मन्दिर चोक

त्यहाँ प्रायः प्रेममा परेका केटाहरू चिया पिउँदै टोलाइरहन्थे । त्यसमा पवन पनि थपिएको थियो । उसको प्रेमकथा कसैलाई थाहा थिएन । उसलाई लाग्थ्यो– सबैले थाहा पाऊन् । रकी दादाको झैं नोटमा नाम लेखिदिऊन् ।

अरूले कसरी थाहा पाऊन् ! यसो रूखपछाडि छेलिएर, कान राता बनाउँदै, हात समाएर कुरा गरेको देखे पो थाहा पाउँथे ! ऊ आफैंले पनि मुनमुनलाई यसरी प्रेम गरेको थियो, जसरी मानिस चन्द्रमालाई माया गर्छन्, टाढ्टाढै ।

एक दिन पवनले रकी दादाबाट थाहा पायो, सन्ध्या फिल्म हेर्न जान्छे रे भोलि । उसले सोच्यो, मुनमुन पनि पक्कै जान्छे । तर ऊसित टिकट काट्ने पैसा थिएन । ऊ रातभरि छटपटिइरह्यो । भूल काकाले खोकिरहे ।

उसले साढे १२ बजेतिर सर्वजित मास्टर साप एकाबिहानै अम्बरपुर आएको, उसलाई २० रूपियाँ दिएको कल्पना गऱ्यो । एक बजेतिर कार्की भाँडा पसलछेउको बाटोमा धूलोले पुरिएर टुप्पो मात्रै देखिएको १० रूपियाँ भेटेको कल्पना गऱ्यो । साढे एक बजे टुहुरे खोलामा बग्दैबग्दै आएको १० को नोट झ्वाम्म हाम फालेर समाएको कल्पना गऱ्यो । दुई बजे गायत्री मिठाई पसलमा चिया पिइरहेको राजबहादुरले ऊसित माफी माग्दै तीन सय रूपियाँ फिर्ता गरेको कल्पना गऱ्यो । साढे दुई बजे रकी दादाले "एई गाउँले ! ला, फिल्म हेर्" भन्दै पाँच रूपियाँ दिएको कल्पना गऱ्यो ।

र तीन बजेतिर निदायो ।

ऊ बिहान साढे सात बजे उठ्यो । भूल काका खाना थालले छोपेर जङ्गल हिँडिसकेका थिए । उसले भूल काकाको सिरानमुन्तिर हेऱ्यो, सुर्ती सक्किएको दादा खैनीको बट्टा भेट्यो । ओछ्यानसित टाँसिएको भित्तामा टाँगेको इस्टकोटको गोजी छामछुम पाऱ्यो, देब्रे गोजीमा चुरोटको झरेको सुर्ती भेट्यो । पलङमुन्तिर राखेको कालो बाकस खोतलखातल पाऱ्यो– रामायण, हाकिमले पठाएका चिठीको मुठो, प्लास्टिकले बेरेर राखेको चिना र नागरिकता भेट्यो । तर पाँच रूपियाँ भेटेन ।

बाहिर घामले घमौरा दर्काइरहेको थियो ।

उसले एकछिन आँगनमा उभिएर अगाडि लम्पसार परेको बाटो हेऱ्यो । फुत्त वसन्त आइहाल्छ कि ?

गोठतिरबाट आएको सडेका बड्कौलाको गन्धले आत्तिएर भित्र पस्यो । हतारहतार भात खायो । थाल माझ्यो । यसो नङतिर हेऱ्यो । छ्या, यत्रा फोहोर भरिएका नङदेखि भने मुनमुनले के भन्ली ? उसले काठको सानो छेस्कोले नङ सफा गऱ्यो ।

देवीलाल सरकहाँ पुग्दा उनले एउटा हिसाब भ्याइसकेका थिए । उनी जब दोस्रो हिसाबतिर लागे, उसलाई फुत्त बाहिर निस्केर बाँसबारी हुइँकिएर, गाडेको दुई सय रूपियाँ लिएर आऊँ जस्तो लाग्यो । तर ऊ चरा थिएन । जानआउन दिनभरि लाइहाल्थ्यो ।

देवीलाल सर तेस्रो हिसाबतिर लागे । त्यसै बेला त हो नि, उसलाई खोलाका बोतलको सम्झना आएको !

बोतल बेचेर जब ऊ फिल्म हल पुग्यो, दोस्रो घण्टी बजिसकेको थियो । हातमा टिकट लिएर गेटतिर बढ्दै गर्दा उसले मुनमुनलाई देखिहाल्यो । दिदीको छेउमा उभिएकी थिई । ऊ मुनमुनछेउ जान सकेन । वरै उभिएर हेरिरह्यो । कस्ता राम्रा आँखा मुनमुनका ! मुनमुनले हाँसेको कत्ति राम्रो ! उसले बिहे गरेर मुनमुनलाई बाँसबारी लगेको कल्पना गऱ्यो । ज्यान सिरिङ्ग भो ।

"साले, रद्दी दूध हाल्छस् हैन, कुल्फीमा ?" रकी दादा कुल्फीवालालाई धम्क्याइरहेको रहेछ ।

"होइन हजुर, गाईको शुद्ध दूधबाट बनाको हो," कुल्फीवालाले डराउँदै भन्यो, "एउटा खाएर हेर्नुस् ।"

रकी दादाले कुल्फी हातमा लिएर सन्ध्यातिर हेऱ्यो र खिस्स हाँस्यो । रकी दादा एक्लै ? अरू केटाहरू खोइ त ? पवनले खरायो झैं आँखा दगुरायो । देख्यो, केटाहरू छरिएका थिए । पङ्खे ढोकानिर थियो । भन्दे केटीहरूको रक्षक झैं मान्छेहरूलाई छेउमा आउन दिइरहेको थिएन । रेशम जङ्गेसित खासखुस गरिरहेको थियो ।

एकैछिनमा जङ्गेले ढोकानिरको भीड पन्छाएर केटीहरूलाई भित्र पठायो ।

रकी दादा कुल्फीको बाँसको छेस्को टोक्दै ढोकातिर बढ्यो । ऊ दगुर्दै रकी दादाको नजिक पुग्यो ।

"ए गाउँले, तँ पनि आइस् ?" रकी दादाले भन्यो, "मेरो पछिपछि आइज ।"

ऊ पछि लाग्यो । रकी दादा ढोकाभित्र पसेपछि अरू केटाहरू पनि भित्र पसे । भित्र पसेपछि रकी दादाले अलिकति पैताला तन्काएर प्रोजेक्टरको प्वालबाट भित्र हेऱ्यो । करायो, "ओइ बूढा, आज रिल चुँडाउने होइन ।"

"चुँडाउन्दैन हजुर !" बसिरको आवाज आयो ।

रकी दादा जोदाहा साँढे झैं अघि बढ्यो । पवनले उसलाई पछ्याइहाल्यो । रकी दादा सन्ध्याको सिटपछाडि बस्यो । संयोगवश, पवन मुनमुनको सिटपछाडि पऱ्यो । उसलाई त संसार जिते जस्तै भयो ।

मान्छेहरू ओइरिँदै गए । फिल्म सुरू भयो ।

रकी दादा अँध्यारोमा सन्ध्यासित खासखुस गरिरहेको थियो । पवन भने केवल मुनमुनको घुच्चुक नियालिरहेको थियो । हलमा उखर्माउलो गर्मी थियो । सिलिङमा झुन्डिएका पङ्खा फटटट घुमिरहेका थिए । हलको चर्को आवाजले कान चिलाइरहेको थियो । उसले फिल्म हेरेन, केवल बेलाबेला पर्दाको उज्यालोले चम्किने मुनमुनको दायाँ गालाको पाटो हेरिरह्यो ।

मुनमुनलाई फिल्म रमाइलो लागेर त होला, पछाडि फर्किंदै फर्किन ।

ऊ सर्दैसर्दै मुनमुनको घुच्चुक नजिक पुग्यो ।

थकानले यसो के तन्किएको थियो, मुनमुनको कपालको अनौठो बास्ना उसको नाकभित्र स्वाट्ट पस्यो । उसको औंलाले मुनमुनका पाखुरा छोइए । कत्ति रापिला र नरम !

मुनमुनले पछाडि फर्केर हेरी । उसको सातो गयो । बक फुटे पो ! ऊ खिस्स हाँस्यो । उसलाई लागेको थियो, उसलाई देख्नासाथ मुनमुन खिस्स हाँस्छे ।

तर मुनमुन फेरि पर्दातिर फर्किई ।

ऊ अप्ठ्यारो मान्दै पछि सऱ्यो । फिल्म चलिरह्यो । रकी दादाले खासखुस गरिरह्यो । उसले मुनमुनको दाहिने गाला हेरिरह्यो ।

लौ, कसले सुर्ती पड्काएछ ! खारलाई पङ्खाले फनफनी घुमाएर पवनको नाकमा बजाऱ्यो । उसलाई हाच्छ्युँ आउला जस्तो भयो । रोक्यो । तर सन्ध्याले रोक्न सकिन । हाच्छ्युँ गरिहाली ।

"को मासालाले सुर्ती गल्यो ?" रकी दादा सन्किहाल्यो, "केटा हो, को हो त्यो खोज । त्यसको आज ढाड भाँचिन्छ । जङ्गे, टर्च देखा ।"

जङ्गेले मानिसको भीडतिर टर्च घुमायो । तर सुर्ती मोल्ने भेटिएन । रकी दादाको खासखुससँगै फिल्म सकिनै लाग्यो । उता ढोकानिर उभिएको जङ्गे रून थाल्यो । पवनलाई लागिरह्यो– यो फिल्म कहिल्यै नसकियोस् । चलिरहोस्, युगौंसम्म । र ऊ यसैगरी मुनमुनको गालाको एउटा पाटो हेरिरहोस् । उसको कपालको बास्ना सुँघिरहोस् ।

तर फिल्म जम्मा १७ रिलको रहेछ । अरू फिल्मभन्दा चाँडै सकियो ।

त्यसपछि, मुनमुनसित उसको मुखामुख भएन ।

ऊ दिनभरि कि त मुनमुनको दोकान वरिपरि घुमिरहन्थ्यो, कि त मुनमुनको घरपछाडिको वनमा एक्लै टोलाइरहन्थ्यो, झ्यालतिर हेरेर ।

फिल्म हलबाट फर्किएको तेस्रो दिन उसले सोच्यो– अब बर्खे बिदा सकिएपछि त ऊ बाँसबारी फर्किन्छ, मुनमुन फेरि नेपालगन्ज फर्किन्छे ।

यसरी भएन ।

उसले भोलिपल्ट भूल काकाको बाकस खोतलखातल पाऱ्यो । हाकिमले पठाएका चिठीको मुठो झिक्यो । पढ्यो । खासमा उसलाई मुनमुनलाई प्रेमपत्र लेख्न मन थियो । तर प्रेमपत्र कसरी लेख्छन्, उसलाई थाहै थिएन । अरूलाई सोध्न पनि के भनेर सोध्नु ?

हाकिमले भूल काकालाई पठाएका चिठी भावुक थिए । सर्दी, उदासी, मालिकको हप्की, निराशा र अम्बरपुरका यादले भरिएका थिए । उसले सातौं चिठी खररर पढेपछि अलिकति चिठी लेख्ने मेसो पायो । अरू चिठी थपक्कै बाकसमा राख्यो र सातौं चिठी बोकेर आँटीमा उक्लियो । उसले त्यही चिठीको स्वरूपमा अर्को चिठी लेख्ने ज्ञान पाएको थियो । केही हरफ दुरूस्तै उतारे कसले थाहा पाउने ?

ठसठस कनेर उसले लेख्यो–

प्राण प्यारी मुनमुन,

ईश्वरको कृपाले यहाँ आराम कुशल नै छ । तहाँ पनि कुशल नै होला भनेर कामना गर्छु । मलाई तिम्रो सम्झना आइरहन्छ । कति राम्री छौ तिमी । तिमी जस्तो त यो अम्बरपुरमै कोही छैन ।

कहिलेकाहीँ सर्दी बहुतै बढ्छ । सर्दी दिलमै पुग्छ । त्यस बेला तिम्रो खुब सम्झना आउँछ । जिन्दगीले रिँगाउँदै ह्याँ ल्याइपुरायो । मलाई तिम्रो अभाव खट्किन्छ । तिम्लाई पनि मेरो अभाव खट्किँदो हो । यो उमेरमा तिम्लाई एक्लै छाड्न पनि मन छैन । तर मेरो कर्मै त्यस्तो ।

यी सहरका बत्तीमा मन रम्दैनन् । के बत्तीभन्दा उज्यालो छैन र तिम्रो हाँसो ?

मान्छे त खुसी आफ्ना मान्छेको बीचमा हुने रैछ । बल्ल मलाई थाहा भो । मेरो खुसी तिम्रै आसपासमा रैछ ।

यो जिन्दगीमा तिम्रो साथे म हुँ । मेरो साथे तिमी हौ । अब चाँडै तिम्रा कदममा शिर राख्न आउँदै छु ।

मेरो बाटो हेर्न नछाड । रामरी बस ।

उही दुःखी

पवन कुमार

उसले "कदम"को अर्थ ठ्याक्कै बुझेन । "काँध" होला भन्ने बुझ्यो । बिचरा !

चिठी तयार भएपछि सोच्यो– कसले पुऱ्याइदेला चिठी ? उसले जावेदलाई सम्झियो । जब जावेदले उसको कुरा सुन्यो, सुनबाट निस्केको खार झैं उसको अनुहार पहेंलै भयो ।

"मेरो बापले गाँडमा लात्ती हान्छ," उसले भन्यो ।

"सुटुक्क देर आ," पवनले ढाडस दियो, "कसैले थाहा पाउन्न । म तँलाई तीन दिनलाई दूरबिन दिम्ला । जति हेर्न मन लाग्छ, हेर्नू ।"

"कहिले दिन्छस् ?"

"चिठी देपछि," पवनले रूद्रघण्टी समायो, "माँ कसम, दिन्छु ।"

एकछिनको आनकानपछि जावेदले चिठी लियो र बेस्मारी दगुऱ्यो ।

जावेद गएपछि ऊ छटपटियो । के हुने हो, खै । मुनमुन रिसाउने पो हो कि ! गेहेन्द्र साहुले थाहा पाए भने ? ऊ दिनभरि उखर्माउलो गर्मीमा पनि गुम्लुङ्ग सिरक ओढेर सुतिरह्यो ।

तर जावेद फर्केर आएन । ऊ साँझतिर सुन पसलतिर गएको थियो । तर जावेद भेटिएन । के भो, के भो ! उसका ओठमुख सुकिरहेका थिए । ऊ रातभर निदाउन सकेन । भोलिपल्ट फेरि जावेदकोमा गयो । तर ऊ भेटिएन ।

"वो तो नेपालगन्ज चला गया," दिउँसोतिर जावेदकी आमाले भनिन् ।

नेपालगन्जमा जावेदका भिनाजुको दुकान थियो । केटो त हिँडेछ । यो खबर सुनेपछि पवनको शिरमाथि शङ्काको कालो बादल मडारियो । जावेद पक्कै भागेको हुनुपर्छ । के गडबड भएछ, खै !

त्यसको तीन दिनपछि पवन घुम्दै "प्यारका मन्दिर चोक" पुगेको थियो । उसले वरैबाट चिया पिइरहेको रकी दादालाई देख्यो, रकी दादाले उसलाई । आसपासमा केटाहरू छँदै थिए । रकी दादाले इसाराले बोलायो ।

जब ऊ नजिक पुग्यो, रकी दादाले घाइते बाघले झैं उसलाई हेऱ्यो । र गिल्ला गर्दै भन्यो, "ल हेर, मेरो साढुभाइ आयो । ए साउजी, चिया लेऊ । मेरा साढुभाइ आए ।"

केटाहरू गलल्ल हाँसे ।

"एई गाउँले, मेरी सालीलाई चिठी लेख्छस्, साले ?" रकी दादाले उसको कान समायो, "हिरो हुन्छस् ?"

उसका आँसु निस्किए ।

"अब फेरि लेख्छस् ?"

"नाइँ," उसले रून्चे स्वरमा भन्यो ।

"अनि के लेख्या थिस् रे ?" रकी दादा फिल्मको गुन्डा झैं हाँस्यो, "हाहा, के रे, तिम्रो कदममा शिर राख्न आउँछु ।"

सबै हाँसे ।

उसले आँसु पुछ्यो । कहाँ फसियो ? के स्वास्नीको कदममा शिर राख्न नपाइने ?

रकी दादाले कान छोड्यो । पवनले अरू केही सोच्न सकेन । गल्लीगल्ली दगुर्दै घर आयो । दिनभरि सुत्यो । उसले सोच्यो– कसरी थाहा पायो रकी दादाले ? मुनमुनले पक्कै सन्ध्यालाई चिठी देखाइहोली, सन्ध्याले रकी दादालाई ।

तर जावेदलाई नभेटेसम्म रहस्य खुल्नेवाला थिएन ।

एक हप्तासम्म ऊ न त प्यारका मन्दिर चोक गयो, न त फिल्म हल । ट्युसनबाट फर्किएर सोझै घर आउँथ्यो । दिनभरि घरमा बसिरहन्थ्यो ।

एक दिन उसलाई मुनमुनको यादले खुब सतायो । एक झलक भए पनि हेर्न पाइन्छ कि भनेर मुनमुनको दोकानतिर गयो । कर्के नजरले दोकानतिर हेर्दै हिँडिरहेको थियो । दोकानमा कोही थिएन । तर अलि अगाडि बढेपछि गेहेन्द्र साहुसित जम्काभेट भई त हाल्यो । गेहेन्द्र साहु उसलाई देखेर खिस्स हाँसे । गर्मी भएर होला, तल लुङ्गी र माथि हाफ बन्डी लगाएका थिए ।

"अनि ज्वाइँ साप, कता हिँड्नुभो ?" उनले हाँस्दै सोधे ।

लौ, मर्नु भएन र उसलाई !

"त्यसरी चिठी लेखेर बजारबजार देखाउँदै हिँड्नुहुन्छ त ?" उनले भने, "कतिमा पढ्छौ ?"

"आठ," ऊ चुइँकियो ।

"उसले त नौमा पढ्छे," उनी हाँसे, "तिमीभन्दा एकदुई वर्ष जेठी पनि होली ।"

उसले घोसेमुन्टो लायो ।

"तर यसपालि पास भई भने पनि फेरि नौमै पढ्छे," उनले भने, "तिमी रामरी पढ । एमए पास गरेपछि मेरी छोरी तिम्लाई नै दिम्ला । गुन्डा भयौ भने दिन्नँ ।"

उसले घोसेमुन्टो लाइरह्यो । गेहेन्द्र साहु गएको पनि थाहा पाएन । भन्न पनि पाएन, उसले चिठी बजारबजार देखाउँदै हिँडेको होइन ।

सधैं डर लाग्ने गेहेन्द्र साहु उसलाई त एकदम असल लागे । खराब त रकी दादा पो हो ! त्यस्तरी बेइज्जत गर्न हुन्छ ?

ऊ घर फर्कियो र रातभरि पढिरह्यो । तर दुई दिनमै एमए पास को नै हुन्थ्यो र !

१० दिनपछि जावेद अम्बरपुर फर्कियो । ऊ साँझपख टुहुरेको किनारैकिनार फर्किरहेको थियो । पवनलाई देखेर भाग्यो । पवनले लखेट्यो । जब पवनले पाखुरा समायो, जावेदले एकै सासमा सुनायो– ऊ मुनमुनलाई चिठी दिन दगुर्दै रहेछ । घरबाट पैसा चोरेर भागेको ठानेर रकी दादाका केटाहरूले लखेटेछन् । गोजी खोतलखातल पार्दा चिठी फेला परेको रहेछ ।

"मेरो बापले बहुत गाली गऱ्यो यार," जावेदले पसिना पुछ्दै सुनायो, "गेहेन्द्र साहुले चौकी पठाउँछ भनेर म त भागें ।"

पवनले रकी दादाले कान समाएको सुनायो । गेहेन्द्र साहुले भनेको पनि सुनायो । जावेदको अनुहार अलिकति उज्यालो भयो । उसले रकी दादालाई गाली गऱ्यो ।

"भो छोड्दे यो कुरा," पवनले कुटिल हाँसो हाँस्दै भन्यो, "अब रकी दादाको पनि सेखी झर्छ । त्यो खुबै हिरो भाछ । तर गहेन्द्र साउले त्यसलाई छोरी दिन्नन् । त्यसले नौ कक्षा त पास गरेको छैन ।"

वसन्त खित्त हाँस्यो । सोच्यो– बाँसबारीको पवने त अम्बरपुर आएर पवनकुमार भइसकेछ । पवनको कथा सुनेर उसलाई अलिकति ईर्ष्या पनि लाग्यो । क्या मोज छ पवनेलाई !

"अनि बासित त तेरो कुरा मिलेछ !" वसन्तले भन्यो, "मुनमुनसित पो मिल्छ कि मिल्दैन । तैंले लभ गर्छस् भन्ने त उसलाई थाहै छैन ।"

पवनले जवाफ दिएन । भित्तातिर कोल्टे फेऱ्यो । झरी बेस्मारी दर्किरहेको थियो । कताकता चट्याङले रूखका कापमा बसेको खजुरो मारिरहेको थियो ।

"सुरूमै चिठी लेख्न हुन्न रे," पवनले भन्यो, "त्यै भर, आउने नयाँ वर्षमा पोस्टकार्ड दिन्छु ।"

"पोस्टकार्ड देर के हुन्छ ?"

"पोस्टकार्ड देपछि, केटीले पनि पोस्टकार्ड पठाई भने चिठी लेखेर दिंदा रिसाउन्न रे ! मलाई थाहा छ, मुनमुनले मलाई पोस्टकार्ड पठाउँछे ।"

हुरी

पवनलाई यति हतार त कहिल्यै भएको थिएन ।

उसले बेस्मारी साइकल हुइँकाइरहेको थियो । साइकल थोत्रो भएर होला, स्वात्तस्वात्त चेन खुस्किन्थ्यो । ऊ मुर्मुरिँदै साइकलको चेन मिलाउँथ्यो । चेनमा लागेको ग्रिजले उसका हत्केला कालै भएका थिए । हेन्डिल समात्दा हात चिप्लिन्थे । अगाडि आउने बाख्रा, कुखुरा र मानिसलाई सिट्ठी बजाएर बाटो माग्थ्यो ।

सूर्य बादलका गुफाहरूमा कतै लुकेको थियो । दिउँसै अँध्यारो भएको थियो । र त्यो अँध्यारो बिस्तारैबिस्तारै उसका आँखातिर सरिरहेको थियो ।

बसपार्क पुग्दा बस हिँड्नलाई तयार थियो । ड्राइभरले हर्न बजाइरहेको थियो । छतभरि सामानका पोका थिए । झ्यालझ्यालबाट यात्रुहरू टाउको बाहिर निकालेर कुरा गरिरहेका थिए ।

पवनले बसबाट झरिरहेको राजबहादुरलाई देख्यो । अनि देख्यो, गेहेन्द्र साहुलाई । उसले साइकल काउन्टरछेउ अडाएको थियो । तर अडिएनछ । पछारियो । उसले साइकल उठाएन । भीड पन्छाउँदै बस नजिक पुग्यो ।

ऊ त्यहाँ पो रहिछ, मुनमुन ।

झ्यालनिर बसेकी थिई । तल उभिएर गेहेन्द्र साहु बोलिरहेका थिए । पवन दुई मानिसको पछाडि छेलिएर उभियो । उसले गेहेन्द्र साहुलाई देख्न सक्थ्यो । तर गेहेन्द्र साहुले उसलाई देख्दैनथे ।

पवन अलिकति अगाडि सऱ्यो । बसको घ्यार्रघ्यार्र र ट्वाँट्वाँमा पनि उसले गेहेन्द्र साहुले बोलेको सुन्यो । उनी त मुनमुनलाई सम्झाइरहेका रैछन् ।

पवनले आँखा अलि तीखा पाऱ्यो । मुनमुन त रोइरहेकी रहिछ । गाजल लतपतिइसकेको रहेछ ।

उसको रूद्रघण्टी दुख्यो ।

"जाऊ के बेटा !" गेहेन्द्र साहुले भने, "म चाँडै आउँछु तिम्लाई भेट्न ।"

"ड्याडी, म जान्नँ के । हजुरसितै बस्छु," मुनमुनका आँसुका डल्लाहरू गालातिर दगुरे, "म यतै बसेर पढ्छु । उता मेरा कोई साथी छैनन् । म साथी बनाउनै सक्दिनँ ।"

पवनलाई तुरून्तै गएर मुनमुनलाई अँगालोमा बाँधूँ जस्तो लाग्यो । म्वाइँले उसका आँसु पुछिदिऊँ जस्तो लाग्यो । तर उसको डेग चलेन । उसकी मुनमुनले आफ्नो आँसु पुछ्न आफैं सिक्छे ।

"साथी बन्दै जान्छन्, बेटा ! तिमी जत्ति पनि साथी बनाउन सक्छ्यौ ।"

"ड्याडी, हजुरले मलाई माया गरिसिन्न । मलाई कसैले माया गर्दैन," ऊ सन्ध्याको काँधमा निधार राखेर रोइरही ।

गेहेन्द्र साहुले अमिलो अनुहार लाएर हेरिरहे । मुनमुन रोएको देखेर पवनलाई पनि रोऊँरोऊँ लाग्यो । तर मुठी कसेर आफूलाई रोक्यो । ऊ यस्तो खण्डहर भएको थियो, जहाँबाट एक्लो पन्छी पनि उड्ने तयारी गरिरहेको थियो ।

आखिर मुनमुन जाने नै भई है ! उसको मन रित्तो भयो ।

बस हिँड्यो । मुनमुन झन् जोडले रोई । बसलाई हेर्दै उभिइरहेका सबैलाई नरमाइलो लाग्यो । सन्ध्याले उसको शिर थुमथुम्याएर शान्त पार्ने कोसिस गरी ।

एकदुई पसलेले उदास भएर गेहेन्द्र साउको काँध थपथपाए । उनले खिस्स हाँसे जस्तो गरे ।

बस कुद्यो । त्यसले उडाएको धूलोले सारा बसपार्कलाई छोप्यो । पवन दगुर्दै साइकलतिर गयो । ट्याप्प साइकल समायो । र बसलाई पछ्यायो । बसले उडाएको धूलोले उसको निधार, आँखीभौं, नाकका पोरा, ओठका किनार सबै मैलायो । कसैले आँखै ताकेर हुरूरू धूलो फाले जस्तो भयो । उसको साइकलको गति धीमा भयो । त्यही बेला साइकलको चेन स्वात्त खुस्कियो ।

बस परै पुग्यो ।

मुनमुन उसको हृदयको घेरालाई नाघेर परै पुगिसकेकी थिई । ऊ एकलास वनको बीचमा ठिङ्ग उभियो । बसको कम्पनले रूखका पात बिस्तारै हल्लिइरहेका थिए । उसलाई यस्तो एक्लो अनुभव कहिल्यै भएको थिएन । उसको मनले हुटहुटिएर केही खोजिरहेको थियो । तर के ?

आफ्ना आँखाका डिलबाट फुत्त हाम फालिरहेका आँसुका ढिक्का झट्कार्दै उसले बसतिर हेऱ्यो । बसको पछाडिपट्टि ठुल्ठूला अक्षरमा लेखिएको थियो–

आमाको माया

झरी सकियो ।

तर पवन र रकी दादाको मनमा भने कालो बादल मडारिइरह्यो । आँसुको झरी तप्किइरह्यो ।

रकी दादाले चुरोटको पहिलो कस कहिले तानेको थियो, कसैलाई थाहा थिएन । उसको ओठमा अचानक चुरोट देखिन थालेको थियो । तेजप्रकाशले एक दिन चुरोटको धूवाँलाई गुच्छागुच्छा बनाएर उडाइरहेको देखेर चिर्पटले ढाडमा हिर्काएका थिए । ऊ रेबिज लागेर मर्न लागेको मान्छे झैं बटारिएको थियो । तर उसले चुरोट छाडेन । कहिलेकाहीँ केटाहरूसित जिस्किई भन्थ्यो, "हेर्, म आँखाबाट धूवाँ निकालिदिन्छु ।"

सबैले ट्वाँ परेर उसका आँखामा हेर्थे ।

"लौ हेर, अब आँखाबाट धूवाँ निस्किन्छ ।"

सबैको ध्यान आफ्नो आँखामा देखेर रकी दादा खिस्स हाँस्थ्यो । त्यसै बेला भर्खरै खसी बनेको बोको झैं कोही न कोही उफ्रिहाल्थ्यो । किनभने रकी दादाले ध्यान आँखामा मोडेर चुरोटको ठुटोले तिघ्रा पोलिदिएको हुन्थ्यो ।

तीनचार जनाको तिघ्रामा चुरोट झोसेपछि, सबैले रकी दादाको बदमासी थाहा पाए ।

र रकी दादा भिक्सतिर फर्कियो ।

उसमा भिक्स प्रेम सानैदेखि थियो । भिक्सको डब्बा सधैं गोजीमा हुन्थ्यो । कसैसित झगडा पर्‍यो भने पहिला भिक्स आँखामा दलेर मात्रै मुक्का हान्थ्यो । कहिलेकाहीँ पैसा चाहियो भने भिक्स आँखामा दलेर आमाका अगाडि जान्थ्यो । आमैले गहभरि आँसु बोकेको छोरोलाई "नाइँ" भन्न सक्दिनथिन् ।

कहिले कुकुर्नीसित जोल्टिएको कुकुरको लिङ्गमा भिक्स दलिदिन्थ्यो । आर्तनाद गर्दै सारा अम्बरपुर घुमेका कुकुरका जोडी फेरि कहिल्यै उसको दोकानअघि देखा पर्दैनथे । उसले भिक्स चुरोटमा दलेर पनि पिउन थालेको थियो । नाकमा पनि भिक्स घसिरहन्थ्यो । सर्कसको जोकर झैं उसको नाक रातो भइरहन्थ्यो ।

उसको उटपट्याङ र नाकको भिक्सका पछाडि एउटा रहस्य लुकेको थियो, सन्ध्याको बिहे । उसले पनि थाहा पाइसकेको थियो, सन्ध्याको बिहे हुँदै छ भनेर । गेहेन्द्र साहुले सुटुक्क छोरीको बिहे छिन्नुको कारण पनि ऊ नै थियो ।

ऊ सन्ध्यालाई भेट्न तीनपल्ट नेपालगन्ज गएको थियो । तर गेहेन्द्र साहुले डेरा सारिदिएका रैछन् । भेटेन । सायद सन्ध्याले फोन पनि गर्थी होला । तर सन्ध्याको के लागोस्, अम्बरपुरको एउटै मात्र फोन उसकै घरमा थियो । र प्रायः फोन गेहेन्द्र साहुले नै उठाउँथे ।

रकी दादालाई कतै सन्ध्याले चिठी पठाइहाल्छे कि भन्ने आशा पनि थियो । तर चिठी आएन । ऊ भन्थ्यो, "गेहेन्द्र साहुले हुलाकीलाई पैसा ख्वाएका छन् । उसको नाममा आउने चिठी सायद हुलाकीले सुटुक्क उनैलाई दिन्छ ।"

रकी दादाको मनमा चैन थिएन । त्यसैले होला, पवनलाई देख्दा पनि केही मतलब गर्दैनथ्यो । पवन फेरि ग्याङमा सामेल भएको थियो । तर रकी दादाले पहिला जस्तो व्यवहार गर्दैनथ्यो ।

"रकी दादा यसरी चुप लाएर बस्नु भएन," एक दिन रेशमले भन्यो, "नत्र भाउजूको अन्तै बिहे हुन्छ ।"

रकी दादाले एकछिन आँखा चिम्म गऱ्यो । उसले चियाको गिलास समाएको हात थररर काँप्यो । उसका आँखाका परेला झिमझिम भए । उसले मुसुक्क हाँस्दै भन्यो, "चिन्ता नगर ! म तिमेर्की भाउजूलाई मण्डपबाटै खोसेर ल्याउँछु ।"

केटाहरू सशङ्कित भए ।

"मैले प्लान बनाको छु," उसले भन्यो, "फेल खान्न । फस्ट डिभिजन ल्याउने प्लान छ, मसित ।"

तर प्लान के हो, कसैलाई भनेन ।

के थाहा, रकी दादा मण्डपमै छिर्छ कि ?

पवनलाई भने रकी दादालाई जस्तो आपत् थिएन । गेहेन्द्र साहुले एमए पास गरेपछि बिहे गरिदिने भनेकै छन् । ऊ कहिलेकाहीँ एकान्तमा सोच्थ्यो, यस्तो मूला रकी दादालाई साढुदाइ किन बनाउनु ? बरू पढेलेखेको साढुदाइ नै आओस् ।

उसको बाँसबारी फर्किने दिन नजिक आइसकेको थियो । सर्वजित मास्टर सापले लिन आउने खबर पठाइसकेका थिए । देवीलाल सरले पनि छिटोछिटो किताब सक्ने कोसिस गरिरहेका थिए ।

एक दिन खाना खाँदै गर्दा भूल काकाले भनेका थिए, "यतिका मैना सँगै बस्यौ । आफ्नै छोरा जस्तो ठान्या छु, भन्छु म ।"

ऊ हाँसेको थियो ।

"हाकिम फर्केर आएन । आजकल त चिठी पनि पठाउँदैन । मुर्दारको मरे-जिम्दोको खबर छैन," उनी भावुक भएका थिए, "कैले माथि गको सास तल आउन नमान्ने हो, भन्छु म । एकपालि मुर्दार्को अन्हार हेर्न मन लाछ ।"

उसले के भनोस् ?

"मुर्दार्, कुन चिसोमा गुँडुल्किराको होला । कतै बिरामी भएर साह्रै पो भ छ कि ! कतै बा भन्दै रोको पो छ कि ? मैले भन्या पनि हुँ– फर्केर आइज । आफ्नो माटो उमालेर खा पनि पेट भरिन्छ ।"

उनले खुइय्य गरे, "आफ्नो माटोको माटो पनि अन्न हो, अर्काको माटोको अन्न पनि माटो हो भनेर चिठीमा लेख्न लगाथें । पढेन कि ?"

ऊ टोलायो ।

ऊ फर्किने समय आएकाले होला, भूल काका यसरी नै छटपटिएर अनेक कुरा गर्थे । सायद, उनलाई घरमा अर्को मानिसको बानी लागिसकेको थियो । सायद, आत्माले आत्माको गन्ध खोज्छ क्यारे !

ऊ पनि अम्बरपुर कसरी छाड्ने होला भनेर छटपटिन थालेको थियो । अम्बरपुरको फिल्म हल, बजारको रमाइलो, ठन्डा बरफ सबै एकैछिनमा त्याग्न सक्थ्यो । तर मुनमुनको सम्झना त्याग्न सक्दैनथ्यो । मुनमुन अम्बरपुरमा नभए पनि उसले हिँडेका गल्लीहरू थिए । उसले जङ्गल नियालिरहने घरको झ्याल थियो । उसले रमाईरमाई कुरा गर्ने टेलिफोन थियो । उसले बसेर फिल्म हेरेको बेन्च थियो । उसको सुकसुकाहटले भरिएको बसपार्क थियो । उसले नुहाएको टुहुरे खोला थियो । उसले छतबाट टोलाएर हेरेको चन्द्रमा आकाशमै थियो । उसलाई पहिलोपल्ट देखेको बार्दली त्यही थियो ।

सबथोक थियो, अम्बरपुरमा । केवल ऊ थिइन ।

ऊ उदास हुँदै बादलका टुक्राटाक्री हेर्थ्यो । सोच्थ्यो– कहिले जालान् यी बादलहरू नेपालगन्ज ? कहिले मेघ बनेर फर्किएलान् ? कहिले बर्सिएला झरी ? कहिले लिएर आउला झरीले मुनमुनलाई ?

तर ऊ कसरी पर्खिन सक्थ्यो र झरीसम्म ? उसले मुठी कसेर कसम खाएको थियो । म जसरी भए पनि नयाँ वर्षमा नेपालगन्ज जान्छु । मुनमुनलाई पोस्टकार्ड देर आउँछु ।

ऊ एकदुईपल्ट फिल्म हेर्न गएको थियो । तर फिल्मकी हिरोइन देख्यो कि मुनमुनको सम्झना आइहाल्थ्यो । र ऊ फिल्मभन्दा बढी

मुनमुन बसेको सिटलाई हेर्थ्यो । बसिरले उसको छटपटी देखेर होला, एकपल्ट सोधेको थियो, "के भएको छ आजकाल ?"

"केही होइन, दादा," उसले कुरा मोडेको थियो, "अब गाउँ फर्किने दिन आयो । अब मलाई लिन बा चाँडै आउनुहुन्छ ।"

"बहेन पनि आउँछे ?"

"आउँछे, दादा ।"

"ह्याँ लिएर आउने है ! म एकपल्ट पनि रिल नचुँडाएर फिल्म देखाउन्छु ।"

मुनमुन नभए पनि उसले दिनको एकपल्ट गेहेन्द्र इम्पोरियमअगाडि साइकल कुदाउन छाडेको थिएन । उसको मनमा कताकता लाग्थ्यो, मुनमुनलाई फेरि फर्काएर ल्याए कि !

तर एक दिन गेहेन्द्र इम्पोरियमको ढोकामा ताला लागेको थियो । भोलि त खुल्ला नि ! भोलिपल्ट पनि ताला झुन्डिइरह्यो । ढोकाअगाडि घुऱ्यान जम्मा भयो । बजारका सारा लुते कुकुरले खुट्टा तन्काउँदै त्यहीँ सुत्न र मुत्न थाले ।

अचानक कहाँ गएछन् सबै ?

हप्ता दिनपछि, दिउँसो सवा दुई बजे झुस्स दाह्री पालेको रकी दादा "प्यारका मन्दिर चोक"मा चिया पिइरहेको थियो । उदास थियो । केटाहरू उसको उदासीमा साथ दिइरहेका थिए ।

भन्दे दगुर्दै आयो । ऊ असिनपसिन भएको थियो । उसले ठूलो स्वरमा भन्यो, "रकी दादा, बिहे त भोलि छ रे ! बागेश्वरी मन्दिरमा सुटुक्क बिहे गर्न लाछन् रे !"

केटाहरू चम्किए ।

तर रकी दादाले सुरूप्पसुरूप्प चिया पिइरह्यो । मानौं, उसले केही सुन्दै सुनेन । अघिपछि भएको भए ऊ दगुरिसक्थ्यो । तर ओठ कपाउँदै बसिरह्यो । केटाहरूले उसलाई हेरिरहे । ऊ चिया सकेर बिस्तारै उठ्यो । पाइन्टको चाक टकटक्यायो । नाकमा भिक्स लगायो । भिक्सको खार आँखामा पस्यो कि ! उसका आँखा रसिला देखिए । रसिला आँखाले केटाहरूतिर पुलुक्क हेऱ्यो । शिर झुकायो ।

लुरूलुरू हिँड्यो ।

अलि पर पुगेपछि पछाडि नफर्कीकन करायो, "गाउँले, ह्याँ आइज !"

पवन दगुर्दै उसको छेउमा पुग्यो । रकी दादाले उसको हात समायो । उसलाई चड्कन हान्छ कि जस्तो लागेको थियो । तर हानेन । आँखामा हेर्दै यसरी हाँस्यो, त्यस्तो हाँसो पवनले अहिलेसम्म कतै कसैको ओठमा देखेको थिएन । रोएको हो कि हाँसेको हो, छुट्याउनै नसकिने ।

"तँ मुनमुनलाई खुब माया गर्छस्, हैन ?" रकी दादाले मसिनो स्वरमा सोध्यो ।

पवनले मुन्टो हल्लायो ।

"खुब पढ् है !" रकी दादाले उसको हात छोड्यो, "म जस्तो नबन्, गाउँले ।"

पवनले भुइँतिर हेऱ्यो ।

रकी दादा अघि बढ्यो । अलि पर पुगेर हातको पन्जा फुकालेर सडकका दुई किनारतिर हुऱ्यायो । र आफ्ना हत्केला हेर्दै अघि बढ्यो । पछाडि फर्केर हेर्दै हेरेन ।

केटाहरूले रकी दादालाई पछ्याएनन् । उसलाई ठूलै आपत् आइलागेको थियो । उसलाई एक्लै छाडिदिनुमै कल्याण देखे, उनीहरूले ।

पवनले अन्तिमपल्ट रकी दादालाई त्यही दिन देखेको थियो । त्यसपछि रकी दादा अम्बरपुरमा देखिएन । खबरअनुसार ऊ घर आएर साइकल लिएर गएको थियो ।

केटाहरू उसले मण्डपबाटै सन्ध्यालाई भगाएको खबर कुरेर बसे । तर खबर आएन । बरू सन्ध्याको विवाह सफलतापूर्वक सम्पन्न भएको खबर आयो । हप्ता दिनपछि बजारमा अर्को गाइँगुइँ पनि चल्यो । सन्ध्याको विवाहका दिन गर्मीमा पनि गुम्लुङ्ग कम्बल ओढेको, फिल्मको आतङ्कवादी जस्तो, एउटा मानिस वागीश्वरी मन्दिरको दैलोमा अबेरसम्म उभिएको थियो रे ! त्यो रकी दादा नै हो कि ?

केटाहरूले केही दिन नेपालगन्जबाट आउने बस कुरेर बसिरहे । कतै रकी दादा फर्किहाल्छ कि ? तर ऊ फर्किएन ।

एक दिन रेशमले रकी दादाको ग्याङ्का सबै केटाहरूलाई अपर्झट मिटिङ्मा बोलायो । खबर पाएर पवन टुहुरे खोलाको किनारमा पुग्यो । रेशम, डोके, नसे, पङ्खे र भन्दे आइसकेका थिए । शिवे आइपुगेको थिएन । रेशमले पाइन्टको गोजीबाट खुजमुजिएको पन्ना झिक्दै भन्यो, "रकी दादाले मेरो नाममा चिठी पठाउनुभएको रैछ । सबैलाई सुनाउनू भन्नुभएको थियो ।"

सबैका कान ठाडा भए ।

रेशमले पन्नालाई एकपल्ट सुमसुम्यायो र गला खकार्दै अलिकति चर्को स्वरमा पढ्यो–

केटाहरू हो,

आशीर्वाद छ ।

मलाई आशा छ, सबैले मेरो चिठी सुनिरहेका हौला ।

म नफर्केपछि तिमेरूलाई टेन्सन भाको होला । टेन्सन नलिनू । म जहाँ छु, बहुत खुसी छु ।

म नेपालगन्ज पुग्दा सन्ध्याको बिहे भइसकेको थियो । दुलहीको भेषमा ऊ साह्रै सुन्दर देखिएकी थिई । उसको सिउँदोलाई अर्कैले रङ्गाएको थियो । बहुत नरमाइलो लाग्यो । म रोएँ । तर साला आँसु निस्केन । जिन्दगीमा पहिलोपल्ट म सुक्खा आँखा रोएको थिएँ ।

राति होटलमा आएर खुब रोएँ । रक्सी खाएँ । नारायणगोपालका गीत सुनें । र सोचें, सायद सन्ध्या मेरी हुन यो धरतीमा आएकै थिइन । त्यसैले मेरी भइन ।

अर्कैसित बिहे गरी भनेर म किन दुःखी हुँ । किन रिसाऊँ ?

हुन लेखेको कुरा त्यत्तिकै हुन्छ, नहुन लेखेको कुरा भित्तामा जति टाउको जोते पनि हुँदैन । यति बुझेपछि, खुसी भइने रैछ ।

सायद, बिहेका दिन सन्ध्याको अनुहार दुःखी भएको भए मेरो आत्मा पोल्थ्यो होला । तर ऊ खुसी थिई । म उसको अनुहार पढ्न सक्छु ।

मैले पछि पत्ता लगाएँ, केटो पढेलेखेको रैछ । बैङ्कमा काम गर्दो रैछ । जाँड, रक्सी, चुरोट, खैनी क्यै खाँदो रैनछ । घरबारी टोलमा

उसको दुईतले घर पनि रैछ । टोलमा कसैले पनि उसलाई नराम्रो भनेको सुनिनँ ।

खुब सोचेपछि लाग्यो, सन्ध्याका लागि ऊ ठीक छ ।

यसरी सोच्दै जाँदा मन हलुङ्गो हुँदै आयो । सोचें, सन्ध्याले जति समय मसित प्रेम गरी, दिलदेखि गरी । उसले मलाई धेरै स्मृतिहरू दिएर गई । अब एक्लो हुँदा पनि म एक्लो हुन्नँ । उसका स्मृतिहरू मेरा साथमा हुनेछन् ।

एक दिन म बूढो हुनेछु । तर मेरा स्मृतिहरूमा ऊ कहिल्यै नओइलाउने फूल भएर फक्रिनेछ । अब मेरी सन्ध्या, मेरा लागि कहिल्यै बूढी हुनेछैन । मेरा आँखाअगाडि उसका गाला चाउरी पर्नेछैनन् । कपाल फुल्नेछैनन् । दाँत फुक्लनेछैनन् ।

यस्तै कुरा सोचेर म खुसी थिएँ ।

एक दिन अचानक मैले सन्ध्या र उसको पोइलाई रिक्सा चढेर गइरहेको देखें । किनकिन पछि लाग्न मन लाग्यो । मैले अर्को रिक्सा चढेर पिछा गरिरहें ।

एकलैनी पुगेपछि, उनीहरू झरे ।

म पनि झरेर पछि लागिरहें । हप्प गर्मी थियो । सन्ध्या रातो साडीको सप्कोले अनुहार हम्किरहेकी थिई । त्यसको पोइले गोजीबाट रूमाल झिकेर उसलाई दियो । उसले अनुहार पुछेर फिर्ता दिई । त्यसको पोइले रूमाल गोजीमा राख्न खोज्यो । तर रूमाल भुइँमा खस्यो । उसले रूमाल उठाएर टकटकाउँदै गोजीमा हाल्यो ।

उनीहरू अघि बढे ।

म हुर्रिंदै रूमाल खसेको ठाउँनेर पुगें । मलाई थाहा छैन, मैले किन त्यसो गरें । सय रूपियाँको नोट रूमाल खसेको ठाउँमा खसालें । मेरो मुखबाट निस्क्यो, "ओ ! दाइ ।"

सन्ध्याको पोइ पछाडि फर्कियो ।

मलाई देखेर अकमकियो । ऊभन्दा सन्ध्या धेरै अकमकिई । उसको अनुहार अँधेरो भयो । मैले उसका आँखामा गहिरो डर देखें ।

उनीहरूले देख्ने गरी भुँइबाट नोट उठाएँ र भनें, "पैसा खस्यो ।"

नजिक गएँ र सन्ध्याको पोइको हातमा नोट राखिदिएँ ।

ऊ अलमलियो ।

"रूमालसितै नोट खसेको थ्यो," मैले भने, "तपैंले देख्नुभएन ।"

उसले नोट समाएर गोजीमा हाल्दै भन्यो, "धन्यवाद ।"

मैले हात दिएँ । उसले हात मिलायो । मैले उसको तातो हत्केला समात्दै सन्ध्यालाई हेरें । उसको अनुहारमा अझै डर थियो ।

उसले कसरी थाहा पाओस् ? मैले त नोट दिएको बहानामा उसको पोइसित हात मिलाउन खोजेको थिएँ । आउनेजाने मान्छेहरूले हामीले हात मिलाएको देखे । त्यो उनीहरूलाई सामान्य लाग्यो होला । तर मेरा लागि सामान्य थिएन ।

मैले त मेरी सन्ध्यालाई उसको हातमा सुम्पेको थिएँ ।

उनीहरू गए । म त्यहीँ उभिइरहें ।

अलि पर पुगेर सन्ध्याले पुलुक्क फर्केर हेरी । उसको अनुहारमा डर थिएन । ओठमा मधुरो मुस्कान थियो ।

मलाई लाग्यो, मेरी सन्ध्याले मलाई बल्ल चिनी । र उसका डर हराएका आँखामा मैले आफैंलाई चिनें ।

केटाहरू हो,

मेरो कुरा कति बुझ्यौ थाहा छैन । जेहोस्, रकी दादाले कुरा गर्न कत्ति जानेको भनेर पक्कै भन्नेछौ ।

यस्ता कुरा गर्न जान्ने मान्छे त्यत्तिकै रल्लेर पनि हुँदैन । अब केही बनेर मात्र फर्किन्छु ।

त्यसैले आजको मितिदेखि हाम्रो ग्याङ ढिसमिस भएको घोषणा गर्दछु ।

उही

गजेन्द्र

रकी दादाको चिठी आएको एक हप्तापछि अम्बरपुरमा ठूलो हुरी चल्यो । "प्यारका मन्दिर चोक" लेखेको फलेक उडेर कता पुग्यो कता !

केही दिनपछि पवनले फलेकलाई अम्बरपुरभन्दा अलि पर देख्यो । फलेक रूखको कापमा अल्झिएर आत्महत्या गरे झैं तुर्लुङ्ग झुन्डिएको थियो । त्यसमा रकी दादाले लेखेका अक्षर थिएनन् । उसले त्यही फलेकमुन्तिरबाट देख्यो– परऽऽऽ, सर्वजित मास्टर साप रमाको हात समाएर हतारहतार आइरहेका थिए ।

उसलाई देखी रमाले । सर्वजित मास्टर सापको हात छुटाई । र बेस्मारी दगुरी ।

कालो चुन्नी

शिशिरमा झरेको अन्तिम पहेंलो पातले वैशाखमा हरिया पातका लस्करहरू लिएर आएको थियो । नयाँ पात सिउरिएर रूखहरू दङ्ग परिरहेका थिए । सुगाका बथान हरिया पखेटा फैलाउँदै बाँसघारीमाथि उडिरहेका थिए । बाँसका पात मन्द गतिमा हल्लिइरहेका थिए । टुप्पामा काऽऽका गर्दै कौवाहरू झुत्ती खेलिरहेका थिए ।

पवन र वसन्त महिनौंपछि बाँसघारीमा पसेका थिए ।

"नाम लेखम् है ?" पवनले नाकछेउको खटिरो कोट्याउँदै भन्यो ।

पवन नाकको छेउमा आएको खटिरोले आजित भएको थियो । खटिरो रातो कमिलाको टाउको जस्तो देखिन्थ्यो र साह्रै दुख्थ्यो । दिसा गर्न बस्दा नाक कोट्यायो भने यस्ता खटिरा आउँछन् भन्ने भनाइ थियो । त्यसैले उसलाई खटिरो कोट्याएर फाल्न मन थियो । तर छोयो कि दिमागमा तीखो शूल उम्लिन्थ्यो ।

"हुन्छ । तँ पनि लेख्, म पनि लेख्छु," वसन्तले भन्यो ।

पवनले गोजीबाट ब्लेड झिक्यो । सर्वजित मास्टर सापले जम्मा दुईपल्ट दाह्री काटेको ब्लेड उसले बीचबाट प्याट्ट भाँच्यो । आधा भाग वसन्तलाई दियो ।

वसन्तले तीन महिनापछि बल्ल पवनको साथ पाएको थियो । त्यसैले पनि बढी माया देखाउन चाहन्थ्यो । सबैभन्दा सुरिलो र मोटो बाँस छान्यो । ब्लेडको टुप्पोले खुर्किन थाल्यो । च्यास्स दुखे झैं बाँस मन्द गतिमा हल्लिरह्यो । औंलाहरू टट्टाए, तैपनि ऊ रोकिएन ।

निधारको बीचमा पसिनाको डल्लो निस्कियो, पुछेन । डल्लो आँखाका कुनोबाट भित्र पस्यो, तैपनि रोकिएन ।

वसन्त सबैभन्दा सुन्दर अक्षर लेख्न चाहन्थ्यो । बाटुला र डिक सीधा भएका । तर लेखिसक्दा "प" बढी नै लाम्चो भएछ भने "ब" बढी नै डल्लो परेछ । तैपनि ओठमा मुस्कानको जुरेलीले शिर उठायो ।

"ल हेर्," उसले पसिना पुछ्दै भन्यो ।

पवन पसिना पुछ्दै छेउमा आयो । उसले बाँसको घाउ सुमसुम्यायो ।

"तैंले लेखेको हेरम् ?" वसन्त अघि बढ्यो ।

पवनले उसको हात समायो, "नाइँ, नहेर्, लाज लाग्छ ।"

वसन्तले सोच्यो– पवनले फेरि नामको छेउ पानको पात बनायो होला । र बाँसको रूखको छेउमा पुग्यो । हेर्‍यो । ऊ त खर्ल्यामखुर्लुम भयो । भनन रिँगटा चले जस्तो भयो । उसलाई पवनले यस्तो गर्ला भन्ने लागेको थिएन । उसले ट्याप्प बाँसको रूख समात्यो र आफूलाई थाम्यो । एकपल्ट फेरि नामतिर हेर्‍यो । पवनले डिका सोझा बनाएर बाटुला अक्षरमा लेखेको थियो–

प+मु

उसले सोच्यो– पवनले उसलाई ट्याप्प समाएर आफ्नो हृदयको कुनाबाट बाहिर फाल्यो र मुनमुनलाई राख्यो । के अब पवनले फेरि उसको नाम लेख्दैन ?

"लभ पर्‍यो भने त मुनमुनले पनि मेरो नाम लेख्छे होला है !" पवन लजायो ।

वसन्त चुपै रह्यो ।

"यसपालि मुनमुनलाई पोस्टकार्ड दिन्छु ।"

"मुनुमुन त नेपालगन्जमा छ," वसन्तले मसिनो स्वरमा भन्यो, "कसरी दिन्छस् ?"

"बाले नेपालगन्ज लैजाने भन्नुभा छ । त्यहीँ भेटेर दिन्छु । अनि एउटा चुन्नी पनि दिन्छु ।"

चुन्नी ? वसन्तले चुन्नी अम्बरपुर जाँदा देखेको थियो । पछ्यौरा जस्तै हुन्थ्यो । तर पछ्यौराभन्दा अलि सानो । दुईतिरैको बिटमा त्यान्द्रा निस्किएको । गलामा गलबन्दी झैं बेर्दा खुब सुहाउँथ्यो । कालो, हरियो, रातो, टाटेपाटे थरीथरी रङका हुन्थे । केटाकेटीले गर्धनमा बेरेर लगाउँथे ।

"मुनमुनले हरियो चुन्नी लाउँछे," पवनले भन्यो, "तर त्यसलाई कालो सुहाउँछ । कालै किनेर दिन्छु ।"

"कति पर्छ ?"

"एक सय ५० रूपियाँमा आउँछ ।"

"चुन्नि किन्ने पैसा काँबाट ल्याउँछस् ?" वसन्तले बाँसको रूखलाई सुस्तरी मुड्कीले हान्यो, "तेरा बाले त दिन्नन् ।"

"बाले दिन पर्दैन," पवन दगुर्‍यो, "आइज, तँलाई एक चीज देखाउँछु ।"

वसन्तले पछ्यायो ।

पवनले दगुराउँदै आफ्नो घरको करेसामा पुर्‍यायो र तीतेपातीको झाङतिर हेर्दै, ओठ चलाउँदै केही सोच्यो । र एउटा तीतेपातीको बोट उखेल्यो । अनि, बिरालो झैं माटो कोतर्न थाल्यो । पवनले के गर्न लागेको हो, वसन्तलाई थाहै थिएन । ऊ चुपचाप त्यहीँ उभिइरह्यो । माटो कोतर्दा नङ दुख्न थालेपछि पवनले काठको छेस्को समायो । काठको छेस्कोले कोतर्न थाल्यो । उसको कन्चट पसिनाले लुछुप्पै भिजायो । कुप्री परेकाले ढाडमा पनि पसिना आएछ । सर्टमा मेरूदण्डको छाप देखियो ।

छिटोछिटो चलिरहेका पवनका हात टक्क अडिए । उसले मुसुक्क हाँस्दै वसन्ततिर हेर्‍यो र सानो खाल्डोबाट माटैमाटो भाको सानो सिसी झिक्यो । सिसीको वरिपरि लागेको माटो तीतेपातीले पुछ्यो ।

वसन्तले देख्यो– सिसीभित्र चुरोटका खिल्ली झैं बटारेर राखेका नोट थिए ।

पवनले बल लगाएर बिर्को घुमाउन खोज्यो, सकेन । सर्टको फेर बिर्कोमा बेरेर बिर्कोलाई दाँतका बीचमा राख्यो र दाह्रा किट्यो ।

बिर्को घुम्यो । बिर्को खुलेपछि सिसीलाई हत्केलामा घोप्टायो । सुलुलुलु सयका नोट बाहिर निस्किए । दुइटा रहेछन् । उसले नोटलाई हत्केलामा फिँजाऱ्यो । नाकतिर लगेर सुँघ्यो । हाँस्यो, "देखिस् ? मसित पैसा छ ।"

वसन्तले सोच्यो– यसले मुनमुनलाई चुन्नी पनि किनिदिने भइगो । सोध्यो, "कैले लुकाथिस् ?"

"उहिल्यै हो" भन्दै पवनले पैसा फेरि सिसीमा राख्यो । बिर्को कस्यो र खाल्डोमा राख्यो । पुऱ्यो । तीतेपातीको बोट फेरि गाड्यो । र वसन्तका कानमा भन्यो, "कसैलाई नभनेस् है, पैसाको बारेमा । म नेपालगन्ज जाने बेला सुटुक्क झिक्छु ।"

वसन्तले मुन्टो हल्लायो ।

"ल अब तँ घर जा, म पढ्छु," पवनले हातको धूलो झट्काऱ्यो, "भोलि गाउँ डुलम्ला ।"

वसन्त लुरूक्क परेर फर्कियो ।

ऊ उदास थियो । सोच्यो– पवने अम्बरपुर गएर आएपछि धेरै नै फेरिएछ । पहिला जस्तो छँदै छैन । हुन पनि हो, उसले अम्बरपुरमा काँचुली फेरेको थियो । जसरी सर्पले फेर्छन् ।

बाँसबारी फर्किएपछि पवनले गाउँ डुल्न छाडेको थियो । कहिलेकाहीँ रमाको हात समाउँदै, बूढो मान्छे झैं सुसेली हाल्दै पीपलका रूखसम्म पुग्थ्यो र फर्किहाल्थ्यो । वसन्तले ढुकुरको आवाज निकालेर बोलाउँदा पनि नसुने जस्तै गर्थ्यो । हप्तामा तीनपल्ट नुहाउँथ्यो । लुगा पनि सधैं धुन्थ्यो । महिनामा एकपल्ट कैंची बोकेर घुइयारामकोमा कपाल काट्न पुग्थ्यो । नङ पनि हप्ता दिनमा काटिहाल्थ्यो । गोलीगाँठा र कुर्कुच्चामा मयल त देखिँदै देखिँदैनथ्यो । ऊ पहिला जस्तो काँतर पनि थिएन । पुन्ने र टङ्केलाई मतलब पनि गर्दैनथ्यो ।

एकपल्ट स्कुलबाट फर्किंदै गर्दा पुन्नेले दूरबिन खोस्न खोजेको थियो । पवनले पुन्नेको घुच्चुकमा मुड्की हानेको थियो । पुन्नेले नाकका पोरा फुलाएको थियो, "एई पवने, लड्छस् ?"

"टट्टी चलायो भने मुखमा छिटा पर्छ," उसले भनेको थियो, "अनि गन्हाउँछ ।"

"मलाई टट्टी भनिस् ?" पुन्नेले ढुङ्गो समाएको थियो, "तेरो टाउको दुइटा बनाइदिम् ?"

"ल हान् । म मरिहालें भने ठीकै छ," पवनका आँखा चिलका जस्ता भएका थिए, "म बाँचें भने तेरो खैरियत छैन । बुझिस् ? मेरा बा हेडमास्टर भन्ने थाहा छैन ? कुनै पनि स्कुलमा पढ्न नपाउने गरी रेस्टिकेट होलास् । याद गर् ।"

ढुङ्गो फ्यात्त फालेर पुन्ने दगुरेको थियो, जसरी रेबिज लाएको कुकुर टाङमुनि पुच्छर लुकाएर भाग्छ ।

यो घटनाले वसन्तको निद हरेको थियो । पवने कति बाठो र कति आँटिलो भइसकेको रहेछ बा ! अनि कस्ता नबुझिने शब्दहरू बोल्न थालेको नि फेरि ! "खैरियत" रे !

उसले राति भात खाँदै गर्दा जसोदालाई सोध्यो, "आमै, खैरियत भनेको के हो ?"

"मैले पनि सुनेकी हुँ । तर ठ्याक्कै के भनेको थाहा छैन । सरले सोधेको ?"

"नाइँ," उसले भातलाई डल्लो पारेर चोर औंलाले प्याट्ट हान्यो, "पवनले बोलेको ।"

"पवन पनि अचेल त अर्कै भछ," उनले भनिन्, "अस्ति तै पीपलको फेदाँ झुलुक्क भेट भाथ्यो । मलाई त आन्टी नमस्ते पो भन्यो । म छक्कै परें ।"

पवनलाई देखेर गाउँले मात्र होइन, स्कुलका सर पनि छक्कै पर्थे । किनभने परीक्षामा जेनतेन पास हुने ऊ आठ कक्षाको परीक्षामा दोस्रो भएको थियो । कसैकसैले "सर्वजित मास्टर सापले छल गरेर छोरालाई दोस्रा बनाका हुन्" भने पनि उसले पढाइ सुधारेको पत्याउन करै लाग्थ्यो । किनभने ऊ सर्वेश्वर सरले दिएको हिसाब निर्धक्क कालोपाटीमा हल गरेर देखाइदिन्थ्यो । उसका अक्षर अझै बाटुला भएका थिए । सर्वेश्वर कालोपाटीका अक्षरहरू मेट्नुअघि एकपल्ट मज्जाले हेर्थे । ती अक्षरमा डस्टर घुमाउँदा पनि उनको चित्त दुख्थ्यो । बेलाबेला भन्थे

पनि, "एई पवन बाबु, अब जिल्लास्तरको हेन्डराइटिङ प्रतियोगितामा जानुपर्छ । सरस्वती माताको कृपा छ । फस्ट हुन्छौ ।"

सर्वजित मास्टर सापले सबै कुरा थाहा पाएका थिए । त्यसैले उनलाई अम्बरपुर पठाएर ठीकै गरेछु भन्ने लागेको थियो । पहिला खुबै मुर्मुरिने उनी मुसुमुसु हाँस्ने भएका थिए ।

कहिलेकाहीँ जीवाराम ठट्टा गर्थे, "के हो मास्टर, छोरोलाई कस्तो सिलाजित ख्वायौ ? चोलै फेरे जस्तो भाछ ।"

सर्वजित मास्टर सापलाई यस्ता ठट्टा आनन्ददायी लाग्थे, चौतारामा चल्ने मीठा बतास जस्ता । उनले पवनका उत्तरपुस्तिका हेरेका थिए । उसले गणित र अङ्ग्रेजीमा पनि प्रगति गरेको थियो । र उसले केरमेट नगरी सबै उत्तर हल गरेको थियो । त्यसै साँझ उनले घरमा रातो भाले काटेका थिए । र दाँतका चेपमा अल्झेका मासुका रेसा, छेस्कोले कोट्याउँदै भनेका थिए, "तैंले मैले भनेको मानिस्, अब भन् म के गरूँ ? म साह्रै खुसी भाछु ।"

उसले मौका छोपिहाल्यो, जसरी दिउँसो आँगनमा दगुरेको कुखुरो छोपेको थियो । भन्यो, "बा ! नयाँ वर्षमा नेपालगन्ज जान्छु ।"

सर्वजित मास्टर सापले सोचे– अम्बरपुर गएदेखि चोलै फेरेको छ । नेपालगन्ज गयो भने ठूलो सहर देख्ला । नयाँ कुरा सिक्ला ।

उनले छेस्कोले घोचेको गिजामा जिब्रो घुमाउँदै भने, "ल, हामी नेपालगन्ज जाम्ला । तीन दिन बसेर आम्ला ।"

त्यही रातदेखि त हो नि, उसले चुन्नीको सपना बुन्न थालेको । कालो रङको । मुनमुनलाई खुबै सुहाउने । उसले रमाका रङ चोरेर कालो चुन्नी लाएकी केटीको चित्र पनि बनाउन खोजेको थियो । तर सकेन । त्यसैले रमालाई भनेको थियो, "कालो चुन्नी लाएकी केटीको चित्र बनाइदे न ।"

"के हो चुन्नी भनेको ?" ऊ छक्क परेकी थिई ।

सर्वजित मास्टर सापको मफलर गर्धनमा बेरेर उसले भनेको थियो, "हो, यस्तै हुन्छ तर पातलो ।"

उदास हुँदै घर फर्किरहेको वसन्तको दिमागमा पनि कालो चुन्नी घुमिरहेको थियो । रातीगेडीका झाङ्लाई लौरीले हिर्काउँदै सोचिरहेको थियो– उसका र पवनका बीचमा अब "कालो चुन्नी" आइपुग्यो ।

ऊ रातभरि निदाउन सकेन ।

केही दिनमै पवन नेपालगन्ज जानेछ । मुनमुनलाई पोस्टकार्ड र कालो चुन्नी दिनेछ । मुनमुनले पनि पोस्टकार्ड पठाउनेछे । अनि पवनेले लभ लेटर पठाउनेछ । मुनमुनले पनि उत्तर पठाउनेछे । मुनमुनको दिमागमा केवल पवने हुनेछ, पवनेको दिमागमा केवल मुनमुन ।

ऊ कहाँ हुनेछ ?

उसलाई एउटा अँध्यारो तारा आफूतिर रफ्तारमा आइरहे जस्तो लागिरहेको थियो । उसले पल्लो ओछ्यानबाट आइरहेको जसोदाको सुस्केरा सुन्यो । कोल्टे फेऱ्यो । उखर्माउलो गर्मी थियो । झुलबाहिर लामखुट्टेहरू रन्थनिइरहेका थिए ।

"एई, किन छटपट्या छस् ?" जसोदा ब्युँझिछन् ।

"त्यस्सै," मसिनो स्वरमा भन्यो ।

"सुत् के । हिजोआज के भा छ तँलाई ? खुप छटपट्या छस् ।"

उसले उत्तर दिएन । निदाएको बहाना गरिरह्यो । सोचिरह्यो– पवनबिना ऊ बाँसबारीमा कति छटपटिएको थियो ! कतै पवन साइकल कुदाउँदै बाँसबारी आइहाल्छ कि भनेर कति बाटो हेरेको थियो !

जसोदाले पट्यौला र जिब्रे सागको तरकारी पकाउँदा उसले पवनको भोकलाई सम्झेको थियो । कापीका पन्नामा हिसाब गर्दैगर्दा उसले पवनको नाम लेखेको थियो । इँटाभट्टा, वरपीपल, लटरम्म जमुना र फरेट फलेका जङ्गल पवनबिना उराठलाग्दा मानेको थियो । कतिपल्ट बाँसघारीमा पसेर पवनले लेखेका नाम सुमसुम्याएको थियो ।

तर पवनेले फर्केपछि वास्ता गर्न छाडेको थियो । भेट हुँदा पनि मुनमुनकै कुरा गर्थ्यो । रूखका हाँगामा बसेर हग्न पनि छाडेको थियो ।

अचानक उसको दिमागमा जुनकीरीको चाक झैं पिलिकपिलिक केही बल्यो ।

सर्वजित मास्टर सापले पवनको काँध हल्लाए । सपनामा खोलाको किनारैकिनार हिँडिरहेको पवन झस्कियो ।

"चाँडो हातमुख धो," उनले हाई काढ्दै भने, "पाँच बजे हिँडिहाल्नुपर्छ ।"

पवनले च्यापुका काप दुख्ने गरी हाई गऱ्यो । सर्वजित मास्टर साप रमाको ओछ्यानतिर बढे । पवन बाहिर निस्कियो । बाँसबारीलाई पातलो अँध्यारोले छोपेको थियो । आकाशको पूर्वी टुक्रामा उज्यालो धर्सो थियो । शान्तिरामका कुखुराहरू एकनास कराइरहेका थिए ।

पवनले नलमा अनुहार पखाल्यो । खटिरो झन् चस्कियो । उसले सोच्यो– यो खटिरो पनि मुनमुनलाई भेट्ने बेलैमा आउनुपर्ने । दाँत माझ्यो । गोलीगाँठा वरिपरिको मयल फाल्यो । पानीले कपाल स्याप्प पाऱ्यो । निद्राले रन्थनिइरहेकी रमा आएपछि ऊ करेसातिर दगुऱ्यो । तीतेपातीको झाङभित्र पसेर दिसा गर्न खोज्यो । तर पिसाब मात्र आयो ।

र बढ्यो त्यो तीतेपातीको बोटतिर जसका जरामा उसले आफ्नो सपना लुकाएको थियो । तर ऊ खर्ल्यामखुर्लुम भयो । तीतेपातीको बोट भुइँमा लत्रिएर ओइलाइसकेको थियो । जरा सानो खाल्डोमा तुर्लुङ्ग झुन्डिएका थिए । उसले खाल्डोतिर हेऱ्यो । सिसी थिएन ।

उसलाई भननन रिँगटा चले जस्तो भयो । रून मन लाग्यो । मलद्वार चिलाए जस्तो भयो । हुत्तिँदै भुइँ झरेको आकाशले च्यापे जस्तो भयो ।

कतै सुँगुरले त खोस्रिएन ? उसले सिसी तीतेपातीका झाङतिर छ कि भनेर हेऱ्यो । तर सिसी कतै भेटिएन ।

"फेरि कता गयो !" सर्वजित मास्टर सापको आवाज सुनेर ऊ आँगनतिर दगुऱ्यो । रमाको कपाल कोरिरहेका उनले भने, "चाँडो लुगा लगा ।"

ऊ कोठातिर दगुऱ्यो । नीलो सर्ट र जिन्सको पाइन्ट लगायो । छालाको कालो जुत्ता लगायो । र पलङको डिलमा बस्दै सोच्यो– कसले खने होला खाल्डो ? गाउँमा सुँगुर मात्रै त हुन् नि, गाडेको कुरा खोस्रने । तर सुँगुरले खोस्रेको होइन । नत्र सिसी भेट्टिहाल्थ्यो । अरू त कसैले पनि उसले सिसी गाडेको कुरा थाहै पाएको छैन । कि वसन्तले झिक्यो ?

ऊ आँगनतिर दगुर्‍यो । सर्वजित मास्टर सापलाई भन्यो, "बा, म एक्कैछिनमा आउँछु है !"

सर्वजित मास्टर साप बोल्न खोज्दै थिए, ऊ दगुरिहाल्यो ।

वसन्तको घर पुग्दासम्म उसको अनुहार पसिनाले नुहाइसकेको थियो । आँगन भर्खरै बढारे जस्तो थियो, सायद जसोदा उठिसकी होलिन् । उसले यताउता हेर्‍यो तर जसोदालाई देखेन ।

भित्र पस्यो ।

वसन्त झुलभित्र उत्तानो परेर सुतेको थियो । एकदुई लामखुट्टे झुलका प्वालमा अल्झिएर कराइरहेका थिए । उसले झुलको फेर तान्यो । यसो निहुरिएर झुलभित्र टाउको हुल्यो । उत्तानो परेको वसन्तले कैंची जसरी हात छातीमा राखेको थियो । सायद सपना देखिरहेको छ कि ? उसको निधार बिस्तारैबिस्तारै खुम्चिरहेको थियो ।

"बन्ते !" उसले पाखुरा हल्लायो ।

वसन्तले झ्वाट्ट आँखा उघार्‍यो । आफ्नो अनुहारमाथि झुन्डिइरहेको पवनको अनुहार देख्यो र सोध्यो, "जान लाइस् ?"

"अँ" भन्दै पवनले हराएको सिसीका बारेमा बतायो । वसन्तका आँखा ठूला भए । उसले नपत्याए जस्तो गर्‍यो ।

"एउटा कुरा सोधुम् तँलाई ?" पवनले भन्यो ।

वसन्तले ओछ्यानमा बसेर लामो हाई काढ्यो, "के कुरा ?"

"त्यो सि...," पवनको आवाज मलिन भयो, "त्यो पैसा राखेको सिसी तैंले लको होस् ?"

वसन्तको अनुहार अँध्यारो भयो ।

"सिसीका बारेमा तँलाई बाहेक अरूलाई थाहै छैन ।"

वसन्तले पवनतिर पुलुक्क हेर्‍यो । लौ, पवनका त आँखा रसाइसकेछन् । उसले पवनलाई सान्त्वना दियो, "सुँगुरले ल होला । भेटिन्छ के !"

"भेटिन्न । मान्छेले नै झिकेको हो," पवनले अवरूद्ध गलामा भन्यो, "तैंले लको होस् भने दे । बरू म तँलाई पछि दिम्ला ।"

"माँ कसम, मैले ल छैन," वसन्त हडबडायो, "त्यस्सै आरोप नला के मलाई ।"

"मैले चुन्नी किन्न राखेको पैसा," पवनले सुँक्क गऱ्यो ।

"अरू कसैले ल होला," वसन्तले आँसु पुछ्यो, "तैंले मलाई विश्वास गरिनस् ।"

पवनले आँसु पुछ्यो । क्या सपना देखेको थियो, उसले । सकियो । थकित ऊ बाहिर निस्क्यो ।

आँगनबाट पर पुगेपछि उसले फर्किएर हेऱ्यो । आँगनछेउमा उभिएर वसन्तले उसलाई हेरिरहेको रहेछ । र उसले जोडले भन्यो, "मेरो पैसा जसले चोरेको हो, त्यसकी आमालाई टुँ पार्दै हरिया बाँसले बाँधून् ।"

र बेस्मारी दगुऱ्यो । पछाडि फर्केर हेरेन । उसलाई हेर्नु पनि थिएन ।

"दादा !" पवनले बोलायो ।

बसिरले झ्यालबाहिर चियाएर मुसुक्क हाँस्यो । दैलो खोलिदियो । दुई बजेकाले होला, प्रोजेक्टरमाथि रिलको डल्लो फनफनी घुमिरहेको थियो । हलभित्र ताली बजिरहेको थियो । पवनले प्रोजेक्टरको प्वालबाट पर्दातिर चियायो । हिरोले गुन्डालाई पिटिरहेको थियो । एकछिन हेरेपछि उसको तिर्खा मेटियो ।

"बहुत दिन बाद ?" बसिर हाँस्यो ।

ऊ कुनामा चाङ लाएर राखेका रिलका डल्लामाथि बस्यो, "अँ दादा, आज तीन बजेको बसमा नेपालगन्ज जान लाको ।"

"नेपालगन्ज बहुतै राम्रो छ," बसिरले दाह्री कन्यायो, "आसिफ र म पाँचछपल्ट आएका थियौं । आसिफलाई त्यहाँको लस्सी बहुतै मनपर्छ ।"

उसले मुन्टो हल्लायो ।

"कहिले फर्किन्छस् ?"

"तीन दिनपछि ।"

"त्यसो भए बहनलाई लिएर फिल्म हेर्न आउनू," बसिरले भन्यो, "टिकेट म दिलाउँन्छु । बहुतै प्यारी छ तेरी बहन । आँखाको नुर छ ।"

उसले मुन्टो हल्लायो ।

"अनि दोस्त आएन ?"

"आएन । म अब त्योसित बोल्दिनँ ।"

"दिल दुखायो त्यस्ले ?"

उसले मुन्टो हल्लायो । तर केही भनेन । उसले एकछिन फनफनी घुमिरहेको रिलको डल्लो हेरिरह्यो ।

"अस्ति आसिफले खत पठाएको थियो," बसिरले भन्यो, "आफ्नै किलासमा पढ्ने लड्कीसित प्यार गर्छ रे ! मैले पनि खतमा भन्दें– बेटा, प्यार गर्नु त राम्रो हो । गर्, मज्जाले प्यार गर । दुनियाँमा प्यारको कमी छ । तर प्यार गर्ने मान्छेलाई नरूलाउनू । अल्लाह रिसाउन्छ ।"

पवन खिस्स हाँस्यो । उसलाई पनि आफ्नो प्यारको कथा भनूँ कि जस्तो लाग्यो । तर भनेन ।

"तपैंले प्यार गर्नुभएन ?"

बसिरले प्रोजेक्टरको हरियो सिसाबाट भित्र चियायो र झललल बलेको कार्बनका लट्ठी मिलायो । भन्यो, "गरेको थें । उसको नाम रूक्साना थियो । बहुत अच्छा गाना गाउँथी । कोयलको जस्तो आवाज थियो । मेरो मोहल्लामा बस्थी । चाँदको टुकडा जस्तो उसको चेहरामा मेरो दिल आयो । बहुतै फिल्म हेर्थी । फिल्म हलको अपरेटर भएकाले होला, उसको दिल पनि मतिर आयो । म उसलाई फिल्मको टिकेट दिइरहन्थे । एकदो बरसमा पैसा जम्मा गरेर निकाह गर्छु भनेर सोचेको पनि थिएँ । मेरै मोहल्लाको रफिदले पनि उसलाई प्यार गर्दो रैछ । तर रूक्सानाले वास्ता गर्दिनथी । अनि,बहुत बुरा भयो ।"

बसिरले रून्चे अनुहार लायो ।

"अनि के भो, दादा ?"

"एक सुबह मैले बहुत बुरा खबर सुने । दौडेर हस्पताल पुगें । मेरी रूक्सानाको चेहरा थिएन । उसको गर्धनमाथि जलेको माँस थियो । उसको गर्धन पनि चिरिएको थियो । आवाज थिएन । पुलिसले रफिदलाई बहुत ढुँड्यो । तर भेटेन । माधरचोद, कहाँ पुग्यो कहाँ । म त रूक्सानाको तेजाबले जलेको चेहरा हेरेरै भए पनि निकाह गर्न चाहन्थें । उसको

गर्धनबाटै फुस्कने आवाजमै "निकाह कबुल है" सुन्न चाहन्थें । तर रूक्सानालाई आफ्नो चेहराले बहुत रूलायो । रूँदा गर्धनबाटै फुस्कने आवाजले झन् रूलायो ।"

बसिरले आफ्नो टाउको झट्कार्‍यो, "एक दिन मेरी रूक्साना यो दुनियाँबाट गई । जहेरले पनि बहुत छिटो काम गरेछ । अल्लाहले उसलाई गोदीमा उठाएर लग्यो । मेरो दिल पनि रूक्सानासितै गयो । फेरि कसैमा दिल आएन । मलाई फिल्म हेर्‍यो कि रूक्सानाको बहुत याद आउँछ । यसैले म फिल्म हेर्दिनँ । आजकल भी रातमा उसको बहुतै याद आउन्छ । तर रूदिनँ । निँद पनि आउन्न । रातभर फिल्मको रिल घुमाइरहन्छु । रिल बिग्रेको हुन्न । फिर भी टेप टाँसिरहन्छु । काटिरहन्छु ।"

फिल्मको हाफटाइम हुने बेला भएछ । रिलको डल्लो जोडले घुम्यो । र रिलको अन्तिम पुच्छर फटटट गर्दै दाँतेहरूमा अल्झिएर तल खस्यो । पर्दा सेतो र सपाट भयो, जस्तो बसिरको अनुहार भएको थियो ।

बसिरले ठूलो रिलको डल्लो उठाएर प्रोजेक्टरको तालुमा राख्यो । ऊ रिल दाँतेहरूमा अल्झाउँदै थियो । पवनले भन्यो, "दादा, अब म जान्छु । बाले खोजिरहनुभएको होला ।"

बसिरले हाँसे जस्तो गर्‍यो र गोजीमा हात हाल्यो । बीस रूपियाँको नोट झिक्यो, "यो लैजा । लस्सी खानू ।"

उसले अनकनाउँदै नोट समायो ।

"फर्केपछि बहनलाई लिएर फिल्म हेर्न आउनू," बसिरले भन्यो ।

ऊ बाहिर निस्कियो र बेस्मारी दगुर्‍यो ।

उसले सोचेको थियो– नेपालगन्ज अम्बरपुर जस्तै त होला । मुनमुनलाई खोज्न सजिलो नै होला । तर नेपालगन्ज पुगेपछि उसको हंसले ठाउँ छाड्यो । गाडी नै गाडी । हल्लैहल्ला । धूलैधूलो । मान्छे नै मान्छे । गल्ली नै गल्ली । पोस्टरै पोस्टर । घरैघर । जुत्तैजुत्ता । रेडियो नै रेडियो । पोस्टकार्ड नै पोस्टकार्ड । सालिकै सालिक । अङ्गुरै अङ्गुर । लस्सी नै लस्सी । बदामै बदाम । चुन्नी नै चुन्नी । स्कुलै स्कुल ।

उसले सोचेको थियो– नेपालगन्जमा एउटै स्कुल होला । त्यो स्कुलमा गयो भने हाफटाइममा ठन्डा बरफ खान मुनमुन निस्किहाल्छे, भेट भइहाल्छ ।

तर नेपालगन्ज सोचे जस्तो थिएन । स्कुलहरू धेरै थिए । कुन स्कुलमा पढ्छे मुनमुन, के थाहा होस् ! चोकैचोक थिए । कुन चोकमा बस्छे मुनमुन, के पत्तो होस् !

सर्वजित मास्टर सापले रमाको हात समातेर, रिक्साको सिटमा राखेर नेपालगन्ज पृथ्वीचोक घुमाए । एकलैनी घुमाए । पवन पछिपछि लाइरह्यो ।

पहिलो दिन त नेपालगन्जमा उसलाई रमाइलो लाग्यो । दोस्रो दिन भने बाँसबारी फर्किने हुटहुटी जागिहाल्यो । उसलाई नेपालगन्जमा एकछिन पनि बस्न मन थिएन, जसले उसकी मुनमुनलाई लुकाएर राखेको थियो ।

दोस्रो दिन मध्याह्नतिर गर्मीले अतालिएको उसले सोच्यो, मुनमुनलाई नेपालगन्जमा खोज्न सकिन्न । ऊ चुरा पसलमा लहरो बनाएर झुन्ड्याएका पोस्टकार्ड हेर्दै उदास भयो । कत्ति राम्रा हिरोहिरोइनका पोस्टकार्ड ? चार रूपियाँमा त मोटो कागज भएका र टलक्क टल्किने पोस्टकार्ड पाइने रहेछन् । यस्तो पोस्टकार्ड मुनमुनलाई दिन पाए पो !

सर्वजित मास्टर सापले तेस्रो दिनमा फर्किने भनेका थिए । पवनलाई दोस्रो दिन मध्याह्नमा फर्किन मन लागेको थियो, केही भन्न सकेन । तेस्रो दिन पनि तीन बजे मात्रै बस फर्किन्थ्यो । कसरी कट्ला समय ?

तेस्रो दिन मध्याह्नमा पवन पृथ्वीचोक आयो । होटल छेउमै थियो, एक्लै हिँड्यो । ऊ पोस्टकार्ड किन्न चाहन्थ्यो । उसले पाँच रूपियाँको ठन्डा बरफ र पाँच रूपियाँको भुजा खायो । बसिरलले देको २० रूपियाँमा दस रूपियाँ मात्र बाँकी थियो । लस्सी त सर्वजित मास्टर सापले नै खुवाएका थिए । नेपालगन्ज पुगेकै दिन उनले भनेका थिए, "केही किन्न र खान मन लाग्यो भने मलाई भन्नू ।"

सर्वजित मास्टर सापले उसलाई महसुस गराएनन्, हातमा पैसा पर्नेबित्तिकै ऊ भागिहाल्छ कि भनेर उनी डराएका छन् । किनभने

नेपालगन्जबाटै काठमान्डू बस जान्थे । उनले पवनले भनेको कुरा खुवाएका थिए । पवनले मन पराएको सर्ट, पाइन्ट र जुत्ता किनिदिए । तर हातमा पैसा पर्न दिएका थिएनन् ।

त्यसैले पवनको गोजीमा १० रूपियाँ मात्र थियो ।

उसले अनौठो बास्ना आइरहेको पोस्टकार्डको चाङबाट एउटा पोस्टकार्ड छान्यो । पोस्टकार्डमा हिरोइन रूखमा अडेस लागेर उभिएकी थिई । कालो सारी र ब्लाउज लाएकी थिई । काखीका रौं खुर्केका थिए । उसको नाइटो गहिरो थियो । मह राखेर चम्मचले झिक्दै खान मिल्ने । नाइटो देखेर उसलाई तिघ्राका कापमा काउकुती लागे जस्तो भो ।

उसले पोस्टकार्ड लियो । पाँच रूपियाँको नोट दियो । पसलेले एक रूपियाँको ढ्याक फिर्ता दियो । ढ्याक हातमा खेलाउँदै उसले सोच्यो– पोस्टकार्ड पाएपछि पिच्कु कत्ति खुसी होला ! पिच्कुको उज्यालो अनुहार कल्पना गरेर उसको मन ठन्डा भयो ।

गोजीको छ रूपियाँ कहाँ खपत गर्ने होला भनेर सोच्दै अलि वरसम्म आयो । ककडीका चाना देख्यो । बल्ल ओठमुख सुकेको महसुस भयो । पसलेले ककडीको चानामा हरियो खुर्सानी, नुन र धनियाँ मिलाएको अचार चक्कुले लगाइदियो । पाँच रूपियाँ पनि गयो ।

उसले बिजुलीको पोलको लिखुरे छायामा उभिएर ककडी खाइरह्यो । उखर्माउलो गर्मी थियो । उसलाई आफ्नै अमिलो पसिना पनि गन्हाइरहेको थियो ।

जीवन संयोगहरूको लहरो रहेछ ।

त्यसै बेला उसले देख्यो– ठीक उसका अगाडि मुनमुन उभिइरहेकी थिई । ऊ साथीसित थिई । कस्ती राम्री देखिएकी भने... । उसले घुँडासम्मको स्कर्ट र माथि टिसर्ट लगाएकी थिई । उसको कपाल बतासको झोक्काले बिस्तारै हल्लिरहेको थियो । गर्धनमा थियो, हरियो चुन्नी । अब आफैं पैसा कमाएर कालो चुन्नी किनिदिन्छु, उसले हतारमा सोच्यो र हत्तपत्त आफूलाई नियाल्यो । धूलो भरिएको पाइन्ट । सर्टको माथिल्लो गोजीमा नाइटो देखाएकी हिरोइनको पोस्टकार्ड । धूलैधूलो भरिएको जुत्ता । हातमा ककडी । नाकको छेउमा खटिरो । गर्धनमा दूरबिन ।

उसलाई सुत्त भागूँ जस्तै लाग्यो ।

मुनमुन साथीलाई छाडेर ऊतिरै आई । मुनमुनको अनुहार शान्त थियो, अलिअलि मुस्कुराउन खोजे जस्तो । ऊ छेउमै आई । पवनले शिर निहुरायो । ऊ यसरी भेटिन्छे भन्ने थाहा पाएको भए नुहाएर आउँथ्यो नि !

"तिम्रो घर अम्बरपुर होइन ?" उसले सोधी ।

"अम्बरपुर त ट्युसन पढ्न आथें," उसले भन्यो, "घर त बाँसबारी हो ।"

"अनि, तिम्रो नाम के हो ?"

"पवन," उसले मधुरो आवाजमा भन्यो, "पवनकुमार ।"

"देखे जस्तो लागेर सोधेको," मुनमुन हाँसी । "मेरो नाम मुनमुन हो ।"

एकछिन मौनता छायो । उसलाई कति धेरै कुरा भन्न मन थियो । शब्दहरू तोप चराको गुँड झैं रूद्रघण्टीमै झुन्डिएर बसे । भन्न मन थियो– मुनमुन, त्यो कार्कीको छोरा जन्मिँदा डानस गर्ने मै हुँ । तिमी झ्यालमा उभिँदा पर सालको रूखमा छेलिएर लुकीलुकी हेर्ने मै हुँ । तिमी फिल्म हेर्न आउँदा पछाडिपट्टि बसेर तिम्रा पाखुरा छुने मै हुँ । बाटोमा जम्काभेट हुँदा सोझै तिम्रो आँखामा हेर्न नसकेर शिर निहुराउँदै तर्केर भाग्ने मै हुँ । बाँसघारीका बाँसमा तिम्रो नाम लेख्ने पनि मै हुँ । देखे जस्तो लाग्यो भन्ने ?

"हाम्रो घर पनि अम्बरपुरमा छ," उसले भनी, "टेलिफोन भाको घर । देखेछौ ?"

उसले मुन्टो हल्लायो ।

"अनि यो पोस्टकार्ड कसलाई दिन्छौ ?" ऊ हाँसी, "साथीलाई ?"

"कसैलाई नाइँ," उसलाई हातको आधा ककडी के गरूँ भइरहेको थियो, "मेरो साथी कोई छैन ।"

"अनि किन किनेको ?"

"त्यत्तिकै ।"

"ह्याँ कोसित आको ?"

"बासित," उसले हात पछाडि लगेर ककडीलाई बिस्तारै भुइँतिर छाड्यो, "बैनी पनि आछे ।"

मुनमुनकी साथीले इसाराले बोलाई । उसले भनिहाली, "पोस्टकार्ड मलाई दिन्छौ ?"

पवनले काँपिरहेका हात गोजीतिर बढायो । सोच्यो– हिरोको किन्नुपर्ने रहेछ ।

पोस्टकार्ड मुनमुनतिर बढायो । अनुहार हेर्न सकेन ।

"नयाँ वर्षको शुभकामना लेखेर देऊ न । मलाई ऐलेसम्म कोई केटाले देको छैन । सप्पै केटीहरूले मात्रै दिन्छन् । दिदीलाई त कत्ति धेरै केटाहरूले पठाउँथे !"

कलम थिएन । के गरोस् ? उसले लाचार नजरले मुनमुनतिर हे¥यो । उसले कुरा बुझी । भनी, "ऊ त्याँ, दोकानमा होला नि डटपेन ।"

उसले सडक पारिपट्टिको स्टेसनरी पसलतिर देखाई । अनि त पवन बतास भइहाल्यो । उसले सडकमा दगुरिरहेका गाडी र रिक्सालाई मतलब गरेन । ऊ मुसुमुसु हाँस्दै दगुरिरहेको थियो, छाती फुलाएर, शिर ठाडो पारेर । उसकी मुनमनुले आफैं पोस्टकार्ड मागेकी थिई ।

पसलेले झर्को मान्दै डटपेन दियो, कालो मसी भएको । उसलाई त हरियो र रातो साइनपेनले लेखेर दिन मन थियो, के गरोस् । उसले हातको कम्पन रोक्दै, डटपेनको निब अलिकति दबाएर नहतारिईकन बाटुला अक्षरमा "नयाँ वर्षको शुभकामना" लेख्यो । शुभकामनाको मुन्तिर आफ्नो नाम लेख्यो । ठेगानामा गाविस, जिल्ला र देशको नाम पनि छुटाएन ।

अक्षरमा एकछिन फुफु ग¥यो ।

दगुर्न लागेको थियो, उसले मुनमुनलाई सडक पार गरेर आइरहेको देख्यो । मुनमुन र उसकी साथी एकअर्काको काँधमा प्याट्टप्याट्ट हान्दै, जिस्किँदै आइरहेका थिए ।

ऊ नजिक गयो । मुनमुनको छायालाई हेर्दै पोस्टकार्ड दियो । उसले पोस्टकार्ड समाई । हेरी ।

"आहा, कति राम्रा अक्षर ! हेन्डराइटिङ प्रतियोगितामा भाग लेछौ ?"

"ले छैन" भन्दै उसले सोचिहाल्यो– यसपालि हेन्डराइटिङ प्रतियोगितामा फस्ट भएर देखाउँछु ।

मुनमुनले पोस्टकार्ड सुमसुम्याउँदै भनी, "थ्याङक्यू भेरी मच ।"

उसलाई अहिलेसम्म यसरी "अङ्ग्रेजीमा धन्यवाद" कसैले भनेकै थिएन । वाह, उसकी मुनमुनले अङ्ग्रेजीमा धन्यवाद दिई ।

ऊ खिस्स हाँस्यो ।

"अनि यो दूरबिनले के हेर्छौ ?"

"तारा," ऊ लजायो ।

"प्लेन हेर्नू नि," उसले भनी, "मलाई प्लेन एकदमै मनपर्छ ।"

उसले मुन्टो हल्लायो ।

"ल हामी गइम्," मुनमुनले उसको खटिरो हेर्दै भनी, "ढिला भयो भने मिसले गाली गर्नुहुन्छ ।"

उनीहरू अघि बढे । पवनलाई सपना जस्तो लागिरहेको थियो । ठ्याक्कै, बिहानीपखको, ब्युँझिनै बेलाको जस्तो ।

अलि पर पुगेर मुनमुन पछाडि फर्किई । खिस्स हाँसी । "बाई" भनेर एकछिन अकमक्किई । पोस्टकार्डमा हेरी र भनी, "बाई, पवनकुमार ।"

ऊ ङिच्च हाँस्यो । र मुठी कस्यो– मुनमुनले अब उसको नाम बिर्सिन्न । उसले पोस्टकार्डमा लेखेर दिएका अक्षरहरू कमिलाका लस्कर झैं मुनमुनको मुटुतिर सर्नेछन् ।

त्यही बेला माइकमा ठूलो आवाज आयो– अल्लाह हुँ अकबर ।

मुनमुन मानिसको भीडभित्र हराई ।

हे नेपालगन्ज, मुनमुनको ख्याल राखेस् । हे गल्ली, मुनमुनको बाटो नअलमलाएस् । हे घाम, मुनमुनलाई धेरै नपोलेस् । हे आँसु, मुनमुनको आँखामा कहिल्यै नआएस् । हे हाँसो, मुनमुनको ओठ छाडेर कतै नगएस् ।

उसले मुनमुनलाई केही त भन्नुपर्थ्यो नि । तर के ? ऊ बेस्मारी दगुर्‍यो । हुत्तिएर आएको ट्रकले उछिन्यो । झन्नै पछारेको ! उसका गोडा लगलगी काँपे । ट्रक अलि पर जाँदासम्म ऊ डेग चलेन । ट्रकलाई हेरिरह्यो । ट्रकको पछाडि लेखिएको थियो–

पर्खिराख, फर्की आउनेछु ।

बाँदर

"बन्ते !" पवनले अलिकति टाठो स्वरमा बोलायो ।

आँगनको डिलमा थ्याच्च बसिरहेको वसन्तले उठ्दै पुट्ठामा लागेको माटो टकटक्यायो ।

पवनले वसन्तसित राम्ररी आँखा जुधाउन पनि सकेन । बाटाभरि केके भनुँला भनेर सोचेको थियो । तर वसन्तलाई देख्नेबित्तिकै शब्दहीन भइगयो । अँजुलीमा बोकेर ल्याएको पानी औंलामा चेपचेपबाट तप्किएरै खसे झैं उसका शब्दहरू सकिएका थिए ।

"कैले आको ?"

"अघि भर्खरै," पवनले मसिनो स्वरमा भन्यो र सोच्यो– कति असल छ, बन्ते । त्यसरी आरोप नलाउन पर्नी रैछ ।

वसन्तले पवनको हृदयको चेपभित्र नियाल्यो । कुरा बुझ्यो । उसलाई सहज बनाइदिन सोध्यो, "मुनमुनलाई भेटिस् ?"

पवनका दाँत नयाँ ब्लेड झैं टल्किए । उसले वसन्तलाई गोठतिर तान्यो ।

गोठमा शून्यतामा दुवै एकअर्कालाई हेर्दै हाँसिरहे । वसन्तलाई सबैसबै कुरा सुन्न मन थियो । मुनमुन कहाँ भेटिई ? उसले के कुरा गर्‍यो ? पोस्टकार्ड दियो कि दिएन ? सर्वजित मास्टर सापसित पैसा मागेर कालो चुन्नी किनिदियो कि किनिदिएन ?

"सप्पै कुरा भन् है !" वसन्तले भन्यो ।

पवनले वसन्तले सुन्न खोजेकै शैलीमा बिस्तारै, एकएक क्षण सम्झेर सबै कुरा सुनायो । एकदमै आकर्षक शैलीमा । जुठीआमै र कोहिनुरले भन्दा पनि राम्ररी पो सुनायो बा !

वसन्तलाई त फिल्म नै हेरे जस्तो लायो । सबै दृश्य आँखाभरि फनफनी घुम्यो । उसलाई आफैं नेपालगन्ज पुगे जस्तै भयो । उसका आँखाका अघि पवन ककडी समाउँदै लजाइरहेको थियो । मुनमुन हाँसिरहेकी थिई ।

पवनले सबै कुरा सत्य सुनायो । तर अन्तिममा एउटा हरफ कल्पेर गाँसिदियो, "मुनमुनले पनि पोस्टकार्ड पठाउँछु भन्या छे ।"

"कैले पठाउँछे रे ?"

"एक हप्तापछि ।"

वसन्त कुण्ठित भयो ।

"म यसपालि हेन्डराइटिङ प्रतियोगितामा भाग लिन्छु," पवनले वसन्ततिर पुलुक्क हेर्‍यो, "फस्ट हुन्छु, फस्ट ।"

वसन्तले मुन्टो हल्लायो ।

"म अक्षर अझै बाटुला बनाउँछु । डिको पनि एकदमै सोझा बनाउँछु । मेरो ज्ञ त्यति राम्रो हुन्न । अब धेरै ज्ञ लेख्छु ।"

वसन्तले पवनको बर्बराहट सुनिरह्यो । डुँडमा टुसुक्क बसेको पवन उसलाई अर्कै मान्छे जस्तो लाग्यो ।

पवनभित्र नयाँ मानिस उम्रिरहेको थियो, रूखका कापमा बिरूवा उम्रिए जसरी । वसन्तले त्यो देखिरहेको थियो । बाँसघारीभित्र पस्ने, नाम लेख्ने, खोलाको छेउमा तुरी हल्लाउँदै दगुर्ने पवन सायद नेपालगन्जमै छुटेको थियो । र अर्कै पवन बाँसबारी फर्किएको थियो ।

पवन उठ्यो । उसले भित्ताबाट सानो छेस्को झिक्यो । भुइँमा टुक्रुक्क बस्यो । भुइँमा च्यादर जस्तो धुर्‍यान फैलिएको थियो । उसले धुर्‍यान हटायो र छेस्कोले ठूलो अक्षर लख्यो– ज्ञ । त्यस्तो अक्षर त वसन्तले सात जुनीमा पनि लेख्न सक्दैन ।

"कस्तो लाग्यो, भन् त !"

"संसारकै सबैभन्दा राम्रो ज्ञ यै हो ।"

पवन लजायो, "संसारकै त होइन होला ।"

"माँ कसम, संसारकै राम्रो हो के !" वसन्तले रूद्रघण्टी समायो ।

"अम्रिकाको पनि ?"

"अँ अम्रिकाको पनि ।"

"इस् हुन्छ अम्रिकाको !" पवन खित्त हाँस्यो, "अम्रिकामा त अङ्ग्रेजी पो लेख्छन्, थोडी ज्ञ लेख्छन् !"

"ए, हो त नि !" वसन्त हिस्स हाँस्यो । कति हुस्सु भएछु भन्दै आफ्नो तालुमा आफैंले प्याट्ट हान्यो ।

"तर यो ज्ञ त्यति राम्रो छैन," पवनले ज्ञको पुछारमा छेस्कोले छोयो, "जैले पनि ह्याँ मुन्तिर धर्को बटारिएकै ठाउँमा पुगेपछि बिग्रिन्छ ।"

वसन्तले अलिकति झुकेर ज्ञतिर हेऱ्यो । ज्ञको पुच्छर मुसाको पुच्छर जस्तै अलिकति घुमेको थियो । उसले भन्यो, "यो त मुसाको पुच्छर जसरी बटाऱ्या छ । सर्पको पुच्छर जसरी बटाऱ्यो भने मिल्छ ।"

हो कि ? पवनले हतारहतार अर्को ज्ञ लेख्यो । अलिकति मिलेको देखियो ।

"देखिस् ?" वसन्त उत्साही भयो ।

"अब म यसैगरी लेख्छु," पवनले एकपल्ट ज्ञतिर हेऱ्यो र चप्पलले स्वाट्टै मेटिदियो ।

दुवै गोठ बाहिर आए । मनतातो बतास हुरूरू दगुरिरहेको थियो । घाम सौतनपुरे आकाशको कुनामा पुगिसकेको थियो । घाम सिनेमा हलको प्रोजेक्टरको लेन्स जस्तो थियो, आकाशमा रङ्गीन प्रकाश फ्याँकिरहेको । आकाशमा रङ्गीन बादल तैरिरहेका थिए, सिनेमाको पर्दामा झैं । आकाशमुन्तिर एक हुल चरा उडिरहेका थिए । तिनले पिठ्युँमा बादल बोके जस्तो लाग्थ्यो ।

"भोलि भेटम्ला" भन्दै पवन दगुरिहाल्यो ।

राति पनि टुकीको उज्यालोतिर कुप्रिएर पवनले ज्ञ लेखिरह्यो । सक्खरका डल्ला वरिपरि झुम्मिएका कमिला झैं पानाभरि ज्ञ छरिएका थिए ।

रमाले चकित पर्दै पवनलाई हेरिरही र कापीको हात्तीको सुँढमा गाला अड्याएर निदाई । पिसाब फेर्न उठेका सर्वजित मास्टर सापले मन्दमन्द गतिमा ओठ चलाउँदै कापीमा कलम दगुराइरहेको पवनलाई देखे र मुसुमुसु हाँसे ।

टुकीको तेल सकिनै लाग्दा उसलाई पिठ्युँको पाता दुखे जस्तो लाग्यो । कापीभरि छरिएका ज्ञ हेर्दै लामो हाई काढ्यो । सर्वजित मास्टर सापको दैलोतिर चियायो, टुकी निभाइसकेका रहेछन् । अनि दुवै घुँडा खुम्च्याएर निदाएकी रमातिर हेऱ्यो । उसको छेउमा गयो । ओठका चेपबाट निस्केका ऱ्यालका लहरा पुछिदियो । गालाभरि छरिएको कपाल समेटेर कानमाथि राखिदियो ।

"फुच्ची, एउटा कुरा भनूँ ?" ऊ रमाको कानमा फुसफुसायो ।

उसले स्याँ गरी ।

"मेरो लभ पऱ्या छ, फुच्ची । म एमए पास गरेपछि ब्या गर्छु ।"

ऊ खिस्स हाँसी ।

ऊ आफ्नो पलङमा फर्कियो । कापीको अन्तिम पानामा मुनमुन+पवन लेख्यो । लजायो । कापीको पाना च्यात्यो । डल्लो पाऱ्यो र झ्यालबाहिर हुऱ्याइदियो । बत्ती निभायो । उत्तानो पऱ्यो । गाढा अँध्यारोमा साइकल चढेर आएको हुलाकीको कल्पना गऱ्यो । हुलाकीले उसलाई पोस्टकार्ड दियो । पोस्टकार्डमा मुनमुनको नाम थियो ।

गाढा अँध्यारोमा पनि कसले देखे होला र ! तैपनि ऊ बेस्मारी लजायो अनि घोप्टो पऱ्यो ।

सर्वेश्वर सरले भने, "पवन बाबु, बहुतै राम्रो कुरा गर्नुभयो । तपाईं फस्ट भैजानुहुन्छ । भैरव माविमा वैशाख २९ गते हेन्डराइटिङ प्रतियोगिता छ । तपैंले फस्ट मार्नुहुन्छ । पुरस्कारमा के छ, थाहा छ ?"

उसलाई के थाहा होस् !

"तीन सय नगद र एउटा सिल्ड छ," उनी हाँसे, "सरस्वती माताको मूर्ति भाको सिल्ड । बहुतै राम्रो ।"

उसले पुरस्कारको पैसाले मुनमुनलाई कालो चुन्नी किनिदिएको कल्पना गऱ्यो । सरस्वती माताको मूर्ति समाएर मुनमुन हाँसी ।

"यो जिल्लास्तरीय प्रतियोगिता हो, पवन बाबु," सर्वेश्वर सरले उसको काँधमा हात राखे, "अप्ठ्याराअप्ठ्यारा अक्षर लेख्न लाउँछन् । जस्तै, ज्ञ, क्ष, ऋ । ख्याल राख्नुहोला । यस्मा फस्ट हुनुभो भने अञ्चलस्तरीय प्रतियोगितामा पुग्नुहुन्छ । अनि राष्ट्रियस्तरको प्रतियोगितामा । त्यसमा पनि फस्ट मार्नुभो भने रेडियोबाट नाम आउँछ ।"

ऊ उत्साही भयो ।

र घर फर्किरहेका बेला बाटामा वसन्तलाई भन्यो, "यसपालि मलाई कसैले हराउन सक्दैन । बुझिस्, म यसपालि छापाका भन्दा राम्रा अक्षर लेखेर देखाइदिन्छु । एक दिन मेरो नाम रेडियोबाट आउँछ ।"

वसन्तले ढुङ्गो ट्याप्प समायो र सालका पोथ्रापोथ्रीमा हुऱ्यायो ।

"मेरी मुनमुनले रेडियोबाट मेरो नाम सुनी भने कत्ति खुसी होली !" पवनले गाला रातो बनायो, "मलाई अँगालो पनि मार्छे होला, है !"

"त्यसले अँगालो मारी भने तँ के गर्छस् ?" वसन्तलाई काउकुती लाग्यो ।

"म त्यसका गालामा च्वाप्प म्वाइँ खाइदिन्छु ।"

वसन्त खित्त हाँस्यो ।

पवनका कानका लोती राता भए । साँच्चै, म्वाइँ खान कति मज्जा हुन्छ होला, है ? मुनमुनका गाला सयपत्री फूलका थुँगा झैं नरम होलान्, है ?

त्यही बेला भुमरी बनाउँदै उड्दै आएको बतासले आँपका पात उनीहरूका गोडामा छरेर गयो । वसन्तले एउटा पात समायो, "फिरफिरे बनार दगुरम्, है ?"

"यस्ता पातका पनि फिरफिरे हुन्छन् ?" पवनले निधार खुम्च्यायो, "नेपालगन्जमा त कस्ता राम्रा फिरफिरे थे ! हरिया र राता कागजका । अलिकति हावा चल्दा पनि फननन घुम्ने ।"

वसन्तले पात हातमा खेलाइरह्यो । उसलाई नमीठो लाग्यो । पातको फिरफिरे फिरफिरे मात्र थिएन । उनीहरूको मित्रता कसेर बाँध्ने

डोरी पनि थियो । फिरफिरे घुमाउँदै दगुर्दा जानीजानी हार्नुको आनन्द वसन्तले गुमाएको थियो ।

दुवै चुप भए । काठफोड्वा चरोले आवाज दिइरह्यो । वसन्तलाई लाग्यो, काठफोड्वा चरोले सुकेको रूख ठुँगेको होइन, उसको हृदय ठुँगेको हो । र उसको हृदयको प्वालमा काठफोड्वा चरोले उदासीका बचेरा जन्माउँदै छ । तिनले उसको हृदय ठुङ्दै बस्नेछन् ।

वसन्तले पात फ्यात्त फाल्यो । पातलाई हुरूरूरू बग्दै आएको बतासले ट्याप्प समात्यो र दगुऱ्यो । वसन्तले मुठी कस्यो– माँ कसम, आइन्दा फिरफिरे बनाउन्नँ ।

पवन मुस्कुराउँदै अघि बढ्यो । हुरी चल्यो । सालका पात हुरूरू खसे । फनफनी घुम्दै सालका फूल खसे, वसन्तलाई आशा थियो, पवन फूल समात्न दगुर्नेछ । तर उसले वास्तै गरेन । ऊ आफ्नै कल्पनाको संसारमा हराइरहेको थियो ।

कल्पनामा रमाउँदै हिँडिरहेको पवनलाई वसन्तले ध्यान दिएर हेरेन । हेरेको भए, देख्थ्यो– अलिकति खुलेका ओठ । भर्खरै पलाएको फूलको पत्र जस्तो कलिलो मुस्कान । भर्खरै धोएको ऐना जस्तो आँखाको चमक । हात्तीको छावाको जस्तो हिँडाइ । हृदयमा उम्रेको लज्जावती झारको काउकुती । आत्मामा ठन्डा बतास ।

दिनभरि आत्मामा ठन्डा बतास बोकेर हिँडेको पवनका गोडा साँझपख भतभती पोलेका थिए । उसले नलमा आएर गोडा पखालेको थियो । यसरी पैताला जलेको उसले अनुभव नै गरेको थिएन । गर्मीले होला, उसले सोच्यो ।

उसलाई जीवाराम बिहानबिहान शीतले भरिएको दूबोमा हिँड्न जानुको रहस्य बुझे जस्तो पनि लाग्यो ।

राति सवा नौ बजेसम्ममा उसले चारपल्ट पैताला भिजायो । राम्ररी खाना खान पनि मन लागेन । त्यसै पेट डम्म भए जस्तो लाग्यो । उसले मुख बिगार्दै अलिअलि गाँस निल्यो । गिथोलेको भाततिर अमन गरी हेरिरह्यो ।

"तँलाई सन्चो छैन ?" सर्वजित मास्टर सापले सोधे, "ज्वरो पो आए जस्तो छ त । आज खोलामा पौडी खेल्या थिस् ?"

उसले मुन्टो यताउता हल्लायो ।

"भात खान मन ला छैन भने नखा । जा आराम गर् ।"

ऊ बिस्तारै उठ्यो । थाल समाउनै लागेको थियो, सर्वजित मास्टर सापले भने, "भो, आज थाल मै माझम्ला ।"

पवनले हातगोडा धोयो । अनुहारमा पानी छ्याप्यो । उसलाई कानका लोती र गर्धनको पछिल्लो भाग बिस्तारै बिस्तारै जलिरहे जस्तो लाग्यो । चिसो हातले कानका लोती र गर्धन सुमसुम्यायो ।

ओछ्यानमा आएर ढल्किएको थियो, निद्राले च्यापिहाल्यो ।

रमाले गहिरिएर हेरेको, तालु सुमसुम्याएको र कानमा बिस्तारै "निदाइस् दाइ ?" भनेर सोधेको सपना हो कि बिपना, छुट्याउन सकेन ।

आकाशमा सानो बादलको टुक्रा तैरिरहेको थियो । र बादलको टुक्रा सिमलको भुवा झैं फुसुसुसु तल खस्न थाल्यो । टुक्राहरू बर्त्तिंदै ऊतिर आए । र ठूलाठूला हुँदै गए । पहिला तौलिया जत्रा भए । अनि पछ्यौरा जत्रा । अनि सिरक जत्रा । अनि पाल जत्रा । एउटा पाल ऊमाथि खस्यो । र बिस्तारै च्याप्न थाल्यो । पहिला हातगोडा र छाती च्यापिए । अनि रूद्रघण्टी । सासै फेर्न गाह्रो भयो । ऊ बेस्मारी छटपटायो ।

ऊ सर्वजित मास्टर सापलाई बोलाउन खोजिरहेको थियो । तर आवाज निस्किँदै निस्किएन । आवाज छातीतिरै गाँठो परेर बसेको थियो । ऊ आवाजको गाँठोसित लडिरह्यो ।

र एक्कासि ब्युँझियो । ऊ त "आमोई आमोई" भन्दै पो कराइरहेको रहेछ !

ऊ पसिनाले नुहाएको थियो । दाँत कटकटिएका थिए । मुटु छातीबाट बाहिर हुत्तिउँला झैं छटपटाइरहेको थियो । ज्यान इँटाभट्टामा जलिरहेको इँटा झैं तातेको थियो ।

रमा तर्सेर रोइरहेकी थिई ।

हतारिँदै सर्वजित मास्टर साप आए । रमालाई अँगालो मारे, "नरो, किन रोकी रमा ?"

"यल्ले तर्सायो," रमाले रूँदै पवनलाई देखाई, "भूत जस्तै करायो ।"

"के भो तँलाई ?" उनले पवनको निधार छामे । निधार अगेनाको डिल झैं तातेको थियो ।

उसले कक्रक्क सुकेका ओठमा जिब्रो घुमायो, "पानी खान्छु ।"

रमा भान्सातिर दगुरी । लोटामा पानी ल्याएर दिई । उसले आधा लोटा पानी घटघटी पियो । ओठको चेपबाट बाहिर झरेको पानीको लहरोले तातिरहेको छाती चिसो बनायो ।

"पैताला भतभती जल्या छन्," उसले भन्यो ।

सर्वजित मास्टर साप भान्साकोठातिर गए । एक लोटा पानी र गुलाबको बुट्टा भएको रूमाल लिएर आए । खुइय सुस्केरा हाल्दै उसको गोडानिर बसे । पानीमा भिजाएको रूमाल उसको पैतालामा बेरिदिए ।

"पोल्न अलि कम भो ?"

उसले मुन्टो हल्लायो । आँखाका ढकनी फर्रफर्र गर्दै हल्लिए ।

पानीपट्टीले शीतल भएपछि ऊ फेरि निदायो । रमा भित्तामा अडेस लाएरै निदाएकी थिई । सर्वजित मास्टर सापले सिरानी मिलाएर सुताइदिए । र टोलाउँदै पवनका गोडा र निधारमा पानीपट्टी लाइदिइरहे ।

बिहान तीन बजे आफ्नो ओछ्यानमा पुगे र रूख झैं ढले ।

बिहान सवा छ बजे उनी निद्रामै झल्याँस्स भए । हतारिँदै बाहिर आए । धरतीले रातो सूर्यको टिकुली लगाएर मुन्टो उठाइरहेको थियो । चराहरू चारा खोज्न निस्किनै लागेका थिए । गुँडका बचेरालाई सम्झाउँदै चिर्बिराइरहेका थिए ।

उनले नलमा हातगोडा धोए । मुख कुल्ला गरे । जनैमा पानी लगाउँदै मन्त्र बर्बराए जस्तो गरे । पवनको कोठा पसे । पवन भित्तातिर कोल्टे परेर निदाएकै थियो । उनले निधार सुमसुम्याए । चिसो थियो ।

"एई पवन, उठ् !" उनले सुस्त बोलाए ।

पवनले पलङमा बसेर लामो हाई काढेपछि उनले रमालाई उठाए । अनि भान्सातिर दगुरे । हतारहतार आगो बाले । दाल र भात बसाले । भन्टा र आलु काटे ।

एक घण्टाभित्र खाना तयार पारे ।

र बाहिर निस्किए । पवन र रमा हातमुख धोएर पिँढीमा बसिरहेका थिए । पवन आँगनछेउको खन्युको रूख हेर्दै टोलाइरहेको थियो । रमा उसलाई हेर्दै टोलाइरहेकी थिई । आँगनमा घुऱ्यान फैलिएको थियो । किनारतिर हरियो लेउ जमेको थियो । चारैतिर सन्नाटा फैलिएको थियो । घुऱ्यानमा चारा टिपिरहेका भँगेरा र भँगेरीले मसिनो चिरबिर गर्दै सन्नाटा भगाउने कोसिस गरिरहेका थिए ।

सर्वजित मास्टर सापले सोचे, "आइमाई नभाको घर यस्तै हुन्छ । वृन्देले भनेको कुरा मानेको भए पनि हुनी रैछ ।" अनि पवनलाई प्रेमले सोधे, "तँलाई ऐले कस्तो छ ?"

"पेट एकदम खल्लो भा छ । बा, म आज स्कुल जान्नँ, है ? घरमै बसेर पढ्छु ।"

"तँलाई बिरामी भा बेला हिँडाउँछु त म ? नजा । ल आइज भात खाम् ।"

उनीहरूले चुपचाप खाना खाए । कोई बोलेनन् । मुख मात्र बजिरहे ।

सर्वजित मास्टर सापले कोठामा गएर फटाफट लुगा लगाए । पाइन्टको चेन तान्दै गर्दा सोचे– पवनेलाई साँझसम्म पनि ठीक भएन भने बिदा लिनुपर्ला !

बाहिर निस्किए । रमा खन्युको रूख हेर्दै टोलाइरहेको पवनको काँधमा चिउँडो अड्याएर बसेकी थिई । उनलाई देख्दासाथ भनी, "बा, म पनि स्कुल जान्नँ है । नचली बस्छु ।"

उनले मुन्टो हल्लाउँदै सर्टको गोजीतिर हेरे । रातो कलम छुटेछ । हतारिँदै भित्र गए । गोजीमा कलम उनेर बाहिर निस्किए ।

"दिउँसो रामकला खाजा बनाउन आउँछे । मैले कुरा गऱ्या छु । यताउता नडुल्नू । म चाँडै आउँछु ।"

उनी अघि बढे । आँगनछेउ पुगेपछि पछाडि फर्किए । पवनलाई एकछिन गहिरिएर हेरे । केही सोचे । र अलिकति चर्को स्वरमा सोधे, "एई, किन खन्युको रूखलाई ट्वाल्ल परेर हेऱ्या छस् ?"

"त्यस्सै ।"

उनी फटाफट हिँडे । निद्रा नपुगेर होला, उनलाई सारा ज्यान तातिरहे जस्तो लाग्यो । टाउको पनि गह्रौं भए जस्तो । स्कुलमा एक झप्की लिनुपर्ला भन्ने सोचे ।

पवनको बाटो कुरेर बसेको वसन्तले उनलाई फटाफट हिँडेको देख्यो र रूखपछाडि छेलियो ।

पवन किन आएन ? बाटामा कतै दिसा गर्न पो बस्यो कि ? उसले सोच्यो ।

स्कुल हिँडेका टमटा टोलका केटाकेटी पनि परै पुगिसकेपछि उसलाई छटपटी भयो, ऊ पवनका घरतिर दगुर्‍यो ।

घर आवाजहीन थियो । झ्यालबाट कापीमा घोप्टो परेकी रमालाई देख्यो । पाइलाको आवाज सुनेर होला, रमाले झ्यालतिर हेरी । उसलाई देखेर झ्यालसम्म आई । सुस्त भनी, "अघि भर्खरै दाइ कस्तरी कामेको थ्यो । म त रोएँ ।"

वसन्त हतारिँदै घरभित्र पस्यो ।

पवन गुम्लुङ्ग सिरक ओढेर पलङमा पसारिएको थियो । वसन्त पलङको छेउमा बस्यो । पसिना पुछ्यो । पवनका आँखा बन्द थिए । निदाएको हो कि निदाए जस्तो गरेको हो, छुट्याउन सकेन ।

"पवन !" उसले बिस्तारै कुम हल्लाइदियो ।

पवनले पुलुक्क हेर्‍यो र खिस्स हाँसे जस्तो गर्‍यो । तर हाँसो ओठको छेउछाउ कतै अल्झिएर बस्यो ।

"के भयो ?"

"हिजो एकदम गर्मी भथ्यो," पवनले काँपेको आवाजमा भन्यो, "आज एकदम जाडो लाछ ।"

"ज्वरो आको हो । ठीक हुन्छ ।"

"तँ स्कुल गैनस् ?"

"बाटामा तँलाई कुरें," वसन्तले भन्यो, "अनि, यता आएँ ।"

पवनले सिरकभित्रबाट दायाँ हात बाहिर निकाल्यो र वसन्तको बायाँ हात समाउँदै भन्यो, "तँ कतै नजा है !"

"म ह्यैं बस्छु । तँ सुत्," वसन्तले उसको निधार सुमसुम्यायो । ऊ निदाउन त निदायो । तर बेलाबेला निद्रामै झस्किए जस्तो गर्थ्यो ।

सवा दुई बजे रामकला आएर हलुवा बनाई । आलु र काँक्राको अचार बनाई । उसले अमन गरीगरी अलिकति खायो । फेरि निदायो ।

साँझ पौने पाँच बजे सर्वजित मास्टर साप आइपुगे । वसन्तलाई पवनको ओछ्यानछेउ देखे । केही भनेनन् । खुइय्य सुस्केरा हाले । रमालाई हेरे, ऊ बाखाको ढाडमा गाला अड्याएर निदाएकी थिई । उनलाई देखेर वसन्त जुरूक्क उठ्यो ।

"केही खायो यस्ले दिउँसो ?" उनले सोधे ।

"अँ, हलुवा खायो," यति भनेर वसन्त बाहिर निस्कियो । ढोकानिर पुगेपछि सर्वजित मास्टर सापको आवाज सुन्यो, "एई पवन उठ्, ला सिटामोल खा ।"

सिटामोल खाएपछि पवन अलिकति तङ्ग्रिए जस्तो भएको थियो । सर्वजित मास्टर सापलाई लाग्यो, भोलिसम्म ज्वरोले छोड्छ कि । उनले जाउलो बनाइदिए । उसले मुख बिगार्दै अलिकति खायो । गिथोलेको आधा जाउलो त्यत्तिकै छाडेर, बूढो मान्छे झैं भित्ता समाउँदै उठ्यो । उनले इसारा गरे, रमा नल चलाइदिनपछि लागी ।

उसले हात पखाल्यो । मुख कुल्ला गऱ्यो । चिसा हात कपालमा दल्यो र पिँढीमा उभियो ।

अँध्यारोले बाँसबारीलाई छोपिसकेको थियो । जून बेलाबेला लजाउँदै बादलको पछ्यौराले मुख छोप्थी । पातलो बतासले खन्युको रूखका पात हल्लाइरहेको थियो । पवनले रूखलाई हेरिरहेको थियो, अचानक हाँगाका केही चलमलायो । हाँगामा बाँदर जसरी केही झुन्डिरहेको थियो । एउटा हातले हाँगा समाएको थियो भने अर्को हात हावामा तैरिरहेको थियो । रौं लामालामा थिए । आँखा टल्किरहेका थिए । हेर्दा बाँदर जस्तो थियो । तर त्यसको पुच्छर थिएन ।

बाँदरले दाँत देखायो ।

पवन डरायो । त्यही बेला बाँदर बुथ्रुक्क भुइँमा हाम फाल्यो । गुर्रगुर्र गर्दै दाह्रा देखायो । पवनको छातीको बीचमा ब्लेडले चिरे जस्तो भयो ।

बाँदर बुरुल्क्क उफ्रियो । पवन चिच्याउँदै घरभित्र पस्यो, "आयो आयो । पुच्छर नभाको बाँदर आयो ।"

हुत्तिँदै बाहिर निस्कन खोजेका सर्वजित मास्टर साप दैलोनिरै ऊसित ठोक्किए । ऊ फुर्लुङ्ग भुइँमा पछारियो ।

"के भो ?" सर्वजित मास्टर साप आत्तिए ।

"आयो आयो," उसले मसिनो स्वरमा भन्यो र पुर्लुक्क आँखा पल्टायो । सर्वजित मास्टर सापले उसलाई अँगालो मारे । पवनले दायाँ हातले उनको नाडी समायो, एकदम जोडले । उनलाई बिरालोले नाडीमा नङ्ग्रा प्रहार गरे जस्तो लाग्यो ।

रमा कुनामा उभिएर चिर्रचिर्र चिच्याइरहेकी थिई ।

सर्वजित मास्टर सापले पवनलाई जुरुल्क्क उचालेर पलङमा सुताइदिए । ऊ बटारिइरह्यो । डसना उसको ढाडतिर सोहोरियो । सर्वजित मास्टर सापलाई यस्तो आपत् आइलागेको थिएन । उनले केही उछार पाएनन् । कुनामा उभिएर गोडा बजार्दै रोइरहेकी रमालाई ट्याप्प समाएर अँगालो मारे । शिर थपथपाए ।

"बा, दाइ मऱ्यो ?" रमाले रुँदै सोधी ।

"मरेछैन । मरेछैन ।"

पवन बटारिँदै बेलाबेला माथितिर हुत्तिइरहेको थियो । उनी भान्सातिर दगुरे । गिलासमा पानी ल्याए । पवनलाई दायाँ हातले अँगालो मारे, दायाँ हातको गिलास उसको मुखतिर लगे । "पानी खा छोरा, पानी खा," उनले आत्तिँदै भने ।

तर उसले मुख खोलेन । उसका दाँत टम्म भएका थिए । गालामा दाँतका छाप देखिइरहेका थिए । तैपनि उनले मुखमा अलिकति पानी खसालिदिए । पानी उसको मुखका दुई चेपबाट गर्धनतिर खस्यो ।

"हत्तेरी के आपत् आइलागेको हो ?" उनी थरररर काँपे ।

अब के गर्ने होला, उनले सोच्नै पाएका थिएनन् । आँगनतिर पदचाप सुने । जीवाराम दगुर्दै आएका रहेछन् । उनले आँगनबाटै सोधे, "के भो, मास्टर ? केको हल्लीखल्ली हो ?"

जीवारामको आवाज सुनेर उनलाई अलिकति आँट आयो । उनले आफ्ना काँपिरहेका हातगोडा वशमा ल्याउने कोसिस गर्दै भने, "भित्रै आउनुस्, दाइ । ठूलै आपत् आइलागे जस्तो छ ।"

जीवाराम हतारिँदै भित्र पसे । उनले रोइरहेकी रमातिर हेरे । थरथरी काँपिरहेका सर्वजित मास्टर सापतिर हेरे र हेरे, पलङ्मा छट्पटाइरहेको पवनतिर । उनी हुत्तिँदै पवनतिर गए । छटपटाइरहेको उसलाई ट्याप्प समाएर अँगालो मारे ।

"क्यै हुन्न, क्यै हुन्न," उनले सान्त्वना दिए ।

पवन एकछिनसम्म अँगालोमा छटपटाइरह्यो । बिस्तारै उसको छटपटाहट शान्त हुँदै गयो । गड्गडाउँदै, हुर्हुरिँदै, किनारहरू भत्काउँदै, सारा गाउँ बगाउने गरी आएको भेल बिस्तारै शान्त हुँदै गए जस्तै भयो ।

पवनको अनुहार शान्त भयो । गालामा देखिएका दाँतका छाप पनि हराउँदै गए । निधारको मुजा फुक्दै गयो । हातगोडाको कम्पन पनि कम हुँदै गयो । सासको रफ्तार मधुरो हुँदै गयो ।

जीवारामले उसलाई थपथपाइरहे ।

रमाको हिक्का पनि थामिँदै गयो । ऊ लुरुक्क ढोकानिर उभिएका सर्वजित मास्टर सापको छेउमा आई । उनको कम्मरलाई अँगालो मारी ।

"ल भन, मास्टर के भाको हो ?"

"खोइ, हिज ज्वरो आए जस्तो लाथ्यो । सिटामोल त खान देथेँ । सन्चो हुन लाए जस्तो त भाथ्यो । अहिले फेरि के भो कुन्नि ! "लौ आयो आयो, पुच्छर नभाको बाँदर आयो" भन्दै करायो र पछारियो । खन्युको रूखाँ बाँदर देखे जस्तो छ ।"

जीवाराम सुस्त उठे । उनको छेउमा आए । उनको हात समाएर तान्दै बाहिर ल्याए । पिँढीमा उभिएर खन्युको रूखमा झिलिल्ल टर्चको उज्यालो फ्याँके । पातहरू पनि मधुरो गरी टल्किए ।

"मनको बहम होला मास्टर," जीवारामले भने, "ज्वरोले यस्तो हुन्छ । के भन्छौ त ? मैनापुरको मेडिकल लैजाने हो ?"

सर्वजित मास्टर सापले एकछिन सोचे र भने, "लैजानैपर्ला । कसरी पो लैजाने हो ?"

"चिन्ता नगर । म व्यवस्था मिलाउँछु ।"

तीनसेले टर्च बाल्दै शान्तिराम पनि आइपुग्यो, "केको हल्लाखल्ला हो, मास्टर साप ?"

जीवारामले उसको कान फुके । उसले तीनसेले टर्चको उज्यालो खन्युको रूखतिर फाल्यो । एकछिन गहिरिएर हेऱ्यो र टाउको झट्काऱ्यो ।

"लौ बस्दै गर," जीवारामले भने, "म उखानेलाई लेर आइहाल्छु ।"

उनी गए ।

शान्तिराम सर्वजित मास्टर सापलाई साथ दिन पिँढीमा बाँसबारीमा बढ्दै गइरहेको गर्मी, मसानको आतङ्क, नसप्रिएका मकैबारेमा कुरा गर्दै बसिरह्यो ।

आधा घण्टापछि उखानेलाई पछि लाएर जीवाराम आइपुगे । उखानेले डोको बोकेको थियो । उसले सर्वजित मास्टर सापलाई नमस्ते गऱ्यो ।

"लौ त मास्टर, पवनलाई डोकोमै राखेर लैजानुपऱ्यो ।"

डोकोको एकातिरको बिट काटेर बस्न मिल्ने बनाइसकेका रैछन् । उखानेले कम्बललाई पट्याएर डोकोमा राख्यो । पवन लोलाइ नै रहेको थियो । उनीहरूले उचालेर डोकामा राखे । उसका दुई गोडा डोकोबाहिर झुन्डिए । उखानेले नाम्लो निधारमा अड्यायो र ठस्स कन्यो । दुवै घुँडामाथि हत्केला राख्यो र जुरूक्क उठ्यो । पवन दाहिनेतिर ढल्कियो । जीवारामले पाखुरा समाउँदै उसको पिठ्युँ उखानेको घुच्चुकमा अड्याइदिए ।

शान्तिरामले भान्साबाट लोटामा पानी लिएर आयो ।

"शान्तिराम !" जीवारामले खुइय सुस्केरा हाले, "तिमी मास्टरसितै जाऊ है ! म अँध्यारोमा रामरी आँखा देख्दिनँ । म ह्यैं बस्छु ।"

"लौ, यस्तो बेला पनि नाइँ भनुँला त !" शान्तिरामले भन्यो ।

"तिमी ह्यैं बस है, बेटा !" सर्वजित मास्टर सापले रमाको शिर सुमसुम्याए, "हामी दुईतीन घण्टामा आइहाल्छौं ।"

उसले मुन्टो हल्लाई ।

शान्तिराम टर्चको उज्यालो फ्याँक्दै अघि लाग्यो । उखानेले पछ्यायो । पानीको लोटा बोकेर सर्वजित मास्टर साप पछि लागे । अलि पर पुगेपछि उनले उखानेलाई प्रेमले भने, "धन्यवाद है तपैंलाई ! दुःख गरिदिनुभो ।"

"मास्टर साप, एउटो जुनकीरीको पिँधले स्वर्ग उजेलो हुँदैन," उसले स्याँस्याँ गऱ्यो, "परेका बेला एकअर्कालाई सहयोग गर्नपर्छ एउटै समाजमा बसेपछि ।"

बिस्तारै उनीहरू जुनकीरीको पिँध जस्तै भए ।

उनीहरू फर्केर आउँदासम्म जीवारामले पाँचपल्ट सुल्पा तानिसकेका थिए । आँगनभरि सुर्ती गन्हाइरहेको थियो । उनीहरूलाई देखेर उनी जुरूक्क उठे ।

उखाने आँगनको बीचमा उभियो । सर्वजित मास्टर सापले पवनको हात समाएर भुइँमा झारे । "आइज एकछिन पल्टी" भन्दै उसको पाखुरा समाउँदै भित्र लगे ।

उखानेले डोको पिँढीमा फ्यात्त फाल्यो र स्याँस्याँ गर्दै पसिना पुछ्न थाल्यो । शान्तिराम नलतिर गयो । नल चलाउँदै हातगोडा धुन थाल्यो । सर्वजित मास्टर साप बाहिर निस्किए र नलतिर गए । उनले पनि हातगोडा धोए ।

"के भा रैछ त, मास्टर ?" जीवारामले सुल्पामा सुर्ती भर्दै सोधे, "अहिले त सन्चै देखिन्छ । के भन्यो अहेवले ?"

"ज्वरो नै आको रैछ," उनी जीवारामका छेउमा बसे, "औषधि देको छ । औषधि खाकोले अलि तङ्ग्रे जस्तो भाछ । आँतमा ज्वरो छ । भोलिसम्म ज्वरो जान्छ भनेको छ ।"

"ए, ल राम्रै भो," जीवारामले फेरि सुल्पा सल्काए ।

शान्तिराम उखानेको पिठ्युँ थपथपाइरहेको थियो । भन्यो, "गाममा हेल्थपोस्ट नभए हैरान भो गाँठे ! ह्वाँ पहाडाँ सुविधा भएन भनेर मधेस झरियो । ह्याँ पनि उही दुःख ।"

"क्यार्ने त !" जीवारामले धूवाँको मुस्लो फाले, "यता गाम्ले एकजुट छैनन् । उता राजा वीरेन्द्रको व्यवस्था पनि फाले । क्यै मेसो पाउँदिनँ म त !"

एकछिन कोही बोलेन ।

"एई उखाने, प्रजातन्त्रवादीले राजाको शासन फाले," जीवाराम हाँसे, "के भन्छ तेरो उखानले ?"

शान्तिरामको टर्चको उज्यालोमा उखाने खिस्स हाँस्यो, "म के भनूँ बाजे, जो आए पनि आफ्ना दुःख आफैंसित । जुन आँखा घोचे पनि आफैंलाई दुख्ने त हो ।"

सबै हाँसे ।

र गए ।

थकित सर्वजित मास्टर साप भित्र पसे । रमा उत्तरतिर कोल्टे परेर निदाएकी थिई भने पवन पश्चिमतिर । उनले पवनको निधार सुमसुम्याए । मनतातो नै थियो । खुइय्य सुस्केरा हालेर टुकी बाले । ओछ्यानमा पल्टिए । अबेरसम्म छानालाई हेरिरहे । अनि आँखा चिम्म गरेर सुस्केरा हाल्दै भने, "तँ नभएर साह्रै गाह्रो भो, सुनिते ।"

कसैले आँसु देखिहाल्छ कि जसरी झ्याप्प टुकी निभाए ।

भोलिपल्ट उनी स्कुल गएनन् ।

पवनको आँतमा ज्वरो त थियो । तैपनि ऊ छटपटिएको थिएन । दिउँसोको सवा दुई बजेसम्म सबै ठीक थियो । हालखबर बुझ्न जीवाराम र शान्तिराम आए । सर्वजित मास्टर साप पिँढीमा बसेर उनीहरूसित कुरा गर्न थाले ।

रमाले दैलोबाटै भनी, "बा, दाइले बोलायो !"

उनीहरू भित्र पसे ।

वैशाखको गर्मीमा पनि पवनलाई पुसको ठिहि-याउँदो जाडो जस्तो भएको थियो । पैताला त तुसारोमा टेके झैं चिसा थिए । उसका दाँत कटकटिइरहेका थिए । उसले ओढेको पातलो कम्बल हल्लिरहेको थियो ।

"के भो ?" सर्वजित मास्टर सापले प्रेमले सोधे ।

"एकदम जाडो भो ।"

सर्वजित मास्टर सापले आफ्नो कोठामा पसेर बटारेर राखेको सिरक ल्याए । र उसले ओढेको सिरकमा खापे । उसको निधारमा हत्केला राखे ।

"धेरै चिन्ता नगर् । चाँडै ठीक हुन्छ," जीवारामले भने ।

पवनले घुटुक्क थुक निल्यो । रूद्रघण्टी सर्दा पनि चस्स दुखे जस्तो भयो । भन्यो, "बा, च्या खान्छु ।"

सर्वजित मास्टर साप भान्सातिर गए ।

पवनले झ्यालबाट पसिरहेको उज्यालो हेरिरह्यो । उज्यालोसँगै मुनमुनको सम्झना पनि भित्र पसिरहेको थियो । उसले सोच्यो– मुनमुन साथमा भएको भए उसको कपाल सुमसुम्याउँदै बस्दी हो । ऊ छटपटायो । मुन्टो उठाएर यताउता हेर्‍यो ।

"के भो ?" जीवारामले सोधे, "के खोजेको ?"

"मेरो कापी खई ? म लेख्छु । हेन्डराइटिङ प्रतियोगितामा जानपर्छ ।"

"भोलि लेखौला," उनले पवनको टाउको बिस्तारै सिरानीतिर धकेलिदिँदै भने, "आज आराम गर ।"

पवनले फेरि आँखा झ्यालतिर घुमायो ।

सर्वजित मास्टर सापले थालमा राखेर चार गिलास चिया ल्याए । जीवाराम र शान्तिरामलाई दिए । र पवनलाई भने, "एई उठ् ! ला च्या खा ।"

"एक्कैछिनमा खान्छु," उसले भन्यो ।

सर्वजित मास्टर सापले छेउको कुर्सीमा बसेर चिया सुरूप्प पारे ।

झ्यालको खापामा बुथ्रुक्क हाम फालेको आवाज आयो । पवन झस्कियो । पुच्छर नभएको बाँदर झ्यालको खापामा बसेर उसलाई टुलुटुलु हेर्न थाल्यो । उसका आँखा बत्तीको उज्यालोमा टल्किरहेका गुच्चा जस्ता थिए । हातमा लामालामा नङ्ग्रा थिए, टुप्पातिर बटारिएका । खरको झाङ जस्ता लामालामा कपाल । कसैले एक बक्सिङ हाने जस्तो थेप्चिएको नाक ।

बाँदरले मुख बायो । उसका दाँत लामा र तीखा थिए । पवनले बाँदरलाई पहिलो चोटि यति नजिकबाट देखेको थियो । बाँदर झ्यालको

खापामा ठिङ्ग उभियो । उसले केही सोच्नै पाको थिएन । बाँदर उफ्रियो । उसलाई आफ्नो रूद्रघण्टी कप्लक्कै खान आए जस्तो लाग्यो ।

ऊ चिर्र चिच्यायो, "आयो आयो । बाँदर आयो । पुच्छर... ।"

सर्वजित मास्टर सापको गिलास भुइँमा खस्यो । जीवाराम पलङ्मा माथितिर हुत्तिरहेको पवनतिर दगुरे । उसलाई जोडले अँगालोमा बेरेर कराए, "मास्टर, यो रोग होइन । मसान हो, मसान ! मसान यो घर वरिपरि घुमिरहेको छ ।"

सर्वजित मास्टर सापका गोडा लगलगी काँपे । उनले जीवारामको नीलै भएको अनुहार देखे ।

डरको रङ कस्तो नीलो !

औषधि

आँगनमा गाउँलेहरू छरिएका थिए, चौरका बकुल्ला झैं । झक्कुलाल आँगनको पश्चिम कुनामा टुत्रुक्क बसेको थियो । काँधमा फरूवा बोकेको घुइयाराम रमलादेवीसित कानेखुसी गरिरहेको थियो । रमलादेवी बेलाबेला आकाशतिर हात फैलाइरहेकी थिई । जैमली पछ्यौराले मुख छोपेर बेलाबेला खन्युको रूखतिर हेरिरहेकी थिई । जीवाराम आँगनको उत्तर कुनामा सुल्पाको खरानी टकटकाइरहेका थिए । सर्वजित मास्टर साप पिँढीमा झोक्राएर बसेका थिए । रमा उनको छेउ उभिँदै पालैपालो गाउँलेहरूतिर हेरिरहेकी थिई ।

वसन्त रेडियो घन्काउँदै आएको शान्तिरामसँगै आँगनमा पस्यो । सबैको ध्यान शान्तिरामतिर गयो । त्यही बेला वसन्त लुसुक्क घरभित्र पस्यो ।

शान्तिराम रेडियो बन्द गर्दै जीवारामतिर बढ्यो ।

"झाँक्री आउने कुरा के भो ?" उसले सोध्यो ।

जीवारामले सुल्पा इस्टकोटको गोजीमा राख्दै भने, "त्रैलोक र बिजु पठाछु । झाँक्री आउँछ । मैले बोलाको भनेपछि आउँछ ।"

वसन्त पवनको छेउमा पुग्यो । तेस्रो दिनमै पवन गलिसकेको थियो । उसले रामरी केही खाकै थिएन । अनुहार फुस्रो भइसकेको थियो । घुच्चुकतिरको कपालमा गाँठा पर्न थालिसकेको थियो । शिरका दुइटा भुमरी आपसमा जोल्ठिएका थिए । ओठ घाममा सुकाएका मूलाका चाना झैं चाउरिएका थिए । गालाका हड्डी अलिकति माथि उक्सिएका थिए ।

"म त मर्छु कि के हो !" उसले सानो स्वरमा भन्यो, "एकपल्ट मुनमुनलाई हेर्न मन लाछ ।"

"तँ मर्दैनस् के !" वसन्तले उसको हात समायो, "दुईतीन दिनमा ठीक हुन्छ । तँ र म नेपालगन्ज गर भेटम्ला के !"

"मलाई सन्चो भएन भने ?"

वसन्तले उसको तालु सुमसुम्यायो । "झाँक्रीलाई बोला छन् । झाँक्रीले ठीक बनाउँछ के तँलाई !"

"साँच्चै मलाई झाँक्रीले सन्चो बनाउँछ ?"

"बनाउँछ," वसन्तले भन्यो, "तँलाई रोग लाको होइन रे के, मसान लाको रे !"

"मलाई मसान ला छैन ।"

"तैंले पुच्छर नभाको बाँदर देख्छस् रे । त्यो मसानको छौंडा हो रे ।"

"के भनिस् ?" पवन अकमकियो, "मैले देख्या छैन त्यस्तो ।"

"भो रन दे, नसोच ।"

पवनले ओठमा जिब्रो घुमायो, "मलाई झाँक्रीले सन्चो बनाएन भने ?"

"बनाएन भने म तँलाई बोकेर अम्बरपुर लैजान्छु ।"

"जुठीआमैको पाप लागेको होला है मलाई ?"

"किन र ?"

पवनले सिसीको दुई सय रूपियाँको रहस्य भन्नै लागेको थियो । सर्वजित मास्टर साप कोठामा पसे । उनलाई देखेर वसन्त जुरूक्क उठ्यो । कुनातिर सर्दै उभियो । उनले पुलुक्क हेरे तर केही भनेनन् । पवनलाई सोधे, "भोक लाछ ?"

उसले मुन्टो यताउता हल्लायो ।

उनी बाहिर निस्किए । बाहिरबाट माखाको लस्कर झैं भुनभुनाउँदै गाउँलेको आवाज भित्र पस्यो ।

"यसपालि हेन्डराइटिङमा म फस्ट हुन्नँ । हात त्यसै थररर काम्छन् ।"

"सन्चो भपछि हातमा बल आउँछ के !" वसन्तले ढाडस दियो ।

रमा आई । पवनको ओछ्यानछेउ बसी । उसको अनुहार रातो न रातो भएको थियो । बिचरी बस्तीमा एक्लै छुटेकी बचेरा जस्ती भएकी थिई ।

"दाइ, तँ मर्छस् रे हो ?" उसले मलिन आवाजमा सोधी ।

"मर्दिनँ," पवनले रून्चे स्वरमा भन्यो ।

फ्याउराको बथान झैं दगुर्दै साँझ बाँसबारीमा आयो । तर कोहिनुर आइपुगेन । सर्वजित मास्टर सापको छटपटी बढ्यो । आँगनमा गाउँलेको आवतजावत भइरह्यो । चन्द्रमाले शीतल हत्केलाले पवनको निधार सुमसुम्याइरह्यो । ऊ सवा सात बजे ब्युँझियो । वसन्त ओछ्यानको डिलमा गाला अडाएर भुइँतिर लत्रेको थियो । उसले मसिनो स्वरमा बोलायो, "बन्ते !"

वसन्त निदको एकदमै पातलो पछ्यौरा ओढेर निदाएको रहेछ, उठ्यो । ओठका चेपबाट र्‍याल पुछ्यो ।

"पेट कटक्क दुख्यो," पवनले भन्यो ।

"दिसा ला होला" भन्दै वसन्तले उसको हात समायो, "आइज, जाम् ।"

भुइँमा टेक्दा पवनका गोडा थरर काँपे । अडिन गाह्रो भए जस्तो भयो । कस्तो रिँगटा चल्यो । उसले वसन्तको काँध च्याप्प समायो ।

वसन्तले बिस्तारै हिँडाउँदै बाहिर ल्यायो ।

गाउँलेको ध्यान पवनतिर मोडियो । सबैका आँखामा कौतूहलको पन्छीले फन्का लगायो । सर्वजित मास्टर साप छेउमा आए, "के भो ?"

"दिसाले च्याप्यो रे !" वसन्तले भन्यो ।

"बिस्तारै लैजाऊ है !" धेरै वर्षपछि सर्वजित मास्टर सापले वसन्तलाई मायालु स्वरमा भने ।

उसले पवनलाई तीतेपातीका झाङबीचमा पुऱ्यायो । पवनले तीतेपातीका झाङमा टुक्रुक्क बस्दै भन्यो, "तँ यै छेउमा उभ्भी है !"

वसन्त तीतेपातीका पात चुँडाल्दै त्यहीँ उभियो ।

टुक्रुक्क बस्दा पवनका पिँडौला पिलो झैं दुख्न थाले । धरतीले गर्धन समाएर आफूतिर ताने जस्तो लाग्न थाल्यो । गुदद्वार च्यातिए जस्तो भयो तर दिसा निस्केन । ऊ ठसठस कन्न थाल्यो । कन्चटबाट पसिनाका थोपा हुर्रिंदै गालातिर दगुरे । नाकको टुप्पामा उम्रिएको पसिनाको थोपाले भुइँमा डाइफ हान्यो ।

वसन्तले पुलुक्क हेऱ्यो । देख्यो, पहेँलो पिसाबको धार । र ठ्याक्कै बाख्राका बड्कौला जस्ता काला दिसाका दुई डल्ला । मानौँ, उसले आगो निलेर अँगार हगेको थियो ।

बाँदर त्यहीँ पो रहेछ । तीतेपातीको झाङमा लुकेर बसेको । बाँदर र पवनका आँखा जुधिहाले । बाँदरले घुर्रघुर्र गर्दै दाह्रा देखायो । लामो जिब्रो देखायो । रेबिज लाएको कुकुरको झैँ मुखबाट ऱ्याल तप्किरहेको थियो ।

"आयो आयो," पवन आत्तिँदै करायो ।

वसन्तले यताउता हेऱ्यो, केही देखेन । सर्प पो आयो कि भनेर भुइँतिर हेऱ्यो, देखेन । के आयो ?

"पुच्छर..," पवनले अरू बोल्न पाएन । बाँदर बुरूक्क उफ्रियो र ऊतिर हुत्तियो ।

कोहिनुर अस्ति रातभरि मैनापुरमा भूतसित लडेपछि धुत हुने गरी रक्सी खाएर निदाउनै पाएको थिएन । हिजो राति त उसलाई हनहनी ज्वरो आउला जस्तै भएको थियो । भात राम्ररी रूचेको पनि थिएन । दिसा बस्न टुक्रुक्क बस्दा पिँडौला पनि बटारिएका थिए । ज्यानका सबै जोर्नी टनटनी दुखेका थिए । सन्तलालले तोरीको तेलले मालिस गरिदिएको थियो ।

"बुढेसकाल यस्तै हो रे," उसले भनेको थियो, "हड्डीको बीचबाट धूवाँ निस्किन्छ रे !"

"बिहे पनि गर्नुभएन । गुरूमाईले ख्याल राख्थिन् । पछुतो लाग्दैन, गुरूजी ?"

"हड्डीमा दर्द हुन थालेपछि पछुतो त लाग्छ । जवानीमा आफ्ना हड्डी फलाम जस्तो लाग्थ्यो । कहिल्यै दर्द हुँदैन जस्तो लाग्थ्यो । बिहेबारे सोच्दै सोचिनँ । अब हड्डी दुख्नेसित कसले बिहे गर्छ रे !"

सन्तलाल त निदाइहाल्यो । तर कोहिनुर रातभरि निदाउन सकेन । एक्लोपनको मसानले उसलाई रातभरि लखेटिरह्यो । ऊ स्याँस्याँ गर्दै, मुटुमा आगो बाल्दै भागिरह्यो । धेरै समयपछि उसले आफ्नो घर र परिवार सम्झिएको थियो । पहाडलाई फेटा झैँ फनक्क बेर्ने बादल सम्झिएको थियो । ओसिला सल्लाघारीमा छुटेका आफ्ना सुसेली सम्झिएको थियो ।

आत्मा नै चिसो पार्ने बतास सम्झिएको थियो । धप्पधप्प बल्दै डाँडा उक्लने पहाडी घाम सम्झिएको थियो ।

उसलाई लाग्यो, थाहै नपाई म त बूढो माकुरो झैं आफ्नै जालमा फसिसकेको रहेछु ।

उसलाई जैकलाको खुबै सम्झना आएको थियो । हृदयको कुनामा पोको झैं च्यापेको जैकलाको सम्झना फुकाएको थियो । जैकलाको अनुहार सम्झनै पनि गाह्रो भयो । फोटोको नेगेटिभ जत्ति मात्र सम्झन सक्यो । उसलाई जैकलाको नाक मन पर्थ्यो । तर नाक कस्तो थियो, बिर्सी पो सकेछ । उसलाई जैकलाका आँखा हेरिरहूँ जस्तो लाग्थ्यो । तर आँखा कस्ता थिए, बिर्सी पो सकेछ । जैकलाको शरीरबाट आउने बास्ना उसलाई असाध्यै मीठो लाग्थ्यो । तर बास्ना कस्तो थियो, बिर्सी पो सकेछ ।

"ऊ त्यो चुरे डाँडाको टुप्पाबाट हेर्‍यो भने राजापुरमा बत्ती बलेको देखिन्छ रे," जैकला भन्थी, "मलाई एक दिन झिलिमिली बत्ती देखा है, त्यान्द्रे ।"

"देखाउँला नि !" ऊ भन्थ्यो, "दिम्समा देखिन्न । राति जानुपर्छ । एक दिन सुटुक्क गएर हेरम्ला है !"

न त ऊ आफैं चुरेको टुप्पामा पुग्यो, न त जैकलालाई पुर्‍यायो । चारपाँच घण्टाको बाटो पनि उसले छिचोल्न सकेन । के साँच्चै राजापुरमा बलेको बत्ती देखिन्थ्यो ? उसका लागि जीवनकालभरि रहस्य नै रह्यो । समयले गर्धन समाएर घिच्याउँदै उसलाई चहकिला बत्तीहरूको बीचमा पुर्‍याएको थियो । सायद, चुरेको टुप्पामा उभिएर टाढाको मधेस राजापुरमा बलेको बत्ती हेर्न पो मज्जा हुन्थ्यो कि ?

बत्तीको झिलिमिली नजिक जानु पो नहुने रैछ !

अहिले कस्ती भइहोली जैकला ? मरिसकी कि ? जिउँदै भएको भए हजुरआमा भइसकेकी होली । कान पनि कम सुन्न थालेकी होली । आँगनमा बुथ्रुकबुथ्रुक खेलिरहने जुरेलीलाई कालो अँगारको डल्लो जस्तो देख्दी होली । अलिकति कुप्री परिसकेकी होली । गानो दुख्दो होला । एकैछिन हिंड्दा पनि स्याँस्याँ हुँदो होला । उसले आफ्नो त्यान्द्रेलाई सम्झँदी होली कि नाइँ ?

ऊ सानोमा साह्रै दुब्लो थियो । त्यसैले आमै त्यान्द्रे भन्थिन् । आमैपछि मायाले त्यान्द्रे भनेर बोलाउने जैकला त हो नि । सायद उसको खिइँदै गएको स्मृतिबाट त्यान्द्रे हराइसकेको होला । र हराइसक्यो होला, त्यान्द्रेको ओठको मिठास । त्यान्द्रेको काउकुती लाग्ने छुवाइ ।

उसले स्त्रीको स्पर्श पाएको जैकलाबाट त हो नि । जैकलाका मनतातो ओठको स्पर्श । तात्तातो जिब्रोबाट निस्केको मीठो रस । सूर्य झैं धप्प बलेका स्तन ।

बेला न कुबेला कत्रक्क सुक्ने र र्‍याल बगिरहने उसका ओठले बिर्सिसके, ओठको स्पर्श । बोल्दा लर्बरिने र श उच्चारण गर्न छाडेको जिब्रोले बिर्सिसक्यो, जिब्रोको मीठो रस । त्यसैत्यसै पात झैं हल्लिइरहने, नीला नसाले भरिएका उसका हत्केलाले बर्सिसके, सूर्य जस्ता स्तनको स्पर्श ।

एकबारको जिन्दगीका उसले सम्भोगको सुख कहिल्यै पाएन ।

कहिलेकाहीँ रक्सीको मातमा गुरू ज्वाला सम्भोगका आनन्द सुनाउँथ्यो । भन्थ्यो, "दाह्राका बीचमा दुइटा सुपारीका दाना च्याप्नुपर्छ । उता नर्क प्रवेश भयो, यता सुपारी प्याट्ट फुट्यो ।"

साँच्चै स्त्रीभित्र प्रवेश गर्ने बेला सुपारीका दाना प्याट्टै फुटाल्ने शक्ति आउँछ ? कोहिनुरलाई यो कुरा रहस्य नै हुने भयो ।

उसलाई कहिलेकाहीँ सनक चढ्थ्यो । सारा सौतनपुरेलाई सुनाइदिऊँ जस्तो लाग्थ्यो– ईश्वरको दरबारमा त मेरो बेइज्जत हुने भयो रे ! मैले त अहिलेसम्म पनि सेक्स गरेको छैन रे !

र एकछिनपछि आफ्नो सनक सम्झिएर एक्लै खिस्स हाँस्थ्यो ।

ऊ आफ्नो अतृप्त यौन कुण्ठा किचकन्नीका कथाहरूमा व्यक्त गर्थ्यो । जवान केटाहरूलाई हरेक रात निचोरेर तृप्त हुने किचकन्नीको बयान साह्रै मादक ढङ्गले गर्थ्यो । चिसा र पिठ्युँभरि छरिएका लामा कपाल, सुरिलो गर्धन, गहुँगोरा पाखुरा, भोगटेका दाना जस्ता स्तन, कमलको फूल जसरी फर्किएका नितम्ब, हिंड्दा स्तन र नितम्ब धान्न नसकेर लच्कने कम्मर, तिर्खाले भरिएका गहिरा आँखा । सेतो र पातलो म्याक्सी लगाएकी किचकन्नीको बयान गर्दा काखीबाट आउने मधुरो

पसिनाको गन्ध छुटाउँदैनथ्यो । किचकन्नीको देहका कापहरूबाट आउने पसिनाको गन्धले केटाहरूमा कसरी पागलपन जाग्छ भनेर जब ऊ बोल्न थाल्थ्यो, सुन्नेहरूका कान राता हुन्थे । तिनका तिघ्राका काप चिलाउन थालिहाल्थे । कतिलाई त आजै किचकन्नी आएर आफूलाई निचोरीनिचोरी मारोस् जस्ता कल्पना पनि आउँथे ।

सारा सौतनपुरेको निद्रा हरेर, दिमागमा यौनका कुकुरहरू भुकाइदिएर ऊ मज्जाले निदाउँथ्यो ।

तर अचेल निद्रा पहिले जस्तो सजिलै आउँदैन । ओछ्यानमा कोल्टे फेरिरहनुपर्छ । जिन्दगी कथा कल्पेर मात्रै नचल्नै रहेछ, बुढ्यौली बढ्दै गएपछि उसले बुझ्दै गएको थियो । कुन दिन माथि गएको सास अचानक तल नआउने हो ?

उसले सुनेको थियो– मान्छे जीवन त संसारको जुन कुनामा पनि बिताउन सक्छ, मर्न चाहिँ आफैं जन्मिएको ठाउँ खोज्छ ।

उसलाई सत्य लाग्न थालेको थियो । त्यसैले डराउन थालेको थियो । चुपचाप टोलाइरहँदा अचानक मन भरङ्ग हुन्थ्यो । झन् अनिद्राले थलिएका बेला त्रासको बतास चले जस्तो मान्थ्यो ।

कहिलेसम्म चल्छ, उसले रचेको कथाको संसार ?

अस्ति मैनापुरमा भूतसित लडेर फर्केपछि आफ्नै मनका तर्कनाले घायल भएको थियो । अरू एकदुई वर्ष जिन्दगी यसरी नै भूतसित लडेर चल्ला । बिस्तारै शरीरले साथ दिन छाडेपछि के हुने होला ? हिजो साँझपख त उसलाई त्रासको कालो छाया झुपडीतिर आए जस्तै लागेको थियो । उसलाई आफ्नो कथा सोच्ने दिमागले बिस्तारै साथ छोड्न थाले जस्तो लाग्न थालिसकेको थियो । उसलाई झ्याप्पै मान्छेलाई प्रभाव पार्ने कथा कल्पन गाह्रो हुँदै गएको थियो । यस्तो दिन पनि आउनेछ, जुन दिन मान्छेहरूले उसको कथालाई पत्याउन छाड्नेछन् । उसले रचेका मसानहरू कमजोर हुँदै जानेछन् । एक दिन बुढेसकालले थलिएको एक्लो ऊ वरिपरि आफूले रचेका मसानहरूले घेरिएर टोलाइरहनेछ ।

लामो सुस्केरा हालेर पिँढीबाट उठ्नै थालेको थियो, उसले देख्यो– हतारिँदै आएका दुई मानिस । उनीहरूले नजिकै आएर नमस्ते गरे ।

"झाँक्री बा तुरून्तै बाँसबारी जानुपऱ्यो," बिजुले भन्यो, "भूतप्रेत लाए जस्तो छ ।"

"कस्तो भूतप्रेत ?"

"पुच्छर नभएको बाँदर जस्तो," त्रैलोकले भन्यो, "कस्तो हो कस्तो ।"

कोहिनुर खटियामा उत्तानो परेर साढे तीन घण्टा आराम गऱ्यो । पुच्छर नभएको बाँदरको चित्र दिमागमा उतारेर कथा कल्पन खोज्यो । सकेन । सोच्यो– गाउँमा पुगेपछि जे त होला ।

र उसले जुरूक्क उठेर ढ्याङ्ग्रो समायो ।

पवनको आँगनमा पुग्नेबित्तिकै पिँढीको छेउमै आगो बाल्यो । मयूरको प्वाँख भाको मुकुट र रूद्राक्षको माला लगायो । ससाना घण्टीका माला दायाँ काँधबाट देब्रे कम्मरतिर बायाँ काँधबाट दाहिने कम्मरतिर बेऱ्यो ।

खरानीको टीका लगायो । दैलोछेउमै बाँसको साततले घुङ्रिङ ठड्यायो । गङ्गाजल छर्कियो । खरानी अक्षता चारैतिर हुऱ्याउँदै चारै दिशा बाँध्यो । सन्तलालले उसको इसारा पाउनेबित्तिकै घिउ धूप, गोकुल धूप र साल धूप बाल्यो ।

पिँढीमा छटपटिँदै पल्टिइरहेको पवनको छेउमा गुन्द्री ओछ्याएपछि कोहिनुर पलेंटी कसेर बस्यो । उसले चारै दिशातिर फर्किएर ढोग्यो । मधुरो आवाजमा आराधना गर्न थाल्यो । सिमे, भूमे, नाग, भूतप्रेत, पिसाच, वनझाँक्री, गुरू ज्वालाको नाम लिँदै काँप्न थाल्यो । गजोले ढ्याङ्ग्रो ठटाउन थाल्यो ।

सन्तलालले पखेटा मोडेको कालो भालेको देब्रे खुट्टोमा डोरी बाँधेर उभिन्ड्यायो । भालेको सिउरमुन्तिर टपरीमा फूल, चामल र केही सिक्का राखेर धूप बाल्यो । धूपको बास्नाले जीवारामको तमाखुको बास्नालाई जित्दै गयो । भाले धूपको गन्धले आत्तिएर टाउको यताउता बटार्न थाल्यो । टपरीबाट लहरै सिक्काहरूको धर्को पिँढीमा सुतिरहेको पवनसम्म पुऱ्यायो ।

सर्वजित मास्टर साप पवनको शिरनिर बसे । उनी बेलाबेला कोहिनुरको इसारा बुझेर, चामलका दाना पवनको शिरमा घुमाएर टपरीतिर हुऱ्याउन थाले ।

राति सवा नौ बजे कोहिनुरले कथाको पहिलो पत्ता फाल्यो, "यो गाउँको पुरानै आत्मा हो । बदला लिन आको हो ।"

गाउँलेमा फेरि त्रास फैलियो । आँगन खासखुसले भरियो । कतिमा आशा पनि पलायो, कोहिनुरले आत्मालाई भगाइहाल्छ भनेर । किनभने ऊ आएपछि नै पवनलाई होस आएको थियो ।

कोहिनुरले फलाकिरह्यो । आँगनभरि फन्का लगाइरह्यो । चारै दिशामा चामल छर्कियो । यसो हेर्दा आँगनमा भर्खरै असिना बर्से जस्तो लाग्थ्यो ।

सवा १२ बजे कोहिनुरले अर्को पत्ता फाल्यो, "आइमाई हो । आइमाई ।"

आइमाई ? गाउँलेले फेरि खासखुस गरे । आँगनको डिलमा टुक्रुक्क बसेर सुल्पाबाट धूवाँ फालिरहेका जीवाराम उठे र सर्वजित मास्टर सापको नजिक आएर कानमा खुसुक्क भने, "कतै जुठी त हैन ?"

सर्वजित मास्टर साप झस्किए ।

"नमरेको मान्छेको आत्मा त कसरी आउला र दाइ ?" उनले मसिनो स्वरमा भने, "अर्कै हो कि ?"

"बाँसबारीबाट गपछि उस्को कुनै खबरै छैन । के थाहा, मरी कि ?"

त्यही बेला कोहिनुरले अन्तिम पत्ता फाल्यो, "यो गाउँबाट निकालेकी बोक्सी हो । त्यसले छाड्दिन ।"

आँगनमा एकछिन सन्नाटा छायो । आँगनको कुनामा टुक्रुक्क बसेको झक्कुलाल थरर काँप्यो । जुरूक्क उठ्यो र घरतिर दगुर्‍यो ।

"त्यो फेरि आई ?" घुइयारामले हावामा मुक्की हान्यो ।

"चिन्ता नगर । म छु," कोहिनुरले स्याँस्याँ गर्दै भन्यो, "म पैला त्यसलाई फकाउँछु ।"

र लयमा नाच्दै, सुरिलो स्वरमा फकाउन थाल्यो–

"तिमीलाईऽऽऽ मैलेऽऽऽ चिनिसकेंऽऽऽ अब धेरैऽऽऽ नरिसाऊऽऽऽ
यो केटोऽऽऽ नादान छऽऽऽ भोला छऽऽऽ अब धेरै नतड्पाऊऽऽऽ
तिम्लेऽऽऽ खाजेकोऽऽऽ तिम्ले चाहेकोऽऽऽ म दिन्छु लैजाऊऽऽऽ"

उसले घण्टौं बोक्सीलाई तीनफुर्के धागो, चोलो, चुरा, पोते, मिठाई र कालो भालेको बलि दिन्छु भनेर फकाइरह्‍यो । थाकेपछि भन्यो, "आजलाई पुग्यो । बोक्सी अलि अटेरी छ । म त्यसलाई भोलि धम्काउँछु ।"

उसले पहिलोपल्ट कसैको जोखना हेरेन ।

बिहानसम्म जुठीआमै मरिसकेको र बदला लिन उनको आत्मा फर्किएको हल्ला बाँसबारीभरि फैलियो । सर्वजित मास्टर सापको आँगनमा गाउँलेको भीड जम्मा हुँदै गयो । वसन्तले त्रैलोकबाट जुठीआमैको कुरा सुन्यो र बेस्मारी घरतिर दगुऱ्यो । जसोदा एकोहोरिएर टाँकघर बुनिरहेकी थिइन् ।

"आमै !" ऊ चिच्यायो ।

"मुर्दार, कस्तो कानैमा चिच्चाको !" उनले अनुहार बिगारिन्, "के भो, किन हंस ग जस्तो गऱ्या छस् ?"

"आमै पवनेलाई त जुठीआमैको भूत लायो रे ! आज राति जुठीआमैसित लड्छ रे झाँक्री ।"

"ज्वरोले थलिएको हो । सर्वजित मास्टर सापको कत्ति पनि बुद्धि छैन । के पढेर हेडमास्टर भा हुन्, कुन्नि ! अहिले कस्तो छ पवनलाई ?"

"आयो आयो भन्छ, बेहोस हुन्छ । हिजो त त्यस्तै गऱ्या थ्यो," उनको छेउमा बस्दै वसन्तले भन्यो, "अनि के आमै, पवन मर्छ रे हो ?"

"कस्ले भन्यो त्यस्तो नचाहिने कुरा ?"

"खोइ, गाममा त्यस्तै हल्ला छ," वसन्तको अनुहार अँध्यारो भयो, "त्यो मऱ्यो भने मैले के गर्ने ?"

"मर्दै मर्दैन," उनले वसन्तको शिर सुमसुम्याइन्, "चिन्ता नगर ।"

वसन्त बिस्तारै उठ्यो र बाहिर आयो । र बेस्मारी दगुऱ्यो ।

पवनको आँगनमा थोरै मान्छे थिए । अनिद्राले झोल्लिएका आँखा लिएर सर्वजित मास्टर साप छटपटाउँदै भित्रबाहिर गरिरहेका थिए । उनले वसन्तलाई देखे, केही भनेनन् ।

ऊ भित्र पस्यो ।

रमा कुनामा उभिएर पवनलाई नियालिरहेकी थिई । उसको अनुहार पनि फुङ्ग उडेको थियो । वसन्तलाई देखेर हाँसे जस्तो गरी ।

पवन दैलोतिर कोल्टे फेरेर पल्टिएको थियो । आँखा बन्द थिए । काँपिरहेको ज्यानले सिरक बिस्तारै हल्लाइरहेको थियो । ऊ पवनको छेउमा बस्यो । र बोलायो, "पवन !"

"को हो ?" पवनका दाँत कटकटिए ।

"म बन्ते ।"

पवनले बिस्तारै आँखा उघाऱ्यो । ट्वाल्ल परेर हेऱ्यो, मानौं, कुनै अपरिचित केटोलाई हेरे जस्तो पो गऱ्यो । वसन्तलाई पनि पवनका आँखा परिचित लागेनन् । एकदम सपाट र शब्दविहीन लागे ।

"म वसन्ते के । कस्तो नचिने जस्तो गरेको ?"

पवनले आफ्ना कलेटी परेका ओठमा जिब्रो घुमायो ।

"अघि मुनमुन आथी," उसले मधुरो स्वरमा भन्यो, "मेरो कपाल सुमसुम्याकी थी ।"

"क्यै भनी ?"

"नाइँ, ढोक्कैमा उभेर ट्वालट्वाल्ती हरेकी थिई । अनि मेरो सिरानछेउमा बसी थी । उसले ह्याँ हात राखे थी," पवनले आफ्नो तालुतिर इसारा गऱ्यो, "एकदम चिसा थे त्यसका हात । एकछिन त्यसै बसिराखी । अनि उठेर गई ।"

वसन्तले पवनको बर्बराहट सुनिरह्यो । पवनलाई त अघिपछि जस्तो सजिलैसित बोले जस्तो लागेको थियो । तर वसन्तलाई भने उसका धेरै शब्द बुझ्न गाह्रो भएको थियो । "ट्वाल्ट्वाल्ती" भन्ने बेला त उसको जिब्रो बेस्मारी लर्बरिएको थियो । उसले "ट"का ठाउँमा "त" उच्चारण गरेको थियो ।

"अघि ढुकुर पनि रोको थ्यो," पवनले झ्यालतिर हेर्दै भन्यो, "ढुकुर ऊ त्यै झ्यालमा थ्यो ।"

वसन्तले मुन्टो हल्लायो । भन्न सकेन– ढुकुर कसरी रून्छ झ्यालमा बसेर ? त्यसलाई त शमशेरले मारिसक्यो ।

पवनले काँपिरहेको दायाँ हत्केला वसन्तको बायाँ हत्केलामाथि राख्यो, "मुनमुनले पोस्टकार्ड किन पठाइन ?"

"हुलाकीले ल्याउँदै होला ।"

"बीचमै म मरें भने नि !"

"तँ मर्दैनस् । म तँलाई जसरी भए पनि बचाउँछु ।"

"चिलगाडीले पनि त्यस्तै भनेको थ्यो ।"

"कहिले ?" वसन्त झस्कियो ।

"अघि नै आथ्यो । तैंले देखिनस् ?"

वसन्तले उत्तर दिएन । चुपचाप उसलाई हेरिरह्यो । उसको छटपटी, उसले अप्ठ्यारो गरी फेरिरहेको सास, उसका काँतर आँखा र भ्यागुता झैं कहिले कता, कहिले कता बुथ्रुकिने उसका कुराले छक्क परिरहेको थियो ।

"तँलाई एउटा कुरा सोधुम् ?" पवनको आवाजले वसन्तको ध्यान भङ्ग भयो ।

"के कुरा ?"

"नढाँटी भन् है त ।"

"के ?"

"मलाई असारे बाले मार्छन् ? मलाई खोज्या छन् ?"

वसन्तका औंला काँपे । के भनेको होला यस्तो । उसले हतारिँदै भन्यो, "असारे बा बाँसबारीमा नै छैनन् । हाम्ले त जुठीआमैलाई मायाँ गर्थिम् । मार्दैनन् ।"

"असारे बा बाँसबारीमै छन्," उसले पल्याकपुलुक यताउता हेऱ्यो । अनि भन्यो, "हिजो खन्युको रूखका पछाडि लुकेर मलाई हेरेका थे । मैले झुटो बोलेको कुरा थाहा पाए जस्तो छ । मलाई मार्छन् ।"

वसन्तले थररर काँपेको उसको हात समायो, "के झुटो कुरा ?"

वसन्तको प्रश्न पवनका कानमा पुग्नै पाएको थिएन, उसले पर्लक्कै आँखा पल्टायो र छटपटायो । ऊ छटपटाएको देखेर रमा रूँदै बाहिर दगुरी । वसन्तलाई के गरूँ, के गरूँ भयो । पवनले सासै छोडुँला जस्तो गरिरहेको थियो । साँच्चिकै ऊ मर्छ कि क्या हो ? वसन्तलाई पिसाब आउलाआउला जस्तो भो ।

"पवन, नमर के !" उसले बररर आँसु झार्दै भन्यो, "तैंले मुनमुनको नाम लेखे पनि रिसाउन्नँ अब ।"

पवनले झ्वाट्ट आँखा उघाऱ्यो । छाती माथितिर उठायो । वसन्तले समाएको हात फुस्कायो । घाइते सर्प झैं फ्वाँफ्वाँ गऱ्यो । मुड्की ताक्दै करायो, "औषधि दे मलाई । म औषधि खान्छु । दे भनेको !"

र पछारियो ।

हुत्तिँदै भित्र पसेका सर्वजित मास्टर सापले पवनलाई च्याप्प समाए । आँसु पुछ्दै वसन्त ढोकाबाहिर हुत्तियो । सर्टका बाहुलाले आँसु पुछ्दै खेतका आलीआली दगुरिरह्यो ।

घर पुग्यो । ओछ्यानमा घोप्टो पऱ्यो । फिरफिरे घुमाउँदै दगुरेको पवनको सम्झना पनि पछि लागेर आएको थियो । उसलाई आफ्ना बाको अभाव खट्किरहेको थियो । बा भएको भए ऊ रूँदै बासित औषधि ल्याइदिन आग्रह गर्थ्यो । उसका बाले दगुर्दै गएर औषधि ल्याइदिन्थे । ऊ पवनलाई दिन्थ्यो । औषधि खाएर पवनलाई सन्चो हुन्थ्यो । फेरि पवनसित ऊ बाँसघारीमा पस्थ्यो । फिल्म हेर्न जान्थ्यो । पवनलाई पातको फिरफिरे मन पर्न छाडेको थियो । त्यसैले उनीहरू कागजको रङ्गीन फिरफिरे किन्थे र दगुर्थे । मुनमुनलाई भेट्न जान्थे ।

उसले हिक्क गऱ्यो ।

पवनका शब्दहरू कोहिनुरको ढ्याङ्ग्रो झैं उसका कानमा बजिरहे, "औषधि दे मलाई । म औषधि खान्छु । दे भनेको !"

पखेटा

रातको सवा नौ बजिसकेको थियो । जूनको मधुरो प्रकाश झ्यालबाट भित्र पसिरहेको थियो । जसोदा भित्तातिर कोल्टे परेर निदाइसकेकी थिइन् । वसन्त बिरालोको चालमा उनको ओछ्यानछेउ आयो । उसले डसनाले च्यापेको झुलको फेर बाहिर तान्यो । बिस्तारै हात सिरानीमुनि घुसार्‍यो ।

उसलाई जसोदाले स्वाट्ट उठेर हात च्याप्प समात्छिन् कि जस्तो लागिरहेको थियो ।

उसले सिरानीमुनि औंलाहरू चलायो । चोर औंलाले साँचोको झुप्पो छोयो । मुटु ह्वात्तै मुखैमा आउला जस्तो पो भयो । उसले सास थाम्यो र बिस्तारै साँचोको झुप्पो बाहिर तान्यो ।

जसोदा चलमलाइन् । ऊ ढुङ्गो भयो ।

जूनको उज्यालोमा उसले बिस्तारै चाबीको झुप्पो केलायो । एउटा साँचो अर्कोमा नठोक्किने गरी । बल्लतल्ल सानो चाबी औंलाहरूको बीचमा आयो । बायाँ हातका औंलाले चाबी समाएर दायाँ हात पलङमुन्तिर घुसार्‍यो । बाकसलाई अलिअलि सार्दै बाहिर तान्यो । हात हल्लेर तालामा साँचो पस्दै पसेन । चिटचिट पसिना निस्किए । पसिनाको एउटा थोपो नाकको डाँडीबाट गुर्कियो । नाक चिलाए जस्तो भयो ।

बल्लतल्ल तालामा साँचो पस्यो र आवाज आयो, ख्याट्ट ।

उसले बाकस उघार्‍यो । बाकसमा एकछिन हात घुमाएपछि कपडाको सानो पोको भेट्यो । गाँठो पारेको । उसले गाँठो फुकायो । नोटको गन्ध उसको नाकमा पस्यो । उसले बिटोको पुछारको नोट बाहिर तान्यो ।

उसलाई थाहा थियो, ठूला नोट पुछारतिरै हुन्छन् । नोटलाई आँखाको नजिक ल्यायो । एकछिन हेरिरहेपछि नोटको बाघ देखापऱ्यो । बाघले उफ्रेर रूद्रघण्टी कोपर्छ कि झैं तर्सिएर उसले नोट स्वात्त गोजीमा हाल्यो । पोको बाकसमा राख्यो । ताला माऱ्यो । बाकस पलङमुन्तिर धकेलिदियो । साँचो सिरानमुन्तिर राखिदियो । झुलको फेर डसनाले च्यापिदियो । बिरालोको चालमा बाहिर निस्कियो ।

आँगनमा पुगेपछि उसको अनुहारबाट त्रासको ग्रहण स्वाट्ट हट्यो । ढ्याङ्ग्रोको आवाज सुनिरह्यो ।

एकपल्ट विरहको गीत गाइरहेको जूनतिर हेऱ्यो । आरूको रूखतिर हेऱ्यो । आफ्नो उदास घरतिर हेऱ्यो । भर्खरै आफूले बन्द गरेर आएको दैलोतिर हेऱ्यो । तिर्खा लागेर पानी खान उठ्दा जसोदाले उसलाई देख्नेछैनन्, के गर्लिन् ?

"म फर्किहाल्छु, आमै," उसले मुठी कस्यो, "नरोई बस्नू ।"

ऊ शिर निहुराएर आँगनबाट बाहिरियो । अलि पर पुगेर लामो सास तान्यो र दगुऱ्यो । बेस्मारी दगुऱ्यो । यसरी दगुऱ्यो, मानौं उसको रफ्तारसँगै पिठ्युँमा पखेटा उम्रिंदै जानेछन् । र ऊ उड्नेछ ।

उसलाई अग्ला सालका रूखले बाटो छेके जस्तो लाग्यो । छलेर दगुऱ्यो । रूखहरूले लखेटिरहे, ऊ दगुरिरह्यो । उसलाई साथ दिंदै आकाशमा एउटा फुच्चे तारा पनि दगुऱ्यो । उसलाई शक्ति दिंदै झ्याउँकीरीले गीत गाइरहे । उसको तातिरहेको ज्यान चिस्याउन शीत खसिरहे । उसका पैताला नदुखून् भनेर सालका पातहरू बाटोमा ओच्छिइरहे । उसका गोडामा चोट नलागोस् भनेर तीखा ढुङ्गाहरू भ्यागुतो झैं छेउतिर उफ्रिरहे । ऊ खाल्डोमा नलडोस् भनेर हुरूरू धूलो अघि लाग्यो र खाल्डाखुल्डी पुरिरह्यो । ऊ नथाकोस् भनेर बतासले पाखुरा समाएर उचालिरह्यो ।

"कथा कल्पनू बाबै, कथा कल्पनू," जुठीआमै फुसफुसाइरहिन् ।

बिस्तारै उसका पिठ्युँमा पखेटा उम्रिंदै गए । पखेटा पहिला सुगाका जत्रा भए । अनि ढुकुरका जत्रा । अनि चिलका जत्रा । अनि

गिद्धका जत्रा । अनि गरूडका जत्रा । उसले पखेटा चलायो । बिस्तारै धरतीमाथि उठ्यो । उसलाई समात्न दगुरेका रूख थाकेर रोकिए । फुच्चे तारा बाटो देखाउँदै अघि लाग्यो ।

ऊ उड्दैउड्दै पिच्कु माझीको झुपडीमा पुग्यो । पखेटाको रफ्तार कम गऱ्यो र भुइँमा टेक्यो । दुईपल्ट पखेटा भ्याट्टभ्याट्ट पाऱ्यो । र खुम्च्यायो ।

सौतेनी नदी जूनको उज्यालोमा टल्किरहेको थियो । सौतेनी नदीमा छोएर आएको बतासका चिसा हातले उसको तालु, कन्चट, छाती, तिघ्राका काप सबैतिर सुमसुम्यायो । उसले आफूलाई थाम्न सकेन र भुइँमा थ्याच्च बस्यो । आँत यसरी सुकेको थियो, उसलाई सौतेनी नदी नै सिनित्तै पारिदिऊँ जस्तो लाग्यो । उसलाई थाहा थियो– दगुर्नेबित्तिकै पानी पिउन हुन्न, छातीमा गाँठो परेर मरिन्छ । त्यसैले स्याँस्याँ गरिरह्यो । ऊ सारा बतास पिउन चाहन्थ्यो ।

एकछिनपछि गोडा कँपाउँदै उठ्यो र बोलायो, "पिच्कु काका । काका ।"

पिच्कु माझीको झुपडीमा ठूलै मुसो दगुरे जस्तो आवाज आयो । धप्प उज्यालो बल्यो । पिच्कु साइकिलको टायरको टुक्रो बालेर बाहिर आयो ।

"को हो रे ?" पिच्कु दैलोबाटै करायो ।

"म बन्ते हो के !"

पिक्चु नजिक आयो । ठुस्स गन्हाइरहेको टायरको उज्यालो वसन्तको अनुहार नजिक ल्यायो । र करायो, "बाफ रे बाफ, कहाँबाट आइस् ?"

"मलाई नदी तार्दिनुस् काका," वसन्तले रून्चे स्वरमा भन्यो ।

"फेरि घरबाट भागिस् ?" पिच्कुले निद्राले झोल्लिएका आँखा ठूला पाऱ्यो ।

"म भागेको होइन । गाउँलेहरूले पठाका हुन् । जरूरी काम परेर आको काका," वसन्तले आर्त्तिंदै भन्यो, "अम्बरपुर नपुगी भाछैन ।"

"यत्ति रातमा अम्बरपुर ! त्यहाँ गएर के गर्छस् ?"

"औषधि ल्याउँछु ।"

"तेरी आमा बिमार छ ?" पिच्कुले प्रेमले सोध्यो ।

"मेरी आमै होइन, पवन बिरामी छ । उसलाई औषधि ल्याउन जान लाको ।"

"गाउँमा बडाबजुर्ग मान्छेहरू छ । उनीहरू किन आएन ? तँ फुच्चेलाई किन पठायो ?" पिच्कुले भन्यो, "म पत्याउँदिनँ तेरो बात ।"

"काका, नदी तार्दिनू न । म तपैंलाई पोस्टकार्ड ल्याइदिउँला ।"

"यसरी त पोस्टकार्ड लिन्नँ रे म । तँ फर्केर जा ।"

"त्यो मर्ने लाछ," वसन्तले हिक्क गऱ्यो ।

पिच्कुले वसन्तको पाखुरा समाएर झुपडीतिर तान्यो । आफ्नो ओछ्यानमाथि बसाल्यो । टायर कुनामा ठड्यायो । टायरको उज्यालोमा एकछिन वसन्तलाई हेरिरह्यो ।

"के भो रे तेरो दोस्तलाई ?"

"एकदम बिरामी भाछ । झाँक्रीले सन्चो बनाउन्न । पवनले मलाई औषधि ल्याएर आ भन्या छ," वसन्तले आँसु पुछ्यो, "मलाई तार्दिनू । नत्र म पौडी खेलेरै भए पनि तर्छु ।"

"डाक्टर साहेबले त्यत्तिकै औषधि कहाँ दिन्छ ?" पिच्कुले नरम आवाजमा धम्क्यायो, "डाक्टर साहेब बेवकुफ थोडी हुन्छ ? मरिजलाई लगे पो जाँचपड्ताल गरेर औषधि दिन्छ ।"

"नाइँ, म जसरी भे पनि औषधि लेर आउँछु । मसित पैसा छ ।"

"पैसाले सबथोक पाइँदैन रे । धेरै कुरा भगवान्को मर्जीले चल्छ ।"

"काका, तपैं पनि उस्तै हो," वसन्त जुरूक्क उठ्यो र नदीतिर दगुऱ्यो । नदी किनारमा पुग्दा पिच्कुले पछाडिबाट च्याप्प समायो । वसन्त बाघको पन्जामा परेको हरिण झैं छटपटाइरह्यो । फ्वाँफ्वाँ गऱ्यो । पिच्कुलाई पहिलोपल्ट आफू बूढो हुँदै गइरहेको महसुस भयो । वसन्तलाई अँगालोमा बेरेको पाखुरामा कमजोर भएको थाहा भयो । उसको सास फुलिरहेको थियो । उसले सोच्यो, "यो केटा नगई छाड्दैन । र मैले जान दिनुहुँदैन । तर कहिलेसम्म यसरी पकडमा राख्न सकिन्छ ?"

त्यसै बेला उसले जङ्गलमा जुनकीरी देख्यो । जूनकीरी उनीहरूतिरै आइरहेको थियो । एकछिनपछि थाहा पायो– त्यो जूनकीरी होइन, टर्चको उज्यालो पो हो ।

त्रैलोकले साइकल हाँकिरहेको थियो भने बिजुले क्यारियरमा बसेर टर्च बालिरहेको थियो । उनीहरूले टर्चको उज्यालोमा वसन्तलाई च्याप्प समाइरहेको पिच्कुलाई देखे ।

बिजु साइकलबाट हाम फालेर दगुऱ्यो । त्रैलोकले पनि साइकिल अड्याउने उच्छार पाएन । दगुरिरहेको साइकलको ब्रेक थिच्यो र हुर्रियो । डङ्रङ्ग पछारिएको साइकलको अघिल्लो पाङ्ग्रा फनफनी घुमिरह्यो ।

पिच्कुको अँगालोबाट फुत्किन वसन्तले अन्तिम कोसिस गऱ्यो । उसको गर्धनको नसा तनक्क तन्कियो । घाइते गोरू झैं स्वाँस्वाँ गऱ्यो । तर साइकलको टायरले ट्युबलाई अँठ्याए जसरी पिच्कुले अँठ्याइरह्यो ।

"तिम्री आमै रूँदै गाम डुलेकी छन्," बिजुले वसन्तको पाखुरा समायो, "हिँड्, घर जाम् ।"

वसन्तले घोसेमुन्टो लायो ।

त्रैलोकले पाखुरा समाएर तान्यो । वसन्त लुरूक्क हिँड्यो । बिजुले साइकल उठायो । त्रैलोकले वसन्तलाई साइकलको डन्डीमा बस्ने इसारा गऱ्यो । ऊ टुसुक्क बस्यो । त्रैलोकले साइकल हाँक्यो । हुत्तिएर बिजु क्यारियरमा बस्यो र टर्चको उज्यालो फाल्यो ।

साइकल बिस्तारै अँध्यारोले निलेको जङ्गलमा पस्यो । टर्चको उज्यालो झरेको तारा झैं बिलाउँदै गयो ।

पिच्कु ठिङ्ग उभिरह्यो । उसको घाँटी सुक्खा भएको थियो । एकपल्ट पछ्यौरा झैं सुस्तसुस्त हल्लिरहेको सौतेनी नदीको पानीतिर हेऱ्यो । अनुहारको पसिना हत्केलाले सोहरेर पुट्ठामा दल्यो । हुत्तिँदै झ्ुपडीमा पस्यो । र ओछ्यानमा डङ्रङ्ग पछारियो ।

जसोदा हुर्रिंदै आइन् । साइकलबाट भर्खरै झरेको वसन्तको गालामा एक थप्पड लगाइन् र अँगालो मारेर रोइन्, "किन ऱ्वाउँछस् एई मलाई ?"

वसन्तले सुँक्क गऱ्यो ।

"किन भागिस्, भन् ? रमलादेवीले नदेखेको भए... ।"

"पवनलाई औषधि लिन गाथें ।"

बिजुले ट्वाल्ल पर्दै आमाछोराको रूवाइ, स्नेह र आवेग हेरिरह्यो। त्रैलोकले साइकल हाँक्दा बटारिएका पिँडौलाका नसा महसुस गरिरह्यो। नसा छिटिकछिटिक गरिरहेका थिए। छाती पटकपटक जुका झैं च्याच्या गर्दै कराइरह्यो।

"लौ त भाभी, हामी जान्छौं," त्रैलोकले सास थाम्दै भन्यो, "उता पवनले कहिले सास छोडुँला जस्तो गरेको छ। बाँसबारीका दशा ठीक छैनन्। ख्याल राख्नुहोला।"

जसोदाले मुन्टो हल्लाइन्।

त्रैलोकले साइकल हाँक्यो। हुत्तिँदै बिजु बस्यो। उनीहरूलाई कोहिनुरको आवाजको डोरीले तान्दैतान्दै लग्यो।

जसोदाको अँगालोमा बेरिइरहेको वसन्त फुस्कियो। उनले हात स्वाट्ट समातिन्। उनलाई फेरि भाग्छ कि जस्तो लाग्यो। आत्तिँदै सोधिन्, "फेरि काँ जान लाइस्?"

"मलाई पवनले खोजिरहेको होला," उसले रूँदै भन्यो, "पवन मर्नै लाग्यो के आमै!"

"मर्दैन। मर्न दिनुहुन्न। एकछिन पख्, म पनि जान्छु।"

कोहिनुर थाकेर चुर भइसकेको थियो। हुत्तिँदै कालाकाला धब्बाहरू आँखामा स्वाट्ट पस्थे। अँध्यारै हुन्थ्यो। र ऊ गम्भीर भएर सोचे जसरी आफूलाई थाम्थ्यो। ऊ आफ्नो कमजोरी कसैलाई देखाउन चाहिरहेको थिएन। सन्तलाललाई भने थाहा भइसकेको थियो। गुरू ढलिहाल्छन् कि भनेर छेउछाउतिर घुमिरहेको थियो। ढल्नुअघि नै सम्हाल्न चाहन्थ्यो।

कोहिनुर हार्न चाहँदैनथ्यो। त्यसैले बर्बराइरहेको थियो, "बिहानसम्म बोक्सीको आत्मा गाउँ छाडेर जान्छ।"

गाउँलेहरू आँगनभरि छरिएका थिए। पवनले कुनै पनि बेला सास छोड्न सक्छ भनेर चनाखो थिए। जीवारामले शङ्ख कहाँ राखेको हो, बिर्सिसकेका थिए। उनी आँगनमै थिए। तर उनको दिमाग शङ्ख खोज्न आफ्नो घरको कुनाकुनामा घुमिरहेको थियो।

सर्वजित मास्टर साप हंसले साथ छोडे जस्ता भएका थिए। उनको कपाल जिङ्रिङ्ग परेको थियो। ज्यान त आधै घटिसके

जस्तो । पिसाब पनि पहेंलै निस्केको थियो । उनले आँगनका गाउँलेलाई पहिल्याउन छाडिसकेका थिए । रमा कुन कुनामा बसेर रोइरहेकी थिई, थाहा थिएन । बेलाबेला पेटतिरबाट पीडाको सुम्लो उनको मुटुतिर उक्लिरहेको थियो ।

सर्वजित मास्टर साप बेलाबेला पवनतिर झुक्थे । उसका आँखामा मधुरो जालो बसेको देख्थे । उनलाई आफ्नो छातीमा ड्यामड्याम मुड्की हान्न मन लाग्थ्यो । आफूलाई थाम्थे । साँझपखसम्म बर्बराइरहेको पवनको आवाज हराउँदै गएको थियो । उसका ओठ काँप्थे । तर आवाज निस्किरहेको थिएन । ऊ बेलाबेला टाउको छिनालिएको खसीले झैं गोडा छट्याकछट्याक गर्थ्यो । उसले ज्यानमै फेरेको पिसाबको गन्ध चर्को हुँदै गइरहेको थियो ।

हे ईश्वर, मैले यसलाई कैल्यै माया देखाइनँ । हे ईश्वर, यसको रहर मैले कैल्यै बुझिनँ । हे ईश्वर, यसलाई नचुँड । हे ईश्वर, यसलाई जिन्दगी बाँच्न देऊ । हे ईश्वर, मेरो आयु यसलाई देऊ ।

थाम्दाथाम्दै सर्वजित मास्टर सापको मधुरो हिक्का निस्कियो । त्यो हिक्का जीवारामले देखे । उनको नजिक गए र काँध थपथपाए ।

जीवारामले सर्वजित मास्टर सापको काँध थपथपाएको उदास शान्तिरामले हेरिरहेको थियो । पवनले भोगटे चोरेर खाँदा पिटेकोमा शान्तिरामलाई अहिले ग्लानि भइरहेको थियो । ऊ सोचिरहेको थियो, "यत्ति सानैमा मर्ने रैछ, नपिटेको भए हुने रैछ ।" उसलाई कसैले मुटुमा आल्पिन ठोके जस्तो लाइरहेको थियो ।

शान्तिराम बेलाबेला कोहिनुरतिर हेर्थ्यो, सोच्थ्यो– के थाहा, उसले चमत्कार गरिहाल्छ कि ? कोहिनुरका चमत्कारका चर्चा उसले धेरै सुनेको थियो । मरिसकी भनेर आशा मारेकी मैनापुरकी रैनादेवीलाई कोहिनुरले जिम्दाएको चर्चा पुरानो भए पनि उसको हृदयमा ताजै थियो ।

शान्तिरामले आशा भरिएका आँखाले कोहिनुरतिर हेर्‍यो ।

कोहिनुरले आवाज ब्याट्री सकिँदै गएको रेडियोको आवाज झैं सानो हुँदै, स्याँस्याँले भरिँदै गए पनि फलाक्न छाडेको थिएन । ऊ बेलाबेला सन्तलालतिर इसारा गर्थ्यो । सन्तलालले सर्वजित मास्टर सापलाई ।

सर्वजित मास्टर साप पवनको निधार छुवाएर सिक्का आँगनतिर फाल्थे। आँगनभरि सिक्कैसिक्का थिए। सिक्काको वर्षा भए जस्तो लाग्थ्यो।

जैमली दैलोछेउ बायाँ हातले पछ्यौराको फेर समाएर मुख छोपेर उभिएकी थिई भने उसको दायाँ हात रमाको काँधमा थियो। रमा मधुरो हिक्कहिक्क गरिरहेकी थिई। जैमलीलाई लाग्न थालिसकेको थियो, कोहिनुरले पवनलाई ठीक पार्न सक्दैन। उसलाई लागिरहेको थियो, अस्पताल लगे पो बाँच्छ कि ? उसलाई सर्वजित मास्टर सापको कानमा भन्न मन थियो, "मास्टर साप, हस्पताल लैजानुस्।"

तर उसले सुनेकी थिई– झाँक्रीहरूसितको दुस्मनी ठीक हुँदैन। त्यसैले चुप लागी। रमाको तालु सुमसुम्याई। र पुच्छर नभएको बाँदर बस्ने खन्युको रूखतिर हेरी। खन्युको रूखछेउमा घुइयाराम खुइय्य सुस्केरा हाल्दै कहिले उठ्थ्यो, कहिले बस्थ्यो। उसलाई डरले भित्रभित्रै खाइरहेको थियो। सोचिरहेको थियो, बोक्सीले पवनलाई खाने भइहाली। कोहिनुर हार्‍यो भने बोक्सी बाँसबारीमै बस्छे। पालैपालो बदला लिन्छे। उसको अर्को सिकार को हो ? ऊ आफैं या उसकी स्वास्नी ?

कोहिनुरले हार्नुहुँदैन। घुइयाराम मुठी कसिरहेको थियो। दाह्रा किट्दाकिट्दा उसका च्यापु दुख्न थालिसकेका थिए। बेलाबेला दाँतका चेपमा स्याँठ चले जस्तो हुन्थ्यो।

घुइयारामले आत्तिँदै आँगनको पुछारमा टुक्रुक्क बसेको झक्कुलाललाई हेर्‍यो। झक्कुलाललाई पुट्ठामा काउसो लागे जस्तो भएको थियो। सायद यो लड्को मरेपछि उसको नातिको पो पालो आउँछ कि ? सायदै ऊ आफैंको पनि आउन सक्छ। उसले कालोमोसोले भरिएको बोक्सीको अनुहार सम्झियो। कालोमोसो बनाउने हातभित्रभित्रै एक लस्कर कमिलाले टोके जस्तो भयो। हात मल्यो र कोहिनुरलाई हेर्‍यो।

कोहिनुरले बोक्सीलाई धम्क्याइरहेको थियो–

"मैले...। तँलाई...। फकाएँ...। फुलाएँ...। तर...। तँ...। मानिनस्...।
अब...। म...। रिसाएँ...। कुचोले...। हान्छु...। खुर्सानी... डढाउँछु...।
तेरो...। मुटु...। खान्छु...। तेरो...। कलेजो...। खान्छु...।
तेरो...। कपाल...। समातेर...। भुइँमा...। पछार्छु...। पातालै...। पुऱ्याउँछु...।

भनेको... । मान्... । गइहाल्... । नत्र... । म... । तँलाई... । छाड्दिनँ... ।"

फलाकिरहेको कोहिनुर सोची पनि रहेको थियो, बरू एक दिन मज्जाले सुतेर आएको भए हुने रहेछ रे ! उसले जानीजानी फलाक्न छाडेको थिएन । फलाक्न छाडेको एकै क्षणमा झ्याप्पै निदाउँछु कि भन्ने डर थियो । उसलाई टाउको बढ्दैबढ्दै गए जस्तो लागिरहेको थियो । जिन्दगीमा टाउको यत्ति गह्रौं भएकै थिएन । "ह्याँबाट मुक्ति पाएपछि तीन दिनसम्म लगातार सुतिरहन्छु," उसले मनमनै बाचा गऱ्यो ।

कोहिनुरले बोक्सी र आफ्नो झगडा बढ्दै गइरहेको महसुस गाउँलेलाई गराउन करायो, "अब म तँलाई पातालमै पुऱ्याइदिन्छु ।"

त्यसपछि त बोक्सी र उसको बान हानाहान नै भयो । कोहिनुर आकाशतिर हात ताक्दै बान हान्थ्यो र एकछिनपछि बोक्सीले हानेको बानलाई ढ्याङ्ग्रोले छेक्थ्यो । आँगन युद्ध मैदान नै भइसकेको थियो ।

गाउँलेहरू बोक्सीले हानेको बान आफ्नै कोखामा लाग्ने हो कि भनेर तर्सिएका थिए ।

अबेरसम्म युद्ध चली नै रह्यो । न बोक्सी हारी, न त कोहिनुर ।

बाँसबारीको उदास घरको उदास आँगनको उदास खन्यु रूखको छेउमा समय टक्क रोकिए जस्तो भएको थियो । पवन घिटिघिटी गरिरहेको थियो, कोहिनुर लडिरहेको थियो । अब जे हुनु छ चाँडै होस्, गाउँलेहरू सोचिरहेका थिए । यसरी सबै कुरा ठ्याप्पै रोकिएर त भएन ।

त्यसैले सबै एकअर्कामा पल्याकपुलुक हेरिरहेका थिए । सबै गाउँलेतिर नजर घुमाइरहेको शान्तिरामले बाँसबारीको उत्तरी कुनामा एक टुक्रा उज्यालो देख्यो । उज्यालो चाँदीको सिक्का जस्तै थियो, गुर्किंदै आइरहेको । उसले आँखा चिम्सा पारेर हेरिरह्यो ।

एकछिनपछि उसले उज्यालोको पछाडि दुइटा मसिना छाया देख्यो । ठ्याक्कै रातको १२ बजे को आएको होला ? पुरानो दिनले नयाँ दिनलाई धरतीमा पठाइरहेका बेला कोही हतारहतार आएको देखिनु उसका लागि आसलाग्दो क्षण भयो ।

"ए, भाउजू पो ?" उसले मसिनो स्वरमा भन्यो, "बल्ल आउनुभो ?"

"नआई भएन," जसोदाले भनिन्, "तपैंहरूले त मार्नै लाग्नुभएछ ।"

ऊसित के जवाफ हुनु !

"झाँक्रीले सन्चो बनायो त ?" जसोदाले सोधिन्, "अहिले कस्तो छ ?"

"अन्तिम सास लिराख्या जस्तो छ । आफैं हेर्नुस् ।"

जसोदाले लालटिन वसन्तको हातमा झुन्ड्याइन् र अघि बढिन् । उनलाई केही चीजले आफूलाई ताने जस्तो भइरहेको थियो । उनी आँगनको बीचमा बर्बराइरहेको कोहिनुरलाई देब्रे पार्दै पवनतिर बढिन् । सर्वजित मास्टर सापले उनलाई देखे । शिर निहुराए ।

उनी पवनको अनुहारतिर झुकिन्, "एई, पवन । पवन ?"

पवनका गालामा कम्पन भो ।

जसोदा आँगनछेउ उभिएको शान्तिरामको नजिक आइन् । "शान्तिरामजी, तपैंसित एउटा कुरा गर्नु थियो । एकछिन यता आउनुस् ।"

ऊ जसोदाका पछि लाग्यो ।

उनले घरको भित्तामा छेलिएर लामो सास तानिन् । के भन्न खोजेकी हुन् खै, शान्तिराम केही मेसो पाइरहेको थिएन ।

"शान्तिरामजी, तपैं कुरा बुझ्ने मान्छे हुनुहुन्छ," उनले भनिन्, "यसरी झाँक्रीकै भरमा बस्ने हो भने पवन बाँच्दैनन् । अस्पताल लैजाने कुरा गर्नुस् ।"

"के कुरा गर्नुभको, भाउजू ? झाँक्रीले फलाकेरै सकेको छैन । क्यै त गर्ला नि ।"

"बिचरा, पवन अकालैमा मर्ने भो । त्यो मऱ्यो भने हामी सबैलाई सराप लाग्छ, बुझ्नुभो ।"

"म के गरूँ त, भाउजू ?"

"जानुस्, मास्टरलाई सम्झाउनुस् ।"

"तपैं नै भन्नुस् न, भाउजू ।"

"ह्याँ आइमाईले बोलेको कुरा कसैले सुन्दैन ।"

"यसो गऱ्यो भने त झाँक्रीसित दुस्मनी भैहाल्छ, भाउजू ।"

"तपैंलाई पवनलाई अस्पताल लग्यो भने बाँच्छ जस्तो लाग्छ कि लाग्दैन ?"

शान्तिरामले बिस्तारै मुन्टो हल्लायो ।

"तपैं पहिला मास्टरलाई सम्झाउनुस् । अरू कुरा म गरम्ला ।"

शान्तिरामले एकछिन सोच्यो । दुईतीनपल्ट लामो सास तान्यो र अलिकति झुकेर खुर्र दगुर्दै सर्वजित मास्टर सापका छेउमा पुग्यो । सुस्तरी भन्यो, "मास्टर साप एकपल्ट भित्र आउनुस् । कुरा गर्नु छ ।"

सर्वजित मास्टर सापलाई उसले टाढैबाट बोलाए जस्तो लाग्यो । उनले पुलुक्क हेरे, "हँ, किन ? किन भित्र ?"

उनको हुलिया र बर्बराहट देखेर शान्तिरामलाई माया लाग्यो । जवान हुनै लागेको छोराको मृत्यु कुरेर बसेको बाउलाई देख्दा कस्लाई माया लाग्दैन र ?

"एकपल्ट भित्र आउनुस्," उसले दोहोऱ्यायो ।

सर्वजित मास्टर साप बिस्तारै दुवै घुँडामा हात राखेर उठे । एकदम कमजोर भइसकेछन् । भनन्न रिँगटा चल्यो । उनी धर्मराए । जीवारामले दगुर्दै आएर दायाँ पाखुरा समाए ।

"भित्र लैजाम् त एकछिन," शान्तिरामले सर्वजित मास्टर सापको बायाँ पाखुरा समाउँदै भन्यो ।

उनीहरूले सर्वजित मास्टर सापलाई अडेस लिँदै भित्र ल्याए । पछिपछि आएकी जसोदाले पलङ्मा बसाल्ने इसारा गरिन् । उनीहरूले पलङ्को डिलमा बसालिदिए । सर्वजित मास्टर सापले एकपल्ट खुइय्य सुस्केरा हाले र आफ्ना घुँडातिर झुके ।

"मास्टर साप, हुन त मलाई धेरै कुरा थाहा छैन," शान्तिरामले अप्ठ्यारो मान्दै भन्यो, "पवन बाबुलाई अस्पताल पो लैजाने हो कि ?"

"औषधि खाकै हो त," जीवारामले भने, "झाँक्रीले आफ्नो काम गर्दै छ त ।"

"बाजे, हुन त तपैं जान्नेबुझ्ने नै हुनुहुन्छ," शान्तिरामले मसिनो स्वरमा भन्यो, "अलि ठूलो अस्पतालँ लाने हो कि ? मैनापुरको अहेवको मात्र विश्वास नगरम् ।"

"लौ ! शान्तिराम तँ डाक्टरी नदेखा," जीवारामले अनुहार बिगारे, "पवनलाई हाम्ले पनि मयाँ गर्छम् ।"

सर्वजित मास्टर साप झोक्राइरहे ।

जसोदा उनको छेउमा आइन्, "मास्टर साप, यो झाँक्रीले कस्लाई सन्चो बना छ ? देख्नु भाछ कतै ? घुइयारामको छोरो, चिलगाडी मरेको देख्नुभा छैन ?"

जीवाराम अप्ठ्यारो मान्दै भित्तामा अडेस लागे ।

"मास्टर साप ! तपैंको यस्तै चाला हो भने पवन बाँच्दैन । पवन मऱ्यो भने तपाईंलाई पाप लाग्छ, बुझ्नुभो ? जसोदाले अवरूद्ध गलाले भनिन्, "बिचराले औषधि ल्याइदेऊ भन्दै रोको सुन्नुभएन ? तपैं जस्तो लाछी मान्छे मैले अरू कोई देखेकी छैन । त्यत्रो पढेर आर्जेको विद्या कप्लक्कै खानुभएछ ।"

सर्वजित मास्टर सापले घुँडामाथि राखेका हत्केला थरररर काँपे । उनले कम्पन रोक्ने कोसिस त गरेका हुन्, सकेनन् ।

"म के गरूँ त, भाउजू ? मेरो दिमाखले काम गर्न छाडिसक्यो । जतातत‌ै अँध्यारो देख्छु," उनले घुँक्क गरे, "मेरो संसार अँध्यारो भाछ, भाउजू ।"

"मैले भनेको मान्नुस्, अस्पताल लैजानुस्," जसोदाले नरम स्वरमा भनिन्, "ढिला भाछैन ।"

सर्वजित मास्टर सापले उल्टा हत्केलाले आँसु पुछे र पुलुक्क जीवारामतिर हेरे ।

जीवारामले पहिलोपल्ट सर्वजित मास्टर सापका रातीगेडी जस्ता आँखा देखे । उनका आँखाका कुना रसाए । उनले अलिकति अगाडि सरेर सर्वजित मास्टर सापका काँधमा थर्थराइरहेका हात राखे, "मास्टर ! छोरो तिम्रो हो । तिमी आफैं निर्णय गर ।"

"झाँक्रीलाई के भन्ने त ?" सर्वजित मास्टर सापले ओठ चपाए ।

"तपैंको एउटै छोरो हो, मास्टर साप । अझै झाँक्रीको चिन्ता गर्नुहुन्छ ? झाँक्रीसित म कुरा गरम्ला," शान्तिरामको आवाज अलिकति टाठो भो, "जिन्दगीको सवाल हो, मास्टर साप ! चानस नलिम् । पछि गर, अस्पताल लको भे हुन्थ्यो कि भन्ने मनमा तुष किन राख्नु ?"

उनले मुन्टो हल्लाए ।

शान्तिराम हतारिँदै बाहिर निस्कियो । जीवाराम पछि लाए ।

सर्वजित मास्टर सापले लाचार नजरले जसोदालाई हेरे । उनको मुख बाङ्गो भयो । आँसु पुछे । खुइय्य सुस्केरा हाल्दै आफ्नो कोठाको चारैतिर हेरे ।

"भाउजू, आइमाई नभाको घर यस्तो हुँदो रैछ," सर्वजित मास्टर सापको गालाको आँसुको धर्कोमा फेरि आँसु थपियो, "मलाई सम्हाल्ने कोही छैन ।"

"जे भो, भो । मन नदुखाउनुस् । अस्पताल लैजानुस् । सन्चो बनार ल्याउनुस् । क्यै हुन्न ।"

सर्वजित मास्टर सापलाई गाढा अँध्यारोमा झिलिक्क बत्ती बले जस्तो भयो । उनलाई थाहा थियो, सबै गाउँले पवनको मृत्यु कुरेर बसेका छन् । तर जसोदाको आशा भरिएका शब्द मह झैं तप्किरहेका अमृतका थोपा जस्ता लागे । उनको थकित ज्यानमा हुत्तिँदै जवान चितुवा जस्तो शक्ति पस्यो । उनी जुरूक्क उठे । बाकस खोतलखातल गर्न थाले ।

"के खोज्नुभाको ?" जसोदाले सोधिन् ।

उनले उत्तर दिएनन् । बाकसको पिँधबाट पैसाको पोको झिके ।

"मसित पनि अलिकति पैसा जम्मा भाको थियो," जसोदाले पोलिथिनको पोको सर्वजित मास्टर सापको हातमा राखिदिइन्, "राख्नुस्, चाहिएला ।"

त्यो बेलबटम पाइन्ट । त्यो कपडा चोरीको आरोप । त्यो वसन्त मुर्गा बन्दाको मुर्छा । सर्वजित मास्टर सापका पिँडौला बटारिए जस्ता भए । उनी पलङमा थ्याच्च बसे । निरीह आवाजमा भने, "भाउजू, मैले त्यत्रो पाप गरें... ।"

जसोदाले बीचमै रोकिन्, "यो पापपुण्यको हिसाब गर्ने बेला होइन ।"

सर्वजित मास्टर साप बाहिर निस्किए । पवनको छेउमा गए । टुसुक्क बसे । निधार सुमसुम्याउँदै कानमा भने, "चिन्ता नगर् । तँलाई अस्पताल लैजान्छम् । सन्चो हुन्छ ।"

पवनका आँखाका चेपबाट झरेको आँसुको धर्सो गाला हुँदै सिरानमा खस्यो ।

कोहिनुरले गाउँलेहरूका बीचमा भएको खासखुस थाहा पाइसकेको थियो । शान्तिरामले दगुर्दै बाहिर आएर त्रैलोक र बिजुको कानमा फुसफुसाएको पनि देखेको थियो । शान्तिरामको कुरो सुनेर त्रैलोकले साइकलको टायर छामेको थियो । बिजुले झिलिली टर्च बालेको थियो ।

उनीहरू टर्चको तीखो धारले गाढा अँध्यारो चिर्दै गएका थिए ।

यहाँ के भइरहेछ रे ? कोहिनुर छटपटिएको थियो । त्यो आइमाई हतारिँदै आएर मास्टरलाई भित्र किन लगेर गई । उसले के भनी ?

यो शान्तिराम र धूवाँ उडाइरहेको जीवारामले के खेल खेलिरहेका छन् ?

कोहिनुरले चेलो सन्तलालतिर हेऱ्यो, ऊ बेखबर थियो । ऊ टुक्रुक्क बसेर उभिन्डिएको कुखुरोतिर हेरिरहेको थियो । कुखुरोको चुच्चो बिस्तारै खुल्दै बन्द भइरहेको थियो ।

सायद सन्तलाललाई गुरूमन्त्र दिएर पठाउने बेला भइसकेको छ, कोहिनुरले सोच्यो । उसले सोचिसकेको थियो– गुरूमन्त्रको खत सन्तलालको दाहिने कानको छेउमा दिनेछ, छुराले बिस्तारै उसको त्वचा कोतरेर । उसलाई गुरू ज्वालाले खत दाहिने आँखीभौंमाथि दिएको थियो । जसलाई आँखीभौंका बटारिएका सेता रौंले छोपेका थिए ।

कोहिनुर आफू डराएको, तर्सेको र छुचुन्द्रो झैं दगुर्दै आइरहेको भविष्यको अँध्यारो गाउँलेलाई देखाउन चाहन्थेन । त्यसैले जुरूक्क उठ्यो । झन् जोडले ढ्याङ्ग्रो बजायो । मानौं, भर्खरै ऊ बोक्सीको आत्मालाई भुइँमा पछार्नेवाला थियो ।

शान्तिराम छटपटाइरहेको थियो । कसरी पो भन्ने होला झाँक्रीलाई ? उसले पुलुक्क जीवारामतिर हेऱ्यो । जीवारामले उसको छटपटी बुझे र भने, "तिमी जाऊ ! सामान पोका पार्न थाल । अस्पतालमा कति दिन बस्नुपर्ने हो ! झाँक्रीसित म कुरा गरम्ला । मैले भनेको मान्छ ।"

शान्तिराम दैलोतिर दगुऱ्यो । जीवारामले खरानी टकटक्याउँदै सुल्पा गोजीमा राखे । र कोहिनुरतिर बढे ।

कोहिनुरले उनलाई आफूतिर आइरहेको देख्यो । उसलाई लाग्यो– ऊ ढ्याङ्ग्रो होइन, आफ्नै मुटुलाई हत्केलामा समाएर हिर्काइरहेको छ ।

हे भगवान्, यो केटोका आँखा खुलाइदेऊ ।

उसले आफ्नै पछाडि आइपुगेका जीवाराममलाई नदेखे जस्तो गऱ्यो । ऊ केही सुन्न चाहिरहेको थिएन । ऊ फलाकिरहेको थियो । ऊ सोचिरहेको थियो– यो मन्त्र कहिल्यै नसकियोस् । वर्षौं तन्किरहोस् । उसलाई केही भन्न आएको जीवाराम बूढो पछाडि उभिँदाउभिँदै ढुङ्गो भइजाओस् ।

"माफ पाऊँ, महाराज । हामी अज्ञानी छौं, जान्दैनौं बुझ्दैनौं," जीवारामले हात जोडे, "एउटा जरूरी कुरा गर्नु छ ।"

"हुँ," कोहिनुरले मुन्टो हल्लायो ।

"महाराज, केटोलाई अस्पताल लैजाने सल्लाह भाको छ," जीवारामले हात जोडिरहे, "यो घरका मान्छेले मनमा तुष राख्न चाहेनन् ।"

कोहिनुरको मन लुत्रुक्क पऱ्यो । लौ, सक्कि गो त ! उसले आवाज गाँठो पारेर हिर्कायो, "तिमेरू आफ्नो काम गर । म आफ्नो काम गर्छु । मैले बीचमा छाड्न मिल्दैन ।"

जीवारामको अनुहार अँध्यारो भयो । उनले फुस्केका हत्केला फेरि जोडे, "महाराज, हजुरलाई अब कति समय लाग्ला ?"

उसले निधार खुम्च्यायो, "दुई घण्टा ।"

"हस्, महाराज । हजुरले आफ्नो काम सक्नुस् । हामी लैजाने तयारी गर्दै गर्छम् । हामी अज्ञानीलाई माफ गरिदिनुहोला, महाराज ।"

"बोक्सीसित तिमेरूको मात्रै होइन, मेरो पनि लडाइँ हो । म त्यसलाई गाउँबाट नधपाई जान्नँ," यत्ति भनेर कोहिनुरले आफ्नो सुक्दै गएको आवाजलाई फेरि बल दियो ।

यता कोहिनुर बोक्सीसित लडिरह्यो । उता त्रैलोक लडियाका पछिपछि साइकल हाँक्दै आइपुग्यो । शान्तिराम र घुइयाराम लुगाफाटो पोको पार्दै लडियातिर उफार्न थाले । गाउँलेहरू अचम्मित भएका थिए । बाँसबारीको इतिहासमा कोहिनुरको चङ्गुलबाट फुत्केर भूतले सताएको केटो अस्पताल जाँदै थियो । झक्कुलाल सोचिरहेको थियो– मास्टरले झाँक्रीलाई बेवास्ता गरेर भविष्यमा ठूलो मूल्य चुकाउनेछन् ।

जैमलीलाई ईश्वरले आफ्नो मनकै कुरा सुनिदिए जस्तो भएको थियो । ऊ निदाएकी रमालाई अँगालोमा बोकेर घरभित्र पसी । ओछ्यानमा सुताइदिई । जग र गिलासलाई कालो पोलिथिनमा पोको पारेर बाहिर आई । लडियामा गुल्टिएको कपडाको गुन्टोमा घुसारिदिई ।

आँगनमा चहलपहल सुरू भएपछि वसन्त सुटुक्क पवनछेउ पुग्यो । ऊ एकपल्ट पवनलाई मनभरि हेर्न चाहन्थ्यो । सर्वजित मास्टर सापले छेउमा उभिएको उसलाई देखे र अलिकति पर सरेर बाटो दिए । उसले पवनका बन्द आँखा देख्यो । तलमाथि भइरहेको छातीको रफ्तार हेऱ्यो । के थाहा, पवन फेरि फर्केर आउँदैन कि ?

उसले पवनका कानतिर झुकेर भन्यो, "सन्चो भएर आएस् है । तँ हेन्डराइटिङ प्रतियोगितामा फस्ट हुन्छस् के ! तँ संसारकै सबैभन्दा राम्रो ज्ञ लेख्छस् । अङ्ग्रेजीको जेड पनि अम्रिकानेको भन्दा राम्रो लेख्छस् । कस्सम ।"

पवनले उसको आवाज सुन्यो कि सुनेन ?

वसन्त छेउमा टुसुक्क बसिरह्यो । र कोहिनुरतिर हेऱ्यो । कोहिनुरको मन्त्र बिस्तारै मसिनो हुँदै गइरहेको थियो । ऊ लयमा पवनको नजिक आयो । निधारमा ढ्याङ्ग्रोको बिट टिकायो । मानौं, उसले निधारको बीचबाट पुच्छर नभएको बाँदरलाई तानिरहेको थियो ।

लडिया हिँड्नलाई तयार भइसकेको थियो । बिजुले जीवाराम र शान्तिरामको घरमा उनीहरू सर्वजित मास्टर सापसित जाने खबर पुऱ्याएर दुवैका झोला बोकेर ल्यायो । त्रैलोकले पवनलाई सुताउन लडियामा हरियो कम्बल ओछ्यायो । जसोदा दैलोको छेउमा उभिएर कोहिनुरलाई हेरिरहेकी थिइन् ।

सबैले कोहिनुरको आदेश कुरिरहेका थिए ।

कोहिनुर ढ्याङ्ग्रो बजाउँदै आँगनको डिलमा पुग्यो र बेस्मारी करायो, "तँ अटेरी ! मसितको दुस्मनी तँलाई महँगो पर्छ । आजदेखि मेरा गुरू, मेरा गुरूभाइहरू पनि तेरा दुस्मन भए । तँलाई कसैले छाड्दैन ।"

एकछिन काँपिरह्यो ।

र उसका आँखाभरि आफूले बोक्सीको आरोप लगाएका एक सय २५ महिलाको अनुहार आयो । कालोमोसो र मुडुला टाउकाहरूलाई बिर्सिन उसले जोडले गजोलाई ढ्याङ्ग्रोमा बजाऱ्यो–

ढ्याङ्गऽऽऽ ।

सन्नाटा ।

उसले शान्तिरामतिर हेर्दै मुन्टो हल्लायो । शान्तिराम चाबी घुमाएको खेलौना झैं यताउता कुद्न थाल्यो । सन्तलाल असिना झैं आँगनभरि छरिएका सिक्का टिप्न थाल्यो । थकित कोहिनुर शिरको मुकुट झिकेर खन्युको रूखमुन्तिर बस्यो । उसले चार जनाले तुर्लुङ्ग झुन्ड्याउँदै लडियातिर लगेको पवनलाई हेऱ्यो । र लामो सुस्केरा हाल्यो ।

"बेटा कोहिनुर, म आज तँलाई सौ तोले को बात भन्छु," गुरू ज्वालाले एकपल्ट भनेको थियो, "चाँद र सिताराको पनि एउटा समय हुन्छ । समय आएपछि ती पनि अलप हुन्छन् । हामी त झन् मान्छे हौं । म अब अलप हुने बेला भो, तेरो उदाउने बेला भो । एक दिन तँ पनि अलप हुन्छस् । दिलमा नलिनू ।"

कोहिनुरको मुटुको बीचमा च्यास्स भो । उसले सर्वजित मास्टर सापतिर हेऱ्यो । सर्वजित मास्टर साप जैमलीलाई पछि लाएर घरभित्र पसे ।

उनले रमाको कुम हल्लाए । ऊ झस्किँदै उठी । उनले रमाको कैलो कपाल सुमसुम्याए, "बेटा, हामी पवनलाई अस्पताल लेर जान लाछम् ।"

रमा जुरूक्क उठी ।

"होइन होइन, बेटा ! तिमी ह्यैं बस्नपर्छ," उनले भने, "म चाँडै पवनलाई सन्चो बनाएर फर्किन्छु ।"

"नाइँ बा !" रमाले उनको कम्मर समाई, "म पनि जाने ।"

"हेर बेटा, मलाई पनि छाडेर जाने मन छैन । तर यस्तै आइलाग्यो । तिमी ठूली भइसक्यौ । जसोदा भाउजूसित बस है । म आइहाल्छु ।"

"नाइँ, म पनि जान्छु," रमाले उनको कम्मर छाड्दै छाडिन ।

शान्तिराम लडियामा चढिसकेको थियो । राँगाहरू हिँड्ने तयारी गर्दै ख्यार्रख्यार्र नाक बजाइरहेका थिए । सर्वजित मास्टर सापले बल गर्दै

रमाका हात फुस्काए । ऊ फुर्लुङ्ग भुइँमा पल्टी । चिर्र चिच्याउँदै रोई । गाउँलेहरूले नरमाइलो मान्दै हेरिरहे ।

वसन्तले दगुर्दै आएर उसलाई सम्हाल्यो । भन्यो, "फुच्ची, नरोऊ । तिम्लाई पवन सन्चो भाको हेर्न मन छ कि छैन ?"

उसले हिक्क गर्दै मुन्टो हल्लाई ।

"जान देऊ के ! जति चाँडो गयो पवन त्यति चाँडो फर्किन्छ । तिमी यसरी रोयौ भने पवनलाई पनि रून्न मन लाग्छ के । पवन जति रोयो, त्यति बिरामी हुन्छ के !"

सर्वजित मास्टर सापले दैलोछेउ उभिएकी जसोदालाई नमस्ते गरे, "भाउजू, रमालाई तपैंको जिम्मा लाएर जाँदै छु, ख्याल राखिदिनुहोला ।"

"चिन्ता नगर्नुस्, मास्टर साप !' एकछिन रून्छे अनि बन्तेसित रमाउन थाल्छे ।"

सर्वजित मास्टर सापले दैलोमा ताला लगाए र चाबीको झुप्पो घुइयारामलाई दिए, "घुइयारामजी, घरको ख्याल राखिदिनुहोला ।"

उसले साँचो समाउँदै मुन्टो हल्लायो ।

सर्वजित मास्टर साप लडियातिर बढे । उनी लडिया चढ्नै लागेका थिए, आफूतिर आइरहेको कोहिनुरलाई देखेर रोकिए । कोहिनुरले थकित आवाजमा भन्यो, "बेटाको ख्याल राख्नू ।"

उनी मुन्टो हल्लाउँदै लडियामा उक्लिए । र जीवाराम र शान्तिरामको छेउमा बसे । लडिया बिस्तारै अघि बढ्यो । लडियालाई सौतेनी नदी कटाउन तैलोक र बिजु पछि लागे, साइकलमा । कोहिनुरले लडियालाई परै पुग्दासम्म हेरिरह्यो ।

र हुत्तिँदै आँगन नाघ्यो । गाउँलेको नमस्ते पनि देखेन । आँगनको डिलमा पुगेर टक्क उडियो । पछाडि फर्कियो, ढ्याङ्ग्रो पोको पारिरहेको सन्तलालतिर हेर्दै भन्यो, "चल रे । बहुत देर भइसक्यो ।"

सन्तलालले पोकापोकी बोकेर पछ्यायो ।

रिमरिम उज्यालोमा, दूबोमाथिको शीत टेक्दै उनीहरू गए । पूर्वी आकाशको किनारमा उज्यालो धर्सो देखिइरहेको थियो । तर उनीहरू पश्चिमी आकाशको अँध्यारो पछ्याउँदै हिँडिरहे ।

आँगनमा उभिएर लडियातिर हेरिरहेको वसन्तले मुन्टो घुमाएर कोहिनुर गएतिर हेऱ्यो । कोहिनुर र सन्तलाल टाढाटाढासम्म फैलिएका खेतका बीचमा थिए । यस्तो लाग्थ्यो, कल्लुरामले उनीहरूलाई पनि बुख्याचा बनाएको थियो ।

बिस्तारै बुख्याचाहरू दुब्लाउँदै गए र कालो मसीले तानेको मसिनो धर्सो जस्तो भए । हतारहतार आकाशमा उक्लिएको कलिलो घामले मसिनो धर्सो पनि स्वाट्टै मेट्यो ।

त्यसपछि कोहिनुर बाँसबारीमा कहिल्यै आएन । ऊ आफैंले रचेका कथाहरूको गर्तमा विलीन भयो ।

हुलाकी

अलिकति बादलका टुक्राटाक्री बोकेर भोलि आयो । र बादलका टुक्राटाक्रीलाई बढार्दै पर्सि पनि आयो । तर पवन आएन । रमाले बाटाहरूमा आफ्ना आँखा ओछ्याइरही । भुमरी पार्दै बतास आयो । तर पवन आएन । ऊ कथा कल्पन्थी । उसको कथामा सन्चो भएको पवन ठमठम हिँड्दै आएको हुन्थ्यो । परैबाट रमालाई देख्थ्यो र दगुर्दै आएर अँगालो मार्थ्यो । झोलामा बोकेर ल्याएको अङ्गुर र स्याउ दिन्थ्यो ।

"हामी घराँ नहुँदा कति रोइस्, फुच्ची ?" ऊ सोध्थ्यो ।

"कत्ति पनि रोइन," ऊ भन्थी, "म रोएपछि तँ झन् बिरामी हुन्थिस्, त्यसैले ।"

"तँ जस्तो त कोई छैन है" भन्दै ऊ हाँस्थ्यो ।

हप्ता दिनपछि उसले कथा कल्पेर मात्रै मनलाई थामथुम पार्न सकिन । उदास हुन थाली । वसन्त र जसोदा निदाइसकेपछि पनि ऊ निदाउन सक्दिनथी । छटपटाइरहन्थी । पिसाब लाग्थ्यो, जसोदालाई भन्न पनि सक्दिनथी । पिसाब खटाउँदा खटाउँदै उसका आँखा रसाउँथे । उसको सुँकसुँक सुनेर जसोदा उठ्थिन् र करेसातिर लैजान्थिन् ।

वसन्तलाई रमाको छटपटी थाहा थियो । त्यसैले कल्पीकल्पी अनेक कथा सुनाउँथ्यो । तर रमा कथामा रमाउन छाडिसकेकी थिई । एक्लै भयो भने रमा झन् आत्तिन्छे भनेर ऊ स्कुल पनि जाँदैनथ्यो । दिनभरि रमाको हात समाउँदै गाउँ डुल्थ्यो ।

आठौं दिन जीवाराम एक्लै बाँसबारी आइपुगे । उनले पवनलाई अम्बरपुरमा पनि सन्चो नभएको र उसलाई नेपालगन्ज पुऱ्याएको खबर दिए ।

दसौं दिन गाउँमा गाइँगुइँ हल्ला चलेको थियो । पवन मरिसक्यो । सर्वजित मास्टर साप काजकिरिया उतै सकेर आउँछन् । तर यो हल्ला रमा र वसन्तसम्म पुगेन । जसोदाले जैमलीबाट सुनिन् । तर आँसु लुकाएर राखिन् । फेरि सर्वजित मास्टर साप गाउँ नआई कसरी पत्याउनु !

१४ दिन बित्यो । तर सर्वजित मास्टर साप फर्केनन् ।

उनको घरको दैलोनिर लुते कुकुरले बास बस्न थालिसकेको थियो । गाउँलेले एकदुईपल्ट भगाएका थिए । तर कुकुर कतै गएन । घुइयारामले १६ दिनमा एकपल्ट मात्र ताला खोलेका थिए । कोठाहरूबाट ढुसीको गन्ध आउन थालिसकेको थियो । ओछ्यानहरूमा धूलो बसिसकेको थियो ।

ताला लगाउँदै उनले सोचेका थिए– मान्छे नभएको घर त भूतै बस्ने जस्तो हुने रहेछ ।

अँजुलीमा भरेको बालुवा सुलुलुलु हत्केलाका चेपबाट झरे झैं दिनहरू झर्दै गइरहेका थिए । १७ दिनमा अँजुली रित्तिनै लागेको थियो, साँझपख बाँसबारीको किनारमा त्रैलोकले तीन ओटा छाया देख्यो । साइकल रोक्यो । बिजु पिसाब फेर्न रूखपछाडि गयो । त्रैलोकले आँखा चिम्सा पाऱ्यो । अघिअघि हिँड्ने सर्वजित मास्टर साप नै रहेछन् । पछिपछि हिँड्ने शान्तिराम । बीचमा थियो, पवन ।

उसले आकाशतिर हात उठाएर भगवान्‌लाई धन्यवाद दियो र करायो, "हेर् हेर्, बाँसबारीमा को आयो ?"

बिजु दगुर्दै आयो । उसले पवनलाई देख्यो र करायो, "चमत्कारै भो गुरू !"

दुवैले मुखामुख गरे । त्रैलोक साइकल कुदाउँदै गाउँतिर गयो भने बिजु पवनतिर ।

त्रैलोकले "चमत्कारको खबर" आधा घण्टाभित्र गाउँभरि फैलायो । घरघरबाट मान्छेहरू निस्किए र दगुरे । आँगनमा उभिएको वसन्तले

गाउँको किनारतिर हुर्रिएका गाउँलेलाई देख्यो र तर्सियो । सोच्यो, कतै आगो लाग्यो कि के हो ?

आँखा चारैतिर दगुरायो । तर धूवाँको मुस्लो कतै देखिएन ।

त्यसै बेला उसले दगुर्दै आइरहेकी जैमलीलाई देख्यो । सधैं कपडाको पोको च्यापेर आउने जैमली यसपालि खबरको पोको छातीमा चेपेर आइरहेकी थिई ।

"आमै, बाहिर आऊ," वसन्त करायो ।

जसोदा रमालाई पछि लाएर बाहिर आइन् । उनले वसन्तलाई "किन बोलाको" भनेर सोध्नै आँटेकी थिइन् । जैमलीलाई देखिन् ।

जैमली टाढैबाट कराई, "चमत्कार भो, भाउजू ! पवन बाबु बाँचेर फर्के ।"

"घरै आइसके ?"

"नाइँ, गाममा पस्नै लागेका छन् रे !"

रमाको आठवर्षे जीवनमा योभन्दा ठूलो खुसीको कुरा केही थिएन । उसले ट्याप्प वसन्तको हात समाई । वसन्तले त केही सोच्नै सकेको थिएन । उसले रमाको हात नफुस्कियोस् भनेर च्याप्प समायो र बेस्मारी दगुऱ्यो ।

वसन्त र रमा गाउँको किनारसम्म पुग्दा गाउँले जम्मा भइसकेका थिए । वसन्त गाउँलेको भीड छल्दै अघि बढ्यो । गाउँलेहरू रमाइलो मान्दै अगाडि हेरिरहेका थिए । एकदुई जनाले रमाको तालु पनि सुमसुम्याए । भीडभन्दा अघि पुगेपछि रमाले देखी– सर्वजित मास्टर साप पवनलाई पछि लाएर नजिकै आइसकेका थिए । उनी मुसुमुसु हाँसिरहेका थिए । दाह्रीजुँगा भर्खरै काटे जस्तो लाग्थ्यो । किनभने सूर्यको मलिन किरण उनका गालामा टल्किरहेको थियो । पिठ्युँमा ठूलो झोला बोकेका थिए । बेलाबेला पसिना पुछ्थे ।

पवनले नयाँ फिक्का नीलो पाइन्ट लगाएको थियो । नीलो जिन्स पाइन्ट । टाटेपाटे जुत्ता । कपाल पनि काटेको थियो । दुब्लाएको थियो । ऊ एकआपसमा गोडा जेलिन्छन् कि जसरी बिस्तारै गोडा चालिरहेको थियो । पिठ्युँमा सानो झोला बोकेको थियो ।

"दाइ !" रमा जोडले कराउँदै दगुरी ।

वसन्तले पछ्यायो ।

रमालाई लागिरहेको थियो, पवन पनि दगुर्दै आउँछ । तर सारा गाउँलेले सुनेको रमाको आवाज पवनले नसुने जस्तो पो गऱ्यो । उसले ट्वाल्ल पर्दै आफूतिर आइरहेकी रमालाई देख्यो । तर उसको अनुहार उज्यालो भएन ।

जब रमाले रूँदै उसको कम्मरलाई अँगालोमा बेर्न अघि बढी, पवन गोडामुन्तिर कुकुरको छाउरो आए झैं तर्सियो र बुरूक्क उफ्रियो । अलि पर उभिएर थरररर काँप्यो । उसको अनुहार अँध्यारो भएको थियो । उसका आँखाका गुफाहरूमा चमक पनि थिएन ।

सर्वजित मास्टर सापले रमालाई अँगालोमा बेरे । ऊ बेस्मारी रून थाली । उसको मन चिमोटिएको थियो । दाइले नचिने जस्तो पो गऱ्यो ।

"नरोऊ बेटा !" सर्वजित मास्टर सापले रमाका आँसु पुछिदिए, "हामी आयौं, नरोऊ ।"

वसन्तलाई लागिरहेको थियो, उसलाई देखेर पवन खिस्स हाँस्नेछ । दुवैका आँखा जुधे । ऊ खिस्स हाँस्यो । तर पवन हाँसेन । पवनले वसन्तलाई गहिरिएर हेऱ्यो र मुन्टो घुमायो ।

वसन्तको पनि मन भरङ्ग भो । साले पवने, नचिने जस्तो पो गर्दो रैछ ए !

भीड छल्दै, गाउँलेलाई नमस्ते गर्दै सर्वजित मास्टर साप अघि बढे । पवन सहरको बिरानो भीडमा हराए जसरी, अनकन्टार जङ्गलमा बाटो बिर्से जसरी अनकनायो ।

सर्वजित मास्टर सापले उसको समस्या बुझे र भने, "मेरो पछिपछि आइज ।"

उसले सर्वजित मास्टर सापको पदचाप पछ्यायो ।

गाउँलेहरू पछि लागे । सबैको मनमा कौतूहल थियो, पवन कसरी बाँच्यो ? र किन सबलाई नचिने जस्तो गरिरहेछ । पवनको अनुहारमा चञ्चलता थिएन र गहिरो उदासी पनि थिएन । उसको अनुहार त

एकदमै सपाट थियो, रन्दा लाएको फलेक जस्तो । झक्कुलाल सोचिरहेको थियो, जे भए पनि केटोले बैनीलाई नचिने जस्तो त गर्नुहुँदैनथ्यो ।

सर्वजित मास्टर साप आँगनभरि छरिएको घुऱ्यान र लेउको पातलो लेप देखेर उदास भए । दैलोछेउ सुतिरहेको कुकुर मान्छेको भीड देखेर चुइँचुइँ गर्दै दगुऱ्यो । घुइयारामले साँचो दियो । ताला खोल्ने बेला सर्वजित मास्टर सापका हात काँपे ।

उनले भित्रबाट गुन्द्री ल्याएर पिँढीमा ओछ्याए । झोला राखे र आँगनको बीचमा अलमलिँदै उभिएको पवनलाई भने, "यै हो तेरो घर । बस् ।"

ऊ लुरूक्क आयो र गुन्द्रीमाथि टुसुक्क बस्यो ।

"ऊ त्यो रूखलाई खन्यु भन्छन्," उनले खन्युको रूख देखाउँदै भने ।

उसले मुन्टो हल्लायो ।

आँगन छेउछाउ उभिएका गाउँले सर्वजित मास्टर सापसित बुझ्न खोजिरहेका थिए, खासमा पवनलाई के भएको थियो ? कोहिनुर झाँक्री, सही थियो या गलत ? यसो हेर्दा पवन सन्चो भइसके जस्तो देखिन्छ । तर किन अझै मसानले सताए जस्तो गरिरहेको थियो ? किन जसलाई पनि डराए डराए जसरी हेरिरहेको थियो ?

कसैले सोध्ने आँट गर्न सकिरहेको थिएन । पेट बादल जस्तै गड्गडाउन थालेपछि शान्तिराम घरतिर दगुरिसकेको थियो । जवाफ दिने केवल सर्वजित मास्टर साप नै थिए ।

आँगनभरि सन्नाटा फैलिएको थियो ।

रमाले पुलुक्क पवनतिर हेरी । उसको मन कुटुक्क भयो । उसले हिक्क गर्दै सर्वजित मास्टर सापतिर हेरी, "दाइ, किन रिसाको मसित ?"

"रिसाको होइन," सर्वजित मास्टर सापले जुत्ताको तुना खोल्दै मसिनो स्वरमा भने ।

"अनि किन नचिने जस्तो गर्छ त ?"

उनले जवाफ दिएनन् । ह्वास्स गन्ध फालिरहेको मोजालाई डल्लो पारेर जुत्ताभित्र कोचे । गोडामा चप्पल सिउरेर नलतिर गए । नलको चिसो

पानी भतभताइरहेका पैतालामा खस्दा शीतल भयो । उनले हातगोडा र अनुहार पखाले र पानीमा रूझाएको रूमालले गर्धन र कानका लोती पुछे । र रमाको काँध समातेर पवनका अगाडि लगे । पवनले पुलुक्क हेर्‍यो ।

"रामरी हेर् ! सम्झिने कोसिस गर्," उनले टाठिलो स्वरमा भने, "यो तेरी बैनी हो । यस्को नाम रमा हो ।"

पवनले बिस्तारै मुन्टो हल्लायो ।

गाउँलेको हुल छिचोल्दै भित्र पसेकी जसोदाले छक्क पर्दै उनलाई हेरिन् । सर्वजित मास्टर सापले नमस्ते गरे । जसोदाले नमस्ते फर्काउँदै सोधिन्, "के भो र, मास्टर साप ?"

उनले हाँसे जस्तो गरे ।

"उहाँ जसोदा भाउजू हो । तँलाई खुबै मयाँ गर्नुहुन्छ । आफूभन्दा ठूलालाई तपैं भन्नुपर्छ भनेर मैले सिकाको बिर्सेको त छैनस् होला । अनि आफूभन्दा ठूलालाई नमस्ते गर्नुपर्छ । नमस्ते गर् ।"

पवनले दुवै हात जोड्यो ।

उनले हाँस्दै भने, "हो, यसरी ।"

र उनले वसन्तलाई अलि नजिक आउन इसारा गरे । ऊ अकमकिँदै नजिक आयो । सर्वजित मास्टर सापले पवनलाई भने, "यी तेरा सबैभन्दा मिल्ने साथी हुन् । वसन्त हो नाम । तँ बन्ते भन्थिस् । तिमेरू सँगसँगै जन्मेका हौ, सँगसँगै हुर्केका हौ ।"

पवनले ट्वाल्ल परेर हेरिरह्यो ।

गाउँलेहरू वाल्ल परेका थिए । के भइरहेको छ, मेसो पाउन सकेका थिएनन् । जसोदाले सोधिन्, "मास्टर साप, किन एकदमै बिराना मान्छे जसरी चिनाउनुभाको ?"

"चिनाउनैपर्ने भछ, भाउजू । यसले सप्पैथोक बिर्सिसकेको छ । कस्सैलाई चिन्दैन । यस्को दिमाग कापीको पन्ना जस्तो सादा भछ ।"

आँगनमा एकछिन गाइँगुइँ हल्ला भो र सन्नाटा छायो ।

"यस्तो पनि हुन्छ र, मास्टर साप ?" जसोदाले जिब्रो टोकिन् ।

"हुँदो रैछ, भाउजू । जिन्दगीमा धेरै थोक हुँदो रैछ । सानोमा यस्ले आफैं बा भन्न जानेको थ्यो । अहिले आएर सिकाउनुपर्ने भो ।"

"अनि कहिल्यै सम्झिन्नन् र पुरानो कुरा ?"

"खोइ भाउजू, डाक्टरले ढिलोचाँडो सम्झिन पनि सक्छ भनेर आशा देखा त छन्," सर्वजित मास्टर सापले सुस्केरा हाले, "तर कहिल्यै नसम्झिने खतरा पनि छ रे !"

"लौ, किन भा रछ यस्तो ?"

"खोइ भाउजू, इन्सेफ्लाइटिस लाथ्यो रे यस्लाई। अलि ढिला भएछ लैजान । त्यो रोगले दिमागमा हान्ने रैछ । यो त चिहानछेउमै पुगेर फर्केको हो। रोगले साह्रै गलाइसकेको रैछ। अलिकति ढिला भएको भए त खत्तमै हुने रैछ।"

सर्वजित मास्टर सापले जसोदालाई नमस्ते गरे, "भाउजू त देवदूतै भएर आउनुभाको रैछ।"

"अब मन दुखाएर क्यै हुन्न, मास्टर साप । टाइममै नेपालगन्ज पुऱ्याउनुभो। सकेको गर्नुभो," जसोदाले प्रेमले पवनतिर हेरिन् ।

"नेपालगन्जका डाक्टरले त आसै मारेका थे। लखनऊ पुऱ्याएपछि पो बाँचेको हो। लखनऊ पुऱ्याएको तीन दिनपछि बौरे जस्तो भयो," सर्वजित मास्टर सापले रमाको कपाल सुमसुम्याउँदै पवनतिर हेरे, "जब यसले आँखा उघाऱ्यो, म आफैं बेहोसीबाट ब्युँझे जस्तो भएँ। तर यस्ले त मलाई पनि चिनेन। शान्तिरामजीलाई पनि चिनेन। डाक्टरले तिम्रो नाम के हो भनेर सोधे। यस्को मुखै चलेन। तिमी कति कक्षामा पढ्छौ भनेर सोधे। यस्ले सोचे जस्तो त गऱ्यो। तर भन्न सकेन। डाक्टरले मलाई देखाउँदै सोधे– उहाँ को हो ? यस्ले भन्न सकेन। डाक्टरले पन्नामा यस्को नाम लेखेर पढ्न दिए, यस्ले त आफ्नो नामै पनि पढ्न सकेन। मलाई फेरि रिँगटा चले जस्तो भो। छेउको कुर्सीमा थ्याच्च बसें। यो त भर्खरै जन्मिएको बालख जस्तो भाको थियो । आँखा खुल्लै थे । ट्वालट्वाल्ती हेरिराखेको थ्यो । तर केही कुरा पनि चिन्दैन्थ्यो । मान्छेहरू पुनर्जन्मको कुरा गर्छन् । पुनर्जन्म भनेको मरेर फेरि जन्मने होइन रैछ। मान्छे त एउटै जुनीमा धेरैपल्ट मर्दो रैछ, धेरैपल्ट जन्मँदो रैछ । कसैलाई कष्टले फेरि जन्माउँदो रैछ । कसैलाई प्रेमले फेरि

जन्माउँदो रैछ । यो पनि फेरि जन्मेको हो । योसितै मैले पनि चोला फेरें । योसँगै म पनि जन्मेको हुँ, भाउजू ।"

गाउँलेहरू ट्वाँ परेर उनका कुरा सुनिरहेका थिए । उनीहरूलाई लागिरहेको थियो, मास्टर सापले बल्ल मास्टरी देखाए ।

"म आत्तेको देखेर डाक्टरले भनेका थे, मन बलियो गर्नुस् । इन्सेफ्लाइटिसले कति मरेका छन्, कति अपाङ्ग भएका छन् । तर तपैंको छोरालाई शारीरिक रूपमा त्यस्तो असर परेको छैन । उमेर सानै भएकाले सम्भावना बाँकी छन् । उनले मलाई धेरै रोगीका बारेमा बताएका थिए । प्रायःले बिरामी हुनुभन्दा अघिको सप्पै सम्झिँदा रैछन् । पछि त दिमागमा केही कुरा चप्किँदो रैनछ । नयाँ कुरा केही पनि सिक्न सक्दा रैनछन् ! एकछिन सम्झ्यो, अनि बिर्स्यो," उनले पवनलाई प्रेमले हेरे, "यसले भने अगाडिका सप्पै कुरा बिर्स्यो । दिमागलाई धेरै असर परेको छैन रे । यस्ले अगाडिका सप्पै कुरा बिर्से पनि पछिका कुरा चाँडोभन्दा चाँडो सिक्न सक्छ रे ! यदि पुरानो कुरा सम्झिन सकेन भने पनि नयाँ कुरा त सिक्न सक्छ । यस्तै कुराले मन बुझाएँ ।"

"यो दिमाग भन्ने कुरा पनि जात्तिको हुने रैछ," जीवारामले जिब्रो टोके ।

"त्यही त । अरूअरू रोग लाएको भए ठ्याक्कै यस्तै हुन्छ । यो औषधि खानुपर्छ । यस्तो गर्नुपर्छ भन्ने हुने रैछ । यो दिमागी रोग त रोगीपिच्छे फरक । एउटाको अर्कोसित नमिल्ने । हिंड्ने दिन डाक्टरले भनेका थे– आफ्नै गामठाममा पुग्यो भने सम्झिन्छ कि । मलाई पनि यै आशा छ । नत्र यस्ले ऐलेसम्म पढेका अक्षर र ऐलेसम्म आर्जेको ज्ञान सप्पै बिर्सने भो ।" उनी एकछिन चुप लागे । अनि पवनलाई हेर्दै भने, "ऐले त आफ्नै गाउँमा आइस्, क्यै सम्झिस् ?"

पवनको अनुहार सपाटै रह्यो ।

"मास्टर, त्यो रोगैले हो त त्यस्तो भाको ?" जीवारामले सुल्पा टकटक्याए ।

"रोगैले हो । डाक्टरका कुरा सुनेपछि म त झल्याँस्स भएँ । यो गाममा मर्नेहरूमा धेरैजसो इन्सेफ्लाइटिस लाएर मरेका हुन् । अस्पताल

लको भए बाँच्थे । यो गाउँमा मरेका धेरैको कालै आको थेन । अकालमा मरेका हुन् ।"

"भो मास्टर, अैले आराम गर," जीवारामले अनुहार बिगारे, "चिहान नखोतल ।"

छेउमा उभिइरहेको वसन्तलाई छटपटी भइरहेको थियो । उठूँ कि बसूँ भइरहेको थियो । के पवनले उसलाई सधैंलाई बिर्सियो ? बाँसमा लेखेका नाम बिर्सियो ? मुनमुनलाई बिर्सियो ? अनि त्यो हेन्डराइटिङ प्रतियोगिता ?

उसले ओठ चलाउँदै हिसाब गऱ्यो । हेन्डराइटिङ प्रतियोगिता आउन त छ दिन मात्रै बाँकी रहेछ । लौ, बर्बाद हुने भो । पवनको लक्ष्य त्यही त थियो । ऊ पवनछेउ आयो र पवनको कानमा मुख जोड्यो, "हेन्डराइटिङ प्रतियोगिता आउनै लाछ ।"

तातो सास कानमा फुत्त पसेर पवनको कान चिलायो । उसले चोरऔंलाले कान कन्यायो । तर बोलेन ।

वसन्त निराश भयो । उसले धेरै वर्षपहिले पवनले भनेको सम्झियो, "म सप्पै थोक बिर्से पनि तँलाई चैं बिर्सिन्नँ है ।"

जुठीआमै ठीक भन्थिन्– जिन्दगीले फिरफिरे बनार घुमाम्छ ।

घुमाई पो सकेछ ।

आँगनछेउ टुक्रुक्क बसेर सबै कुरा सुनिरहेको झक्कुलाल जुरूक्क उठ्यो । उसलाई आफ्नो नातिको सम्झना आएको थियो । ऊ हिँड्यो । तर अलि पर पुगेपछि दगुऱ्यो । अलि पर पुगेपछि उसले हतारिँदै आइरहेको शान्तिरामलाई देख्यो र करायो, "यो सारा बोक्सीको काम हो, साहेब ! बोक्सीले सारा दिमाग लुटेर लगी । बोक्सीले छाड्दिन, साहेब ।"

शान्तिराम छक्क पऱ्यो ।

झक्कुलाल खेतका आलीआली दगुऱ्यो ।

भोलिपल्ट रमोलादेवीले झक्कुलालको कुरामा अलिकति थपेर छिमेकीलाई सुनाई, "बोक्सीले पवनको सारा दिमाग लुटेर लगी । झाँक्रीलाई बीचमै फिर्ता पठाएर यस्तो भाको हो । बोक्सी फेरि आउँछे ।"

गाउँलेहरू कुराका इँटाले बनेको पर्खालले घेरिँदै गए ।

वसन्तलाई भने यस्ता जैरे कुरामा मतलब थिएन । मतलब थियो त्यो पवनको, जसको दिमाग भर्खरै डस्टरले अक्षरहरू मेटेको कालोपाटी जस्तो भएको थियो । पवन जसलाई देखे पनि छक्क पर्दै हेर्थ्यो । जसले जे सोधे पनि बोल्दैनथ्यो । पिँढीमा टोलाएर बसिरहन्थ्यो । कहिले आँगनमा चारा टिपिरहेको भँगेरोलाई हेरिरहन्थ्यो त कहिले पिँढीको खाँबो उक्लिरहेका कमिलाका लस्करलाई । जे दियो, खुरूक्क खान्थ्यो । भोक लाग्यो पनि भन्दैनथ्यो । बोल्दा पनि निधार गाँठो पारेर, अनुहार रातो बनाएर भकभकाउँथ्यो ।

सर्वजित मास्टर साप भन्थे, "यसले कहिल्यै नगरेको काम गऱ्यो भने दिमागमा बल पर्छ रे ! दिमागमा शक्ति आउँछ रे ।" त्यसैले उसलाई फोटोका च्यातिएका टुक्रा जोड्न लगाउँथे । कहिले मसिनो डोरीलाई औंलाहरूमा जेलेर माछा, डुङ्गा र चरा बनाएर देखाउँथे र उसका औंलाहरूमा डोरी अल्झाइदिँदै भन्थे, "ल, माछा बना त ।"

पवन डोरी खेलाउँथ्यो । एकैछिनमा डोरी औंलाहरूमा जेलिएर डल्लो पर्थ्यो । उनी अर्को डोरी दिन्थे । भन्थे, "एउटा कुरा थाहा पाइराख् । माछाका आँखामा ढकनी हुँदैन । आँखा जहिले पनि ट्वाल्ट्वाल्ती हुन्छन् ।"

अनि, एकछिन सोच्थे र भन्थे, "आँखा नझिम्काई अबेरसम्म हेरिरहनुलाई ट्वाल्लट्वाल्ती भन्छन् । हो, माछाले कहिल्यै आँखा झिम्काउँदैन ।"

"अनि कसरी निदाउँछ त ?" पवन सोध्थ्यो ।

उनी खिस्स हाँस्थे, "आँखा खुल्लै राखेर ।"

उनी पवनलाई यसरी नै सिकाइरहन्थे । स्कुल छुट्नेबित्तिकै घरतिर दगुरिहाल्थे । बाटाभरि चमत्कार भएर पवनले सबै कुरा सम्झियो कि भनेर आस पनि गरिरहन्थे । तर पवन पिँढीमा ऐना खेलाउँदै बसिरहेको भेटिन्थ्यो । रमा पवनसितै घरमा बस्थी ।

वसन्त पनि स्कुल जान्छु भनेर घरबाट हिँड्थ्यो । तर दिनभरि पवनको घरमै बस्थ्यो । पवनले उसलाई देखेर हाँसे जस्तो गर्न थालेको थियो ।

कहिलेकाहीँ वसन्त र रमा मिलेर पवनलाई पुराना कुरा सम्झाउने कोसिस गर्थे । तर पवन एकछिन उनीहरूका कुरा सुन्थ्यो अनि नाकका

पोरा फुलाउन थालिहाल्थ्यो । ठुस्स पर्दै गाला फुलाएर बस्थ्यो । र ऐना समाएर घामका टुक्रा नचाउन थालिहाल्थ्यो । उसलाई ऐनाबाट निस्केका घामका टुक्रा भित्ता र आँगनमा दगुराउन मन पर्थ्यो । कहिलेकाहीँ रमा र वसन्तका आँखामा पनि ठोक्काइदिन्थ्यो । आँखा तिर्मिराएर उनीहरू जब हाच्छ्युँ गर्थे, ऊ खित्त हाँस्थ्यो । दिनभरि ऐना खेलाएरै बस्ने ऊ राति भने टर्च खेलाउँथ्यो । टर्चको उजेलो भित्ताभरि नचाइरहन्थ्यो । बेलाबेला टर्चको मुख हत्केलाले छोप्थ्यो । टर्चको प्रकाश पसेर आगो जस्तो रातो भएको हत्केला रमालाई देखाउँथ्यो ।

अस्ति त हो नि उसले भनेकी थिई, "तैंले मलाई रङ ल्याइदिन्छु भनेको थिस् ।"

"आफूभन्दा ठूलो मान्छेलाई तँ भन्न हुन्न । तपाईं भन्नुपर्छ ।"

"म पैला पनि तँलाई तँ भन्थें ।"

"मलाई के था ?" पवनले भनेको थियो, "मास्टरले आफूभन्दा ठूलालाई तपाईं भन्नुपर्छ भनेका छन् ।"

"पख् !" रमाले चोरऔंला ठड्याएकी थिई, "बालाई मास्टर भन्छस् ?"

"स्कुलमा पढाउने मास्टर । गाईगोरू चराउने गोठालो । पिलेन उडाउने पाइलट अनि बिरामीलाई सन्चो बनाउने डाक्टर । मलाई डाक्टरले सन्चो बनाको रे !"

रमालाई फेरि केही भन्नु थिएन । उसको बर्बराहट सुनिरही ।

राति भात खाइरहेका बेला सर्वजित मास्टर सापलाई पोल लाइदिई, "बा, दिम्स यस्ले तपाईंलाई मास्टर भनेको थियो ।"

"एई, मलाई मास्टर भनिस् ?" उनी हाँसे ।

पवनले घोसेमुन्टो लाएर भन्यो, "स्कुलमा पढाउने मास्टर । गाईगोरू... ।"

"भो भो, जान्या छस् । अनि त्यसरी भात मुछ्न हुन्न । हेर त, भात औंलाको कापकापमा पुगिसक्यो । यी यसरी खाने हो भात ।"

सर्वजित मास्टर सापले औंलाका टुप्पाले भात मुछे । र औंलाका टुप्पाले ट्याप्प समाएर मुखमा राखे, "हो, यसरी !"

पवनले दुईपल्ट त्यसरी खाने कोसिस गऱ्यो । तर भात यताउता छरियो ।

"भो, रहन दे !" सर्वजित मास्टर सापले खुइय्य सुस्केरा हाले, "दुईचार दिनमा सिक्छस् ।"

यसरी उनका सुस्केराहरू निस्किरहन्थे । पवनलाई हात चुठ्नदेखि दिसा धुनसम्म सिकाउँदा सुस्केरा ननिस्केर के निस्कोस् । पवन कहिलेकाहीँ ओछ्यानमै छुलुलुलु पिसाब गरिदिन्थ्यो । डसना दिनभरि घाममा सुकाउनुपर्थ्यो । सर्वजित मास्टर साप हुक्क भइसकेका थिए । बेलाबेला अफिसकोठामा सरहरूलाई वरिपरि राखेर उसलाई कसरी पुराना कुरा सम्झाउने होला भनेर छलफल पनि गर्थे । कुरो धामीझाँक्रीमै गएर टुङ्गिन्थ्यो । र उनी छटपटिँदै ट्वाइलेटतिर कुद्थे । फर्केर कुर्सीमा ढल्किन्थे । र अबेरसम्म टोलाइरहन्थे । छैटौं घण्टीपछि फेरि आशा पलाउँथ्यो, कतै कुनै चमत्कार भएर पवनले पुराना सबै कुरा सम्झेको छ कि ?

अनि घर पुग्न हतारिइहाल्थे ।

सर्वजित मास्टर सापलाई जसरी चमत्कारको आशा थियो, त्यस्तै आशा रमालाई पनि थियो । तर उसको आशाको धागो भने एकदमै मसिनो थियो । उसले वसन्तलाई भनेकी पनि थिई, "बाले भनेको कुनै चमत्कार भो भने दाइले सप्पै सम्झिन्छ रे !"

"त्यसरी सम्झिन्न," वसन्तले गम्भीर भएर भनेको थियो, "मैले एउटा कुरा पत्ता लाछु ।"

"के कुरा, दाइ ?"

"मैले सुनेको । यस्ताले आफूले सबैभन्दा बढी माया गरेको मान्छेलाई देख्यो भने पुराना कुरा सम्झिन्छन् रे ।"

"मलाई माया गर्छु भन्थ्यो । मलाई देखेर पनि सम्झेन त । अस्ति मैले त्यल्लाई तँ भनेको, कस्तो रिसायो ।"

वसन्त हाँस्यो, "मसित पनि रिसा थ्यो । त्यसैले म अचेल त्यल्लाई तपाईं भन्छु । त्यस्ले पनि तपाईं नै भन्छ ।"

रमाले मुन्टो हल्लाई ।

"त्यस्ले हाम्लाई पनि माया गर्छ के । तर हाम्लाई भन्दा बढी माया अरूलाई गर्छ ।"

वसन्तको कुरा सुनेर रमा छक्क परेकी थिई, "कस्लाई ?"

"मुनमुनलाई । मुनमुनलाई देख्नेबित्तिकै सबै सम्झन्छ ।"

"तर मुनमुनलाई काँ भेट्छ त यस्ले ?"

"मुनमुन असारमा अम्बरपुर आउँछे । म लगेर भेटाउँछु ।"

"असार आउन त अझै कत्ति छ कत्ति टाइम !"

"खै मुनमुनले पोस्टकार्ड पठाउँछु भन्थी रे ! मुनमुनले पठाएको पोस्टकार्ड देख्दा सप्पै सम्झिन्थ्यो कि !"

रमाले टोलाउँदै आकाशतिर हेरी । त्यही बेला आकाशलाई चिर्दै, हजार मौरी भुनभुनाए झैं हवाईजहाज उडेर गयो । घरभित्रबाट हुत्तिँदै आएर पवनले आकाशमा हेऱ्यो, आँखीभौंमाथि हत्केला राखेर, आँखा अलिकति चिम्सा पारेर । उसका गोडा खुसीले काँप्न थाले । उसले हवाईजहाजका मान्छेले देख्छन् कि झैं गरी हात हल्लायो ।

वसन्तले पवनलाई हेरिरह्यो । सोचिरह्यो– साँच्चै मुनमुनले पोस्टकार्ड पठाउँछु भनेर यसलाई ढाँटेकी त होइन ? कि यसले ढाँट्यो ?

त्यो मानिस अधबैंसे थियो । हाफबाउले फिक्का हरियो सर्ट र हरियै पाइन्ट लगाएको थियो । जुँगा मोटा र लामा थिए । कपाल गोलो प्लेट टाउकामाथि राखे जस्तो देखिन्थ्यो । ठुल्ठूला आँखाका आँखीभौं मोटा थिए । भुँडी पुटुक्क बाहिर निस्केको थियो । जुँगाका टुप्पाले कान छोएछोए जस्तो लाग्थ्यो । काँधमा ऊनको रङ्गीन झोला झुन्ड्याएको थियो ।

साइकल बेस्मारी हुइँकाइरहेको थियो । साइकल थोत्रो थियो । टायर र चेन नाङ्गा थिए, तिनलाई छोप्ने कभर थिएन ।

लुरूलुरू स्कुलबाट फर्किइरहेको वसन्त बाटाछेउ उभिएर साइकलवालालाई हेर्न थाल्यो । जुँगेले साइकल उसकै छेउमा रोक्यो । दायाँ हत्केलाले आँखीभौंमाथिको पसिना पुछ्यो ।

"बाँसबारी कति टाढा छ हौ !" जुँगेले स्याँस्याँ गऱ्यो, "थाकेर लोत भइयो ।"

"अब आधा घण्टामा आउँछ ।"

"जसलाई सोधे पनि आधा घण्टामा आउँछ भन्छन् । तर घण्टौंघण्टा भइसक्यो आउने होइन । कस्तो घण्टा जस्तो गाउँ रहेछ ।"

वसन्त इक्च हाँस्यो, "अब आधा घण्टामा आउँछ । म त त्यै गामको हुँ ।"

"ए ए । ल पछाडि बस । सँगै जाऊ ।"

वसन्त बुरूक्क उफ्रिएर क्यारियरमा बस्यो । जुँगेको पिठ्युँबाट आएको पसिनाको गन्ध उसको नाकमा पस्यो । जुँगेको ढाड, काखी पसिनाले भिजेको थियो । पिठ्युँ झरीमा रसाएको घरको भित्ता जस्तो लाग्थ्यो ।

"म साइकल चलाम् ?" वसन्तले आँट गर्दै भन्यो ।

"आउँछ ?"

"आउँछ ।"

जुँगेले साइकल रोक्यो, "लौ, चलाऊ । मलाई थाम्न सक्छौ कि नाइँ ?"

वसन्त उत्साही भयो, "सक्छु ।"

एकैछिनमा वसन्त साइकल हाँकिरहेको थियो भने जुँगे क्यारियरमा बसेको थियो । जुँगेलाई एकछिन भए पनि आराम भएको थियो । उसले लामो सास तान्यो, "साइकिल त मज्जैले हाक्ने रैछौ । काँ सिकेका हौ ?"

"अम्बरपुरमा । साथी बस्थ्यो । त्यसैले सिकाको । मैले दुई दिनमै सिकेको ।"

"काँबाट आएका हौ ?"

"स्कुलबाट ।"

"कतिमा पढ्छौ ?"

"आठमा ।"

"ए ए ! भनेपछि, चिठी लेख्न, पढ्न आउँछ ?"

"चिठी त जस्लाई पनि पढ्न आउँछ ।"

"सप्पैलाई आउँदैन । यो संसारमा कति मान्छे चिठी नलेखी, चिठी नपढी मरेर जान्छन् । कति मनका बह मनमै गुम्साएर मर्छन् ।"

"लेख्न नजान्नेको चिठी अरूले नै लेख्दिन्छन्," वसन्तले बाटोमा आएको बाख्रालाई घण्टी बजायो, "अरूले नै पढिदिन्छन् ।"

"मैले पनि धेरैको चिठी लेख्देको छु । पढ्देको छु," जुँगेले भन्यो, "मलाई जहिले पनि दुई मान्छेको भावनाको बीचमा आफू आए जस्तो लाग्छ । मज्जा आउँदैन । चिठी अरूले नै पढिदिन्छ भनेपछि लेख्नेले पनि दिल रामरी खोल्दैन । चिठी त लेख्नेले दिल खोलेर लेखेको हुनुपर्छ, पढ्नेले एकान्तमा दिल खोलेर पढ्नुपर्छ । तब न आउँछ मज्जा ।"

वसन्त हाँस्यो, "तपैं को हो ?"

"म ?" जुँगेले दायाँ हातका औंलाले जुँगाको टुप्पो बटार्‍यो, "म मान्छेको भावना बोकेर ओहोरदोहोर गरिरहने यात्री हुँ । एउटाको माया बोकेर अर्कोकोमा पुर्‍याउँछु । मसित जहिले पनि मायाले भरिएका पोकाहरू हुन्छन् ।"

वसन्तले बुझेन ।

"म हुलाकी हुँ," जुँगे हाँस्यो, "चिठी पुर्‍याउन बाँसबारी हिँडेको ।"

"कस्को चिठी ?" वसन्त चनाखो भयो ।

"नाम त चिठीमै हेर्नुपर्छ ।"

वसन्तले स्याँस्याँ गर्दै झक्कुलालको घरअगाडि साइकल रोक्दै भन्यो, "यै हो, बाँसबारी ।"

जुँगेले झर्दै साइकलको हेन्डिल समायो । साइकल चढ्यो । दाहिने गोडाले साइकल अड्याउँदै झोलाबाट चिठीको मुठो झिक्यो । चिठीहरू बाँधेको रङ्गीन डोरी खोल्यो । फिक्का खैरो खाममा लेखेको नाम हेर्‍यो र सोध्यो, "यो पवनकुमारको घर कुन हो, थाहा छ ?"

के उसले सुनेको नाम साँचो हो ?

"था छ, था छ । मेरो साथी हो । कस्ले पठाको ?"

जुँगे हाँस्यो, "लौ साइकिलमा बस ।"

वसन्त साइकलमा उफ्रियो । र हातले मसिनो बाटोतिर इसारा गर्‍यो । साइकल अगाडि बढ्ने बेला झक्कुलाल करेसामा देखापर्‍यो । वसन्तले भन्यो, "पवनेलाई चिठी आयो ।"

झक्कुलाल वाल्ल पर्‍यो । बाँसबारीमा चिठी नआएको त वर्षौं भयो होला । चिठी त बूढाबूढीलाई पो आउने कुरा हो, बिमार केटोलाई कसले पठाएछ ?

ऊ पछि लाग्यो ।

उनीहरू आँगनमा पुग्दा पवन पिँढीमा ऐना खेलाउँदै बसिरहेको थियो । उसको अनुहार वरिपरि माखा उडिरहेका थिए । उसले आँगनमा आइपुगेको साइकल देखेर तर्से जस्तो गऱ्यो ।

"यै हो पवन," वसन्तले भन्यो ।

रमा दगुर्दै बाहिर आई । वसन्त उसको छेउमा गयो ।

"लौ पवनजी, तपैंलाई खोज्दै आइपुगेको म त," जुँगे पवनको छेउमा बस्यो र खुइय्य सुस्केरा हाल्यो । कुम जोर्दै झक्कुलाल र शान्तिराम आइपुगे । रमाइलो मान्दै आँगनमा उभिए ।

जुँगेले फिक्का खैरो रङको खाम पवनतिर बढायो । खाममा रङ्गीन अक्षरहरू टल्किरहेका थिए ।

"रजिस्ट्री चिठी आछ," जुँगे हाँस्यो, "कमैले रजिस्ट्री चिठी समात्ने मौका पाउँछन् ।"

पवन डराएडराए जस्तो देखियो । वसन्त उसका छेउमा आयो र खाम समात्न इसारा गऱ्यो । पवनले चिठी समायो र ओल्टाईपल्टाई हेर्न थाल्यो ।

जुँगेले रसिद र कलम पवनतिर बढायो, "यस्मा हस्ताक्षर गर्नुस् ।"

पवन झनै अक्क न बक्क भयो । उसले पिन्चे अनुहार लाएर वसन्ततिर हेऱ्यो । वसन्तले भन्यो, "तपाईंको नाम लेख्ने हो के, ह्याँ ?"

रमा छेउमा आई र खाम आफ्नो हातमा लिई । जुँगेले रसिद र कलम पवनका हातमा राखिदियो । पवनले रसिदतिर हेऱ्यो । जहाँ कमिलाका लस्कर जस्ता अक्षर थिए । कलमको निबमा नीलो मसी तप्किनै लागेको थियो । ऊ रसिद र कलम समाएर ट्वाल्ल पऱ्यो । झक्कुलाल र शान्तिरामतिर हेऱ्यो । जुँगेले मानौं मृत्युपत्रमा हस्ताक्षर गर्न लगाएको थियो, त्यसरी पवनको अनुहार नीलै भयो । उसका औंलाहरू काँपे । उसको मुख र जिब्रो सुक्यो । र उसको मुखबाट एकदम मसिनो आवाज निस्क्यो, "बाऽऽ ।"

जुँगे छक्क पऱ्यो, "आफ्नो नाम पनि लेख्न आउन्न ?"

पवनले मुन्टो यताउता हल्लायो ।

"क्यै चिन्ता छैन," जुँगेले उसको दाहिने हातको बूढीऔंला समायो । र औंठामा कलमको मसी छर्किदियो । औंठा रसिदमाथि राखेर दबायो । रसिदमा उसको नीलो औंठाछाप बस्यो । जुँगेले रसिदमा एकछिन फुफु गऱ्यो र झोलामा राख्यो ।

"लौ, मेरो काम सक्यो । टाढै पुग्नु छ ।"

जुँगे साइकलतिर बढ्यो । हेन्डिल समायो र हुत्तिँदै चढ्यो । एकैछिनमा ऊ त्यहाँ आएकै थिएन जसरी हरायो ।

पवनले बूढीऔंलामा लागेको नीलो मसी हेरिरह्यो ।

वसन्तले रमाको हातबाट खाम लियो । पढ्यो र मुसुक्क हाँस्यो । उसको धड्कन तेज भएको थियो । उसले बुरूक्क उफ्रँदै भन्यो, "देखिस्, तेरी मुनमुनले चिठी पठाई ! देखिस् ।"

वसन्तले खामको ढक्कन बिस्तारै उप्कायो, जसरी मान्छेहरू फूलका पत्र उप्काउँछन् । खाममा टलक्क टल्केको पोस्टकार्ड लुकेर बसेको थियो । पातहरूमा लुकेर बसेको चरा झैं । उसले पवनको हात समाएर पिँढीमा बसाल्यो । र बास्ना आइरहेको पोस्टकार्ड बाहिर तान्यो । गोलो टोपी लाएको हिरो रूखमा अडेस लागेर उभेको थियो ।

"देखिस्, अच्छेकुमार पठाइछे !" वसन्तले हाँस्दै भन्यो । र पोस्टकार्ड पल्टायो । मुनमुनका अक्षर कति सुन्दर रैछन् । गोला र डिको मिलेका । उसले रातो रङले लेखेकी थिई, "पवनकुमार, नयाँ वर्ष २०५२ को हार्दिक मङ्गलमय शुभकामना ।"

र मुन्तिर हरियो अक्षरले लेखेकी थिई, "उही मुनमुन, नेपालगन्ज ।"

पोस्टकार्ड वाचन गरेर कानसम्म ओठ च्यातेर हाँस्दै वसन्तले पवनतिर हेऱ्यो । पवनले घुँडामाथि राखेका हत्केला बिस्तारै काँपिरहेका थिए ।

वसन्तको हाँसो आकाशमा उडेको रकेट झैं स्वाट्ट बिलायो ।

उसले पोस्टकार्ड पवनको हातमा राखिदियो । पवनले पोस्टकार्ड ओल्टाईपल्टाई हेऱ्यो । पहिलोपल्ट देखेको, नाम थाहा नभएको जङ्गली फूल झैं सुमसुम्यायो । पोस्टकार्डको हिरोलाई एकछिन नियाल्यो । पोस्टकार्ड पल्टायो र अक्षरहरू सुमसुम्यायो । उसको औंठाछाप अक्षरहरूमाथि थपक्क बस्यो ।

"के लेखेको छ रे ?" पवनले मधुरो स्वरमा सोध्यो ।

वसन्तले गर्धन तन्काएर पोस्टकार्ड फेरि पढ्यो । पवनले बिस्तारै मुन्टो हल्लायो ।

"को हो मुनमुन ?" उसले मसिनो स्वरमा सोध्यो ।

वसन्तले अम्बरपुर, टेलिफोन, रकी दादा, मुनमुन, एमए पासपछि बिहे, नेपालगन्ज, पोस्टकार्ड, हेन्डराइटिङ प्रतियोगिता सबै कुरा सुनायो ।

र अन्त्यमा भन्यो, "हेन्डराइटिङ प्रतियोगिता आज हो ।"

पवनले औँठामा लागेको नीलो मसी हेरिरह्यो । उसका ओठ काँपे । उसले पोस्टकार्ड फ्यात्त भुइँमा फाल्यो । भित्र दगुर्‍यो । ओछ्यानमा घोप्टो पर्‍यो । घुँक्क गर्‍यो, "मलाई क्यै पनि थाहा छैन ।"

स्कुल

पवन कहिलेकाहीँ मुन्टो झट्कार्दै केही सम्झिन खोज्थ्यो । छटपटिँदै कहिले आँगन त कहिले करेसातिर हिँडिरहन्थ्यो । बेलाबेला सुसेली पनि हाल्थ्यो । कहिलेकाहीँ आफूले लेखेका कापीका पन्नाहरू नियालिरहन्थ्यो । आफूले लेखेका अक्षर सुमसुम्याइरहन्थ्यो । कलम समातेर लेख्न खोज्थ्यो । औँलाहरू काँप्थे । अबेरसम्म कापीमा घोप्टो परेपछि एउटा लामो धर्को तानेर खुइय्य सुस्केरा हाल्थ्यो ।

उसले वसन्तलाई फेरि आफ्नो साथी मानिसकेको थियो । उसका पछिपछि लाएर गाउँ डुल्थ्यो । कहिलेकाहीँ जसोदाले चलाएको मेसिन हेर्दाहेर्दै खाँबोमा अडेस लाएर निदाउँथ्यो । जब ब्युँझन्थ्यो, संसार बिरानो लागे झैँ ट्वाल्ल परेर, उदास भएर आँगनको आरूको रूखलाई हेरिरहन्थ्यो ।

गाउँलेहरू उसलाई देख्नासाथ च्वच्च गर्न थालिहाल्थे । भन्थे, "बिचरा, जिम्दै लास जस्तो पो भछ । ईश्वरले पनि कस्तो खेल रचेको हो, कुन्नि !"

सुरूसुरूमा त पवन घोसेमुन्टो लाएर सुनिरहन्थ्यो । केही भन्दैनथ्यो ।

पछिपछि भने नाकका पोरा फुलाउन थालेको थियो । उसलाई त्यसरी च्वच्च गरेको मन पर्दैनथ्यो । तर ऊ जता जान्थ्यो, त्यतात्यता च्वच्चको लर्को लाग्थ्यो ।

एकपल्ट घुइयारामले भनेको थियो, "बोक्सीले मेरो छोरो लई । तिम्रो सबथोक लई ।"

उसले घर आएर सर्वजित मास्टर सापलाई सोधेको पनि थियो, "बोक्सी भनेको के हो ?"

"कल्ले गऱ्यो यस्ता कुरा तँसित ?" उनी झर्केका थिए ।

"ऊ त्यो घरको मान्छेले," उसले घुइयारामको घरतिर देखाएको थियो ।

सर्वजित मास्टर सापले दाह्रा किटेका थिए । भनेका थे, "हेर्, बोक्सीसोक्सी क्यै हुन्नन् । तँलाई कसरी बुझाऊँ ! बोक्सी, भूत, मसान भनेका कुरा क्यै हुन्नन् । यी सबै मान्छेले रचेका कुरा हुन् । यस्ता कुरा नसुन्नू ।"

पवन अलमलिएको थियो । सोधेको थियो, "पुलिस जस्तै हुन् ?"

"होइन ! पुलिस त मान्छे नै हुन् । मैले अस्ति नै भनेथें त । पुलिसले नराम्रो काम गर्नेलाई समातेर थुन्छन्," उनले कन्दै भनेका थिए, "चोरलाई समात्छन् । अनि थुन्छन् । राम्रो काम गर्नेलाई क्यै गर्दैनन् ।"

"चोर ?" ऊ फेरि अलमलिएको थियो ।

"अर्काको सम्पत्ति...," सर्वजित मास्टर सापले छटपटिँदै यताउता हेरे । केही भेटेनन् । गोजीबाट ५० रूपियाँको नोट झिके । पिँढीमा राखे र भने, "यो ५० रूपियाँ मेरो हो । मैले कमाको । यदि कसैले यो पैसा मसित नमागी, मलाई नसोधी सुटुक्क लुकाएर लग्यो भने त्यो चोर हुन्छ । चोरले पैसा मात्र होइन, अरू चीज पनि चोर्छन् ।"

"अरू केके चोर्छन् ?"

"जे पनि चोर्छन्," सर्वजित मास्टर साप बर्बराएका थिए, "चोरका एउटै रूप हुन्नन् । अनेक रूप हुन्छन् । कसैले अरूको सम्पत्ति चोर्छन् । कसैले अरूको कला । कसैले अरूको अधिकार । कसैले अरूको श्रम । कसैले अरूको खुसी । कसैले अरूको आँसु । धेरैथरी चोर हुन्छन् । सप्पै भनेर साध्य हुन्न । पछिपछि तैंले आफैं थाहा पाउँछस् ।"

"मैले सप्पै कैले था पाउँछु ?"

यसको उत्तर उनीसित कसरी होस् !

एक दिन जीवारामले भने, "मास्टर, मैनापुरमा लक्ष्मी माता आकी छन् रे ! उनले देको अमलाको दाना घोटेर ख्वायो भने सम्झिने सम्भावना छ रे !"

"भो दाइ, झाँक्रीको पछि लार यो गति भो ।"

"सृष्टि चमत्कारले भरिएको छ, मास्टर । चमत्कार भन्ने कुरा त हुन्छ । मैनापुरमै भको चमत्कार त सुने हौला," जीवाराममले भने, "सात वर्षसम्म पनि बक नफुटेको केटोले माताले देको अमलाको दाना खापछि खरर्र बोल्यो रे !"

सर्वजित मास्टर साप फिस्स हाँसे ।

"मेरो कुरोलाई हाँसोमा नउडाऊ । भन्न त नहुनी हो । गाउँलेको कुरो त सुनेकै हौला । त्यो झाँक्रीले आफ्नो मन्त्र पूरा पढ्न नपाको भर यस्तो भाको हो भन्छन् ।"

"हत्तेरी दाइ, मैले डाक्टरको कुरा सुनाको होइन ? यस्तो कुरा पनि पत्याउनुहुन्छ ?"

"खोइ मास्टर, म तिमी जस्तो पढालेखा त छैन । गाउँलेहरू अर्को कुरा पनि गर्थे ।"

"के कुरा ?"

जीवाराममले सुल्पाको डढेको सुर्ती भुइँमा खसालेर उनको नजिकै आएर कानमा सुस्तरी भने, "गाउँलेहरू भन्थे, बोक्सीले दिमाग त लगिसकी । एक दिन ज्यानै लिन आउँछे ।"

सर्वजित मास्टर साप खङ्रङ्ग भए ।

"मेरो सल्लाह मान्छौ भने त्यो झाँक्रीलाई फेरि बोलाऊ ।"

सर्वजित मास्टर साप अबेरसम्म निदाउन सकेनन् । गर्मीको महिना भएर स्कुलको बिहानी कक्षा सुरू भइसकेको थियो । चाँडै निदाएन भने भोलिपल्ट पैताला र हत्केला भतभती जल्छन् भन्ने उनलाई थाहा थियो । तर निद्रा पटक्कै लागेको होइन । रातको गाढा सन्नाटामा पवनको कोठामा आएर अबेरसम्म उसको निधार सुमसुम्याउँदै बसे । उसले सिरानीमुनि चेपेर राखेको पोस्टकार्ड हेरे । त्यो पोस्टकार्ड मात्र थिएन, पवनका निर्दोष स्मृतिहरूको चिनो थियो ।

शान्तिरामका कुखुरा बासेपछि उनले झस्किँदै गह्रौं टाउको उचाले । उनी त पवनकै पलङमा निदाएका रहेछन् । हतारहतार टुकी बाले । र पवनको कुम हल्लाए, "एई, उठ् ।"

उनी तीनचार पटक कराएपछि पवनले आँखा खोल्यो ।

"घराँ बसेर हुन्न । आजदेखि स्कुल हिँड्," सर्वजित मास्टर सापले भने ।

पवनले ज्यान तन्कायो । कुखुरा बासेको सुनिरह्यो ।

सर्वजित मास्टर सापले रमालाई पनि उठाए । र भने, "चाँडो गर । ढिला हुन्छ नत्र ।"

पवनले नलमा हातमुख धोयो । दाँतका चेपचेपमा ब्रस घुमाउन थाल्यो । पहिला त दुईदुईपल्ट तलमाथि, दायाँबायाँ जोडजोडले ब्रस घुमाएर प्याच्च थुकिहाल्थ्यो । तर अचेल ऊ हतार गर्दैनथ्यो । दाँत नै कोतरिएला जसरी बिस्तारैबिस्तारै ब्रस मुखभित्र घुमाइरहन्थ्यो । दाँतका हरेक चेपमा ब्रसका त्यान्द्रा घुसार्थ्यो । दाँत माझिसकेपछि उसले हत्केला भिजाउँदै कपालका जराजरा मुसाऱ्यो । र आँखीभौंमाथि पानीका थोपा बोकेर कोठामा पस्यो ।

रमा टुकीको उज्यालोमा कपाल कोरिरहेकी थिई । पवनले पछाडिबाट आएर स्वात्त काइँयो खोस्यो र काइँयोले आफ्ना कपालका ससाना गाँठा फुस्काउन थाल्यो । रमा पिलपिल गर्न थालिसकेकी थिई । पहिला त उसले रमाको कपाल कोरिदिन्थ्यो र आफ्नो कपाल कोर्थ्यो । यसपालि त कोरिरहेको काइँयो नै खोस्यो । रमा झोक्राएर बसिरही, सोचिरही– अहिले कपाल दायाँतिर छड्के पारेर कोरिरहेको यो केटो अर्कै हो, उसको अनुहार मात्र पवनसित मिलेको । उसका आँखाहरूमा पवनका आँखाको जस्तो चमक कहाँ नै छ र ! जबजब ऊ पवनका आँखामा गहिरिएर हेर्थी, एकदमै अपरिचित लाग्थे । उसको प्यारो दाइ त उतै लखनऊमा हराएको थियो । र अर्कै पवन बाँसबारी आइपुगेको थियो ।

रमाका आँखाका कुनो रसाए ।

पवनले कपाल कोर्दै रमातिर हेऱ्यो । कैलो कपाल भएकी चित्र बनाइरहने, दाइदाइ भन्दै उसका वरिपरि घुमिरहने फुच्चीको माया लागेर आयो । रमाको पिठ्युँपछाडि टुत्रुक्क बस्दै उसले भन्यो, "म कोर्दिन्छु कपाल ।"

उसले रमाका कैला रौंमा काइँयो दगुराउन थाल्यो ।

रमाका ओठको किनारमा मसिनो मुस्कान घेरा देखापऱ्यो, जसरी बर्खाका काला बादलको चेपमा सूर्यको मसिनो घेरा देखापर्छ ।

पवन रमाका सलक्क परेका कपाल हेर्दै उठ्यो । नीलो सर्ट र नीलै पाइन्ट लगायो । लखनऊमा किनेका टाटेपाटे रङ्गीन जुत्ता लगायो ।

"आज किताबसिताब बोक्न पर्दैन," सर्वजित मास्टर सापले दैलोबाट चियाउँदै उसलाई भने, "त्यत्तिकै हिँड् ।"

ऊ मुन्टो हल्लाउँदै बाहिर निस्कियो । सर्वजित मास्टर साप दैलोमा ताला झुन्ड्याएर रमाको हात समाउँदै अघि बढे । ऊ पछिपछि लाग्यो ।

अलि पर पुगेपछि उनीहरूलाई पुन्ने र टङ्केले देखे । दगुर्दै अघिअघि गए र एकपल्ट फर्केर पवनलाई हेरे । अरू विद्यार्थीले पनि सर्वजित मास्टर सापलाई "नमस्ते सर" भन्दै अघि दगुरे । र अलि पर पुगेपछि फर्केर पवनलाई नै हेरे ।

अघिअघि हिँडिरहेका सर्वजित मास्टर साप पछाडि फर्किए । बाच्छो झैं उफ्रिँदै आएको वसन्तलाई देखे ।

स्याँस्याँ गर्दै वसन्त पवनको नजिक आयो ।

उनीहरू स्कुलको गेटबाट भित्र पस्दा विद्यार्थीहरू राष्ट्रिय झन्डामुन्तिर पङ्क्तिबद्ध भएर उभिइसकेका थिए । सर्वजित मास्टर साप रमाको हात तान्दै झन्डामुन्तिर गए । र विद्यार्थीतिर फर्किएर शिक्षकहरूका बीचमा उभिए ।

राष्ट्रगान सकिएपछि सबै कक्षाकोठातिर दगुरे ।

पवन अलमलियो ।

"यता आउनुस्, यता," वसन्तले उसको हात समाएर तान्यो । नौ कक्षाको दैलोनिर पुऱ्यायो । भित्र विद्यार्थीहरू होहल्ला गर्दै डेस्क बजाइरहेका थिए ।

"तपैं जानुस् । यो तपैंको सेक्सन हो," वसन्तले उसलाई भित्रतिर धकेल्दै भन्यो, "मेरो सेक्सन अर्कै हो । हाफटाइममा भेटम्ला ।"

पवनले दैलोबाट भित्र चियायो । विद्यार्थीहरू एकअर्काको कपाल तान्दै, डेस्कमा मुड्की बजार्दै होहल्ला गरिरहेका थिए । उसलाई देख्नेबित्तिकै शान्त भए । खासखुस गर्न थाले ।

"म एक्लै जान्नँ," पवन डरायो ।

"जानुस्," वसन्तले उसको कुम धकेल्दै भन्यो, "हाफटाइममा भेटम्ला ।"

पवन लुसुक्क भित्र पस्यो र विद्यार्थीका आँखाहरूले घाइते भयो । स्कुलभरि बोक्सीको हल्ला फैलिइसकेको थियो । विद्यार्थीहरू बेन्चमा झोक्राएर बसिरहेको पवनलाई कर्के नजर लाउँथे । उनीहरूले सुनेका थिए– पवनको बोक्सीसित झगडा परेको छ । बोक्सीले सारा दिमाग लुटेर लगी । एक दिन राति बिरालो बनेर आउँछे, उसको गर्धनमा दाह्रा गाड्छे र मार्छे ।

पहिलो घण्टी नेपाली पढाउने तारानाथ सर काखीमा हाजिरकापी च्यापेर कक्षा कोठामा पसे । उनले गाढा नीलो रङको इस्टकोट लाएका थिए । शिरमा पहाड जस्तो चुच्चो भएको ढाकाटोपी थियो । गलबन्दीका दुई टुप्पा छातीतिर झरेका थिए । सुपारीको टुक्रो सधैं मुखभित्र हुन्थ्यो । त्यसैले कहिले दाहिने त कहिले देब्रे गाला पिलो आए जसरी उक्सेको देखिन्थ्यो ।

उनलाई देखेर विद्यार्थीहरू चुपचाप भए । उनले एकपल्ट सारा विद्यार्थीतिर नजर लगाए । सातौं बेन्चको झ्यालनिर शिर निहुराएर बसेको पवनलाई देखे । सर्वजित मास्टर सापले अघि अफिस कोठामा भनेका थिए, "सर, त्यल्ले सप्पै बिर्स्या छ । ख्याल राखिदिनुहोला ।"

उनले पवनतिर हेर्दै मुन्टो हल्लाए । हाजिर कापी पल्टाए । एकपल्ट दाहिने च्यापुको प्रहार खेपिरहेको सुपारीको दानालाई देब्रे च्यापुतिर सारे ।

"रोल नम्बर एक"

"हाजिर ।"

"रोल नम्बर दुई"

आवाज आएन । सप्पैले पवनतिर हेरे । ऊ ट्वाल्ल परेर झ्यालबाहिर हेरिरहेको थियो ।

"रोल नम्बर दुई !" सरले गलामा जोड दिए, "पवनकुमार ध्यान कता छ ?"

छेउमा बसेको रामध्वजले कुइनाले धकेलेपछि पवन झस्कियो ।

"रोल नम्बर दुई तिम्रो हो, पवनकुमार," सरले सुपारी कुटुक्क टोके, "रोल नम्बर दुई !"

पवन वाल्ल पऱ्यो ।

"उठेर हाजिर सर भनेको खै ?"

ऊ अकमकाउँदै उठ्यो । उसका काँपिरहेका हत्केला डेस्कमाथि राख्यो र एकदमै मधुरो स्वरमा भन्यो, "हाजिर सर ।"

सरका आँखा फेरि रजिस्टरमा दगुर्न थाले । सरले हाजिर सके । उनलाई मनमनै खुलदुली भइरहेको थियो– पवनले सबै बिर्सियो भन्छन्, केके बिर्से होला ? उनलाई एकपल्ट जाँच्न मन लाग्यो ।

उनले रजिस्टर कापी छेउको टेबलमाथि राखे । एकपल्ट झोत्राइरहेको पवनतिर हेरे । ऊ बेलाबेला टाउको झट्कारिरहेको थियो ।

सरले कालोपाटीमा चक दगुराए र ठुल्ठूला अक्षरमा लेखे– विषय : नेपाली । सुपारी कुटुक्क पारे र अलि चर्को स्वरमा बोले, "पवनकुमार ।"

ऊ झस्किँदै उठ्यो ।

"ल भन, नेपालका महाकविको नाम के हो ?"

ऊ झोत्राएर उभिइरह्यो । मुखको देब्रे कुनोबाट चुहिएको ऱ्याल उल्टो हत्केलाले पुछ्यो, "आउन्न ।"

जाबो लक्ष्मीप्रसाद देवकोटा पनि भन्न सकेन– विद्यार्थीहरू गलल्ल हाँसे ।

"ल, नेपालका राजाको नाम भन ।"

उसले बिस्तारै डेस्कमा मुड्की हान्यो । उसका ओठ काँपे ।

"वसन्त," उसले मसिनो स्वरमा भन्यो ।

विद्यार्थीहरू गलल्ल हाँसे ।

"वसन्त होइन," सर खिस्स हाँसे, "श्री ५ महाराजाधिराज वीरेन्द्र वीरविक्रम शाहदेव ।"

उसले टेबलमा मुड्की हान्दै भन्यो, "नाइँ, म वसन्तकहाँ जान्छु ।"

उसलाई हतास देखेर तारानाथ सरलाई नमज्जा लाग्यो । उनले मायालु स्वरमा भने, "अहिले जाने होइन, बस ।"

ऊ लुसुक्क बस्यो । ऊ अचानक जङ्गलबाट मान्छेको घना बस्तीमा पसेको पन्छी जस्तो भएको थियो । ऊ कहिले ब्ल्याकबोर्डमा लेखिएका अक्षरहरूतिर हेर्थ्यो । कहिले सासै फेरेको थाहा नहुने गरी बोलिरहेका तारानाथतिर हेर्थ्यो । उसको दिमाग टनटनी दुखिरहेको थियो । बेलाबेला पेटमा मचमची सुरू भए जस्तो हुन्थ्यो ।

ब्ल्याकबोर्डमा लेखेका अक्षरहरू कहिले ठुल्ठूला हुन्थे त कहिले सानासाना हुँदै जान्थे । तारानाथ सरको मुख बोल्दाबोल्दै कानसम्म च्यातिन्थ्यो । उनको नाक लामोलामो हुँदै जान्थ्यो । उनको आवाज चर्को हुँदै जान्थ्यो । पवनलाई चिटचिट पसिना आउन थालिसकेको थियो ।

त्यसैले उसले झ्यालबाहिर हेर्न थालेको थियो । झ्यालबाहिर तीतेपातीका फूल थिए । खुला आकाश थियो । बादलका टुक्राटाक्री थिए । स्कुललाई घेरेको काँडेतार थियो । तारमाथि दुइटा भँगेरा हुत्ती खेलिरहेका थिए । नरम बतास चलिरहेको थियो ।

उसले घण्टी बजेको पनि थाहा पाएन, तारानाथ सर गएको पनि थाहा पाएन । उसलाई हेर्दै विद्यार्थीहरूले खासखुस गरेको पनि थाहा पाएन ।

विज्ञान पढाउन कक्षा कोठामा मिथिलेश सर पसेको पनि थाहा पाएन । मिथिलेश सरले लामो कपाल पछाडितिर स्याप्प पारेका थिए । दाह्रीजुँगा छाला टल्किने गरी खौरिएका थिए । ओठ अलिकति अगाडितिर चुच्चिएका थिए । सेतो सर्टको दाहिने पाकेटमा रातो र कालो डटपेन घुसारेका थिए । नीलो पाइन्टको दाहिने गोजीमा कुकुरको जिब्रो झुन्डिए जसरी गुलाबी रूमालको टुप्पो झुन्डिएको थियो । मिथिलेश सरले दिक्क मान्दै तारानाथ सरले लेखेर गएका अक्षर मेटे । उनलाई तारानाथ सरको ब्ल्याकबोर्ड नमेटी जाने बानी मनै पर्दैनथ्यो । दाह्रा किट्दै एकछिन डस्टर ब्ल्याकबोर्डमा ट्वाकट्वाक पारिरहे । सोचिरहे– ब्ल्याकबोर्ड नपुछी जानु भनेको जुठो थाल दिएर भात खा भन्नु जस्तै हो ।

एकपल्ट विद्यार्थीतिर नजर लगाए । झ्यालबाहिर हेरिरहेको पवनलाई देखे । र मुस्कुराउँदै बोलाए, "पवनकुमार ।"

उनको आवाजले पवन झस्कियो ।

"मलाई चिन्छौ ?" सरले सोधे ।

पवनले मुन्टो यताउता हल्लायो ।

"चार कक्षादेखि पढाएको सरलाई पनि बिर्सेको ? म मिथिलेश सर, अब नाम याद राख है !"

उसले मुन्टो हल्लायो ।

"सप्पै रङ मिसायो भने कस्तो रङ बन्छ ? थाहा छ ?"

उसले एकपल्ट कक्षा कोठातिर आँखा घुमायो । सप्पैले हाँसो थामेर उसलाई हेरिरहेका थिए । उसले थाहा पाइहाल्यो, अब बोल्यो कि सबै हाँस्छन् ।

उसलाई छटपटी भयो । सुत्त निस्किएर फुत्त भागूँ जस्तो पनि लाग्यो । तर उसका गोडा चलेनन् । कसैले उसका गोडामा मोटो साङ्लो बाँधेर बेन्चको खुट्टोमा अल्झाइदिएको थियो ।

"सोचेर भन त, सप्पै रङ मिलायो भने कस्तो रङ बन्छ ?"

उसका ओठ काँपे । आँखा ताता भएर आए । मुटु पनि कस्तो ढ्याकढ्याक गरेको ! उसलाई अनुहारको छाला तनक्क तन्किए जस्तो भो ।

"वसन्त !"

विद्यार्थीहरू गलल्ल हाँसे ।

उसले डेस्कमा ढ्याकढ्याक मुड्की हान्यो, "म वसन्तकाँ जान्छु ।"

मिथिलेश सरलाई नरमाइलो लाग्यो । सबै पो बिर्सिएछ केटोले । एकपल्ट आफूले पनि सबै कुरा बिर्सिएको कल्पना गरे– पिच्कारीले पानी अनुहारमा छर्किदिए जसरी उनको ज्यान सिरिङ्ग भो ।

"सप्पै रङ मिसायो भने सेतो रङ बन्छ," उनले चक खेलाउँदै भने, "अब नबिर्स है ! बस ।"

ऊ बस्यो । तर उसलाई रिँगटा चले जस्तो भइरहेको थियो । निधार पनि गह्रौं हुँदै डेस्कतिर ढल्किन्थ्यो । उसले झ्यालबाहिर हे¥यो । भँगेरा काँडेतारमा उभिएर पखेटाका काप कन्याइरहेका थिए ।

"मिस्टर पवनकुमार !" चर्को आवाजले ऊ झस्कियो । सर्वेश्वर सर गणित पढाउन आइसकेका रहेछन् । उनका ठुटे कपाल घुङ्रिएका

थिए । आँखामा मोटो पावरदार चस्मा थियो । मुख दायाँतिर थोरै बाङ्गो देखिन्थ्यो । सेतो सर्टको माथिल्लो टाँकघरनिर तरकारीको पहेंलो दाग देखिन्थ्यो । पवनले उनका मोटा आँखीभौं र कानबाट बाहिर चियाएका रौं देख्यो ।

बाहिर हेऱ्यो, भँगेरा थिएनन् । काँडेतार भने बिस्तारै हल्लिरहेको थियो । पवन जुरूक्क उठ्यो । सरले बोलाउँदा उठ्नुपर्छ भन्ने उसले सिकिसकेको थियो ।

"सर, त्यल्ले मलाई त बिर्सेको थ्यो, के हिसाब सम्झे होला !" सर्वजित मास्टर सापले भनेका थिए । सर्वेश्वरलाई कत्ति पनि पत्यार लागेको थिएन । उनलाई आफ्नै आँखाले देख्नु थियो, कानले सुन्नु थियो । त्यसैले उनी खिस्स हाँसे । दाँतका जरामा पानको दाग देखियो ।

"मलाई चिन्यौ ?"

पवनले मुन्टो यताउता हल्लायो ।

"मलाई सर्वेश्वर सर भन्छन् । तीन वर्षदेखि तिम्लाई गणित पढाइहेछु । क्यै याद आयो ?"

उसले बिस्तारै डेस्कमा मुड्की हान्यो ।

"हेन्डराइटिङ प्रतियोगितामा भाग लिन्छु भनेर भनेका पनि थ्यौ । प्रतियोगिता अस्ति नै सक्यो । तिम्ले भाग लेको भए फस्ट माथ्यौं, फस्ट । फस्ट हुनेले तिम्रा जति राम्रा अक्षर लेख्नै सकेन ।"

"मलाई लेख्न आउन्न ।"

"कस्ले भन्यो लेख्न आउन्न भनेर ? ह्यॉं आऊ ।"

पवन कक्षाकोठाको सन्नाटा चिर्दै सर्वेश्वर सरको छेउ पुग्यो र उभियो । सारा विद्यार्थी उसैलाई हेरिरहेका थिए । पवनलाई तिनका आँखा धनु जस्ता लागे, जसबाट तीखा बाण सन्सनाउँदै आइरहेका थिए ।

सर्वेश्वरले उसको हातमा लामो चक थमाइदिए । के गरेको होला सरले ? ऊ अनकनायो । सरले हाँस्दै उसको काँध थपथपाउँदै भने, "ल, विषय : गणित भनेर लेख त ।"

उसले कालोपाटीतिर हेरिरह्यो । मिथिलेश सरले डस्टर घुमाउँदा छुटेका कालोपाटीका किनारका अक्षर हेरिरह्यो । उसलाई अक्षरहरू

ढाडिएका जुका जस्तै लागे । मानौं, उसले कालोपाटीमा छोयो कि जुकाहरू हत्केलाभरि टाँसिनेछन्, तनतनी रगत चुस्नेछन् ।

उसका हात थरथरी काँप्न थाले । सर्वेश्वर सरले उसको दायाँ हत्केला समाएर कालोपाटीमा टाँसिदिँदै भने, "नआत्तीकन लेख । यत्ति जाबो त एक क्लासको विद्यार्थी पनि लेखिहाल्छ । तिमी त दोस्रा भएर आठ किलासमा आएका हौ ।"

उसले याचना भरिएका आँखाले सरलाई हेऱ्यो । सरले कुरा बुझे, आफ्नो हातको चकले कालोपाटीको सतह छोए । उसले कालोपाटीमा फनफनी घुमेका हात देख्यो । चकले कोरेको धर्कोको लहरो स्वाइँस्वाइँ बटारिएको देख्यो ।

"ल यही त हो नि लेख्ने । मैले लेखेको हेर्दै लेख त !" सरले उसको काँध थपथपाए ।

उसले कालोपाटी छोयो । पहिला सोझो धर्को तान्न खोज्यो । तर धर्को दाहिनेतिर बाङ्गियो । उसले चकबाट खसेको मुधरो धूलो हेरिरह्यो । घुँडा ठिहिऱ्याए जस्तो भयो । तिघ्राको कापमा गह्रुँगो ढुङ्गा झुन्डिए जस्तो भो । ढुङ्गो पिलो झैं टनटनी दुख्न थाल्यो । अचानक पिलो फुट्यो । उसले भर्खरै कालोपाटीमा कोरे जस्तो धर्को तातो हुँदै, पाइन्टभित्रभित्रै तिघ्रा हुँदै घुँडासम्म पुग्यो, घुँडा हुँदै गोलीगाँठासम्म । सारा विद्यार्थीले उसको पाइन्टमा बनेको धर्को देखे र गलल्ल हाँसे ।

"मुत्यो मुत्यो," कक्षा कोठाको कुनाबाट चर्को आवाज आयो, "प्यान्टमै मुत्यो ।"

"वसन्तकाँ जान्छु भनेको," पवनले हिक्क गऱ्यो ।

सर्वेश्वर सरको अनुहार अँध्यारो भयो । यस्तो होला भनेर त सोचेका पनि थिएनन् । उनले हल्ला गर्ने विद्यार्थीतिर डस्टर ताके । हल्ला शान्त भयो । उनले पवनको गोडातिर हेरे, पिसाबको लहरो जुत्ताको तलुवा हुँदै बगेर उनी बस्ने कुर्सीको दाहिने खुट्टोमा थिग्रिएको थियो । सर्वजित मास्टर सापले थाहा पाए भने त सातै खान्छन्, उनले सोचे । उनले आँसु पुछिरहेको पवनको कपाल सुमसुम्याए र मधुरो स्वरमा भने, "यति

ठूलो मान्छे भएर प्यान्टमै मुत्ने हो ? मैले त बिर्सेको कुरा सम्झिन्छौ कि भनेर पो लेख्न लगाको ।"

उसले भित्तामा मुड्की हानिरह्यो ।

"वसन्तकहाँ जाने हो ?" उनले मधुरो आवाजमा सोधे ।

उसले मुन्टो हल्लायो ।

सरले उसलाई तान्दै कोठाबाहिर लगे । सेक्सन बीमा तारानाथ सर आँखा चिम्म गरेर चर्को स्वरमा कराइरहेका थिए । उनी एक हरफ बोल्थे र एकछिन चुप लाग्थे । उनी चुप लागेका बेला विद्यार्थीहरू उनका शब्द कापीमा टिप्न बेस्मरी कलम, डटपेन र पेन्सिल दगुराउँथे । स्यार्रस्यार्र आवाज कोठाभरि फैलिन्थ्यो ।

सर्वेश्वर सरले दैलोमा उभिएर एकछिन हेरिरहे । तारानाथ सरलाई आफूले गरिरहेको व्याख्याको क्रम टुटाइदिएको मन पर्दैनथ्यो, उनलाई थाहा थियो ।

"यसरी कविले कवितामा राष्ट्रप्रेम जागृत गरेका छन् । राष्ट्रप्रेमले ओतप्रोत भएको यो कविता, यो युगकै दस्तावेज हो ।" तारानाथ सरले अन्तिम हरफ बोले र रूमालले मुख छोपेर एकछिन खोकिरहे । खोक्दा आँसु निस्किएछ । चोरऔंलाले पुछे ।

"यो दस्तावेज भनेको के हो, सर ?" कसैले प्याच्च सोध्यो ।

"सबै कुरा बुझेर साध्ये हुँदैन," उनले रूमाल पट्याउँदै भने, "जेहोस्, उत्तर लेख्दा यो शब्द नछुटाउनू । धेरै नम्बर आउँछ । र अर्को कुरा याद रहोस्, यसपालिको परीक्षामा यो प्रश्न अवश्य आउँछ ।"

"साँच्चै आउँछ, सर ?" अर्कोले सोध्यो ।

"मुर्दार्, प्रश्न बनाउने मै हुँ भन्ने थाहा छैन ?" सर कड्किए, "जाँच्ने पनि मै हुँ । मैले भर्खरै उत्तर लेख्दा के नछुटाउनू भनें ? सम्झेको छ ?"

"दस्तावेज सर !" चालीस विद्यार्थीको एकै स्वर ।

सर मुस्कुराए । र दैलोतिर हेरे । पवन र सर्वेश्वर सरलाई देखे । सर्वेश्वर सरले इसाराले बाहिर बोलाए । र उनको कानमा फुसफुसाए । उनले कर्के नजरले पवनको पाइन्टतिर हेरे । लामो सास फेरे । दैलोबाट भित्र चियाए, "एई वसन्त, बाहिर आऊ ?"

अकमकाउँदै वसन्त दैलोनिर आयो । आँसु पुछिरहेको पवनछेउ आएर सोध्यो, "के भो ? किन रूनुभाको ?"

"यी सप्पै मिलेर मेरो गिल्ला गरे ।"

वसन्तले सर्वेश्वर सरतिर हेऱ्यो । सर्वेश्वर सरले हाँसे जस्तो गरे । तर हाँसो ओठको बीचमै रह्यो, छेउछाउसम्म फैलन पाएन ।

"यिनी ह्याँ एकदमै आत्तेका छन्," सर्वेश्वर सरले मसिनो स्वरमा भने, "लैजाऊ, यसो घुमाऊ ।"

उनी चाँडोभन्दा चाँडो उसलाई बाहिर पठाउन चाहन्थे । लखनऊबाट फर्किएपछि सर्वजित मास्टर साप अफिस कोठामै टोलाएर बसिरहन्थे । स्कुलका कक्षाकक्षामा डुल्दैनथे । आज मन बदलेर बाहिर आए भने त बर्बाद हुनेवाला थियो । छोरालाई पाइन्टमै पिसाब फेराएको थाहा पाए त ! अहो, सर्वेश्वर सरको ज्यान थरर्र काँप्यो ।

वसन्त हतारिँदै भित्र गयो । र कापीकिताब दाहिने काखीमा च्यापेर बाहिर निस्क्यो ।

"जाम् !" उसले भन्यो ।

उनीहरू गेटबाहिर निस्किए ।

जेठ दोस्रो हप्ता भएर होला, गर्मी बेस्मारी बढेको थियो । बतास पनि हराएको थियो । रूखका पात पनि चुपचाप झोक्राइरहेका थिए । दूबो मुन्तिर पनि माटो भकभकी उम्लिए जस्तो लाग्थ्यो । एकैछिन हिँडेपछि उनीहरूको पैताला भतभती जले जस्तो भयो । पिँडौला फतक्क गले जस्तो भयो ।

उनीहरू स्कुलभन्दा टाढै पुगिसकेका थिए । त्यसैले अग्लो सालको रूखको छायामा थकाइ मार्न बसे । हत्केलाले निधारको पसिना कपालतिर स्याप्प पारिरहेको पवनतिर वसन्तले कर्के नजर लायो । पवनले भन्यो, "म अब स्कुल जान्नँ । सप्पैले गिल्ला गर्छन् । मेरो गिल्ला किन गरेका ?"

"तपैं पहिला खुबै राम्रा अक्षर लेख्नुहुन्थ्यो । पढ्न पनि खुब आउँथ्यो । सप्पैले ईर्ष्या गर्थे," वसन्त मुस्कुरायो, "अहिले सप्पै बिर्सेको मौका पाएर हेपेका हुन् । तर चिन्ता नगर्नुस्, एक दिन सप्पै सम्झिनुहुन्छ । अनि सप्पैको चाकमा भ्याक्क लात्ती हान्नुपर्छ ।"

"त्यस्तो नराम्रो कुरा बोल्न हुन्न," पवनले लजाउँदै मुख छोप्यो ।

"कस्ले भन्यो नराम्रो कुरा भनेर ?"

"मास्टरले ।"

"लौ, पैला त तपाईं नै भन्नुहुन्थ्यो त, हामी ठूलो हुन्छौं, शान्तिराम बूढो हुन्छ अनि चाकमा भ्याक्क लात्ती हान्नुपर्छ ।"

"किन हान्ने त्याँ लात्ती ?"

"हाम्ले भोगटे चोरेका थ्यौं नि । अनि त्यस्ले हाम्रो हात बाँधेर पिटेको थ्यो ।"

पवनले मुन्टो हल्लाउँदै भुइँमा सुकेको सालको पातमाथि दगुरिरहेको कमिलातिर हेरिरह्यो । भन्यो, "चोर्न हुन्न । पुलिसले लैजान्छ ।"

वसन्त खिस्स हाँस्यो, "अब नचोर्ने । मैले त त्यस बेलाको पो कुरा गरेको !"

पवन वाल्ल पर्‍यो । "कुन बेलाको ?"

"तपैंले सप्पै बिर्सनुअघिको के ।"

"मैले के बिर्सें ?"

"भो, छोड्दिनुस्," वसन्त दिक्क भयो ।

"के छोड्दिने ?" पवनले पात ट्याप्प समाएर रूखको फेदमा राखिदियो । कमिलो खुर्र रूखतिर चढ्यो ।

"बिर्सेको कुरा ।"

"मलाई सप्पै थाहा छ । स्कुलमा सप्पैले मेरो गिल्ला गरे । मैले प्यान्टमै मुतें ।"

"ल आउनुस्, एक ठाउँमा जाम्," वसन्तले उसको हात समाएर तान्यो ।

"कहाँ जाने ?"

"तपैंले बिर्सेको ठाउँमा ।"

दुवै आफ्नो छायालाई लखेट्दै दगुरिरहे ।

उनीहरू बाँसघारी पुग्दा एक हुल चरा उडेर दक्षिणतिर गए । बतास यता आएर लुकेको रहेछ, बाँस हल्लाइरहेको थियो । बाँसहरू एकआपसमा रगडिंदा मधुरो आवाज आइरहेको थियो, कटटट कटटट । बाँसघारी देखेर पवन अलिकति तर्सियो र वसन्तको हात समायो ।

"नडराउनुस्, क्यै हुन्न । हामी सधैं आउँथिम् ह्याँ," वसन्तले देब्रे काखीमा चेपेका कापी दाहिने काखीतिर सार्दै भन्यो । र अलिकति तेर्सो परेर दुई बाँसका रूखको चेपबाट भित्र पस्यो । पवनले पनि त्यसै गऱ्यो । उनीहरू पातका धारले चिरिएर भुइँमा खसेका घामका टुक्रा टेक्दै भित्रभित्र पुगे । बाँसका झाङमा फ्याँफ्याँ गर्दै कोखा हल्लाइरहेको लोखर्के काँतर हुँदै दगुऱ्यो । गर्धन घुमाउँदै छेपारो सुटुक्क भुइँमा खसेको पातमुनि लुक्यो । उनीहरू बाँसका पात पन्छाउँदै हिँडिरहे ।

वसन्त अक्षर कोरिएका बाँसका रूखमुन्तिर कम्मरमा हात राखेर उभियो । एकपल्ट टुप्पातिर हेऱ्यो, कसैले काटेको रहेनछ ।

पवन नजिक पुग्यो ।

"यी हेर्नुस्, तपाईंले लेखेको !" वसन्तले बाँसमा कोतरिएका अक्षरतिर देखायो ।

पवन नजिक गयो । गहिरिएर अक्षरहरूलाई हेऱ्यो । काँपिरहेका हातले सुमसुम्यायो । सोध्यो, "यो मैले लेखेको ? कैले लेखेको ? मलाई त लेख्नै आउन्न ।"

"तपाईंलाई लेख्न आउँछ के !" वसन्त मुस्कुरायो, "अहिले बिर्सेको मात्र हो ।"

"के लेखेको यो ?"

"हाम्रो नाम हो के !" वसन्तले अक्षरहरू छुँदै भन्यो, "वसन्त+पवन लेख्नुभाको छ ।"

पवनले घुटुक्क थुक निल्यो ।

"ह्याँ आउनुस्," वसन्तले ट्याप्प उसको हात समाएर तान्यो । अलि परको बाँसमा पुऱ्यायो । भन्यो, "यो पनि तपैंले नै लेखेको हो ।"

पवनले अलिकति झुकेर बाँसमा लेखेको नाम हेर्दै सोध्यो, "के लेखेको ह्याँ ?"

"पवन+मुनमुन ।"

"को मुनमुन ?"

"तपैंलाई पोस्टकार्ड पठाउने मुनमुन," वसन्तले मोटो स्वरमा भन्यो, "एमए पास गरेपछि ब्या गर्छु भन्नुभाको थियो ।"

पवनले नामलाई सुमसुम्याउँदै सोध्यो, "मैले कहिले लेखेको ?"

"सप्पै बिर्सिनुअघि ।"

"मैले सप्पै कैले बिर्से ?"

वसन्त भुईँमा टुसुक्क बस्यो । उसको अनुहार कब्जियत कने जस्तो भयो । दिमागमा धूवाँ भरिए जस्तो भयो । उनीहरूको कुराकानी घुमीघुमी एकै ठाउँ आइरहेको थियो ।

वसन्तले ठुस्स पर्दै भन्यो, "आफूले कहिले बिर्से भन्ने कुरा त बिर्सनेलाई नै थाहा होला नि । मलाई के थाहा ?"

वसन्त ठुस्केको देखेर पवनको अनुहार सुक्खा हड्डी जस्तो भयो । उसले पिलपिल गऱ्यो, "मलाई सप्पैले हेप्छन् । मलाई कसैले माया गर्दैन । सप्पैले च्वच्व गर्छन् ।"

सुपारीका दाना भरिएको बोराको पुछारमा सानो भ्याङ परेर स्वारार्र सारा सुपारी दाना भुईँमा खसे झैं वसन्तको रिस खस्दै गयो । र एकछिनमा अन्तिम दाना पनि फुत्रुक्क खस्यो । अनि वसन्तले उसको हात समात्दै भन्यो, "मैले गर्छु त माया । मुनमुनले पनि गर्छे । रमाले पनि गर्छे । मास्टर सापले पनि गर्नुहुन्छ । मेरी आमैले पनि गर्नुहुन्छ । सप्पैले माया गर्छन् । गालामा डन्डिफोर आको मान्छेले पनि यस्तो कुरा गर्ने हो ?"

"डन्डिफोर ?"

वसन्तले हाँस्दै भन्यो, "तपाईंको गालामा आछ त । सानो डल्लो के । डन्डिफोर आएपछि बल्ल जवानी आउँछ रे । ब्या गर्ने उमेर हुन्छ रे ! पैलापैला त डन्डिफोर आएपछि हामी जस्ता केटा सोझै युद्धभूमिमा लड्न जान्थे रे ! डन्डिफोर आएपछि मान्छे धेरै कुरासित डराउन छाड्छ रे के ! भूतलाई पनि बक्सिङ हान्न सक्छ रे ! त्यसैले डन्डिफोर आको मान्छे केटाकेटी जस्तो पिन्चे हुनुहुँदैन के !"

पवनले आफ्नो दाहिने गालामा उम्रिएको डन्डिफोर सुमसुम्याउँदै मुन्टो हल्लायो र भन्यो, "अनि अघि मसित किन रिसाको त ?"

"रिसाको होइन के !" वसन्त मुस्कुरायो, "गर्मी भर टाउको दुखेर हो ।"

पवन चुप रह्यो । सासको रफ्तारले उसका नाक बजिरह्यो । उसले टोलाएर बाँसमा लेखेका नाम हेरिरह्यो ।

"एउटा कुरा सोधम् ?" उसले पुलुक्क वसन्तका आँखामा हेऱ्यो ।

"के कुरा ?"

"मुनमुन कस्ती छ ?"

"राम्री । एकदमै राम्री । सारा अम्बरपुरमा ऊ जस्तो कोई छैन ।"

"मलाई भेट्न किन आउन्न त ?"

"आउन पाउन्न अैले । नेपालगन्जमा छे । यसपालि असारमा आथी होला, हामी गइनम् । अर्कोपालि असारमा आउँछे अनि जाने हो ।"

पवनले हाँसे जस्तो गऱ्यो, "अनि हाम्रो भेट कहाँ भाको ?"

"ब्यामा भाको । ऊ डानस हेर्न आकी थी । तपाईंले गोविन्दाको जस्तो डानस गर्नुभएको थियो ।"

"गोविन्दा ?"

वसन्तलाई जुरूक्क उठेर नाचिदिम् जस्तो लाग्यो । तर लजायो । आए पो नाच्नु ! ऊ उठ्यो । धूलो झार्न चाक टकटकाउँदै भन्यो, "फिलिमको हिरो हो । एक दिन हेर्न जाम्ला ।"

पवनको अनुहार उजेलो भएको कि उसको अनुहारमा दगुरिरहेको घामको टुक्राले त्यस्तो देखिएको ?

उनीहरू बाँसघारीबाट बाहिर निस्किए । बूढो घाम बादलका भेडा धपाउँदै सौतनपुर पुगिसकेको थियो । उनीहरूले गोडाको रफ्तार बढाए । अलि पर पुगेपछि उनीहरूले काँधमा सुकेको थाँक्रो बोकेर दुई सालका रूखबीचबाट बाहिर निस्केका जीवारामलाई देखे । जीवारामले भने, "केटा हो, पर्ख पर्ख । सँगै जाम्ला ।"

उनीहरूले जीवाराम छेउमा आउँदासम्म पर्खेर बसे ।

जीवारामले थाँक्रो बिसाउँदै सोधे, "कहाँ गर आको ? कपालभरि माकुराको जालो छ त ।"

वसन्तले आफ्नो कपाल सुमसुम्यायो । औंलाहरूमा माकुराको जालो बेरियो । थैट्, कपाल त मिलाउनै बिर्सेछ । ऊ हाँस्यो, "बाँसघारी डुलेर आको ।"

"लौ, किन गाको बाँसघारी ?" जीवारामले आँखा ठूला बनाए । आँखीभौंमाथिका सेता कपाल अलिकति माथि उठे, "चकचक अझै छुटेको छैन तिमेरूको ?"

"के हुन्छ त, गर ?" वसन्त हिंड्यो, "हामी त पैला पनि जान्थिम् ।"

पवन उसका पछि लाग्यो । थाँक्रो काँधमा राख्न खोज्दा एउटा छेस्कोले जीवारामको काननिर कोतऱ्यो । उनी कोतरिएको ठाउँ सुमसुम्याउँदै कराए, "एई वसन्ते, पैला पनि जान्थिम् भन्ने कुरा नगर् । ऐले धेरै कुरा फरक भइरहेको छ । जाने भए तँ एक्लै जा । पवनलाई नलैजा ।"

वसन्तले टक्क अडिएर मुन्टो घुमाएर भन्यो, "के हुन्छ त पवनलाई लगे ?"

"मुर्दार् ! तँ आफैं मसान जस्तो छस् । तँलाई त क्यै हुन्न," उनले भने, "पवनलाई सबैतिरबाट खतरा छ । तँलाई थाहा छैन ?"

"कस्ले के गर्छ ?"

उनले एकपल्ट मुन्टो बटारेर चारैतिर हेरे । र पातलो स्वरमा भने, "बोक्सीले बदला लिन खोजेकी छ भन्ने थाहा छैन तँलाई ? यस्तो त बनाइसकी । मैले भनेको मान, जहींतहीं नडुला ।"

पवनले कुरा त केही बुझेन । तर पनि जीवारामले जस्तो अनुहार बनाएर, जसरी पातलो स्वरमा भने, उसलाई डरडर लाग्यो ।

"को बोक्सी ?" उसले सुकेको स्वरमा सोध्यो ।

"आउनुस्, यस्ता कुरा नसुन्नुस्" भन्दै वसन्तले उसको हात समातेर दगुरायो । अलि पर पुगेपछि मट्याङ्ग्रा झैं बर्त्तिंदै आएको जीवारामको आवाज वसन्तको घुच्चुकमा ठोक्कियो, "मुर्दार्, पवनलाई क्यै भइहाल्यो भने त्यसको दोष तेरै थाप्लामा आउँछ । जानी राख् ।"

उसले नसुने जस्तै गऱ्यो ।

आँगनमा पुग्दा सर्वजित मास्टर साप नलमा हातगोडा धोइरहेका थिए । थकित देखिन्थे । उनीहरूलाई देख्नासाथ रमा उफ्रिंदै आँगनको बीचमा आई । फ्रक नचाउँदै सोधी, "काँ गर आको ?"

"बाँसघारी डुलेर आको," पवनले भन्यो ।

सर्वजित मास्टर सापले अँजुलीभरि पानी लिएर तालु भिजाए । पानी बग्दै उनको कन्चट हुँदै कानसम्म पुग्यो । कानका लोती पुछे ।

"स्कुलबाट चाँडै हिँडिछस्," उनले सोधे, "स्कुलमा रमाइलो लागेन ?"

"स्कुलमा सप्पैले हेपे मलाई," पवनले आफ्नो तिघ्रामा मुड्की हान्यो, "मलाई सप्पैले हेप्छन् ।"

"कस्ले हेप्यो तँलाई ?" उनले आँखीभौंमाथिको पानी चोरऔंलाले सोहरेर खसाले, "बाँसघारी–बाँसघारी घुम्नुहुन्न । स्कुलबाट सोझै घर आउनुपर्छ । बुझिस् ?"

उसले मुन्टो हल्लायो ।

"अनि वसन्ते, यसलाई त्यता नलैजानू । यो पैला जस्तो रहेन । बालख भइसक्यो ।"

"म बालख हैन," पवनले निधारमा गाँठा पार्‍यो ।

वसन्त अघि बढ्यो । अलि पर पुगेपछि उसले सर्वजित मास्टर सापको आवाज सुन्यो, "फेरि काँ हिँडिस् ?"

वसन्त पछाडि फर्कियो । देख्यो, पवन अलिकति अगाडि निहुरेर दगुर्दै आइरहेको थियो । छेउमै आयो ।

"म बालख हैन," पवनले हाँसे जस्तो गर्‍यो, "यी मेरो गालामा डन्डिफोर आछ ।"

वसन्त हाँस्यो ।

"तपाईं जस्तो यो बाँसबारीमा कोई छैन," पवनले वसन्तको दाहिने हत्केला समायो, "म कहिल्यै बिर्सिन्नँ ।"

वसन्तको ओठका किनारमा अलिकति मुस्कान देखापर्‍यो, दुलोबाट मुसोले अलिकति टाउको बाहिर निकाले झैं । मुसोले टाउको फेरि भित्र तान्यो ।

"पैला पनि त्यै भन्नुहुन्थ्यो," वसन्तले मसिनो स्वरमा भन्यो, "बिर्सिनुभो ।"

पवनले सारा बतास पिउँला झैं मुखभित्र तान्यो र भन्यो, "अब बिर्सिन्नँ । फेरि हाम्रो नाम बाँसमा लेखम्ला है ?"

"तपाईंलाई त लेख्नै आउन्न ।"

"अब सिक्छु, लेख्न ।"

वसन्त खिस्स हाँस्यो ।

"मैले पढ्नलेख्न जानिनँ भने उसले पनि हेप्छे ।"

"कसले ?"

पवनले एकपल्ट चारैतिर हेऱ्यो । नाम कतै दाँतहरूले घाइते हुन्छ कि जसरी जोगाउँदै उच्चारण गऱ्यो, "मुनमुनले ।"

थोत्रो रिल

वसन्त चुँडिएको चप्पलको फित्ताको टुप्पोलाई टुकीमा झोसिरहेको थियो । जलेको रबरको गन्ध भान्साभरि फैलिएको थियो ।

जसोदाको आवाज आयो, "एई बन्ते, ह्याँ आइज ।"

"किन आमै ?" उसले फित्ताको टुप्पामा चुँडिएको भेट्नो गाँस्दै भन्यो, अनि गाँसेको ठाउँमा फुफु गर्‍यो । चप्पलको धूलो गालामा लाइहाल्यो ।

"ह्याँ आइज भनेको ।"

उसले चप्पल भुइँमा राख्यो । चप्पलमा गोडा पसायो । बूढीऔंलाको कापमा रबरको तातो आइरह्यो । फित्ता राम्ररी गाँसियो कि गाँसिएन, विचार गर्न उफ्रिएर दैलो नाघ्यो ।

"फेरि के बिठ्याइँ गरिस् ?" जसोदाले भर्खरै टाँकमाथि घुमाइरहेको सियोको धागो मुखले टोकेर चुँडाइन् । जिब्रोमा धागोको टुक्रो छुटेछ, थुथु गरिन् र भनिन्, "मास्टर त्यत्तिकै त यता आउँदैनन् । भन्, के बिगार गरिस् ?"

"मैले क्यै गरेको छैन के !"

उसले देख्यो, सर्वजित मास्टर साप अघिअघि हिँड्दै आइरहेका थिए भने पवन पछिपछि थियो ।

ऊ जसोदाको छेउमा टुसुक्क बस्यो ।

"के बिठ्याइँ गर्‍या थिस्, मास्टरले भनिहाल्छन् अैले," जसोदाले हातको ब्लाउज भुइँमा राखेर खुइय्य सुस्केरा हालिन् । छेउको खाँबो

समाउँदै बिस्तारै उठिन् । उनलाई रातिराति ढाड दुख्ने रोग लाइसकेको थियो । राति तातो इँटालाई थोत्रो पेटिकोटमा बेरेर ढाडमा टाँस्दै भित्तामा अडेस लागेकी थिइन् ।

सर्वजित मास्टर सापले आँगनबीच आएर भने, "नमस्ते है, भाउजू ।"

जसोदाले अलिकति झुकेर नमस्ते फर्काइन् ।

पवन पनि खिस्स हाँस्यो ।

धेरै पछि वसन्तले पवनको अनुहारमा यस्तो मुस्कान देखेको थियो । भर्खरै पलाएको दूबो जस्तो कलिलो, चोखो हरियो । बतासमा बिस्तारै हल्लिरहेको ।

"अनि ब्यानब्यान कता हिँड्नुभाको ?" जसोदाले सोधिन् ।

"ह्यैं आको हो भाउजू, यो गाउँमा जाने ठाउँ काँ नै छ र !" सर्वजित मास्टर सापले पिँढीमा ओछ्याएको गुन्द्रीमाथि बस्दै वसन्ततिर हेर्दै भने, "वसन्तले पवनलाई फिल्म हेर्न जाऊँ भनेका रैछन् । आज पठाइदिम् भन्न आको । फिलिमसिलिम हेर्दा पुरानो कुरा क्यै सम्झिहाल्छ कि भन्ने आशा पनि मान्या छु । सात मैना बितिसक्यो । यस्ले ऐलेसम्म क्यै मेसो पाको छैन ।"

जसोदा अकमकिइन् ।

"चिन्ता नगर्नुस्, भाउजू । वसन्त अब १० कक्षा पढ्ने भइसके । आफू र पवनलाई सम्हाल्न सक्छन् ।"

उनले मुन्टो हल्लाइन् ।

"वसन्त ह्याँ आऊ त," सर्वजित मास्टर सापले बोलाउनेबित्तिकै वसन्त छेउमा गयो ।

"कस्को फिलिम चल्या छ रे अचेल ?"

"गोविन्दाको ।"

सर्वजित मास्टर सापले सर्टको माथिल्लो जेबबाट ५० रूपियाँको नोट निकाले । र उसको जेबमा राखिदिए, "जाऊ, पवनलाई फिलिम हेराएर ल्याऊ ।"

वसन्त खिस्स हाँस्यो ।

सर्वजित मास्टर सापले पाइन्टको गोजीमा हात हाले । खाम निकालेर उसको हातमा राखिदिए, "यो भूल काकालाई दिनू ।"

"हस् ।"

"लौ, त्यसो भए चाँडै जाऊ । ऐले साढे आठ भो । बाह्र बजेको फिलिम हेरेऊ भने छ बजेसम्ममा घर आइपुग्छौ ।"

वसन्त भित्र दगुर्‍यो । हतारहतार सर्टपाइन्ट लगायो । गाग्री ढल्काएर हत्केलामा पानी राख्यो र कपाल स्याप्प पार्‍यो । दैलोछेउ टुसुक्क बसेर खुट्टामा जुत्ता छिरायो ।

बाहिर निस्कनै लागेको थियो, दैलोको बीचमा जसोदासित झन्नै ठोक्किएको ! जसोदाले उसको हात समाएर भित्र तानिन् ।

उनले पटुकीमा बेरेर राखेको पैसाको मुठोबाट २० को नोट झिकिन् र उसको हातमा राखिदिइन्, "क्यै खान मन लायो भने यस्ले किनेस् । मास्टरको पैसा मात्रै नचलाएस् ।"

उसले मुन्टो हल्लायो ।

"मास्टरले देको पैसा काँ राखिस् ?"

"पाइन्टको चोरगोजीमा ।"

"ल जा त, त्यसो भए । बजारमा धेरै नबराल्लेस्," जसोदाले उसको कपाल सुमसुम्याइन्, "पवन त बालखै जस्तो भाछ । मान्छेको भीडाँ छुट्ला फेरि । ख्याल राखेस् ।"

ऊ बाहिर आयो ।

सर्वजित मास्टर सापले उसको काँध समाउँदै भने, "तिमी जस्तो असल विद्यार्थी सेक्सन बीमा पढेर हुँदैन । म सेक्सन एमा सारिदिउँला । नौ कक्षामा राम्रै अङ्क ल्याएर पास भयौ । सेक्सन ए तिम्रो अधिकार हो ।"

"हस् ।"

सर्वजित मास्टर सापले उसको काँधबाट हात हटाए । उसले एकपल्ट जसोदातिर हेर्‍यो । उनको अनुहारमा एकदमै सन्तुष्टिको घाम उदाइरहेको थियो ।

वसन्तले पवनको हात समायो । तान्दै आँगनको किनारमा पुग्यो । एकैछिनमा उनीहरू बतासिसत बात मारिरहेका थिए ।

सुल्पा तानिरहेका जीवारामले आफ्ना आँखै अघिबाट हुर्रिंदै गएका उनीहरूलाई देखे । उठेर कराए, "काँ हिँड्यौ ?"

"फिलिम हेर्न," वसन्तले भन्यो ।

"जङ्गलको बाटो छ, मसानले समात्ला ।"

"त्यस्ता पाजी मसानलाई त गोविन्दा मुक्का हान्छ," वसन्त बतासलाई मुड्क्याउँदै जोडले करायो, "ढिसुम ढिसुम !"

पवन खित्त हाँस्यो ।

गाउँ परै छुटिसकेको थियो । उनीहरू जङ्गलभित्र पसिसकेका थिए । शान्त जङ्गलमा काठे चरोले सुकेको काठमा अनवरत चुच्चो गाडिरहेको थियो । रूखहरू चुपचाप उभिएका थिए । पातहरूमा ठोक्किएर घामका टाटाटाटी भुइँभरि छरिएका सुकेका पातमाथि हिँडिरहेका थिए । हाँगा फैलाएर लहरै उभिएका रूख स्कुलमा पिटी खेलिरहेका विद्यार्थी जस्ता लागिरहेका थिए । लडिया र साइकलका सर्पका ढाड जस्ता पाइलाछाप पिठ्युँमा बोकेर धुलाम्मे बाटो लमतन्न पसारिएको थियो ।

सुसेली हाल्दै दगुरिरहेको वसन्तले बाटोभन्दा अल्लि पर बटुवाकै स्वागतमा उभिए जस्तो मौवाको रूख देख्यो । टक्क उभियो ।

"किन उभेको ?" पवनले सोध्यो ।

"आउनुस् हग्न जाम्," वसन्तले हाँस्दै भन्यो ।

"मलाई दिसा आ छैन ।"

"मेरो त चाकै फुट्ला जस्तो भाछ," वसन्त मौवाको रूखतिर दगुऱ्यो । बाँदर झैं रूख चढ्यो, पैतालाले आफूलाई माथि ठेल्दै, ज्यान प्वाँख झैं हलुको बनाएर ।

दुवै हत्केलाले कन्चट समात्दै पवनले हेरिरह्यो ।

वसन्त मौवाको तेर्सो परेको हाँगामा पुगिसकेको थियो । ऊ माथिल्लो हाँगा समात्दै गोडाले मुन्तिरको हाँगा धकेल्दै हल्लियो र जोडले गीत गायो–

चना चटपटे, चना चटपटे
दाइ तिम्लाई थोत्रो साइकिल
मलाई भटभटे

पवनले रूखको हाँगामा गीत गाउँदै बाँदर झैं उफ्रिरहेको वसन्तलाई हेरिरह्यो । जुरूक्क उठ्यो, कम्मर समायो र हेहेहे हेहेहे गर्दै हाँस्यो र बटारियो ।

पवन यसरी नहाँसेको धेरै भइसकेको थियो । वसन्त झन् उत्साही भयो । झन्झन् जोडले हाँगा हल्लायो र झन् चर्को स्वरमा गीत गाइरह्यो ।

पवनले आफूलाई थाम्न सकेन, भुइँमा फुर्लुङ्ग पल्टियो । हुटिट्याउँ झैं उत्तानो पऱ्यो र आकाशै थामुँला झैं गरेर गोडा तन्कायो ।

वसन्त रोकियो । एकपल्ट सारा जङ्गलमा राउटे झैं फनफनी घुमेर फर्केको आफ्नै आवाज सुनिरह्यो । सायद, जङ्गल साना केटाकेटी जस्तो हुन्छ क्यारे । अरूले जे बोल्यो, त्यही बोलेको नक्कल गर्ने !

ऊ पाइन्ट खोलेर टुक्रुक्क हाँगामा बस्यो र कन्यो ।

भुइँ झर्दा उसको अनुहार पसिनाले भरिएको थियो । पसिना पुछ्दै पवनको छेउमा आयो ।

"रूखमा हग्न हुन्न," ज्यानमा लागेको धूलो टकटकाउँदै पवनले भन्यो, "रूखमा बाँदरले हग्छन् । मान्छे बाँदर होइन । मास्टरले भनेको ।"

वसन्त खिस्रिक्क पऱ्यो । उसले नाक कोट्याउँदै भन्यो, "तपाईंले नै सिकाको हो केरे । पैला त तपैंले पनि रूखमै हग्नुहुन्थ्यो ।"

पवनले नाकका पोरा फुलायो, "कैले हगें मैले रूखमा ?"

"भैगो छाडिदिनुस् ।"

"यसरी बाँदर जसरी रूखाँ हग्ने मेरो साथी हुन्न ।"

वसन्त ट्वाँ पऱ्यो । उसले मुड्कीले आफ्ना तिघ्रा ठटाइरहेको पवनलाई हेरिरह्यो । साँच्ची नै रिसाए जस्तो पो छ त ! नाकका पोरा पनि कसरी फुलेका हुन् ।

"ल अब म रूखाँ हग्दिनँ ।"

"साँच्ची हो ?"

"माँ कसम," वसन्तले रूद्रघण्टी समायो ।

पवनले हाँसे जस्तो गऱ्यो ।

उनीहरू दगुरे । आँखाअघि सौतेनी नदीको पानी आइपुगेपछि दगुराइ कम गरे ।

नदी किनारको किलामा डुङ्गाको डोरी बाँधिरहेको पिच्कुले उनीहरूलाई देख्यो । किनारमा उभिएर हेरिरह्यो । बतासको झोक्काले उसको जाँगे र सर्टका पल्ला हल्लाइरह्यो ।

उनीहरू नजिक आए ।

"बहुत दिन बाद आयो रे," पिच्कुले भन्यो ।

वसन्त खिस्स हाँस्यो ।

पवन नदी किनारमा उभियो । घाममा सुकाएको नीलो तन्ना हावाको झोक्काले बिस्तारैबिस्तारै हल्लिए झैं हल्लिरहेको पानीलाई हेरिरह्यो । फराकिलो नदी परै पुगेर आकाशसित गाँसिएको थियो । आकाशको नीलो रङ नदीमा सरेको हो कि नदीको नीलो रङ आकाशमा सरेको हो, थाहै हुन्नथ्यो ।

दुइटा सेता बकुल्ला पानीमा टेक्दै बुथ्रुकिरहेका थिए ।

"कहाँ जाने हो ?" पिच्कुको छाया वसन्तको छायामाथि लम्पसार पऱ्यो ।

"फिलिम हेर्न जान लाको ।"

"यो किन बोल्दैन बे मसित ?" पिच्कुले किनारमा टोलाइरहेको पवनलाई चोरऔंलाले देखायो, "धेरै पहिला लखनऊबाट बाउको पछिपछि लाएर आको थियो, कुछ बोल्दै बोलेन । मलाई त नदेखे जस्तै गऱ्यो ।"

"चित्त नदुखाउनुस्, कका," वसन्तले आफ्नो मुख उसका काननिर लग्यो, "बिरामी भएपछि यस्ले सप्पै बिर्सेको छ । कसैलाई चिन्दैन ।"

"के भन्छस् रे ! यस्तो पनि हुन्छ ?"

"यस्ले त बाउलाई पनि बिर्सेको । बैनी पनि बिर्सेको । पढेको, लेखेको सप्पै बिर्सेको ।"

"तर तिमीहरूको दोस्तीलाई मान्नुपर्छ," पिच्कु खिस्स हाँस्यो, "तँलाई त यादमा राखिराखेको रहेछ ।"

"मलाई पनि बिर्सेको थ्यो नि ।"

"अनि अैले चिनिसक्यो त तँलाई ?" पिच्कुलाई धागोको डल्लो झैं कुरा बटारिँदै गए जस्तै लाग्यो ।

"पुरानो मलाई त चिन्दैन । हामी फेरि साथी भाको ।"

पिच्कुले एकछिन दाह्री कन्यायो । र भन्यो, "तिमेरूको दोस्तीको कहानी त रामलीलाभन्दा पनि तगडा भैगएछ । एकै जुनीमा दुईदुईपल्ट दोस्ती भएछ ।"

वसन्तले पवनलाई इसाराले नजिक बोलायो । पवन लुरूक्क आयो । उसलाई हेर्दै पिच्कु खिस्स हाँस्यो ।

पवनले मोटा आँखीभौंमुनि टल्किरहेका आँखा, मैलो बुसर्ट र जाँगे लगाएको पिच्कुलाई अनौठो मानेर हेऱ्यो । झाडीमा लुसुक्क परेर लुकेको खरायो झैं दाह्रीजुँगाभित्र चलमलाइरहेका ओठ देख्यो । तर केही बोलेन । आकाशको बीचमा सानो तारा लुत्त बिलाए झैं पिच्कुको ओठको किनारमा हाँसो हरायो ।

"उहाँ पिच्कु काकाहो," वसन्तले भन्यो, "हामी पैला ह्याँ आइरन्थिम् । ह्वाँले हाम्लाई फिरीमा डुङ्गा चढाउनुहुन्थ्यो ।"

पवनले मुन्टो हल्लायो ।

"चिउरा खान्छस् रे," पिच्कुले पवनलाई सोध्यो ।

"भो कका, हाम्लाई ढिला हुन्छ," वसन्त अघि बढ्यो, "भोक लागेका दिन खाम्ला ।"

पिच्कुले मुन्टो हल्लायो र डुङ्गातिर दगुऱ्यो । उनीहरू पछिपछि लागे । पिच्कुले हात समाउँदै पवनलाई डुङ्गामाथि तान्यो । वसन्त भने आफैं उफ्रेर चढ्यो । डुङ्गा बायाँतिर ढल्पलायो । तर पिच्कुले दायाँतिर बहना खियाउँदै सम्हाल्यो ।

नदीको धारलाई चिर्दै डुङ्गा अघि बढ्यो । बहना खियाउँदा छप्लकछप्लक आवाज आइरह्यो । पवन पानी हेर्दै टोलाइरह्यो ।

"अब के गर्छ, यस्ले जिन्दगीमा ?" पिच्कुले मसिनो स्वरमा वसन्तलाई सोध्यो, "यादहरू बिर्सेपछि त बर्बादै हुन्छ बे ।"

"फेरि नयाँ याद बनाउला नि, काका ।"

"मान्छेहरू भन्छ, सासले जिन्दगी बचाउन्छ । म त भन्छु, यादहरूले जिन्दगी बचाउन्छ । तैंले कैलै सोचेको छस्, यो नदीको किनारमा, एक्लो झुपडीमा, एक्लै म कसरी बस्न सकेको छु भनेर ?"

वसन्त ट्वाल्ल पऱ्यो ।

"सधैं एक्लो भयो भने त मान्छे बौराइजान्छ बे," पिच्कुले बहनामा जोड लाउँदै भन्यो, "म किन बौराइनँ भने मसित मेरा यादहरू छन् । यो पानी अकेलापन हो । यो डुङ्गा जिन्दगी हो । र यो बहना याद हो । जब डुङ्गालाई पानीको भुँमरीले निल्न खोज्छ, तब बहनाले बचाउन्छ । बुझिस् बे ?"

वसन्तले नदीको किनारपारि झुप्प परेको जङ्गललाई हेर्दै टोलाइरहेको पवनतिर फर्केर मुन्टो हल्लायो ।

"म ऊ त्यो झुपडीमा अकेलै बस्छु तर एक्लै हुन्न । मेरो यादहरू मसित हुन्छन् । यादहरू मेरा दोस्त हुन् । तिन्ले मलाई मर्न पनि दिन्नन्, बौराउन पनि दिन्नन् । यादहरू भाको मान्छे कहिल्यै एक्लो हुन्न," पिच्कु गम्भीर भयो, "तर तेरो दोस्त त एक्लै हुने भयो रे !"

डुङ्गा किनारमा बिस्तारै ठोक्कियो । फुत्रुक्क सानो ढिस्को पानीमा खस्यो । वसन्तले पिच्कुका कानमा मुख जोड्दै भन्यो, "मलाई विश्वास छ, काका । यस्ले सबै कुरा सम्झिन्छ । मुनमुनलाई भेटेका दिन अवश्य सम्झिन्छ ।"

उनीहरू डुङ्गाबाट झरे ।

वसन्तले पाइला सार्नुअघि हाँस्दै पिच्कुलाई भन्यो, "कका, बजारबाट के ल्याइदिम् ? हिरोइनको पोस्टकार्ड ?"

पिच्कुले हाँस्दै उसको काँधमा प्याट्ट हान्यो ।

"कका, यसपालि त जसरी पनि ल्याइदिन्छु," वसन्तले दगुर्दै भन्यो, "कसम भो ।"

"यस्तो कसम त बहुतै सुनेको छु बे," पिच्कुको आवाज उनीहरूसितै घना जङ्गलभित्र पस्यो । र ओस्सिएको माकुराको जालोमा अल्झियो । उनीहरू पिच्कुको आवाजभन्दा परै पुगे । बाटोमा फाट्टफुट्ट लडिया हिँडेका भेटिन्थे । पैदल हिँड्नेहरू पनि भेटिन्थे ।

जमुनाको रूख आइपुग्यो ।

"हामी एकरात ऊ त्यो रूखनेर बसेका थ्यौं," वसन्तले उभिँदै रूखतिर देखायो, "अनि पुलिसले समाएर लगेका थे ।"

"पुलिस ?"

"अँ त । तपाईंले घरबाट पैसा चोरेर काठमान्डू जाम् भन्नुभाको थियो । त्यै भर पुलिसले समाएर लगेका हुन् ।"

"काठमान्डू ?" पवनको आवाज मसिनो भयो ।

"अँ के, फुपूलाई भेट्न भनेर जान लाथिम् । हाम्लाई एकदम माया गर्नुभाको थियो ।"

"को फुपू ?"

"तपाईंकी फुपू के !" वसन्तले भन्यो, "पोहोरै बाँसबारी आउनुभाको थियो ।"

पवन भुइँतिर हेर्दै घोरियो । र काँतर भयो । "पुलिसले फेरि समात्छ ? बजार नजाम् ।"

"हत्तेरी, अब समात्दैन के !"

"चोर्न हुन्न," पवन बर्बरायो, "चोर्न हुन्न ।"

"अब कस्ले चोर्ने भन्या छ त ?" वसन्तले गोडा उफार्‍यो, "मैले त त्यो बेलाको कुरा गरेको !"

त्यसपछि वसन्त बोल्दै बोलेन । उनीहरूको शून्यतालाई पाइलाको सन्याकसुरूकले बिथोलिरह्यो । राकेश र शिवेसित लडेको ठाउँ पनि आइपुग्यो । तर वसन्तले केही भनेन । उसलाई पवनको उत्तर थाहा थियो– लड्नुहुन्न । लड्नुहुन्न ।

उनीहरू अँध्यारो जङ्गलबाट बाहिर निस्किए । उनीहरूका अगाडि थियो, अम्बरपुर ।

वसन्तले पाइला छिट्छिटो सार्‍यो ।

ऊ बजारको गल्लीमा आउँदैजाँदै गरेका मान्छे र कुकुरसित जोगिँदै हिँड्यो । भित्ताभित्तामा टाँसिएका फिलिमका पोस्टरलाई आँखा सन्कायो । र सानो चोकमा उभियो ।

पवनले बिर्सिसकेको थियो, नत्र पुरानो कुरा सम्झिएको भए, ऊ यो चोकमा रमाउँथ्यो । यही चोकलाई त हो, रकी दादाले "प्यारका मन्दिर चोक" नाम दिएको । उसले रमाइलो मान्दै हतारिँदै हिँडिरहेका मान्छेलाई हेरिरह्यो । होहल्ला थियो । अलि परको मिठाई पसलमा हिन्दी गीत घन्किरहेको थियो । उसले मिठाई पसलमा जेरी देख्यो । तर पसलअगाडि इँटा र माटोले बनाएको सानो ढिस्को देखेन । जहाँ रकी दादाले अन्तिम पटक उदास हुँदै चिया पिएको थियो ।

"पैला चिठी पुर्‍याउन जाने कि फिलिम हेर्न ?" वसन्तले सोध्यो ।

"फिलिम हेर्न ।"

वसन्तले पवनलाई पश्चिम दिशातिर तान्यो ।

पवनले हिँडिरहेका बेला रक्सीको दोकान देख्यो । दोकानमा पङ्खा हम्किरहेको मोटे साहुलाई देख्यो । तर वास्ता गरेन । उसले सम्झिँदै सम्झेन, ऊ लाला हो भनेर ।

उसले नाईको पसलमा टाँगिएको ठूलो ऐनामा आफ्नो अनुहार देख्यो । कपाल काटिरहेको नाईले उसलाई हेर्दै हाँस्यो । तर उसले नदेखे जस्तो गर्‍यो ।

आफूले साइकल कुदाएको गल्ली उसले चिनेन । उसलाई सबैथोक अपरिचित लागे । मानौँ, ऊ पहिलोपल्ट यो गल्लीमा आएको थियो ।

"लौ आइपुग्यो फिलिम हल," वसन्तको आवाजले पवन चनाखो भयो ।

उसले आँखा अलि ठूला पार्‍यो । अगाडि ठूलो घर थियो । जसका भित्ताभरि फिल्मका पोस्टर टाँसिएका थिए । पोस्टर हेर्ने भीड नै थियो । उसले यत्ति धेरै मानिस लखनऊमा मात्रै देखेको थियो । मान्छेको हुल देख्दा सास फुले जस्तो भयो ।

ऊ अकमकायो ।

"आउनुस्, टिकट किनम् पैला," वसन्त टिकट काउन्टरतिर बढ्यो । कसैले पछाडिबाट तानेर स्वात्तै लैजान्छ कि जसरी पवन पछि लाग्यो ।

टिकट काउन्टरको हात पसाउने प्वाल बन्द थियो । लौ, फिल्म चल्ने बेला त हुनै लाग्यो, काउन्टर किन बन्द भएको होला ? कि टिकट सकियो ! वसन्तले नजर घुमायो । तर टिकटै सकिने भीड त थिएन । के भएछ, खै !

"दाइ, काउन्टर कहिले खुल्छ ?" उसले छेउमा खैनी मोलिरहेको मान्छेलाई सोध्यो ।

मान्छेले प्याट्ट खैनी पड्कायो, "खोइ, खुल्छ भन्छन् । अहिलेसम्म खोलेको छैन ।"

वसन्तले मुन्टो हल्लाउँदै पवनलाई भित्तामा टाँसेको ठूलो पोस्टर देखायो । पोस्टरको बीचमा हिरोले हत्कडी लगाएका दुवै हात आकाशतिर उठाएको थियो । र पोस्टरका छेउछाउमा अरू कलाकारका ससाना टाउका मात्र थिए ।

"ऊ हेर्नुस्– गोविन्दा ।"

पवनले पोस्टरलाई हेर्‍यो । र खिस्स हाँस्यो ।

"आइज, एक जना मान्छे भेट्टाउँछु," वसन्तको मुख स्वाट्टै पड्कियो । र उसले आफ्नो तालुमा आफैं प्याट्ट हान्यो, "माफ गर्नुस् है, तँ भनेछु ।"

पवन एकछिन गम्भीर भयो र भन्यो, "ठीकै छ ।"

वसन्तले पवनलाई त्यसरी नै त्यो कोठाको सानो झ्यालसम्म पुर्‍यायो, जसरी पवनले उसलाई पुर्‍याएको थियो । पवनले झैं अलिकति पैताला तन्कायो, झ्यालनिर टाउको पुर्‍यायो, "दादा, दादा ।"

झ्यालमा बसिरको अनुहार देखियो । बसिर उनीहरूलाई देखेर मुस्कुरायो र दैलोतिर इसारा गर्‍यो । उनीहरू भित्र पसे । वसन्तले बन्डी र लुङ्गी लाएर उभिएको बसिरलाई नमस्ते गर्‍यो । पवनले छातीभरि काला र सेता रौं भएको बसिरलाई हेर्दै आँखा प्रोजेक्टरतिर घुमायो र अचम्म मानेर हेर्न थाल्यो । बसिरले दाह्री कन्यायो, "अरे पवनबाबु, पहिलोपल्ट देखे जस्तो के गरेको ? बहुत दिन बाद दर्शन भो ।"

पवनले वसन्ततिर हेऱ्यो । वसन्तले आँखा झिम्कायो, "हो, यै भाँडो हो, फिलिम चलाउने ।"

बसिरले पवनतिर हेऱ्यो, "के भइरहेछ रे ? यस्ले किन मलाई नचिने जस्तो गरेको रे ?"

पवनका आँखा प्रोजेक्टरको टाउको जोडिएको ठूलो रिलको डल्लो, कुनामा काटेर फालेका रिलका थुप्रा, त्यसमाथि पानका दाग, उत्तरी कुनामा बटारेर डल्लो पारेको डसना, त्यसैमाथि किलामा झुन्डिएका दुइटा सर्ट, एउटा पाइन्ट र तीन ओटा लुङ्गी हुँदै ठुल्ठूला प्लेट जस्ता टिनका खातका अघि उभिएको बसिरमा अडिए ।

"कुरा लामै छ, दादा," वसन्तले भन्यो ।

"बता, मसित टाइमै टाइम छ," बसिर टिनका बट्टामाथि बस्यो, "म भागेर कहाँ जानेवाला छु र ! बता । सब् बता ।"

वसन्त रिल घुमाउने चर्खा जडेको बेन्चको टुप्पामा बस्यो । उसको मुखबाट कऱ्याङकुरूङ जसरी शब्दका लहरा उडिरहे । बसिरले हात मोल्दै उसका कुरा सुनिरह्यो । ऊ बेलाबेला दुवै हत्केला आकाशतिर उचाल्दै बर्बराउँथ्यो, या अल्लाह ।

वसन्तले कुरा सक्यो ।

बसिर एकछिन मौन भयो । ऊ दुई हत्केलाले दुई घुँडा छोप्दै बसिरह्यो । उसका उल्टा हत्केलामा झुस्स पलाएका सेता रौं देखिए । उसले सुस्केरा हाल्दै भन्यो, "फिलिममा देखाउँछ यस्तो कुरा, गुन्डाले हिरोको टाउकोमा हिर्काउँछ, हिरोले सप्पै बिर्सिन्छ । अनि लास्टमा फेरि गुन्डाले हिरोको टाउकोमा हिर्काउँछ, हिरोले सप्पै सम्झिन्छ र बदला लिन्छ । गिनगिन के बदला लिन्छ । हेर्नेले सिठी बजाउँछ, ताली ठोक्छ । तर असली जिन्नगी फिलिमको रिल जस्तो कहाँ हुन्छ ? असली जिन्नगीमा न त ताली हुन्छ, न त सिट्ठी । सन्नाटा हुन्छ रे ! खन्डहर जस्तो, कबुतरले पनि साथ छोडेको खन्डहर जस्तो । बडा मन दुख्यो रे, तेरो कुरा सुनेर ।"

र उसले पवनतिर हेर्दै घुँडा थपथपायो, "ह्याँ आइज रे ।"

पवन अप्ठ्यारो मान्दै बसिरको अघि गयो ।

बसिरले पवनको दाइने हत्केला आफ्ना दुवै हत्केलाका बीच कैद गर्दै मुस्कुरायो, "मलाई चिन्दैन तैंले ?"

पवनले मुन्टो यताउता हल्लायो ।

"मलाई त तैंले बिर्सिसकिछस् । तर मैले बिर्सेको छैन । मैले तँलाई पहिलोपल्ट कहाँ देखेको थिएँ, थाहा छ ?"

पवन मौन रह्यो ।

"तँ लालाको दुकानमा रक्सीको बोतल बेच्न आएको थिस् । मलाई अहिले पनि तेरो त्यो निर्दोष चेहरा याद छ । मैले तेरो चेहरामा मेरो आसिफको चेहरा देखेको थिएँ । ठ्याक्कै, तँ आसिफको आइना लागेको थिस् । एक दिन तैंले खोलामा रक्सीको बोतल धोइरहेको बेला मैले देखेको थिएँ । तँलाई गाली पनि गरेको थिएँ । त्यसपछि तैंले मलाई "दादा" भन्न थालेको थिस् । तँ यहाँ आइरहन्थिस् । यो प्रोजेक्टर रूममा कहाँ के छ, तँलाई थाहा थियो । तेरो नजरबाट क्यै बच्न सक्दैनथ्यो । ऊ त्यो प्रोजेक्टरको प्वालबाट तैंले धेरै फिलिम हेरेको छस्," बसिरले घाँटी खकार्‍यो, "सप्पै बिर्सिछस् । क्यै छैन । अल्लाहकै मर्जी होला । अल्लाहले नै सोच्ला तेरो बारेमा । तँ पहिला साह्रै असल मान्छे थिइस् । असल मान्छे नै बनेस् ।"

पवनले बिस्तारै मुन्टो हल्लायो ।

"म धेरै पढालेखा त छैन । मलाई धेरै कुरा थाहा पनि छैन । बस्, यत्ति थाहा छ, तँलाई अल्लाहले फेरि बच्चा बनाएको छ । तेरो दिमाग फेरि सादा पन्ना बनाएको छ । अब त्यसमा अच्छाइ मात्र लेख्नू ।"

"म बच्चा होइन," पवनले मसिनो स्वरमा भन्यो, "मेरो गालामा डन्डिफोर आछ ।"

बसिरले खिस्स हाँस्दै भन्यो, "मेरो आसिफको गालामा पनि डन्डिफोर आछ । फिलिम हेर्छस् ?"

उसले मुन्टो हल्लायो ।

"तर आज १२ बजेको सो चल्दैन । के गर्छस् ?"

वसन्तले सोध्यो, "किन दादा ? हामी त १२ बजेकै सो हेर्न आएको ।"

"जेनेटर बिग्रेको छ । १० मिनेट पनि टिक्दैन । घोडा जस्तो हिनहिनाउँछ । अनि कालो धूवाँ फालेर ठन्डा भैजान्छ," बसिर हाँस्यो, "मिस्त्रीले बनाउँदै छ । तीन बजेको सो चल्छ ।"

"ए !" वसन्तले ओठ टोक्यो ।

"जाऊ बजार घुम," बसिरले ज्यान तन्काउँदै भन्यो, "दुई घण्टापछि आऊ । तीन बजेको सो पूरा हेरेर घर जान देर होला । अलिकति भए पनि हेरेर जानू । टिकेट काट्नुपर्दैन ।"

उनीहरू बसिरको पछि लाएर बाहिर निस्किए । बसिर पान पसलतिर लाग्यो । उनीहरू भूल काकाको घरतिर दगुरे ।

भूल काका घरमा थिएनन् । दैलोमा पुरानो ताल्चा झुन्डिरहेको थियो । आँगनमा माखाहरू एकअर्कालाई लखेट्दै खेलिरहेका थिए । पवनले आँगनमा ठिङ्ग उभिएर घरतिर हेरिरह्यो । गोठतिरबाट बड्कौंलाको गन्ध आइरहेको थियो ।

"पोहोर तँ ह्यैं बसेको थिस्," वसन्तले मौनता तोड्यो, "भूल काकाले पकाको पिरो मासु त संसारकै मीठो मासु होला भन्थिस् ।"

पवनले खरले छाएको उदास घरतिर हेरिरह्यो । केही बोलेन, "पिरो मासु" सुन्दा भने जिब्रोको टुप्पो रसायो । थुक निल्यो । र सोध्यो, "म ह्याँ किन बस्थें ?"

"ट्युसन पढ्न आथिस् के ! त्यै बेला त हो नि, तेरो मुनमुनसित भेट भाको !"

"मुनमुनको घर काँ छ त ?"

"जाने हो हेर्न ?"

पवनले मुन्टो हल्लायो ।

वसन्त दैलोनिर गयो । उसले दैलोको चेपभित्र चियायो । भित्र रिमरिम उज्यालो थियो । तर भूल काकाको एक्लोपन र उदासी

प्रस्टै देखिन्थ्यो । दैलोछेउको हरियो जुत्ता टकटक्यायो । जुत्ताबाट साँचो खस्यो । उसले ताला खोल्यो ।

भित्र पसेर भूल काकाको सिरानीमाथि चिठी राखिदियो । बाहिर निस्कन खोज्दै थियो, साइकल देखिहाल्यो । उसका हात सकसकाइहाले । जे पर्ला पर्ला, उसले साइकललाई लतार्दै बाहिर ल्यायो ।

"चोर्न हुन्न," पवन तर्सियो ।

"चोरेको होइन । एकछिन साइकल चढेर बजार घुमम् । अनि ल्याएर राख्दिम्ला," भन्दै वसन्तले ताला मारिदियो र साँचो फेरि जुत्तामा राखिदियो । साइकल समाउँदा हात काँपे । उसले साइकल हुत्तायो र चढ्यो । एकछिनसम्म केराको पात झैं आँगनमा ढलपलाइरह्यो । आठदस फन्का लगाएपछि पवनका अगाडि साइकल रोक्यो, "पछाडि बस् ।"

पवन डराउँदै चढ्यो । साइकल बजारतिर हुत्तियो ।

गेहेन्द्र इम्पोरियममा टेलिफोनको पालो कुर्नेहरूको पङ्क्ति लामै थियो । एक जना अधबैंसे मान्छे हात हल्लाईहल्लाई चर्को स्वरमा रिसिभरमा कराइरहेका थिए । गेहेन्द्र साहु काउन्टरमा घोप्टो परेर रजिस्टर कापीमा फोन नम्बर र उठेको बिल टिपिरहेका थिए ।

वसन्तले दोकान छेउमा साइकल रोक्यो, "ऊ त्यै हो, मुनमुनको घर ।"

पवन दुईतले पक्की घरलाई हेर्न थाल्यो । हरियो रङले रङ्गाएको घर चिटिक्क परेको थियो । सिसावाला काउन्टर, भित्र र्‍याक, र्‍याकभरि कपडैकपडा, ठूलो ढोकाको निधारमा टाँसेको अक्षताको टीका र छेउमै झुन्डिएको खुर्सानी र कागतीको माला । कागती सुकेर हावा खुस्किन थालेको फुटबल जस्तो भइसकेको थियो । गाढा खैरो रङ पोतेको ढोकामा टाँसेको नागको फोटो हेर्दै उसले नजर उठायो । माथिल्लो तलामा सडकतिर फर्किएको ठूलो झ्याल थियो, फलामे बुट्टा भएको । त्यसमा कालो रङ खुबै सुहाएको थियो ।

"ऊ त्यो काउन्टरमा बसेको मान्छे को हो, थाहा छ ?" वसन्तले पवनको कानमा भन्यो ।

"नाइँ ।"

"तेरो ससुरा त हो नि !" वसन्त खित्त हाँस्यो, "तिनैले त हो नि, तँलाई एमए पास गरेपछि छोरी दिन्छु भनेको ।"

पवनले वसन्तको पाखुरामा प्याट्ट हान्यो, "धत्, यस्तो लाज लाग्ने कुरा गर्ने हो ?"

"केको लाज । तँ त यत्रो घर हुने मान्छेको ज्वाइँसाप हुने हो के रे ।"

पवनले लजाउँदै आफ्नो तिघ्रामा मुड्की हानिरह्यो ।

वसन्तले निधारको पसिना पुछ्दै भन्यो, "आइज, ठन्डा बरफ खान जाम् । अब मुनमुन आएपछि आम्ला ।"

साइकलको क्यारियरमा बस्दै पवनले नाकमा उम्रेको पसिना पुछ्यो, "कैले आउँछे ?"

"झरीमा ।"

साइकल गल्लीहरू छरिएका ढुङ्गाहरूबाट जोगिँदै, धर्मराउँदै अघि बढ्यो ।

ठन्डा बरफ चुस्दै पवनले आकाशतिर हेरिरह्यो । आकाशमा बादलका टुक्राटाक्री मात्र थिए, भुइँमा खसेको ठन्डा बरफका टुक्रा जस्ता । बादलका टुक्रा भर्खरै रूखमा पलाएका कोपिला जस्ता थिए । कहिले फक्रिएलान् ? कहिले यसका कालाकाला पत्र आकाशभरि फैलिएलान् । र कहिले उसको नाकको डाँडीमा झरीको पहिलो बुँद तप्प तप्किएला ?

"मुनमुनले कस्तो लुगा लाउँछे ?" पवनले ठन्डा बरफको अन्तिम टुक्रालाई कुरूमकुरूम टोक्यो ।

"पेन्ट लाउँछे," वसन्तले ठन्डा बरफको छेस्को प्याट्ट भाँच्यो, "अनि सधैं हरियो चुन्नी लाउँछे । तैंले कालो चुन्नी किन्दिन्छु भनेको थिस् । यसपालि भेट हुँदा देस् है किनेर । खुसी हुन्छे के !"

"कति पर्छ त्यसको ?"

"डेढ सय रूप्याँ ।"

"हुन्छ । पैसा मागेर किन्दिन्छु ।"

"कोसित माग्छस् पैसा ?"

"मास्टरसित । मलाई दिन्छन् तिन्ले ।"

"त्यस्तो भन्ने होइन, बा पो भन्ने हो ।"

"बा होइनन् तिनी," पवनले ओठ लेप्र्यायो, "ती बा भए मेरी आमा खै त ?"

"तेरो आमा आकाशमा हुनुहुन्छ के ।"

"काँबाट जान्छन् आकाशमा ?"

वसन्तको ज्यानमा पिच्कुको आत्मा पस्यो, "खोलाको किनारैकिनार हिँड्दै गयो भने आकाशमा पुगिन्छ रे । सप्पै खोला आकाशमै जान्छन् रे ! त्यै भर त पानी पर्छ ।"

पवनले मुन्टो हल्लायो ।

वसन्त एकछिन टोलायो । स्वाट्ट उठ्यो, साइकल ट्याप्प समायो, "आइज, फिलिम हेर्न जाम ।"

उनीहरू पुग्दा फिल्म हल शान्त थियो । हलचल थिएन । जेनेरेटरको भुटुटुटु आवाज पनि आएको थिएन । भीड पनि निख्रिसकेको रहेछ । पान दोकानमा एउटा मान्छे चुरोटको धूवाँ उडाउँदै उभिएको थियो भने पानवाला सुपारीका गेडा टुक्र्याइरहेको थियो ।

वसन्तले पानवालालाई सोध्यो, "फिल्म चल्दैन आज ?"

पानवालाले ओठ चुच्याउँदै काउन्टरमा टाँसिएको पन्नातिर देखायो । वसन्तले साइकल पान दोकानको भित्तामा अडेस लगायो र काउन्टरतिर गयो ।

प्राविधिक कारणले आज फिलिम चल्दैन । दर्शक महानुभावमा पर्न गएको असुविधामा क्षमाप्रार्थी छौं ।

शान्तिबुद्ध चलचित्र परिवार, अम्बरपुर ।

"आज फिलिम चल्दैन रे," वसन्तले छेउमा उभेको पवनलाई भन्यो ।

उसले निन्याउरो अनुहार लगायो ।

उनीहरू फेरि बसिरको दैलो ढकढक्याउन पुगे । दैलो उघार्दा बसिरले रून्चे अनुहार लाएको थियो । उसका हातमा पुरानो भइसकेको कागजको पन्ना थियो ।

"आसिफको चिठी पढ्दैथें रे," बसिर हाँस्न खोज्यो । तर उसको हाँसो दाह्रीहरूमा खरायो झैं लुक्यो ।

"दादा, अब हामी फर्किन्छम्," वसन्तले भन्यो, "फेरि आउँछौं फिलिम हेर्न ।"

"एकछिन बस । चाय पिएर जाऊ" भन्दै बसिरले झ्यालबाहिर टाउको निकाल्यो र करायो, "तीन कप चाय ले रे ।"

वसन्त रिलका डल्ला राखेको बेन्चको छेउमा टुसुक्क बस्यो । पवन प्रोजेक्टरलाई नियालेर हेर्न थाल्यो ।

बसिरले आफ्नो ओछ्यानमा बसेर भन्यो, "तिमेरू गएपछि आसिफको याद आयो । उसको चिठी पढिरहेको थिएँ । यी हेर, मेरो आसिफका अक्षरहरू कति राम्रा छन् ! मेरो आसिफले जति दिल छुने चिठी कसैले पनि लेख्न सक्दैन ।"

वसन्तले मुन्टो हल्लायो ।

"मेरो आसिफ अब आउँछ । बाबा, बहुत एक्लो भयौ । अब तिमी मसितै बस्नुपर्छ । म तिम्रो ख्याल राख्छु भनेको छ । मेरो आसिफ मलाई लिन आउँछ ।"

"तपाईं जानुहुन्छ र ?" वसन्त छक्क पऱ्यो, "तपैं गएपछि फिलिम कस्ले चलाउँछ ?"

"नयाँ अपरेटर आउँछ," बसिरले चिठी पट्याएर सिरानीमुनि राख्यो, "उसले रिल पनि चुडाउँदैन ।"

१० वर्ष जतिको केटोले चिया लिएर आयो ।

उनीहरूले पालैपालो चियाको गिलास समाए । केटो गयो । बसिरले चियाको पहिलो चुस्की लियो र आनन्दले आँखा बन्द गऱ्यो ।

एकछिनसम्म चुस्कीको आवाज मात्र आइरह्यो ।

"अब गएपछि आसिफको बिहे गरिदिन्छु । केटी त उसले हेरिसकेको छ," बसिर मुस्कुरायो, "पोतापोती खेलाएर बस्छु । आसिफ मेरो काँधमा बसेर घुम्दै हुर्केको हो । उसका छोराछोरी पनि यिनै काँधमा हुर्काउँछु । मेरो काँधमा अझै ताकत छ । म अझै बच्चाहरूका लागि घोडा बन्न सक्छु । मसित ताकत छ ।"

बसिरले गिलास रित्तिँदासम्म आसिफकै कुरा गरिरह्यो । चिया सकेपछि वसन्तले उठ्दै भन्यो, "दादा, अब हामी जान्छौं । नत्र ढिला हुन्छ ।"

बसिर पनि उठ्यो, "जा, फेरि आउनू । साथीको ख्याल राख्नू ।"

वसन्तले मुन्टो हल्लाउँदै पवनलाई इसारा गर्‍यो । दुवै दैलोतिर बढे । बसिर पनि बाहिर निस्कियो । उसले साइकल देख्यो र भन्यो, "मेरो आसिफ पनि साइकल चढेर आउँछ । म उसको साइकल चढेर जान्छु ।"

"बसिर मियाँ, आसिफ आउँदैन," चर्को आवाज आयो । पानवाला भित्तामा छेलिएको रैछ, नजिक आयो, "तपाईं किन पत्याउनुहुन्न ? आसिफ आउँदैन । आफ्नो दिललाई कोर्रा हान्न छाड्नुस् ।"

"भ्यान्चोद ! फेरि लुकीलुकी कुरा सुनिस् ?" बसिर रिसले थरर काँप्यो, "किन मेरो जासुसी गर्छस् ?"

चर्को आवाजले पवन तर्सियो । उसले वसन्तको हात समायो । वसन्तले पनि केही कुरा बुझेको होइन ।

"आउँछ, मेरो आसिफ आउँछ !" बसिर झन् जोडले करायो । र हुर्रिँदै प्रोजेक्टर रूममा पस्यो र ड्याम्म दैलो लगायो ।

एकछिन सन्नाटा छायो ।

वसन्त साइकलतिर बढ्यो । साइकलको हेन्डिल समाइरहेका बेला पानवाला उसको नजिक आयो । पानवालाको अनुहार रातो थियो । उसले भन्यो, "हेर, तिमीहरूलाई बसिरले माया गर्छन् । तिमीहरूले भनेको पनि मान्लान् । एउटा कुरा सम्झाइदेऊ उहाँलाई ।"

वसन्त अकमकियो, "के कुरा ?"

"आसिफ मरिसक्यो ।"

वसन्तका हात थरर काँपे । के भनेको होला, पानवालाले ?

"बसिरले नै उसलाई ट्रकको टायरमुन्तिरबाट तान्नुभएको हो । आफैंले बोकेर हस्पताल पुर्‍याउनुभएको हो । आसिफ उहाँकै अँगालोमा मरेको हो । आसिफ तिमीहरूकै उमेरको थियो," पानवालाको आवाज मधुरो भयो, "तर १२ वर्ष भइसक्दा पनि उहाँ आसिफ मरेको

पत्याउनुहुन्न । उहाँ दिलको अच्छा हुनुहुन्छ । मोहल्लामा ठूलो इज्जेत छ । हाम्लाई उहाँको माया लाग्छ । बूढो पनि भइसक्नुभएको छ । उहाँले आफ्नो ख्याल आफैं राख्नुपर्छ । तर उहाँ आसिफले मेरो ख्याल राख्छ भन्नुहुन्छ । मरिसकेको मान्छेले ख्याल राख्छ कहीँ ? उहाँले आसिफ मरिसकेको पत्याउन जरूरी छ । सम्झाइदेऊ उहाँलाई ।"

वसन्तलाई आँत खरो भएर आयो ।

"म प...पछि भन्छु," उसले सुकेको स्वरमा भन्यो, "टाइम आएपछि भन्छु ।"

थप्पड

जेठ अन्तिम सातासम्म पानीको मसिनो छिर्को पनि बाँसबारीमा देखापरेको थिएन । खेतहरू जैमलीका कुर्कुच्चा झैं पटपटी फुट्न थालिसकेका थिए । आँखाको डिलमा हत्केला राखेर हेऱ्यो भने खेतहरू खोलाका बगर जस्ता देखिन्थे । आँखा तिर्मिराउँथे र हाच्छ्युँ आइहाल्थ्यो । कहीँकतै चरा देखिँदैनथे । तिर्खाले छटपटिएर एउटा कौवा सन्तलालको आँगनमा खसेको थियो भने अर्को शान्तिरामको छानामा । टाइम बेटाइममा घरै उडाउला झैं गरेर हुरी चलिरहन्थ्यो । सारा रूखका पात र हाँगाका कापबाट बुरूरूरू धूलो उड्थ्यो । मैलिएको ऐनाबाट बाहिर हेर्दा संसार जस्तो मैलो देखिन्छ, बाँसबारी त्यस्तै देखिन्थ्यो ।

बतास पनि कित्लीबाट निस्केको तातो बाफ जस्तो लाग्थ्यो । त्यसैले वसन्त राम्ररी निदाउन सक्दैनथ्यो । गर्मी र पसिनाले फतक्क गलेको छालामा मच्छडले च्वास्स ठुँग्दा अबेरसम्म चिलाइरहन्थ्यो । त्यसैले झुल टाँग्थ्यो । तर झुलभित्र पस्नासाथ जसोदाले सिन्की बनाउन भड्ड्डुमा कोचेको मुलाको चाना भए जस्तै लाग्थ्यो ।

पवनलाई पनि निद्रा के लाग्थ्यो र ! १३ महिनामा बल्ल कखरा जानेको थियो । रमाले अङ्क पनि सिकाउँथी । उसले ७० सम्म खररर भन्न जानेको थियो । सत्तरीपछि अलमलिन्थ्यो । सत्तरी, एक सत्तरी, दुई सत्तरी भन्न थालिहाल्थ्यो । रमा नाक खुम्च्याउँथी ।

रमाको खुम्चेको नाक देखेर पवन रातभरि कापीका पानामा कखग, एकदुईतीन लेख्दै बस्थ्यो । पहिला त ऊ डटपेनलाई हलुकासित

कापीमा दगुराउँथ्यो । अचेल भने उसले निबलाई पानामा बेसरी दाबेर लेख्थ्यो । त्यसैले उसको लेखेको पानाको पछाडिपट्टि लेख्न मिल्दैनथ्यो । मुन्तिरका अरू दुईतीन पानासम्म अक्षरका डाम भेटिन्थे । डटपेनलाई जोडले समाउँदा–समाउँदा उसको चोरऔंलाको टुप्पो रातो भइरहन्थ्यो । तात्तातो भात समात्दा चसक्क दुख्थ्यो । कहिलेकाहीँ औंलाका चेपमा निस्केको पसिनामा डटपेन चिप्लिन्थ्यो र माइली औंलाको टुप्पोमा रगडिन्थ्यो । त्यस बेला त उसलाई ब्लेडको धारले रेटे जस्तै हुन्थ्यो ।

तर पनि जिब्रोले माथिल्लो ओठ छुँदै लेखिरहन्थ्यो ।

एकपल्ट सर्वजित मास्टर सापले भनेका पनि थिए, "एई, जिब्रो बाहिर निकाल्ने होइन । त्यसरी जिब्रो बाहिर सर्पले मात्र निकाल्छ ।"

रमा खित्त हाँसेकी थिई ।

उसले भ्यागुताले झैं स्वात्त जिब्रो भित्र तानेको थियो । तर पनि एकोहोरिएर लेख्न थाल्दा जिब्रो बाहिर निस्किहाल्थ्यो । एकदुईपल्ट झपारेपछि सर्वजित मास्टर सापले उसको जिब्रोतिर ध्यान दिन छाडेका थिए । सोचे– लेखपढमा रूचि देखाएको छ, राम्रै भयो !

पवनको लेखपढबाट अलिकति सन्तुष्टि सर्वजित मास्टर सापको अनुहारमा देखिए पनि उनको हृदय भने भतभती जलिरहन्थ्यो । पवनसितैको वसन्त उनकै आँखाअगाडि १० कक्षा पुगेको थियो । बिरामी नभएको भए पवन पनि १० मै पुग्थ्यो । एकदुई वर्षपछि त क्याम्पस पढ्ने भइसक्थ्यो । उनी पवनले क्याम्पस पढेको कल्पना गर्थे, हृदय बटारिन्थ्यो । उनलाई लाग्थ्यो, हाँगाहरूको नजिकै आइपुगेको वैशाख करौंले स्वात्तै तानेर लगे जस्तो । आकाशमा उक्लिनै थालेको बिहान फेरि रातको गर्तमा खसे जस्तो ।

वसन्तको नाम १० कक्षाको सेक्सन एमा चढाइदिँदा उनको हात काँपेको थियो । उनलाई थाहा थियो, पवनको नाम फेरि एक कक्षाको रजिस्टरमा चढाउने दिन पनि आउनेछ । त्यस बेला फेरि हात काँप्नेछन् ।

तैपनि उनलाई लाग्थ्यो, मानिसका आँखाहरूबाट आशाको किरण हरायो भने धरती अँगारको कालो डल्लो जस्तो हुनेछ । त्यसैले उनी

आशाको मसिनो त्यान्द्रो अँठ्याएर भीरमा झुन्डिरहेका थिए । कुनै दिन चमत्कारको सूर्य उदाउनेछ र पवनले सबैसबै कुरा सम्झिनेछ ।

पवन टोलाएर आफूलाई हेरिरहेका सर्वजित मास्टर सापलाई देखेर झन् उत्साही हुन्थ्यो र कापीमा कलम दगुराइहाल्थ्यो । उसले लेखपढमा रूचि देखाउनुको कारण सौतनपुरे टङ्के र पुन्ने थिए । एकपल्ट उनीहरू स्कुलबाट फर्किंदा टङ्के र पुन्ने पछि लागेका थिए ।

टङ्केले चर्को स्वरमा सोधेको थियो, "ज्यान ठूलो भएर पनि कखरा भन्न नजानेर ज्यानमै मुत्ने जनावर कुन हो ?"

"पवने," पुन्ने हाँसेको थियो ।

"होइन ब्यारे," टङ्केले खित्का छाडेको थियो, "गोरू हो ।"

पवनले पिलपिल गरेको थियो । वसन्तले उनीहरूलाई ढुङ्गो ताकेको थियो । उनीहरू दगुरेका थिए र अलि पर पुगेर पुन्ने कराएको थियो, "कखरा नजान्ने मान्छे के हुन्छ, थाहा छ ?"

"के हुन्छ ?" टङ्के खितखिताएको थियो ।

"पिउन हुन्छ, पिउन," पुन्नेले कम्मर हल्लाउँदै तुरीतिर इसारा गरेको थियो, "अनि घण्टा बजाउँछ । ट्वाङट्वाङ ।"

पवनले आँसु पुछेको थियो ।

त्यही रात त हो नि, उसले पहिलोपल्ट कापीमा क लेखेको ।

ऊ घरमा लेखपढ गर्थ्यो भने स्कुलमा जिल्ल पर्दै, अप्ठ्यारो मान्दै मौन भएर बस्थ्यो । नौ कक्षामा नयाँ विद्यार्थी आएपछि ऊ वसन्तसितै कक्षा १० को सेक्सन एमा बस्थ्यो । सरहरूले पढाएको, लेखेको क्यै मेसो पाउँदैनथ्यो । तैपनि बुझे जसरी मुन्टो हल्लाइरहन्थ्यो । उसलाई अप्ठ्यारो नलागोस् भनेर सरहरूले उसलाई रोल नम्बर १५ दिएका थिए । त्यो थाहा पाएर सर्वजित मास्टर सापले सरहरूलाई "धन्यवाद" पनि दिएका थिए ।

र सबै सरहरूले रोल नम्बर १५ लाई केही पनि नसोध्ने नियम बनाएका थिए । र पवनले कक्षा कोठामा आफूलाई सबैभन्दा बेग्लै नठानोस् भनेर सरहरू कहिलेकाहीँ मुस्कुराउँदै आँखा झिम्क्याउँथे । तर पवनलाई

थाहा थियो, ऊ नौ कक्षाकै विद्यार्थी हो । नौ कक्षा पुग्दा नै सप्पै बिर्सेको हो । एक दिन उसले सबै सम्झिनेछ र नौ कक्षा पास गरेर १० कक्षामा आउनेछ ।

उसले सबै सम्झिनेछ । किनभने ऊसित वसन्त छ ।

कहिलेकाहीँ पवन आँखाका ढकनीसित लड्दालड्दै थाक्थ्यो र डेस्कमै निदाउँथ्यो । त्यस बेला सरहरूले चकको ठुटोले प्याट्ट हिर्काउँथे । ऊ जुरूक्क उठेर "हाजिर सर" भन्थ्यो । र चकको ठुटो सुटुक्क गोजीमा हाल्थ्यो । अनि बाटोमा भेटेका ढुङ्गामा अक्षरहरू लेख्थ्यो र वसन्तलाई भन्थ्यो, "यी हेर्नुस्, लेख्न जान्या छु ।"

वसन्त चराले पित्रुक्क बिस्टाए जस्ता अक्षर हेर्दै भन्थ्यो, "आहा, कति राम्रा अक्षर !"

"पैलेका राम्रा कि ऐलेका ?" पवन उत्साही हुन्थ्यो ।

"ऐलेका राम्रा नि !" वसन्त मुस्कुराउँथ्यो ।

खासमा वसन्त अक्षरभन्दा पनि पवनका पहिले र अहिले भन्ने शब्दहरू सुनेर मुस्कुराउँथ्यो । अक्षर त भुत्रो पहिलेका भन्दा राम्रा हुनु ? पहिलेका त छापाका जस्ता थिए, अहिलेका भने कमिलालाई मसीमा डुबाएर पानामा छाडिदिए जस्ता ।

पवनले पहिले र अहिले भनेर सोध्नु नै उसले पहिलेको उसको दुनियाँ स्विकार्नु थियो । मैले पहिलेको कुरा साँच्चिकै बिर्सेको हुँ पवनले मान्न थालिसकेको थियो । र उसले पहिलेको जीवन यसरी उधिन्न खोजिरहेको थियो, जसरी मानिसहरू पुरानो बाकसमा राखेका पुराना सामान उधिन्छन् । र उसलाई आफूले पहिला गरेका बित्याइँहरू कथा जस्तै लाग्थे । त्यसैले पनि ऊ पुराना कुरा सुन्न उत्साही भइरहन्थ्यो ।

वसन्तले भोगटे चोरेको कुरा सुनाएर शान्तिरामसितको बदला याद दिलाएको थियो । पुन्ने र टङ्केको कुरा सुनाएर उनीहरू दुस्मन हुन् भनिसकेको थियो । चिलगाडी सर्पसित लडेको कुरा सुन्दा पवनका ज्यानमा काँडा उम्रिएका थिए । वसन्तले ऊ बिरामी भएको, कोहिनुर झाँक्री आएको, आफू औषधि ल्याउन घरबाट भागेको सप्पै

सुनाइसकेको थियो । तर आफूहरूबीच झगडा परेका कुनै पनि किस्सा सुनाएको थिएन । उसलाई बिच्छीले टोकेको किस्सा सुनाएको थियो । तर आँगनमा सर्वजित मास्टर सापले आफूलाई थप्पड हानेको कुरा बसिरले रिल काटे झैं स्वात्तै काटेर फालेको थियो । किन हो कुन्नि, पवनको सिसीको पैसा हराएको कुरा पनि सुनाएको थिएन ।

पवन सबै कथा सुन्दा रमाउँथ्यो । तर मुनमुनको कथामा उसलाई बढी रूचि थियो । वसन्तलाई भने मुनमुनको कथा असारे बाको टेपरिकर्डरमा फनफनी घुमेको घुम्यै गरेर थोत्रो भइसकेको गीतको चक्का जस्तै लाग्थ्यो । सुनाउँदा पहिला जस्तो उत्साह पनि हुँदैनथ्यो । ऊ कहिलेकाहीँ कति ससाना कुरालाई उल्लेख गर्दैनथ्यो । तर पवनले ट्याप्प समाइहाल्थ्यो । पवनलाई उसका र मुनमुनका कथाका हरेक पत्र र हरेक क्षण याद भइसकेको थियो । उसले एक वर्षभरि सुनेर सारा कथा कण्ठ पारिसकेको थियो, किताबको कुनै पाठ रटेर कण्ठ पारे झैं ।

तर समस्या एउटै थियो । उसलाई कथा रमाइलो लागे पनि मुनमुनको अनुहार उसका आँखाहरूमा कहिल्यै आउँदैनथ्यो । उसलाई आफ्नै जीवनको घटना पनि अरू कसैको कथा जस्तै लाग्थ्यो । जसरी पुरानो पवन मुनमुनलाई एक झल्को हेर्न सालको रूखमा अडेस लागेर बसेको थियो, जसरी मुनमुनलाई बाटामा देखेर कानका लोती तताउँदै लुसुक्क भागेको थियो, जसरी मुनमुनसित फिल्म हेर्न रक्सीका खाली बोतल बेचेको थियो, जसरी मुनमुनलाई चुन्नी किन्ने पैसा चोरी हुँदा छटपटिएको थियो, जसरी मुनमुनले पोस्टकार्ड माग्दा छाती फुलाएर दगुरेको थियो, जसरी हेन्डराइटिङ प्रतियोगितामा फस्ट भएर मुनमुनलाई रेडियोमा नाम सुनाउने कसम खाएको थियो– त्यस्तो आशक्ति नयाँ पवनमा थिएन । कहिलेकाहीँ त ऊ आफैं मुनमुन र आफ्ना प्रेमका कथाहरूको प्रेममा परे जस्तो लाग्थ्यो । र सायद, मुनमुनलाई त्यसरी नै प्रेम गर्थ्यो, जसरी मानिसहरू प्रेमकथाका नायिकालाई प्रेम गर्छन् । र त्यति नै कुरालाई प्रेम गर्छन्, जति कथामा वर्णन गरिएको हुन्छ ।

आफ्नै प्रेमकथामा पवन आफूलाई नायकका रूपमा कल्पना त गर्थ्यो । तर नायक हुन सक्दैनथ्यो । उसको प्रेमकथा बजिर टमटाले

बनाउने माटोको मूर्ति जस्तै थियो, दुरूस्तै । तर त्यसमा मुख त थियो, सास थिएन । त्यसमा छाती थियो, आत्मा थिएन । त्यसमा आँखा थिए, दृष्टि थिएन । त्यसमा हात थिए, सिर्जना थिएन । त्यसमा गोडा थिए, पाइला थिएन ।

पवन कहिलेकाहीँ मध्यरातमा सुटुक्क सिरानमुन्तिरबाट मुनमुनले पठाएको पोस्टकार्ड झिकेर टुकीको उज्यालोतिर सोझ्याउँथ्यो । टुकीको लप्को पोस्टकार्डको सतहमा चम्किरहन्थ्यो । वसन्तले एक दिन भनेको थियो, "तैंले यो पोस्टकार्डलाई खुब कुरेको होस् । राजाको आत्मा चरामा भए झैं तेरो आत्मा यै पोस्टकार्डमा छ के ।"

"राजाको आत्मा ?" पवनको दिमाग झुम्म भएको थियो ।

"कथामा छ के ? राजाको आत्मा चरामा थ्यो रे ! दुस्मनले थाहा पाए । अनि दुस्मनले उता चराको घाँटी निमोठे, यता राजा मऱ्यो ।"

उसले मुन्टो हल्लाएको थियो । एकछिन सोचेर मायालु स्वरमा सोधेको थियो, "यो पोस्टकार्ड च्यात्यो भने म पनि मर्छु ।"

"पैला च्यातेको भए त पक्कै मर्थिस् । अब मर्दैनस् ।"

जेठको चर्को गर्मी छल्न उनीहरू पीपलको फेदमा आइपुगेका थिए । वसन्त उत्तानो पर्दै बिस्तारै हल्लिरहेका पात हेरिरहेको थियो । पवन कन्चटका पसिना पुछिरहेको थियो । यस्तो गर्मी त कहिल्यै भएको थिएन । सारा पृथ्वी नै भकभकी उम्लेको पानीमा डुबेको अन्डा जस्तो भयो कि क्या हो ! पवनको शरीरका कापकापबाट पसिनाको अमिलो गन्ध आइरहेको थियो । कपालका केस्रा सुक्खा भएका थिए । उसका दुइटा भुमरी पनि सूर्य जस्तै तातिरहेका थिए ।

पवन पनि वसन्तको छेउमा पल्टियो । आँखा चिम्म गर्दै सोध्यो, "पानी कैले पर्छ ?"

वसन्तले आफ्ना भतभती जलिरहेको पैताला हल्लाउँदै भन्यो, "खै, बादलै छैन । मैले सुनेको १३ वर्षपछि यस्तो भाको रे !"

"हिजो हाम्रो नलबाट पानी नै आएन ।"

वसन्तले केही भनेन । उसको घुच्चुक टनटनी दुखिरहेको थियो । आफ्ना कक्रक्क परेका ओठमा जिब्रो घुमायो ।

उनीहरू अबेरसम्म रूखको छायामा बसिरहे । पसिना सुकिसकेपछि वसन्तले उठ्दै भन्यो, "आइज, एक ठाउँमा जाम् ।"

उसले सर्ट र पाइन्ट हल्लाउँदै ढाड र पुट्ठामा लाएको धूलो बुरूरू झार्‍यो । पवनले पनि त्यसै गर्‍यो । र वसन्तलाई पछ्यायो । पवनले "कहाँ जाने" भनेर अचेल सोध्न छाडिसकेको थियो । उसलाई थाहा थियो, वसन्तले जता लैजान्छ, रमाइलै ठाउँ लैजान्छ ।

अघिअघि हिँडिरहेको वसन्त बाटो छेउछाउमा एकदमै झाङ्गिएका बयर र तीतेपातीका झाङ पन्छाउँदै हिँडिरह्यो । सोचिरह्यो– पैला त कति ठूलो थियो यो बाटो, अहिले पिलन्धरे भइसकेछ । अलिकति हिँडेपछि बाटो नै देखिएन । मान्छेले हिँड्न छाडेपछि बाटोले पनि ठाउँ सर्छ कि के हो ?

वसन्तले उफ्रिएर बयरका काँडा नाघ्यो । अलि पर पुगेर ठिङ्ग उभियो । आँखाअगाडि थियो, जुठीआमैको घर, गिद्धहरूले मासु जति लुछेर छाडेको भैंसीको हाडको थुप्रो जस्तो ।

उसको घुँडाघुँडासम्म आउने भित्ता मात्र बाँकी थिए । तिनलाई पनि हलक्क बढेको दूबो र तीतेपातीले छोप्नै लागेको थियो । यसो हेर्दा कसैले दूबोका बीचमा घरका अधुरा भित्ता चटक्कै छाडेर गए जस्तो लाग्थ्यो । कहाँ गयो त्यो तुलसीको मठ ? कहाँ गयो पिँढी ? कहाँ उडे छानाहरू ? कहाँ गयो चुच्चो परेको आँगन ?

"के हेरेको ?" पवन बयरकाँडाले कोतरेको पाखुरा सुमसुम्याउँदै नजिक आयो ।

"घर ।"

"खै, काँ छ ?"

"पैला ह्याँ घर थ्यो, जुठीआमैको," वसन्त उदास भयो, "ऐले त दूबो नै दुबो छ । पैला एकतले घर थ्यो । जुठीआमै बस्थिन् ।"

"को जुठीआमै ?"

"थिइन् एकजनी । हाम्लाई गुँडको कालो च्या ख्वाउँथिन् । मीठामीठा कथा सुनाउँथिन् । खुब मयाँ गर्थिन् हाम्लाई ।"

"काँ गइन् त ?"

"खै काँ गइन् काँ ! गाउँका सप्पै मिलेर पिटे । कालोमोसो लाइदे । अनि निकाल्दे गाउँबाट," वसन्तले ढुङ्गो समायो, "त्यस बेला त म सानै थिएँ । अल्लि ठूलो भको भए सप्पैको टाउको फुटालिदिन्थें ।"

वसन्तको हातको ढुङ्गो भित्तातिर बत्तियो । भित्तामा ठोक्कियो । भित्ताबाट चोइटिएर एउटा ढुङ्गो फुत्रुक्क खस्यो ।

"किन निकालेका गाउँबाट ?"

"बोक्सी भनेर," वसन्त टुक्रुक्क बस्यो, "बोक्सीसोक्सी क्यै थिइनन् । एक्ली देखेर हेपेका हुन् । तिन्कै सरापले गाममा ऐले खडेरी पर्न लाको भन्छन् ।"

"गाउँमा बोक्सीले खान्छे भन्छन् मलाई," पवन सङ्शकित भयो, "तिन्ले खान्छिन् मलाई ? मैले के गरेको थें ?"

"तैंले बिरालो बनेको, पीपलको रूखाँ पूजा गरेको देखेथिस् रे," वसन्तको आवाज धस्कियो, "तैंले त्यस बेला किन यस्तो भनिस्, मलाई थाहा छैन ।"

"मैले साँच्चै देखेको थें ?" पवनको अनुहार नीलो भो ।

"खै, तैंले त्यस बेला मलाई क्यै भनिनस् । पछि आमैले भनेपछि थाहा पाको मैले । त्यस्तो भनेको रैछस् । तर जुठीआमैलाई गाउँबाट निकाल्दा तँ रोको थिस् । सर्वजित मास्टर सापलाई भन्न पनि दगुरेको थिस् ।"

"तिन्ले क्यै भनेनन् ?" ऊ वसन्तछेउ टुसुक्क बस्यो ।

"गाउँबाट ननिकाल भनेर लडेका हुन् ।"

"असल रैछन् है, मास्टर ?" पवनले मुन्टो हल्लायो, "तर बदमास त म रैछु है । मैले केके भनेछु ! तपाईं मसित रिसाउनुभएन ?"

वसन्त टोलायो, कुनै उत्तर दिएन ।

"के भ थ्यो, सप्पै सुनाउनुस् न है !" पवनले मलिन स्वरमा भन्यो ।

वसन्तले गुँडको चिया दिने, कथा सुनाउने, कहिल्यै नरिसाउने, सधैं तुलसीको मठमा पूजा गर्ने, खुइय्य सुस्केरा हाल्दै इनारमा पानी

लिन जाने, असारे आए कि भनेर पीपलको रूखमा उभिएर बाटो हेरिरहने, आफ्ना अनेक सपनाले आत्तिने जुठीआमैबारे सुनायो । र सुनायो– उनको अनुहारमा कालोमोसो लाएको, टाउको मुडुलु पारिदिएको, गुहु कोच्याइदिएको र गाउँलेले घिच्याउँदै गाउँ कटाएको ।

वसन्तले कथा सुनाउँदा स्याँस्याँ गऱ्यो । आँखा ठुल्ठूला बनायो । बतासमा हात नचायो । निधारको पसिना पुछ्यो । कहिले दाह्रा किट्यो । कहिले आँसु आयो कि भनेर आँखा पुछ्यो ।

जब उसले पवनतिर हेऱ्यो, पवन हत्केलाले आँखा पुछिरहेको थियो ।

"तँ रोको ?" वसन्तले उसको काँध सुमसुम्यायो ।

"होइन के !" उसले रून्चे स्वरमा भन्यो, "आँखामा धूलो पसेको ।"

"मेरो आँखामा नि धूलो पस्यो," वसन्तले पनि आफ्ना आँखा मिच्यो ।

"त्यस्ती राम्री मान्छेलाई मैले बोक्सी भने हुँला ?" पवनले आँखा पुछिरह्यो, "म त्यस्तो मान्छे होइन ।"

"तैंले भनेको होस् के !" वसन्त कन्यो, "किन भनिस् भनेर त बिर्सिसकिस् । पछि सप्पै सम्झिस् भने मलाई भनेस् है ।"

"म सम्झिन्छु, सप्पै सम्झिन्छु ।"

वसन्तले उसलाई रून्न दियो । केही भनेन । सौतनपुर पुगिसकेको घामतिर हेऱ्यो । आरनमा तातेको फलाम जस्तो पश्चिमको आकाशलाई हेरिरह्यो । पवनलाई जुठीआमैको कथा सुनाउँदा ऊ पनि पुराना दिनको पुरानो दैलो चुइँय पार्दै भित्र पसेको थियो । पुराना दिन पुराना लुगा जस्तै रङ उडेका, बाकसमा थन्क्याउँदा थन्क्याउँदै कपुरको गन्ध आउने कहाँ हुँदा रहेछन् र ! पुराना दिन त भर्खरै सिएको लुगा जस्तै हुँदा रहेछन् । आइरनले धार बनाएका । अनौठो बास्ना आउने ।

गिदी नै पगाल्ने जेठको गर्मीमा पनि पुराना दिनमा मन्द बतास चलिरहेको थियो । रूखका पात पनि शीतमा नुहाएर टलक्क टल्किएका थिए । पुराना दिनमा खुसी थिए । पीडा थिए । आक्रोश थिए । निराशा थिए । उत्साह थिए । जस्ता थिए, प्रिय थिए ।

पिच्कुले भनेको कुरा सत्य नै रहेछ– मान्छेलाई सासले होइन, यादले बचाउँछ ।

ती पुराना दिन वसन्तका स्मृति थिए । र यिनै स्मृतिले उसलाई बचाउनेछन् । किनभने ऊ बाँच्यो भने नै स्मृतिहरू बाँच्नेछन् ।

उसले मुठी कस्यो, "म स्मृतिहरू बचाउनेछु । यो पवनेले जसरी स्मृतिहरू बिर्सनेछैन ।"

"रोइसकिस् ?" उसले उठ्दै पवनको काँध थपथपायो, "आइज, जाम् । रात पर्नै लाग्यो ।"

पवन उठ्यो । तात्तातो आँसु उसको डन्डिफोरमा परेछ । चहराइरहेको थियो । उसले बिस्तारै डन्डिफोर सुमसुम्यायो । र वसन्तको पछि लाग्यो ।

सुल्पाबाट धूवाँ उडाउँदै हिँडिरहेका जीवारामले उनीहरूलाई देखिहाले ।

"काँ गर आको ?" उनको चर्को आवाज उनीहरूका कानका जाली नै हल्लिने गरी झनझनायो ।

"जुठीआमैकाँ गर आको ।"

"जुठीऽऽऽ ?" उनी कराए, "लौ हेर, किन गको त्याँ ? एई वसन्ते ! तँलाई थाहा छैन, पवनलाई त्याँ जानुहुँदैन भनेर ?"

"के हुन्छ गर ?" वसन्तको आवाज पनि चर्को भयो ।

"मार्ने भइस्, पवनलाई मार्ने भइस्," उनले सुल्पाबाट खरानी खसाले । सुल्पालाई इस्टकोटको गोजीमा हाले । झुकेर माटोको डल्लो समातेर हान्दै भने, "पवनसित केको दुस्मनी साँध्या छस्, भन् त ? जानीजानी जुठीको नजिक लैजान्छस् ?"

माटोको डल्लो छल्न वसन्त ह्वात्त झुक्यो र खुर्र दगुर्‍यो । दगुरिरह्यो । जीवाराम देखिन छाडेपछि, रोकियो । पवन पनि ढलपलाउँदै उसका पछि आइपुग्यो ।

"तँ अब घर जा," उसले पवनलाई भन्यो, "म पनि घर जान्छु ।"

"एउटा कुरा सोधूँ ?"

वसन्तले मुन्टो हल्लायो ।

"ती बूढाले किन सधैं तपाईंलाई मात्रै गाली गर्छन् ?"

"यो गाउँमा बा नभएको म मात्रै त छु नि । त्यसैले हेपेका हुन् ।"

"अनि अर्को कुरा सोधम् ?"

"सोध् ।"

"तपाईं पुरानो म राम्रो लाग्छु कि अहिलेको म ?"

"दुवै," वसन्तले उसका पसिना भरिएका हत्केला समायो, "पैलेको तँ पनि राम्रो लाग्थिस् । अैलेको तँ पनि राम्रो लाग्छस् ।"

पवन हिस्स हाँस्यो । र दगुर्‍यो । दगुरेको त के भन्नु, पछाडिबाट कसैले धक्का दिँदै लखेटे जस्तो लाग्थ्यो । अलि पर पुगेर जोडले करायो, "अबदेखि म पनि तपैंलाई तँ भन्छु ।"

पवन स्याँस्याँ गर्दै घर पुग्यो ।

सर्वजित मास्टर साप पिँढीमा टुक्रुक्क बसेर खन्युको रूखलाई हेरिरहेका थिए । ऊ पिँढीछेउ राखेको ग्यालेनतिर गयो । नलमा गोडा र पाखुरा पखाल्यो । अनुहार धोयो र अलिकति पानी मुखमा राखेर च्यापु हल्लायो । पिच्च थुक्यो । र आफूलाई हेरिरहेका सर्वजित मास्टर सापको नजिक आयो ।

"काँ गथिस्, भन् !" सर्वजित मास्टर सापले सोधे ।

पवनले प्रश्न सुन्दै नसुने जस्तो गरेर उनका छेउमा बस्यो र भन्यो, "बा, एउटा कुरा सोधम् ?"

"के कुरा ?"

"जुठीआमैले मलाई मार्छिन् ?"

"कस्ले भन्यो फेरि यस्तो कुरा ?"

"गाउँमा सप्पैले भन्छन्," पवनले आँखीभौंको पानी पुछ्यो, "मैले तिन्लाई बोक्सी हो भनेको थें रे !"

"भन्न त भनेको होस् । मेरै अगाडि भनेको होस् ।" सर्वजित मास्टर सापले उसको चिसो कपाल सुमसुम्याए, "तर त्यस बेला तँ सानै थिस् । अज्ञानी थिइस् ।"

"अनि किन भन्न दिनुभको त ?" उसले भुइँतिर हेर्‍यो, "किन नपिट्नुभको मलाई ?"

सर्वजित मास्टर साप वाल्ल परे । यस्तो प्रश्नको त कल्पनै गरेका थिएनन् । मुटुलाई स्याँठले हल्लाए जस्तो भयो ।

"वसन्त भन्थ्यो, जुठीआमैलाई गाउँबाट धपाउन नदिन तपाईं लड्नुभको थियो रे," उसले मायालु अनुहार बनाएर पुलुक्क हेऱ्यो, "मलाई खुसी लायो ।"

सर्वजित मास्टर सापलाई वसन्तले आफूले हानेका सारा थप्पडको बदला एकैपल्ट लिए जस्तो लाग्यो । उनको अनुहार मुठीमा बेरेको कागज झैं कच्याककुचुक पर्दै गयो । उनले खुम्च्याइलाई हाँसोले रोक्न खोजे । तर सकेनन् । उनलाई रमाले नयाँ चित्र देखाउन भित्र बोलाओस् जस्तो लाग्यो । तर रमाले चित्रमा रङ भर्न बाँकी थियो ।

टौवा

असार लाग्यो ।

र पनि बादल कतै देखापरेन । आकाश स्टिलको नयाँ थाल झैं टलक्क टल्किरहन्थ्यो । सूर्य आगोको मुस्लो झैं भर्भराइरहन्थ्यो । त्यसको असर सबैभन्दा बढी सर्वजित मास्टर सापलाई परेको थियो । उनको पिठ्युँ र पाखुराभरि घमौरा निस्किसकेको थियो । पसिना बग्यो कि घमौरा चहराउन थालिहाल्थ्यो । उनलाई घमौरा रातो टाउका भएका कमिला जस्ता लाग्थे । तिनैले टुँगिरहे जस्तो लाग्थ्यो ।

उनले श्रीरामसित ५५ रूपियाँमा बाँसका छेस्काहरूमा रङ्गीन धागो बुनेर बनाएको पङ्खा किनेका थिए । हरबखत साथमै हुन्थ्यो । हिँड्दा पनि पङ्खा हम्किँदै हिँड्थे । पङ्खा हम्कने बानी यस्तरी पो लागेको थियो, कुनै बेला पङ्खा हातमा नहुँदा पनि दाहिने हात हल्लिन्थ्यो ।

उनी दाहिने हातले पङ्खा हम्किँदै थिए भने देब्रे हातले रमाको हत्केला समाएर स्कुलबाट फर्किरहेका थिए । उनले काँधमा फरूवा बोकेर हिँडिरहेका जीवाराम र घुइयाराममलाई देखे र रफ्तार बढाए ।

अलिकति नजिक पुगेपछि सोधिहाले, "कता हिँडेको, दाइ ?"

जीवाराम हाँसे, "ए मास्टर पो । रूखको पात हल्लोस् नहल्लोस् तिम्रो पङ्खा चैं हल्लिरहन्छ है ।"

घुइयाराममलाई नमस्ते फर्काउँदै सर्वजित मास्टर सापले जीवारामलाई भने, "यस्तै हो, दाइ । घमौराले साह्रै दुःख दिए । अनि हल्लिँदै कता जान लाग्नुभाको ?"

"खासमा मास्टर तिम्लाई हिजै भेटेर कुरा राखौं भन्ने लाको थियो," जीवारामले सर्वजित मास्टर सापलाई छेउको साजको रूखको छायातिर तान्दै भने, "आज आफैं भेट्टियौ ।"

"के कुरा, दाइ ?"

"रेडियोले भनेअनुसार असारको बीचतिरबाट पानी पर्ने भाछ । भनेको टाइममा पानी पऱ्यो भने यसपालि मकै एकै घोगामा हजार दाना फल्ने हुन्छन् ।"

"यो त राम्रै कुरा हो नि, दाइ ।"

"तर मकैलाई बाँदरबाट जोगाउन गाह्रो हुन्छ । तिम्लाई त थाहै छ, मकैमा दूध पनि बसिसकेको हुँदैन, बाँदरले कोपरेर खत्तमै पार्छन्," जीवारामले फरूवालाई जमिनमा ठ्वाङ्ग पारे, "त्यसैले यसपालि अलिकति सोच्नुपर्ने भाको छ ।"

"क्यै सोच्नुभो त, दाइ ?" उनले पङ्खाले गर्धन हम्किए ।

"सोचिसकेको छु," जीवारामले निधार खुम्च्याए । "त्यै विषयमा कुरा गरम् भनेर । गाउँलेहरूले मानिसकेका छन् । अब गामका पढालेखा मान्छे तिमी नै हौ । तिम्लाई नसोधी पनि भएन ।"

"गाउँको भलाइ हुने कुरालाई म कसरी नाइँ भनुँला र, दाइ ?"

"त्यै भनेको । त्यो जुठी त गइसकी," जीवारामले ओठ चुच्याउँदै जुठीआमैको घर जाने बाटोतिर देखाए, "त्यसको जग्गा झारले खाएरै सक्लान् जस्तो भो । हाम्ले सोचेको, त्याँ एउटा अग्लो टौवा हाल्न पायो भने बाँदरका हुल पसेको देखिन्थ्यो । बाँदर भगाउन सजिलो हुन्थ्यो । के भन्छौ, टौवा लाउने हो त त्याँ ?"

सर्वजित मास्टर सापले थाहा पाइहाले, उनीहरूले के सोचेका हुन् भनेर । टौवा त एउटा बहाना मात्र थियो । अब उनले "नाइँ" भन्दा पनि केही हुनेवाला थिएन । यसपालि टौवा हाल्लान्, अर्को पालि धानै रोप्लान् । खेल धेरै अघिदेखि खेलिएको पो रहेछ ! आखिरमा गाउँको पुछारमा टौवा हालेर कसरी पो गाउँभरिको मकैको रेखदेख होला र ?

"जुठीका आफन्तहरू पनि होलान् । असारे फेरि फर्केलान्," उनले भने, "हकदाबी गर्ने आए भने के गर्नुहुन्छ ?"

"असारेको क्यै खबर छैन," जीवारामले भने, "जग्गा जुठीकै नाममा छ। बुटवलतिर जुठीको कान्छो भाइ छ भन्ने सुन्या छु। कसैले हकदाबी गरेन भने उसैलाई खबर गरौंला।"

"अब तपैंहरूले धेरै नै सोचिसक्नुभएको रैछ।"

"तिम्ले त्यै भन्छौ भनेर हाम्ले त काम पनि सुरू गरिसकिम्। ब्यानैदेखि टमटाहरूलाई काममा खटाइसकेका छौं, दुईतीन दिनमा टौवा तयार भैहाल्छ। पालैपालो गरेर गाउँलेहरूले टौवाबाट बाँदर हेर्छन्।"

सर्वजित मास्टर सापले मुन्टो हल्लाए।

"लौ त, हामी लागिम्," जीवारामले फरूवा काँधमा राखे, "टाइम भो भने टौवा बनाको हेर्न आउनू। बाँसबारीमा पहिलोपालि टौवा बन्न लाछ।"

"झरी बिदा हुनै लाछ, दाइ। स्कुलको काम धेरै छ। बलियो टौवा बनाउनुहोला।"

जीवाराम हाँसे र हिंडे। लुरूक्क परेर घुइयारामले पछ्यायो। सर्वजित मास्टर सापले उनीहरूको चालमा नयाँ गति महसुस गरे।

बाटोभरि रमा चुपै रही। सर्वजित मास्टर सापले सोचिरहे।

आँगनमा पाइला टेकिसकेपछि रमाले सोधी, "जुठीआमै फेरि आउँछिन्? टौवामा बस्छिन्?"

सर्वजित मास्टर सापले पिंढीमा बसेर जुत्ता फुकाले। मोजाबाट पातलो बाफ उड्यो, "अब आउन्न, त्यै भएर त टौवा बनाउन लाको हो।"

"भनेपछि जुठीआमैले दाइलाई मार्दिनन्?" रमा बुरूक्क उफ्री।

सर्वजित मास्टर सापले मोजा भुइँमा पछारे, "कस्ले भन्छ फेरि यस्ता नचाहिने कुरा?"

"मैले सुनेको।"

"हेर बेटा, यस्ता नचाहिने कुरा पत्याउनुहुन्न," उनले रापिला भएका आफ्ना पैताला सुमसुम्याए, "जुठी बोक्सी भएको भए, त्यसले मान्छे मार्न सक्ने भए यो सारा गाउँ मसानघाट हुन्थ्यो, बुझिस्? त्यसले कसैलाई छाड्थिन। त्यसलाई हामी सबै मिलेर लघारेका हौं। कोई चोखा छैनौं।"

रमाले मुन्टो हल्लाई । एकछिन निधार खुम्च्याउँदै सोचिरही । सर्वजित मास्टर सापले हातगोडा पखालेको हेरिरही । उनले गर्धन र पाखुरा के पखालेका थिए, घमौरा चर्चराउन थालिहाले । उनले मुख बिगारे ।

रमा उनको छेउमा गई र भनी, "बा, एउटा कुरा सोधम् ?"

"सोध, बेटा ।"

"दाइले सप्पै कुरा कहिले सम्झिन्छ त ? मलाई त पैला जस्तो माया गर्दैन । ठूलो भर जागिर खार नयाँ लुगा किन्दिन्छु भन्थ्यो ।"

"माया गर्छ बेटा," उनले जनैमा पानी लाउँदै भने, "पहिला माया देखाउन जान्थ्यो, ऐले जान्दैन । पैलाका कुरा सम्झेन भने पनि फेरि माया देखाउन सिकिहाल्छ नि ।"

"पैलाको सम्झेन भने फेरि एक कक्षामा पढ्छ ?"

"भर्खर त अलिअलि लेख्न जान्या छ । एक कक्षामै पढ्ला नि ।"

"कहिलेदेखि पढ्छ त एक कक्षामा ?"

"अब अर्को पालिदेखि ।"

"भनेपछि त म चार कक्षामा हुँदा त्यो एक कक्षामा हुन्छ," रमाले आँखा नचाई ।

"हो बेटा, त्यसैले अब तिम्ले दाइको ख्याल राख्नुपर्छ । अब त तिमी त्योभन्दा जान्ने हुन्छ्यौ । त्यसैले झगडा गर्नुहुँदैन । उसको चित्त दुखाउनुहुँदैन, बुझ्यौ ?"

रमा सर्वजित मास्टर सापकै छेउमा बसी । घुँडामा कुइना टेकाउँदै दुवै हत्केलामा गाला अड्याई, "हुन्छ । तर त्यसले मैले भनेको मान्दै मान्दैन । अघि पनि स्कुलमा सँगै घर जाम् भनेको मानेन । बन्ते दाइसित दगुर्‍यो । ऐलेसम्म घर आछैन ।"

"आउँछ बेटा, अल्लि पछि आउँछ ।"

"बा अनि के, पैला त हजुरले बन्ते दाइसित सङ्गत गर्‍यो कि गाली गर्नुहुन्थ्यो । अचेल किन गाली गर्नुहुन्न ?"

सर्वजित मास्टर साप एकछिन टोलाए । र भने, "वसन्तेले अचेल पवनले पुराना कुरा सम्झिहाल्छ कि भनेर कोसिस गरिरहेको छ, बेटा ।

गाउँमा डुल्दा केही सम्झिहाल्छ कि भनेर गाउँ डुलाउँछ । त्यो मैले सोचेजति खराब रैनछ । पवनलाई माया नै गर्दो रैछ ।"

"आज काँ डुलाउन लको होला त बन्ते दाइले ?"

"खै बेटा, थाहा छैन । होला नि उनीहरू पैला लुकीलुकी जाने ठाउँ ।"

पवन र वसन्त बूढो आँपको रूखमुन्तिर सुस्ताइरहेका थिए । आँपको रूख सदा झैं मौन थियो । कमिलाको लस्कर रूख उक्लिरहेको थियो । पवनले राता कमिलालाई हेरिरह्यो । उसलाई वसन्तले यै आँपको रूखमा झुन्डिएर मरेको दाउरेको कथा सुनाएको थियो, भर्खरै । कथा सुनेर पवन उदास भएको थियो । उसको उदासीमा जङ्गलमा फैलिएको सन्नाटाले साथ दिइरहेको थियो । उसलाई दूबोमाथि ढल्केको वसन्तको सास पनि सौतेनी नदी सुसाए जस्तै लागेको थियो ।

पवनले शिर अलिकति ठाडो पारेर आँपका हाँगाहरूलाई हेरिरह्यो । घाउबाट पाप्रा निस्किए झैं हाँगाबाट बोक्रा निस्केका थिए । उसले दाउरे रूख चढेको, हाँगामा बसेर रोइरहेको, डोरी बाटिरहेको कल्पना गर्‍यो । जब दाउरेले गर्धनमा डोरी बाँधेर झ्याम्म हाम फाल्यो, ऊ झसङ्ग भयो । र उसका त्रासले अँध्यारा भएका आँखाअघिल्तिर दाउरेले पैताला तन्कायो ।

"जाम्, ह्याँ नबसम्," ऊ आत्तिँदै उठ्यो ।

"बस् न भनेको !" वसन्तले उसको हात समायो, "कस्तो शीतल भाछ ।"

"मलाई डर लाग्यो ।"

"नडरा, क्यै हुन्न । यो रूखले कप्लक्कै खान्न के रे ! हामी पैला पनि आउँथिम् । यो रूखले क्यै गर्दैनथ्यो । यो रूख असलै छ," वसन्तले दाँत देखायो, "अब त खान खोजे पनि खान सक्दैन । थोते बूढो भइसक्यो ।"

पवनले वसन्तका नजिक सरक्क सर्दै सोध्यो, "हामी आउँथिम् ह्याँ ? किन आउँथिम् ?"

"यसैका पातको फिरफिरे बनाएर दगुर्न आउँथिम् । अनि पैला त यसमा आँप फल्थे । टिप्न आउँथिम् । अनि, थाहा छ । यो रूखका हाँगामा कोइली पनि बस्थे, "को हो को हो" भनेर सोध्थे । अनि हामी मुन्तिरबाट "म हो म हो" भन्थ्यौं ।"

"किन कोइलीले को हो को हो भनेर सोधेको ?" पवनले अचम्म मान्यो, "अनि हाम्ले किन म हो, म हो भनेको ।"

"गाममा सप्पैले कोइलीले को हो को हो भनेर सोध्दा म हो, म हो भन्थे, त्यै भर । कोइलीले को हो को हो भनेर सोध्दा म हो, म हो भन्नुपर्छ रे के !"

"कोइलीले किन को हो को हो भनेर सोध्छ त ?"

वसन्तको दिमागको चक्रेपिङ फनक्कै घुम्यो र पुराना दिनहरूमा गएर अडियो । धेरै वर्षपहिला पीपलको रूखमा बसेर कोइलीले "को हो को हो" भनेको थियो । जुठीआमैले आँखीभौंमा हत्केला राखेर कोइलीलाई हेर्दै "म हो म हो" भनेकी थिइन् । कोइली भुर्र उडेर पश्चिमतिर गएको थियो ।

उसले जुठीआमैलाई त्यसैगरी प्रश्न गरेको थियो, जसरी अहिले पवनले गरिरहेको थियो ।

"बाबै, कोइलीले को हो को हो भनेर सोध्यो भने जबाफ दिनुपर्छ," जुठीआमैले भनेकी थिइन्, "कोइलीलाई जबाफ दिएन भने त्यसले उड्ने बाटो पाउँदैन । बाटो दिनुपर्छ ।"

"ए कोइली, जा उड् भन्यो भने हुँदैन, जुठीआमै ?"

"त्यस्तो भन्नुहुँदैन, बाबै । कोइलीलाई पीर पर्छ," जुठीआमैले कान समाएकी थिन्, "कोइलीलाई मट्याङ्ग्राले पनि हान्नुहुँदैन । कोइली मर्‍यो भने कोइलीले बोकेको सन्देश पनि उईसितै मर्छ ।"

"कसरी जुठीआमै ?"

जुठीआमैले उसको हात समातेर पीपलको छायामा बसालेकी थिइन् र कथा सुनाएकी थिइन् । हजुरबाले सुनाको कथा भन्थिन् ।

तर आफैंले रचे जसरी सुनाएकी थिइन् । कतै पनि नअड्केर, बोल्दा सासै फेरेको पनि थाहा नदिएर ।

वसन्तलाई त्यो कथा पहिला सप्पै सम्झना थियो । अहिले बिर्सी पो सक्यो कि ?

जुठीआमै भन्थिन्, "बाबै, कथा सुनाम्न आउन्न भनेर हरेस खानुहुन्न । भन्न जान्दिनँ कि भनेर आत्तिनु पनि हुँदैन । मुख खोल्ने आँट गर्नुपर्छ, कथाको लहरो मुखबाट निस्किँदै जान्छ । रोकिँदै रोकिन्न । बाबै, आँट गर्नुपर्छ ।"

उसले पुलुक्क पवनतिर हेऱ्यो, "कोइलीको कथा सुन्छस् ?"

पवनको अनुहार उज्यालो भयो ।

धेरै वर्षपहिले एउटा दाउरेको घरमा एउटी बच्ची जन्मिई । बच्चीलाई जन्म दिएर आमा मरिहाली । बच्ची फूल जस्तै राम्री थिई । जब ठूली भई, उसको सुन्दरतामा अर्को कुरा थपियो, उसको आवाज । त्यो आवाजमा साह्रै मिठास भरिएको थियो । उसले बोलेको सुन्यो कि हिँडिरहेका बटुवा पनि टक्क उभिन्थे । केटी जवान हुँदै गई ।

केटी गिठ्ठा र तरूल खोज्न वनमा गएका बेला गीत गाउँथी । उसको गीत सुनेर चरा, बाँदर, लोखर्के, हरिण, मृग हुँदै हात्तीसम्म मक्ख पर्थे । उसको आवाज पशुपन्छीलाई यति मन पऱ्यो, उनीहरू सबै उसको साथी भए । हात्तीले उसलाई आफ्नो पिठ्युँमा राखेर वन घुमाइदिन्थ्यो । बाँदरले स्याउला झारिदिन्थ्यो । लोखर्केले बाटो देखाइदिन्थ्यो । स्यालले तरूलको जराको माटो खोस्रिदिन्थ्यो ।

दिन रमाइलै गरी बितिरहेका थिए ।

एक दिन त्यही देशको राजकुमार सिकार खेल्दै वनमा आइपुग्यो । उसले निद्रादेवीको श्राप पाएको थियो । त्यसैले अनिद्राको रोगी थियो । उसका आँखा जहिले पनि रातीगेडी जस्ता हुन्थे । उसले तलाउमा पानी पिउन आएको मृगलाई देख्यो । उसले मृगलाई धनु ताकेर बाण हान्नै लागेको थियो, मीठो गीत कानमा ठोक्कियो । उसले त्यति मीठो आवाज कतै सुनेको थिएन ।

उसले आवाज पछ्याउँदै गयो ।

जब उसले तरूल खन्दै गीत गाइरहेकी केटीलाई देख्यो, प्रेममा परिहाल्यो । उसले धनुबाण, मोतीको माला, हीराको औंठी सबै खाल्डो खनेर लुकायो । र केटीका नजिक गयो ।

"कहाँकी हौ ?" उसले सोध्यो, "कत्ति मीठो गीत गाकी ?"

"म त यै गाउँकी हुँ," केटीले भनी, "तिमी को हौ, काँबाट आका ?"

"म त अर्कै गाउँको हुँ," उसले भन्यो, "कामको खोजीमा आको ।"

उनीहरूले दिनभरि कुरा गरे । साँझ घर फर्किने बेला केटीले भनी, "परदेशी रैछौ । राति वनवनै किन हिँड्छौ, आज हाम्रै घरमा बास बस ।"

राजकुमार पछि लाग्यो ।

राति पिँढीमा पल्टिएको उसलाई निद्रै लागेन । उसले आँगनछेउ राखेको मुढो र बन्चरो देख्यो । मुढो चिर्न थाल्यो । केटीले बाहिर आएर सोधी, "किन नसुतेको ?"

"मलाई निद्रादेवीको सराप लागेको छ," उसले भन्यो, "निद्रै लाग्दैन ।"

"गाउँलेहरू मेरो आवाज सुन्यो भने निद्रा लाग्छ भन्छन् । तिम्लाई पनि लाग्छ कि ?"

राजकुमार ओछ्यानमा पल्टियो । केटी छेउमा बसेर गीत गाउन थाली । गीत सुन्दासुन्दै राजकुमारका आँखा लोलाउँदै गए र ऊ एकदमै गहिरो निदायो । यसरी त कहिल्यै निदाएको थिएन ।

बिहान उठेर उसले भन्यो, "म अब कतै जान्नँ । संसारको कुनै कुनामा पनि यति मीठो निद्रा पाउँदिनँ ।"

केटीलाई अप्ठ्यारो लाग्गो ।

राजकुमारले भन्यो, "म तिम्रो घरको सप्पै काम गरिदिन्छु । दाउरा चिरिदिन्छु । तरूल खनिदिन्छु । बस्, राति सुत्ने बेला एउटा गीत गाइदेऊ ।"

केटीले उसको कुरा मानी ।

महिना दिन बित्यो । राजकुमारका आँखाबाट रातो रङ हराउँदै गयो ।

ऊ दरबार नफर्किएपछि खैलाबैला मच्चियो । सिपाही उसको खोजीमा लागे । एक दिन तिनले दाउरा चिरिरहेको देखे । ऊ भाग्न खोज्यो । तर सिपाहीले समाए ।

केटीले थाहा पाई– परदेशी त राजकुमार पो रहेछ ।

सिपाहीले राजकुमारलाई लिएर गए । दरबारको मखमली ओछ्यानमा पनि उसलाई निद्रा परेन । उसले त्यही झुपडीको पिँढी र केटीको गीत सम्झिरह्यो । अनिद्राले फेरि गाँज्दै गयो । फेरि आँखामा रातीगेडी देखिन थाले । ऊ एकदमै कमजोर भयो ।

एक रात ओछ्यानमा छटपटिइरहेका बेला उसका कानमा मीठो गीत गुन्जियो ।

केटीले थाहा पाइसकेकी थिई, राजकुमार उसको आवाज नसुनीकन निदाउनै सक्दैन । त्यसैले दरबारछेउको जङ्गलमा आएर गीत गाएकी थिई ।

गीत सुनेर राजकुमारलाई मीठो निद्रा लाग्यो ।

भोलिपल्ट उसले राजालाई भेट्यो र केटीको गीतले मीठो निद्रा लागेको कुरा सुनायो । र प्रतिज्ञा गऱ्यो, "म त्यो केटीबाहेक कसैसित बिहे गर्दिनँ ।"

दरबारमा खैलाबैला मच्चियो । र खबर अर्को देशकी राजकुमारीकोमा पुग्यो । राजकुमारीले एक खुट्टामा उभिएर भगवान्‌को ठूलै तपस्या गरेकी थिई । भगवान्‌ले खुसी भएर दर्शन दिँदा उसले वरदानमा राजकुमारलाई मागेकी थिई । भगवान्‌ले राजकुमार उसकै हुने वरदान दिएका थिए । राजकुमारले दाउरेकी छोरीसित बिहे गर्छु भनेको सुनेर ऊ भेट्न आई ।

"मलाई पनि तिमी मन पर्छ्यौ । तर निद्राबिना मेरो जीवनको कुनै अर्थ छैन," राजकुमारले भन्यो, "निद्रा नभाको मान्छे र माटोको मूर्तिमा के फरक हुन्छ र ? के तिमी माटोको मूर्तिसित बिहे गर्छ्यौ । त्यो केटीको गीतबिना म मूर्ति नै हुन्छु ।"

राजकुमारी रूँदै आफ्नो दरबारमा फर्की, रातभरि रोइरही । भगवान्‌लाई गाली गरिरही, "हे भगवान्, कस्तो छल गऱ्यौ" भन्दै ।

उता भगवान्लाई नरमाइलो लाग्यो । उनले केही उपाय त सोच्नैपर्ने भएको थियो । नत्र तिनको वरदानलाई फेरि कसले वास्ता गर्थ्यो ? को तिनका नाममा कठोर तपस्या बस्थ्यो !

एक दिन केटीले तरूल खनिरहेका बेला उनी प्रकट भए । केटीले अचम्मै मानी । उनका गोडामा घोप्टो परी, "भगवान्, मैले सुनेको हजुर त तपस्याबिना कसैलाई दर्शन दिनुहुन्न भनेर । तर मैले त क्यै तपस्या गरेकी थिइनँ । किन दर्शन दिनुभो ?"

"छोरी ! तिम्रो आवाज, तिम्रो गीत नै तपस्या हो । संसारमा सबैले कठोरभन्दा कठोर तपस्या गर्छन् । तर थोरैले मात्र तिमीले जस्तो आफ्नो कलाले तपस्या गर्छन् । तिमीले सोच्दै नसोची तपस्या गऱ्यौ । भगवान् पीडैपीडाले भरिएको तपस्याले भन्दा कलाले भरिएको तपस्याले खुसी हुन्छन् । म पनि भएँ ।"

"भगवान्, मलाई त गाउन मन लाग्थ्यो गाएँ," केटीले भनी, "के तपस्या गरें र खै !"

"आफूलाई गर्न मन लागेको काम मनैदेखि गर्नु नै मेरो तपस्या हो । म तिम्रो यस्तै कुराले खुसी भएँ ।"

केटी हाँसी ।

"सबैले मसित क्यै न क्यै माग्न मेरो तपस्या गर्छन् । तिमी यस्ती छोरी हौ, जसले तपस्या गऱ्यौ । तर केही नमाग्न । त्यसैले म केही माग्छु, तिमी दिन्छ्यौ ?"

"जे माग्नुस्," केटीले निर्धक्कसित भनी ।

"तिम्रो आवाज मलाई देऊ ।"

"मैले मेरो आवाज हजुरलाई दिएँ भने म म नै हुन्नँ," ऊ आत्तिई ।

"मैले तिम्रो आवाज मात्रै मागेको हुँ । तिमी तिम्रो आवाजबिना पनि तिमी नै हुनेछौ । तिम्रो हृदय, तिम्रो सोच र तिम्रो सपना तिमीसितै हुनेछ । तिमी राजकुमारको प्रेममा परेकी छौ, मलाई थाहा छ । तर तिमीलाई एउटा कुरा थाहा छ ?"

"के कुरा, भगवान् ?"

"राजकुमारले तिम्रो आवाज र गीतलाई मात्रै प्रेम गर्छ । तिमीलाई सम्पूर्ण रूपमा प्रेम गर्दैन । तिम्रो आवाज तिम्रो सम्पूर्ण पहिचान होइन । केवल एक अंश हो । समुद्रबाट एक अँजुली पानी निकाल्दा समुद्रको बहाव रोकिँदैन । गहिराइलाई असर पर्दैन । तिमी तिम्रो आवाजबिना पनि उस्तै रहनेछौ । तिम्रो आवाज देऊ ।"

"हुन्छ भगवान्, मेरो आवाज लैजानुस् । तर मेरो आवाज लगेर के गर्नुहुन्छ ?"

"म कुनै अरू आवाजहीन प्राणीलाई दिन्छु," भगवान्ले मुस्कुराउँदै भने, "अब तिमी मसित क्यै माग्दिनौ ?"

केटीले एकछिन सोची र भनी, "एउटा कुरा माग्छु ।"

"जे माग, म दिन तयार छु ।"

"म आफूले नै आफूलाई मन परेको प्राणीलाई मेरो आवाज दिन्छु ।"

भगवान् गम्भीर भए, "हुन्छ, तर मेरो सर्त छ ।"

"के सर्त, भगवान् ?"

"तिम्ले आवाज अर्को कुनै मानिसलाई दिन पाउनेछैनौ । संसारका अरू जुनसुकै प्राणीलाई दिए पनि हुन्छ ।"

केटीले सर्त मानी । भगवान् खुसी भए, "आफूलाई केही माग्दिनौ ?"

"भगवान्ले नै माग्ने कुरा मसित रैछ । केही पर्दैन ।"

भगवान् हलुङ्गो मन लिएर फर्किए ।

तर केटीको मन गह्रौं भइरह्यो । उसले दिनरात सोचिरही, कसलाई दिने होला आवाज ।

वैशाखको एक उराठलाग्दो दिन, उसले रूखको हाँगामा चुपचाप बसिरहेको पन्छी देखी । लामो पुच्छर, शिरमा जुरो, टाटेपाटे प्वाँख ।

"के हो तिम्रो नाम ? सारा वनका चरा चिर्बिराउँदै उड्छन्," उसले सोधी, "तिमी किन उदास छौ ?"

"मेरो नाम कोइली हो," चराले एकदमै चिरिक्क परेको नमीठो आवाजमा भन्यो, "मेरो आवाज साह्रै नमीठो छ । मेरो आवाजलाई कसैले मन पराउँदैन । त्यसैले म चुपचाप बस्छु । को हौ तिमी ? तिम्रो आवाज त संसारका सबै चराको भन्दा पनि मीठो रैछ ।"

"म दाउरेकी छोरी हुँ," उसले भनी, "म तिम्लाई मेरो आवाज दिन सक्छु । तर मेरा दुइटा सर्त मान्छौ भने ।"

"यत्ति मीठो आवाजका लागि त म जुनसुकै सर्त पनि मान्न तयार छु ।"

"पहिलो सर्त, तिम्लाई आवाज मैले देको भनेर कसैलाई नभन्नू," उसले भनी, "दोस्रो, यो देशको राजकुमारको झ्यालमा गएर हरेक रात गीत गाउनू ।"

"हुन्छ । म तयार छु ।"

उसले आफ्नो आवाज कोइलीलाई दिई । कोइलीको नमीठो आवाज उसलाई सऱ्यो । उसलाई लाग्यो, चराले कतै फटाइँ त गर्ने होइन ? उसले भनी, "तिम्ले हरेक दिन आएर मलाई भन्नुपर्छ, तिम्ले गीत गाएपछि राजकुमार कति बेला निदायो भनेर ।"

"हुन्छ तर तिमीलाई मैले कहाँ खोज्न जाने ? कसरी बताउने ?"

उसले एकछिन सोची र भनी, "तिमी 'को हो को हो' भन्दै उड्नू । जब मैले 'म हो' भन्छु । मेरो छेउमा आएर सुनाउनू ।"

कोइलीलाई उसको कुरा मन पऱ्यो ।

कोइली हरेक रात राजकुमारको झ्यालमा जान्थ्यो र कुहुकुहु गीत गाउँथ्यो । राजकुमार निदाउँथ्यो । उसले सबै कुरा केटीलाई सुनाउँथ्यो ।

कोइलीको आवाजमा निद्रा लागेपछि राजकुमार विवाह गर्न राजी भयो । बिहे धुमधाम भयो । राजकुमारी खुसी थिई । एक रात राजकुमारीले झ्यालमा बसेको कोइलीलाई काफलका मीठा दाना खान दिएर फकाई र उसको मीठो आवाजबारे सोधी । कोइलीले सबै कुरा सुनायो । राजकुमारीको निद्रा हरायो । उसले सोची, कुनै दिन केटीले आवाज फिर्ता मागेर लगी भने त राजकुमारले फेरि त्यही केटीलाई बिहे गर्छु भन्ला ।

उसले सुटुक्क सिपाहीलाई केटीको घर पठाई । तिनले केटीको घर जलाइदिए । र देश छाडेर जाने आदेश दिए । नत्र उनीहरूलाई मृत्युदण्ड दिने धम्की दिए ।

केटी आफ्नो बूढो बासित त्यसै रात देश छाडेर गई ।

भोलिपल्ट कोइली राजकुमारको खबर दिन "को हो को हो" भन्दै उसलाई खोज्न गयो । तर कतैबाट पनि "म हो" भन्ने आवाज आएन । उसले छटपटिँदै सारा देशको आकाश घुम्यो । तर ऊ कतै भेटिइन ।

र एक दिन कोइलीले राजमहलको झ्यालमा बसेर सुसारेका कुरा सुन्यो । केटीको आवाज, राजकुमारको प्रेम, भगवान्को तपस्या सबै कुरा थाहा पायो । उसको हृदयमा डढेलो लाग्यो । ऊ केटीलाई भेटेर क्षमा माग्न जताततै उडिरह्यो ।

केटीले देश छाडेर जाँदा बाटोमा कोइलीलाई सम्झिएकी थिई । सोचेकी थिई– कोइलीले "को हो को हो" भन्दै उसलाई कति खोज्ला ! त्यसैले उसले बाटोमा भेटिने हरेक बटुवालाई भन्थी, "कोइलीले को हो भनेर सोध्यो भने म हो भन्दिनुहोला ।"

बटुवाले पनि उसको कुरा माने । उनीहरूले अरू बटुवालाई भने ।

कोइलीले केटीलाई खोज्दै डाँडाकाँडा नाघ्यो । मान्छेको आवाज सुन्यो कि "को हो" भनेर सोधिहाल्थ्यो । मान्छेहरूले पनि "म हो" भनिहाल्थे । कोइली पहिलोपल्ट "म हो" भनेको सुन्दा साह्रै खुसी भएको थियो । तर उसको खुसी एकैछिनमा हराएको थियो, किनभने, "म हो" भन्ने आवाज अर्कै थियो । केटीले कोइली "म हो" भनेको सुनेर खुसी होला भन्ठानी । तर उसले एउटा कुरा बिर्सी, कोइलीले केटीकै आवाजलाई मात्र पत्याउँथ्यो । किनभने त्यो आवाज पहिला कोइलीको आफ्नै आवाज थियो ।

युगौं बित्यो, कोइलीले "को हो को हो" भन्दै केटीलाई खोजिरह्यो । मान्छेहरूले "म हो म हो" भनिरहे । तर उसले केटीलाई कतै भेटेन । बिस्तारै ऊ बूढो भयो । उसले आफ्ना सन्तानलाई केटीका बारेमा बतायो र माफी माग्नू भन्यो । उसका सन्तान, सन्तानका सन्तान संसारभरि केटीलाई खोज्दै उडिरहे, "को हो, को हो" भनिरहे ।

अहिले पनि कोइलीहरू कतै मान्छेलाई देख्यो कि "को हो" भनेर सोध्छन् । मान्छेहरू "म हो" भन्छन् । कोइलीहरूले अर्कै आवाज सुन्छन् र फेरि केटीलाई खोज्दै उड्छन् ।

"त्यसैले जुठीआमै भन्थिन्– कोइलीलाई मार्नुहुँदैन । सन्देश उईसितै मर्छ ।"

पवनलाई आँखा पिरा भए जस्तो लाग्यो । वसन्तले नदेख्ने गरी आँखा पुछ्यो । उसलाई आफू कथाको केटी भए जस्तै लाग्यो । सायद भगवान्ले ऊसित स्मृतिहरू मागेका थिए । र उसले आफ्ना स्मृतिहरू वसन्तलाई दिएको थियो । केटीले कोइलीको मुखबाट आफ्नै आवाज सुने झैं, उसले वसन्तको मुखबाट आफ्ना कथाहरू सुनेको थियो ।

वसन्तले पवनको छटपटी र उदासी महसुस गऱ्यो । तर केही भनेन । ऊ पनि आफ्नै कल्पनाको पिङमा मच्चिइरह्यो । उसले सोच्यो– सायद कथाकी केटी जुठीआमै आफू नै थिइन् कि ! के ऊ कोइली थियो ? केटीलाई आवाज जति महत्त्वपूर्ण थियो, त्यति नै जुठीआमैलाई आफ्ना कथा महत्त्वपूर्ण थिए । के जुठीआमैले आफ्ना कथाहरू उसलाई दिएकी हुन् ? नत्र उसले कसरी कथा आफैंले रचे जसरी सर्र सुनाउन सक्यो ?

वसन्त जुरुक्कै उठ्यो । "आइज जाम्, ढिला भयो ।"

धूलो उडाउँदै गाउँ फर्किरहेका गाई, गोरू, भैंसी र राँगाको पछिपछि लाएर उनीहरू गाउँ पसे । धूलो भुइँकुहिरो झैं आकाशतिर उठिरहेको थियो । जनावरका खुरको सङ्गीत गुन्जिरहेको थियो । पर कुकुरहरू भुकिरहेका थिए । धूलोको अनकन्टार जङ्गलभित्र रातो सूर्य अलमलिइरहे झैं देखिन्थ्यो । चराहरू चिरबिर गर्दै बाँसघारीतिर उडिरहेका थिए ।

उनीहरू मूलबाटो छाडेर खेतका आलीको साँघुरो बाटो हिँडिरहेका थिए । मूल बाटोमा साइकलमा हुर्रिंदै गइरहेका त्रैलोक र बिजुलाई देखिहाले ।

"काँ जान लाको ?" वसन्त चिच्यायो ।

साइकल हाँकिरहेको त्रैलोकले यसो मुन्टो बटारेर हेर्दै साइकलको घण्टी बजायो, "जुठीकोमा ।"

"किन ?"

"थाहा छैन ?" बिजुको आवाज आयो, "टौवा हाल्न लाछन् ।"

टौवा ? उसले पवनलाई आँखा सन्कायो । दुवै दगुरे ।

टौवा बनाउने ठाउँमा मान्छेहरू होहल्ला गरिरहेका थिए । कोई चिनिएनन् । अँध्यारा छाया जस्ता मात्र देखिए । कालो धर्का जस्ता अग्लाअग्ला बाँसका लिङ्गाहरू ठडिएका थिए ।

टर्चको तीखो उज्यालोको धार उनीहरूका आँखामा ठोक्कियो । शान्तिरामको चर्को आवाज आयो, "एई वसन्ते, पवनलाई लेर किन आको ?"

पवनले हत्केलाले टर्चको उज्यालो छेक्दै भन्यो, "हामी पनि हेर्ने हो, टौवा ।"

"ऐले हेर्नलाई क्यै छैन । अँध्यारोमा नडुल । बनेपछि आउनू ।"

"कैले बन्छ ?" पवनले आँखा मिच्यो ।

"तीनचार दिनपछि ।"

टौवा छ दिनमा तयार भयो । टौवा छाउने खर ल्याउन ढिला भएर । टौवाले बाँसबारीमा रोमाञ्चकता थपेको थियो । यति ठूलो र अग्लो टौवा त वरिपरिका सात गाउँमा पनि छैन भन्ने पनि हल्ला चल्यो । हुन पनि अरू गाउँका टौवा एकदमै होचा हुन्थे । आठबाँसे । आठ ओटा बाँसले बनेका । आठबाँसे टौवा त सौतनपुरमा त घरैपिच्छे । आआफ्नो खेत हेर्न मात्रै बनाएका ।

तर बाँसबारीको टौवा त सारा गाउँ हेर्न बनाइएको थियो ।

जीवारामले आठ सय रूपियाँमा मैनापुरबाट जग्गु यादवलाई झिकाएका थिए । ऊ टौवा बनाउन सबैभन्दा सिपालु थियो । तर आठबाँसे टौवा बनाउँदाबनाउँदै दिक्क भइसकेको थियो । उसको अझै ठूलो र अग्लो टौवा बनाउने सपना थियो । तर उसको सपनामा लगानी गर्ने कोही थिएन । जीवारामले त्रैलोक र बिजुसित पठाएको खबर सुन्नेबित्तिकै प्याच्च सुर्ती थुकेर, स्वात्त चप्पल पहिरिएर हिँडिहालेको थियो । अलि पर पुगेर कराएको थियो, "अरे रामुकी अम्मा, म चारपाँच दिनपछि आउँछु रे ।"

उसले जीवारामको डुग्गीमा बसेर छत्तीसबाँसे टौवाको योजना बनाएको थियो । गाउँलेको अनुहार उज्यालो भएको थियो । उनीहरूले टौवामा लाग्ने नगदी खर्च घरघरबाट उठाउने निर्णय गरे ।

उनीहरूले बाँसघारीबाट ३६ ओटा बाँस लतारेका थिए । बाँसघारी लहरै माथिका तीन दाँत उक्किएको थोते बूढो जस्तो भएको थियो । उनीहरूले सवा दुई दिनमा डेढ सय मिटर लामो बाबियोको डोरी पनि बाटेका थिए । अहिलेसम्म त्यति लामो डोरी सात गाउँमै बाटिएको थिएन रे ! शान्तिराम त रेडियोले थाहा पायो भने यो कुरा समाचार बनाउँछ भन्थ्यो । त्रैलोक र बिजुले अम्बरपुरबाट एक किलो तीनइन्चे किला र पाँच ओटा हाते आरी ल्याएका थिए ।

जग्गुले टौवाका चार खुट्टा बनाउँदा हरेक खुट्टामा चारचार ओटा बाँस बाँधेको थियो । र हरेक बाँसको टुप्पानिर किला ठोकेर, बाबियोको डोरीले बाँधेर अर्को बाँस गाँसेको थियो । त्यसैले टौवाको उचाइ दुईबाँस जति अग्लो भएको थियो । टौवाका चारै खुट्टालाई अड्याउन, लच्किन नदिन चार ठाउँमा मोटामोटा बाँसले बेरेको थियो । त्यसैले टौवा चारतले घर जस्तो लाग्थ्यो । मुन्तिरका तीन तलामा उसले पुलमा राखेका फलेक झैं बाँसका चिराले टम्म पारेको थियो । सबैभन्दा माथिल्लो तलामा बाँसका गिँड नै राखेको थियो । त्यसमाथि बाँसको मान्द्रो ओछ्याएको थियो । र आफ्नै कम्मर जति अग्लो बार पनि लगाएको थियो । बारमा अङ्ग्रेजी अक्षर "एक्स" जसरी काँसका कप्टेरा ठोकेको थियो । मुन्तिरबाट हेर्दा बाँसका कप्टेरा चित्र जस्तै लाग्थे । छानो खरले छायो । र छानाको टुप्पामा नीलो कपडाको टुक्रा झन्डा बनाएर राख्यो । भन्यो, "यसले हुरी चल्न थालेको पहिल्यै थाहा दिन्छ ।"

टौवाको शिरमा हावाको बहावमा फर्फराइरहेको कपडाको टुक्रा साँच्चिकै आकर्षक देखिएको थियो ।

टौवामा चढ्न बाबियोको डोरीको दुई लहरामा, एक हातका अन्तरमा बाँसका कप्टेरा बाँधेर भऱ्याङ बनाएको थियो । टाढाबाट हेर्दा टौवामा लामालामा सर्प झुन्डिए जस्ता लाग्थे, भऱ्याङका दुई डोरी ।

गाउँको जुनसुकै छेउबाट हेर्दा पनि टौवाको फर्फराइरहने नीलो कपडा देखिन्थ्यो । र यो टौवा बाँसबारीको वैभव पनि भइसकेको थियो । त्यसैले त जीवारामले जग्गुलाई अबिरले रङ्ग्याएर बिदा गरेका थिए ।

टौवा ठडिएको ११ दिनपछि आकाशका किनारमा बादलका झुन्ड देखापरे । ती कहिले खरायो जस्ता हुन्थे, कहिले गाई जस्ता, कहिले गैंडा जस्ता त कहिले हात्ती जस्ता । बिस्तारै कपासमा कसैले कालो मसी पोखिदिए जस्तो भयो । बादल कालाकाला जामुनका झुप्पा जस्ता भए । र ती झन् ठूला झन् ठूला हुँदै गए । मानौं, आकाशमा ठूलै बाढी आउनेवाला थियो । बादलका लहरा फ्याउराका बथान झैं जतातते दगुर्न थालेका थिए । बिस्तारै काला बादलले नीलो आकाशलाई निल्दै गयो ।

सूर्य त आकाशमा छँदै थिएन जसरी हरायो ।

पाहुना आउने खबर पाएर घरवालाले कुनाकाप्चामा कुचो लाए झैं हुर्रिंदै आएको हुरीले बर्खाको स्वागतमा भुइँ बढार्न थाल्यो । मानौं, धरतीको एक कुनाको सारा बतास पुट्ठामा लट्ठी हिर्काएको गोरू झैं उफ्रिँदै धरतीको अर्को कुनातिर गइरहेको थियो । बेलाबेला त घरै उडाएर लैजाला जस्तो गर्थ्यो । बेलाबेला आकाशमा ठुल्ठूला ढुङ्गा एकआपसमा ठोक्किए जस्तो हुन्थ्यो, गड्याङ गड्याङ । बेलाबेला चट्याङ धरतीमा बजारिन्थ्यो ।

आकाशमा बादलको मनोमानी चलेको तेस्रो दिन सवा ११ बजे आँगनमा उभिएर वसन्तलाई कुरिरहेको पवनले यसो अनुहार उठाएर आकाशतिर हेऱ्यो । बादलको झुप्पाबाट सबैभन्दा पहिले छुट्टिएर धरतीतिर दगुरेको बर्खाको पहिलो बुँद उसको नाकको डाँडीमा तप्प खस्यो ।

मुनमुन आउने बेला भयो ।

झरी

झरी तीन दिन बर्सिरह्यो ।

आकाशलाई कालो बादलले ढाकिरह्यो । कैयौंपल्ट चट्याङ पऱ्यो । कैयौंपल्ट मकैका फुला जसरी बुरूरूरू असिना बर्सिए । पानीका धार मुसा झैं धरतीमुनि पसे र माटोको सुगन्ध बोकेर बाहिर निस्किए । चराहरू राम्ररी उड्न सकेनन्, एउटा हाँगाबाट अर्को हाँगामा बुथ्रुकबुथ्रुक हाम फालिरहे । मसिना प्वालहरूमा पसेका कमिलाका लस्कर बाहिर निस्केनन् । पानी जमेका खाल्डाहरूमा छिर्केमिर्के जुकाहरू सलबलाइरहे । जनावरहरू गोठमै उग्राइरहे, ज्यानमा खसेको पानी झट्कार्दै । मकैका कोमल पातहरूले गीत गाइरहे ।

झक्कुलालले छानो चुहिएर सिराननिर खसेको पानीको मसिनो धारमुन्तिर थोत्रो ग्यालेन थाप्यो । ट्वारररर खसेको पानीको आवाजले ऊ राम्ररी निदाउन पनि सकेन । जैमलीले अघिल्लो वर्ष भ्वाङ परेको स्याकुमा सालका पातको टल्ली हाली । जीवारामले ओस्सिएको पिँढीमा टुक्रुक्क बसेर सुल्पा तानिरहे । घुइयाराम दिनभरि झरीका मसिना धार हेर्दै टोलायो । दोस्रो दिनको मध्याह्ननतिर ओभरकोट जसरी सिलाएको नीलो बर्सादी लगाएर जीवारामकोमा गफ लडाउन पुग्यो ।

रमलादेवीले बल्लतल्ल धूवाँ फुकेर बालेको आगोको शिरमा पानी खस्यो । उसले घरको अर्को कुनामा तीन ओटा ढुङ्गा राखेर चुलो बनाई । आलीपछाडि छेलिएर दिसा गरिरहेको हरिनारायणको पुट्ठामा

जुका टाँसियो । ऊ आली नै आली दगुऱ्यो । जसोदाले खटखट मेसिन चलाई नै रहिन् । वसन्त गुम्लुङ्ग सिरक ओढेर सुतिरह्‍यो ।

सर्वजित मास्टर साप घरको पिँढीमा बसेर झरी हेर्दै टोलाइरहे । स्कुलमा झरी बिदा भइसकेको थियो । त्यसैले उनलाई आनन्द थियो । पवनले ओछ्यानमा ढल्केर, झ्यालमाथि दुवै कुइना टेकाएर, शान्तिरामको बगैंचामा पानीको थोपा खस्दा हल्लिरहेका केराका पात हेरिरह्‍यो ।

झरीको तेस्रो दिन सवा दुई बजेतिर सर्वजित मास्टर सापले हलुवा बनाए । चिया बनाए । हलुवा र चिया बोकेर पवनको कोठामा पसे । फिक्का अँध्यारो कोठाभरि फैलिएको थियो । घरका भित्ताहरू ओस्सिइसकेका थिए । तिनबाट ठस्स गन्ध आइरहेको थियो । हलुवाको ताजा बास्ना कोठाभरि फैलियो ।

पवन झ्यालतिर घोप्टो परेर घुरिरहेको थियो भने रमा आफूले लेखिरहेको कापीमा गाला टेकाएर निद्रामै मुस्कुराइरहेकी थिई । झ्यालबाट बेलाबेला हुत्तिएर पस्ने बतासले उसको कैलो कपाल हल्लाइरहेको थियो । सर्वजित मास्टर साप रमाको नजिक गए र उसको काँध हल्लाउँदै मधुरो आवाजमा भने, "बेटा, उठ । हलुवा बनाछु ।"

रमाले निद्रामै अनुहार बिगारी । एकछिन बटारिई । उठी र लामो हाई काढी ।

सर्वजित मास्टर साप मुस्कुराउँदै पवनको नजिक गए । उसको पनि काँध हल्लाए । ऊ जुरूक्क उठ्यो । चराले पखेटा फैलाए झैं आफ्ना पाखुरा फैलायो र सारा ज्यान मऱ्याकमुरूक पाऱ्यो ।

सर्वजित मास्टर सापले हलुवा दिए ।

उनीहरू साह्रै भोकाएका रहेछन्, पकापक खान थाले । आधा हलुवा खाँदासम्म उनीहरूलाई सपनामा खाइरहेको हो कि बिपनामा, छुट्याउनै गाह्रो पऱ्यो ।

सर्वजित मास्टर सापले चिया सकेर गिलास भुइँमा राखे । एकछिन हत्केला मले । गिलास फुक्दै चिया पिइरहेको पवनलाई हेरे, "एई पवन, तँलाई धेरै दिनदेखि एउटा कुरा भन्नथ्यो ।"

उसले पुलुक्क हेऱ्यो ।

"मेरो कुरा ध्यान दिएर सुन्," उनले चिउँडो कन्याए, "मलाई अब तैंले पुरानु कुरा सम्झिन्छस् कि भन्ने आशा छैन । चमत्कार कुरेर मात्र हुन्न । पुरानो पढेको सप्पै सम्झिउँला र फेरि नौ कक्षामा पढम्ला भन्ने आस नगर । अब डुलेर मात्र समय खेर नफाल । तेरा लागि हरेक मिनेट महत्त्वपूर्ण छन् । समयले तँलाई धेरै पछाडि हुत्याएकै हो । अब तैंले सकेभन्दा छिटो पाइला चाल्नुपर्छ ।"

पवनले रित्तो गिलास हत्केलाका बीचमा खेलाइरह्यो ।

"जिन्दगीले यस्ता परीक्षा लिइरहन्छ । तैंले जित्नुपर्छ । अब पढाइमा ध्यान दे । म पहिला कस्तो थें । केके गर्थें भन्ने कुरा सोध्न र सोच्न छाडिदे । त्यो तेरो जिन्दगी थिएन भन्ने बुझ् । अहिले तँ जे जस्तो छस्, यै नै तेरो जिन्दगी हो । अब तेरो अतीतलाई तँ क्यै गर्न सक्दैनस् । त्यसैले भविष्य तेरो हो । मान्छेले अतीतलाई सपार्न, बिगार्न सक्दैन । तर भविष्य उसको हातमा हुन्छ । बितेर गएको कुरालाई सम्झेर रोइरहनेले आउने दिनलाई पनि न्याय गर्न सक्दैनन् ।"

उनी एकछिन रोकिए । पवन आफ्ना तिघ्रामा बिस्तारैबिस्तारै मुड्की हानिरहेको थियो ।

"मैले यी सारा कुरा भन्नुको एउटै कारण हो । अब तँ एक कक्षामा पढ्ने तयारी गर् । रमाका पुराना किताब छँदै छन् । तिनै पढ्न थाल् । बरू पढाइ सुधारिस् भने एकै वर्षमा म दुई कक्षा फट्काइदिउँला ।"

"मलाई नाम लेख्न आउँछ," पवनले रून्चे स्वरमा भन्यो, "म नौ कक्षामै पढ्छु ।"

"नौ कक्षामा बसेकै होस् । १० कक्षामा पनि बसेकै छस् । त्यसले क्यै फाइदा गर्दैन भन्ने पनि त थाहा पाइस् होला," उनले लामो सास ताने, "नाम लेख्न जानिस् र त एक कक्षाको तयारी गर् भनेको । नामै लेख्न नआको भे शिशु कक्षामा राख्थें तँलाई ।"

"नाइँ ! म केटाकेटीसित बसेर पढ्दिनँ । मलाई टङ्के र पुन्नेले हेप्छन् ।"

"म तिन्लाई ठीक पार्छु । चिन्ता नगर् ।"

पवनले जुरूक्क उठेर गोडा बजार्दै आँसु पुछ्यो । "नाइँ, म नौमै पढ्छु । मेरो गालामा डन्डिफोर आछ ।"

"तर तेरो दिमाग त केटाकेटीकै छ । तँलाई नौ कक्षामा राख्ने के मेरो मन छैन र ? दुई वर्षमा एसएलसी पास गरिहाल्थिस् । क्याम्पस पढ्ने हुन्थिस् । हामी सप्पैको सपना सिसाको भाँडो झैं झन्याम्म फुटेको हो । अब हामीसित जे छ, जस्तो छ, त्यसलाई स्विकार्नुपर्छ । तँलाई फेरि एक कक्षामा राख्दा के म खुसी हुँला ? यस्सो सम्झ्यो कि छाती पोले जस्तो हुन्छ । समयले हामीसित ठूलै खेल खेलिरहेको छ । तर यो खेलमा समयलाई गर्धनमा समाएर भुइँमा न्याक्नुपर्छ, बुझिस् ?"

पवनले बिस्तारै मुन्टो हल्लायो ।

"अब धेरै नबराल्लिई । पढ्न थालिहाल । तैंले नजानेको रमालाई सोध् । मलाई सोध् । पढ्, बेस्मारी पढ्," उनले पवनका आँसु पुछिदिँदै भने, "जिन्दगी तेरो हो । तेरै जिन्दगी बिग्रेको हो । यो सपार्ने, नसपार्ने सप्पै तेरो हातमा छ ।"

उनलाई पवनका ताता आँसु औंला हुँदै आफ्नै आँखामा सरे जस्तो लाग्यो । उनी आँसुलाई जोगाउँदै बाहिर निस्किए ।

ट्वाल्ल परेर हेरिरहेकी रमा आफ्नो पलङमुन्तिर झुकी । पवनले मसिनो हिक्का छोड्यो । तर उसको हिक्कालाई रमाले सामान खोतलेको खत्राकखुत्रुक आवाजले छोप्दै लग्यो । रमाले हरियो प्लास्टिकको गाता लगाएको किताब झिकी । र पवनको काखमा राखिदिई, "दाइ, यो विषय नेपाली हो । पहिला यै पढ्, सजिलो हुन्छ ।"

पवनले अबेरसम्म प्लास्टिकको गातामा नङ रगडिरह्यो ।

आकाशले गड्याङ्ग गऱ्यो । झिलिक्क गरेको बिजुलीको उज्यालो ऊसम्मै आइपुग्यो । वसन्तले भनेको त छ नि, "मुनमुनलाई देख्नेबित्तिकै तँ सप्पै सम्झिन्छस् ।"

उसले किताबलाई फ्यात्त सिरानमा फाल्यो । झ्यालबाहिर चिहायो । रेसमी कीराले बुने जस्ता रेसमी पानीका धर्साहरू हेरिरह्यो ।

चौथो दिन बिहान नौ बजे बल्ल झरी थामियो ।

आँखै चिरिक्क पार्ने गरी आकाश टल्कियो । बादल पनि पखालिएर सेता भुवा जस्ता भइसकेका थिए । वसन्तले धूलोमैलो पखालिएर टलक्क टल्किएको गाउँ हेरिरह्यो । गाउँलेहरू खेतखेतमा पुगिसकेका थिए । खेतहरूमा पानी जमेका थिए । यसो हेर्दा कसैले खेतखेतमा ठुल्ठूला ऐना राखिदिए जस्तो लाग्थ्यो ।

उसले आँगनमा उभिएर ज्यान मर्कायो । र हिँड्यो । आँगनको डिलमा के पुगेको थियो, जसोदा कराइहालिन्, "बल्लतल्ल झरी थाम्मेथ्यो, यो त हिँडी पो हाल्यो ।"

उसले नसुने जस्तो गर्‍यो ।

ऊ पवनका घरतिर दगुरिरहेको थियो । टाढाबाट बर्त्तिँदै आएको आवाज उसका कानमा ठोक्कियो, "एई, वसन्ते ।"

आवाज टौवातिरबाट आएको रहेछ । टौवामा उभिएर त्रैलोकले हात हल्लाइरहेको थियो । वसन्त टौवातिर दगुर्‍यो । चप्पलले फ्याटफ्याट हिलोका टुक्राटाक्री घुच्चुकतिर फालिरह्यो ।

टौवाको एउटा खामोमा थोत्रो साइकल अडेस लाएको थियो । भर्‍याङको डोरीमा झुन्डिएर बिजु पिङ खेले जसरी हल्लिइरहेको थियो । भिजेको डोरीबाट पानीका छिटा उछिट्टिइरहेका थिए । टौवाको शिरमा गाडेको झन्डा लुत्रुक्क परेको थियो ।

त्रैलोकले फालेको काँक्रोको भेट्नोबाट जोगिँदै वसन्त टौवामुन्तिर पुग्यो ।

"ह्याँ माथि आइज रे !" त्रैलोक करायो, "जरूरी बात छ ।"

वसन्त डोरी समाउँदै उक्लियो र स्याँस्याँ गर्दै त्रैलोकको छेउमा पुगेर सोध्यो, "कहिले आको ?"

उसका पछिपछि आएको बिजुले खैनी मोल्न थाल्यो ।

"अस्ति आको," त्रैलोकले भन्यो, "हिजै तिम्रोतिर आउने भनेको बिजुले तनि ठर्रा तानौं भन्यो । दुई जनाले एक गैलिन नै तनतनाइहाल्यौं । हिजो दिनभरि त सुतेको सुत्यै ।"

बिजुले खैनी दिँदै भन्यो, "गुरू, डेढ गैलिन हो । एक गैलिनपछि होसै गुम भइहाल्यो नि !"

त्रैलोकले सुर्ती बूढी र चोरऔंलाको बीचमा च्याप्यो । मुख बङ्ग्याउँदै देब्रे ओठको कुनामा जतनसाथ राख्यो । जिब्रोले खाँद्यो र प्याच्च थुक्दै भन्यो, "साला, डेढ गैलिन रक्सी खाइयो । दुई गैलिन आँसु बहाइयो रे !"

"किन रोको त, त्यसरी ?" वसन्त हाँस्यो ।

"रून परेन ? जिन्नागानी यस्तो छ । भविष्य अन्धेर छ," त्रैलोकले हाँस्दै बिजुको गर्धनमा पाखुरा बेर्‍यो, "मेरो त जिन्नागानी चलिहाल्ला । यसको माया लाग्छ रे ! छोटैदेखि गुरूगुरू भन्दै पछि लाग्यो । यसको भविष्य बनाउन पनि सकिएन रे ! साला, चोरेर कहिलेसम्म चल्छ जिन्नागानी ? यसको बहुत माया लाग्छ । यो केटी भएको भए उहिल्यै बिहा गरिसक्थें । यो आधा केटी त भएकै हो, पूरा केटी भएन रे ।"

"आधा केटी ?" बिजु लजायो, "कसरी गुरू ?"

"अरे रामलीलामा सीता त बनेकै होस् नि । ज्यान त कमसिन नै छ," त्रैलोक बेस्मारी हाँस्यो, "साला नल लेर जन्म्यो । कुवा भए अर्कै हुन्थ्यो रे !"

"गुरू बेइज्जेत नगर्नुस् न," बिजुले दाँत देखायो ।

"केटीको कुरा गर्दा याद आयो । तैंले भनेको केटी त बहुतै राम्रो लाग्यो," त्रैलोक वसन्ततिर हेर्दै हाँस्यो, "चाँद नै अनुहारमा टाँसे जस्तो ।"

"चाँदभन्दा राम्रो हो, गुरू," बिजुले हत्केलामा लागेको सुर्ती टकटकायो ।

"चुप बे साले, गुरूले भनेको ठीक हो ।"

"को केटी ?" वसन्त जिल्ल पर्‍यो ।

"थोडी हाम्रो केटीको कुरा गरेको हो रे ? तैंले भनेको केटीको पो कुरा गरेको ।"

"मुनमुन ?"

"हाँ, वही । तैंले अम्बरपुर जाँदा याद गर्नू भनेको थिइस् त ! तैंले पनि तेरो साथी जस्तै भुलाइगइस् कि के हो ?"

"अम्बरपुर आछे ?"

"बिल्कुल, अस्ति नै देखेको । बडो राम्री रैछ । माखनको डल्लो जस्तो । तर एउटा कुरा भन्," त्रैलोकले देब्रे आँखा झिम्क्यायो, "तेरो साथीले कसरी फसायो रे ?"

"फसाको होइन," वसन्तले अनुहार बिगाऱ्यो, "उसले आफैं पोस्टकार्ड मागेकी हो ।"

"बहुत खुब," बिजु हिस्स हाँस्यो, "मलाई त जोडी तँसित मिल्ला जस्तो लाग्यो । तेरो साथी त बहुलाइगयो । तँ नै ट्राई मार् । जिन्दगी बन्छ बे, हैन गुरू ?"

"चुप बे साले," त्रैलोकले उसको तालुमा प्याट्ट हाऱ्यो, "आफूभित्रको सैतानलाई बाँधेर राख रे ! त्यो कुकुरलाई भौंक्न नदे ।"

अनि वसन्तलाई भन्यो, "त्यो पवनलाई तक्दिरले बहुत ठग्यो । तर त्यो केटीलाई पायो भने त्यसको तक्दिरको दरबाजा फेरि खुल्छन् ।"

वसन्तले मुन्टो हल्लायो । र "थ्याङ्क यू" भन्दै भऱ्याङको डोरी समायो ।

"अङ्ग्रेजी पो बोल्छ," त्रैलोक खितखितायो, "हाम्रो गाउँमा पनि अङ्ग्रेजीबाज छ ।"

"गुरू तपाईं चैं अङ्ग्रेजीबाज नबन्ने ?"

त्रैलोकले बिजुको चाकमा लात्ती बजाऱ्यो, "धेरै चोर्न पो अङ्ग्रेजबाज हुनुपर्छ । हामी जस्तो सानो चोरलाई हिन्दीले नै पुग्छ बे ।"

उनीहरूको हाँसोले वसन्तलाई परैसम्म पछ्यायो ।

ऊ मुठी कसेर पवनका घरतिर दगुरिरह्यो । आखिरमा त्यो समय आइसकेको थियो, जसको प्रतीक्षा उनीहरूले लामो समयदेखि गरिरहेका थिए ।

पवनको झ्यालसम्म पुग्दा हिलो उछिट्टिएर उसको घुच्चुकसम्मै पुगेको थियो । ज्यान हप्प भइसकेको थियो । उसले स्याँस्याँ गर्दै पैताला तन्काएर झ्यालमा चियायो । पवन उत्तानो परेर सुतेको थियो । मुख आँ भएको थियो । बेलाबेला घ्यार्रघ्यार्र गरिरहेको थियो ।

ऊ आँगनतिर दगुऱ्यो । भित्र पस्यो । सर्वजित मास्टर साप आफ्नो कोठामा रमालाई पढाइरहेका थिए । ऊ सर्वजित मास्टर सापको गुनगुन आवाजलाई माखा झैं धपाउँदै पवनको कोठामा पस्यो । मस्त निद्रामा परेको पवनलाई एक्कासि झस्काइदिऊँ जस्तो पनि लाग्यो । तर आफैंलाई थाम्यो ।

बिस्तारै उसको कुम हल्लायो, "एई पवन, उठ् ।"

दुईपल्ट पाखुरा हल्लाएपछि पवनले "हँ" गर्दै आँखा खोल्यो । आफ्नो अनुहारमाथि झुन्डिरहेको वसन्तको अनुहार देखेर खिस्स हाँस्यो ।

"बाहिर आइज," वसन्तले सुस्तरी भन्यो, "जरूरी कुरा गर्नु छ ।"

"के कुरा ?" पवनले हाई काढ्यो ।

"आइज न करेसातिर ।"

उनीहरू लुसुक्क बाहिर निस्किए । करेसामा झरीमा नुहाएका तीतेपातीका बोटले स्वागत गरे, बिस्तारै मुन्टो हल्लाउँदै ।

"के कुरा, भन्," पवनले चोरऔंलाले दाहिने आँखाको कचेरा पुछ्यो ।

"मुनमुन अम्बरपुर आइसकी रे !"

लौ जा ! घुँडाका कटौरी उछिट्टिएर गए झैं पवनका गोडा लल्याकलुलुक भए । उसले घरको भित्तो समायो । सास त अचानकै बढ्यो त । मुटु पनि कस्तरी छटपटिएको !

"त्रैलोकले अस्ति देखेको रे," वसन्त भ्यागुता झैं उफ्रियो, "अब भेट्न गइहाल्नुपर्छ ।"

पवनलाई के गरूँ, के गरूँ भइरहेको थियो, "मैले राम्रा कपडा ला छैन ।"

"हत्तेरी । ऐले नै जाने भनेको हो र ? पैला पैसाको जुगाड गर्न परेन ? मुनमुनलाई चुन्नी किन्दिनुपरेन ?"

पवनले मुन्टो हल्लायो ।

"अब धेरै खुसी नबन्," वसन्तले तीतेपातीको पात चुँड्यो, "अब तैंले दुइटा काम गर्नुपर्छ । मास्टर सापसित दुई सय माग्नुपर्छ । अनि अझै राम्रा अक्षर लेख्ने प्राक्टिस गर्नुपर्छ । मुनमुनले तेरा अक्षर साह्रै राम्रा भन्थी । लेख्न लाई भने त बर्बादै हुन्छ ।"

"हुन्छ ।"

"भोलि ब्यान नौ बजे हिँड्नुपर्छ, बुझिस् ?"

पवनले बेस्मारी मुन्टो हल्लायो, चिउँडोले छातीमा प्रहार गरे झैं ।

"ल म गएँ," वसन्तले हत्केलामा मिचमाच पारेको तीतेपाती सुँघ्यो, "रोइकराइ गर, झगडा गर । तर दुई सय रूपियाँ माग ।"

र वसन्त घरतिर हुर्रियो । उसलाई सर्टमा आइरन लाउनु जो थियो ।

पवनले दैलोनिर पुगेर खुसीले काँपिरहेका हातगोडा सम्हाल्यो र भित्र पस्यो । रमा कोठामा आइसकेकी थिई । उसले उज्यालो अनुहार बनाएर मुसुमुसु हाँसिरहेको पवनलाई देखी । तर केही भनिन । कर्के नजर लाइरही ।

पवन ओछ्यानछेउ बस्यो । डसनामुनि च्यापेको पोस्टकार्डलाई सुटुक्क तानेर सिराननिर उत्तानो परेको नेपालीको किताबको पन्नामा च्याप्यो । र किताब पढे जसरी पोस्टकार्ड हेर्न थाल्यो ।

साँझ फेरि आकाशले गड्याङगुड्ुङ गऱ्यो र सवा आठ बजेतिर पानी बर्सिहाल्यो । मकैका पात बज्न थाले । उसलाई मकैका पात बजेको रमाइलो लाग्थ्यो । तर अहिले भने मकैका पातले छटपटी झन् बढाए । उसलाई आफ्नै मन बजे जस्तो पो लाग्यो । भात पनि अमन गरेर खायो । उसले पटकपटक सर्वजित मास्टर सापतिर पुलुक्क हेऱ्यो । तर उसको आवाजलाई भातको गाँसले तल ठेलिरह्यो ।

"भोलि भनुँला बालाई" भन्ने उसले सोच्यो । तर ओछ्यानमा छटपटिइरह्यो ।

उसलाई आँखीभौं, पाखुरा र तिघ्राका मासु तनक्क तन्किए जस्तो लागिरहेको थियो । पेट पनि त्यसैत्यसै खल्लो भइरहेको थियो ।

उसलाई देखेर मुनमुन कसरी हाँस्ली ? उसले दिएको कालो चुन्नी लाएर कति राम्री देखिएली ? उसको हात समात्ली कि नसमात्ली ? उसको नाक अलिकति चुच्चो परेको छ रे, कस्तो होला ? उसका आँखा माछाका आँखा झैं एकदमै ताजा छन् रे, कस्ता होलान् ? केके सोध्ली मुनमुनले ?

ऊ भित्तातिर कोल्टे फेऱ्यो ।

रमाले उसको छटपटी थाहा पाइसकेकी थिई । निदाए जस्तो गरेर चिम्सा आँखाले हेरिरही । पुरानो पवनलाई ऊ पक्कै सोध्थी, "दाइ, के भो ? किन ननिदाको ?"

नयाँ पवनलाई सोध्ने आँटै आएन ।

पवनले सिरानमुन्तिरबाट किताब तान्यो । किताबका पन्नाको अँगालोमा बाँधिएको पोस्टकार्डलाई सुमसुम्यायो । उसको स्पर्शले पोस्टकार्ड बिरालो भयो र आँखा चिम्म गरेर निदायो ।

थैत्, यसरी हुँदैन !

ऊ पलङबाट झऱ्यो । बिस्तारै सर्वजित मास्टर सापको कोठाको दैलोनिर पुग्यो अनि भित्र चियायो । सर्वजित मास्टर साप पुराना कागजपत्र मिलाउँदै थिए । सायद झरीमा ओस्सिए कि भनेर हेरेका होलान् ।

ऊ तेर्सो परेर दैलोको चेपबाट भित्र पस्यो ।

सर्वजित मास्टर साप झसङ्ग भए । एकोहोरो भएर काम गरिरहेका बेला उनलाई सानो आवाजले पनि झस्काइदिन्थ्यो । उनले मधुरो स्वरमा सोधे, "किन आइस् ?"

"बा !" पवनले दुवै हात छातीमा कैंची पारेर दुईतिरकै पाखुरा कन्याउँदै भन्यो, "दुई सय रूप्याँ दिनू ।"

"दुई सय रे ?" सर्वजित मास्टर सापका आँखा ठुल्ठूला भए । "यत्ति राति किन चाइयो दुई सय ?"

"म भोलि अम्बरपुर जान्छु ।"

"यस्तो झरी छ । देख्या छैनस्, कसरी गाउँ नै बगाउला जसरी दर्केको छ । किन जानुपऱ्यो, अम्बरपुर ?"

"म जाने हो । जस्सरी भए पनि ।"

"पछि जालास् । अहिले हुन्दे," उनले कागजको मुठोलाई रातो तुलको टुक्रामा बेरे, "फेरि त्यै अम्बरपुर जान दुई सय रूपियाँ किन चाहिन्छ ?"

"चाहिन्छ ।" पवनले तिघ्रामा मुड्की हान्न थालिहाल्यो, "एक चीज किन्न चाहिन्छ ।"

"के चाहियो भन्, म मगाइदिम्ला ।"

"नाइँ म आफ्फैं किन्छु," पवनले नमस्ते गऱ्यो, "दुई सय रूपियाँ दिनू के बा । म फेरि क्यै माग्दिनँ । हजुरले भनेको खुरूक्क मान्छु । एक कक्षामा पनि पढ्छु ।"

सर्वजित मास्टर सापले हात जोडेर उभिएको उसलाई हेरिरहे । कागजको मुठोलाई सिरानीमुनि च्यापे । खुइय्य सुस्केरा हाले ।

"बा, दिनु के दुई सय," उसले रून्चे स्वरमा भन्यो ।

"हेर्, ऐले जाने होइन," उनले दिक्क मान्दै भने, "झरी थामिएपछि जालास् । दुई सय रूपियाँ दिम्ला । पर्खी क्यै दिन ।"

"नाइँ, भोलि नै जान्छु," उसको आवाज काँप्यो, "नत्र ढिला हुन्छ ।"

"के ढिला हुन्छ ?"

उसले सुँक्क गऱ्यो ।

"हेर्, म तँलाई भोलि नै त कुनै हालतमा पनि पठाउन्न । तँ पैला जस्तो छैनस् । कि त भन्, किन जानुपऱ्यो । कारण भन्, मेरो मनले मानेछ भने दिम्ला पैसा ।"

"नाइँ, दिनू के," उसले गोडा बजाऱ्यो ।

"सारा चीज त बिर्सिस्," उनी कड्किए, "यो ढिपी गर्न चैं बिर्सेको रैनछस्, हैन ?"

पवनले तुरूक्क आँसु झाऱ्यो र आफ्नो कोठातिर दगुऱ्यो । ओछ्यानमा घोप्टो पऱ्यो । अबेरराग्ग उराको ढाड थर्थराइरह्यो ।

रमा उसको छेउमा आई । बस्दै सोधी, "दाइ, अब तँ पैसा चोरेर भाग्छस् ?"

"चोर्न हुन्न," उसको आवाज सिरानमा चेप्पियो ।

"नभाग है, बाले दिनुहुन्छ के !"

रमाको मलिन आवाजले पवनको मन पग्लियो । उसले जुरूक्क उठेर रमालाई अँगालो माऱ्यो । रोइरह्यो ।

"आमा भको भए, तँलाई गाली नगरी पैसा दिनुहुन्थ्यो होला है !" ऊ पनि रून्चे भइसकेकी थिई ।

पवनको ज्यान थर्थरायो ।

"मसित पनि छैन पैसा," रमाले हिक्क गर्दै भनी, "अस्ति पाँच रूप्याँ थ्यो । स्कुलमा मिठाई खाएँ ।"

उनीहरू अबेरसम्म सुकसुकाइरहे । उनीहरूको सुकसुकाइलाई जित्दै बाहिर झन् जोडजोडले झरीले हिक्का छाडिरह्यो ।

वसन्त बिहान साढे आठ बजे नै आइपुग्यो । झरी थामिएको थियो । बादल पनि निख्रिसके जस्तो लाग्थ्यो ।

वसन्त आइरन गरेका सर्टपाइन्टमा चिटिक्क परेको थियो । पवन पनि नुवाइधुवाइ गरेर चिटिक्क परेर आँगनमा उभिएर कुरिरहेको होला भन्ने उसले सोचेको थियो । तर पवन त ओछ्यानमै थियो । उसका आँखा सुन्निएका थिए । वसन्तलाई देख्नेबित्तिकै ओठ बङ्ग्याउन थालिहाल्यो । कपाल जिङ्रिङ्ग पारेर, तालुका दुइटा भुमरी एकआपसमा गुथेर, पिन्चे अनुहार लाएर बसेको पवनलाई देख्दा उसलाई दिग्दार लाग्यो । दिक्क मानिरहेका बेला पवनले ल्याप्प पाखुराले तप्किरहेको सिँगान पुछ्यो ।

वसन्तले अनुहार बिगार्दै सोध्यो, "तँ जान्नस् ?"

"मास्टरले पैसा देन," पवनले ओछ्यानमा मुड्की हान्यो, "नजा भन्यो ।"

वसन्त वाल्ल पर्‍यो । उसलाई त सर्वजित मास्टर सापले सजिलै पठाउलान् जस्तो लागेको थियो । उसले रमातिर हेर्‍यो । उसले भनी, "दाइ, हिजो रातभरि रोको थ्यो ।"

"मास्टर साप खोइ ?" उसले सोध्यो ।

"जैमली दिदीकोमा आलु लिन जानुभाछ," रमाले मन थाम्नै सकिन । सोधिहाली, "किन जान लाको ?"

"यस्ले क्यै भनेन ?"

"नाइँ ।"

"हामी मुनमुनलाई भेट्न जान लाको ।"

रमा पवनलाई हेर्दै खिस्स हाँसी ।

"यसरी रोएर हुन्न," वसन्तले पवनको काँध थपथपायो, "अम्बरपुर त जानैपर्छ । दुईचार दिनपछि त झन् पानी पर्छ रे ! आजै जानुपर्छ । फेरि मुनमुन फर्केर नेपालगन्ज गई भने सबथोक बिग्रिन्छ । बुझिस् ?"

"कसरी जाने त ? मास्टरले पैसा देन ।"

"तँ गएर हातमुख धो । अरू क्यै चिन्ता नगर । म छु नि । सबै मिलाइहाल्छु ।"

"मास्टरले गाली गर्छ, भागेर गयो भने ।"

"आजै फर्केर आउने त हो," वसन्तले आँटिलो स्वरमा भन्यो, "मुनमुनलाई भेटेर तैंले सप्पै सम्झिस् भने खुसी हुनुहुन्छ । भुत्रो गाली गर्नुहुन्छ ।"

पवनले मुन्टो हल्लायो । ओछ्यानमा दुईपल्ट मुड्की बजाऱ्यो र आँगनतिर निस्कियो । उसले हतारहतार नीलो पाइन्ट र खैरो सर्ट लायो । कपडाको टाटेपाटे जुत्ताको तुना कस्यो । रमाले काइँयो दिई, उसले दाहिनेतिर छड्के पारेर कोऱ्यो । काइँयोलाई फ्यात्त ओछ्यानमा फाल्यो । एकछिन सोच्यो र भान्सातिर गयो । कालो पोलिथिन ब्याग लिएर आयो । सिरानमुन्तिरको किताबबाट पोस्टकार्ड झिक्यो । पोलिथिन ब्यागमा राख्नै थालेको थियो, रोकियो । ब्यागमा अझै चिनीका दुईचार दाना रहेछन् । चोर औंलाले टिप्दै जिब्रोमा राख्यो । पोस्टकार्ड राखेर ब्याग पट्यायो र सर्टभित्र घुसाऱ्यो । अनि रमालाई हेर्दै खिस्स हाँस्यो । र मधुरो स्वरमा भन्यो, "मास्टरले खोज्यो भने साँझ फर्केर आउँछ भन्नू है ।"

रमाले मुन्टो हल्लाई ।

"ह्याँ आइज," उसले रमाको हात समाएर तान्दै नजिक ल्यायो । उसको गालामा खसेको कपाल सोहोर्दै कानमाथि राखिदियो । र बाहिर निस्कियो ।

वसन्तले उसलाई दगुराइहाल्यो । उनीहरू यसरी दगुरे मानौं बाटोले नै लखेटिरहेको थियो ।

"तँलाई आमैले दुई सय रूपियाँ दिन्छिन् ?" दगुर्दै पवनले सोध्यो ।

"नाइँ ! म त आमैलाई नभनी भागेर आको ।"

"अनि काँबाट आउँछ त पैसा ?"

वसन्तले उत्तर दिएन ।

उनीहरू वसन्तको गोठअगाडि पुगे । वसन्तले तीतेपातीका पात टिप्यो र भित्र पस्यो । छानो चुहिएर ठाउँठाउँमा पानी जमेको थियो । भिजेको खरबाट अनौठो गन्ध आइरहेको थियो । कुनाकुनातिर कतै लेउ जमेको थियो भने कतै ढुसी उम्रिएको थियो । वसन्त गोठको पश्चिम कुनातिर गयो । एकछिन सोच्यो र डुँडतिर गयो । डुँडको कुनामा हात पसाल्यो । फलामको सानो डन्डी झिक्यो । र कुनो खन्न थाल्यो ।

पवनले अचम्म मान्दै हेरिरह्यो ।

सानो खाल्डो खनेपछि वसन्तले खाल्डोमा हेर्दै हत्केला पड्कायो । र काठको टुक्रो जस्तो चीज निकाल्यो । वरिपरि लाएको माटोलाई तीतेपातीका पातले पुछपाछ गऱ्यो । काठको टुक्रो होइन रहेछ, सिसी पो रहेछ । उसले सिसीको बिर्कोलाई सर्टको फेरले समाएर बटाऱ्यो । बिर्को घुमेन । सर्टको फेरलाई बिर्कोमा बेरेर दाँतले समायो र दाह्रा किट्यो । बिर्को घुम्यो । बिर्कोलाई भुइँमा फालेर सिसीको मुखलाई हत्केलामा ढल्कायो । बिडी झैं बटारिएका सयका दुइटा नोट सुलुत्त हत्केलामा खसे । अलिकति गलिसकेका थिए ।

पवनको मुख खुलेको खुल्यै भयो । उसले यस्तो चमत्कार अहिलेसम्म देखेकै थिएन । ऊ चकित भयो । "कैले राखेको पैसा ह्याँ ?"

"उहिल्यै उहिल्यै हो," वसन्तले नोट पट्याउँदै गोजीमा हाल्यो ।

"चोरेको पैसा हो ?"

"होइन । बाटामा भेट्टाथें ।"

उनीहरू बाँसबारीलाई छाडेर परै पुगिसकेका थिए । बाटामा पानी भरिएका खाल्डाखुल्डीबाट जोगिँदै दगुरिरहेका थिए । सौतेनी नदी पुग्ने बेला पवनले वसन्तको पसिना भरिएको पिठ्युँ सुमसुम्याउँदै भन्यो, "पछि धेरैधेरै पढेर तिर्छु, तेरो पैसा ।"

"पर्दैन," वसन्तले स्याँस्याँ गऱ्यो, "यो दुई सय रूपियाँ तेरै हो भन्ठान् ।"

भिजेको पोस्टकार्ड

सौतेनी नदीमा कमेरो घोले जस्तो धमिलो पानी उर्लिरहेको थियो । सयौं अजिङ्गरले एकैपल्ट सास फेरे जस्तो आवाज आइरहेको थियो । पानी पिच्कुको झुपडीको छेउछाउसम्म आइपुगेको थियो । पिच्कुले घाम छेल्न बनाएको बोराको कटेरो पनि थिएन । पानीले किनार पनि स्वात्तै बगाएर लैजान्छ कि जस्तो गरिरहेको थियो । एउटा ठूलै जङ्गल नै निले जसरी नदी ढाडिएको थियो । पिच्कुले डुङ्गा झुपडीको छेउमै बाँधेको रहेछ । डुङ्गा दाम्लोमा बाँधेको गोरू झैं छटपटाइरहेको थियो ।

हुर्हुरिंदै बगिरहेको पानी देखेर पवनको अनुहार अँध्यारो भयो ।

"काका ?" वसन्त करायो ।

"को हो रे ?" मधुरो आवाजसँगै पिच्कुले दैलोमा झुन्ड्याएको बोरा पन्छाएर बाहिर हेर्‍यो । उनीहरूलाई देखेर भन्यो, "नदी त पूरै पगलाइगएछ । कहाँबाट आयो ?"

"हामी अम्बरपुर जान आको ?" वसन्तले भन्यो ।

पिच्कु बाहिर आयो । एकपल्ट नदीतिर हेर्दै भन्यो, "यस्तो भर्भराएको पानीमा त डुङ्गा चढ्न कोई आउँदैन । सबै मैनापुरतिरबाट हिंड्छ । त्यहाँ पुलबाट नदी तर्छ । हेर्, कस्तो भयङ्कर भाछ नदी ! राति त कानमै आएर डायन जस्तो कराउँछ । अस्ति ठूलै साँप बगाउँदै लगेको थियो । कहिलेकाहीँ त राति सुतेको बेला झुपडीसितै बगाउँछ कि जस्तो लाग्छ । १२ वर्ष भो, यो नदी यसरी पागल भाको देखेको थिनँ रे ।"

वसन्तले मुन्टो हल्लायो ।

"यो बखत किन जान लागेको रे ?"

"पवनकी केटी आछे नि, काका," वसन्तले पिच्कुका राता भएर सुन्निएका आँखा हेर्दै भन्यो, "उसैलाई भेट्न जान लाको । तर नदी त डरलाग्दो भाको रैछ । डुङ्गा पल्ट्यो भने के गर्ने ? मलाई त पौडी खेल्न आउँछ, पवनलाई आउन्न ।"

पिच्कुले हाँस्दै पवनतिर हेर्दै भन्यो, "यो प्यारब्यार भन्ने चीज पनि यस्तै हो रे, पार लाउँछ । प्यारमा रामले सीतामैयाका लागि कत्रो समुन्दर पार गरेको थियो । यो नदी के हो र ?"

पिच्कु छपछप पानी बजाउँदै डुङ्गातिर दगुऱ्यो । डुङ्गालाई धकेल्दै उनीहरूसम्म ल्यायो ।

पिच्कुले पवनलाई हात दियो । पवनको अनुहार त कालो न कालो भइसकेको रहेछ । उसले दायाँ कोखातिर सरेको पोस्टकार्डलाई थपथपायो । अनि पिच्कुलाई हात दियो । डराउँदै डुङ्गा चढ्यो । वसन्तले पनि डुङ्गा चढेपछि पिच्कुले बुरूक्क उफ्रिएर डुङ्गा चढ्दै बहना खियायो ।

पानीको रफ्तारमा डुङ्गा ढलपलाउन थाल्यो । पिच्कुले बहना मच्चाइरह्यो । पानीको रफ्तारसित लडिरहेको उसका पाखुरा ढुङ्गा जस्तै साह्रा हुँदै गए । वसन्तले पाखुराको बीचमा मोजाको सानो बल झैं उक्सेको मासुको डल्लो देख्यो । ढाडिएका जुका जस्ता नसा देख्यो ।

उनीहरू पानीको संसारमा थिए । कोही बोलेनन् । पानीले भित्रभित्रै गुडाएका ढुङ्गाका आवाज मात्र आइरहे । कहिलेकाहीँ पानीमा भुमरी परिरहे । पातहरू भुमरीमा फनफनी घुम्थे । तलतल पुगेर नदी सानो बालक चिच्याईचिच्याई रोए जस्तो गरिरहेको थियो ।

यति डरलाग्दो नदीको छेउमै कसरी बस्दो होला पिच्कु ? वसन्तले सोच्यो ।

पवन डुङ्गाको बिट समाएर छटपटाइरहेको थियो । हरेकपल्ट डुङ्गा ढलपलाउँदा उसलाई स्वात्तै उल्टिन्छ कि जस्तो लाग्थ्यो ।

डुङ्गा स्वात्त उल्टियो भने उसलाई हुत्याएर कहाँ पुऱ्याउला ? उसले आँखा आकाशतिर उठायो । आकाशका किनारकिनारबाट बादल दगुर्दै आकाशको बीचैमा थुप्रिरहेका थिए ।

जब पवनले आँखा तल गऱ्यो, नदीको किनार उसका अगाडि थियो । किनारलाई पानीले बिस्तारैबिस्तारै भत्काइरहेको थियो ।

उनीहरू फटाफट डुङ्गाबाट ओर्लिए ।

पिच्कुले पसिना पुछ्यो, "जल्दी फर्कनू । फेरि पानी पर्छ जस्तो छ । नदी झन् ठूलो हुन्छ । मैले यस्तो बाढमा धेरै भएछ नाव नचलाएको । म त बुढवा हुँदै गएछु । पानीसित ज्यादा लड्न सक्दिनँ रे !"

वसन्तले भन्यो, "कका, सारा जिन्दगी डुङ्गा चलाको मान्छे पनि डराउने हो ?"

"जवानीमा त सारा नदी मुठीमै राख्छु जस्तो लाग्थ्यो रे ! अब देहीमा ताकत पनि छैन । म बुढवा भएँ, नदी झन् सैतान भयो । आज त बहुत डर लाग्यो । जल्दी फर्किनू है, लड्का हो । म घाम अस्ताएपछि ठीकसित आँखा देख्दिनँ । रात भइगयो भने मैनापुरको पुलबाट तर्नू ।"

वसन्तले पिच्कुका आँखामा गहिरो डर देख्यो । र भन्यो, "काकाले यत्रो दुःख गरेर खोला तार्दिनुभो । यसपालि पोस्टकार्ड पक्का आउँछ ।"

"सम्झिस् भने ल्याइदे," पिच्कु हाँस्यो, "देखिहालिस्, चारों ओर बस् पानीपानी छे । पानीको बीचमा म अकेलै ।"

नदीभन्दा अलि पर पुगेपछि वसन्तले पछाडि फर्किएर हेऱ्यो । आकाश जस्तो फराकिलो नदीमाथि अर्धचन्द्रमा जस्तो डुङ्गा ढलपलाइरहेको थियो । पिच्कुले छिटोछिटो बहना चलाउँदै चन्द्रमालाई किनारतिर लगिरहेको थियो ।

"के हेरेको ?" पवनले सोध्यो ।

"क्यै होइन । अनि, सुन् ।"

"के ?"

"मुनमुनका अगाडि भकभकाउने होइन, बुझिस् ? कच्चा पापड, पक्का पापड भन् त ।"

"क...कच्चा प...पापड ।"

"सुरूमै हुन्न । पहिला बिस्तारैबिस्तारै भन् अनि छिट्छिटो ।"

पवनका मुखबाट कहिले कच्चा पापड खस्यो त कहिले पक्का पापड । अम्बरपुर पुग्दासम्म त वसन्तलाई ५० पापड खाने गरी भोक जागिसकेको थियो ।

उनीहरू अम्बरपुर पुग्दा आकाशमा काला अङ्गुरका झुप्पा जस्ता बादल थिए । सिमसिम पानी परिरहेको थियो । छाता ओढेर मानिसहरू यताउता कुदिरहेका थिए । कति पसलेले बाहिर झुन्ड्याएका सामान नभिजून् भनेर प्लास्टिकले ढाकेका थिए । दिउँसै अँध्यारोअँध्यारो भएको थियो । चिया पसलमा घुइँचो थियो । सिमसिम पानीले भिजेका आँखीभौं पुछ्दै वसन्तले कारिगरले जगबाट कित्लीमा स्यार्रस्यार्र पारिरहेको चियाको लर्कोतिर हेर्‍यो । कस्तो बाफ उडिरहेको थियो ! तर चिया खाएर बस्ने कुरै थिएन ।

उनीहरू लुछुप्प रूझेका लुते कुकुरसँगै हिँडिरहे ।

"पैला साइकिल लिन जाम् है ?" वसन्तले भन्यो ।

"नाइँ," पवन डरायो ।

"हिँड् के, क्यै हुन्न । अस्तिना पनि साइकिल चढेकै हो । भूल काकाले थाहै पाएनन् । मुनमुनलाई साइकिल चढेको देखाउनुपर्छ ।"

"म जान्नँ । तँ जा," पवनले अनुहार अँध्यारो बनायो ।

वसन्तले उसलाई दैलो बन्द भएको दोकानअगाडि पुर्‍यायो र भन्यो, "तँ ह्यैं उभ्भी । कतै नजानू । बिरानो मान्छेसित कुरा नगर्नू । कसैले कतै जाम् भने पनि नजानू । म आइहाल्छु । अनि चुन्नी किन्न जाम्ला ।"

पवनले मुन्टो हल्लायो ।

वसन्त बतास भयो ।

भूल काकाको गोठमा बेस्मारी बाख्रा कराइरहेका थिए । आँगनमा ऱ्याल्ल हिलो जमेको थियो । छानालाई नीलो बर्सादीले छाएको थियो । बर्सादीमा खसेको पानीको आवाज वरैसम्म आएको थियो, टपर टपर टपर । दैलो खुलै थियो । "भूल काका" भन्दै वसन्तले बोलायो । तर उनको आवाज आएन । उनी घर र गोठ कतै थिएनन् ।

वसन्त घरभित्र पस्यो । साइकल लिएर बाहिर आयो । हुत्तिएर साइकलमा चढ्यो र पुट्ठा उचाली उचाली साइकिलमा दम दियो ।

पवन छटपटिँदै उभिइरहेको थियो । वसन्तलाई देखेर खिस्स हाँस्यो र दगुर्दै आएर क्यारियरमा थ्याच्च बस्यो र भन्यो, "चुन्नी किन्न जाम् ।"

वसन्तले बजारको माथितिर चुन्नी बेच्न राखेको देखेको थियो । त्यसैले बाटोमा बगिरहेको पानीको लहरोमाथि टायर दगुरायो ।

बजारको सिरानमा लहरै चुरा पसल थिए । पानी परेकाले ग्राहक थिएनन्, रित्तारित्ता थिए । चुराहरूलाई एकआपसमा जेलेर लामै माला बनाएर झुन्ड्याएको पसलमा उसले साइकल रोक्यो ।

पसलमा २५ वर्ष जतिको कालो वर्णको केटो हिन्दी गीत घन्काउँदै, गोडा हल्लाउँदै बसेको थियो । बेलाबेला ओठमा दुई औंला राखेर, औंलाको बीचबाट पिच्चपिच्च गुट्खा छेत्रा बाटोमै पुग्ने गरी थुकिरहेको थियो । दैलोमा ठुल्ठूला पोस्टर टाँसिएका थिए । एउटामा नाइटो देखाएकी हिरोइन थिई, जसको शिरमा लखिएको थियो– बेदर्दी बालम । अर्कोमा हातभरि माकुरोका जाल जस्ता मेहिन्दी लगाएकी हिरोइनले हात जोडेकी थिई, पुछारमा लेखिएको थियो– स्वागतम् ! बेदर्दी बालमलाई स्वागत गरिरहेका हिरोइनका फोटामुन्तिरको लामो टेबलमा राता, हरिया, छिर्केमिर्के चुराहरू लहरै राखिएका थिए । पूर्वतिरको भित्तामा टाँसिएको र्‍याकमा लिपस्टिक, नङ पालिस, सेम्पु, कालापत्थर मिलाएर राखिएको थियो । उत्तरी भित्तामा पोतेका मालासँगै फ्रक, म्याक्सी, कुर्तासुरूवालसँगै झुन्ड्याइएका थिए– हरिया, राता, काला चुन्नीहरू ।

"के चाहियो बे ?" केटोले साइकल रोकिरहेको वरान्तलाई काँचै पो खाउँला जस्तो गरी भन्यो, "पसलअगाडि साइकिल राख्ने होइन ।"

"चुन्नी किन्न आको ।"

"राख् राख्, साइकिल त्यैं राख्," केटोले आवाज मीठापान जस्तो बनायो, "भोसडीहरूले पसल छेकेर साइकिल राख्छ । त्यै भएर भनेको ।"

वसन्तले पसल अगाडिपट्टिको खाँबोमा साइकल अड्यायो । र पसलको अलिकति भित्र पसेर झरीलाई छेल्यो । पवन ऊसितै टाँसियो । पवनलाई

पानीले लपक्कै भिजाइसकेको रहेछ । वसन्तले पवनको तालुको कपाल सोहरिएर नाकको डाँडीतिर खसेको देख्यो । वसन्तले पसलको देब्रे कुनामा झुन्ड्याएको ऐनामा आफूलाई हेऱ्यो, उसको कपाल पनि लुछुप्पै तेल लाएर थ्यापथ्याप पारे जस्तो थियो । कपडा सबै भिजेका थिए । अलिकति बतास चल्दा पनि ज्यानभरि मसिना काँडा उम्रिन्थे ।

उनीहरू घरबाट बाघ झैं निस्किएका थिए ! अहिले त भिजेको बिरालो जस्तो भइसकेका थिए ।

"कस्तो रङको चुन्नी चाहिन्छ रे ?" केटोले सोध्यो ।

"कालो," वसन्तले भन्यो ।

केटोले छेउमा ठड्याएको लामो लठी समात्यो । लठी चुन्नी झुन्डिएतिर सोझ्यायो । कालो चुन्नी लठीमा झुन्डिँदै आयो । त्यो कालो चुन्नी मात्र थिएन, पवनको सपना पनि थियो । उसको सपना लठीमा तुर्लुङ्ग झुन्डिएर ऊतिरै आइरहेको थियो ।

पवनले पाइन्टको पुट्ठातिर नभिजेको ठाउँमा हात पुछ्यो । र लजाउँदै चुन्नी समायो । कस्तो नरम ! गालामा टाँसिरहूँ लाग्ने ।

"ठीक छ ? कि अर्को देखाऊँ ?" केटोले लट्ठी अर्को चुन्नीतिर तेर्स्यायो ।

"एई राम्रो छ," पवनले भन्यो ।

"ल ठीक छ, एक सय ५० लेऊ ।"

वसन्तले गोजीमा हात हाल्यो । नोट बाहिर निकाल्यो । ज्या ! नोट त भिजेर लुत्रुक्क परिसकेका रहेछन् । चोरगोजीमा राख्नै बिर्सेछ । उसले अकमकाउँदै भन्यो, "नोट त भिजेछन् ।"

"भिजेको नोट त चल्दैन बे," केटो झर्कियो, "नोट हो कि कागजको लिथडा ? अरू नोट दे ।"

"हामीसित त यत्ति हो," वसन्तको अनुहार अँध्यारो भो, "भिजेको मात्रै हो । सुकाए भइहाल्छ नि ।"

"तै आफैं सुकाएर ले बे," केटोले लट्ठी पवनतिर तेर्स्यायो । पवनले खुरूक्क चुन्नी लट्ठीमा झुन्ड्याइदियो । केटोले फेरि चुन्नी भित्तामा झुन्ड्याइदियो ।

"प्लिज दाइ, हामी गाउँबाट आको," वसन्तले हात जोड्यो, "अरू पैसा छैन । दिनू न ।"

केटोले एकछिन सोच्यो र हात बढायो । बूढी र चोरऔंलाले नोटका टुप्पा समाएर, मरेको मुसो झैं झुन्ड्याउँदै लग्यो । नोटलाई अगाडिको टेबलमा फिँजायो ।

"सयको नोटको सय आउँदैन," केटोले भन्यो, "पन्चानब्बे आउँछ । हुन्छ ?"

वसन्त जिल्ल पर्‍यो । उसले यस्तो कुरा त कतै सुनेको थिएन ।

"पाँच रूपियाँ नोट सुखाउनको खर्च," केटोले गुट्खाको सुपारी कुटुक्क पार्‍यो, "सुखाउँदा नोट डढ्यो भने ? रिस्की काम हो बे ।"

पवनले रून्चे अनुहार लाइसकेको थियो ।

"पन्चानब्बेमा हुन्छ भने चुन्नी लैजा," केटोले वसन्तलाई सर्ने इसारा गर्‍यो र थुक पिच्च सडकमै पुर्‍यायो, "नत्र, तेरा कागजका लिथडा लैजा ।"

"हुन्छ, पन्चानब्बेमै चलाउनू ।"

केटोले हाँस्दै लट्ठीले चुन्नी तान्यो र पवनतिर बढायो । पवनले फेरि लैजान्छ कि जसरी चुन्नीलाई अँठ्यायो । केटोले २० का दुइटा नोट फिर्ता दियो, "हेर् बे, तेरो लिथडा नोटको बदला बहुतै कडक नोट देको छु ।"

वसन्तले नोट समायो र पट्याउँदै चोरगोजीमा हाल्यो ।

"ल, चुन्नी यसमा राख्," केटोले कालो पोलिथिन ब्याग दिँदै भन्यो, "नत्र चुन्नी पनि लिथडा भैजाला रे !"

कति लिथडा लिथडा भनेको हो ? वसन्तलाई उसको पानीपेटमा एक लात्ती बजाइदिऊँ जस्तो भयो । के गरोस्, यो बाँसबारी थिएन ! बाँसबारीबाट हिँड्दा जुन उत्साह, जाँगर र ताकत उसको ज्यानमा थियो, त्यो सबै अम्बरपुरमा छुमन्तर भएको थियो । सायद उसको साथमा पहिलेको पवन भएको भए यसले यसरी हेप्न पाउँदैनथ्यो । पहिलेको पवनले ठीक लाइहाल्थ्यो । तर अहिलेको पवन त ऊभन्दा बढी डराइरहेको थियो ।

"आइज जाम्," उसले पवनलाई भन्यो ।

पवन ब्यागलाई छातीमा च्यापेर पानीबाट जोगाउन अलिकति अगाडि झुक्दै क्यारियरमा बस्यो ।

वसन्तले साइकिल दगुरायो । उसको मन भतभती पोलिरहेको थियो, सयको नोट ९५ रूपियाँमा चलाएर ठगेको कुरा ऊ अरू कसैलाई भन्न सक्दैनथ्यो । कहाँबाट आयो दुई सय रूपियाँ ? के उत्तर दिने ?

"अब कहाँ जाने ?" पवनका दाँत कटकटिए ।

"मुनमुन दोकानमा छ कि छैन, हेर्न जाम् ।"

पवनको मुटु पनि कटकटियो– लौ, अब मुनमुनसित भेट भई त हाल्ने भयो । के मुनमुन साँच्चै त्यस्तै होली ? जस्तो उसले कल्पना गरेको थियो । वसन्तले सुनाएका शब्दशब्द जोडेर उसले मुनमुनको चित्र बनाएको थियो, ठ्याक्कै मेल खाला कि नखाला ? उसले चुन्नीलाई झन् जोडले छातीमा च्याप्यो ।

गेहेन्द्र इम्पोरियममा त्यति मान्छे थिएनन् । एक जना मानिस रिसिभर समाएर कराइरहेको थियो । अर्को भने पालो कुरेर उभिएको थियो । काउन्टरमा २०/२२ वर्षको ठिटो उभिएको थियो । गेहेन्द्र साहु कतै देखिएनन् । वसन्तले गेहेन्द्र इम्पोरियमको ठ्याक्कै अगाडिको कपडा पसलको छेउमा साइकल रोक्यो । र दायाँ गोडाले भुइँमा टेकेर साइकल अड्यायो । पसलको ढोकाबाहिर दुइटा ठुल्ठूला फलामका डन्डी ठोकेर कर्कटपाताको छाना लाइएको थियो । अघिपछि त्यहाँ कपडा झुन्डिएका हुन्थे । तर आज पानी परेकाले होला, रित्तो थियो । मच्छडहरू उडिरहेका थिए ।

वसन्तले पुलुक्क दोकानभित्र हेर्‍यो । पुटुक्क भुँडी निस्केको साहु काठको सानो बाकसमा दाहिने कुइना अड्याएर, आँखाका ढकनी झिमझिम पार्दै सोचिरहेको थियो । बेलाबेला काननिरै आएर कराउने मच्छडलाई हत्केलाले धपाउँथ्यो ।

वसन्तले साइकल कर्कट पातामुन्तिर तान्यो र फलामको डन्डीमा अडेस लगाइदियो ।

भिजेका दुई बिरालाले ज्यानको पानी टकटक्याउन ढाड हल्लाए ।

"खै त, मुनमुन ?" पवनको झरीमा रूझेको पात जस्तो नरम आवाज आयो ।

"दोकानमा छैन," वसन्तले बिरालोले झैं भिजेको ओठ ल्याप्प चाट्यो, "माथि कोठामा छ कि !"

"कसरी बोलाउने त ?"

"ह्याँ नभकभका भनेको होइन ?" वसन्त चड्कन खाएको बिरालो झैं करायो, "अलि बेरमा दोकानमा आउँछे अनि बोलाम्ला ।"

"आइन भने ?"

वसन्तले बिरालोले माखो झम्टिए झैं मच्छडलाई झम्ट्यो, "आउँछे, जसरी भए पनि आउँछे । त्यल्लाई नआई सुख छैन ।"

पवनले बिरालोले झैं मायालु अनुहार लाएर हेर्‍यो । वसन्तले बिरालाका झैं टलक्क टल्किएका आँखा झिम्क्यायो ।

झक्कुलालले बाँदर भगाउन थाल ठटाए झैं झरीले कर्कटपाता बजाइरह्यो । कर्कटपातामुन्तिर भिजेका दुई बिराला काँपिरहे । तर मुनमुन दोकानमा देखा परिन । कपडा पसलेले बाकसमा घुच्चुक अड्याएर उत्तानो पर्दै गोडा हल्लायो ।

एक घण्टा बितिसकेको थियो । गेहेन्द्र साहु एकपल्ट मात्र दोकानमा देखापरे । उनले चिया ल्याएर दोकान कुरिरहेको केटोलाई दिए । फोन गर्न पनि कोही आएन । दुईपल्ट केटोले रिसिभर कानमा लगाएर कुरा गरे जस्तो गर्‍यो ।

बिरालाहरू बिहानैदेखि भोकै थिए । त्यसमा पनि पानीमा रूझेकाले पेट गुड्डु गरिरहेको थियो । दुवैको दिमागमा तात्तातो चिया र पाउरोटीले फन्का लगाइरहेका थिए । सूर्यलाई अनेक ग्रहले फन्का लगाए झैं ।

गेहेन्द्र इम्पोरियमको दोस्रो तलाको सडकतिर फर्किएको झ्यालमा चहलपहल भयो । मुनमुन हो कि क्या हो ?

"हेर्, झ्यालमा मुनमुन आए जस्तो छ," वसन्तले भन्यो ।

पवनले झ्यालतिर हेर्‍यो । र झ्यालमा सानो कदकी सानी केटी देखिई । उसले नाक खुम्च्याउँदै भन्यो, "छिः राम्री छैन ।"

"ह्या, मुनमुन होइन के यो ! काम गर्ने केटी जस्ती छ" भन्दै वसन्तले आँखा सन्कायो, "आइज, पैला च्या खाम् ।"

सायद पवन यही कुरा सुन्न चाहन्थ्यो । ऊ खुरूक्क साइकलतिर बढ्यो । गेहेन्द्र इम्पोरियम हुँदै अलि पर पुगेर मोडिएपछि चिया दोकान आउँथ्यो । वसन्तले साइकल त्यतै मोड्यो ।

रामलाल मिठाई ।

अम्बरपुरमा दोकान जति नै सानो होस्, साइबोर्ड चाहिँ ठूलै हुन्थ्यो । चिया दोकानको निधारमा टाँसिएको ठूलो साइनबोर्डका किनारकिनारबाट इनामेल उप्किसकेको थियो । त्यसको दाहिने कुनामा स्वस्तिक चिह्न थियो भने बायाँ कुनामा मान्छेको अनुहार ।

वसन्तले साइकिल भित्तामा अडेस लाएर भित्र पस्यो ।

दोकानमा त्यति भीड थिएन । अलि भित्रपट्टि भएर नचलेको होला । अगाडिपट्टि सिसा जडेको काउन्टर थियो । काउन्टरछेउ लक्ष्मीमाताको फोटो झुन्डिएको थियो । फोटोमुन्तिर साबुनमा गाडेका अगरबत्तीका छेस्का मात्रै थिए । सिसाभित्र बर्फी, लड्डु, रसगुल्ला लहरै राखिएका थिए । सिसाभित्रै थुनिएको एउटा मौरी कहिले मिठाई त कहिले सिसामा ठोक्किँदै उडिरहेको थियो । भित्रपट्टि लहरै तीन ओटा बेन्च र टेबल राखिएका थिए । टेबलमाथि प्लेटमा हरिया खुर्सानी राखिएका थिए । पश्चिम कुनाको टेबलमा दुई बूढा बिँडी तान्दै चिया पिइरहेका थिए । दुब्लो साहुजी काउन्टरमा अडेस लागेर समोसा उमालिरहेको पुड्को कालिगडलाई हेरिरहेको थियो । साहुजी र साइनबार्डको मान्छेको अनुहार मिलेमिले जस्तो लाग्थ्यो । तर साइनबोर्डको अनुहारमा गाला पुक्क फुलेका थिए । कपाल पनि निधारसम्म थियो । तर साहुजीका गाला भित्र पसेका थिए । तालु पनि आगो लागेको जङ्गल जस्तो थियो ।

"क्या चाहिए ?" साहुजीले सोध्यो ।

"च्याको कत्ति रूपियाँ हो ?" वसन्तले उत्तरी भित्तासँगै गाँसिएको टेबलमा बस्यो । र पवनलाई बस्न इसारा गऱ्यो ।

"पाँच रूपियाँ ।"

"अनि, समोसाको ?"

"पाँच रूपियाँ ।"

ऊसित ४० रूपियाँ थियो । १५ रूपियाँ त मुनमुनसित चिया पिउँदा चाहिहाल्यो । बच्यो २५ । उसले पाँच रूपियाँ पिच्कुलाई पोस्टकार्ड किन्न छुटायो । पाँच रूपियाँ नगद पनि चाहियो । एकछिन टोलाएर हिसाब सकेपछि भन्यो, "दुइटा च्या र एउटा समोसा ।"

साहुजीले कालिगडलाई इसारा गऱ्यो ।

"तँ खान्नस्, समोसा ?" पवनका दाँत कटकटिए ।

"एउटै समोसा बाँडेर खाने हो," वसन्तले पानी झार्न जुत्ता भुइँमा ढ्यापढ्याप पाऱ्यो ।

"नाइँ, म सिङ्गै खान्छु," पवनले भन्यो ।

"भोक त मलाई पनि लाछ । सिङ्गै त के, मलाई त १० ओटै समोसा खान मन छ । तर पैसा छैन । यत्रो लभ गर्न हिंडेको मान्छेले खै कुरा बुझेको ?"

पवनले तुरूक्क चुहिएको सिँगान पाखुराले पुछ्यो ।

"ऐले मुनमुनलाई भेटेर सप्पै सम्झिस् भने तैंले यो अम्बरपुरमा जति पनि पैसा खोज्न सक्छस्," वसन्तले आफ्नो पेटमा प्याट्ट हान्यो, "अनि, पेट चस्किने गरी खाम्ला ।"

पवन हाँस्यो ।

चिया र तात्तातो समोसा आयो ।

वसन्तले समोसा आधा चुँडेर हाउहाउ गर्दै खायो । पवनको मुखभित्रबाट समोसाको तातो बाफ बाहिर आयो । दुवैले आआफ्नै संसारमा हराउँदै चिया सुरूपसुरूप पारिरहे । वसन्तले चारैतिर हेरेर पवनको कानमा भन्यो, "मुनमुनलाई बोलाएर ह्यैं ल्याउनुपर्छ ।"

"हुन्च," पवनले चिया सुरूप्प पाऱ्यो ।

पैसा तिरेर उनीहरू बाहिर निस्किए । एकैछिनमा कपडा पसलको कर्कटपाता मुन्तिर पुगे । साहुजी भित्तातिर फर्केर निदाइसकेको थियो । गेहेन्द्र इम्पोरियममा पिठ्युँ सबै रूझेको अधबैंसे मानिस रिसिभरमा

कराइरहेको थियो । उनीहरूले दोकान, बार्दली, झ्याल सबैतिर हेरे । तर मुनमुन देखिइन । कसैले मासु पकाइरहेको रहेछ, मसलाको बास्ना उनीहरूसम्मै आयो । पवनले बास्ना नै पिउँला झैं गरेर सास तान्यो र भन्यो, "खै त, मुनमुन ?"

"सुतिछ कि ?"

"दोकानमा आइन भने हामी ह्यैं उभिरहने ?" पवनले मुख बिगाऱ्यो ।

वसन्तले कपडा पसलमा झुन्ड्याएको घडीतिर हेऱ्यो, सवा दुई बजिसकेको थियो । "मेरो मनले भन्छ, तीन बजेसम्म त जसरी पनि आउँछे ।"

"अस्ति नै मैले सपना देखेको थें," पवन पाखुरामा डसिरहेको मच्छडलाई प्याट्ट हान्यो, "सुन्छस् ?"

"जे भए पनि सुना, ह्याँ झ्याउ लाइसक्यो ।"

घमाइलो दिन थियो । पवन फराकिलो फाँटमा उभिएको थियो । मुनमुन ऊतिरै आइरहेकी थिई । मन्द बतासले उसको कपाल फर्फराइरहेको थियो । बाटोमा रङ्गीचङ्गी फूल फुलिरहेका थिए । उसलाई देखेर मुनमुन मुस्कुराएकी थिई । उसले कालो चुन्नी दिएको थियो । चुन्नी गर्धनमा बेरेर ऊ फनक्क घुमेकी थिई । उसले लगाएको फ्रकको बिट ऊसँगै फनक्क नाचेको थियो । र उसले एउटा सानो काठको बाकस दिएकी थिई । त्यसमा भँगेराका चल्ला जस्ता ससाना बचेरा थिए । तर ती साँच्चिकै बचेरा थिएनन् । ती त पवनका स्मृतिहरू थिए । कस्ता ताता, नरम र चलमलाइरहेका । उसले स्मृतिहरूलाई अबेरसम्म सुमसुम्याएको थियो ।

"अनि के भो ?"

"अचानक हुरी चल्यो । ती सप्पै उडे ।"

वसन्तले ओठ टोकेर सोच्दै भन्यो, "त्यो त सपनाको कुरा हो । बिपनामा हुरी चल्दैन । उड्दैनन् ।"

दोकानमा गेहेन्द्र साहु देखापरे । उनले काखीमा रजिस्टर कापी च्यापेका थिए । उनले एकपल्ट पुलुक्क उनीहरूतिर हेरे । वसन्तको मुटु

ढक्क फुल्यो । तर उनले खासै वास्ता गरेनन् । कापीलाई काउन्टरमाथि राखे । छेउमा झोक्राइरहेको केटोलाई केही भनेर सडकका किनारैकिनार बगिरहेको पानीको धारतिर हेरे । लामो हाई काढे र भऱ्याङतिर गए ।

उभिँदाउभिँदा घुँडा दुख्न थालेपछि पवन भित्तामा अडेस लागेर टुसुक्क बस्यो । वसन्त पनि उसको छेउ आएर बस्यो ।

लौ, बल्ल मुनमुन देखापरी ।

वसन्तले जुरूक्क उठ्दै घडीतिर हेऱ्यो, तीन बजेर १० मिनेट गएको थियो । उसले पवनको काँध थपथपायो, "ऊ हेर्, मुनमुन ।"

मुनमुन भऱ्याङबाट झरिरहेकी थिई । उसको सलक्क परेको कपाल छातीतिर झरेको थियो । टुप्पाहरू मिलाएर काटिएको थियो । कानमा मोतीका दाना जस्तै टल्किरहेका टप थिए । सेतो सतहमा अँगारमा डल्ला जस्ता काला बुट्टा भएको सर्ट लगाएकी थिई । स्वेटर जस्तो पातलो पहेंलो रङको कपडा सर्टबाहिर खापेकी थिई । बटन सबै खुलै थिए । तल आकाशे रङको जिन्स पाइन्ट थियो । नीलै रङको चप्पल लगाएकी थिई ।

पवन त हेरेको हेऱ्यै भयो । मुख आँ भएको बेला एउटा मच्छड हुत्तिँदै उसको अङ्नारीमा ठोक्किन पुग्यो । उसलाई निलूँ कि फालूँ भयो । आक् थु, उसले मुख बिगाऱ्यो । थुक मात्रै निस्कियो, मच्छड निस्किएन ।

मुनमुनलाई देखेर दोकानमा बसेको केटो उठ्यो र भित्रतिर गयो । ऊ केटोले छाडेर गएको कुर्सीमा बसी । र दुवै गोडा काउन्टरमाथि राखेर कुर्सीमा ढल्किई । उसका सलक्क परेका पैताला हल्लिरहे ।

"जा, बोल," पवनको आवाज काँप्यो ।

"एकछिन," वसन्तले घुटुक्क थुक निल्यो । उसका गोडा थररर काँपे जस्ता भए । उसले पवनतिर हेर्दै हाँस्यो । तर अनुहार पिलो दुखे जस्तो भएको थियो ।

वसन्त बिस्तारै मुनमुनतिर बढ्यो । उसलाई त्यसैत्यसै चक्कर आए जस्तो भएको थियो । एकोहोरो भएर हिँडिरहदा बाटोमा मान्छेसित झन्डै ठोक्किएको थियो । ऊ जतिजति मुनमुनका नजिक गइरहेको थियो,

उति मुटु ढ्याकढ्याक गरिरहेको थियो । जब ऊ दोकानमा नजिकै पुग्यो, उसलाई भाउन्न भयो । कुकुरले लखेटे झैं अर्कोतिर दगुर्‍यो । जिन्दगीमा पहिलोपल्ट, जिन्सपेन्ट लगाएकी केटीसित कुरा गर्न जाँदा सातो जाँदैन त ?

वसन्त गेहेन्द्र इम्पोरियमसितै टाँसिएको भाँडा पसलमा पुग्यो । पवनतिर हेर्दै हाँस्यो । पवनले इसाराले "जा न" भनेर कर गर्‍यो । वसन्त एकछिन भनन्न रिङटा चले झैं उभियो । र फेरि मुनमुनको दोकानतिर बढ्यो । आँटै गरेर मुनमुनका पैतालाको नजिक पुग्यो ।

एकोहोरो भएर सोचिरहेकी मुनमुन आफ्नो अगाडि पानीले भिजेको केटो देखेर झस्किई । वसन्त उसका गाजल लाएका काला, गहिरा र लाम्चा आँखा देखेर तर्सियो ।

"फोन गर्न आको ?" उसले सोधी ।

वसन्तले मुनमुनको लाम्चो, अलिकति चुच्चिएको नाकतिर हेरिरह्यो । बोल्न खोज्यो । तर उसको मुखबाट सास मात्रै निस्कियो ।

"काँ गर्ने हो फोन ?" उसले रिसिभर समसुम्याई ।

"फोनऽऽऽ गर्न आकोऽऽऽ होइनऽऽऽ," वसन्तले सुस्तरी भन्न खोजेको थियो । तर मुठी कसेपछि मात्रै निस्किएको भएर आवाज एकदमै मोटो र चर्को भयो । मुट्ठी पनि हावामा घुमेछ । दाह्रा पनि किटिएछन् ।

"त्यसरी रिसाउनुपर्छ त ?" मुनमुनको अनुहार अँध्यारो भयो ।

"रिसाकोऽऽऽ होइनऽऽऽ," फेरि उही चर्को आवाज, हावामा घुमेको मुठी ।

"ड्याडी !" अब ऊ पनि कराई ।

बाँसबारीको बाघ लुते कुकुर जस्तै भइसकेको थियो । चुइँकियो, "भेट्नऽऽऽ आको ।"

"कसलाई ?" मुनमुनको आवाज अलिकति सानो भयो ।

"ऊऽऽऽ त्यसले भेट्नऽऽऽ आको," वसन्तले मुठी तनक्क तन्काएर पवनतिर देखायो ।

मुनमुनले छातीमा प्लास्टिकको पोको च्यापेको दुब्लो केटो देखी । सोधी, "कसलाई भेट्न आको त्यसले ?"

वसन्त पिसाबले च्यापे झैं बटारियो, "तिम्लाईऽऽऽ ।"

"को हो त्यो ?"

"पवन... पवनकुमारऽऽऽ बाँसबारी," वसन्तलाई त त्यहीँ ढल्छु कि जस्तो भइरहेको थियो । "पोस्टकार्डऽऽऽ ।"

उसले पवनलाई गहिरिएर हेरी ।

मुनमुनले आफूलाई हेरेको थाहा पाएर पवनलाई दिसाले च्यापे जस्तो भयो । उसले हाँस्ने कोसिस गर्‍यो । तर हाँसो भित्रै रह्यो, गुँदले चप्किए जस्तो ।

एकछिन हेरिसकेपछि मुनमुनको दाहिने गालामा खोपिल्टो पर्‍यो । कति राम्रा दाँत, अगाडिका चेप्टा र अलिक भित्रका चुच्चो निस्किएका ।

"ए, पवनकुमार ?" उसले उठ्दै पवनलाई हात हल्लाई । पवनले हात उठायो । तर हत्केला मरेको मुसो झैं लुत्रुक्क पर्‍यो ।

ऊ हाँसी, "ह्यैं बोलाऊ ।"

"नाइँऽऽऽ," वसन्तले फेरि मुठी उचाल्यो, "रामलालको मिठाईऽऽऽ ।"

ऊ कति बेला दगुर्‍यो, कति बेला साइकलको हेन्डिल समायो, कति बेला पवन पछाडि बस्यो र कति बेला रामलालको मिठाईमा पुग्यो, होसै भएन । बेन्चमा बसेर लामोलामो सास फेरेपछि बल्ल उसको होस आयो । उसको दिमागको कुहिरो हट्यो, आकाशमा पनि बादल हटेछ, उज्यालो भयो । घामका किरण जताततै छरिए ।

"के चाहियो ?" साहुले सोध्यो ।

दुवै बोलेनन् । चुपचाप बसिरहे । साहुले फेरि सोधेन । कारिगरले तात्ताता आलुचप कराईबाट झिकेर थालमा खन्यायो ।

एकछिनपछि हाँस्दै मुनमुन भित्र पसी । उनीहरूका अगाडिको बेन्चमा बसी ।

"पवनकुमार सन्चै छौ ?" उसले हाँस्दै सोधी, "अनि आफू नआएर पसलमा किन उसलाई पठाको ?"

"ऊ, ऊ होइन," पवनले कन्यो, "उस... ।" एकछिन अडियो, भकभकाउन त भएन नि ! निधारमा जोड दियो, "उसको नाम वसन्त हो ।"

"लौ हेर, कस्तो लाज मानेको !" ऊ हाँसी, "यता हेर । अनि मैले पठाको पोस्टकार्ड पाथ्यौ ?"

उसले भित्तातिर फर्किएर सर्टको पेटनेरको बटन खोल्यो र प्लास्टिकको पोको झिकेर टाँक लगायो । पोको खोल्यो । लौ जा, पोस्टकार्ड त रूझेर लुत्रुक्क परिसकेको रहेछ ।

"ए, कस्तो सम्हालेर राखेका रैछौ !" उसले भिजेको पोस्टकार्डतिर हेर्दै भनी, "भिजेछ, घाममा सुकाउनू ।"

पवनले बिस्तारै मुन्टो हल्लायो ।

"यसपालि पोस्टकार्ड किन पठाएनौ ?"

पवनले वसन्ततिर हेऱ्यो ।

वसन्तले कुरा सम्हाल्यो, "पठाउन त खोजेको थियो, ठेगानै हराएछ ।"

मुनमुन हाँसी ।

एकछिन कोही बोलेन ।

वसन्त कहिले मुनमुन त कहिले पवनतिर हेरिरहेको थियो । ओठमा मुस्कान ल्याउन खोजिरहेको थियो । तर मुस्कान दसैंको खसी जस्तो थियो, खुर गाडेर अगाडि आउनै मानिरहेको थिएन । उसले एकछिन दाम्लो समाएर तानिरह्यो । थाक्यो ।

"अनि, यो के किनेको ?" मुनमुनले प्लास्टिकको पोको हेर्दै भनी, "सामान किनेको ?"

पवनले चुपचाप पोको ऊतिर बढायो ।

"मलाई गिफ्ट ल्याइदेको ?"

पवनले मुन्टो हल्लायो ।

उसले पोको खोली । ओठ टोक्दै चुन्नीलाई पाखुरामा राखेर फैलाई । र गलामा बेर्दै भनी, "अनि कालो किन ल्याको ? मलाई त हरियो मनपर्छ ।"

"कालो स्वाउँछ," पवनले निधारमा बल लाउँदै भन्यो ।

वसन्तलाई लाग्यो, पवनेले सोचेको ठीक रहेछ । कालै सुहाउने रहेछ । उसले हाँसे जस्तो गऱ्यो । र बिजुले भनेको पनि सम्झियो, "जोडी त तेरो स्वाउँछ ।" उसले आफ्नो मनको सैतानलाई साङ्लाले बाँधेर हृदयको अँध्यारो गुफातिर फालिदियो ।

"तिमेरू बेस्ट फ्रेन्ड हो ?" मुनमुनले चुन्नीको टुप्पो खेलाउँदै सोधी ।

दुवैले एकैपल्ट मुन्टो हल्लाए ।

"मेरो त बेस्ट फ्रेन्ड कोई छैन । मिसले भनिस्सेको, बेस्ट फ्रेन्ड नहुनेको सबैभन्दा ठूलो बेस्ट फ्रेन्ड किताब हुन्छ रे ! म त पढेको पढ्यै गर्छु ।" उसले लामो सास फेरी, "अम्बरपुरमा पनि मेरो बेस्ट फ्रेन्ड नै कोई छैन ।"

कोही बोलेन ।

एकछिनपछि, ऊ नै बोली, "तिमीहरूले *एलिस इन वन्डरल्यान्ड* पढेका छौ ? अङ्ग्रेजी किताब हो ।"

के भनेकी हो, कुन्नि ! पवनले पुलुक्क वसन्ततिर हेऱ्यो । दुवैले एकैपल्ट मुन्टो यताउता हल्लाए ।

"एलिस भन्ने केटी एक दिन खरायोको दुलोमा पस्छे । अनि त ऊ अर्कै संसारमा पुग्छे । एकदम रमाइलो छ । मिसले बर्थडेमा दिनुभको ।"

दुवैले मुन्टो हल्लाए ।

"मलाई त यस्ता कथा खुब मन पर्छन् ।"

चिया आइपुग्यो । उनीहरूले झम्टिहाले । मानौं, युगौंदेखि यही चिया कुरेर बसेका थिए । फुपु गर्दै सुर्क्याइहाले । मुनमुनले रमाइलो मान्दै हेरी, "अनि पानीमा रूझीरूझी किन आको ? बाँसबारी त टाढै छ, हैन ?"

"अँ," चियाको चुस्कीपछि पवन अलि टाठो भयो, "भेट्न आको ।"

"कसलाई ?"

उसले पवनको आँखाको भाषा बुझी ।

"मलाई भेट्न आको ?" ऊ चकित भई । चिया सुरूप्प पारी, "कतिमा पढ्छौ रे ?"

पवनले वसन्ततिर पुलुक्क हेऱ्यो । वसन्तले भनिहाल्यो, "नौमा पढ्छ । आठ कक्षामा सेकेन्ड भाको ।"

"अनि तिमी कतिमा पढ्छौ ?" उसले वसन्तलाई सोधी ।

वसन्तले छाती तन्कायो, "म त १० मा ।"

"साथी नौमा," मुनमुनले आँखा झिम्काई, "तिमी १० मा ?"

"यो पनि १० मै पुगेको थियो । यसका बाले फेरि नौमा राख्दे ।"

"ए," मुनमुनले भनी, "मेरो ड्याडीले पनि मलाई नौमा दुईपल्ट पढ्न भनिस्सेको थियो । दसमा पनि दुईपल्ट ।"

वसन्त त पवनको लोकन्ते नै भइसकेको थियो । भन्यो, "यसका बाले पनि १० मा दुईपल्ट पढ्नुपर्छ भनेका छन् ।"

"मेरा ड्याडी र उसका ड्याडीको कुरा मिल्दो रैछ ।"

वसन्तले मुन्टो हल्लायो । पवन भने चुपचाप बसिरहेको थियो । बेलाबेला मुनमुनलाई कर्के नजर लाउँथ्यो, त्यत्ति हो ।

मुनमुनका आँखा पवनका आँखामा ठोक्किए । मुनमुनको ओठसितै हाँसो तन्कियो, "अनि, पढेर के बन्छौ, पवनकुमार ?"

"एमए पास गर्छु ।"

"बुद्धु ! एमए त सप्पैले पास गर्छन्," उसले पवनलाई गहिरिएर हेरी, "एमए पास गरेपछि के बन्छौ भनेको के !"

पवनलाई चियाको घुट्को रूद्रघण्टीनिरै गाँठो परे जस्तो भयो । सायद उसले बिर्सनुअघि केही भनेको पो थियो कि ? उसले वसन्तलाई हेऱ्यो । वसन्तले समस्या बुझ्यो । तर एमए पास गरेपछि के बन्छु भन्ने कुरा न त उसले बिर्सनुअघि भनेको थियो, न त बिर्सिएपछि ।

"ऐले हाम्ले क्यै सोचेका छैनौं," वसन्तले मुनमुनको गालाको खोपिल्टो हेऱ्यो ।

"मिसले भनेको, सानैदेखि नै सोच्नुपर्छ रे," मुनमुनको अनुहारमा उज्यालो आभा देखियो, "म त ठूलो भएपछि पाइलट बन्छु । अनि आकाशमा उड्छु ।"

उसले दायाँ हत्केलालाई प्लेन जस्तो बनाएर आफ्नो अनुहारअघि उडाउँदै भनी, "मिसले भनिस्सेको चरा पखेटाले उड्छ रे ! मान्छे सपनाले उड्छ रे ! सानैमा सपना देख्यो भने ठूलो हुँदासम्म सपनाको पखेटा ठूलो र बलियो हुन्छ रे ! फेरि साँच्चिकै पखेटा उम्रिन्छ भनेको होइन नि । हिहि ।"

वसन्त इक्च हाँस्यो ।

"मान्छेको साँच्चिकै पखेटा पलायो भने कस्तो हुन्छ होला है !" अनुहारतिर झरेको कपाल पन्छाउँदै ऊ हाँसी, "कस्तो कपडा लाउँछन् होला है !"

उसले एकछिन ओठ चलाउँदै सोची । भनी, "अनि मिसले अर्को कुरा पनि भनिस्सेको थियो, सपना जति ठूलो देखेको हो, त्यति नै पढ्नुपर्छ, त्यति नै सङ्घर्ष गर्नुपर्छ । नत्र, सपना मात्र ठूलो देख्ने अनि आफूले केही नगर्ने हो भने त सपनाको पखेटा मात्रै ठूलो हुन्छ, धान्नै सकिन्न ।"

उसले दुवै पाखुरालाई पखेटा जस्तो बनाई । "अनि मिसले भनिस्सेको थियो, के रे, अँ... कमिला छ नि, पखेटा पलायो भने मर्छ रे ! सपना मात्रै देख्ने अनि आफूले क्यै नगर्नेहरू कमिला जस्तै सपनाको पखेटा पलाएर मर्छन् रे !"

वसन्तले चिया सक्यो । गिलास टेबलमा राख्यो । उसलाई बेलाबेला फिल्ममा जस्तो पवनले टाउको झट्कार्दै पुरानो कुरा सम्झिहाल्छ कि भन्ने आस थियो । तर त्यस्तो चमत्कार हुने छाँट थिएन । ऊ निराश भइसकेको थियो । यस्तो झरीगा यत्ति धेरै दुःख गरेर आएपछि के भो त ? तैपनि उसलाई मुनमुनका कुरा भने सुनिरहूँ लागिरहेका थिए । उनीहरू सधैं यसरी नै बसिरहून्, मुनमुनले यस्तै कुरा गरिरहोस् । तर सोचे जस्तो कहाँ हुन्छ ! आकाशलाई फेरि बादलले ढाकिसकेको थियो । गड्याङगुडुङ भइसकेको थियो । घामका किरणलाई अँध्यारोले सुरूप्प पारिसकेको थियो । फर्किने बेला हुनै लागिसकेको थियो । तर कुरा त मुख्य बिन्दुमा आइपुगेकै थिएन । उसले बेस्मारी गोडा हल्लायो ।

मुनमुन चुप थिई । मौनताका माखाहरू उडिरहे ।

वसन्तले शब्दहरूलाई दाँत किटेर मुखभित्रै राख्न खोजेको थियो । तर शब्दहरू बाहिर निस्किहाले, "अनि, ब्या कैले गर्छौ ? कोसित गर्छौ ?"

मुनमुन हिस्स हाँसी । सायद उसले यस्तो प्रश्नको आसै गरेकी थिइन, "छिः सानै त छु । बुद्धु ! पाइलट भएपछि ब्या गर्छु नि । म त पाइलटसितै बिहे गर्छु । ड्याडीले पनि हुन्छ भनिस्सेको छ ।"

धरती मुन्तिरबाट जुरूक्क उचालियो । आकाश ह्वात्त खस्यो । पवन बीचमा चेप्टिँदै गयो । उसले आँसु थाम्नै सकेन । उसले देखिहाली अँध्यारो अनुहारलाई, "किन रोको ?"

"मलाई नाम लेख्न आउँछ," उसले सुँक्क गर्‍यो ।

"लौ ! नाम लेख्न त सप्पैलाई आउँछ । किन रोको ?"

वसन्तले कुरा सम्हाल्यो, "यस्की आमै मरेकी छन् के । कुरा गर्दागर्दै सम्झेर रोइहाल्छ ।"

"बुद्धु ! ममीको याद आयो भने रोइहाल्नुपर्छ ?" मुनमुनले मसिनो स्वरमा पवनलाई भनी, "कहाँ हुनुहुन्छ, ममी ?"

पवन बोलेन ।

मुनमुनलाई अप्ठ्यारो लाग्यो । साहुजी र कारिगर ट्वालट्वाल्ती हेरिरहेका थिए । उसले बिस्तारै पवनको काँधमा हात राखी, "यता हेर त ।"

उसले पुलुक्क हेर्‍यो ।

"यस्तरी तिमी रोयौ भने तिम्री ममीको मन दुख्छ के ! उहाँ पनि रोइसिन्छ," उसले भनी, "यस्तरी सप्पैका अगाडि रूनुहुन्न के ! मिसले भनिसिन्थ्यो, सैतानहरूले आँसु मीठो मान्छन् रे ! आँसुको गन्ध पाउनेबित्तिकै आउँछन् रे ! अनि रून्ने मान्छेलाई दुःख दिन्छन् रे ! अनि के, सैतान हाँसोदेखि डराउँछन् रे ! हाँस्नेहरूको नजिकै आउन्नन् रे ! बुझ्यौ ? नरोऊ ।"

पवनले आँसु पुछ्यो । हाँसे जस्तो गर्‍यो ।

"लौ हेर ! हाँसेको कस्तो राम्रो देख्यो । मलाई त हाँस्ने मान्छे मन पर्छन् । अब म तिम्रो यै हाँसो सम्झिन्छु है ? रोको बिर्सिहाल्छु ।"

उसले आँखा चिम्म गरी । मन्त्र बर्बराए जस्तो गरी । हात आकाशतिर उठाई र चरा उडाए जस्तो गरी । र हाँसी, "यी हेर, तिमी रोको बिर्सिहालें ।"

वसन्तलाई मुनमुनले त्यस्तो गरेको खुबै मन पऱ्यो ।

"अब म जान्छु, है ? ड्याडीले खोजिस्सेको होला," उसले उठ्दै भनी, "यता आको बेला भेट्न आउनू है । अझै एक महिना ह्यैं हुन्छु । अनि के, मैले त भन्नै बिर्सेकी । दसैंपछि त हामी सप्पै नेपालगन्ज जाने रे, ड्याडीले भनिस्सेको । उतै घर किन्ने रे ! नेपालगन्ज आको बेला पनि भेट्न आउनू है ?"

उसले आफ्नै टाउकोमा प्याट्ट हानी, "म पनि हुस्सु छु के ! एड्रेस थाहा नपाएपछि कसरी आउँछौ भन त ? ल मेरो ठेगाना टिप ।"

"कलम छैन," पवनले रून्चे स्वरमा भन्यो ।

उसले साहुजीसित कापी र कलम मागी । साहुजीले खातामा च्यापेर राखेको डटपेन र खाताकै पछिल्तिरबाट च्यातेर कागजको टुक्रा दियो । लेख्नै थालेकी थिई, रोकिई, "तिमी नै लेख, तिम्रा जति राम्रा अक्षर त संसारमा कसैका छैनन् ।"

पवनले काँपिरहेका हातले कलम समायो । अगाडि टेबलमा राखेको कागजको टुक्रातिर हेऱ्यो । मुनमुनले ठेगाना भनी । उसले कलम धसाऱ्यो । एकछिनमा कागजको टुक्रोमा मसीले भिजेको कमिला हिँडे जस्तो देखियो ।

"छिः कस्ता नराम्रा अक्षर लेखेको !" उसले नाक खुम्च्याई, "मेरो एड्रेस टिप्न अल्छी मानेको ?"

वसन्त जुरूक्क उठ्यो, "होइन होइन, अस्ति चिप्लेर यस्का औंला मर्केका थे । त्यै भर हो ।"

उसले मुन्टो हल्लाई, "मलाई नबिर्सिनू है, पवनकुमार ! अनि यसपालि न्यू इयरमा पोस्टकार्ड पठाउनू है । सध्धैं पठाउनू । म पनि पठाउँछु । मलाई कोई केटाले पठाउँदैन ।"

ऊ अगाडि बढी । टक्क अडिई र फर्की, "अब म सधैं कालो चुन्नी लाउँछु । थ्याङ्क यू पवनकुमार । कहिल्यै नरून्नू है !"

उसले आँखा चिम्म गरी । मन्त्र बर्बराए जस्तो गरी । हात आकाशतिर उठाई र चरा उडाए जस्तो गरी । अनि खिस्स हाँसी ।

र गई ।

हुर्र चलेको बतासले चुन्नीको फेरो पछाडिसम्म तान्यो । बिस्तारैबिस्तारै चुन्नीको फेरो आँखाबाट ओझेल हुँदै गयो । आँखाअघि रह्यो, उराठ र एकदमै रित्तो सडक ।

रिँगटा

सायद मुनमुनले सारा हाँसो आफैँसित लिएर गएकी थिई ।

उनीहरू चुपचाप बसिरहे । ह्वात्त आएको हुरीले स्वात्त झुपडी उडाएको किसान जस्तै भए । दर्किरहेको पानी हेरिरहे । भर्खरै छ गिलास चिया र आठ ओटा आलुचप पुऱ्याएर आएको कारिगरले पाखुराको पानी झट्कार्दै हेरिरहेको थियो । साहुजी खातामा केही लेखिरहेको थियो ।

पवनको ज्यान एकपल्ट थरर्र काँप्यो । उसले टेबलको लुत्रुक्क परेको पोस्टकार्ड र कागजको टुक्रोलाई हेरिरह्यो । पानीले भिजेर पोस्टकार्डमा लेखेका अक्षर ढाडिएका थिए । मधुरो बतासमा कागजको टुक्रो फर्रफर्र गरिरहेको थियो ।

"क्यै सम्झिनस्, है ?" वसन्तले बल्ल मुख खोल्यो ।

"नाइँ," उसले तल्लो ओठ टोक्यो ।

"चिन्ता नगर्, फेरि आम्ला के ! मुनमुनलाई फेरि भेटम्ला । अलि धेरै बेर कुरा गरिस् भने सम्झिन्छस्," वसन्तले भन्यो, "आज धेरै कुरा गर्न पाइएन नि ।"

पवनको अनुहार सपाट भइरह्यो । एकछिनपछि कन्यो, "त्यसले अङ्ग्रेजी किताब पढ्छे ।"

"बोर्डिङमा पढ्नेले अङ्ग्रेजी त पढ्छन् नि !" वसन्तले भन्यो, "तर त्यसले त्यस्ता जाबो कथा किताबमा पढ्छे । हाम्लाई त त्योभन्दा राम्रो कथा जुठीआमैले सुनाउँथिन् । पर्खी, अर्कोपालि आउँदा म उसलाई

आफैंले रचेर कथा सुनाइदिन्छु अनि छक्कै पर्छे । भन् त, कथा पढ्नी ठूलो कि रच्नी ठूलो ?"

पवनले अलिकति हाँसे जस्तो गऱ्यो । र भन्यो, "त्यस्का बाले त मसित ब्या गराइदिन्छु भन्थे, होइन ? अनि किन त्यस्ले पाइलटसित ब्या गर्छु भनी ?"

"आऽऽ, केटीले भनिहाल्छन् नि । सिध्धै तँसित ब्या गर्छु भन्छन् त ? केटीलाई लाज हुन्न ? त्यसले तँलाई मन पराउँछे के । नत्र किन ठेगाना दिई, भन् त ?"

"मलाई त्यसको नाक मन परेन ।"

"ह्या, सप्पै थोक मिलेका केटी त संसारमै हुँदैनन् के । हेर्दै गपछि नाक पनि मनपर्छ तँलाई," वसन्तले भुइँमा ढ्यापढ्याप जुत्ता बजाऱ्यो, "देखिनस्, कस्ता मीठामीठा कुरा गर्छे ! कतिथोक जानेकी छ ! त्यस्तो कुरा त हाम्रो गाममै कसैले गर्दैनन् ।"

"मैले एमए पास कैले गर्छु ?"

"गरिहाल्छस् नि । दुई दिनमै कसैले एमए पास गर्छ र ?"

"मलाई मास्टरले एक कक्षामा राख्ने भनेछ," पवनले रून्चे अनुहार बनायो, "म एक कक्षामा पढ्दिनँ । नौमा पढ्छु ।"

"ल ल हुन्छ । चिन्ता नगर्," वसन्तले धाप दियो, "हामी मिलेर पढम्ला । म सिकाम्ला नि तँलाई ।"

पवनले मुन्टो हल्लायो ।

"जाम् । ढिला हुन्छ," वसन्तले उठ्दै भन्यो, "पिच्कु ककालाई पोस्टकार्ड पनि किन्दिनु छ । देखिनस्, कस्तो भेलमा पनि खोला तार्दे !"

उसले वसन्तको हात ट्याप्प समायो, "पाइलट बन्न कति पढ्नुपर्छ ?"

वसन्तले पवनका आँखामा डरको फुस्रो रङ देख्यो । भन्यो, "मलाई पनि थाहा छैन । तर सोधम्ला । मेरो विचारमा धेरै पढ्न पर्दैन । तैंले सक्छस् ।"

पवन फेरि बस्यो ।

वसन्तले चियाको १५ रूपियाँ तिऱ्यो । एकछिन सोच्यो, पोस्टकार्ड पो कसरी लैजाने होला ? दुईतीन ओटा पोलिथिन ब्यागमा मज्जाले पोको पाऱ्यो भने पक्कै रूझ्दैन, उसले उपाय फेला पाऱ्यो । अनि उसले पवनलाई जाम् भनेर इसारा गऱ्यो ।

"तँ जा, म ह्यैं ब.. बस्छु," उसले भन्यो, "मलाई जाडो लाछ ।"

वसन्तले उसका कटकटिइरहेका दाँत हेर्दै प्रेमले सोध्यो, "फेरि च्या खान्छस् ?"

उसले छिटोछिटो टाउको हल्लायो ।

कारिगरलाई चिया दिने इसारा गर्दै वसन्त बाहिर निस्कनै लागेको थियो, पवनले बोलायो । वसन्त छेउमा आयो । पवनले घुट्टुक्क थुक निल्दै भन्यो, "तैंले मलाई साँच्चैको कुरा सुनाको होस् ?"

"के कुरा ?" वसन्तले आँखा ठूला बनायो ।

"म साँच्चै त्यस्तै थें ?"

"यत्तिकै बसिराख् । म पोस्टकार्ड लेर आइहाल्छु । अनि भनम्ला" भन्दै वसन्त बाहिर निस्कियो । साइकल समाएर हुर्रिंदै बजारको माथिल्लो टुप्पोतिर लाग्यो । करिब १५ मिनेटभित्र उसले मोटो कागजवाला पोस्टकार्ड किन्यो । रातो सारीमा गहिरो नाइटो देखाएर अलिकति ढल्केर सुतेकी हिरोइनलाई देख्दा पिच्कु कति खुसी होला !

पसलेले झिंजो मान्दै दुइटा पोलिथिन ब्याग दियो । वसन्तले पोस्टकार्डलाई पोको पाऱ्यो । सर्टभित्र पसालेर काखीमा च्याप्यो । उसको नरूझेको भाग त्यही त थियो । साइकल चढ्ने बेला पसलेलाई टाइम सोध्यो । परालेले "साढे चार" भनेपछि चिया पसलतिर हुइँकियो ।

उसले "रामलालको मिठाई" अगाडि साइकिल रोकेको मात्र के थियो, कारिगरले कठालो समातेर तान्यो । साइकिल पछारियो ।

"किन ? के भो ?" ऊ अतालियो ।

"तेरो साथी पैसा नदेर भाग्यो, भोसडी साले !" साहुजी करायो ।

"पैसा मैले दिने हो," उसले पाइन्टको चोरगोजीनेर हत्केला ठटायो, "मसित छ पैसा, म दिन्छु ।"

कारिगरले कठालो छाड्यो ।

उसले आत्तिँदै पवन बसेको टेबलतिर हे¥यो । त्यहाँ थिए– चियाको रित्तो गिलास, रित्तो प्लेट, रूझेको पोस्टकार्ड र कागजको टुक्रो । उसले पोस्टकार्ड र कागजको टुक्रो गोजीमा हाल्यो ।

"२० रूपियाँ !" साहुजी करायो ।

"अगाडिको च्याको पैसा त देर गको म," उसले भन्यो, "अघि त एउटा मात्रै च्या खाको होइन ? म च्याको मात्र पैसा दिन्छु ।"

"त्यो मादरचोधले एउटा चना, दुइटा समोसा खाको पैसा के तेरो बापले दिन्छ ?"

उसले टेबलतिर हे¥यो, त्यो रित्तो प्लेट त चनाको पो रहेछ । समोसा पनि खाएछ । ऊसित पाँच रूपियाँ मात्र थियो । उसले टेबलमा हात टेक्दै अलिकति झुकेर स्याँस्याँ ग¥यो । चोरगोजीबाट पाँच रूपियाँ झिक्यो र काउन्टरमा राखिदिँदै भन्यो, "साहुजी, म बाँकी १५ रूपियाँ लेर आइहाल्छु । ऊ त्यो साइकल ह्यैं छाडेर जान्छु । त्यो केटो अलिकति बहुलाको छ के । त्यस्तै गर्छ ।"

साहुजीले पाँच रूपियाँ समात्दै मुन्टो हल्लायो । र कारिगरलाई साइकलतिर ध्यान दिने इसारा ग¥यो । कारिगर चिल बन्यो ।

वसन्त एकछिन दैलोनिर उभियो । कहाँ गयो होला पवन ? भूल काकाकोमा गयो कि ?

ऊ बाहिर निस्कियो ।

कारिगरले साइकल लिएर जान्छ कि भनेर हेरिरह्यो । तर वसन्त अलि अगाडि गएपछि चुलोमा चिया बसाल्यो । चियामा चियापत्ती हालेर फेरि साइकलतिर के हेरेको थियो, जुरूक्क उठेर दगु¥यो ।

वसन्त हेन्डिल समाएर साइकिलमा उक्लिनै थालेको थियो ।

"मादरचोध !" जोडले कराउँदै कारिगरले क्यारियर ट्याप्प समायो । वसन्त साइकिल अगाडि हुत्याउन खोजिरहेको थियो भने कारिगर साइकिल पछाडि तानिरहेको थियो ।

वसन्तलाई सारा संसार धमिलो भए जस्तो लाग्यो । त्यसै बेला उसले चिपर्ट ताकेर आफूतिर आइरहेको साहुजीलाई देख्यो । उसले थाहै

पाएन, कति बेला उसको दाहिने जुत्ता कारिगरको नाकमा बजारियो । ह्वालह्वाल्ती रगत बगिरहेको नाक समाएर कारिगर भुइँमा थुचुक्क बस्यो । उसको पुट्ठामुन्तिरको जमिनमा जमेको पानी रातो हुँदै गयो ।

वसन्तले जोडले पाइडलमा प्रहार गऱ्यो । झरेको तारा झैं स्वात्त गायब भयो ।

भूल काकाको आँगनमा पुगेर करायो, "भूल काका ?"

बेस्मारी कराएका बाख्राको आवाजले उसको आवाजलाई खर्लप्पै निले । उसले साइकल आँगनमै फनफनी घुमाइरह्यो र फेरि करायो, "भूल काका ?"

भूल काका गोठतिरबाट निस्किए । बर्सादी ओढेका थिए, हातमा घाँसको मुठो थियो । "को हो, भन्छु म । तिमी पो ? अनि हाकिमको साइकिल तिम्ले लको ? म त चोरले लग्यो भनेर पुलिसलाई भनम् सोच्दै थें । मेरो हाकिमको चिनो यै हो, भन्छु म ।"

उनी साइकललाई झम्टिन आए ।

वसन्तले साइकल अलि पर लग्यो र सोध्यो, "पवन आछ ?"

"आछैनन् त, भन्छु म," उनले स्याँस्याँ गर्दै अचम्म मान्दै हेरे, "अस्तिना चिठी पुऱ्याउन आका रैछन् । म थिनँ घराँ । सिरानाँ राख्दे रछन् । साइकिल पनि चला रैछन् । हिलैहिलो थ्यो । काँ गए र ? खोज्दै आछौ, भन्छु म ।"

"मसितै थ्यो, कता हिँडेछ," उसले आत्तिँदै भन्यो ।

"झरीमा साइकिल नचलाऊ । खिया लाग्छ," उनी फेरि साइकललाई झम्टिन दगुरे, "घाम लाका बेला चलाउनू, भन्छु म ।"

वसन्तले साइकल दगुराइहाल्यो ।

भूल काका स्याँस्याँ गर्दै कराए, "एकछिन पर्ख त, नत्र पुलिसलाई उजुरी गर्छु, भन्छु म ।"

वसन्तले गल्लीगल्ली साइकल कुदाइरह्यो । दोकानदोकान, घरका चेपचेप हेरिरह्यो । कतै मुनमुनकातिर त गएन ? उसले मुनमुनको दोकानतिर साइकल मोड्यो ।

मुनमुनको दोकानमा दुई जना फोन गर्ने मान्छेबाहेक अरू कोही थिएन । बार्दली र झ्यालमा पनि कोही थिएन । उसलाई पिसाब आउलाआउला जस्तो भयो ।

कतै बसपार्कतिर त गएन ?

उसले साइकल बसपार्कतिर मोड्यो । झरी झन् बेस्मारी दर्किन थाल्यो । झरीको पानी, त्यसमाथि पनि पसिना । निधारबाट खसेको पानी आँखाको खोपिल्टोमा भरिन थाल्यो । बाटो मधुरो भयो । उसले पाखुराले आँखीभौं पुछ्यो । धन्नै कुकुर कुल्चिएको । कुइँकुइँ गर्दै कुकुर दगुर्‍यो ।

बसपार्क हिलोले भरिएको थियो । पानी भरिएका खाल्डाखुल्डीमा साइकिल थर्थरायो । उसले देख्यो– एउटा बस हिँड्नै लागेको रहेछ । त्यसमा पो चढ्यो कि ?

उसले साइकल बसतिर दगुरायो । बसनेर पुगेपछि, उसलाई साइकल अड्याउने फुसर्द कहाँ ! गुडिरहेको साइकलबाट फाल हाल्यो । तर भुइँमा अडिन सकेन । पछारियो । पुट्ठा लुछुप्पै रूझ्यो । मेरूदण्डको पुच्छरमा ढुङ्गो ठोक्कियो । दुखाइको स्याँठ घुच्चुकसम्म पुग्यो ।

"रोक ! रोक ! बस रोक !" ऊ चिच्यायो ।

गुडिरहेको बसको दैलोमा खलासीले मुड्की बजार्‍यो । बस रोकियो ।

ऊ पुट्ठाबाट हिलो चुहाउँदै बसतिर कुद्यो । खलासी अचम्म मान्दै हेरिरहेको थियो । ऊ दैलोतिर उफ्रिँदै चिच्यायो, "खैरो सर्ट लाको केटो चढ्या छ ?"

खलासी अलमलियो ।

ऊ हुत्तिँदै बसभित्र पस्यो । र करायो, "पवनऽऽऽ! पवनऽऽऽ !"

यात्रुहरूले पल्याकपुलुक गर्न थाले । ऊ सिटैपिच्छे मान्छेको अनुहार हेर्दै पछिल्लो सिटसम्म पुग्यो । छट्पटिँदै फेरि अगाडि आयो र करायो, "खैरो सर्ट लाको केटो देख्नुभा थ्यो ?"

अघिल्लो सिटमा बसेकी महिलाले भनिन्, "नाइँ, यता आ छैनन् ।"

ऊ भुइँतिर हाम फाल्यो । खलासीले दैलो ढ्यापढ्याप पार्‍यो । बस दगुर्‍यो । उसले दगुरिरहेको बसलाई हेरिरह्यो ।

"के भो ? किन चिच्याको ?" काउन्टरबाट राजबहादुरले सोध्यो ।

उसले रून्चे स्वरमा भन्यो, "मेरो साथी हरायो ।"

"कस्तो थ्यो, साथी ?"

"खैरो सर्ट लाथ्यो । टाउकामा दुइटा भुमरी थे ।"

"खैरो सर्ट लाको त कोई बस चढ्न आको छैन !" राजबहादुर झरीको आवाजलाई जित्न करायो, "बजारतिरै होलान् । उतै खोज्न जाऊ ।"

उसले हिलोमा पछारिएको साइकल उठायो । चेन फुस्किएको रहेछ । काँपिरहेका हातले चेन मिलायो । हातमा लागेको कालो पुट्ठामा पुछ्यो र बजारतिर दगुऱ्यो ।

एक जना बूढा छाता ओढेर हिँडिरहेका थिए । उसले बूढाका अगाडि साइकल घ्याच्च रोक्यो ।

"बाजे, खैरो सर्ट लाको केटो देख्नुभाको थियो ?" ऊ करायो, "त्यसका टाउकामा दुइटा भुमरी थे ।"

बूढाले एकपल्ट भिजेको मुसो झैं काँपिरहेको उसलाई हेरे । र भने, "नाइँ, देख्या छैन । को हुन् र ? किन यसरी आत्तेको ?"

"मेरो साथी हो, बाजे !" उसले आँखाबाट आँसु हो कि झरी पुछ्दै भन्यो, "हरायो ।"

"साथी तिम्रै उमेरको होला, हैन ?"

उसले मुन्टो हल्लायो ।

"लौ, कतै ओत लागेर बसे होला । यस्तो झरी छ," बूढाले बतासको झोक्काबाट छाताका करङ जोगाए, "किन आत्तेको !"

"त्यसलाई केही थाहा छैन । त्यसले सप्पै बिर्सेछ । त्यसलाई क्यै थाहा छैन ।"

"म त क्यै बुझ्दिनँ," बूढा अघि बढे, "टाउकामा दुइटा भुमरी भाका मान्छे मूर्ख हुन्छन् । अर्कालाई सताउने हुन्छन् । तिम्लाई पनि सतायो होला ।"

उसलाई भननन रिँगटा चल्यो ।

कतै त्यही चिया पसलतिर त गएन फेरि ? त्याँ गएको रहेछ भने त कुटाइ खाइसकेको होला । उसले साइकल हुत्यायो ।

चिया पसलमा दुईतीन जना मानिस चिया सुर्क्याउँदै गफ गरिरहेका थिए । साहुजी हात हल्लाईहल्लाई चर्को आवाजमा कराइरहेको थियो । वसन्तले चिया पसलभित्र हेर्न साइकलको रफ्तार कम गऱ्यो । तर पवन त्यहाँ पनि थिएन ।

कारिगरले देखिहालेछ । चिर्पट लिएर वसन्ततिर दगुर्दै करायो, "अबे भ्यान्चोद !"

वसन्तले जुरूक्क पुट्ठा उचालेर पाइडलमा बल लायो । अलि पर पुगेको थियो, उसको कानछेउबाट स्वाइँय गर्दै रकेट जसरी बर्त्तिंदै चिर्पट खस्यो । धन्नै छोएको ! उसका हातगोडा लगलगी काँपे ।

उसले फेरि बजारमा फन्का लगायो । पसलपसलमा मइन्टोल बलिसकेका थिए । सडकमा मानिस पनि कम हुँदै गएका थिए । उसले जतिजति फन्का लगाउँदै गयो, उतिउति पसलका दैलो बन्द हुँदै गए । कुनै घरबाट मासुको बास्ना आइरहेको थियो । कुनैमा बच्चा रोइरहेको थियो । कुनैमा चर्को गीत बजिरहेको थियो । उसको पेट हुँडलिँदै गयो । छातीमा धूवाँ भरिए जस्तो भयो ।

"पवनलाई केही भो भने दोष तेरै थाप्लामा आउँछ !" जीवाराम उसको कानमा बसेर चिच्याइरहे ।

"पवनऽऽऽ पवनऽऽऽ" भन्दै ऊ गल्लीगल्ली चिच्याउँदै कुदिरह्यो । मान्छेहरूले गर्धन तन्काईतन्काई हेर्न थाले । उसले चिच्याउँदै सारा गल्ली छिचोल्यो । तर पवनले "म ह्याँ छु" भनेन । उसका घाँटीका नसाहरू तन्किए । च्यापु दुख्न थाल्यो । आवाज पनि बस्दै गयो । तर पवनले जवाफ दिएन ।

बजारको तल्लो छेउ पुगेपछि उसले अगाडि लुखुरलुखुर हिँडिरहेको केटोलाई देख्यो । पवनै हो कि क्या हो ! रगत उम्लेर आयो, नजिक गएर हेर्दा त अर्कै मान्छे पो रहेछ, उमेर पनि दोब्बरै रहेछ ।

"दाइ !" ऊ रून्चे स्वरमा करायो, "खैरो सर्ट लाको केटोलाई दख्नुभको थ्यो ?"

"नाइँ ।"

"त्यसको टाउकोमा दुइटा भुमरी थे ।"

मान्छे फेरि बोलेन ।

उसले एकपल्ट फेरि बजार फन्का लगायो । खैरो सर्ट र नीलो पाइन्ट लगाएको बोल्दा भकभकाउने, टाउकामा दुइटा भुमरी भएको केटोका बारेमा सोधिरह्यो । तर कसैले पनि केही भन्न सकेन ।

फिल्म हलतिर पो गयो कि ?

उसले साइकल त्यता कुदायो । फिल्म हल पुग्दा जेनेरेटरको भुटुटुटु आवाज र तालीको आवाज आइरहेको थियो ।

ऊ बसिरको झ्यालनिर पुग्दा फेरि पछारियो । कुइनानिर च्यास्स भयो । तैपनि जुरूक्क उठेर करायो, "दादा, दादा ।"

बसिरको टाउको देखियो ।

"दादा, पवन आथ्यो ?"

बसिर उसको हालत देखेर छक्क पर्‍यो । भन्यो, "आको छैन रे । किन, के भो ? के हालत बनाएको रे ?"

"पवन हरायो, दादा" भन्दै उसले साइकल उठायो । स्वाट्ट चढ्यो र बसिरका आँखाअघिबाट स्वात्त गायब भयो ।

ऊ बजारको पुछारमा पुग्यो । दोकानको दैलोमा ताला लगाइरहेको मोटे साहुजीलाई देख्यो र साइकल रोक्यो ।

"साहुजी, खैरो सर्ट लाको केटोलाई देख्नुभाको थियो ?"

"छैन त," साउजीले साँचो गोजीमा हाल्यो, "के भो र ? किन हंसै उडे जस्तो गरेको ?"

"त्यो मेरो साथी हो । बजारमा सँगै आउँथ्यो । अहिले कतै छैन । हरायो ।"

"यत्ति सानो बजारमा पनि कोई हराउँछ ?" साहुजीले काखी कन्यायो, "घर गयो होला ।"

"त्यो म नभई घर जान्न ।"

साहुजीले छाता उघारेको कि चमेराले पखेटा फैलाएको ?

साहुजी अघि बढ्यनो, "म के जानूँ ! रात पर्नै लाग्यो । यस्तो झरीमा कति दगुर्छौ ? घर जाऊ ! तिम्रो साथी घरमा पुगिसके होला ।"

साहुजी सुनसान गल्लीमा जमेको पानीमा छप्लकछप्लक बुट बजाउँदै गयो । मानौं, उही नै अम्बरपुरको अन्तिम मानिस थियो ।

एकैछिनमा अम्बरपुरको अन्तिम मानिस पनि हरायो ।

उसका अगाडि अँध्यारो गल्ली थियो । पानी फैलिँदै गएको थियो । गल्ली नदी जस्तै लाग्थ्यो । उसले एकछिनसम्म सुनसान गल्लीलाई हेरिरह्यो । एउटा कुकुर पनि देखिएन ।

"पवनऽऽऽ !" ऊ जोडले करायो ।

उसको आवाज गल्लीगल्ली दगुर्दै गयो । फर्किएर आएन ।

साँच्चै बाँसबारी पो गयो कि ? उसको दिमागमा झिल्का उठ्यो । बाटामा पो छ कि ? कुनै रूखमा ओत लागेर उसलाई कुरिरहेको पो छ कि ?

नदीमा बगिरहेको कमिलाले त्यान्द्रो भेटे जस्तो पो भयो !

जङ्गलमा पसेपछि गाढा अँध्यारोले छोप्दै गयो । बेलाबेला झिलिक्कझिलिक्क चम्कने बिजुलीले मात्र बाटो देखिन्थ्यो । जङ्गल भयावह देखिन्थ्यो । रूख पनि ठिङ्ग उभिएका भूत जस्ता थिए ।

उसलाई लाग्यो, यी झरीले बजाएका पातका आवाज होइनन्, उसलाई लखेटिरहेका भूतका पदचाप हुन् । यी हाँगा बतासले हल्लाएका होइनन्, उसलाई झम्टिन दगुरिरहेका बाघले हल्लाएका हुन् । यी उडिरहेका पात होइनन्, यी त उसका नाककान टोक्न उडेका चमेरा हुन् । यी बाटो छेउछाउ तेर्सिएका सुकेका हाँगा होइनन्, यी त उसलाई डस्न तन्केका सर्पहरू हुन् । यी बिजुलीका चमकमा देखिने बाटो छेउछाउका ढुङ्गा होइनन्, उसलाई डस्न तयार भएका बिच्छी हुन् । बेलाबेला धरतीतिर खस्ने यी चट्याङ चट्याङ मात्र होइनन्, उसलाई दुई चिरा पार्न लखेटिरहेका आराहरू हुन् ।

"पवनऽऽऽ पवनऽऽऽ !" ऊ सारा जङ्गल थर्किने गरी चिच्याइरह्यो ।

उसले साइकल कुदाइरह्यो । बिस्तारै साइकलका पाङ्ग्रा बाटोभन्दा माथिमाथि उठे । उसलाई साथ दिन बतास आइसकेको थियो । बतासले काँधमा साइकल बोकेर दगुरायो । उसलाई बाटो देखाउन बिजुली पनि चम्किरह्यो । झ्याउँकीरीले गीत गाउन थालिहाले । ऊ बतासको काँधमा बसेर चिच्याई नै रह्यो, "पवनऽऽऽ पवनऽऽऽ !"

सौतेनी नदी पुग्दासम्म ऊ थाकेर चुरचुर भइसकेको थियो ।

उसले सोच्यो– हे भगवान्, यो सबै ऐंठन मात्र होस् । गोडाको बूढीऔंला मात्र हल्लियो भने पनि ऊ झ्वाट्ट ब्युँझिनेछ । आग्लो लाएको आफ्नै घरभित्र हुनेछ । आफ्नै ओछ्यानमा हुनेछ । "ऐंठन पऱ्यो बन्ते" भन्दै आमैले उसको निधार र छातीको पसिना पछ्यौराले पुछिदिनेछिन् ।

"पवनऽऽऽ !" ऊ फेरि चिच्यायो ।

सौतेनी नदीको डायन कराए जस्तो आवाज उसको कानसम्म आइरहेको थियो । बिजुलीको चमकमा सारा संसार छोप्नलाई फैलिरहे जस्तो पानीको भेल देखियो । पिच्कुको झुपडीलाई अँध्यारोले खर्लप्पै निलेको थियो । ऊ यसरी काँप्यो, मानौं एउटा भयावह भुमरीले उडाउँदै उसलाई पातालको अँध्यारो गर्तमा फालेको थियो ।

उसले साइकल पनि थाम्न सकेन । पृथ्वी कोल्टे पऱ्यो । ऊ अडिन सकेन । ऊ बतासमा तैरियो । कच्याक्क ! उसलाई नर्कको राक्षसले तालुमा जोडले घन बजारे जस्तो लाग्यो ।

"उठ् बन्ते !" पवनले उसलाई उठाउँदै भन्यो, "किन रोको ? म तँलाई ह्यैं त कुरिराथें ।"

"तँ किन क्यै नभनी हिंडेको ?"

"मलाई त्याँ बस्नै मन लाएन । हिंड्दैहिंड्दै आएँ ।"

उसले पवनको हात समायो, "हिंड् घर जाम् । सप्पैले खोजिरका होलान् ।"

"तँ जा बन्ते," पवनले उसको हात खुस्कायो, "म बाँसबारी जान्नँ । तँसित बिदा मागम् भनेर मात्र कुरेको ।"

"बिदा माग्न ?" ऊ आत्तियो, "काँ जान लाइस् र ? यस्तो अँध्यारो छ । आज घर जाम् के । भोलि म पनि तँसितै जाम्ला ।"

"होइन, तँ घर जा," पवनले मलिन स्वरमा भन्यो, "म एक्लै जान्छु । मलाई कसैले बोला छ ।"

"कस्ले ?"

"अरूलाई नभन्नू भन्या छ," पवन अघि बढ्यो, "मेरा स्मृतिहरू राखेको ठाउँमा पुऱ्याउँछ रे ! अनि सप्पै फिर्ता दिन्छ रे ! म लेर आइहाल्छु ।"

"यस्तो अँध्यारो छ । जताततै पानी नै पानी छ," वसन्तले हात जोड्यो, "नजा के !"

"मलाई क्यै हुन्न । यी हेर्, म पानीमाथि पनि हिँड्न सक्छु" भन्दै पवनले पानीमा टेक्यो । दूबो भरिएको चौरमा हिँडे झैं ऊ मज्जाले पानीमा टेक्दै हिँडेको थियो, छप्लकछप्लक । ऊ नदीको बीचमा पुग्यो । फरक्क फर्कियो । केही भन्यो । तर खोलाको सुसाइमा उसको आवाज राम्ररी बुझिएन ।

अनि ऊ खोलैखोला दगुर्दै गयो ।

"पवनऽऽऽ !" उसले बोलायो । अगाडि सौतेनी नदी थियो । तर पवन थिएन । उसको दाहिनेतिरको कन्चट बेस्मारी दुखिरहेको थियो । उसले छाम्यो– जमेको रगतको लेथ्रो भेट्यो । धर्मराउँदै उठ्यो । दुखिरहेको कन्चटलाई दुवै हत्केलाको बीचमा च्याप्यो । पैताला, घुँडा, तिघ्रा, पेट, छाती, गर्धनबाट बाँकी रहेको शक्ति जम्मा गऱ्यो र सारा शक्ति एकैपल्ट बाहिर हुत्यायो, "पिच्कुऽऽऽ ककाऽऽऽ ।"

र चट्याङले चुँडालेको हाँगा झैं पछारियो ।

सन्देश

सुरुमा त घना जङ्गलमा एउटा पन्छी कराए जस्तो आवाज बिस्तारै कानमा आएर ठोक्कियो । अनि त्यो पन्छीलाई साथ दिँदै सयौं पन्छी कराए जस्तो भयो ।

"होस आए जस्तो छ । होस आए जस्तो छ," गाइँगुइँ आवाज आयो ।

धरतीमा पहिलोपल्ट बचेराले आँखा उघारे झैं वसन्तले आँखा उघार्‍यो । झरीमा रूझेको सिसाको झ्यालबाट धमिलो देखे जस्तै भयो । उसका आँखामाथि कैयौं अनुहार झुन्डिएका थिए । उसले पहिला जसोदालाई चिन्यो । अनि जीवारामलाई अनि सर्वजित मास्टर सापलाई ।

कहाँ छ ऊ ?

टाउको गह्रौं भएको थियो । छाम्दा टाउकामा कपडा बेरेको थियो । उसले आँखा घुमायो र देख्यो, आरूको रूख । ए, आफ्नै घरमा पो आइसकेको रहेछ । कसले ल्यायो उसलाई यहाँ ? उसले आँगनको दक्षिण कुनामा त्रैलोकको साइकल देख्यो । साइकलको छेउमै त्रैलोक र बिजु थिए । के तिनले ल्याएका हुन्, उसलाई यहाँ ?

ऊ नरम डसनामाथि थियो । सिरकमाथि खप्टिएको कम्बलले च्यापे जस्तै लाग्यो । उसको आँत खरो भएर आयो । जिब्रो घुमाउँदा आफ्नै ओठ पनि बिझायो । थुक निल्न खोज्यो । तर रूद्रघण्टी तलमाथि सर्दै सरेन ।

"प.. पानीऽऽऽ," एकदमै मसिनो आवाज निस्कियो ।

जसोदाले हतार गर्दै गिलासमा पानी ल्याइन् र गिलासको बिट उसको ओठमा राखिदिइन् । उसले अलिकति टाउको उठाएर घुटुकघुटुक गर्दै गिलास सिनित्तै पाऱ्यो ।

"अरू खान्छस् ?" जसोदाले सोधिन् ।

उसले मुन्टो यताउता हल्लायो र भन्यो, "भात खान्छु ।"

जसोदा भित्र गइन् । खाना ल्याएर दिइन् । उसले तात्तातो भात कपाकप खायो । थालमै हात चुठ्यो । जसोदाले थाल भित्र लगिन् ।

जब उनी आइन्, उसले सोध्यो, "पवन खै ?"

गाउँलेहरू मौरी झैं भुनभुनाए । जीवारामले सन्किँदै भने, "तैंले भन्नुपर्ने होइन ? अझ हाम्लाई पो सोध्दो रैछ ए ! भन्, पवन कहाँ छ ?"

"भर्खर त होसमा आछ !" जसोदाको आवाज चर्को भो, "भन्ला नि कहाँ छ भनेर । कस्तो गरेको हो !"

जीवाराम फन्किँदै आँगनको डिलमा गए र सुल्पा सल्काए ।

जसोदाले वसन्तको निधार सुमसुम्याउँदै भनिन्, "हिजो ब्यान पवन तँसितै गको हो । अहिलेसम्म घर फर्के छैन । तँ पनि सौतेनी नदीमा बेहोस भर ढलेको थिस् । साइकल पनि थ्यो तेरो छेउमा । गाउँलेहरूले ल्याका हुन् । नढाँटी भन् त, पवन काँ छ ?"

"मलाई था छैन," ऊ पिलपिल भयो, "बजारमा मलाई नसोधी काँ गयो, काँ । मैले बजारभरि खोजेको हुम् ।"

फुङ्ग उडेको अनुहार लिएर सर्वजित मास्टर साप उसको छेउमा आए । आँखा रातै थे । ऊ तर्सियो । सर्वजित मास्टर सापले नरम स्वरमा भने, "म पिट्दिनँ, नडराऊ । हेर, म रातभरि सुत्न सकेको छैन । रमा पनि रोको रोयै छ । रातभरि तिमी होसमा कहिले आउँछौ भनेर कुरेर बसेका थ्यौं । यो गाउँको कोई पनि सुतेको छैन । तिमेरूको कसैसित झगडा परेको थियो ? कसैले पिटेको हो ? नडराई भन ।"

"कसैले पिटेको होइन," ऊ आत्तियो, "हाम्ले कसैसित झगडा गरेको होइन । त्यो आफ्फैं भागेको हो ।"

"काँ भाग्यो ? किन भाग्यो ?"

"था छैन । मुनमुनलाई भेटेपछि मैले पोस्टकार्ड लिन जाम् भनें । त्यसले च्या पसलमै बस्छु भन्यो । म आउँदा थेन ।"

"किन छाडेको त त्यसलाई ?" सर्वजित मास्टर साप रून्चे भए, "त्यो बालख भाको थाहा थेन ?"

"त्यो रोको थ्यो, त्यै भर ।"

"किन रोथ्यो ?"

"थाहा छैन । त्यसले भनेन ।"

"हेर वसन्ते, कुरो नघुमा," जीवारामले सुल्पाबाट खरानी टकटक्याए र फन्किँदै उसको छेउमा आएर भने, "सारा गाउँलेलाई थाहा छ । पैला पनि तैंले पवनलाई मरणासन्न हुने गरी पिटेको थिस् । त्यत्तिकै छाडेर भागेको पनि थिस् । तिमेरूको झगडा परेको थ्यो भने भन् । कतै पिटेर छाडेको थिस् भने ठाउँ भन् । साइकल काँबाट आयो ? कसको हो ? साइकल चोरेको भएर कसैले पिटेका हुन् कि ?"

"माँ कसम बाजे !" ऊ छटपटियो, "झगडा परेको होइन के । भूल काकाको साइकल हो । पवनले साइकल चढम् भनेको हो ।"

"ल, त्यसो भए हिजो केके भाथ्यो, सप्पैसप्पै कुरा भन्," जीवारामले भने, "एउटा पनि कुरा नलुकाई भन् । क्यै मेसो पाइहालिन्छ कि !"

उसले आफ्ना दुवै हत्केला आपसमा जेल्यो । र उसको मुखबाट फुसुसुसु अघिल्लो दिन निस्किँदै गयो । अन्तिममा उसलाई पवनले बिदा मागेको कुरा सुनाम् कि नसुनाम् भो । किनभने त्यो सत्य थियो या भ्रम ? उसले क्यै मेसो पाउन राकिरहेको थिएन । तर जीवारामले त सारा कुरा भन् भनेका थिए, उसले त्यो पनि सुनाइदियो ।

आँगनको डिलमा कन्चटमा दुवै हत्केला राखेर सबै कुरा सुनिरहेको झक्कुलाल जुरूक्क उठ्यो । डरले उसको अनुहार बिद्रुप भएको थियो । ऊ जोडले करायो, "त्यो बोक्सी हो । त्यसले फकाईफकाई खोलामा लगेकी हो ।"

अनि ऊ दगुर्‍यो ।

गाउँलेहरूले मुखामुख गरे । सबैले कान्लैकान्ला दगुरेको झक्कुलाललाई हेरिरहे । मौनता छायो । के गर्ने, के भन्ने ? कसैले मेसो पाइरहेका थिएनन् ।

"तेरो कुरा कसरी पत्याउने, भन् ?" जीवारामले निधार गाँठा पारे, "तैंले साँचो कुरा भनेको होस् भन्ने के प्रमाण छ ?"

ऊ छटपटिँदै उठ्यो र भित्तामा ढेसिएर बस्यो, "मेरो गोजीमा त्यसको पोस्टकार्ड र मुनमुनले देको ठेगाना थ्यो । खोई काँ छ ?"

जसोदा भित्र दगुरिन् । उनले प्लास्टिकको पोको ल्याएर उसको काखमा राखिदिइन्, "मैले तेरो पाइन्टमा यत्ति नै भेट्टाकी हुम् ।"

उसले हात कँपाउँदै पोको खोल्यो । ज्या, मुनमुनले पठाको पोस्टकार्ड त डल्लै परेछ ! उसले बिस्तारै खोल्न खोज्यो । तर पोस्टकार्ड तेजाबले गालेको कपडा झैं टुक्राटुक्रा हुँदै गयो । उसले पोस्टकार्डका टुक्रा सर्वजित मास्टर सापको हत्केलामा राखिदियो, "यै हो मुनमुनले देको पोस्टकार्ड ।"

पिच्कुलाई किन्देको पोस्टकार्ड बीचबाट दोब्रिएर चप्किएको थियो । एकआपसमा चप्किएका तासका पत्ती जस्तो देखिन्थ्यो । वसन्तले चप्किएको भाग खोल्न खोज्यो । तर पोस्टकार्डकी हिरोइन अर्को पाटोमा चप्किएको चप्कियै भई । उसका हातमा सादा कागजको टुक्रो मात्रै थियो । उसले कागजको टुक्रो जीवारामका गोडानिर फुत्त फाल्यो, "यै हो, मैले पिच्कु माझीलाई किन्देको पोस्टकार्ड ।"

उसले डल्लो परेको कागजका पत्रहरू बिस्तारै खाटा उप्काए झैं उप्काउँदै गयो । एकछिनपछि, कागजको टुक्रो उसका हत्केलामा थियो । तर त्यसमा मुनमुनको ठेगाना थिएन । अक्षरहरू पवन झैं सुत्त गायब भइसकेका थिए । उसले कागजको टुक्रो जसोदालाई दियो, "यसैमा हो, त्यसले मुनमुनको ठेगाना लेखेको ।"

र ऊ जुरूक्क उठ्यो, "जाम्, खोज्न जाम् ।"

जसोदाले उसको हात समाएर बसालिन् । र भनिन्, "मास्टर साप, अब यसैलाई सिनो झैं घोचीघोची बस्नुहुन्छ कि जानुहुन्छ खोज्न ?"

सर्वजित मास्टर सापले हत्केलाका कागजका टुक्राहरू हुर्र बतासमा उडाए । र उनले जीवारामतिर हेरे, "दाइ, अब ह्याँ यसरी बसेर हुन्न । त्यो भागेकै हो भने धेरै टाढा पुगिसकेको छैन होला । खोज्न जाम् ।"

"मास्टर, जोगीले केटाकेटी देखे भने ललाईफकाई भारत लैजान्छन् भन्ने सुनेको छु," जीवारामले भने, "त्यसो कल्पना त नगरम् । तर यो मामलामा पनि विचार गरम् ।"

रून थालेकी रमालाई सर्वजित मास्टर सापले अँगालो मारे र थामथुक पारे । र आँगनको बीचमा गए । एकपल्ट खकारे । र भने, "अब यसरी हात बाँधेर हुँदैन । आउने भए घर आइसक्थ्यो । कतै बाटो बिर्सेर पो अलमल्या छ कि ? कतै जङ्गलले फनफनी घुमा छ कि ? गोजीमा पैसा नभाको मान्छे धेरै टाढा पुग्दैन । म यै गाउँको हुँ । तपैंहरूको हुँ । मलाई तपैंहरूको सहयोग चाहियो ।"

"चिन्ता नगर मास्टर, हामी छम्," जीवारामले उनको पिठ्युँ थपथपाए, "भन, हाम्ले के गर्न पऱ्यो ।"

सर्वजित मास्टर सापले एकछिन सोचे । सबै गाउँलेको अनुहार हेरे । आवाज अलि ठूलो बनाए, "सबै मिलेर चारैतिर खोज्न जाम् ।"

जीवारामले मुन्टो हल्लाउँदै सोचे । र भने, "अब त्यो माझीले भनेअनुसार पवन त्यता आको छैन रे ! भनेपछि त्यसलाई बाँसबारीका जङ्गलतिर खोज्न परेन । अब सौतेनी नदी हुँदै मैनापुरतिर गएको सम्भावना हुन सक्छ । मैनापुर हुँदै बाटो भारततिर पनि जान्छ ।"

उनले साइकलमा अडेस लाएको त्रैलोकलाई भने, "एई त्रैलोक, तँ र बिजु मैनापुरतिर जाओ । साइकिल भकोले तिमेरूलाई सजिलो हुन्छ ।"

त्रैलोक र बिजुले मुन्टो हल्लाए ।

"मैनापुरबाट भारततिर नलागेर सौतनपुरतिर लागेको पनि हुनुपर्छ । एई हरिनारायण, तँ झक्कुलाललाई लेर सौतनपुरतिर जा ।"

हरिनारायणले हात जोड्यो ।

"अम्बरपुर र सौतेनी नदीबीचको जङ्गलमा अलमलेको पनि हुनुपर्छ । एई घुइयाराम, तिमी शान्तिरामलाई लेर सौतनी नदी र आसपासको जङ्गलतिर जानू," उनले भीडतिर हेरे, "खै त शान्तिराम ?"

घुइयारामले मुन्टो हल्लाउँदै भन्यो, "घराँ कुखुरालाई चारो छर्न जानु भछ । आइहाल्नुहुन्छ ।"

"अनि जसोदा, तिम्ले बाँसबारीको ख्याल राख्नू । जङ्गलमा अलमलिएको गाई साँझपख घर फर्केझैं लुखुरलुखुर फर्किन पनि सक्छ । फेरि टमटाटोलतिर पुग्ला ।"

उनले "हस्" भनिन् ।

"मास्टर र म अम्बरपुर जान्छम् । पुलिसलाई निवेदन पनि दिन पर्ला," जीवारामले सुल्पा झिके र सुर्ती भर्न थाले । सुल्पालाई मुखमा जोडेर त्यसको टुप्पामा आगो झोसेका मात्र थिए, दगुर्दै आइरहेको शान्तिरामलाई देखे । ऊ असिनपसिन भइसकेको थियो । पहिला उसको स्याँस्याँ आँगनमा पस्यो, अनि ऊ ।

"बर्बादै भछ," उसले भन्यो, "झरीले बर्बादै पारेछ ।"

"के भो ?" जीवाराम पनि आत्तिए ।

"अघि रेडियोले सम्चारमा भनेको थ्यो । मैनापुरमा त एउटा गामै बगाएछ । ४५ ओटा त लासै भेट्टे रे ! अरू पुलिसले खोज्दै छन् रे !"

चारैतिर सन्नाटा छायो ।

सर्वजित मास्टर सापको अनुहार अँध्यारो भयो । उनले रमाको हात च्याप्प समाए । उनको काँपिरहेको हातले रमाको हात पनि हल्लायो ।

जीवाराम आकाशतिर हात उठाउँदै बर्बराए, "के लीला हो, प्रभु !"

"यस्तो बेला भन्न हुने हो कि नहुने हो !" शान्तिराम सर्वजित मास्टर सापको नजिक आएर भन्यो, "सम्चार सुनेदेखि मेरो मनमा अनेक तर्कना खेलिराखेका छन् ।"

"अब नराम्रो कुरा सुन्न के बाँकी छ र ? भन्नुस् ।"

"एकदुई जना त्यता जाने हो कि ?" शान्तिरामले अप्ठ्यारो मान्दै भन्यो, "हुन त त्यस्तो नसोचम् । तैपनि ।"

सर्वजित मास्टर सापको अनुहार अमिलो भयो । उनले पुलुक्क जीवारामतिर हेरे । जीवारामको सुल्पाको मुख पिलिकपिलिक गर्‍यो, "मास्टर, त्यसले पौडी खेल्न जान्थ्यो कि नाइँ ?"

सर्वजित मास्टर साप झस्किए । उनलाई त थाहै पो छैन ।

"जान्दैन त्यल्ले," वसन्त छटपटियो, "त्यो पानी देखेर डराउँछ ।"

"अब अम्बरपुरबाट हराको मान्छे मैनापुरको गाउँमा कसरी पुगे होला ?" जीवाराममले खरानी टकटक्याउँदै सुल्पा इस्टकोटको गोजीमा राखे, "अैले त्यता ध्यान नदिम् । अैले नानाथरी कल्पना गरेर नआत्तिम् । पुराना कुरा बिर्से पनि पवन साह्रै लठेब्रो पनि छैन ।"

सबैले होमा हो मिलाए ।

"लौ त, सबै आआफ्नो बाटोतिर लागम्," जीवाराममले हत्केला मल्दै भने, "सकेसम्म चाँडै खोजेर ल्यायो भने मास्टरलाई पनि चैन हुन्छ ।"

सबैले होमा हो मिलाए ।

"लौ त, सबैले एकपल्ट पवनको हुलिया याद राखम् । मान्छेलाई सोध्न सजिलो हुन्छ," उनले वसन्ततिर हेरे ।

"कस्तो लुगा लाएर गथ्यो त्यो ?" उसले सोध्यो ।

जीवाराममले एकछिन खोके र खकार आँगनबाहिर उछिट्याए । चर्को स्वरमा भने, "त्यसले नीलो पाइन्ट, खैरो सर्ट र टाटेपाटे जुत्ता लाछ ।"

सबैले मुन्टो हल्लाए ।

"अनि त्यसका टाउकामा दुइटा भुमरी छन् । यो कुरा चैं नछुटाउनू । त्यसले लाएका कपडा अरू केटासित पनि मिल्न सक्छन् । तर भुमरी मिल्दैनन् । लौ त ।"

त्रैलोकले बिजुलाई क्यारियरमा राखेर साइकल कुदाइहाल्यो । सबैलाई नमस्ते गर्दै हरिनारायण झक्कुलाललाई भेट्न दगुऱ्यो । शान्तिराम र घुइयाराम कानेखुसी गर्दै हिंडे ।

"म पनि जान्छु," रून्चे रमाले सर्वजित मास्टर सापको हात समाई ।

"बेटा, घरमै बस । दाइ दिउँसो फर्केर आयो भने घरको दैलो बन्द देखेर फेरि भाग्छ ।"

उसले सुँक्क गरी ।

"लौ त भाउजू, यस्को ख्याल राखिदिनुहोला," सर्वजित मास्टर सापले जसोदालाई भने, "सबै कर्मको खेल हो, भाउजू । म कसैलाई दोष दिन्नँ ।"

सर्वजित मास्टर सापले जीवारामसित कानेखुसी गरे । आकाशतिर हेरे । डम्म छाएको कालो बादलमा अलिअलि मात्र सेता धर्सा थिए । एउटा चिल पखेटा फैलाउँदै पूर्वतिर उडिरहेको थियो । जुनसुकै बेला पानी दर्किन सक्थ्यो ।

उनले वसन्तको छेउमा गएर बसेकी रमालाई पुलुक्क हेरे । अनि कम्मर समाएर खुइय्य सुस्केरा हाले, अघि बढे । गाउँलेहरूले उनको गहिरो थकान देखे । उनी भर्खरै जवान छोराको मलामी गएर फर्केको वृद्ध पिता जस्तो देखिएका थिए ।

अलि पर पुगेपछि उनी धर्मराए । जीवारामले सम्हाले ।

आँगनमा गाउँका महिला मात्र बाँकी रहे । तिन्ले पनि बिस्तारैबिस्तारै आँगन छाड्दै गए । दिनको सवा एक बजे आँगनमा वसन्त, जसोदा र रमा मात्र बाँकी रहे ।

दुवै घुँडामा हत्केलाको बल लाएर जसोदा खुइय्य सुस्केरा हाल्दै उठिन् । रमाको तालु सुमसुम्याइन् र मायालु स्वरमा सोधिन्, "च्या खान्छेऊ ?"

उसले मुन्टो हल्लाएको कि कमिलाले दूबो ?

जसोदा भित्र गइन् । उनले ढुङ्ग्रो फुकेको आवाज र धूवाँको मुस्लो एकै पटक बाहिर आयो । रमा र वसन्त अबेरसम्म आरूको रूखलाई हेर्दै टोलाइरहे ।

जसोदाले चिया ल्याएर दिइन् । रमाले फुफु गर्दै पिई । वसन्तलाई भने तेजाबको घुट्को पिए जस्तै लागिरहेको थियो । हरेक घुट्कोले छाती चिरे जस्तै लाग्थ्यो ।

"तिमेरू ह्यैं बस्नू, कतै नजानू," जसोदाले चप्पल लाउँदै भनिन्, "म एकछिनमा आउँछु ।"

"काँ जान लाग्नुभको ?" पिन्चे अनुहार बनाएर वसन्तले सोध्यो ।

"तैँले कुनै काम मलाई सोधेर गरेको छस् ?" उनले नाकका पोरा फुलाइन्, "मैले तँलाई किन भन्नु ? तँ मलाई क्यै नसोधी आफ्नो जिन्दगी जिई । म तँलाई क्यै नभनी आफ्नो जिन्दगी जिउँछु ।"

उनले बर्सादी काखीमा च्यापिन् र फन्किँदै गइन् ।

वसन्तले सुँक्क गऱ्यो । रमाले आँसु पुछिरहेको उसलाई हेरिरही । रून्चे स्वरमा भनी, "दाइ, नरूनु के ! तपाईंको क्यै गल्ती छैन । त्यो आफ्फैं भागेको हो । त्यसले कसैलाई माया गर्दैनथ्यो ।"

"सप्पैलाई माया गर्थ्यो," उसले हिक्क गऱ्यो, "त्यसले त बजार जान्नँ भनेकै थ्यो । मैले नै कर गरेर लगेको हुँ ।"

"तपैंले आफ्नो लागि कर गरेको होइन," रमाले भनी, "त्यसका लागि पो कर गरेको हो । त्यो खुसीखुसी गको हो ।"

"त्यसलाई क्यै भइहाल्यो भने त सारा दोष मेरै थाप्लामा आउँछ । मलाई सप्पैले छिःछि दूरदूर गर्छन्," बोल्दाबोल्दै उसको कन्चटको घाउ चरक्क चर्कियो । उसले सुमसुम्यायो ।

रमाले लामो सास फेरी ।

"त्यो साइकिल काँ राखेछ थाहा छ, तिम्लाई ?"

"घरमा राखेछ । तर त्यसको अगाडिको पाङ्ग्रो बाङ्गो भाछ । किन, दाइ ?"

"त्यत्तिकै सोधेको," उसले रमाको तालु थपथपायो ।

सिमसिम पानी पर्न थाल्यो । पानीका थोपाले आरूका हाँगा हल्लिन थाले । हाँगामा लुकेर बसेको चरो भुर्र उड्यो । वसन्तले लामो हाई काढ्यो । उठ्यो र भित्र गयो । जुत्ता हिलो र पानीले लुत्रुक्क परेर कुनामा पछारिएका थिए । काखीमा बर्सादी च्यापेर बाहिर आयो ।

"म एक ठाउँमा गर आइहाल्छु है ?" उसले चप्पल लगाउँदै भन्यो, "तिमी कतै नजानू, ऐले आमै आइहाल्छिन् ।"

"नाइँ म एक्लै बस्दिनँ," रमा पनि उठी, "म पनि जान्छु ।"

ऊ रमाले पछ्याउन नसकोस् भनेर मुटु नै हल्लिने गरी दगुऱ्यो । अलिकति पर पुगेपछि पछारियो । चाक सुमसुम्याउँदै उठ्यो र फेरि दगुऱ्यो ।

रमाको रूवाइको आवाजभन्दा परै पुगेपछि बल्ल उसलाई कन्चट टनटनी दुखेको महसुस भयो । रफ्तार कम गऱ्यो । अलि पर पुगेपछि

ठिङ्ग उभियो । कहाँ हिँडेको हुँ ? उत्तर खोज्यो । तर भेटेन । बर्सादी गम्लङ्ग ओढ्यो । गाउँबाहिर पुगेपछि फेरि दगुऱ्यो । उसको चप्पलले उछिट्याएको हिलोले बर्सादी बजाइरह्यो, प्याटप्याटप्याट ।

"फेरि आइस् रे ?" उसलाई देखेर दैलोनिर ढुङ्गा थुपारिरहेको पिच्कु झस्कियो, "हिजो नदीपारि बेहोस भएर लडेको थिइस् । मैले नदेखेको भए आफत भइहाल्थ्यो ।"

वसन्त दैलोछेउको खाँबोमा अडेस लायो ।

"क्यै पता लाग्यो तेरो दोस्तको बारेमा ?" पिच्कुले पानी पसिरहेको दैलोको चेपमा ढुङ्गो राख्यो ।

"नाइँ, गाउँलेहरू खोज्न गा छन् ।"

"तेरो दोस्त थोडी भेटिनलाई हराएको हो ?" पिच्कुले हत्केलामा लाएको हिलो दैलोमा झुन्डिएको बोरामा पुछ्यो, "मेरो मनले भन्छ, त्यो अब भेटिँदैन ।"

"त्यसो नभन्नुस्, कका," उसलाई कसैले आँखामा भिक्स दलिदिए जस्तो भयो ।

"जिन्दगी बहुत कुत्ता चीज छ रे ! के गर्छ के ! मरेको मान्छेले भन्दा हराएको मान्छेले बहुत रूवाउँछ । मर्नेलाई त दुईचार दिन याद गऱ्यो, पछि आदत परिहाल्छ । तर हराएको त लौटी पो हाल्छ कि भनेर झस्काइरहन्छ । मेरो माँबाप पनि यै नदीको बाढीमा हराएका हुन् । लहास भेटिएन । मैले त आधा जिन्दगी नै कुरेर बिताएँ । पछि उनीहरूको सन्देश पाएँ, मरी पो सकेका रैछन् । बल्ल दिल हल्का भो ।"

"मरेको मान्छेले कसरी सन्देश दिन्छ ?" ऊ छक्क पऱ्यो ।

"कसरी ! अरूलाई भन्न सकिँदैन," पिच्कुले दाह्री कन्यायो, "आफूलाई पता हुन्छ । उनीहरूले महसुस गराउँछन् । तर दिलको मान्छेलाई मात्र । तेरो दोस्त लौटिएर नआई कतै मरिहाल्यो भने त्यसले जरूर महसुस गराउँछ । यदि तँ त्यसको दिलमा छस् भने तैंले जसरी भए पनि पता पाइहाल्छस् ।"

रेडियो

दुई हप्ता बित्यो । तर पवन कतै भेटिएन ।

सर्वजित मास्टर सापको आँगनमा शोकमा डुबेका गाउँले टोलाउँदै बस्थे । उनीहरू पवन फर्किन्छ भन्ने आशा देखाइरहन्थे । जीवारामले मैनापुरमा १४ वर्षपछि घर फर्केको मानिसको उदाहरण पनि दिन्थे ।

सर्वजित मास्टर साप पवनलाई खोज्न कहाँकहाँ पुगेनन् ? नेपालगन्जसम्म पुगे । रूपैडिया पुगे । मैनापुर गए । भारतको सिमानासम्म पुगे । मैनापुरमा बाढीले बगाएका मान्छेका लासहरूको भीडमा टाउकामा दुइटा भुमरी भएको केटोलाई खोज्दै हिँडे । कति लास त माछाले टोकेर चिन्नै नसकिने भएका थिए । बेबारिसे लासलाई जलाउँदा जलाउँदा पुलिसहरू पनि थकित थिए । पछिपछि त जलाउने दाउराको सङ्कट नै भएको थियो । पुलिसहरूले नेपालगन्जबाट दुई ट्रक काठका गिँड ल्याएका थिए ।

"त्यो सारा मैनापुर सिनो झैं गन्हाउँछ," जीवारामले भनेका थिए ।

पवनलाई खोज्न बाँकी कुनै कुनो थिएन । त्यसैले सर्वजित मास्टर साप टोलाउँदै, ओठ कँपाउँदै, झस्किँदै बसिरहन्थे । उनले चुरोट पिउन थालिसकेका थिए । एकदुई दिन करेसामा लुकीलुकी पिए । तर पछि आँगनमै ठिङ्ग उभिएर पिउन थाले । सुरूमा त उनले चुरोट पिएको देख्यो कि रमा रोइहाल्थी । पछिपछि ऊ पनि बानी परी ।

खोज्न र गर्न बाँकी केही थिएन । तर एक दिन शान्तिरामको दिमागमा झिल्का उठ्यो । उसले भन्यो, "यो खबर रेडियोमा पठाऊँ, फुक्छ ।"

गाउँलेहरू जिल्ल परे । मैनापुरमा त्यत्रा मान्छे मर्दा त रेडियोले एकपल्ट मात्रै फुकेको थियो । अब फुच्चे केटो हराको खबर के फुक्ला !

तर शान्तिराम अडिग भयो, "के भन्नुहुन्छ, मास्टर साप ? रेडियोलाई खबर गर्ने हो ?"

सर्वजित मास्टर सापले फुइय्य धूवाँ फाले र मुन्टो हल्लाए ।

शान्तिराम झोला बोकेर त्रैलोकको साइकल चढ्यो । गयो । र फर्किएको दुई दिनपछि साँझपख रेडियो छातीमा च्यापेर दगुर्दै ऊ सर्वजित मास्टर सापको आँगनमा आइपुग्यो । चिच्यायो, "फुक्यो फुक्यो, रेडियोले फुक्यो ।"

जीवारामले सोधे, "के भन्यो ?"

"ऐले आफ्फैं सुन्नू ! एकडेढ घण्टापछि फेरि फुक्छ," उसले गर्वले छाती फुलायो, "तीनपल्ट फुक्छ रे !"

हल्ला गाउँभरि फैलियो ।

रेडियोले नाम फुक्नु सानोतिनो कुरा थिएन । गाउँलेहरू रेडियोले बिरानाबिराना देशमा भएका ठुल्ठूला लडाइँका कुरा मात्र फुक्छ भन्ठान्थे । सबै हुर्रिंदै सर्वजित मास्टर सापका आँगनमा आइपुगे ।

शान्तिरामले काठको सानो डुग्गी ल्याएर पिँढीमा राख्यो । त्यसमाथि रेडियो राख्यो । रेडियोको आवाज अलि ठूलो बनायो । दमको रोगी झैं स्याँस्याँ नगरोस् भनेर एरियल तान्यो । उसले रेडियोलाई मखमलको कलेजी भोटो लगाइदिएको थियो । आवाज आउने ठाउँमा ससाना प्वाल पारिएको थियो । काँधमा झुन्ड्याउन बनाएको लामो पट्टा पट्याएर रेडियोको तालुमा राखिएको थियो । गाउँलेहरूले पहिलोपल्ट उसको रेडियोलाई मायाले हेरे ।

एक घण्टापछि वसन्त पनि त्यहाँ आइपुग्यो । सर्वजित मास्टर सापले नेपालगन्जबाट ल्याएको हरियो लालटिनको उज्यालोबाट जोगिएर कुनामा उभियो । आकाशमा चन्द्रमा बादलहरूको कपाल फिँजारेर हाँसिरहेको थियो । उसले चन्द्रमाको उज्यालोमा गाउँलेलाई हेऱ्यो । गाउँलेहरू साससले कुरा गरिरहेका थिए । मधुरो बतास चले जस्तो

आवाज आँगनभरि फैलिएको थियो । उनीहरू रेडियोमा बज्ने पवनको नाम नछुटोस् भनेर चनाखो थिए ।

शान्तिरामले भनेको डेढ घण्टा बितिसकेको थियो । रेडियोले गाउँलेलाई चासो नभएका कुरा सुनाइरहेको थियो । जीवारामले दुईपल्ट सुल्पा तानिसकेका थिए भने सर्वजित मास्टर सापले छ खिल्ली चुरोट खरानी बनाइसकेका थिए । उनका गोडानिर चुरोटका ठुटा बगरमा टल्किएका ढुङ्गा जस्ता देखिएका थिए । रमा जैमलीको काखमा कुइना टेकाएर ढल्किएकी थिई ।

"होइन एई शान्तिराम, साँच्चै सुनेको होस् कि तेरो मनको बहम हो ?" जीवारामले दिक्क मान्दै सोधे ।

"म होस खुलेदेखि रेडियो सुन्दै आको मान्छे हो । जिन्दगीमा धेरै कुरामा बहम होला । तर रेडियोले बोलेको कुरामा बहम हुँदैन मलाई ।"

"किन आएन त ऐलेसम्म ?"

"आउँछ," उसले भन्यो, "रेडियोलाई संसारभरिका कुरामा चासो लिनुपर्छ । फुर्सद हुनासाथ फुकिहाल्छ ।"

जीवारामले फेरि सुल्पा सल्काए । अँध्यारोमा धूवाँको चमक सर्प झैं बटारिँदै गयो । उनले सुल्पाको सुर्तीलाई खरानी बनाएर टकटक्याए । सुल्पा गोजीमा राख्दै सोधे, "होइन, तँ हिज रामरी नै निदाको त थिस् ? कैलेकाईं अनिद्राको बहम पनि आफूलाई सत्य लाग्न थाल्छ ।"

उसले घोसेमुन्टो लाएर सोच्यो– साँच्चै के उसको बहम नै हो त ? निद्रा पनि राम्ररी नपरेकै हो राति । ऊ मध्यरातमा बन्दुक बोकेर बगैंचा पुगेकै हो ।

घण्टौं चनाखो भएर बसेका गाउँलेहरू निराश हुँदै गए । सोचे, शान्तिरामलाई बहम पो भएको रहेछ । गाउँलेहरू हिँड्नलाई गोडा तन्काउन थाले । शान्तिराम रेडियो समात्न अघि बढ्यो । रेडियोमा बोलिरहेको मान्छे चुप लाग्यो । सङ्गीत बज्यो । एकछिन स्याऽऽऽ भयो ।

"मानिस हराएको सूचना" रेडियोले भन्यो ।

गाउँलेहरूले सासै रोक्किए जस्तो गरे ।

"पवनकुमार नाम गरेको, अन्दाजी १६ वर्षको, बाँसबारी घर भएको, नीलो पाइन्ट, खैरो सर्ट र टाटेपाटे जुत्ता लाएको, कक्षा नौमा पढ्ने तर पढेको केही भन्न नसक्ने, आफ्ना पुराना सप्पै कुरा बिर्सेको, टाउकामा दुइटा भुमरी भाको केटो २०५३ साल असार १९ गतेका दिन अम्बरपुरबाट हराएको छ । देख्नेले नजिकको प्रहरी चौकीमा खबर गरिदिनुहोला ।"

रेडियोमा फेरि सङ्गीत बज्यो ।

शान्तिराम बुरूक्क उफ्रियो, "लौ देख्यौ ?"

गाउँलेहरूको आवाज बिस्तारै चर्को हुँदै गयो । उनीहरू रेडियोले केके भन्यो भनेर एकआपसमा छलफल गरिरहेका थिए । रमा खुसी हुने कि दुःखी हुने भनेर अलमलिइरहेकी थिई । सर्वजित मास्टर सापले चुरोट सल्काए । जीवारामले दगुर्दै आएर शान्तिरामलाई धाप दिए, "चमत्कारै गरिस् त शान्तिराम तैंले ! आफ्नै गामको नाम रेडियोमा सुन्दा त मन हुरूक्कै भो । कसरी गरिस् यस्तो चमत्कार ! सप्पै भन् ।"

गाउँलेहरू पनि यही कुरा सुन्न चाहन्थे, शान्तिरामले कसरी रेडियोसम्म आफ्नो पहुँच बनायो ?

शान्तिरामले रेडियोलाई थपथपायो, बिरालोलाई थपथपाए झैं । रेडियो बोल्दाबोल्दा थाक्यो होला भने जसरी भोलुम प्याट्ट पारेर बन्द गऱ्यो । र आँगनको बीचमा उभिएर भन्यो, "म त्रैलोकलाई लेर सोझै अम्बरपुरको प्रहरी चौकीमा पुगें । पुलिसलाई सप्पै कुरा भनें । पुलिसले सप्पै कुरा टिपे । काठमान्डूमा आवा गर्दे । अनि रेडियोले फुक्यो । यतिका वर्ष रेडियो सुनेको यति बुद्धि त आइहाल्छ नि !"

गाउँलेहरू हाँसे ।

"लौ त मास्टर, अब धेरै दुःखी नबन । छोराको नाम रेडियोमा आयो भनेर खुसी बन," जीवारामले सर्वजित मास्टर सापको पिठ्युँ थपथपाए, "अब तिम्रो छोरो देशको जुन कुनामा भए पनि भेटिन्छ । चिन्ता नगर । चुरोट धेरै नखाऊ । म त सानैदेखि खार सुर्ती पचाको मान्छे हुँ । तिम्ले पचाउन सक्दैनौ । धेरै चुरोट खार छोरो भेटिन्न ।"

सर्वजित मास्टर सापले घोसेमुन्टो लाइरहे । र हिंड्नै लागेका जीवारामको हात च्याप्प समाउँदै भने, "छोरो ठूलो भर, राम्रो काम गर्ला,

रेडियोले नाम फुक्ला भन्ने आशा त सप्पैलाई हुन्छ, दाइ । त्यसले एकपल्ट भनेको पनि थ्यो– बा, म पहिला जिल्लास्तरको हेन्डराइटिङ प्रतियोगितामा भाग लिन्छु । फस्ट हुन्छु । अनि अञ्चलस्तरको अनि राष्ट्रियस्तरको । अनि मेरो नाम रेडियोमा आउँछ ।"

उनले हिक्क गरे, "मेरो छोराको नाम रेडियोमा आयो, दाइ । तर हराको सूचनामा आयो । मेरो मुटु बटारियो । म हाँसौं कि रोऊँ, दाइ ?"

रमा रून थालिहाली ।

अघिसम्म खुसी भएका गाउँले फेरि दुःखी भए । जीवारामले सर्वजित मास्टर सापलाई प्रेमले हेरे । एकछिन खोके । भने, "नरोऊ मास्टर, तिम्रो छोरो फर्केर आइहाल्छ । ईश्वर त्यति निष्ठुरी छैन । बलियो बन । सूर्जे अस्ताउने नै बिहान उदाउनलाई हो ।"

जीवाराम अगाडि बढे । अलि पर पुगेपछि रोकिएर भने, "पवनलाई हामीले आकाशपाताल गरेर खोजेकै हौं । अब रेडियोले नै खोज्न थालेपछि पक्कै भेटिन्छ ।"

तर रेडियोले खोज्न थालेको एक हप्ता बित्दा पनि पवन भेटिएन । बरू चिटचिट पसिना काढ्दै, पिलपिल गर्दै, छटपटिँदै फुपू आइपुगिन् ।

उनी रमालाई ग्वाम्लाङ्ग अँगालो मारेर रोइरहिन् । अनि पिँढीमा बस्दै टाउको पछाडि फर्काएर रूमालले आँसु पुछिरहिन् ।

"दाइ, तपैंले त मलाई पराई नै ठान्नुभएछ," उनी फेरि रोइन्, "घराँ यत्रो उथलपुथल भइसक्दा पनि मैले खबरै पाइनँ । आफ्नै घरको कुरो पनि रेडियोमा सुन्नुपर्‍यो ।"

सर्वजित मास्टर सापको आवाज भरिलो भयो, "पैला तँ आत्तेलिस् भनेर खबर नगरेको हो । एकदुई दिनमा खबर गरम्ला भन्दै थें, तँ आफैं आइहालिस् ।"

"आपत् पर्दा आफ्नै मान्छेलाई सम्झने होइन र, दाइ ?" फुपूले आँसु पुछिन्, "खबर थाहा पाएपछि म एक रात पनि निदाउन सकेकी छैन । यस्सो आँखा चिम्ल्यो कि पवनले "फुपू म पनि काठमान्डू जान्छु है" भने जस्तै मान्छु । उनकै उमेरका कोई देखे पनि मन हुरूक्कै हुन्छ । अँगालो मार्दै रून मन लाग्छ ।"

सर्वजित मास्टर सापले आँसु पुछे, "वृन्दे, मलाई धेरै रिँगायो जिन्दगीले । रिँगटा चल्दा धेरै सोच्न सकिँदो रैनछ । कैलेकाईं त छाती च्यास्स होस् अनि यी सारा पीडाबाट मुक्ति पाइयोस् जस्तो लाग्छ । तर रमाको अनुहार हेर्छु, सोच्छु– यो त छे । यस्का लागि पनि बाँच्नुपर्छ ।"

गाउँलेलाई उनको कुरा नरमाइलो लाग्यो ।

"सास हुन्जेल आस हुन्छ भन्छन् । मिलेर खोजम्ला, दाइ । हराका हुन्, मरेका होइनन्," फुपूले भनिन् र रमालाई लिएर भित्र गइन् ।

सर्वजित मास्टर साप अबेरसम्म चुरोट पिउँदै जीवाराम र शान्तिरामसित गफ गरिरहे । जीवारामले सुल्पा तानिरहे । फुपूले दुईपल्ट करेसामा गएर चुरोट पिइन् ।

सारा घर चुरोटका ठुटाले भरिएको एस्ट्रे झैं डुङ्डुङ्ती गन्हाइरह्यो ।

भोलिपल्ट रमा वसन्तलाई भेट्न दगुर्दै आई । र भनिहाली, "हामी त अब नेपालगन्ज जाने रे !"

उसले सोध्यो, "कति दिनलाई ?"

"सधैंलाई ।"

वसन्त र जसोदा झस्किए । जसोदाले रमालाई प्रेमले हेरिन्, "कैले जाने रे ?"

"दुईतीन महिनामा," उसले रून्चे अनुहार लाई, "फुपूले हाम्रो घर किन्ने मान्छे खोजिसक्नु भछ रे !"

"लौ, स्कुलमा हेडमास्टर भर राम्रै कमाथे," जसोदा जिल्ल परिन्, "सहरबजारौं काम खोज्नै गाह्रो हुन्छ । बुढेसकालमा के गर्न खोजेका हुन् मास्टरले !"

"त्याँ नेपाली पढाउने रे !" उसले भनी, "फुपूले सप्पै मिलाइसक्नुभछ रे ! उहाँहरू पनि काठमान्डूबाट नेपालगन्ज आउने रे ! अनि नेपालगन्जमै बसेर दाइलाई खोज्ने रे ! फुपूले भन्नुभको, दाइ नेपालगन्जतिरै गछ रे !"

जसोदाले मुन्टो हल्लाइन् ।

रमा घरतिर दगुरिहाली । उनीहरूले रमालाई परै पुगेको हेरिरहे । अनि वसन्तले पुलुक्क जसोदातिर हेऱ्यो । उनी आरूको रूखतिर हेर्दै टोलाइरहिन् ।

"सप्पै मैले गर्दा भको हो," वसन्तको गला अवरूद्ध भो, "दोषी मै हुँ, आमै ।"

जसोदा उसको छेउमा आइन् । प्रेमले उसका आँसु पुछिदिइन्, "दोषी ईस्सोर हो । तैंले त राम्रै गर्न खोजे थिस् । नरो, जिन्दगीले यस्तै दुःख देर, पाठ सिकाउँछ ।"

कन्चटमा खाटा बसेको घाउमा कसैले फेरि चड्कन लगाए जस्तै भएको थियो, वसन्त अबेरसम्म खाटा सुमसुम्याउँदै बसिरह्यो ।

दिनहरू सर्वजित मास्टर सापले आँगनमा फालेका चुरोटका ठुटा झैं थुप्रिंदै गए । वसन्तको कन्चटमा बसेको खाटो पनि उप्किँदै गयो । सेतो दाग मात्रै रह्यो ।

भदौ २७ गते आकाश छ्याङ्ग खुलेको थियो । गाउँभरिका मान्छे सर्वजित मास्टर सापको आँगनमा भेला भएका थिए । अब सायद फेरि सर्वजित मास्टर सापसित भेट होला कि नहोला ? अन्तिमपल्ट बिदा गर्न चाहन्थे ।

सामानहरू लडियामा थुप्रो लागिसकेका थिए । के सुर चलेर हो, सर्वजित मास्टर सापले सारा घरमा कुचो लाएका थिए । चुरोटका ठुटा करेसातिर लगेर फालेका थिए । घर चिटिक्क पारेका थिए ।

"ल मास्टर, सबै गाउँलेसित बसेर च्या खार जाऊ," जीवारामले भनेका थिए । त्यसैले गाउँभरिबाट ३८ ओटा गिलास जम्मा पारिएको थियो । बिहानै शान्तिराम गिलास माग्न आउँदा पो जसोदाले थाहा पाएकी थिइन्, मास्टर त हिँड्नै लागेका रहेछन् । उनले अघिल्लो साँझ पैसा फिर्ता गर्न आउँदा जसोदालाई केही भनेका थिएनन् ।

वसन्त र जसोदा आँगनमा पुग्दा सर्वजित मास्टर साप, फुपू र रमा पिंढीमा ओछ्याएको गुन्द्रीमा बसेर चुपचाप कालो चिया पिइरहेका थिए । आँगनभरि गोलो घेरा लगाएर बसेका गाउँले उनीहरूलाई हेर्दै चिया सुर्क्याइरहेका थिए । आँगनभरि चिया सुरूप्प सुरूप्प पारेको आवाज मात्र आइरहेको थियो । उखाने सर्वजित मास्टर सापलाई बिदा गर्न भनेर गोठाला गएको थिएन । उदास भएर बसेको थियो । बेलाबेला पिठ्युँको

डल्लो हल्लाउँथ्यो । घर किन्ने गोपी महतरा आफ्नो कालो इस्टकोटको गोजीमा हात राखेर घरको देब्रे खाँबोनिर उभिएका थिए ।

जैमलीले जसोदा र वसन्तलाई चिया दिईं ।

"मास्टर, अचानक गाम छाड्ने निर्णय गरेऊ । यो गामले धेरै थोक देको थ्यो," जीवारामले भने, "हामीसित एकपल्ट पनि सल्लाह गरेनौ ।"

"माटो फापेन, दाइ । यै माटोले मेरी स्वास्नी खायो । छोरो पनि खायो । रमा पनि ठूली भएपछि बिहे गरेर जान्छे । बुढेसकालमा एक्लै हुने भएँ," सर्वजित मास्टर सापले मधुरो आवाजमा भने, "मान्छेले जवानीमा एक्लै संसार जित्छु भन्ठान्दो रैछ । बुढेसकालमा भने एक्लै सुत्न पनि डराउँदो रैछ ।"

"यी गाम्लेले त तिम्लाई साथ देकै थे ।"

"गाउँलेले त दैलोबाहिर साथ दिने हुन् । दैलोभित्र साथ दिन आफन्त नै चाहिँदो रैछ । समयले म जस्तो मान्छेलाई दैलोमा आग्लो लाएपछि घरका कुनाकुनाबाट तर्साउँदो रैछ । म तर्सिएको छु ।"

"बाँसबारीका दिन फिर्ने बेला छाडेर जाने भयौ," जीवारामले भने, "चटक्कै मयाँ नमार्नू । कैलेकाईं आउँदै गर्नू । सम्झनाले सम्झना तान्छ, बिर्सनाले बिर्सना तान्छ ।"

"पहाडबाट यता झर्दा पनि बेलाबेला जान्छु भनेर सोचेको थें । फेरि कहिल्यै गइनँ," सर्वजित मास्टर सापका ओठ झर्ने लागेको पहेंलो पात झैं काँपे, "बसाइँ सर्नेले बाचा गर्नुहुँदैन, दाइ । बाचाले पोलिरहन्छ ।"

जीवाराम उदास भए ।

"लौ त दाइ, अब लाग्छम् हामी," उनले उठेर हात जोड्दै भने, "नेपालगन्जतिर आको बेला भेट्न आउनुहोला ।"

"ल मास्टर, रामरी जाऊ," जीवारामले चोरऔंलाले दायाँ आँखामा देखापरेको आँसुको थोपो खसाले, "यो गाममा आउँदा मास्टर्नीसित आथ्यौ । ऐले रमालाई लेर जाने भयौ । बीचमा धेरै गुमायौ । गुमेको कुराको हिसाब नगर्नू । त्यस्तो हिसाब कहिल्यै मिल्दैन ।"

सर्वजित मास्टर सापले सबै गाउँलेलाई नमस्ते गरे । र गोपी महतराको नजिक गए । मूलढोकाको साँचो दिए । आँसुले भरिएका आँखा

लुकाउँदै भने, "सकेसम्म यो खन्युको रूख नकाटिदिनुहोला । सुनितेले रोपेकी हो ।"

गोपी महतराले साँचो खेलाउँदै मुन्टो हल्लाए ।

सर्वजित मास्टर सापले गोजीबाट हजार रूपियाँको नोट र कागजको टुक्रो झिकेर उनको हातमा राखिदिए, "क्यै गरी त्यो आइहालेछ भने यो पैसा र ठेगाना दिनुहोला ।"

गोपी महतरा अनकनाए ।

सर्वजित मास्टर सापले एकपल्ट घरलाई प्रेमले हेरे । हिँड्ने बेला भइसकेको थियो । उखाने कुप्री पर्दै उनको छेउमा आएर हात जोड्यो ।

"लौ त सन्जोगजी, हामी एकै दिन यो गाउँमा आका थियौं । म पैला जाने भएँ ।"

उखानेका आँखाबाट बररर आँसु झरे । उसले सर्वजित मास्टर सापको हात जोडले समायो, "मैले त आफ्नो नाम बिर्सी पो सकेछु, मास्टर साप !"

"रामरी बस्नुहोला । सुखी रहनुहोला ।"

"ओस चाटेर तिर्खा मर्दैन । खोलै धाउनुपर्छ, मास्टर साप !" उसले सुँक्क गऱ्यो, "हाम्रो त जिन्दगी यस्तै हो । एक हातमा आँसु, एक हातमा गाँस ।"

सर्वजित मास्टर साप अघि बढे ।

उनलाई हेरिरहेको वसन्तका आँखा सौतेनी नदीको बगर झैं उराठलाग्दा भइसकेका थिए । बकुल्लाका बथान झैं आँसुका थोपा आइपुगे । उड्न देन । उसलाई त्यहाँ बस्न मन लागेन । आँसु लुकाउँदै दगुऱ्यो । अलि पर पुगेपछि फुपूको आवाज सुन्यो । "एई रमा, काँ गकी ?"

उसले फर्किएर हेऱ्यो । उसकै पछिपछि रमा मुठी कसेर दगुर्दै आइरहेकी रहिछ ।

"किन आको ?" उसले रून्चे स्वरमा सोध्यो ।

रमाले उसको कम्मरलाई हातका लहराले बेरी । हिक्क गरी । उसका आँसुका थोपा रमाको कैलो कपालमा खसिरह्यो ।

"जाऊ के फुच्ची, ढिला हुन्छ," उसले भन्यो, "म भेट्न आउँछु ।"

उसले रमाका हात बिस्तारै खुस्काइदियो । रमाले दाहिने हात फ्रकको छातीमा पसाई र एउटा पन्ना झिकी । हात काँपिरहेकाले पन्ना थर्थराइरहेको थियो । उसले पन्ना समायो ।

चित्र रहेछ । चित्रमा पवन अँध्यारो कुनामा ढेस्सिएर बसेको थियो । उसले दुवै हात घुँडामाथि राखेको थियो । आँखाहरू टल्किरहेका थिए । ट्वाल्ट्वाल्ती हेरिरहे जस्तो लाग्थ्यो ।

वसन्तको तप्किरहेका आँसु पन्नाभरि खसिरहे, "कैले बनाको यो चित्र ?"

"आज ब्यान," रमाले सुँक्क गरी, "पवन दाइ, अब कहिल्यै फर्केर आउन्न ।"

उसले रमाका ओठ हत्केलाले छोपिदियो, "त्यस्तो भन्न हुन्न । फर्केर आउँछ ।"

"अब आउन्न त्यो, मैले थाहा पाइसकें ।"

"फुच्ची, सारा गल्ती मेरो हो । माफ गर है !" वसन्तले कागज झट्कारेर चित्रमा परेका आँसुका बुँद खसाल्यो ।

"तपैंको गल्ती होइन," रमाले पाखुराले आँसु पुछ्दै भनी, "उसलाई त बा र गाउँलेहरू मिलेर मारेका हुन् रे । त्यो त लखनऊमै मरिसकेको थियो रे !"

"फुपूले भनेको ?"

"होइन, पवन दाइ आफैंले भनेको ।"

"यो त ह्याँ पो रैछे । आइज, ढिला भयो," सर्वजित मास्टर साप हतारिँदै आएर भने । उनका हातमा दूरबिन झुन्डिइरहेको थियो । वसन्तले पन्नासितै नमस्ते गऱ्यो । उनले मुन्टो हल्लाउँदै दूरबिन ऊतिर बढाए । उसले अकमकाउँदै समायो ।

सर्वजित मास्टरले एकपल्ट उसलाई प्रेमले हेरे । र रमालाई तान्दै लगे ।

"कैले भनेको त्यस्ले त्यस्तो फुच्ची ?" उसले सोध्यो ।

रमाको मधुरो आवाज आयो, "हिजो । हिजो राति मलाई भेट्न आथ्यो ।"

वसन्तले पन्ना पट्याएर गोजीमा राख्यो । र बेस्मारी दगुऱ्यो । टौवा पुग्दासम्म असिनपसिन भइसकेको थियो । स्याँस्याँ गर्दै टौवा उक्लियो । दूरबिन आँखामा टाँस्यो ।

लडिया हिँडिसकेका थिए । रमा र फुपू पछिल्लो लडियामा बसेका थिए । सर्वजित मास्टर साप बाटो छेउछाउ उभिएका गाउँलेलाई नमस्ते गर्दै हिँडिरहेका थिए । लडिया जीवारामको घरलाई छाडेर झक्कुलालको आँगन हुँदै गाउँबाहिर निस्कियो ।

गाउँको पुछारमा पुगेपछि सर्वजित मास्टर सापका पछिपछि हिँडिरहेका जीवाराम र शान्तिराम रोकिए । सर्वजित मास्टर साप अलि पर पुगेर टक्क अडिए । एकछिन गाउँलाई हेरिरहे । हात पटकपटक आँखातिर लगिरहेका थिए । सायद आँसु पुछिरहेका होलान् । र उनले हात उठाएर गाउँलाई नमस्ते गरे ।

र फटाफट हिँडे । फेरि फर्केर हेरेनन् । हेर्नलाई बाँसबारीमा उनको केही पनि थिएन ।

सय वर्ष

सर्वजित मास्टर साप गएको हप्ता दिनपछि बाँसबारीमा पवनका बारे अनेक अड्कल काट्न सुरू भइसकेको थियो । रमलादेवीको अनुमान थियो, पवन कुनै जोगीको पछि लाएर भारत पसेको होला । जैमलीको अनुमान थियो, ऊ नेपालगन्जतिरै अलमलिइरहेको होला, सर्वजित मास्टर सापले भेट्न सक्छन् ।

झक्कुलालको अनुमान थियो, उसलाई बोक्सीले फकाईफुल्याई नदीमा लगेर डुबाएर मारिसकी । घुइयारामले मैनापुरको बाढीले बगाएका मान्छेहरूको लासको थुप्रोमा पवन पनि हुन सक्ने अनुमान गऱ्यो । उसको अर्को अनुमान थियो, माछाले लुछेकाले ऊ नचिनिने भएको हुनुपर्छ । जीवारामको तर्क अलिक फरक थियो । उनले भनेका थिए– बोक्सी र पवनको लडाइँ थियो । ऊ हाऱ्यो । बोक्सीले पवनको बलि लिई । अब बोक्सी फेरि बाँसबारी आउन्न ।

जीवाराम बाँसबारी बोक्सीको कालो छायाबाट मुक्त भइसक्यो भनेर खुसी भएका थिए भने सर्वजित मास्टर सापलाई सम्झिएर दुःखी भएका थिए । उनले भनेका थिए– मास्टरको जिन्दगीमा दुःखै लेखेको रहेछ । आफ्नै छोराको मलाम पनि जान पाएनन् । आफ्नै छोरालाई पिण्ड पनि दिन पाएनन् । बिचरो पवन अकालमै मऱ्यो, लासै फेला नपर्ने गरी । अब एक सय वर्षसम्म मुक्ति नपाएर भूतलमा घुमिरहने भयो ।

एक सय वर्ष ? वसन्तलाई यस्ता कुरा पत्यार लाग्दैनथे । ऊ सोच्थ्यो– पवन जिउँदै छ । कतै लुकेको छ । एक दिन फर्केर आउँछ, अवश्य आउँछ । बिदा माग्न भए पनि आउँछ ।

ऊ यस्तै कुरा सोचेर महिनौं टोलायो । दसैंमा रातो टीका र जमरा हेर्दै टोलायो । तिहारमा देउसीभैलो हेर्दै टोलायो । गाउँलेहरू उसलाई कि त टोलाएको देखिरहन्थे, कि त किताबमा घोप्टो परिरहेको । चिलगाडीको सम्झनामा छटपटिने गङ्गे र पवनको सम्झनामा छटपटिने वसन्त उस्तै देखिन्थे, ऐनाको वारपार जस्तो ।

सर्वजित मास्टर सापपछि नकुल तिमिल्सेना हेडसर भएर आएका थिए । उनी सर्वजित मास्टर साप जस्तो विद्यार्थी पिट्दैनथे, उल्टै विद्यार्थीसित डराउँथे । त्यसैले अम्बर माविका मुर्गाहरू खुसी थिए ।

नकुल सरलाई अम्बरपुरमा ल्याउने जीवारामले अर्को नयाँ मान्छे पनि बाँसबारीमा ल्याएका थिए । दुब्लो कायाको दीर्घलाललाई "जुठीको भाइ" भनेर चिनाएका थिए । ऊ १५ दिन बाँसबारी बस्यो । सधैं डराए डराए जस्तो देखिन्थ्यो । उसले गाउँलेसित रामरी कुरा पनि गरेन । जीवारामकै पछिपछि लाएर हिँडिरह्यो ।

जीवारामको घरमा नयाँनयाँ मान्छे आउन थाले । मध्यरातसम्म लालटिन बलिरहन्थ्यो । र एक दिन जुठीआमैको जग्गा दीर्घलालकै नाममा पास भयो । त्यस दिन उसले भोजै खुवाएको थियो । मासु र मदिराले मातेका गाउँलेलाई भनेको थियो, "बाँसबारीमा मेरो कोई छैन । ह्याँ बसे भने दिजैको झझल्को आइरन्छ । म बुटवलै फर्किन्छु ।"

उसलाई पुऱ्याउन गएका जीवाराम जब फर्की आए, उनको हातमा जुठीआमैको जग्गाको लालपुर्जा थियो । त्यसले उनको जग्गाको खोडे ओठ भरिएको थियो ।

तर वसन्तको हृदयको ओठ भने खोडे हुँदै गएको थियो ।

सात महिना बित्दा पनि पवनको खबर आएन । त्यसैले माघको ठन्डीमा पनि बेलाबेला उसको मुटु हुरहुरी बलिरहन्थ्यो । पहेँलै भएर संसारै ढाकिरहे जस्ता तोरीका फूलले पनि उसको मन भुलाउन सकिरहेका थिएनन् । माघ लागेपछि बाँसबारी भुइँकुहिरोको कम्बल ओढेर काँपिरहन्थ्यो । सौतनपुरतिर शीतलहर चलेको थियो । बाँसबारीमा शीतलहर आउँछ कि भनेर गाउँलेले गोबरका गुइँठा बटुल्न थालिसकेका थिए ।

माघ दोस्रो साता शीतलहर चलिहाल्यो । सारा बाँसबारी कठ्याङ्ग्रिएर कक्रक्क पऱ्यो । मेसिन चिसो भएर छुनै नसक्ने भएपछि जसोदाले लुगा सिउन बन्द गरिन् । उनी घाम कहिले लाग्ला भनेर दिनभरि पुलुक्कपुलुक्क आकाशतिर हेरिरहन्थिन् । वसन्त दिनभरि सिरक ओढेर पल्टिरहन्थ्यो । यस्सो किताब खोल्यो कि पवनको सम्झना आइहाल्थ्यो । अक्षर त देख्नै हुँदैनथ्यो, "मेरा अक्षर कस्ता छन् ?" भन्दै पवन फुसफुसाइहाल्थ्यो । उसलाई दिउँसो सुत्ने बानी लागिसकेको थियो । त्यसैले रातभरि निदाउन सक्दैनथ्यो । कहिलेकाहीँ त जसोदाले उठेर दतिवन दाँतमा घोट्न थालेपछि मात्र निदाउँथ्यो ।

जसोदालाई वसन्तको अनिद्राले हैरान पारेको थियो । उनी भन्थिन्, "एई बन्ते, रामरी पढ् । एसेल्सी छेउमै आइसक्यो । तैंले जसरी पनि पास गर्नुपर्छ । तैंले फेल हुन पाउन्नस् ।"

"आमै, कत्ति चिन्ता नगर ! म जस्सरी पनि पास हुन्छु ।"

त्यस रात पनि उसलाई निद्रा लागेको थिएन । निद्रादेवीको सराप परेको राजकुमार झैं छटपटाइरहेको थियो । प्याज खाएर निद्रा लाग्छ भन्ने सुनेको थियो । तीन ओटा प्याज खाँदा पनि केही भएन । झन् गुम्लुङ्ग सिरक ओढेर सुत्दा आफ्नै सास गन्हाएर भाउन्न भयो । ऊ आफ्नै ढुकढुकीको ढ्याकढ्याक सुन्दै छटपटिइरह्यो ।

जब बिहानीपख जसोदाले स्यार्रस्यार्र पार्दै घर बढार्न थालिन् । उसका आँखा लोलाउँदै गए । ऊ भित्तातिर कोल्टे पऱ्यो ।

सुरूमा टाढाटाढा कसैले सुसेली हाले जस्तो आवाज आयो । अनि ओछ्यानको छेउमै कोही हिंड्यो । पदचाप एकदमै मसिनो थियो, बिरालो हाम फाले जस्तो । "बन्ते !" कसैले कानमा मुख जोडेर एकदमै मसिनो सासले भने जस्तो भयो ।

ऊ झल्याँस्स भयो । ओढिरहेको सिरकको चेपबाट चिहायो । झ्यालका चेपबाट रिमरिम उज्यालो भित्र पसिरहेको थियो । उसले सिरकबाट टाउको निकालेर चारैतिर हेऱ्यो । केही थिएन । फेरि सिरक गुम्लुङ्ग ओढ्न थालेको थियो, झ्वाट्ट कोठाको पश्चिम कुनातिर आँखा गयो ।

पवन कुनामा ढेस्सिएर, आफ्ना दुवै घुँडामाथि नाडी अड्याएर बसेको थियो । उसका हत्केला लुत्रुक्क परेका थिए । उसले एकदमै नयाँ सेता सर्ट र पाइन्ट लगाएको थियो । आइरन लाएका । जुत्ता पनि सेता नै थिए, हिँड्दै नहिँडे जस्ता, दागहीन । उसले तेल लगाएर कपाल स्याप्प पारेको थियो । उसको अनुहारमा कुनै भाव थिएन । ट्वालट्वाल्ती हेरिरहेको थियो ।

वसन्तलाई रिँगटा चले जस्तो भयो । ऊ आत्तिँदै करायो, "आमै, ए आमै !"

जसोदा कुचो बोकेर आइपुगिन्, "के भो, किन चिच्च्याको ?"

उसले कुनोतिर देखायो, "पवन छ त्याँ । मलाई ट्वाल्ल परेर हेरिराछ ।"

कुनोमा केही थिएन ।

"तेरो सपना बिग्रेको हो । रातभरि नसुत्नेलाई यस्तै हुन्छ," उनले भनिन्, "टाइममा सुत्ने, टाइममा उठ्ने भ पो सपना पनि राम्रा देखिन्छ ।"

"सपना होइन के आमै ! मैले ब्युँझेपछि देखेको," ऊ छटपटिइरह्यो, "तेईं बसेर मलाई हेरिराथ्यो ।"

"क्यै भन्न आथ्यो होला," उनी हाँसिन्, "तँ चिच्च्याइस्, गयो । सुत् अब ।"

उनी गइन् । उनले ठट्टामा भनेको कुरा पनि वसन्तलाई सत्य लागिरह्यो । साँच्चै, केही भन्न आएको थियो कि ? नचिच्याएको भए केही भन्थ्यो कि ? उसलाई थकथक लाग्यो । पवनले रमालाई पनि यसैगरी भेटेको हो र ? ऊ ओछ्यानबाट बुथ्रुक्क हाम फाल्यो । रमाले दिएको चित्रलाई धुइँपाताल खोज्यो । कुनै किताबको बीचमा च्यापेर राखे जस्तो लागेको थियो । तर कुनै किताबमा पनि भेटेन । कोठामा किताबहरू बिथोलिएका चमेरा झैं छरिए । रमाले ठ्याक्कै त्यस्तो चित्र बनाएकी थिई, जस्तो भर्खरै उसले देखेको थियो । के सबै अनिद्राको प्रभाव हो ?

उसले दिनभरि सोचिरह्यो । उसको दिमाग कुहिरो भरिए झैं धुम्म भइरह्यो । दिउँसोपख कुहिरो चिर्दै घामका मसिना किरण धरती झरे ।

उसको दिमागको कुहिरो पनि हट्दै गयो । उसले कापी र कलम समायो । कापीको बीच पन्नामा उसले कलमको निब अड्यायो । ओठको दाहिने चेपबाट जिब्रोको टुप्पो बाहिर निकाल्यो । र पन्नामा कलम दगुरायो । गुडको थुप्रो देखेर कमिलाका लस्कर आए झैं अक्षरका लस्कर पानातिर आए । रित्तो पन्ना भरिँदै गयो । कलम थाकेन । कलमले स्याँस्याँ पनि गरेन । कलमले थकाइ पनि मारेन । र दोस्रो पन्नाको पुछारमा पुगेर रोकियो । दूबो झैं छरिएका अक्षरहरूमा उत्तानो पऱ्यो । र कलमले आँखा चिम्लियो ।

वसन्तका आँखाबाट तप्किरहेका आँसुका थोपा कलमको निधार हुँदै अक्षरहरूमा खसिरहे । अक्षरहरूलाई आँसु स्वादिलो पो लाग्दो रहेछ । तिनले घुटुकघुटुक सबै पिए र जुगा झैं ढाडिए ।

उसले सुँक्क गर्दै पन्ना पट्यायो । सर्टको दाहिने गोजीमा राख्यो । दूरबिन गलामा झुन्ड्याएर बाहिर निस्कियो । चप्पल लगायो र बेस्मारी दगुऱ्यो । एकछिनपछि भुइँकुहिरोको अनकन्टार जङ्गलमा पस्यो र देखिनै छाड्यो ।

जब ऊ कुहिरोको जङ्गलबाट बाहिर निस्कियो । आँखाअगाडि सौतेनी नदी थियो । नदीबाट बाफ उडिरहेको थियो । उसको मुखबाट निस्केको बाफ र सौतेनी नदीको बाफ उस्तै थिए ।

के नदीले पनि सास फेरिरहेको हो ?

नदी शान्त थियो । अलि पर पुगेर कुहिरो जङ्गलमा हराएको थियो । अलि पर पिच्कु माझीको झुपडीलाई कुहिराले खर्लप्पै निलेको थियो । उसले गोजीबाट पन्ना निकाल्यो । पहिलोपल्ट आकाशमा उड्ने कोसिस गरिरहेको पन्छीलाई झैं पन्नालाई सुमसुम्यायो । उसका आँसु फेरि पन्नामा खसे ।

ऊ नदीको किनारमा आयो । टुक्रुक्क बस्यो । पन्नालाई फेरि एकपल्ट सुमसुम्यायो र पानीमाथि थपक्क राखिदियो । पन्नाले अब लामो यात्रा हिँड्नुपर्ने भएको थियो । पन्ना एकछिन पानीमा तैरिइरह्यो । छालले पन्नालाई एकपल्ट किनारतिर हुत्तायो । अनि यसरी स्वात्तै तान्यो, मानौं त्यो पानीले तानेको थिएन, कसैका हातले तानेको थियो ।

उसले दूरबिनलाई प्रेमले सुमसुम्यायो र नदीतिर उफार्‍यो ।

ऊ एकछिन ठिङ्ग उभियो । उसलाई पिच्कु माझीको झुपडीमा जान मन लागेन । ऊ पिच्कुका अघि रून चाहँदैनथ्यो । कससैका अघि पनि रून चाहँदैनथ्यो । पाखुराले आँसु पुछ्दै बेस्मारी दगुर्‍यो । ऊ यसरी दगुर्‍यो, मानौं उसले आफ्नो अतीतलाई नदी किनारमा छाडेको थियो । र अतीतले "एई बन्ते, मलाई छाडेर नजा" भन्नुअघि, अतीतले उसका पाइला सुँघ्दै पछ्याउनुअघि ऊ कुहिरो नलाको भविष्यको उज्यालो आँगनमा पुग्न चाहन्थ्यो ।

आदरनीय भगवान् ।

२०५३ साल असार १९ गते मेरो साथी अम्बरपुरबाट हरायो । अहिलेसम्म फर्किएको छैन । सायद, अब फर्किन्न होला । आज ब्यान मलाई कुनामा बसेर टुलुटुलु हेरिरहेको थियो । मलाई लाग्यो, त्यो मरिसक्यो ।

गाउँलेहरू भन्छन्– त्यसरी गुमनाम मर्नेहरूले श्राद्ध र पूजापाठ नगरेसम्म मुक्ति पाउँदैनन् । त्यसका बाले अझै फर्किन्छ कि भनेर आशा गरेका छन् । त्यसैले पूजापाठ गरेका छैनन् । त्यसैले ऊ आकाशको शून्यमा छटपटिएर घुमिरहेको होला । त्यसले जिन्दगीमा धेरै दुःख पाको थ्यो, मरेको सय वर्षसम्म पनि दुःखै पाइरहने भो ।

प्लिज भगवान्, आकाशको शून्यमा कसैलाई छटपटिरहेको देख्नुभो भने उसलाई "पवन हो ?" भनेर सोध्नुहोला । त्यसका शिरमा दुइटा भुमरी छन् । त्यो भकभकाउँछ, याद राख्नुहोला । त्यसलाई आफ्नो दरबारमा लैजानुहोला ।

त्यो असल मान्छे हो । अलिअलि बदमासी त सप्पैले गर्छन् । तर त्यो सादा पन्ना बनेर त्याँ पुगेको होला । कति पाप गरें, कति पुण्य गरें– त्यसलाई केही थाहा छैन । जुठीआमै बोक्सी हुन् भनेर त्यसले आफ्नै मनदेखि भनेको होइन रैछ । रमाले भन्दा पो मैले थाहा पाएको थिएँ– जीवारामले पो पैसा देर भन्न लगाएका रैछन् । उसको पापपुण्यको खाता अलिकति मिलाइदिनुहोला ।

उसले जीवनभरि कहिल्यै मीठो खान पाएन । मैले सुनेको अब त मरेपछि पनि मीठो खान पाउन्न रे ! धरतीबाट मान्छेले आफ्ना पितृलाई पठाएका खाने कुरा टुलुटुलु हेरेर बस्छ रे ! असाध्यै भोक लाग्दा अर्काकै खाने कुरा पनि झम्टिन्छ रे ! हराउनुभन्दा पहिले उसले एक प्लेट चना, दुइटा समोसा र दुई गिलास चिया मात्र खाको थ्यो । भोकै होला, खान दिनुहोला ।

अलिकति दुःख पर्दा त्यो "आमै आमै" भन्दै रून्थ्यो । तर आमै कस्ती थिइन्– उसलाई क्यै पनि सम्झना छैन । उता पनि "आमै आमै" भन्दै रूँदै हिँड्ला । हजुरलाई थाहै छ– उसकी आमै को हुन् भनेर । प्लिज, उसको हात समाएर त्यसकी आमैसम्म पुऱ्याइदिनुहोला ।

एकपल्ट आमैको काखमा शिर राखेर निदाउन पायो भने त्यसले धरतीमा पाएका सप्पै दुःख र पीडा बिर्सिनेछ । अनि धरतीका मान्छे मरिसकेको मान्छेले फेरि भेट्न आको मन पराउँदैनन् । त्यो साह्रै सोझो छ, थाहा नपाउला । त्यता नजा भनेर भनिदिनुहोला । बन्तेलाई भेट्न जान्छु भनेर ढिपी गऱ्यो भने तारा बनेर दूरबिनले हेर्न भनिदिनुहोला । दूरबिन पनि सँगसँगै पठाइदिएको छु । करोडौं ताराका बीचमा त्यसले चिमिक चिमिक गऱ्यो भने म थाहा पाइहाल्नेछु– त्यै हो भनेर ।

उही

वसन्त

बाँसबारी, नेपाल

फेरि फिरफिरे

मुक्ति

आस्था र जुना आनन्दले निदाइरहेका थिए ।

म भने अनिद्राले छटपटाइरहेको थिएँ । अँध्यारोमा फटफट घुमिरहेको पङ्खाको आवाज सुन्दै टोलाइरहेको थिएँ । म आस्थालाई छटपटी देखाउन चाहँदिनथें । मेरो प्रेसर बोर्डर लाइनमा थियो । त्यसैले डाक्टरले तनाव नलिन र नुन कम खान भनेका थिए । उसलाई सबै थाहा थियो । अलिकति तनाव लियो कि प्रेसर बढ्ला भनेर डराउँथी ।

म यसो आँखा बन्द गर्थें, पवन फिरफिरे घुमाउँदै आइपुग्थ्यो । कसरी निद्रा परोस् ! सायद अहिले बिहानको दुई बजिसकेको होला । म आफ्नै अतीतको यात्राबाट भर्खरै फर्केको थिएँ । एकदमै थकित र एकदमै बेचैन । दिउँसो अम्बर माविबाट फर्केपछि मलाई टोलाउने रोग लागेको थियो । म आस्थाका कुरा सुनिरहे जस्तो गर्थें, बेलाबेला मुन्टो पनि हल्लाउँथें । तर म पवनसित फिरफिरे घुमाउँदै बाँसबारीमा घुमिरहेको हुन्थें । जुठीआमैका कथा सुनिरहेको हुन्थें । पवनलाई मुनमुनको कथा सुनाइरहेको हुन्थें ।

पवन फेरि कहिल्यै भेटिएन । सायद मैले ऊ मरिसकेको ठानेर भगवान्लाई चिठी लेखेको बेला नै ऊ मरिसकेको थियो कि ?

पिच्कु भन्थ्यो, "मर्नेले भन्दा हराउनेले बढी पीडा दिन्छन् ।"

पवन आफैं बेपत्ता भएको थियो । तर त्यसको खिललले अझै मेरो हृदयमा च्यास्सच्यास्स पारिरहन्थ्यो । जब देश द्वन्द्वमा होमियो, कैयौं पवनहरू बेपत्ता पारिए । म तिनका परिवारको ऐंठन अलिकति भए

पनि महसुस गर्न सक्थें । मान्छेहरू आफूलाई छाडेर गएको प्रिय मानिसको अनुहार अन्तिमपल्ट हेर्न चाहँदा रहेछन् । किनभने ऊ छैन भनेर पत्याउन सजिलो हुँदो रहेछ । पत्यार लागेपछि नै बिर्सन सजिलो हुँदो रहेछ । कैयौं यस्ता परिवार छन्, जसले आफ्नो प्रिय मानिस यो धरतीमा छैन भनेर पत्याउने मौका पाएका छैनन् । ती बतास चले पनि, मुसो कुदे पनि, बलेसी तप्किए पनि "आइहाल्यो कि" भनेर दैलो उघार्न पुगिहाल्छन् ।

जब म बेपत्ता भएको आफ्नो प्रिय मानिसलाई खोजिरहेका आफन्तका समाचार पढ्छु, मलाई सर्वजित मास्टर सापको झल्को आइहाल्छ । उनको सुस्केरा र ऐंठनले मलाई पनि अँठ्याउँछन् । म अहिले सोच्छु, उनको नाम सर्वजित भए पनि सबैतिरबाट हारेका थिए । मैले टौवाबाट देखेको थिएँ, बाँसबारी छाड्ने बेला अन्तिम पटक उनले गाउँलाई नमस्ते गरेका थिए । सायद त्यो उनको हार स्वीकार थियो ।

र पवन नाम जस्तै "पवन" भयो । जुठीआमैले सुनाएको कथाको बतास झैं नदेखिने भयो । कहिलेकाहीँ मेरो हृदय बटारिन्छ । ऊ सबैले बिर्सिएलान् भन्ने पीरले रूखहरूमा नाम लेख्दै हिँड्थ्यो । के उसले आफ्नो भविष्य पहिल्यै थाहा पाइसकेको थियो ?

फेरि मुनमुनसित मेरो भेट कतै भएन । मैले भेट्ने कोसिस पनि गरिनँ । सायद उसले नयाँ वर्षमा पवनको पोस्टकार्ड कुरिहोली । अनि बिर्सिंदै पनि गइहोली । कहिलेकाहीँ छतमा उभिएर चुरोट पिइरहँदा जहाज उडेको देखें भने मुनमुनलाई सम्झिहाल्छु । सोच्छु, कतै यो जहाज उसैले उडाएकी त होइन ? जब अखबारमा पत्रकारहरूले जहाज दुर्घटनाको तात्तातो खबर ल्याउँछन्, मेरो ढुकढुकी बढे जस्तो हुन्छ ।

मलाई मुनमुनसित गाँस्ने धागो उहिल्यै उहिल्यै चुँडिएको थियो । तर किनकिन अदृश्य धागोले बाँधिएकै थिएँ ।

अनेक कुरा सोच्दासोच्दै कति बेला निदाएँ, थाहै भएन । बिहान होहल्लाले ब्युँझिंदा सवा सात भइसकेको थियो । आस्था लुगा पट्याउँदै थिई । जुना उठेकी थिइन ।

"राति निद्रा परेन ?" आस्थाले मेरो फुङ्ग उडेको अनुहार हेरी ।

"पऱ्यो ।"

"आँखा त रातै छन् त !" उसले भनी, "नसुतेरै रात छर्लङ्ग पारे जस्तो ।"

"तिम्रो साथ पाए पो रात छर्लङ्ग हुन्छ !" मैले उसको कानमा भनें, "एक्लै त छर्लङ्ग कसरी पार्नु !"

उसले अनुहार कलेजी बनाई ।

म उसको अनुहारको कलेजी रङ लिएर बाहिर निस्किएँ । अनिद्राले टाउको गह्रौं भएको थियो । सिरानी राम्ररी मिलेनछ, पिठ्युँमा पाता टन्किरहेका थिए । ज्यान मन्याकमुरूक पारें ।

जयदेव होटलको बाहिरपट्टि राखेको बेन्चमा झोक्राएर बसिरहेको थियो । नजिक गएँ । झोक्राएको रहेनछ, डायरी पढिरहेको रहेछ । मलाई देखेर खिस्स हाँस्दै डायरी बन्द गऱ्यो ।

"दाइ, मैले काउन्टरमा कुरा गरिसकें," उसले भन्यो, "अगाडिपट्टिको सिट राख्देछ । बस सवा एक बजे छुट्छ । एक बजे पुगे हुन्छ ।"

"धन्यवाद जयदेवजी !" मैले उसको पिठ्युँ थपथपाएँ, "अलि मीठो चिया पाइँदैन कतै ?"

"ए, ठ्याक्कै अल्लि पर त छ नि !" ऊ उत्साही भइहाल्यो, "जाने हो, दाइ ?"

मैले मुन्टो हल्लाएँ । ऊ अघि लागिहाल्यो ।

बिहानीपख भएर होला, चिया पसलमा भीड थियो । ठूलो भाँडोमा दूधचिया भकभक उम्लिरहेको थियो । चियामा हालेको अलैंचीको बास्ना जताजतै फैलिइरहेको थियो ।

कारिगरले तल खुम्चिएको र माथि फैलिएको गिलासमा चिया दियो । मैले यस्ता गिलास अम्बरपुरमै देखेको थिएँ । चियाको पहिलो चुस्की लिएपछि पवनको सम्झना आइहाल्यो । मैले अन्तिमपल्ट ऊसित यस्तै गिलासमा यस्तै अलैंचीको बास्ना आउने चिया पिएको थिएँ । गिलास उस्तै थियो, स्वाद उस्तै थियो । तर म उभिएको चोक उही थिएन । सबथोक फेरिएको थियो ।

मैले चुरोट ओठमा च्यापें । जयदेवले सलाईको काँटी झ्वार्र पाऱ्यो । मैले धूवाँको गुच्छाका बीचबाट चोक पारिपट्टिको चुरा पसल देखें । त्यो त्यही पसल थियो, जहाँ पवन र मैले चुन्नी किनेका थियौं ।

चिया सकेर त्यतै लागें ।

पसलमा बूढो मानिस कपडाको टुक्रोले चुराको धूलो झारिरहेको थियो । भर्खरै आकाश उक्लिएको घामका किरणले चुराहरू टलक्क टल्किएका थिए । पश्चिमतिरको भित्तामा लहरै टाँगिएका कपडाहरू नियालें र सोधें, "चुन्नी पाइँदैन अचेल ?"

बूढो खिस्स हाँस्यो, "त्यसको जमाना उहिल्यै गयो, साउजी ।"

लौ, बूढोले मलाई किन साउजी भनेको होला ? मेरो कौतुहल जयदेवले थाहा पायो र कानमा भन्यो, "यता अलि ठूलो मान्छे देख्यो कि साउजी भन्ने चलन छ, दाइ ।"

म हाँसें । र मैले सोच्दै नसोचेको कुरा मुखबाट फुत्त निस्कियो, "पोस्टकार्ड पनि पाइँदैन होला है !"

"त्यसको जमाना पनि गयो, साउजी । तर भित्र गोदाममा पुराना पोस्टकार्ड होलान् । चाहिन्छ ?"

मैले मुन्टो हल्लाएँ ?

बूढो पसलको साँघुरो दैलोबाट गोदामतिर पस्यो । मैले जयदेवको अनुहारमा कौतूहल देखें । तर उसले केही सोधेन ।

करिब १५ मिनेटपछि बूढोले पोस्टकार्डको मुठो ल्याएर काउन्टरमा पछाऱ्यो । नाकै सकसकाउने गरी धूलो उड्यो । मैले काउन्टरमा छरिएका पोस्टकार्डमा आफ्ना अतीतका टुक्रा देखें । सानो बालक झैं दगुर्दै आएर मेरो अतीतले मलाई अँगालो माऱ्यो ।

मैले पोस्टकार्डहरू सुमसुम्याइरहें । बूढो र जयदेवले मलाई हेरिरहे, रमाइलो मान्दै ।

मैले दुइटा पोस्टकार्ड छानें । उही सारी लाएर ढल्किएका हिरोइनका । बूढोले पुछपाछ पारेर दियो । मैले सर्टको गोजीमा राख्दै सोधें, "कति दिऊँ ?"

बूढो गालाका मुजालाई कानतिर सार्दै हाँस्यो, "फिरीमा लैजानुस्, साउजी । जमानामा बहुत बेचें । जमाना नै गएको चीजको के मूल्य हुन्छ र !"

"हो साउजी, अमूल्य नै हुन्छ," म मुस्कुराएँ, "५२ सालतिर यो दोकानमा एक जना केटा बस्थे । उनी कहाँ छन् ?"

बूढोले एकछिनलाई मलाई गहिरिएर हेर्‍यो । र भन्यो, "त्यो मै हुँ, साउजी ।"

"लौ, यति चाँडै कोही यति बूढो हुन्छ ?"

बूढो हाँस्यो, "गरिबहरू चाँडै बूढा हुन्छन्, साउजी ।"

मैले उसलाई धन्यवाद दिएँ । होटलतिर फर्किरहेका बेला जयदेवले कौतूहल थाम्नै सकेनछ । सोधिहाल्यो, "दाइ, पोस्टकार्ड पाएर ठ्याक्कै बच्चा जस्तै रमाउनुभो त ।"

"यस्को लामै कथा छ ।"

"के कथा, दाइ ?"

"म कथा त ऐले सुनाउन सक्दिनँ । कथाको पात्र चैं तिम्लाई भेटाउन सक्छु ।"

ऊ उत्साही भएर तनक्क तन्कियो ।

"बाइक लेर आऊ । म होटलमै हुन्छु ।"

मैले आस्थालाई "एक घण्टामा आउँछु" भनेर फकाएर तल झर्दा ऊ बाइक हुइँकाउँदै आइसकेको थियो । म उफ्रिएर पछिल्लो सिटमा बसें ।

"ठ्याक्कै कहाँ जाने, दाइ ?" उसले हेल्मेटको सिसा उठाएर सोध्यो ।

"सौतेनी नदी ।"

जयदेवले सिसा स्वाट्ट तल तान्यो । बाइकको कान निमोठ्यो । बतास मेरा कानमा फुसफुसाउन थालिहाल्यो ।

पुलबाट तल झर्दै गर्दा मैले खिङ्रिङ्ग परेको सौतेनी नदीलाई हेरिरहें । सौतेनी नदी अस्पतालको बेडमा अन्तिम सास लिइरहेको रोगी जस्तै थियो । बगर जस्तै बनेको छातीमा अतीतका छालहरूको सुसाइ बोकेर उदास थियो । नदीले पिन्चे अनुहार लाएर हेर्‍यो, मैले आँखा लुकाएँ ।

बाइक देखेर झुपडपट्टीका केटाकेटीहरू पछिपछि दगुर्न थाले । कुकुर भुक्न थाले । धूलोको भुमरी बोकेर बाइक बस्तीभित्र पस्यो । दैलोमा झुन्डिएका थोत्रा पर्दाहरूबाट मानिस चियाउन थाले । मैले जयदेवको पिठ्युँ थपथपाएँ । उसले बाइक रोक्यो ।

अगाडि दुई बूढा थिए, लुङ्गी र सेतो बन्डीमा । लौरीले कुकुरलाई तर्साइरहेका थिए । मैले गला खकारें र सोधें, "तपैंहरूलाई थाहा छ, पिच्कु माझी कहाँ बस्छन् ?"

बूढाहरूले मुखामुख गरे ।

"धेरै वर्षपहिले ह्याँ डुङ्गा चलाउँथे," मैले फेरि सोधें, "ऐले त धेरै बूढा भइसकेका होलान् ।"

"बहुला बूढो ?" एउटाले भने, "सबैभन्दा पुरानो त त्यै हो ।"

उही हो कि ? मैले मुन्टो हल्लाएँ ।

"अरेऽऽऽ लखन !" अर्का बूढा चिच्याए, "यहाँ आइज रे !"

बूढाको आवाजको लहरो झुपडपट्टीका कुनाकुनामा पस्यो । र आवाजको लहरोलाई समात्दै १९/२० वर्षको केटो आइपुग्यो । हामीलाई देखेर अकमकायो । उसले नीलो जिन्स पाइन्ट काटेर बनाएको जाँघे लगाएको थियो । सेता अक्षरले "सिङ्गल अगेन" लेखेको कालो टिसर्ट लगाएको थियो । लामा कपालमुन्तिर कान खरायो झैं लुकेका थिए । ऊ चप्पल पड्काउँदै नजिक आयो ।

"तेरो काकालाई भेट्न उहाँ साउजी आउनुभएको छ रे," बूढाले भने । म हाँसें । उसले हाँसो फर्काउने कोसिस गऱ्यो । तर सकेन । ऊ आएकै बाटोतिर फर्कियो । जयदेवले बाइक त्यहीँ राख्यो । केटाकेटीहरूले जिब्रो निकालेर बाइकको सिसालाई जिस्क्याउन थाले ।

झुपडपट्टीको साँघुरो र हिलोले भरिएको बाटैबाटो हामी हिँडिरह्यौं । दैलोदैलोबाट मुन्टो तन्काएर सबैले हेरिरहे । एकदुई जना हाम्रो पछि पनि लागे । लखन एउटा थोत्रो झुपडीअगाडि उभियो । हामी नजिक पुगेपछि उसले झुपडीको दैलोमा झुन्डिएको थोत्रो पर्दा उघारेर भित्र पस्न इसारा गऱ्यो ।

हामी भित्र पस्यौं ।

र हाम्रा अघि थियो, पिच्कु माझी । तालु सप्पै खुइलिएको थियो । दाह्रीजुँगा सेताम्मे भइसकेका थिए । गाला र कन्चट धस्सिएका थिए । तल एकदमै मैलो लुङ्गी थियो भने माथिको ज्यान नाङ्गो थियो । बटारिएका सेता रौं पन्छाएर करङ सप्पै गन्न मिल्ने । हातगोडा खर्लप्पै सुकेका थिए । ट्वाल्ल परेर हेरिरहेका फुस्रा आँखा ।

ऊ खजमजिएको ओछ्यानमा बसेको थियो । उसले एकछिन खोकिरह्यो र सोध्यो, "को आयो रे, लखन ?"

"मलाई चिन्नुभएन, काका ?" म उसको नजिक गएँ, "म वसन्त । धेरै वर्षपहिले ढुङ्गा चढ्न आइरहन्थें ।"

"मेरो दिमागले काम गर्दैन रे," उसले भन्यो, "अरू भन् ।"

मैले सर्टको गोजीबाट पोस्टकार्ड झिकें र उसको हत्केलामा राखिदिएँ, "बल्ल पोस्टकार्ड ल्याउने मौका पाएँ, काका ।"

"ए, तँ हो रे ?" उसले पोस्टकार्ड समायो र काँपिरहेका औंलाले चिल्लो सतह सुमसुम्याइरह्यो । मधुरो आवाजमा भन्यो, "थोडा देर भइगयो । अब मलाई यो फोटुको काम छैन ।"

"किन काका ?" म अनकनाएँ, "पुराना कुरा सम्झिनुहोला भनेर ल्याइदेको ।"

"म आँखा देख्दिनँ," उसले रून्चे स्वरमा भन्यो, "म अन्धा भइसकें ।"

उसका हातबाट पोस्टकार्ड भुइँमा खसे । र पोस्टकार्ड किनारमा उछिट्टिएका माछा झैं छटपटाउन थाले । मेरो मन ह्वात्त खस्यो । मैले उसका अँध्यारा गुफा जस्ता आँखा हेरिरहें । तिनमा उज्यालोको मसिनो धर्को पनि थिएन ।

"कैले भो यस्तो, काका ?"

"बहुतै पहिले हो रे ! बहुत पानी बगिरहन्थ्यो । हल्काहल्का देख्थें । बादमा त देख्नै छाडें । जिन्दगीभरि नदीको पानी हेरेर बसें, आखिरमा आँखाको पानीले धोका दियो ।"

जयदेवले अनुहार अमिलो बनायो ।

"ह्याँ आइज," पिच्कुले मलाई नजिक बोलायो । म लुसुक्क उसको छेउमा गएर बसें । उसले काँपिरहेका हातले मेरा हत्केला, नाडी, पाखुरा,

चिउँडो, नाक, निधार र कपाल छाम्यो । खोक्दै हाँस्यो, "तँ त दुसरै मान्छे जस्तो भइसकेछस् । तेरो आवाज पनि दुसरै भएछ । के गर्छस् आजकल ?"

मैले आस्था र जुनाका बारेमा भनें । काठमान्डूका बारेमा भनें र थपें, "म कथा लेख्छु, काका । लेखक बनेको छु ।"

"वाह रे," उसले मेरा हत्केला जोडले समायो, "याने कि तेरो नाम दुनियाँभरि फैलिसक्यो ?"

"दुनियाँभरि त होइन, काका । देशका मान्छेले अलिअलि चिन्न थालेका छन् ।"

"आफ्नो आँखाले जहाँसम्म देख्छ, त्यति नै हो रे दुनियाँ," उसले खुइय सुस्केरा हाल्यो, "जेहोस्, तैंले मैले भनेको मानिस् । पानीमा नाम लेखिस् । देखिस्, तेरो नामको महक फैलिन थालिसकेछ ।"

"मैले कहिल्यै पानीमा नाम लेखिनँ, काका," म उदास भएँ, "उसले नै मेरो नाम लेख्दिइरह्यो ।"

"त्यसको कुनै पता चल्यो ?"

"नाइँ, काका ।"

"त्यो भेटिनलाई हराएकै थिएन," उसले भन्यो, "अरे लखन, चाय पिलाउँदैनस् रे ? यो लखन छ तबै मेरो जिन्दगी चलिरहेछ । मसितै बस्छ । मेरो खयाल राख्छ । गणेशको मूर्ति बनाएर बेच्छ । बहुत अच्छा लड्का छ ।"

लखन भुइँमा खसेका पोस्टकार्ड समाएर चुलोतिर गयो । कोठालाई हेरें । पूर्वी कुनामा लहरै गणेशमूर्ति राखिएका थिए । कुनैकुनैमा रङ भर्ने बाँकी थियो । पश्चिम कुनामा ओछ्यान बटारेर राखिएको थियो । लखन त्यहीँ सुत्दो होला । ओछ्यानमाथि सर्ट र पाइन्ट झुन्डिएका थिए । उत्तरी कुनामा चुलो थियो । भर्खरै भुक्क गर्दै उक्लिएको धूवाँको लहरोले छानालाई मैलाइरहेको थियो । छानाका मसिना प्वालबाट खसेका घामका थोप्लाथोप्ली भुइँभरि रगमगाइरहेका थिए ।

लखनले चियाको गिलास दियो । समाउँदै सोधें, "लखन, कुनै मूर्ति तयार छ ?"

ऊ बल्ल मुस्कुरायो ।

मैले चिया पिइरहँदासम्म ऊ गणेशको सानो मूर्ति समाएर उभिइरह्यो । जब मैले रित्तो गिलास भुइँमा राखें, उसले हुत्तिँदै आएर मूर्ति थमायो । मैले मूर्तिलाई ओल्टाईपल्टाई हेरें । चिटिक्कको बनाएको रहेछ । सुँड र आँखा असाध्यै सुन्दर थिए ।

"कतिमा बेच्छौ ?" मैले सोधें ।

उसले मुख खोल्नै लागेको थियो, पिच्कुले भनिहाल्यो, "तँसित मैले कैले पैसा लेछु रे ? लैजा, तेरो बिटियालाई मैले देको सम्झी ।"

मलाई मुन्टो हल्लाउन मन थियो । तर पिच्कुले कसरी देखोस् ! भनें, "हस्, काका ।"

बिदा माग्ने बेला भइसकेको थियो । लखनले मूर्ति कागजमा पोको पारेर दियो । मैले छातीमा टाँसें । म पिच्कु नजिक गएँ । उसलाई मनभरि हेरें । फेरि भेट होला कि नहोला ! सुस्तरी भनें, "काका, अब लाग्छु म । मौका मिलेछ भने फेरि आउँला ।"

म दैलोनिर पुगें ।

"सुन् रे," पिच्कुको आवाज सुनेर अडिएँ, "हाम्रो कहानी लेख्दैनस् ? हमसबको कहानी लेख् । हामीलाई तेरो कहानीमा बचाएर राख् । यो दुनियाँमा हामी पनि छौं भनेर त्यो दुनियाँलाई बताइदे ।"

बाहिर निस्किएँ ।

गाउँलेहरू झुपडीका प्वालप्वालबाट हेरिरहेका रहेछन् । हामीलाई देखेर तर्सिए जस्तो गरेर मुन्टो यताउता बटार्न थाले । एकछिन हिँडेपछि पछिपछि आइरहेको लखनलाई सोधें, "पिच्कु काकालाई बहुला किन भन्छन् ह्याँ ?"

"काका कैलेकाहीँ "मलाई खोलातिर लैजा" भन्नुहुन्छ," उसले लजाउँदै भन्यो, "दिनभरि खोलासित कुरा गरेर बस्नुहुन्छ । त्यै भएर सप्पैले बहुला भन्छन् । उहाँ बहुला होइन ।"

म मुस्कुराएँ ।

बाइक हिनहिनाउन थालिसकेको थियो । मैले हजारका तीन ओटा नोट लखनको हातमा राखिदिएँ । ऊ झस्कियो । मैले भनें, "यो राख ।

मैले देको भनेर काकालाई नभन्नू । कुनै दिन धेरै मूर्ति बिक्यो भनेर उहाँलाई कोट किनिदिनू । खुब सुहाउँछ ।"

ऊ पैसा समाएर ठिङ्ग उभिरह्यो ।

म हुइँकिँदै गएको बाइकमा गणेशको मूर्ति छातीमा च्यापेर बसिरहें । फेरि पछाडि फर्केर हेरिनँ ।

बसपार्क पुग्दा एक बजिसकेको थियो । बसभित्र यात्रुहरू पसिसकेका थिए । कोहीकोही झ्यालबाट मुन्टो निकालेर कुरा गरिरहेका थिए । ड्राइभरले तारन्तार हर्न बजाइरहेको थियो । आस्था र जुना ब्यागलाई धूलो नलाग्ने गरी राख्ने आदेश दिइरहेका थिए । छतमा उभिएको केटो ब्यागलाई प्लास्टिकले छोपिरहेको थियो ।

जयदेव र म टिकट लिन काउन्टरतिर गयौं ।

टिकट लिएर फर्किरहेका बेला टुप्लुक्क राजबहादुर आइपुग्यो । ऊ मदिराको मातमा थियो । उल्टी पनि गरेछ, दाह्रीमा छेत्राछात्री अल्झेका थिए ।

"२० रूप्याँ दिनुस्," उसले भन्यो, "भोक लायो ।"

"छैन, २० रूपियाँ," मैले अनुहार बिगारें ।

"दिनुस् न, साउजी," उसले लङ्गडो गोडा देखायो, "म माँबादी पीडित हुँ । तिन्ले मेरो खुट्टो ठनक्कै पार्दे ।"

जयदेवले सुटुक्क मेरो कानमा भन्यो, "यो ठ्याक्कै यस्तै हो, दाइ ! अनेक कथा बनाउँछ । कैले माओवादीले खुट्टो भाँच्दे भन्छ, कैले आर्मीले । यस्को खुट्टो खाल्डामा खसेर भाँच्चेको हो ।"

"आज दिनुस् २० रूपियाँ," राजबहादुरले हात जोड्यो, "म अर्कोपालि फिर्ता दिन्छु ।"

आस्था र जुना बसको दैलोनिर उभिएर कुरिरहेका थिए । हतार भइसकेको थियो, मैले २० रूपियाँको नोट उसको हातमा राखिदिएँ ।

ऊ खिस्स हाँस्यो, "लौ, २० रूपियाँ रिन लायो, साउजी । म तिर्छु ।"

"२० होइन," मैले अलिकति ठूलो स्वरमा भनें, "तीन सय २० ।"

ऊ वाल्ल पऱ्यो । एकछिनपछि मुन्टो हल्लायो र खोच्याउँदै दगुऱ्यो ।

मैले सारा सहयोगका लागि जयदेवलाई धन्यवाद दिएँ । उसले मुस्कुराउँदै आस्थालाई नमस्ते गऱ्यो । जुनासित हात मिलायो र जुरूक्क उचालेर बसको सिँढीमा राखिदियो । आस्था पनि उक्लिई ।

"ल त दाइ, फेरिफेरि आउँदै गर्नुहोला," उसले हात दियो, "रमाइलो भयो ।"

मैले मुस्कुराउँदै उसको हात समाएँ । एकपल्ट बसपार्क हेरें । र बस उक्लिएँ । एकछिनपछि धूलो उडाउँदै बस दगुऱ्यो । बसको सिटमा म अबेरसम्म टोलाइरहें । झ्यालबाहिर आउनेजाने दृश्य हेरिरहें ।

बस कहिले जङ्गल त कहिले बिरानो बस्ती हुँदै दगुरिरह्यो । म उदास भइरहें । आस्थाले टाउको मेरो काँधमा राखिरही । मेरो हृदयमा गाँठो बनेर वर्षौंदेखि बसेको कुरा फुकाउने उपाय पिच्कुले दिइसकेको थियो । मैले अतीतबाट मुक्ति पाउने बाटो फेला पारिसकेको थिएँ । मैले सन्तुष्टिको लामो सास फेरें । र झ्यालबाहिर हेरिरहें ।

बसले सानो गाउँ नाघेपछि देखें–

बस सँगसँगै नौ/दस वर्षका दुइटा फुच्चे दगुरिरहेका थिए । खेतैखेत । तिनका हातमा रङ्गीन फिरफिरे फनफनी घुमिरहेका थिए । मलाई लाग्यो, ती अपरिचित फुच्चेहरू थिएनन् । पवन र म थियौं ।

बस पिच बाटोमा पुगिसकेको थियो । रफ्तार झन् बढ्यो । पवन र म छुट्दै गयौं । हाम्रा हातका फिरफिरे सानासाना हुँदै गए ।

र हामी देखिन छाड्यौं ।

धन्यवाद

*फिरफिरे*को तीनवर्षे लेखनयात्रा रोमाञ्चक रह्यो ।

पहिलो उपन्यास *कर्नाली ब्लुज* गुनी पाठकहरूले मन पराइदिनुभयो । र अर्को उपन्यास लेख्ने उत्साह पनि जगाइदिनुभयो । त्यसैको प्रभावले होला, म दोस्रो उपन्यास अझै सशक्त र सुन्दर बनाउन चाहन्थें । *कर्नाली ब्लुज* प्रकाशनको एक वर्षपछि मैले अर्को उपन्यास लेख्न सुरू गरें । तर ६५ हजार शब्द पुगेपछि बल्ल थाहा पाएँ, मैले त यस्तो विषयमा लेखिरहेको रहेछु, जसका बारेमा मलाई केही थाहै रहेनछ । उपन्यासले पिर्लिक्क आँखा फर्कायो र देहत्याग गर्‍यो । मैले उपन्यासको मृत पाण्डुलिपिलाई कैयौं दिन सुमसुम्याइरहें । उपन्यासले यो दशा भोग्नुको कारण के हो भनेर खुब सोचें र निर्क्योलमा पुगें, म त एउटा महान् उपन्यास लेख्ने नियतले निर्देशित रहेछु ।

त्यसपछि निर्णय गरें, अब लेख्ने उपन्यास त्यसरी नै लेख्नेछु, जसरी मैले पहिलो उपन्यास लेखेको थिएँ, कुनै नियतबिना र निसङ्कोच । महान् उपन्यास लेख्ने विचार त्यागिदिएँ । र यस्तो उपन्यास लेख्न थालें, जस्तो म लेख्न चाहन्थें । त्यस्तो कथा समाएँ, जस्तो म सुनाउन चाहन्थें । त्यसैले होला, फिरफिरेको यात्रा अत्यन्त रोमाञ्चक रह्यो ।

पात्रहरू आफन्त जस्ता भए । जसले मलाई एक्लो हुँदा पनि एक्लो हुन दिएनन् । बाँसबारी आफ्नै गाउँ जस्तो भयो । अम्बरपुर आफ्नै बजार । बिस्तारै म उपन्यासको कथा र पात्रहरूसित यसरी गाँसिदै गएँ कि ती मलाई सत्य लाग्न थाले । मलाई लाग्न थाल्यो, सबै घटना आँखाअघि भइरहेका छन् । म केवल टिपोट गरिरहेको छु । उपन्यास

लेख्दै जाँदा कतिपल्ट किबोर्डमा आँसुका थोपा पनि खसे । कतिपल्ट धक खोलेर हाँसें पनि ।

र एक दिन अन्तिम हरफ लेखें । अघिल्लो दिनसम्म घरमा रमाइलो गरिरहेका आफन्तले एकएक गर्दै बिदा माग्दै गए जस्तै लाग्यो । एकदमै रित्तो भएँ ।

त्यही रित्तोपनमा म यी हरफ लेखिरहेको छु । र सम्झिरहेको छु ती सबै प्रिय शुभेच्छुकलाई, जसले मलाई सधैं प्रेरणा दिइरहे ।

अनुप सुवेदी, अजित बराल, केदार शर्मा, नयनराज पाण्डे, पुरूषोत्तम सुवेदी, डा. सरोज धिताल, शार्दूल भट्टराई, हरि ढकाल र यज्ञश, जसले *फिरफिरे*लाई आफ्नै कृति जस्तो सम्झिएर अनेक सहयोग र सुझाव दिनुभयो, पाण्डुलिपिलाई प्रेमले पढिदिनुभयो । म उहाँहरू सबैप्रति अत्यन्तै आभारी छु । पुस्तक लेआउट गरिदिने सरोज र पाण्डुलिपि बोकेर ओहोरदोहोर गरिरहने डेनिसालाई पनि धन्यवाद । नीरज भारी प्रकाशक मात्र होइनन्, प्रिय मित्र पनि हुन् । उनले लेखनयात्रामा कुनै पनि आर्थिक र मानसिक व्यवधान आउन दिएनन् । उनलाई पनि धन्यवाद ।

र धन्यवाद, बा, आमा, दाइ, दिदी र बहिनी, जसले म लेखक भएकोमा सधैं गर्व गरिरहे । र जीवनसाथी दीप्ति श्रेष्ठ र छोरी कृतिकालाई लाखौं चुम्बन, जसले मलाई असल पति, असल पिता र असल लेखक बन्ने बाटो देखाइरहे ।

बुद्धिसागर

२०७२ साउन १८, राति १२:११ बजे

कैलालीमा जन्मिएका बुद्धिसागरको किशोरावस्था कालीकोटको मान्ममा बितेको हो । ०६० सालको राष्ट्रिय कविता महोत्सवमा स्वर्णपदक जितेका उनले ०६६ सालमा नेपाल सरकारबाट प्रतिभा पुरस्कार प्राप्त गरेका छन् । सन् २०१९ मा इन्टरनेसनल राइटिङ प्रोग्राम (आयोवा)का मानार्थ फेलो रहेका उनको उपन्यास *कर्नाली ब्लुज*को अङ्ग्रेजी अनुवाद सोही नाममा प्रकाशित छ । उनका *एक्लो* उपन्यास र *बुद्धिसागरका कविता* फाइनप्रिन्टबाटै प्रकाशित छन् ।

FP

www.ingramcontent.com/pod-product-compliance
Ingram Content Group UK Ltd.
Pitfield, Milton Keynes, MK11 3LW, UK
UKHW042125021026
15589UKWH00003B/612

9 789937 746793